Le piège du hasard

*

Entre confiance et suspicion

ELLE JAMES

Le piège du hasard

Traduction française de
CHRISTINE BOYER

BLACK ROSE

HARLEQUIN

Collection : BLACK ROSE

Titre original :
HOT VELOCITY

Ce roman a déjà été publié en 2018

HARPERCOLLINS FRANCE
83-85, boulevard Vincent-Auriol, 75646 PARIS CEDEX 13
Service Lectrices — Tél. : 01 45 82 47 47 - www.harlequin.fr
ISBN 978-2-2804-9794-7 — ISSN 1950-2753

Composé et édité par HarperCollins France.
Imprimé en septembre 2023 par CPI Black Print (Barcelone)
en utilisant 100% d'électricité renouvelable.
Dépôt légal : octobre 2023.

FSC www.fsc.org
MIXTE
Papier issu de sources responsables
FSC® C159065

Pour limiter l'empreinte environnementale de ses livres, HarperCollins France s'engage à n'utiliser que du papier fabriqué à partir de bois provenant de forêts gérées durablement et de manière responsable.

1

— Alors ? Qu'a dit l'échographie ? demanda le capitaine de vaisseau Rex Trainor — « T-Rex » pour ses hommes — à son sergent d'artillerie.

Le bruit assourdissant des rotors au-dessus de leurs têtes l'obligeait à crier.

L'équipe des Navy SEALs avait pris place à bord d'un hélicoptère et s'apprêtait à se déployer dans un petit village afghan perdu dans les collines au milieu de nulle part.

Un grand sourire éclaira le visage balafré du sergent Lance Gallagher, « Gunny » pour ses camarades. Éclatant de fierté, il brandit un carré de papier noir et blanc.

— C'est un garçon ! hurla-t-il.

— Formidable ! Félicitations !

— J'adore mes trois filles mais j'avoue être heureux d'avoir bientôt un fils ! s'exclama joyeusement Gunny. J'imagine que le pauvre gamin aura du mal à s'imposer au milieu de toutes les femmes de la famille. Il sera en minorité dans la fratrie.

Levant les yeux, il croisa le regard de T-Rex et poursuivit, son sourire envolé.

— Voilà pourquoi je préfère renoncer à poursuivre ma carrière militaire, même si la vie de soldat me plaît beaucoup et que je regretterai mes frères d'armes. J'ai décidé de quitter l'armée à la fin de cette mission. J'ai envie d'être là pour mon fiston. Je tiens à lui apprendre à taper dans un ballon, à monter à cheval, et je veux l'emmener aux matchs de foot.

T-Rex ne pouvait reprocher à Gunny de donner la priorité à sa famille.

— Il est certain que, pour se charger sérieusement de son entraînement sportif et faire de lui un champion, il n'y a pas mieux qu'un papa.

— Exactement ! répondit Gunny en rangeant avec soin le cliché dans son portefeuille. Sa mère et ses grandes sœurs seront parfaites pour le câliner, mais il lui faut un père pour vivre de grandes aventures… Et pour lui dire comment y faire avec une femme quand il sera grand, ajouta-t-il avec un clin d'œil.

Tous les petits garçons avaient besoin d'un papa pour les initier à la vie d'homme et leur donner confiance. Le père de T-Rex avait joué ce rôle à la perfection. Tout ce que T-Rex savait sur les chevaux, la vie d'un ranch et le rodéo, il le devait à cet être merveilleux. Son père lui avait surtout appris à se relever lorsqu'il mordait la poussière et à remonter en selle, même s'il était blessé. Trop peu d'enfants aujourd'hui bénéficiaient du soutien inconditionnel d'un parent pour les pousser à se dépasser.

— Zone d'atterrissage en vue ! annonça soudain le pilote.

Il se posa sur un petit plateau rocheux et resta en position stationnaire pour permettre à l'équipe de s'extraire de l'appareil par les portes latérales.

Il faisait nuit, mais aucun nuage ne venait assombrir le ciel. Des milliers d'étoiles brillaient dans le firmament et, sous le clair de lune, le paysage abrupt était bien visible.

Arrosé par une rivière, protégé par de hautes falaises, l'endroit avait dû être idyllique autrefois, songeait T-Rex. Jusqu'à ces dernières années, les habitants de la région y menaient une existence tranquille. Ils cultivaient leur lopin de terre, élevaient quelques chèvres. Ils vivaient comme leurs ancêtres depuis le Moyen Âge. Mais les conflits qui déchiraient le pays depuis des années avaient laissé des traces. La plupart des villages avaient souffert des bombardements comme en témoignait le nombre de bâtiments en ruine, de ponts détruits, de champs criblés de cratères. Beaucoup de gens étaient morts, d'autres s'étaient enfuis. Ceux qui restaient étaient souvent vieux, malades ou démoralisés. Ils n'avaient plus la force ni le courage de reconstruire leurs maisons, craignant sans doute que de nouvelles bombes viennent réduire leurs efforts à néant. Ils n'aspiraient qu'à la paix. Malheureusement, les Talibans, abusant de la crédulité de ces paysans, les avaient persuadés de les soutenir dans leurs combats. Et les populations locales étaient devenues otages d'une interminable guérilla.

Le pilote avait laissé les Navy SEALs sur le flanc d'une montagne, sur le versant opposé à leur village-cible. Au pas de course, ils grimpèrent jusqu'au sommet avant de redescendre l'autre versant pour se regrouper au pied du mur d'enceinte du hameau.

Il s'agissait d'une mission de routine. Ils devaient s'assurer que la petite bande de malfrats talibans qu'ils avaient chassée quelques jours plus tôt du village n'y était pas revenue. Les gars du renseignement nourrissaient quelques inquiétudes à ce sujet. En effet, lorsqu'ils étaient délogés de leurs bastions, les rebelles avaient tendance à se réfugier dans les grottes alentour. Une fois, les soldats américains éloignés, ils réintégraient leur territoire.

T-Rex fit signe à ses hommes de se déployer le long des remparts. À son signal, ils les escaladeraient et se laisseraient glisser de l'autre côté. Dès qu'ils furent en position, il chuchota dans son micro.

— Allons-y.

Par groupe de deux, ils gravirent la muraille de pierre, chacun aidant son binôme, et ils atterrirent sans bruit à l'intérieur du village. T-Rex prit la tête du petit groupe. Méthodiquement, ils fouillèrent chaque maison, chaque bâtiment. Les habitants les laissaient faire sans réagir. Ils avaient l'habitude. Ils avaient tant de fois été envahis qu'ils ne protestaient plus, se contentant de serrer plus étroitement contre eux leurs enfants endormis.

Quelle triste existence ont ces pauvres gens, songea T-Rex. Des inconnus entraient chez eux comme dans un moulin, et les malheureux n'avaient plus la force de les en empêcher. Pire, ils ne savaient jamais si les intrus venaient les tuer ou s'ils leur laisseraient la vie sauve.

Comme ils atteignaient l'extrémité du village, la plupart des bâtisses qu'ils visitèrent étaient vides. Personne ne semblait y vivre, et elles n'abritaient ni matériel ni nourriture.

Mais, soudain, T-Rex sentit les poils de sa nuque se hérisser.

— Quelque chose ne va pas, chuchota-t-il dans son micro.

S'accroupissant à l'ombre d'un petit immeuble, il balaya du regard les rues avoisinantes, inspecta les toits, cherchant le moindre élément suspect ou sortant de l'ordinaire. Mais il eut beau scruter l'obscurité, il ne vit aucune silhouette, ne remarqua aucun mouvement. Rien ne bougeait alentour.

Pourtant, T-Rex avait appris à se fier à ses instincts. Et, là, toutes ses antennes étaient en alerte. Il devinait qu'ils étaient sur le point de tomber dans un piège.

— Demi-tour ! ordonna-t-il à ses hommes. Nous repartons par où nous sommes arrivés.

— D'accord, dit Gunny. Allez-y, je vous couvre.

— Il ne s'agit pas de moi. Fais sortir les autres de ce bled au plus vite.

— Pas sans vous, chef, protesta son sergent.

— C'est un ordre, répliqua T-Rex avec autorité. Il faut évacuer la zone sans attendre. On s'arrache !

Il jeta un coup d'œil par-dessus son épaule. Gunny était positionné derrière lui, à quelques encablures. De l'autre côté de la ruelle, dissimulé contre un vieux bâtiment, le reste de l'équipe attendait son signal.

Alors que T-Rex s'apprêtait à le leur donner, il aperçut un rebelle au visage masqué sur le toit, juste au-dessus de son sergent.

— Attention, Gunny ! cria-t-il. Sniper à 12 heures !

Le doigt sur la gâchette, T-Rex pointa son fusil-mitrailleur vers le haut du petit immeuble.

L'homme dissimulait quelque chose dans la main.

Comprenant ce dont il s'agissait et ce qu'il s'apprêtait à faire, T-Rex pressa la détente. Touché en pleine poitrine, le type bascula en avant, laissant échapper ce qu'il tenait.

— Il a lâché une grenade ! hurla T-Rex.

Gunny se jeta de côté, tentant de s'écarter le plus possible de l'explosif qui roulait dans la poussière. Mais il ne fut pas assez rapide.

T-Rex bondit sur ses pieds pour se précipiter vers lui mais il était trop loin pour être utile à son sergent.

— Non !

Et le monde explosa.

Projeté en arrière, T-Rex fut soulevé de terre avant de retomber brutalement sur le sol. Étourdi, il resta un instant immobile à regarder les étoiles qui brillaient comme des milliers de diamants dans le ciel.

Quand il reprit peu à peu ses esprits, il rampa jusqu'au bâtiment pour se mettre à l'abri. Autour de lui, la fusillade faisait rage. Les balles pleuvaient.

L'arme à l'épaule, T-Rex observa les toits à travers la lunette de son fusil-mitrailleur. Malgré le nuage de poussière provoqué par la déflagration, il repéra bientôt l'homme, allongé sur les tuiles, qui brandissait une kalachnikov dans sa direction.

T-Rex le visa et fit feu. Un seul coup. Le sniper bascula dans le vide et s'écrasa sur le sol.

D'un bref regard circulaire, T-Rex inspecta les alentours. Plus rien ne bougeait, le monde n'était plus qu'un véritable chaos.

Le cœur battant à tout rompre, la tête encore remplie des échos de la détonation de la grenade, il s'élança vers l'équipe.

Il découvrit ses hommes, collés contre le mur d'un vieil immeuble, tenus en respect par un Taliban armé d'une mitraillette.

De nouveau, T-Rex posa un genou à terre et pointa le canon de son fusil-mitrailleur sur l'assaillant mais, au dernier moment, sa vision se brouilla. Il se frotta les yeux d'un geste rageur. Quand il put enfin tirer, le type tomba à terre.

Un peu plus loin, trois Navy SEALs échangeaient des coups de feu avec deux rebelles dissimulés à l'intérieur d'un bâtiment.

Comment avaient-ils pu tomber dans cette embuscade ? se demandait T-Rex. Ils s'étaient fait piéger comme des bleus.

Recouvrant enfin leur sang-froid et leurs réflexes, fruits de plusieurs années d'entraînement et d'expérience sur le terrain, les marines se remirent en ordre de bataille. Rapidement, ils reprirent le dessus, pourchassant leurs assaillants pour les éliminer jusqu'au dernier.

T-Rex se précipita alors vers son sergent qui gisait au milieu des décombres du petit immeuble abîmé par la grenade.

Gunny ne bougeait plus, et T-Rex sentit son ventre se nouer. S'agenouillant près de lui, il chercha son pouls. En vain. La gorge serrée, il déplaça son doigt et lorsque, enfin, il perçut un faible battement, il poussa un soupir de soulagement. Il examina Gunny en vitesse. Des éclats d'explosif avaient déchiqueté ses vêtements. Par contre, ses bras et ses jambes semblaient avoir été épargnés, et Gunny ne paraissait pas souffrir d'hémorragie. S'il avait été touché à une artère, T-Rex aurait été prêt à lui poser un garrot mais il n'y avait pas lieu de le faire.

Le premier maître des SEALs, Miles Kieslowski, se hâta vers lui.

— On me signale l'arrivée imminente de renforts ennemis. Il faut partir au plus vite, pendant que nous en avons encore la possibilité. Kenner est en train de demander par radio une évacuation immédiate.

Comme il posait les yeux sur le corps inerte de Gunny, il blêmit.

— Mon Dieu ! Il est…

— Vivant mais blessé…, grièvement blessé, je le crains.

— Sortons-le d'ici, dit Kieslowski en soulevant Gunny.

— Non, je m'occupe de lui, répliqua T-Rex. Couvre-moi.

Il tendit son fusil-mitrailleur à Kieslowski avant de hisser le sergent sur son épaule. Non sans mal, il se redressa, pliant sous son poids. Mais rien n'aurait pu l'empêcher de l'emporter hors de cet enfer. Jamais, au cours de sa carrière militaire, il n'avait laissé l'un de ses hommes derrière lui sur un champ de bataille. Il n'allait pas commencer maintenant.

Chargé de son lourd fardeau, T-Rex se précipita hors du village, vers la zone d'extraction convenue. Alors qu'il sortait du hameau, il aperçut au loin plusieurs camions qui avançaient vers eux en file indienne dans un nuage de poussière. Grâce au clair de lune, T-Rex voyait que les hommes assis à l'arrière des véhicules étaient tous lourdement armés.

Il entendit le rugissement des rotors de l'hélicoptère avant de le voir surgir de derrière la montagne. L'appareil se posa non loin d'eux.

Derrière T-Rex, ses coéquipiers mitraillaient le village, au fur et à mesure que des combattants ennemis sortaient de leurs cachettes.

T-Rex n'avait plus qu'un objectif : faire monter ses hommes dans l'hélicoptère et quitter les lieux avant que les renforts ennemis n'y arrivent.

Lorsqu'il atteignit l'appareil, il confia Gunny au médecin qui s'y trouvait et il se tourna vers son équipe.

Plusieurs de ses gars couraient vers lui tandis que d'autres tiraient tous azimuts, tout en reculant vers l'hélicoptère. Ils finirent par se hisser à bord, aidés par T-Rex.

Dès que le dernier SEAL eut bondi à l'intérieur, T-Rex y sauta à son tour en criant au pilote.

— Mets les gaz ! On s'arrache !

Comme il se laissait choir sur un siège, il vit par la porte ouverte de l'appareil que les camions ennemis avaient atteint le village. Des Talibans en sautaient, munis de longs tubes étroits.

— Ils ont des lance-roquettes ! hurla-t-il.

L'hélicoptère se souleva du sol, chargé de sa cargaison d'âmes, et il se dirigea vers le sud.

Il atteignait le sommet de la montagne quand une énorme explosion se fit entendre, si proche que toute la carlingue trembla.

Instinctivement, T-Rex rentra la tête dans ses épaules.

Ils parvinrent à franchir la crête à temps et à échapper aux tirs des lance-roquettes.

Le retour à la base se fit sans encombre mais parut durer une éternité.

Aidé de l'infirmier, le médecin s'activait sur Gunny et sur les autres blessés.

— Va-t-il s'en sortir ? demanda T-Rex.

Il songeait au cliché de l'échographie, au petit garçon du sergent qui naîtrait dans quelques mois, au fils dont Gunny rêvait depuis des années.

Pour la première fois depuis longtemps, T-Rex ferma les yeux et se mit à prier.

2

— Il est temps de se mettre en rang, les poussins ! lança Sierra Daniels aux bambins qui jouaient dans la cour de la crèche de la petite ville de Grizzly Pass.

Docilement, certains des enfants abandonnèrent leurs jeux pour s'avancer vers elle. Mais d'autres continuèrent à se laisser glisser sur les toboggans ou à pédaler sur leurs tricycles comme si elle n'avait rien dit.

Sierra ne pouvait leur en vouloir. Ils étaient si jeunes. La plupart n'avaient pas cinq ans et avaient encore du mal à se plier aux consignes. Elle leur pardonnait tout. En réalité, elle aimait ces bouts de chou comme s'ils avaient été les siens. Cela dit, n'ayant pas encore eu la chance de devenir mère, elle ne savait pas ce qu'elle éprouverait pour sa propre progéniture, la chair de sa chair.

Avec un soupir, elle repoussa le sentiment de vide qui l'envahissait chaque fois qu'elle songeait à son désir de maternité. Depuis des années, elle rêvait de donner le jour à un bébé.

Reportant son attention sur les petits dont elle avait la charge, elle réitéra son ordre, s'obligeant à s'exprimer avec plus de fermeté.

— Les petits, je crois que vous ne m'avez pas tous entendue. Il est temps de se mettre en rang pour passer au jeu suivant.

Malgré leur peu d'expérience de la vie, ils semblaient sentir d'instinct quand il fallait obéir sans discuter et quand il y avait moyen de négocier. Dès qu'il s'agissait d'enfants, Sierra était incapable de faire preuve d'autorité.

Lorsqu'elle parvint enfin à les rassembler devant elle, elle décida de transformer la consigne en jeu.

— Maintenant, nous allons jouer au petit train. Que chacun mette la main sur l'épaule de celui qui le précède. Comme ceci, ajouta-t-elle en leur montrant l'exemple. Vous y êtes ? Alors, le train démarre ! Tchou-tchou !

Sierra encouragea le garçonnet qui était en tête, et qui tenait donc le rôle de la locomotive, à faire le tour de la cour. En riant, les enfants serpentèrent autour des toboggans et des cages à poules avant de se diriger vers l'entrée de la crèche.

Des années durant, le centre avait abrité un dépôt d'armes de la garde nationale. Mais, par la suite, l'armée avait transféré son arsenal dans une métropole et elle avait donc cédé les lieux à la ville de Grizzly Pass. Depuis lors, la municipalité y accueillait différentes festivités locales mais elle avait réservé l'un des bâtiments à la crèche. Par ailleurs, certaines entreprises de la région louaient les bureaux installés autrefois pour des gradés de l'armée.

Sierra avait été ravie de décrocher un poste d'assistante maternelle auprès de jeunes enfants qui n'avaient pas encore l'âge d'être scolarisés. Depuis qu'elle avait divorcé, elle avait absolument besoin de travailler et, à Grizzly Pass, les emplois étaient rares.

Avec sa collègue, Brenda Larson, elle était chargée d'encadrer les bambins de la ville, de s'assurer qu'ils étaient heureux, bien nourris, et de leur apprendre les rudiments de la vie en société.

En principe, Brenda s'occupait des bébés et des nourrissons, Sierra des plus grands. Mais elles échangeaient régulièrement leurs places.

Sierra laissa les petits faire un dernier tour de piste. Alors qu'elle s'apprêtait à les faire entrer dans le bâtiment, un pick-up surgit à l'angle de la rue et donna plusieurs coups de klaxon pour signaler son arrivée.

En reconnaissant la camionnette, elle serra les poings et s'efforça de ne pas regarder le conducteur tandis qu'il coupait le moteur et sautait à terre. Depuis qu'elle travaillait avec les enfants, elle s'était rendu compte qu'ils étaient très sensibles à ses états d'âme et à ses sautes d'humeur. Par exemple, chaque fois qu'elle était triste ou en colère, la petite Eloisa fondait en larmes. Voir la petite rouquine sangloter à cause d'elle fendait le cœur de Sierra. Aussi s'interdit-elle d'insulter l'homme qui s'avançait vers elle ou de lui lancer des pierres. Mieux valait résister à la tentation pour préserver les bambins dont elle avait la charge.

Arborant un sourire de façade, elle attendit que son ex-mari ne soit plus qu'à quelques pas pour lui lancer un ordre d'un ton patient mais ferme, assez proche de celui qu'elle utilisait avec les enfants.

— Stop ! Ne va pas plus loin.

Il lui devenait de plus en plus difficile de sourire mais elle s'obligea à continuer.

Les jambes légèrement écartées, Clay Ellis croisa les bras.

— Va chercher tes affaires, Sierra. Tu rentres à la maison.

— Je ne vis plus avec toi, Clay, rétorqua-t-elle d'une voix chantante dans l'espoir de faire croire aux enfants que tout allait bien et que ce type ne la terrorisait pas.

Mais ils n'étaient pas dupes, elle le savait. Manifestement inquiets, ils se collèrent à ses jambes.

Eloisa regarda tour à tour Clay et Sierra, et sa lèvre inférieure se mit à trembler.

Oh non, il n'est pas question de laisser Clay terrifier ces malheureux petits !

— Allez, maintenant, il est temps de rentrer prendre notre goûter, les poussins, poursuivit-elle d'un ton enjoué.

— Certainement pas, rétorqua Clay en s'avançant d'un air menaçant.

Eloisa explosa en sanglots et étreignit plus fort Sierra, enfouissant son petit visage entre ses cuisses.

Sierra caressa les boucles rousses de la fillette avant de lancer à Clay :

— Maintenant, je t'ordonne de t'en aller. Tu fais peur aux enfants.

Au lieu d'obtempérer, il la saisit par les poignets pour la tirer vers lui.

— Tu n'as rien à faire avec ces moutards. Ta place est à la maison. Suis-moi, j'en ai assez de tes délires.

Refusant de le suivre, Sierra planta les talons dans le sol. Il n'était pas question d'aller où que ce soit avec lui. Voilà trop longtemps qu'il la maltraitait, la harcelait et l'humiliait.

— Nous ne sommes plus mariés, lui rappela-t-elle. Tu n'as plus le droit de venir m'ennuyer, ni maintenant ni jamais. Lâche-moi.

Il leva la main comme pour la frapper.

Sierra s'interdit de reculer. Il y a quelques années, lorsqu'il la menaçait ainsi, elle avait si peur qu'elle se recroquevillait sur elle-même et lui cédait sur toute la ligne. Mais cette époque était révolue, il n'était plus question de se coucher devant lui, de se soumettre à sa violence. Elle avait appris de la pire façon qu'elle avait des droits et qu'elle n'avait pas à subir la brutalité ou la méchanceté de Clay ni celles de personne.

Visiblement terrifiés, les enfants s'accrochèrent à elle comme à une bouée de sauvetage. Eloisa sanglotait. Sentant sa détresse, ses camarades l'imitèrent et se mirent tous à pleurer à qui mieux mieux.

— Fermez-la ! cria Clay.

Un bref instant, sidérés, les malheureux petits restèrent sans voix mais très vite, comme si les vannes avaient été trop largement ouvertes pour pouvoir être refermées, ils se remirent à hurler.

Clay arracha Sierra à l'emprise des gamins et il la traîna vers sa camionnette.

Elle tenta de résister de toutes ses forces, se débattant comme une furie. Elle le griffa, le mordit.

— Lâche-moi ! Il n'est pas question que j'aille avec toi.

— C'est ce qu'on verra ! Tu m'appartiens.

— Je n'appartiens à personne, rétorqua-t-elle. J'ai porté plainte pour harcèlement et j'ai obtenu une injonction d'éloignement contre toi. L'aurais-tu oublié ? Tu n'as plus le droit de m'approcher, un juge en a décidé ainsi.

— Un juge ? Quel juge ? Il ne doit pas être du coin. Tout le monde ici sait que tu es à ma femme.

— Ton ex-femme. Comprends-tu le sens du mot « divorce », Clay ?

Elle ne pouvait pas le laisser la jeter dans son pick-up comme un vulgaire sac de pommes de terre. Il n'était pas question pour elle de retourner auprès de cet homme violent et infidèle. Clay était un tyran, un menteur et un monstre.

— Lâche-moi ou je hurle.

— Hurle ! Que veux-tu que cela me fasse ? Seuls ces mioches t'entendront. Tu espères vraiment qu'ils vont se précipiter à ton secours ? ajouta-t-il avec mépris.

— Je n'ai pas besoin que qui que ce soit vienne à mon secours.

Cessant d'essayer de se libérer de son emprise, elle le laissa approcher. Lorsqu'il fut tout près, elle lui envoya un coup de genou dans l'entrejambe.

Avec un cri, Clay se plia en deux, serrant l'endroit que Sierra avait atteint. Mais il la tenait toujours.

Les enfants devenaient hystériques, et Sierra comprit qu'elle devait agir. Le triste spectacle qu'elle offrait malgré elle à ces innocents la rendait malade. Mais que pouvait-elle faire ? Clay était plus grand, plus fort et plus brutal qu'elle. Il l'avait mille fois prouvé dans le passé. Elle avait des cicatrices pour en attester.

— Je t'en prie, Clay, tu fais peur aux petits. Laisse-moi les emmener à l'intérieur. Dès qu'ils seront rentrés, je te suivrai, promis.

Il se redressa en grognant.

— Mais oui, bien sûr ! Et tu imagines que je vais te croire ?

— Je t'en donne ma parole.

Elle leva la main comme si elle prêtait serment devant un tribunal, un geste qu'elle avait dû faire pour convaincre un juge qu'elle était maltraitée par son mari et qu'elle avait besoin de sa protection.

Clay secoua la tête avec une grimace méprisante.

— Pas question, rétorqua-t-il en la traînant vers sa camionnette.

— Je ne peux pas les laisser en plan comme ça. Ils risquent de sortir du centre et d'aller se perdre dans les bois. Ils sont trop petits pour rester sans surveillance.

— Et alors ? Il ne s'agit pas de mes gosses, je m'en fiche qu'ils se perdent. Si tu m'avais donné une progéniture, je m'en soucierais peut-être, mais je me fiche pas mal de ces mioches.

— Je voulais des enfants, j'ai essayé d'en avoir, protesta-t-elle. Cela n'a pas marché mais tu n'as pas le droit de le faire payer à ces malheureux gamins.

— Ce ne sont pas les miens, répéta-t-il. Je me fous de ce qui peut leur arriver.

Quand Clay avait décidé quelque chose, il était impossible de lui faire entendre raison, Sierra le savait. Lorsqu'ils étaient mariés, il refusait toujours de l'écouter. Pourquoi imaginer qu'il serait davantage attentif maintenant ?

Heureusement, elle avait appris dernièrement des techniques d'autodéfense avec un professeur d'arts martiaux. Se remémorant ses conseils, elle tordit le poignet de Clay et parvint d'un coup sec à se libérer de son emprise. Elle s'élança alors vers l'entrée de la crèche, dans l'espoir de lui échapper. Mais avant qu'elle n'ait eu le temps d'atteindre la porte, elle sentit une main empoigner ses cheveux et la tirer violemment en arrière.

Avec un cri, elle recula. Les enfants hurlaient maintenant. Ils semblaient terrifiés et totalement perdus. Les voir ainsi la rendit folle de colère. Elle était plus déterminée que jamais à se libérer de ce malade qu'elle avait un jour juré d'aimer, d'honorer et de chérir jusqu'à la mort.

Mais, à moins de le laisser lui arracher tous ses cheveux, elle était coincée.

3

Le téléphone portable de T-Rex se mit à sonner alors qu'il roulait sur une route de campagne. Prudent au volant, il s'interdisait toujours de quitter la route des yeux quand il conduisait. Aussi attendit-il d'être arrêté à un stop pour s'emparer de son appareil.

En voyant le nom de son sergent d'artillerie s'afficher sur l'écran, le cœur de T-Rex se serra. Après avoir été évacué in extremis du village afghan, Gunny avait survécu aux blessures provoquées par l'explosion de la grenade. Il avait été opéré dans un hôpital militaire du Pakistan avant d'être rapatrié aux États-Unis par avion médicalisé. Certes, il avait eu la vie sauve mais son sort n'avait rien d'enviable. Le malheureux regrettait sans doute de ne pas y être resté.

T-Rex s'efforça de prendre un ton enjoué.

— Salut, Gunny ! Alors comment se porte ce bébé ?

— À merveille. Je l'ai tenu dans mes bras aujourd'hui. Avec un peu d'aide, bien sûr.

T-Rex eut du mal à déglutir.

— C'est génial, vieux, parvint-il pourtant à répondre.

— Vous ai-je dit que je recommençais à éprouver des sensations au bout des doigts ?

— Sérieux ?

— Sérieux !

Gunny semblait plus optimiste, plus positif, que lors de leurs dernières conversations téléphoniques. Manifestement, son retour chez lui et surtout la naissance de son fils lui avaient remonté le moral.

L'étau glacé qui broyait le cœur de T-Rex se détendit un peu.

— Je suis vraiment heureux de l'apprendre.

— Je dois mettre le turbo ! Mon champion grandit vite et, bientôt, je devrai lui lancer un ballon.

— Champion ? Ne me dis pas que tu lui as donné ce prénom !

— Non, non, ma femme n'a pas voulu. Officiellement, le fiston s'appelle comme moi, Lance Gallagher. Par contre, j'ai été intraitable à propos du « Junior » qu'elle aurait voulu ajouter. Pour briser l'ego d'un homme, il n'y a rien de pire que de voir son nom affublé d'un « Junior ».

— C'est vrai.

— Alors comment se passe votre mission temporaire au Wyoming ? demanda Gunny. Je suis sûr que vous avez hâte de rejoindre la base et de repartir vous battre au Moyen-Orient, non ?

— Plus que hâte !

— La tâche qui vous a été confiée est-elle donc assommante à ce point ?

— Non, pas vraiment assommante, ce n'est pas le mot. Mais elle ne correspond pas à ce que j'ai envie de faire. Je me suis enrôlé dans l'armée pour mener une vie de militaire. Pas pour seconder des adjoints du shérif à enquêter sur les activités criminelles qui secouent leur patelin.

— Libérer des enfants enlevés dans un car de ramassage scolaire avant d'être enfermés dans une ancienne mine d'or ou pourchasser des tueurs ne sont pas des missions assez passionnantes à vos yeux ? Ce genre de travail ne vous excite donc pas ?

— Comment es-tu au courant ?

— Je lis les journaux…

— L'excitation pour l'excitation, je m'en fiche un peu. Je

suis soldat. J'aimerais remonter au front, en zone de guerre. J'ai envie de me battre en première ligne.

— Vous n'avez aucune chance de retrouver les snipers qui nous sont tombés dessus la dernière fois, répondit Gunny d'une voix radoucie. Vous en êtes bien conscient, non ? Vous pourriez descendre tous les Talibans jusqu'au dernier, vous ne sauriez pas au bout du compte si vous avez tué ceux qui nous avaient tendu ce piège.

— Peut-être. Mais, si je n'essaie pas, il est sûr qu'ils s'en tireront sans jamais payer pour ce qu'ils t'ont fait.

Gunny se mit à rire.

— Ah bon ? C'est donc à cause de moi que vous voulez y retourner ? À la façon dont vous avez sauté à la gorge du psychologue qui émettait cette hypothèse, j'en avais déduit que vous ne souhaitiez repartir au Moyen-Orient que pour vous.

T-Rex serra si fort le téléphone qu'il fut surpris de ne pas le broyer entre ses doigts. En réalité, il ne parvenait pas à digérer la tragédie dont son sergent avait été victime. Les Talibans les avaient attaqués par surprise, et Gunny le payait au prix fort. La grenade avait touché sa moelle épinière, et sans doute resterait-il tétraplégique jusqu'à la fin de ses jours. Imaginer ce père de quatre enfants cloué à vie dans un fauteuil roulant donnait à T-Rex envie de hurler. Il en voulait à l'univers entier de cette injustice.

— La vie est mal faite, dit-il. Il aurait mieux valu que ce soit moi qui sois blessé. Cela aurait été moins grave. Je n'avais pas un bébé en route.

— On ne choisit pas son destin, répliqua Gunny avec philosophie. Le sort en a voulu autrement.

— En tout cas, j'ai été formé et entraîné pour me battre sur un champ de bataille. Ici, j'ai l'impression de tourner en rond.

— Peut-être, mais je doute que le commandant vous renvoie de sitôt sur le front afghan. Il n'a pas sorti l'équipe de ce bourbier pour vous y replonger moins de six mois plus tard.

— S'il savait à quel point je perds mon temps dans le Wyoming, il ne m'aurait jamais rapatrié.

— Vous avez l'impression de perdre votre temps ? répéta Gunny. Pourquoi pensez-vous ça ? Sur le sol national ou à l'autre bout du monde, le boulot d'un soldat est globalement le même, non ? Pour protéger son pays et ses compatriotes, il doit pourchasser des ennemis, les déloger des différents endroits où ils se cachent, s'efforcer de les neutraliser. Ces opérations sont dangereuses, et les militaires sont toujours des cibles. Mais parfois ils réussissent à éliminer des sources de dangers. Et lorsqu'ils sont parvenus à leurs fins et que, grâce à eux, les gens vivent en paix et en sécurité, ils ont le sentiment du devoir accompli. La raison d'être d'un soldat est la défense nationale. Qu'il se batte aux États-Unis ou au Moyen-Orient est un détail.

Il n'avait pas tort. Pourtant, T-Rex avait envie de retourner là où il avait perdu ses repères. Peut-être parviendrait-il alors à les retrouver.

— Malgré tout, je me demande qui, en haut lieu, a œuvré pour que des militaires hautement qualifiés comme nous soient prêtés au ministère de l'Intérieur, afin d'aider les forces de l'ordre « classiques » sur le terrain de la sécurité du pays.

Charger l'armée de protéger les Américains à l'intérieur des frontières nationales semblait extravagant à T-Rex. Cela dit, leur présence n'était pas inutile. Depuis leur arrivée, ils avaient déjà contribué à régler quelques problèmes. Par exemple, lorsqu'un car scolaire avait été attaqué et que des dizaines d'enfants avaient été enfermés au fond d'une ancienne mine, l'équipe avait permis de les libérer rapidement. Sans l'expérience de soldats aguerris, la situation aurait pu dégénérer en tragédie.

— Au Wyoming, tu as un peu l'impression d'être au Far-West, reprit T-Rex.

— C'est le Far-West ! corrigea Gunny. Qui vit là-bas d'ailleurs ?

— Des cow-boys, essentiellement. La plupart des gens

élèvent des chevaux dans des ranchs mais quelques autres travaillent sur le pipeline.

— Et alors ? Qu'y a-t-il de mal à cela ? Vous vous trouvez dans une des plus beaux coins du pays. Profitez-en ! Si vous avez un peu de temps libre, allez pêcher. Quand vous aurez goûté aux charmes du Wyoming, vous cesserez de le détester.

— Je n'ai jamais dit que je le détestais.

T-Rex ne détestait pas cet État, loin de là. En fait, ces paysages magnifiques et contrastés lui plaisaient beaucoup. Vraiment. Dans le Wyoming, les grandes plaines, verdoyantes et vallonnées, bordaient les Montagnes Rocheuses, majestueuses et escarpées. La nature s'y déployait en liberté, et il y régnait une profonde paix.

Adolescent, il avait dévoré le célèbre roman de Jack Kerouac, *Sur la route*. L'intrigue se déroulait à Cheyenne, la ville principale du Wyoming, et racontait l'histoire des tribus indiennes. T-Rex était heureux de découvrir le décor réel de cette histoire, décor qui lui semblait d'ailleurs encore plus beau que dans la fiction.

S'il n'avait pas été dans l'armée, sans doute aurait-il aimé vivre dans cet État. Peut-être y reviendrait-il lorsqu'il prendrait sa retraite.

Mais, dans l'immédiat, il estimait qu'il serait plus utile ailleurs.

— J'ai seulement envie de retourner en zone de guerre, je préfère les vrais conflits.

— Je crois surtout que vous voulez vous venger du mal que les Talibans nous ont fait. Mais, au fond, pensez-vous vraiment que vous servez mieux les États-Unis à l'autre bout du monde qu'ici, sur le sol national ?

— Ce n'est pas la question. Beaucoup de personnes ont déjà pour fonction de défendre le pays à l'intérieur de ses frontières.

— Peut-être mais, dans le Wyoming, il n'y a pas beaucoup de gens dotés de vos compétences, répliqua Gunny avec un soupir. Écoutez, je n'arriverai manifestement pas à vous faire changer d'avis, alors parlons d'autre chose.

T-Rex redressa la tête pour tenter de détendre ses épaules ankylosées.

— Très bien.

— De quoi êtes-vous chargé actuellement ?

T-Rex ne se rendit compte qu'il était pratiquement à l'arrêt qu'au moment où un coup de klaxon derrière lui le fit sursauter. Il appuya sur l'accélérateur et répondit :

— De comprendre qui et pour quelle raison quelqu'un en veut au pipeline qui traverse le parc national de Yellowstone. Depuis plusieurs, semaines, cet oléoduc est la cible d'attaques répétées. Un inspecteur chargé d'en vérifier l'état s'est fait descendre alors qu'il effectuait son travail. Et, il y a quelques jours, un individu a été surpris en train de planter des bâtons de dynamite près du pipeline... pour le faire sauter. Nous cherchons qui est derrière ces tentatives de sabotage et pourquoi quelqu'un s'en prend maintenant à des infrastructures qui sont là depuis des dizaines d'années. Pour tout te dire, nous nageons en plein brouillard. Là, je me rends au bureau du cadastre du comté pour chercher le nom des propriétaires des parcelles qui longent ce pipeline. Cela nous mettra peut-être sur une piste...

— En effet, cela n'a pas l'air palpitant. Rien que de vous écouter en parler, j'ai envie de dormir, dit Gunny avant d'éclater de rire. Je plaisante. Apparemment, vous allez devoir mener une petite enquête. Elle pourrait se révéler intéressante.

T-Rex devait reconnaître qu'après quelques semaines seulement passées à Grizzly Pass il éprouvait le désir impérieux d'aller au bout de ses investigations et de régler les nombreux problèmes qui perturbaient la région.

— En fait, le pipeline n'est pas l'unique sujet de nos préoccupations. Grizzly Pass a tout d'un trou perdu et pourtant, depuis quelque temps, il s'y passe des choses étranges. Par exemple, en libérant les gosses au fond de l'ancienne mine, nous avons découvert que des fusils-mitrailleurs, des AR-15, avaient été livrés en toute illégalité dans la région. Manifestement, ces armes sont destinées à être distribuées à la population locale. Nous nous efforçons de comprendre qui est derrière cette opération et quels sont ses objectifs.

— Je pensais que vous aviez réussi à mettre la main sur le coupable.

— Nous avons attrapé quelques types qui sont sans doute impliqués dans cette histoire. Mais pas le chef de la bande. Aucun de ceux que nous avons interrogés n'avait les moyens d'acheter des caisses entières d'AR-15. Plus ennuyeux encore, nous n'avons toujours pas retrouvé cet arsenal. Grizzly Pass est l'endroit idéal pour former et entraîner l'équivalent d'une petite armée. Il y a beaucoup d'espace pour cacher des activités criminelles de ce genre. Les collines et montagnes avoisinantes regorgent de grottes et d'anciennes mines, parfaites pour stocker des réserves d'armes. Les gens qui savent comment utiliser des fusils d'assaut peuvent s'exercer au tir dans les bois.

— Et vous croyez que ces caisses d'armes sont l'arbre qui cache la forêt ? Qu'il y a quelque chose de plus important derrière ? Waouh ! Vous allez peut-être démanteler un réseau de terroristes, allez savoir !

— Peut-être. Ou peut-être ne faisons-nous que gagner du temps et retarder l'inévitable. Si quelqu'un du coin est vraiment en train de planifier une prise de pouvoir par la force, il lui serait relativement facile de faire profil bas jusqu'à ce que le ministère de l'Intérieur laisse repartir les militaires provisoirement embauchés sur le sol américain. Il aurait ensuite le champ libre et pourrait faire beaucoup de dégâts.

T-Rex s'engagea dans la rue qui menait au centre communautaire de Grizzly Pass et au bureau du cadastre. Comme il pénétrait sur le parking, il remarqua un vieux pick-up dont l'avant était cabossé. Garé de travers, il prenait la place de deux ou trois voitures. Mais ce n'était pas tout. Un homme traînait une femme vers ledit pick-up en la tirant par les cheveux. Et, à en juger à l'expression peinte sur le visage de cette dernière, elle n'était pas du tout contente de son sort.

— Gunny, je dois te laisser.

Sans attendre la réponse de son ami, T-Rex lâcha son téléphone portable, coupa le moteur et bondit de l'habitacle, les poings serrés. Rien ne le mettait davantage en colère que de voir un homme maltraiter une femme.

Sierra se débattait toujours, cherchant à se libérer de l'emprise de Clay.

— Laisse-moi, Clay. J'ai du travail. Je suis responsable de ces enfants, je dois m'occuper d'eux.

— C'est surtout de ton mari que tu dois t'occuper et ce n'est pas ici que tu prends soin de lui.

— Nous ne sommes plus mariés, Clay. Dans quelle langue faut-il te le dire ?

Il lui tirait si fort les cheveux qu'elle en avait les larmes aux yeux.

Elle entendit soudain un gros bruit derrière elle.

Avec un cri de douleur, Clay s'effondra sur le sol, l'entraînant dans sa chute. Heureusement, il la lâcha avant de tomber.

Sierra atterrit sur le dos mais elle bondit prestement sur ses pieds pour s'éloigner de lui en vitesse. Lorsqu'elle s'estima assez loin pour être à l'abri d'une nouvelle attaque, elle s'arrêta et regarda derrière elle pour juger de la situation.

Clay était toujours à terre. D'un air furieux, il se frottait la joue. Un homme aux épaules larges et à l'expression déterminée se tenait au-dessus de lui.

Clay le fusilla du regard.

— De quel droit m'avez-vous frappé ?

— Frappé ? rétorqua son interlocuteur. Vous avez l'impression d'avoir été frappé ? Non, je vous ai un peu bousculé mais, si vous vous avisez de lever une fois encore la main sur cette femme, je vous réduirai en bouillie.

Sierra considéra son sauveur avec émerveillement. À présent, les enfants étaient agglutinés contre elle. Ils se collaient à ses jambes en tremblant de peur.

— Je fais ce que je veux, protesta Clay. Il s'agit de ma femme.

— De ton ex-femme, lui rappela Sierra.

— Elle pourrait être votre grand-tante Sue ou n'importe qui d'autre, cela ne changerait rien, dit l'inconnu. Je le répète : si vous relevez la main sur elle, vous aurez affaire à moi. Me suis-je bien fait comprendre ?

— J'aimerais voir ça !

Manifestement prêt à se battre, Clay se mit sur pied et s'avança, les poings en avant.

Mais, dès qu'il esquissa un uppercut, l'autre lui asséna un coup au menton. Clay retomba lourdement à terre et resta allongé un moment, complètement sonné.

— Vous me le paierez ! lança-t-il enfin. Je vous tuerai.

— À qui croyez-vous faire peur ? Vous êtes tellement minable que vous en êtes réduit à vous attaquer à une femme. Face à un homme, vous ne faites pas le poids.

De nouveau, Clay se frotta le menton.

— Allez-vous me laisser me lever ?

— Cela dépend de vous... Avez-vous l'intention de présenter vos excuses à madame pour votre comportement inadmissible ? lança-t-il en désignant Sierra d'un mouvement de tête.

Une grimace de mépris se peignit sur le visage de son ex-mari.

— Je n'ai aucune excuse à lui présenter. C'est elle qui m'a quitté.

— Je commence à comprendre pourquoi, répliqua l'inconnu.

— N'importe quoi !

Sur ces mots, Clay voulut se redresser mais son adversaire posa son pied sur sa poitrine pour l'en empêcher.

— Pas avant que vous ne vous soyez excusé.

Les joues de Clay s'enflammèrent, et il serra les mâchoires.

Sierra retint son souffle. Elle n'avait jamais entendu Clay présenter ses excuses. À personne. Quel que soit le sujet.

— Je suis désolé, grommela-t-il enfin avec colère d'un ton qui n'avait rien de contrit.

— Dites-le avec un peu plus de conviction, répliqua le sauveur improvisé de Sierra.

Clay rougit davantage encore et il serra les mâchoires.

— Très bien. Je suis désolé, répéta-t-il d'un ton plus doux où la fureur perçait encore.

Son rival recula enfin.

Clay se mit sur pied avant de le fusiller du nouveau du regard.

— Qui diable êtes-vous ? Et de quel droit vous mêlez-vous de mes relations avec ma femme ?

— Ex-femme, lança Sierra. Le divorce a été prononcé il y a plus de six mois. Et tu as reçu une copie du jugement.

Clay se tourna vers elle et rétorqua.

— Je n'aurais jamais donné mon accord pour divorcer si le juge ne m'avait pas menacé de me jeter en prison en cas de refus.

Sierra planta les poings sur les hanches.

— En tout cas, notre divorce est désormais acté, légal et définitif. Et je ne reviendrai jamais vers toi. J'ai commencé une autre vie. Dans laquelle tu n'as aucune place.

Clay glissa un œil mauvais vers l'inconnu qui les observait.

— Et lui ? Il a une place dans ta nouvelle existence ? C'est ton nouveau petit ami, c'est ça ?

Sierra leva le menton.

— Cela ne te regarde pas.

— Tu m'as plaqué pour coucher avec lui ?

— Quoi qu'elle fasse avec moi, cela n'a rien à voir avec vous, dit l'homme.

Il croisa les bras sur son torse musclé. Il se tenait debout, les pieds légèrement écartés comme un guerrier conquérant.

— Ce qu'elle fait ne regarde qu'elle, ajouta-t-il.

Le cœur de Sierra s'emballa dans sa poitrine. Apparemment, son sauveur était un homme, un vrai. Il n'avait pas besoin de battre une femme pour se sentir puissant. Elle le voyait plutôt comme un héros, un être exceptionnel.

Mais Clay refusait de s'avouer vaincu.

— En tout cas, vous ne pourrez pas être en permanence derrière elle pour prendre sa défense, rétorqua-t-il. Je m'expliquerai avec elle plus tard, voilà tout.

Il se tourna vers Sierra et ajouta, menaçant :

— Dès que ton petit ami aura quitté les lieux, j'aurai deux mots à te dire.

Sierra était gênée de l'entendre parler de l'inconnu comme de son petit ami mais ce n'était pas le moment de le contredire. Si Clay pensait que cet homme grand et costaud était vraiment son amoureux, peut-être cesserait-il de s'en prendre à elle.

— Laisse-moi tranquille, Clay.

— Tu es à moi. Et je ne laisserai personne prendre ce qui m'appartient. Et sûrement pas un type de ce genre. Compris ?

— Maintenant, écoutez-moi bien, dit l'inconnu en prenant Clay par le bras pour le pousser sans ménagement jusqu'au parking. Je tolère la bêtise jusqu'à un certain point mais vous venez de dépasser les limites. Alors maintenant, vous montez dans votre camionnette et vous disparaissez.

Il ouvrit la portière pour installer de force Clay au volant et conclut :

— Et je vous déconseille de revenir embêter ma petite amie. Sinon, je vous ferai passer un sale quart d'heure. Suis-je clair ?

Et sur ces mots, il claqua la portière et s'éloigna sans se retourner.

Sierra retint son souffle. Connaissant Clay, elle craignait qu'il ne démarre et n'écrase sciemment son interlocuteur.

Heureusement, il se contenta de crier par sa vitre ouverte :

— Je vous revaudrai ça. Je reviendrai m'expliquer avec vous.

— À vos risques et périls, mon pauvre vieux.

Brenda Larson sortit alors du bâtiment, son téléphone à la main.

— Le shérif arrive, dit-elle.

Comprenant que le vent était en train de tourner, Clay

manœuvra en vitesse et quitta le parking sur les chapeaux de roues.

Sierra resta un moment silencieuse, comme assommée par ce qui venait de se passer.

Brenda lui sourit avant de tourner les talons.

— Je vous laisse, je dois retourner m'occuper de mes bébés.

— Vas-y, je vais faire rentrer les grands.

Brenda se hâta à l'intérieur, laissant Sierra seule avec son sauveur et la quinzaine de bambins accrochés à ses basques. Encore sous le choc, elle considérait l'inconnu sans rien dire. Reportant alors son attention sur elle, ce dernier demanda avec une pointe d'inquiétude :

— Ça va ?

Il avait les cheveux bruns coupés très court comme un militaire, et ses yeux noisette passaient du vert au brun en fonction de l'intensité de la lumière.

Sierra déglutit avec difficulté et tenta de se remémorer la question.

— Euh, oui, ça va, répondit-elle en se frottant le bras d'un air absent.

— Vous a-t-il fait mal ? Vous savez que vous pouvez porter plainte. Ou, au moins, déposer une main courante

En deux enjambées, il parcourut la distance qui les séparait pour prendre ses mains dans les siennes.

— Il vous a fait mal, répéta-t-il.

Sierra considéra les marques sur ses bras.

— Ce n'est rien. Dans l'immédiat, je dois calmer ces malheureux petits et les conduire à l'intérieur.

Eloisa sanglotait toujours, accrochée à ses jambes. Sierra n'aurait pu avancer sans la renverser.

Les enfants qui ne parvenaient pas à se coller à Sierra se tournèrent spontanément vers le nouvel arrivant et se pressèrent contre lui en pleurant.

Refoulant les sanglots qui montaient à sa gorge, Sierra se mit à rire.

— Je suis désolée mais, apparemment, nous sommes pris au piège par une poignée de bambins.

Un sourire sur les lèvres pour rassurer les petits, elle lui tendit la main.

— Merci de votre aide. Je suis Sierra Daniels. Et vous ?

— Apparemment, je suis votre nouveau petit ami, répondit-il en souriant. Rex Trainor. Mes amis m'appellent T-Rex.

— Comme le dinosaure ?

Il hocha la tête.

— Exactement.

Il prit sa main dans la sienne.

À ce simple contact, elle se sentit rougir.

— Merci d'être venu à ma rescousse… T-Rex. Bon, les enfants, maintenant que le spectacle est terminé et que tout le monde va bien, nous allons rentrer jouer dans la salle de gym.

— Je veux maman, gémit Eloisa.

Sierra souleva la petite fille et la cala sur sa hanche.

Comme plusieurs enfants pleuraient, T-Rex proposa :

— Qui veut chevaucher sur mon dos jusqu'au gymnase ?

Il souleva un petit garçon, Nathan, et le posa sur ses épaules.

Le gamin eut d'abord l'air effrayé mais, très vite, un grand sourire éclaira son visage. Il s'agrippa aux oreilles de T-Rex en riant.

— Qui d'autre ? demanda T-Rex.

Non content d'avoir Nathan sur les épaules, il parvint à prendre une petite fille et un autre garçonnet dans ses bras.

— Suivez-moi ! dit-il d'un ton d'adjudant-chef.

Sans hésiter, les autres lui emboîtèrent le pas et le suivirent à l'intérieur de la crèche.

Sierra embrassa Eloisa et suivit le mouvement. Elle ne connaissait pas cet homme, mais elle lui faisait confiance d'instinct comme les petits dont elle avait la charge.

Certes, il était doté d'un physique impressionnant, certes, elle aurait pu se noyer dans ses prunelles noisette et, certes, ses cheveux en brosse lui donnaient envie d'y passer les doigts comme dans une fourrure d'animal… Mais elle s'interdit de s'arrêter à ces pensées troubles. Cet inconnu était venu à sa rescousse. Cela suffisait pour faire de lui un demi-dieu à ses yeux.

Son cœur s'accéléra dans sa poitrine. Soudain, la journée semblait plus belle, plus ensoleillée, plus colorée… grâce à un colosse arrivé à temps pour sauver le monde.

4

T-Rex pénétra dans l'immense gymnase par une entrée latérale. Des paniers de baskets étaient accrochés aux murs.

Une femme se tenait devant l'une des portes ouvertes, un bébé dans les bras. En le voyant, elle battit plusieurs fois des paupières.

— Oh ! j'attendais Sierra. Qui êtes-vous donc ?

Un sourire ironique se peignit sur les lèvres de T-Rex.

— Apparemment, je suis son petit ami.

— Il plaisante, Brenda, répliqua une voix derrière lui.

La blonde qu'il avait arrachée des griffes de son ex-mari entra à son tour, une petite rouquine calée sur la hanche.

Les joues de Sierra étaient rouges, son regard bleu azur.

— Clay a cru qu'il s'agissait de mon petit ami, expliqua-t-elle. Et je n'ai pas vu l'intérêt de le contredire, ajouta-t-elle avec un haussement d'épaules.

La dénommée Brenda considéra T-Rex un moment, les yeux plissés.

— Attendez... Je vous connais, vous. Vous êtes l'un des militaires prêtés par l'armée pour travailler avec Kevin Garner, non ? Si ma mémoire est bonne, vous faites partie de l'équipe d'intervention envoyée par le ministère de l'Intérieur.

T-Rex hocha la tête tout en posant sur le sol les deux enfants qu'il tenait dans ses bras. Il fit alors glisser le petit garçon de ses épaules mais au lieu de le mettre sur pied, il le fit sauter en l'air avant de le rattraper au vol.

Quand il le laissa enfin, Nathan, aux anges, s'exclama :

— Encore ! Encore ! S'il te plaît !

En riant, T-Rex le prit par la taille et le lança une nouvelle fois.

Tous les autres bambins se précipitèrent alors vers lui en criant à pleins poumons :

— À moi, à moi !

— Les enfants, les enfants ! intervint Sierra. M. Trainor n'est pas ici pour vous amuser. Laissez-le tranquille, il a sûrement du travail. Retournez jouer entre vous.

Elle posa la petite rouquine et entraîna les gamins vers des tapis de mousse étendus dans un coin de la salle.

Tandis qu'ils se mettaient à faire des roulades, Sierra se tourna vers son héros et lui tendit la main.

— Merci infiniment d'être venu à mon secours.

Quand leurs doigts se touchèrent, il sentit un frisson le parcourir. Il la dévisagea avec attention. L'avait-elle ressenti, elle aussi ? Elle écarquilla les yeux un instant mais rien n'indiquait qu'elle éprouvait le même trouble.

Elle sourit.

— Avez-vous fini de me serrer la main ?

T-Rex la lâcha immédiatement et, gêné, il enfonça les mains dans les poches de son pantalon.

— Pardonnez-moi.

— Sierra, intervint la femme chargée d'un bébé. Tu n'avais donc pas encore fait la connaissance des militaires qui nous ont aidés quand le bus de ramassage scolaire a été attaqué ?

Sierra secoua la tête.

— Non. J'avais la grippe, le jour du drame, tu t'en souviens ?

— Vos hommes vous appellent T-Rex, non ? poursuivit la collègue de Sierra en s'avançant vers lui. Je suis Brenda Larson, nous nous sommes rencontrés devant la mine Lucky Lou, après la libération des petits.

— Je suis désolé, je ne m'en souviens pas.

— Je n'en suis pas surprise. Vous étiez très occupé.

Avec un pauvre sourire, Brenda se tourna vers Sierra.

— Tu as eu de la chance d'être malade ce jour-là. Pour ma part, j'en fais encore des cauchemars.

Sierra hocha tristement la tête.

— J'ai tant de peine en pensant à Mme Green. Son mari était si gentil.

— M. Green était le chauffeur du car, non ? demanda T-Rex.

Sierra et Brenda opinèrent, et T-Rex poursuivit :

— La vie est parfois très injuste. Green était un brave homme qui ne méritait pas ce qu'il lui est arrivé. Il n'aurait jamais dû se faire descendre.

Les deux femmes partageaient son avis, mais elles savaient qu'il ne servait à rien de ressasser les tragédies passées.

— Nous ne voulons pas vous retarder, monsieur Trainor, reprit Sierra. Merci encore pour tout, ajouta-t-elle avant de se diriger vers les enfants.

Des cris poussèrent Brenda à retourner dans la pièce voisine.

— Le devoir m'appelle, moi aussi. Contente de vous avoir revu et à bientôt, j'espère, T-Rex.

Il la salua d'un signe de tête et il promena son regard autour de lui.

— Je cherche le cadastre. Je crois que le service est installé dans ce bâtiment.

Sierra acquiesça.

— En effet, mais il vous faut ressortir pour rejoindre leurs bureaux. L'entrée est située devant l'ancien dépôt d'armes.

— Il s'agissait donc autrefois d'une armurerie ?

— À l'origine, ces édifices abritaient une petite unité de la garde nationale de l'armée du Montana. Lorsque cette dernière a transféré son arsenal ailleurs, elle a fait don des locaux à la ville. Ils constituent désormais le centre communautaire de Grizzly Pass.

T-Rex balaya la salle avec un autre regard. Maintenant qu'elle avait mentionné l'histoire de l'endroit, il pouvait facilement imaginer des militaires s'entraînant dans ce gymnase lorsqu'il faisait trop froid à l'extérieur, qu'il pleuvait ou neigeait. Une pointe de regret le tortura. Pendant qu'il s'occupait aux États-Unis de missions confiées en général à des civils, les membres de son unité mettaient leur vie en danger à l'autre bout du monde.

Il serra les poings.

— Je suis ravi que les bâtiments aient pu être reconvertis pour le bien de tous.

Même s'il était heureux d'échanger quelques mots avec cette jolie blonde, il avait du travail. Plus vite, ils découvriraient qui était derrière les événements qui secouaient Grizzly Pass depuis quelque temps, plus vite il pourrait rejoindre sa division et repartir au front.

De toute façon, il n'avait rien à gagner à se rapprocher d'une femme, qu'elle soit brune ou blonde. Il avait un jour décidé d'intégrer le corps des marines etn depuis lors, il vouait sa vie entière à son métier. Mais, surtout, il avait mesuré les dégâts qu'une carrière militaire pouvait provoquer au sein d'une famille. Il refusait de faire subir à une femme les affres que connaissaient les épouses de soldats, pas plus qu'il ne pourrait la maltraiter comme l'ex-mari de Sierra l'avait fait.

Il avait choisi de rester célibataire pour une très bonne raison. Pour lui, les militaires de carrière devaient s'interdire de fonder une famille.

— J'y vais, reprit-il. Si votre ex-mari vous fait de nouveau des misères, n'hésitez pas à m'appeler. Tant que je serai dans le coin, je serai heureux d'intervenir en jouant le rôle du petit ami de service.

Il ne le précisa pas mais il n'était pas venu à Grizzly Pass pour démarrer une relation amoureuse mais pour mener à bien une enquête et aboutir.

Tournant les talons, il sortit du bâtiment pour se diriger vers l'entrée des bureaux où travaillaient autrefois des officiers de carrière. Les locaux étaient désormais occupés par les services municipaux ou loués à des entreprises privées.

Il trouva sans difficulté la porte marquée « cadastre » et il entra.

Avec l'aide du greffier, il dénicha les plans des parcelles et des propriétés qui longeaient le pipeline d'hydrocarbure installé depuis des lustres au sud du parc national de Yellowstone.

T-Rex prit des photos à l'aide de son téléphone portable et il nota sur un calepin les noms des gens ou des sociétés propriétaires de ces terrains. Quand il eut terminé, il glissa son carnet dans la poche de son blouson.

— Merci beaucoup, dit-il au greffier avant de prendre congé.

Il était resté plus d'une heure au cadastre. À présent, il avait tout intérêt à regagner son camion et à s'en aller, il le savait.

Mais, avant de partir, il ne put s'empêcher de retourner à la crèche pour s'enquérir de Sierra. Il voulait s'assurer qu'elle allait bien.

Elle se trouvait toujours dans le gymnase avec la petite rouquine mais, cette fois, elle était également en compagnie d'une femme aux cheveux roux, la mère de la fillette, certainement.

— Après le départ de Clay, Eloisa a fait une sieste mais elle a sans doute encore besoin d'évacuer son stress, disait Sierra. Je suis vraiment navrée que cette scène si pénible se soit déroulée en présence des enfants.

La femme serra sa fille dans ses bras.

— Ne vous en faites pas trop. Les enfants sont d'une extrême sensibilité mais ils oublient vite. L'essentiel est que tout aille bien pour vous.

Comme la jeune mère se retournait pour s'en aller, elle découvrit T-Rex derrière elle et elle le dévisagea un instant, les sourcils froncés. Elle se tourna alors brièvement vers Sierra pour lui lancer d'un air inquiet.

— Connaissez-vous cet homme ? Je peux rester avec vous si vous avez besoin d'aide.

Comprenant que la maman d'Eloisa prenait T-Rex pour son ex-mari, Sierra se hâta de la rassurer.

— Ne vous inquiétez pas, je le connais. C'est lui qui a mis Clay en fuite. Inutile de vous dire qu'il est devenu du même coup la coqueluche des gosses.

Comme pour en témoigner, la petite fille tendit les bras vers T-Rex.

— À moi.

— T-Rex a lancé Nathan en l'air avant de le rattraper au vol, expliqua Sierra. Le petit a adoré ce jeu, et ses camarades ont tous eu envie de faire à leur tour l'expérience.

La fillette se penchait si fort vers T-Rex qu'elle serait tombée s'il ne l'avait pas redressée.

— Cela vous ennuie-t-il ? demanda-t-il à la mère d'Eloisa.

— Non, pas du tout. Je suis surtout étonnée. En général, elle a peur des inconnus.

T-Rex prit la petite et la jeta en l'air. Eloisa hurla de joie.

Quand il la rendit à sa mère, l'enfant tendit de nouveau les bras vers lui.

— Encore ! Encore !

— Désolée, chérie, répliqua-t-elle en plaçant la fillette sur sa hanche. Il est temps de rentrer à la maison et de préparer le dîner.

Avec un grand sourire, elle les salua et s'éloigna, laissant Sierra seule dans le gymnase avec T-Rex.

— Tous les autres sont partis ? demanda-t-il.

— Tout le monde sauf moi, répondit-elle en allant chercher son sac à main. Je suis chargée de fermer la crèche, ce soir.

— Je vous attends.

— Rien ne vous y oblige.

— Je sais, répondit-il en l'invitant d'un geste à ouvrir la voie.

— Vraiment, je ne veux pas vous retarder. Et je suis tout à fait capable d'y arriver toute seule.

Il lui toucha le bras.

— Ne vous méprenez pas. Je ne cherche pas à vous ennuyer

mais seulement à faire preuve d'esprit chevaleresque. Après ce qui s'est passé aujourd'hui, je préfère m'assurer que vous retournerez chez vous saine et sauve.

Les yeux bleus de Sierra brillèrent d'un nouvel éclat et ses joues s'enflammèrent. Manifestement gênée, elle repoussa ses cheveux en arrière.

— Alors, d'accord, dit-elle enfin en se dirigeant vers la porte.

Comme elle passait devant lui en balançant légèrement les hanches, T-Rex fut troublé malgré lui.

Sierra lui plaisait. Normalement, à ce stade, il aurait dû l'inviter à dîner ou lui proposer de la revoir d'une façon ou d'une autre. Mais voilà, il ne le pouvait pas. Il n'aimait que les aventures sans lendemain. Son mode opératoire habituel était de séduire une femme, de coucher avec elle et de la plaquer au matin. Mais, maintenant qu'il avait vu comment son ex-mari la maltraitait, qu'il avait été témoin de la violence dont elle avait été victime, il ne pouvait se comporter ainsi avec elle. Elle avait besoin d'un homme qui la traiterait en princesse et qui lui donnerait tout l'amour et l'attention qu'elle méritait. Sierra n'était donc pas pour lui.

Enfin, elle l'entraîna hors du bâtiment et referma la porte avec soin.

— Si je comprends bien, vous faites partie de l'équipe de militaires venus prêter main-forte au shérif ? demanda-t-elle tandis qu'ils se dirigeaient vers leurs véhicules.

— Exactement.

Il s'arrêta devant la vieille berline de Sierra et attendit qu'elle la déverrouille. Il lui ouvrit alors galamment sa portière.

Avant de s'engouffrer dans l'habitacle, elle se tourna vers lui, plantant les yeux dans les siens.

— Merci pour tout ce que vous avez fait pour moi aujourd'hui.

— De rien.

Elle était si près de lui qu'il huma les fragrances de son parfum. Il lui aurait suffi de se pencher un peu pour capturer ses lèvres. Il sentit les battements de son cœur s'accélérer dans sa poitrine tandis que son regard quittait ses magnifiques yeux bleus pour se poser sur sa bouche sensuelle.

— Je... Je ferais mieux d'y aller, balbutia-t-elle. La nuit tombe.

Elle se glissa au volant, claqua sa portière et démarra.

T-Rex recula, se répétant qu'il était stupide. Le simple fait de songer à l'embrasser était ridicule. Elle se remettait à peine d'un mariage raté. Il lui rendrait service en se tenant à distance.

Sierra descendit sa vitre.

— Si je peux faire quoi que ce soit pour vous, n'hésitez pas à me solliciter. Je vous suis désormais infiniment redevable.

Il hésita, tenté de lui demander un baiser pour être quitte, mais il finit par secouer la tête.

— Vous ne me devez rien. N'importe qui aurait réagi comme je l'ai fait. Ne m'en voulez pas mais je préfère vous suivre pour m'assurer que vous arriverez entière chez vous.

— Grizzly Pass est une petite ville. Ce n'est pas nécessaire.

Et sur ces mots, elle sourit, passa la première et quitta le parking.

T-Rex attendit qu'elle disparaisse dans la nuit pour regagner son camion et prendre la direction de Main Street où il avait pris ses quartiers temporaires. Pendant la durée de sa mission, il séjournait au Bed & Breakfast du coin.

Comme il se garait derrière l'immense demeure de style colonial que la propriétaire avait transformée en maison d'hôtes de six chambres, il remarqua l'une des voitures qui s'y trouvaient déjà. Elle lui disait quelque chose. Après avoir coupé le moteur, il sauta de son véhicule et inspecta brièvement la vieille berline.

Était-ce possible ? se demandait-il en poussant la porte de chêne.

Quand il entra dans le salon, il découvrit Sierra, deux valises à ses pieds, en train de bavarder avec Mme McCall, la propriétaire.

Elle se tourna vers lui et, le reconnaissant, fronça les sourcils, manifestement surprise de le voir arriver.

— Ne me dites pas que vous m'avez suivie.

— Monsieur Trainor, je suis heureuse de vous voir, s'exclama la propriétaire. J'espère que vous ne m'en voudrez pas mais j'ai appelé un artisan tout à l'heure pour lui demander de réparer la porte-fenêtre de votre balcon qui ne fermait pas bien.

— D'accord, merci beaucoup, répondit-il tout en continuant de fixer Sierra.

— Oh ! mais je manque à tous mes devoirs, reprit Mme McCall. Laissez-moi vous présenter Mlle Daniels !

— J'ai eu le plaisir de faire sa connaissance tout à l'heure, merci.

— Sierra va venir vivre ici, le temps que son appartement soit rénové.

— Formidable, dit T-Rex. Vous allez adorer Mme McCall, Sierra. Elle fait les meilleurs scones du Wyoming.

La propriétaire rougit.

— Vous êtes trop gentil.

— Inutile de me faire l'article, dit Sierra en tapotant le bras de la propriétaire. J'ai déjà eu l'occasion de me régaler des scones de Mme McCall. Petite fille, quand j'accompagnais ma mère qui lui rendait visite, je m'empiffrais déjà de ses pâtisseries. Vous avez raison, elles sont délicieuses.

Mme McCall sourit et redressa fièrement les épaules.

— Merci, chérie. Maintenant, si vous voulez bien m'excuser, mon feuilleton préféré va commencer et je ne veux surtout rater cet épisode. À mon âge, une femme a besoin de se passionner pour quelque chose, ajouta-t-elle avec un clin d'œil avant de disparaître derrière une porte marquée « privé ».

— Laissez-moi vous aider, dit T-Rex en s'emparant des valises de Sierra.

— Non, non, merci, je peux m'en occuper !

— Je sais bien que vous le pouvez. Mais nous avons déjà évoqué tout à l'heure l'esprit chevaleresque. Il signifie encore quelque chose, en tout cas, pour moi. Ma mère m'a appris à traiter les femmes avec égards. Quel est le numéro de votre chambre ? ajouta-t-il en se mettant à gravir les marches de l'escalier.

Quand elle le lui donna, il se figea un bref instant. Sa chambre se trouvait à côté de la sienne. Il réprima un grognement, préférant ne pas en souffler mot. Elle le découvrirait bien assez tôt.

Pour un homme qui refusait de nouer la moindre relation amoureuse, il n'avait pas de chance.

— J'ignorais que vous séjourniez ici, dit Sierra en le suivant dans l'escalier.

— Dans une ville aussi petite que Grizzly Pass, les hôtels ne sont pas légion. C'est ce qui nous a obligés à nous disperser.

Il s'immobilisa devant sa chambre et recula pour lui permettre d'introduire la clé dans la serrure.

Elle entra et lui tint la porte ouverte pour le laisser entrer.

Il posa les valises sur le plancher et se retourna vers elle.

— Bienvenue au Bed & Breakfast McCall.

Sierra se mit à rire.

— Vous ne ressemblez pas beaucoup à un groom mais j'apprécie votre aide.

Elle ouvrit son sac.

— Qu'accepteriez-vous en guise de pourboire ?

Il posa la main sur son bras.

— Je ne veux pas d'argent. Mais… Si vous tenez à me donner quelque chose…

Et, avant d'avoir pu s'interroger sur ses propres mobiles, il lui souleva le menton du bout du doigt et prit le baiser auquel il pensait depuis qu'il l'avait laissée devant le centre communautaire. Il pensait que ce serait un baiser rapide et sans conséquence. Il n'attendait rien d'autre. Ensuite, il disparaîtrait.

Mais rien ne se passa comme prévu. Dès que ses lèvres capturèrent celles de Sierra, il sentit un véritable brasier s'allumer dans son ventre.

Il prit la tête de Sierra entre ses mains et approfondit leur baiser.

Au lieu de le repousser, elle se colla plus étroitement à lui.

Et il en fut heureux. Parce que, maintenant qu'il avait commencé à l'embrasser, il était incapable de s'arrêter.

Sierra avait été surprise — et secrètement ravie — de voir apparaître T-Rex au Bed & Breakfast où elle avait décidé de s'installer quelques semaines. Troublée par son arrivée, elle avait complètement oublié quel était le sujet de sa conversation avec Mme McCall. Comme une idiote, elle avait juste été capable de dévorer des yeux son héros aux cheveux coupés ras et aux yeux noisette. Une chance qu'elle ait réussi à ne pas baver.

T-Rex avait tout de l'homme idéal, du prince charmant dont rêvaient toutes les femmes. Grand, séduisant, prêt à se battre pour défendre une femme, il avait tout pour plaire.

Maintenant, il était dans sa chambre à l'embrasser comme un fou. Les jambes tremblantes, elle s'accrocha à sa chemise pour se rapprocher encore de lui. Se hissant sur la pointe des pieds, elle s'abandonna à son étreinte et lui rendit ses baisers avec ferveur. Clay ne l'avait jamais embrassée ainsi. Comme si elle était spéciale, unique, comme si elle était la seule personne au monde, comme si les autres ne comptaient pas. Elle se pressa contre T-Rex, heureuse de sentir son corps musclé. Il était le genre d'homme sur qui une femme pouvait s'appuyer quand les temps devenaient durs. Il n'avait pas besoin qu'on flatte son ego pour se sentir plus viril.

Du bout de la langue, il caressa ses lèvres et, incapable de résister à cette invite, elle ouvrit les siennes pour l'embrasser à pleine bouche. Un vrai baiser de voyou. En quelque sorte, elle culpabilisait un peu. Avec effort, elle se souvint qu'elle était officiellement divorcée et qu'elle avait le droit d'embrasser qui elle voulait. Et T-Rex lui plaisait beaucoup.

Lorsque leurs langues entamèrent une danse sensuelle, elle crut défaillir, emportée par la passion. Rien n'aurait pu être plus intense que ce baiser, à l'exception peut-être d'un corps à corps torride sous des draps. Des images érotiques la traversèrent. Elle se vit avec lui dans des draps froissés, tous deux nus, peau contre peau.

Un feu dévorant embrasait le ventre de Sierra. Elle se sentait plus vivante qu'elle ne l'avait été depuis des années, et pourtant, l'homme qui lui faisait tant d'effet était un inconnu, quelqu'un dont elle ne savait rien et qui lui avait demandé un baiser en guise de pourboire. Que lui arrivait-il ? Avait-elle perdu la tête ?

Trop tôt, T-Rex se détacha d'elle et recula.

Sierra humecta ses lèvres meurtries.

— Eh bien, pour un pourboire, il était généreux, réussit-elle à balbutier, consternée d'entendre l'émotion qui teintait sa voix.

— Je devrais sans doute m'excuser, répondit-il d'un ton rauque. Mais j'en suis incapable. C'était... merveilleux.

Hochant la tête, elle se risqua à planter les yeux dans les siens. C'est alors que la réalité lui revint en pleine figure. Elle venait de divorcer, elle n'était pas certaine d'être capable de renouer de nouvelles relations amoureuses si tôt. De toute façon, après sept années de vie conjugale catastrophique, elle n'était plus très sûre d'être faite pour le mariage, ni même de savoir repérer un homme valable pour une relation quelle qu'elle soit. De toute façon, il était trop tôt pour se lancer dans une nouvelle aventure amoureuse.

Elle s'écarta à son tour.

— Merci de ne jamais recommencer.

Il acquiesça.

— D'accord. D'ailleurs, vous lier avec moi ne serait pas une bonne idée, je préfère vous prévenir. Non seulement, je ne compte pas rester longtemps dans la région mais, surtout, je n'ai rien du petit ami idéal. Loin de là.

Sierra ne s'attendait pas à cette réponse et encore moins à l'immense déception qui lui serra sa poitrine.

Refusant de fondre en larmes, elle redressa les épaules et leva le menton. Pourquoi se sentait-elle si mortifiée ? Elle n'avait pas plus envie que T-Rex de nouer une relation amoureuse, elle avait donc tout lieu de se féliciter de sa réaction. Pourtant...

Il tourna les talons et gagna la porte de la chambre.

Mais, avant qu'il n'en franchisse le seuil, elle lança.

— Pourquoi ?

Il s'arrêta et se retourna.

— Pourquoi quoi ?

— Pourquoi n'êtes-vous pas le petit ami idéal ?

Elle ne comprenait pas elle-même pourquoi elle avait posé cette question, pourtant elle se surprit à attendre sa réponse.

Il secoua la tête, un petit sourire sur les lèvres.

— Croyez-moi. Je ne vous ferais aucun bien. Je n'en ferais à aucune femme.

Et sur ces mots, il sortit de la chambre et referma la porte derrière lui.

Sierra se laissa tomber sur le lit, la main sur la bouche. En tout cas, il savait embrasser !

Comme elle reprenait peu à peu ses esprits, elle fronça les sourcils. Qu'avait-il voulu dire exactement avec son « Je ne vous ferais aucun bien. Je n'en ferais à aucune femme » ?

Sa curiosité ne trouva aucune réponse satisfaisante et, renonçant à comprendre ses paroles sibyllines, Sierra se mit en devoir de ranger ses affaires dans les placards et la commode. Six mois plus tôt, elle avait quitté le domicile conjugal avec ces deux seules valises. Tout le reste, elle l'avait laissé à Clay.

Par chance, elle avait trouvé rapidement un petit appartement meublé à louer. Mais, au premier orage, elle s'était rendu compte que le toit fuyait.

Il fallait non seulement le réparer mais également changer la moquette et le papier peint, les inondations ayant fait des dégâts. Le propriétaire lui avait annoncé qu'elle ne pourrait revenir vivre dans ce deux-pièces qu'à la fin de travaux. Voilà pourquoi elle avait fini par atterrir au Bed & Breakfast de la ville.

La nuit tombait mais il n'était pas encore très tard. Le soleil venait de disparaître derrière les collines. Sierra hésita.

Elle pouvait passer la soirée dans sa chambre, à ruminer ses souvenirs, ou sortir pour trouver quelque chose à manger.

Attrapant son manteau et son sac, elle se dirigea vers la porte, l'ouvrit et faillit tomber sur T-Rex.

— Oh ! désolée.

Il lui prit le bras pour l'aider à retrouver son équilibre.

— Ça va ?

— Oui, oui.

Elle recula, s'efforçant de calmer les battements précipités de son cœur.

— Je venais vous voir, dit-il.

— Ah oui ?

De nouveau, elle sentit son cœur s'emballer dans sa poitrine.

Enfonçant les mains dans ses poches, il en tira quelque chose qu'il lui tendit.

— J'aimerais que vous le gardiez en permanence sur vous.

— De quoi s'agit-il ? s'enquit-elle en considérant l'objet.

— D'un pistolet paralysant.

D'accord, ce n'était pas une rivière de diamants mais, sérieusement, quel homme offrirait un pistolet paralysant à une femme ?

— Comment ça marche ? demanda-t-elle, un peu désorientée.

— Il faut appuyer sur ce bouton pour l'allumer. Si un individu qui vous semble dangereux s'approche de vous, vous n'avez qu'à presser la détente pour lui envoyer une décharge électrique.

— Et que se passe-t-il alors ?

— Il perd le contrôle de ses muscles et l'équilibre. Incapable de marcher, encore moins de courir, il est mis hors d'état de nuire et il le reste pendant une bonne demi-heure.

— Cela paraît un peu dangereux, non ?

— Ne vous inquiétez pas. Les effets sont désagréables mais éphémères, et ils s'estompent vite. Ce petit appareil vous donne la possibilité de vous enfuir, en cas d'agression. Lorsque vous êtes seule, gardez-le toujours à la main. Par exemple, lorsque vous fermez la crèche pour rejoindre votre voiture. Si votre ex-mari vient vous embêter comme il l'a fait aujourd'hui, une petite décharge vous permettra de le neutraliser assez longtemps pour vous éloigner. À mon avis, l'expérience lui fera vite passer l'envie de vous harceler.

De nouveau, elle considéra le pistolet un moment avant de lever le nez vers T-Rex.

— Merci beaucoup. Je crois n'avoir jamais reçu de cadeau plus attentionné.

Il se mit à rire.

— N'auriez-vous pas préféré un bouquet de roses ou des chocolats ?

— Oh non, je préfère de loin ce pistolet.

Elle le glissa dans son sac.

— Je ne suis pas certaine d'avoir un jour le cran de m'en servir, mais savoir que je l'ai sur moi me rassure déjà.

— Où alliez-vous ? demanda-t-il en détaillant sa tenue.

— Je m'apprêtais à aller grignoter quelque chose. Normalement, je dîne à la maison d'une petite salade. Mais tant que je vivrai au Bed & Breakfast, je n'en aurai plus la possibilité. Mon appartement me manque déjà.

— De mon côté, j'étais sur le point d'aller dîner à la Blue Moose Tavern. Avez-vous envie de vous joindre à moi ?

Elle lui sourit et secoua la tête.

— Nous qui voulions nous éviter, cela commence mal.

— Ne vous inquiétez pas.

Il leva la main comme s'il prêtait serment devant un tribunal et il ajouta :

— Je promets de ne pas empiéter sur votre espace personnel sans votre accord.

— Dans ce cas, je serais ravie de partager ce repas avec vous. Je déteste dîner seule.

Ils descendirent l'escalier et sortirent de la maison.

Une fois dehors, il regarda autour de lui comme s'il cherchait quelque chose ou quelqu'un.

— Je ne vois pas votre ex-mari mais nous devrions sans

doute maintenir les apparences, dit-il en lui tendant la main. Vous n'avez pas oublié que vous êtes ma petite amie ?

Elle regarda fixement sa main, hésitant à la prendre. Sachant qu'il ne s'agissait que d'une comédie, elle pensait pouvoir jouer son rôle sans trop de mal. Pourtant, dès qu'elle noua ses doigts à ceux de T-Rex, un long frisson la parcourut. Elle comprit que tout rapprochement avec lui allait lui créer des problèmes.

Mais, dans l'immédiat, elle s'en moquait.

Main dans la main, ils traversèrent le quartier pour gagner la Blue Moose Tavern et y demander une table.

Une fois assise en face de T-Rex, les mains sur ses genoux, Sierra ne put s'empêcher de repenser à leur baiser. Il était le premier à l'avoir embrassée depuis son divorce. Certes, il ne serait certainement pas le dernier, et elle n'allait pas faire l'erreur de prendre au sérieux ce petit flirt. Il ne s'agissait que d'une passade sans importance.

La serveuse leur apporta de quoi boire, un verre de vin pour Sierra, une bière pour T-Rex.

— À notre nouvelle amitié ! dit Sierra en levant son verre.

— À notre nouvelle amitié !

Ils sirotèrent un moment leurs boissons en silence avant que T-Rex ne reprenne la parole.

— Puisque nous sommes amis, je te propose de nous tutoyer. Qu'en dis-tu ?

— D'accord.

Sierra devait se concentrer pour regarder ses yeux et non sa bouche sensuelle. Elle chercha quelque chose à lui dire. Quelque chose qui ne soit pas : « embrasse-moi ».

Finalement, elle posa son verre sur la table.

— Parle-moi de toi...

5

T-Rex se tendit. De toute sa vie, il n'avait jamais été aussi mal à l'aise, assis face à une jolie femme. Quand elle le dévisagea et lui demanda de lui parler de lui, il sentit sa gorge se serrer. Il vida sa chope de bière et la posa sur la table.

Que voulait-elle vraiment savoir ?

Avait-elle envie d'apprendre qu'il avait vu son meilleur sergent se faire déchiqueter par une grenade ? Qu'il regrettait de ne pas avoir été à la place de Gunny au moment de l'explosion ? Qu'il aimait les femmes mais qu'il préférait éviter de nouer des relations trop étroites avec elles parce que sa carrière militaire ne permettait pas à un homme de fonder une famille, d'être disponible pour une épouse ou pour des enfants ?

Comme il détestait parler de lui, il décida de botter en touche.

— Qu'aimerais-tu savoir, par exemple ?

— Je vois que tu n'as pas l'intention de me faciliter la tâche, dit Sierra en redressant les épaules. Pourquoi ne pas commencer par me parler du corps d'armée auquel tu appartiens.

— Je fais partie des marines, des Navy SEALs.

Ce n'était pas si difficile. Il se détendit un peu.

— Depuis combien de temps ? poursuivit-elle.

— Dix ans.

— Quand même ! Il s'agit d'un véritable engagement. As-tu déjà été envoyé dans une zone de guerre ? ajouta-t-elle.

De nouveau, il se tendit. Hochant la tête, il fixa sa chope vide.

— Quatre fois.

Sierra le dévisagea un moment sans rien dire avant de poser la main sur son bras.

— Merci, dit-elle avec gravité. Merci de te battre pour défendre notre pays, pour nous protéger tous. Comme tous les Américains, je suis impressionnée par le courage de nos soldats.

Le contact de sa main le troubla. Par contre, il n'avait pas l'impression de mériter des remerciements. Alors que lui pouvait aller et venir et qu'il irradiait de force et de santé, Gunny était incapable de tenir son fils nouveau-né dans ses bras ou d'embrasser ses filles.

T-Rex se libéra doucement de son emprise.

— À mon tour.

— Je t'écoute...

— Pendant combien de temps as-tu été mariée à ton charmant mari ?

— Sept ans.

— A-t-il été violent avec toi tout au long de votre vie conjugale ?

Les sourcils froncés, Sierra regarda ailleurs.

— Clay a toujours été... pénible. Je pensais qu'il allait se calmer avec le temps mais l'inverse s'est produit. La situation est devenue vraiment ingérable lorsqu'il a perdu son emploi de chauffeur poids lourds après un accident dont il était responsable. Il passait ses journées à tourner en rond à la maison pendant que j'allais travailler. C'est alors qu'il est devenu méchant.

— Avez-vous eu des enfants ?

Elle secoua la tête, se recroquevillant un peu sur elle-même.

— Non, pas d'enfant.

— Par choix ou parce que le destin ne l'a pas voulu ?

— Ce n'est pas arrivé, voilà tout. Si j'avais pu, j'aurais mis au monde une dizaine de gosses.

— Es-tu issue d'une famille nombreuse ?

Elle secoua la tête.

— Non. Mes parents sont morts quand j'avais six ans. J'ai été placée par les services sociaux dans une famille d'accueil.

— Je suis désolé.

— Il n'y a aucune raison de l'être. Mes parents nourriciers étaient très gentils avec moi.

— Étaient ?

Elle soupira.

— Ils sont morts à quelques mois d'intervalle, il y a cinq ans. Ils me manquent beaucoup.

— Pas de frère et sœur ?

— Non. Et toi, en as-tu ?

— J'ai une sœur qui vit au Texas. Elle est mariée et mère de trois petits garçons.

Elle lui sourit.

— Ils doivent adorer leur oncle.

— J'en doute, répondit-il avec un haussement d'épaules. Je ne les vois pas souvent.

La dernière fois qu'il leur avait rendu visite, les deux plus jeunes portaient encore des couches. Il se promit de retourner les voir bientôt.

— Et tes parents ? reprit-elle.

— Ils ont pris leur retraite il y a quelques années, et depuis ils sillonnent le pays à bord d'un camping-car, répondit-il en secouant la tête. Ils ont vendu le ranch dans lequel nous avons grandi pour acheter cette maison roulante. Ils ne restent jamais quelque part plus que quatre mois. Leur objectif est de visiter tous les parcs nationaux des États-Unis avant de mourir.

Sierra se mit à rire.

— Je trouve que c'est une super façon de profiter de sa retraite.

Une mèche blonde glissa sur sa joue et, sans réfléchir, T-Rex la repoussa avec douceur derrière son oreille. Lorsqu'il toucha sa peau, une décharge électrique le parcourut.

Il retira brusquement sa main.

— Pourquoi restes-tu à Grizzly Pass ?

Elle haussa les épaules.

— À l'exception de mon ex-mari, j'aime ses habitants. Cette ville est un endroit merveilleux pour vivre et élever une famille.

— Mais tu n'es plus mariée, et si j'ai bien compris tu n'as ni enfant ni famille ici.

— J'adorerais voyager mais je n'envisage pas de le faire seule. Je préfère partager l'aventure avec quelqu'un, ajouta-t-elle avec un sourire. Je ne me vois pas devant le Grand Canyon sans personne près de moi pour recueillir mes impressions, mes émotions.

Elle se mit à rire.

— Cela paraît idiot, c'est vrai, mais c'est ce que je ressens. Je me suis mariée jeune, à la sortie du lycée. À l'époque, Clay et moi n'avions pas les moyens de voyager. Pour tout dire, nous arrivions à peine à joindre les deux bouts. Voilà, tu sais tout de la vie pathétique que j'ai menée jusqu'ici. En fait, je n'ai jamais été plus heureuse que depuis que je travaille à la crèche avec les enfants. J'adore ces gamins.

— Et ils te le rendent bien.

— Dès que tu es apparu, ils m'ont totalement oubliée, les petits fripons, répliqua-t-elle. Et toi, pourquoi n'as-tu pas d'enfants ? D'ailleurs, je ne sais même pas si tu es marié.

— Je ne suis pas marié et je n'ai pas d'enfants.

Se penchant vers elle, il ajouta à voix basse pour qu'elle soit seule à l'entendre.

— Je ne t'aurais pas embrassée si j'avais une épouse. Je suis sans doute vieux jeu mais, pour moi, quand un homme embrasse une femme c'est parce qu'il pense l'aimer.

Sierra se radossa à son siège.

— On ne sait jamais. Voilà longtemps que je ne suis pas sortie avec un homme. J'ai oublié les codes du flirt et de la séduction. D'ailleurs, je ne les ai jamais eus. J'ai épousé le garçon dont j'étais tombée amoureuse au lycée. Je n'en ai connu aucun autre.

— Quelle formation as-tu poursuivie après le lycée ?

— J'aurais voulu devenir institutrice mais je n'ai pas pu aller au bout.

— Pourquoi ?

— Clay estimait que les études étaient une perte de temps. Dès la sortie du lycée, il a trouvé un emploi de chauffeur de poids lourds et nous nous sommes mariés. À l'automne suivant, il a refusé que je me rende à mes cours. Il jugeait que cette formation coûtait trop cher et qu'elle ne me servirait à rien. Il gagnait alors assez d'argent avec son boulot pour nous faire vivre tous les deux.

— Et puis, il a perdu son permis de conduire...

— Il y a plus d'un an, oui.

— Mariée pendant sept ans et pas d'enfant. Pour une femme qui adore les gosses, c'est étonnant.

— J'ai toujours rêvé d'être maman. Mais je ne suis jamais tombée enceinte. Cela t'ennuierait-il de parler d'autre chose ? ajouta-t-elle en détournant la tête

— Désolé. Je ne voulais pas être indiscret.

— Ça va. Le sujet était déjà douloureux pendant ma vie conjugale et il l'est resté.

— Alors discutons plutôt de ce que nous allons commander...

Il ouvrit la carte et chercha les plats qu'il n'avait encore goûtés.

Bientôt, la serveuse lui apporta un hamburger frites et une salade au poulet pour Sierra. Ils passèrent le reste de la soirée à parler de la saison de football à venir et des différents joueurs.

Quand il eut fini son plat, T-Rex demanda une autre bière et dévisagea Sierra un moment sans rien dire.

— Je suis surpris que tu connaisses aussi bien les équipes de football.

Elle leva un sourcil étonné.

— Pourquoi ? Parce que je suis une femme ?

— Oui, c'est vrai... Je pensais que les femmes détestaient les sports.

— C'est une réflexion machiste.

— Je l'avoue.

— Mes parents adoptifs étaient fans de foot. Nous ne rations pas un match du championnat. Nous passions les week-ends dans les tribunes des stades, à crier pour encourager les joueurs jusqu'à en perdre la voix.

Elle sourit et son expression s'adoucit.

— Pour tout dire, je regrette cette époque.

— Ton ex-mari n'aimait pas le foot, si je comprends bien ?

Elle secoua la tête.

— Il aimait le hockey. Bien sûr, je ne déteste pas regarder un bon match de hockey à l'occasion, mais j'adorais les matchs de foot.

— Et Clay ne te laissait pas te rendre au stade pour y assister ?

— Non.

— Quel imbécile !

Sierra éclata de rire.

— Je partage totalement ton avis.

Son sourire éclaira un moment son visage avant de disparaître.

T-Rex se surprit à espérer qu'elle sourie à nouveau.

Mais Sierra rentra soudain la tête dans ses épaules.

— Quand on parle du loup...

T-Rex se retourna vers l'entrée du restaurant au moment où Clay Ellis apparaissait. Il traversa la salle en se pavanant comme un paon. De loin, certaines personnes le saluèrent amicalement d'un geste de la main mais, au lieu de leur rendre leur salut, il les considéra avec mépris.

T-Rex serra les poings sous la table mais chuchota à Sierra d'un ton rassurant :

— Ne t'inquiète pas. Il n'osera pas t'ennuyer ici.

— Je sais. Mais, s'il m'aperçoit, il est tout à fait capable de déclencher un esclandre. Il adore ça. Peut-être vaut-il mieux partir maintenant...

— Non, il n'en est pas question. Tu n'as pas fini ton vin, ni moi ma bière. Et surtout, ce n'est pas à lui de décider de l'emploi du temps de notre soirée.

Elle se mit à rire, d'un rire qui sonnait assez faux.

— Tu as raison.

Elle porta son verre à ses lèvres pour avaler une gorgée.

— J'ai tort de me laisser impressionner par ce type, poursuivit-elle. Je n'ai plus rien à faire avec lui.

Mais, en l'affirmant, elle tremblait si fort qu'elle renversa un peu de vin sur son pull.

— Quelle maladroite je fais ! C'est mon pull préféré, ajouta-t-elle en l'essuyant à l'aide de sa serviette. Je ferais mieux d'aller nettoyer la tache à l'eau froide avant qu'elle ne s'incruste.

Tandis qu'elle s'éloignait vers les lavabos, T-Rex la suivit du regard. Puis il reporta son attention sur le bar où Ellis qui draguait lourdement une serveuse.

Apparemment, il n'avait pas remarqué la présence de Sierra.

T-Rex vit soudain entrer dans la salle Kevin Garner, le chef du groupe de militaires mis à la disposition de la Sécurité intérieure pour régler les problèmes qui secouaient Grizzly Pass depuis quelque temps. Il était accompagné de l'équipe.

Il y avait Jon Caspar, surnommé « Ghost », un marine comme T-Rex, Max Decker dit « Caveman » qui faisait partie de la Delta Force » et Trace Walsh, « Hawkeye » pour ses camarades, un pilote de l'armée américaine.

Leur présence n'était pas surprenante. Garner avait en effet décidé d'installer les bureaux de l'équipe d'intervention dans l'appartement situé au-dessus de la Blue Moose Tavern.

— T-Rex, quelle bonne surprise ! lança Caveman en se laissant tomber sur la chaise que Sierra venait de quitter. Nous ne pensions pas te trouver ici. Justement, nous te cherchions, ajouta-t-il.

Kevin Garner, Ghost, Caveman et Hawkeye s'installèrent eux aussi autour de la table.

T-Rex tenta de protester :

— Hey, les gars, je suis avec quelqu'un.

— Ah bon ? répliqua Hawkeye en promenant les yeux autour de lui. Je ne vois personne.

Tous quatre se mirent à passer la salle de restaurant au crible.

— Comment s'appelle-t-elle ? demanda Ghost.

— Qui te dit qu'il s'agit d'une femme ? rétorqua T-Rex qui avait envie que les hommes s'en aillent avant le retour de Sierra.

Caveman se mit à rire, croisant les bras sur son torse.

— Toi. Ta réaction t'a trahi.

T-Rex comprit que ses camarades ne le lâcheraient pas avant d'avoir obtenu une réponse.

— Son nom n'a pas d'importance.

Pour se débarrasser d'eux, il devait s'intéresser à ce qu'ils voulaient.

— Quoi de neuf ? lança-t-il.

— Charlie a découvert le site Internet qu'utilise désormais Free America, déclara Ghost.

Charlie McClain était une ancienne petite amie de Ghost qui travaillait à l'occasion en tant que cyber-espionne pour la Sécurité intérieure.

— Et ?

Ghost s'approcha, baissant la voix pour que les autres consommateurs ne l'entendent pas.

— Free America s'apprête à passer à l'action. D'après les échanges de certains de leurs membres sur Internet, ils programmeraient une opération dans un avenir très proche... Imminent.

Free America était un groupe d'Américains qui souhaitaient « débarrasser le pays de ses nombreux ennemis » — selon leurs propres termes — sans préciser qui étaient ces derniers ni comment parvenir à cette libération. Les objectifs de ce groupuscule étaient confus, ses membres anonymes, mais ils diffusaient des propos de plus en plus virulents sur Internet exhortant le « peuple américain » à se soulever. Apparemment, ils ne souhaitaient pas prendre le pouvoir par les voies démocratiques, en se faisant élire, mais ils espéraient renverser le gouvernement actuel par les armes.

Au départ, les autorités n'avaient pas pris ces messages au sérieux. De nombreux fous furieux déliraient sur Internet, tentant d'entraîner les foules dans leurs élucubrations. Heureusement, la plupart se contentaient de discours pompeux et n'intéressaient personne.

Mais l'équipe de Granner soupçonnait cette organisation d'être derrière les événements criminels qui secouaient la région.

— Une date a-t-elle été fixée ? demanda T-Rex.

— Non, juste un appel aux membres à s'armer et à se tenir prêts à intervenir, dit Ghost.

— Génial. Et nous ne savons toujours pas qui est mêlé au groupe Free America ?

— Hack et Charlie, nos gourous informatiques, estiment que n'importe qui aurait pu le former à partir d'un quelconque cybercafé, répondit Garner. Les membres de Free America utilisent des pseudos et se servent sans doute de wi-fi publics pour communiquer entre eux. Il est impossible de les identifier.

T-Rex serra les poings.

— Combien de temps avons-nous avant qu'ils ne passent à l'action ?

— Difficile à dire… Mais, depuis notre arrivée, nous avons senti que quelque chose se préparait, dit Caveman.

— Au départ, nous nous demandions si les Amérindiens du Wyoming n'étaient pas derrière les attaques visant le pipeline du parc national de Yellowstone.

Garner acquiesça.

— En effet, le pipeline traverse des terres qu'ils considèrent comme sacrées et, depuis qu'il est question de construire un nouvel oléoduc, ils ont sollicité tous les parlementaires de l'État pour tenter d'empêcher ces travaux…

— Il ne s'agit pas uniquement de religion, intervint Ghost. Les Amérindiens comme bon nombre de nos concitoyens craignent aussi la pollution. Le pipeline actuel est ancien et, à cause des restrictions budgétaires de ces dernières années, il est de moins en moins bien entretenu. Des fuites ont été constatées ici et là. Si elles s'aggravaient ou, pire, si le boyau venait à se rompre, les nappes phréatiques seraient polluées et mettraient en danger l'approvisionnement en eaux potables des populations locales.

— Le danger est réel mais, quoi qu'il en soit, nous avons maintenant la certitude que les Amérindiens ne sont pas coupables, reprit Garner. Ils n'auraient jamais cherché à faire sauter le pipeline et à provoquer ainsi une pollution gravissime. De plus, les communautés amérindiennes sont pauvres et n'ont pas les moyens d'acheter des armes en quantité ni des explosifs. Nous pouvons donc les retirer définitivement de la liste des suspects.

— En tout cas, Grady Morris, le politicien le plus influent du Wyoming et en lice pour les élections sénatoriales, n'a pas l'intention d'interrompre les projets de développement du pipeline. Au contraire. Il aimerait que les États-Unis cessent de compter sur le pétrole étranger et se dotent de l'infrastructure nécessaire pour exploiter leurs propres réserves pétrolières. Celles du Wyoming pourraient approvisionner les États voisins.

— Pour revenir à ta question première, T-Rex, poursuivit Garner, le groupe Free America est susceptible de passer à l'action n'importe où et à tout moment. Demain peut-être ou dans quinze jours... Et de ton côté, as-tu avancé ? Qu'as-tu découvert au cadastre du comté ?

T-Rex sortit de sa poche le calepin sur lequel il avait pris des notes. Puis il chercha les photos de cartes sur son téléphone portable.

— Pas grand-chose de plus que ce que nous savions déjà. Olivia Dawson est propriétaire de cette portion de terre bordant le pipeline, dit-il en la tapotant du doigt, une parcelle soumise à des servitudes d'utilité publique.

Il pointa le milieu de la carte sur son écran.

— Au nord de son ranch, se trouve le parc national,

poursuivit-il. La zone est montagneuse, difficile d'accès et peu propice à la culture ou à l'élevage. À l'est du domaine des Dawson, un terrain a récemment été vendu à Pinnacle Enterprises. Quant à l'ouest des terres, il appartient à BRE Inc.

— Quelqu'un sait qui est BRE Inc ? demanda Caveman.

Garner serra les mâchoires et répondit :

— Bryson Raush Enterprises.

— Raush possède la moitié de la ville, précisa Hawkeye. Il a proposé à Olivia d'acheter son ranch avant même que la malheureuse n'ait mis son père en terre.

— J'imagine mal cet homme, un notable honorablement connu, compromettant sa réputation en s'acoquinant au groupe Free America, déclara Ghost. Quel intérêt y trouverait-il, en plus ? Il est très riche.

— C'est vrai. Pourtant, je ne peux pas m'empêcher de penser que ce qui s'est passé au pipeline est lié d'une façon ou d'une autre à Free America, insista Garner, les yeux perdus dans le lointain.

— Wayne Batson, un tueur à gages, a reconnu qu'il avait été payé pour descendre l'inspecteur du pipeline, leur rappela Caveman

— Mais il n'a pas donné le nom du gars qui l'avait payé pour l'assassiner, dit Ghost.

— Et Hack n'a pas retrouvé la moindre trace de l'argent que Batson prétend avoir touché en paiement.

— À moins que Batson n'ait été payé en nature, intervint T-Rex. Avec des armes ?

— Il s'agirait des armes que nous cherchons en vain depuis des semaines ? demanda Caveman.

— Oui, répondit T-Rex en pianotant la table. Celles qui sont arrivées dans les caisses découvertes dans la mine Lucky Lou mais qui semblent s'être évaporées dans la nature.

Garner hocha la tête, les yeux mi-clos.

— C'est possible…

— Nous savons que Batson avait installé un centre

d'entraînement au combat et aux armes de guerre dans son ranch et qu'il y a formé de nombreuses personnes, ces derniers mois, rappela T-Rex.

— Nous ne pouvons que supposer qu'ils étaient des membres actifs du groupe Free America et que Batson en faisait également partie, répliqua Garner. Mais nous n'en avons aucune preuve. De plus, Batson n'a conservé aucun enregistrement écrit ou vidéo. Nous ne savons rien sur ceux qui sont venus pour la formation.

— Finalement, nous en sommes toujours au même point, conclut T-Rex en tendant son calepin à Garner.

— Je demanderai à Hack de mener l'enquête sur Pinnacle et de continuer à s'intéresser aux activités de Raush, conclut Garner. Il est en train d'analyser le contenu de l'ordinateur de Batson. Nous espérons tirer quelque chose de la liste de ses contacts.

T-Rex acquiesça.

— D'accord… Et qu'est-il prévu pour demain ?

— Comme je viens de le dire, nous devons voir ce que nous pouvons faire des noms que Hack aura extraits de la liste de contacts de Batson, répondit Garner.

Ghost leva la main.

— Charlie et moi pouvons nous en charger.

— Parfait. Par ailleurs, j'ai besoin de quelqu'un pour aller interroger un dénommé Leo Fratiani, ajouta Garner en se tournant vers T-Rex.

— Fratiani est l'autre homme qui avait fait une offre pour acquérir le ranch d'Olivia, non ?

— Exact. Nous cherchons à comprendre ce qu'il complote. Hack a enquêté sur son passé mais il n'a rien trouvé. Il n'apparaît dans aucune banque de données criminelles, militaires ou gouvernementales… Pourtant le simple fait qu'il souhaite acquérir le Stone Oak Ranch, le ranch de Dawson, fait de lui un suspect. Voilà pourquoi il n'est pas exclu qu'il ait payé Baston pour assassiner l'inspecteur des pipelines.

— L'un de vous a-t-il quelque chose sur Clay Ellis ? demanda T-Rex.

Il reporta son attention vers le bar où l'ex-mari de Sierra se tenait un instant plus tôt. Il n'était plus là. T-Rex se redressa, balayant du regard l'intérieur de la taverne.

— Je n'ai rien sur Clay Ellis, répondit Granner. Qui est-ce ? Et en quoi cet individu est-il digne d'intérêt ?

T-Rex se leva si vite que sa chaise tomba en arrière.

— Pardon. J'ai quelque chose d'urgent à faire.

Il se hâta vers les toilettes situées au fond de la taverne.

Sierra entra dans les lavabos, furieuse d'avoir renversé du vin sur son pull préféré. Elle avait à peine les moyens de payer son loyer et elle n'avait pas pu emporter tous ses vêtements en quittant le domicile conjugal. Clay lui avait annoncé qu'il avait brûlé tout ce qu'elle avait laissé en partant. Il ne lui restait donc plus que ce qu'elle avait réussi à empaqueter dans ses deux valises.

Une fois dans les toilettes, à l'abri des regards, elle enleva son pull, passa la partie tachée de vin sous le robinet d'eau froide et frotta pour tenter d'effacer la tache. Ses mains tremblaient de manière incontrôlable.

Avec un soupir, elle s'obligea à recouvrer ses esprits. Elle ne devait pas laisser Clay la déstabiliser. Ils avaient divorcé, et un juge avait interdit à son ex-mari de l'approcher désormais. Pour ne plus avoir de problèmes, il lui suffisait d'appeler le shérif quand Clay l'ennuyait.

Malheureusement, chaque fois qu'elle avait téléphoné au shérif pour solliciter son aide, la situation ne s'était pas arrangée. Au contraire, elle avait plutôt eu tendance à empirer, à s'envenimer.

À l'époque où elle était encore mariée, lorsque Clay se mettait à hurler et à tout casser, elle avait fini par se taire et par s'efforcer de se rendre invisible en attendant qu'il se calme.

Eh bien, elle ne se comporterait plus ainsi, décida-t-elle.

Rompre avec Clay lui avait demandé beaucoup d'énergie et de détermination. Depuis qu'elle avait quitté le domicile conjugal et vivait seule, elle avait peu à peu réussi à se reconstruire. Il n'était pas question pour elle de redevenir cette femme lâche qu'elle avait été trop longtemps.

La porte s'ouvrit soudain à toute volée.

Gênée d'être surprise en soutien-gorge, elle plaqua son pull contre sa poitrine et se tourna vers la porte, prête à se répandre en excuses.

Ses mots moururent sur ses lèvres.

— Clay ? Que fais-tu ici ?

Son ex-mari se tenait dans l'embrasure et la regardait avec une grimace méprisante. Ses cheveux blonds et sales avaient besoin d'une coupe et d'un bon shampooing. Il plissa les yeux.

— Je suis venu récupérer ce qui m'appartient.

Sierra enfila rapidement son pull.

— Je ne t'appartiens pas, Clay, dit-elle sur le ton d'un parent expliquant un concept simple à un enfant.

Une fois rhabillée, elle prit son sac et fouilla dedans.

Clay referma la porte derrière lui avant de s'approcher d'elle comme un serpent cernant sa proie.

— Ton petit ami n'est pas là pour te défendre, dit-il avec un mauvais sourire. Que vas-tu faire maintenant ?

— Je vais crier.

Il secoua la tête.

— Cela ne te servira à rien. L'orchestre est en train de jouer, personne ne t'entendra. Maintenant, viens avec moi avant que je me mette en colère, ajouta-t-il en lui tendant la main.

Les doigts de Sierra se refermèrent enfin sur le pistolet paralysant que lui avait donné T-Rex.

— Je ne vais nulle part avec toi, Clay. Ni maintenant ni jamais, ajouta-t-elle en redressant les épaules.

— Tu reviendras à moi d'une façon ou d'une autre,

rétorqua-t-il en la prenant par le bras pour l'attirer à lui et l'étreindre avec force.

— Lâche-moi, Clay.

— Ou quoi ? Tu vas appeler ton copain au secours ?

— Je n'ai besoin de personne pour mener mes combats à ma place, gronda-t-elle entre ses dents.

— Alors suis-moi gentiment avant que la situation ne dégénère.

— Pas question.

— Chérie, tu m'appartiens, dit-il en la tirant vers la porte.

Elle planta ses talons sur le sol.

— Je n'irai nulle part avec toi. Pour la dernière fois, lâche-moi, Clay.

Il éclata de rire.

— Avant quoi ? Que tu me casses la figure ? Ne sois pas ridicule, tu ne fais pas le poids.

— Je n'ai pas besoin de faire le poids, il me suffit de me montrer plus intelligente que toi, et ce n'est pas très difficile.

Sur ces mots, elle tendit le bras, orientant le pistolet paralysant vers la cuisse de Clay.

Il hurla quand elle tira, le corps secoué de violents tremblements, puis il tomba sur le sol.

À une époque de sa vie, Sierra aurait été désolée de le voir à terre, anéanti. Mais plus maintenant.

Elle agita le pistolet devant lui.

— Ne me touche plus jamais, Clay. C'est compris ?

Il resta allongé, en proie à des soubresauts nerveux.

Rejetant ses cheveux en arrière, Sierra ramassa son sac et se dirigea vers la porte. Une jolie brune vêtue d'une veste de cuir entra au moment où elle sortait des lavabos.

Sierra sourit devant son expression horrifiée.

— Ne vous inquiétez pas. Je vais demander au directeur de la taverne de faire nettoyer les lieux.

La nouvelle venue se mit à rire.

— J'ignore qui est ce type mais il a dû mériter ce qui lui est arrivé.

— Vous ne pouvez pas imaginer à quel point.

Avec un dernier regard par-dessus son épaule, Sierra sortit. Elle se heurta alors à un torse puissant.

En reconnaissant T-Rex, elle s'affaissa contre lui.

— Oh ! Dieu merci, c'est toi !

Il l'enveloppa entre ses bras musclés.

— Qu'est-ce qui ne va pas ?

La brune en veste de cuir sourit en passant devant eux dans le couloir. Comme la porte s'ouvrait et se refermait, T-Rex pu voir qui était à l'intérieur.

Sa mâchoire se serra.

— Ellis ?

Sierra brandit le pistolet paralysant et sourit.

— Je n'aurais pas pu maîtriser Clay sans ton aide. Merci.

Elle tremblait de tous ses membres, mais elle ne s'était jamais sentie plus forte.

T-Rex éclata de rire.

— Content d'avoir pu t'être utile. Es-tu prête à partir ?

— Plus que prête.

Elle mordilla sa lèvre inférieure.

— Combien de temps va durer l'effet paralysant ?

— Une petite demi-heure. Je vais demander à quelqu'un de l'évacuer.

T-Rex passa son bras autour de ses épaules et l'entraîna vers la table où ses coéquipiers bavardaient en sirotant leurs bières.

Garner se leva et tendit la main.

— Mademoiselle Daniels, je suis heureux de vous revoir.

Il fronça les sourcils et ajouta :

— Un problème ?

T-Rex désigna le couloir d'un mouvement de menton.

— Quelqu'un pourrait-il dégager l'abruti qui traîne par terre dans les toilettes des femmes ?

Hawkeye se leva, souriant.

— Ai-je manqué une bagarre ?

— Mlle Daniels a eu une petite explication avec son ex-mari, Clay Ellis, expliqua T-Rex. Rien de grave.

— J'ai obtenu d'un juge une injonction d'éloignement à l'encontre de Clay, précisa Sierra. Il n'a plus le droit de m'approcher. Vous pouvez appeler le shérif et lui demander d'enfermer Clay pour avoir violé cette injonction.

À quoi servait une injonction d'éloignement si l'homme n'était pas puni lorsqu'il la violait ?

Sierra l'avait neutralisé avec un pistolet paralysant, et il serait encore plus furieux s'il était ensuite jeté en prison. Mais, franchement, elle s'en moquait. Clay n'avait pas volé ce qui lui arrivait.

Garner hocha la tête.

— Je me charge de faire nettoyer les lavabos. Contente-toi de reconduire Mlle Daniels chez elle, T-Rex.

— Merci, dit Sierra.

Pour la première fois depuis très longtemps, Sierra avait l'impression que d'autres personnes veillaient sur elle. Quand T-Rex posa son bras sur ses épaules, elle oublia vite la peur qui l'avait saisie en voyant apparaître Clay dans les toilettes.

Avoir su se défendre la remplissait de force et confortait sa volonté de mener sa vie loin de Clay Ellis.

Elle avait obtenu le divorce six mois plus tôt. Il était temps d'avancer, de sortir avec un autre homme.

6

Bras dessus, bras dessous, T-Rex et Sierra regagnèrent le Bed & Breakfast.

T-Rex regrettait que Sierra ait dû se confronter seule à son ex-mari mais il était fier de la façon dont elle avait géré la situation. Désormais, Clay hésiterait sans doute à s'en prendre à elle.

La douce assistante maternelle qui aimait les enfants n'avait rien à faire avec un minable comme Clay Ellis. Elle méritait quelqu'un qui l'aimerait et la respecterait, quelqu'un qui la traiterait comme la femme aimante et attentionnée qu'elle était.

Quelqu'un comme lui ?

Il s'immobilisa devant la porte de la chambre de Sierra et se tourna vers elle.

— Si tu as besoin de quoi que ce soit, crie. La maison n'est pas bien insonorisée, je t'entendrai.

— Pas bien insonorisée ?

Le sourire de Sierra était contagieux, et il sourit à son tour.

— Tu verras...

Il se pencha vers elle pour déposer un petit baiser sur son front.

— Dors bien.

Un long moment, elle resta sans bouger, à le regarder droit dans les yeux.

Il retint son souffle, priant pour qu'elle entre vite dans sa chambre avant qu'il ne fasse quelque chose qu'il se reprocherait forcément par la suite. Il mourait d'envie de l'embrasser de nouveau, mais il se doutait que céder à la tentation affaiblirait sa capacité à résister à son désir d'aller plus loin.

Finalement, elle fit quelque chose mais pas dans la direction qu'il espérait.

Se hissant sur la pointe des pieds, elle pressa ses lèvres sur les siennes. Mais, très vite, elle mit fin au baiser en soupirant.

— Je te proposerais bien d'entrer si je ne craignais pas que tu aies du coup une piètre opinion de moi.

— Chérie, je n'aurai jamais de piètre opinion de toi. Au contraire, tu ne cesses de m'impressionner.

Il colla son front au sien.

— La façon dont tu as neutralisé Ellis à la taverne, par exemple… Je trouve sexy en diable une femme capable de mettre un pauvre type au tapis.

Il se rendit compte qu'il prolongeait un moment de grâce, qu'il espérait quelque chose qu'il n'avait même pas le droit d'imaginer. Les murs du Bed & Breakfast étaient aussi épais que du papier de cigarette. Quoi qu'ils fassent, tous les hôtes les entendraient.

Cela dit, maintenant qu'il y songeait, il ne parvenait pas à se souvenir d'une seule personne croisée aujourd'hui dans la maison, à l'exception, bien sûr, de la propriétaire. La veille, le circuit de rodéo avait quitté la ville, entraînant dans son sillage tous les supporters qui suivaient les compétitions. Du coup, après l'afflux de touristes de ces derniers jours, Grizzly Pass semblait pratiquement déserte.

Sierra et T-Rex étaient peut-être les seuls hôtes du Bed & Breakfast actuellement. Dans cette hypothèse, l'épaisseur des murs avait-elle la moindre importance ? Pourquoi s'en souciait-il ?

Le véritable problème était sa situation de militaire de carrière et son statut de célibataire confirmé qui en était l'aboutissement logique. Dans ces conditions, il estimait qu'il n'avait pas le droit de jouer avec les sentiments de Sierra. Son ex-mari lui compliquait déjà la vie, elle n'avait pas besoin d'ennuis supplémentaires.

— Même si j'adorerais te suivre à l'intérieur, dit-il. Je ne suis pas sûr que ce soit une bonne idée.

Elle hocha la tête.

— Tu as sans doute raison. Je suis divorcée de fraîche date et je traîne pas mal de casseroles derrière moi. Mieux vaut pour toi ne pas t'impliquer dans mes histoires. Il est un peu tard pour y songer, c'est vrai. Mon ex-mari te prend déjà pour mon nouvel amoureux. Et je suis vraiment au regret de t'apprendre qu'il va donc s'ingénier à te pourrir la vie tant que tu seras à Grizzly Pass.

— Je suis assez grand pour me défendre, ne t'inquiète pas. Et le fait que tu sois divorcée, avec ou sans casseroles, n'est pas ce qui m'ennuie.

Il repoussa tendrement une mèche des cheveux blonds de Sierra derrière son oreille avant d'ajouter :

— En allant plus loin, j'aurais surtout l'impression d'escroquer une jolie femme qui mérite mieux.

— De m'escroquer ?

Il caressa ses lèvres du bout du pouce, s'efforçant de résister à la tentation de l'embrasser.

— Je ne suis ici que pour une semaine supplémentaire, ou peut-être deux. Ensuite, je réintégrerai mon unité et ne reviendrai sans doute jamais dans le Wyoming. Je ne veux pas commencer quelque chose en sachant que je ne le finirai pas.

— Oh ! tu sais, je n'envisageais pas un quelconque engagement. Je pensais plutôt à une remise à niveau, ajouta-t-elle en rougissant.

Il fronça les sourcils.

— Une remise à niveau ? Que veux-tu dire ?

— J'ai quitté le marché de la séduction, des rendez-vous galants et du flirt au lycée. Passer du temps avec toi me permettra de me remettre dans le bain. Après sept ans de vie conjugale, j'ai bien besoin de m'entraîner à ce genre d'exercices.

La main sur son torse, elle fixait ses propres doigts pour éviter de regarder T-Rex en face.

— Je sais que tu ne resteras pas longtemps dans le coin et, de toute façon, je n'ai jamais imaginé que tu aies envie de nouer une véritable relation amoureuse avec moi. Lorsque tu t'en iras, je te promets de ne pas avoir le cœur brisé.

Sa voix n'était plus qu'un murmure en prononçant ce dernier mot.

T-Rex comprit qu'il ne pouvait plus résister à la tentation. Quand elle était gênée comme à cet instant, elle était adorable, si belle, si touchante. Il avait trop envie de l'embrasser. Il captura ses lèvres.

Elle s'arrangea pour approfondir ce baiser qu'il avait voulu léger. Soulevé par un désir impérieux, il l'étreignit avec force, pressant son érection contre elle.

Après avoir fouillé sa bouche avec avidité, il lui mordilla doucement ses oreilles.

— C'est de la folie, murmura-t-il.

Sierra pencha la tête sur le côté, pour lui permettre de picorer son cou de baisers brûlants.

— De la folie pure, répondit-elle d'une voix haletante, enroulant une jambe autour la sienne.

Seigneur, où avait-il la tête ? s'interrogeait T-Rex avec angoisse. Cette femme venait de divorcer. S'il couchait avec elle, il s'agirait d'un abus de faiblesse. Il savait à quel point elle était vulnérable. Il n'avait pas le droit d'en profiter, d'aller plus loin.

Il mourait d'envie de la prendre dans ses bras, d'entrer dans sa chambre et de lui faire l'amour, mais luttant contre ce désir, il s'écarta d'elle, rompant leur baiser. Le souffle court, il serra les poings pour s'interdire de la toucher.

Elle resta devant lui, les lèvres meurtries par son baiser, et le dévisagea d'un air perdu.

— Je suis désolée, balbutia-t-elle.

— Désolée de quoi ?

— J'ai sans doute fait quelque chose de mal.

Il secoua la tête d'un air sombre.

— Tu n'as rien fait de mal. Je suis le seul coupable.

Il lui prit la clé des mains et la glissa dans la serrure.

— Va te coucher, Sierra. Et dors. Je ne veux pas être une autre erreur de ta vie. Préserve-toi pour un autre, pour un homme du coin avec qui tu auras un avenir.

Et, sans lui laisser la possibilité de répliquer, il la poussa à l'intérieur de la chambre et referma la porte. Renoncer à reprendre cette femme dans ses bras était l'une des choses les plus difficiles qu'il ait jamais eu à faire.

Il remonta le couloir jusqu'à sa chambre, entra, ferma la porte derrière lui et s'y adossa. Avait-il perdu la tête ?

Sierra Daniels n'était pas pour lui. Des années durant, elle avait été maltraitée par son mari. Elle venait de divorcer, elle était particulièrement fragile. S'il s'amusait à coucher avec elle, il lui ferait du mal… forcément. Même si elle tentait de se persuader qu'elle avait besoin de renouer avec les pratiques amoureuses, de se « remettre à niveau », pour reprendre son expression, elle se trompait. En réalité, il lui fallait apprendre à s'aimer elle-même avant de songer à aimer qui que ce soit d'autre.

Cela dit, T-Rex se savait très mal placé pour donner des conseils sur le plan amoureux. Dans ce domaine, il avait échoué sur toute la ligne.

S'écartant de la porte, il prit sa trousse de toilette et une serviette pour se diriger vers la salle de bains, au bout du couloir. Une douche froide l'aiderait peut-être à éteindre le désir ardent dont il était la proie et qui lui avait presque fait perdre la tête.

Dix minutes plus tard, comme il sortait de la salle d'eau, il tomba presque sur Sierra, agenouillée par terre dans le couloir, en train de ramasser un flacon de shampoing, un déodorant et un tube de dentifrice.

Elle fourra tous les objets dans un sac en plastique, les plaqua contre sa poitrine et leva enfin les yeux.

T-Rex vit son regard se poser d'abord sur ses tibias avant de grimper jusqu'à la serviette pour s'arrêter sur le renflement du tissu créé par son désir instantané.

Il gémit. Maintenant, il allait avoir besoin d'une nouvelle douche glacée d'une bonne demi-heure pour se calmer.

Il ferma brièvement les paupières puis se pencha vers elle pour l'aider à se relever.

— Ça va ?

— Très bien, assura-t-elle, écarlate.

— Tant mieux parce que ce n'est pas mon cas.

Se tournant vers la salle de bains, il l'invita d'un geste à y entrer.

— Vas-y vite avant que j'oublie de me comporter en gentleman.

Sierra entra dans la pièce. Ce n'est qu'une fois la porte refermée derrière elle, qu'elle se souvint comment respirer. La main sur la poitrine, elle s'efforça d'apaiser les battements frénétiques de son cœur.

Voir T-Rex vêtu d'une simple serviette ceinte autour des reins lui avait coupé le souffle. Il était plus musclé, plus parfait physiquement, qu'aucun homme qu'elle n'ait jamais vu dans les journaux ou à la télévision. Et deviner son érection à travers la serviette l'avait troublée au point d'occulter le reste. Il la désirait, elle ne pouvait plus l'ignorer.

Avant de décider de prendre une douche, Sierra était restée un moment dans sa chambre. Perturbée par le désir dont elle était la proie, elle avait tourné en rond dans la pièce, en s'efforçant de penser à autre chose.

Après dix tours, elle s'était obligée à s'asseoir devant le petit bureau et à vider son sac à main dans l'espoir de parvenir ainsi à se calmer. Elle avait ensuite remis soigneusement à sa place tout ce qu'il contenait en assignant une poche spécifique au pistolet paralysant. Elle ne voulait pas perdre de temps à le chercher la prochaine fois qu'elle aurait à se défendre.

Une fois ce rangement terminé, elle avait allumé la télévision et zappé sur différentes chaînes. Aucune émission ne l'avait intéressée. Incapable de se focaliser sur autre chose que sur T-Rex et les baisers qu'ils avaient échangés, elle avait fini par éteindre le poste et par prendre le sac en plastique dans lequel elle avait emballé ses affaires de toilette pour gagner la salle de bains au bout du couloir.

Elle avait presque atteint la porte quand son sac lui avait glissé des mains. Son shampooing, son déodorant, sa lotion démaquillante et son dentifrice avaient dégringolé sur le sol. Avec un soupir, elle s'accroupissait pour les ramasser quand la porte de la salle de bains s'était ouverte et… et… Seigneur, T-Rex était apparu.

Debout dans la salle de bains, Sierra se consumait de désir. Jamais au cours de sa vie, elle n'avait été à ce point attirée par un homme. Pas même pendant les premiers temps avec Clay. Certes, au lycée, elle avait cru être amoureuse de Clay, elle avait qualifié de désir ce qu'elle ressentait pour lui. Mais, là, elle éprouvait quelque chose de complètement différent. Elle était la proie d'un désir puissant, si puissant qu'elle ne pouvait plus penser à autre chose.

Sierra secoua la tête dans l'espoir de recouvrer son sang-froid. Posant ses affaires sur le lavabo, elle se dépouilla de ses vêtements, résolue à chasser T-Rex de ses pensées. Si elle ne se ressaisissait pas très vite, elle allait souffrir et se perdre.

Après son divorce, il n'avait pas été simple pour elle de se reconstruire et de remonter la pente. Il n'était pas question de tout remettre en question pour une amourette.

Sous la douche, elle se frotta les cheveux, le visage et le corps, essayant d'ignorer ses seins gonflés, son ventre qui se tordait de désir. Elle refusait de céder à ses pulsions, elle devait réfléchir aux conséquences.

T-Rex ne resterait pas longtemps dans la région. Et il ne lui avait pas proposé de le suivre quand il partirait. Il n'avait d'ailleurs aucune raison de le faire. Ils ne se connaissaient que depuis quelques heures. Une telle proposition n'aurait eu aucun sens.

Après s'être soigneusement rincée, elle termina sa douche par un jet d'eau froide. Si elle ne parvenait pas à se calmer, elle n'arriverait pas à trouver le sommeil.

Habillée d'une chemise de nuit, les cheveux enveloppés dans une serviette en forme de turban, elle ouvrit la porte. À la vue du couloir désert, une pointe de déception lui mordit le cœur.

— Idiote, murmura-t-elle. Comme si tu l'intéressais. Ressaisis-toi, ma vieille ! Tu n'as rien à faire avec lui.

Une porte s'ouvrit et T-Rex surgit, vêtu seulement d'un jean.

— Que disais-tu ?

Elle sentit son visage s'enflammer.

— Rien, rien, répondit-elle en se précipitant vers sa chambre. Plaisantais-tu à propos des murs minces comme du papier à cigarette ?

Il se mit à rire.

— Non, j'étais sérieux, et la maison est si mal insonorisée que la cohabitation avec des inconnus en devient gênante. La semaine dernière, le couple qui était dans la chambre voisine de la mienne faisait l'amour de façon très bruyante, et j'avais du mal à les regarder au matin.

— Tu n'auras pas de problème avec moi, je ne ferai pas de bruit, balbutia-t-elle. Je ne pense pas ronfler et, lorsque je dors, rien ne pourrait me réveiller.

— C'est bon à savoir, répondit-il en promenant les yeux sur elle. Bonne nuit.

Son regard la réchauffait de l'intérieur.

— Bonne nuit.

Elle se dépêcha de refermer sa porte avant de faire une bêtise comme de tomber dans les bras du séduisant marine en le suppliant de lui faire l'amour. Ce T-Rex était tellement charismatique. Comment les autres femmes parvenaient-elles à lui résister ?

Ne pensant pas qu'elle parviendrait à s'assoupir facilement, elle s'allongea pourtant sur la couche. La tête du lit touchait le mur derrière lequel se trouvait T-Rex. Si les cloisons étaient aussi fines qu'il le prétendait, il l'entendrait forcément si elle se mettait à crier.

Clay l'ayant attaquée deux fois dans la journée, il était rassurant pour Sierra de savoir T-Rex tout près. De toute façon, en cas de besoin, elle avait le pistolet paralysant à portée de main.

Pendant un long moment elle resta étendue dans le noir, à regarder fixement le plafond. Le sommeil la fuyait. Elle se surprit à tendre l'oreille pour écouter les bruits dans la pièce voisine, se demandant si T-Rex avait du mal à dormir, lui aussi. Une autre pensée la traversa soudain :

Dormait-il en pyjama ou nu ?

Avec un gémissement, Sierra roula sur le côté et frappa son oreiller du poing. Imaginer un homme nu ne l'aiderait certainement pas à s'endormir rapidement.

— Tout va bien ? lança soudain une voix profonde de l'autre côté de la cloison.

Sierra sursauta et s'assit avec un petit cri.

— Excuse-moi, reprit T-Rex, je ne voulais pas te faire peur. Je t'ai entendue gémir et je craignais que tu ne te sentes pas bien.

Se rallongeant, Sierra serra son oreiller contre elle.

— Seigneur, je t'entends comme si tu étais dans ma chambre.

Il se mit à rire.

— Je t'avais prévenue.

— J'imagine tes nuits quand le couple faisait l'amour à côté.

— Il ne vaut mieux pas...

Le silence s'installa, mais Sierra n'arrivait pas à se détendre ni à s'abandonner au sommeil. Elle avait l'impression de retenir son souffle en attendant que, d'un mot, T-Rex poursuive leur échange.

Comme il ne disait rien, elle finit par lancer.

— Pourquoi as-tu décidé d'intégrer l'armée, au départ ?

— Pour quitter le Texas et découvrir le monde. Malheureusement, je n'en ai pas vu les plus belles parties.

— Je n'en suis pas surprise… Tu m'as dit que tu n'étais pas marié, mais l'as-tu été un jour ?

— Non.

— Pourtant, tu es très… séduisant. Comment se fait-il qu'aucune femme n'ait réussi à te mettre le grappin dessus toutes ces années ?

Elle se mordit les lèvres.

— Excuse-moi. Je deviens indiscrète. N'hésite pas à me le dire.

— Non, pas de problème. D'abord, je n'ai rencontré personne qui veuille bien me supporter.

Sierra se mit à rire.

— J'ai du mal à le croire.

— Non, c'est vrai. Je suis têtu, irritable, et il est difficile de s'entendre avec moi toute une journée.

— Je n'ai eu aucun problème à le faire.

— De plus et surtout, dès mes premières missions en zones de guerre, j'ai pris conscience de la situation des épouses de mes camarades. Je refuse d'imposer à une femme les difficultés d'être mariée à un militaire de carrière. D'ailleurs, beaucoup de mes hommes ont trouvé leur maison vide en rentrant de mission. Lasses de les attendre, leurs compagnes avaient déserté les lieux et elles étaient retournées vivre chez leur mère avec les enfants.

— La plupart des femmes sont plus fortes que tu ne le penses. Et elles sont capables de gérer l'absence, l'attente. Je suis sûre qu'en cherchant bien tu peux en trouver une qui sera toujours là à ton retour.

— À condition que je revienne en vie… et en un seul morceau.

La gorge de Sierra se serra. Elle sentait le profond malaise qui habitait T-Rex et elle devina un drame.

— Que veux-tu dire ?

— Bon nombre de soldats reviennent les pieds devant. Ou pire, tétraplégiques. Imagines-tu l'horreur que ça représente pour leurs compagnes ? Qui aurait envie de jouer les infirmières pour un homme jusqu'à la fin de sa vie ?

— Une femme amoureuse, aimante...

— Je ne peux pas supporter l'idée d'unir mon destin à celui d'une malheureuse en sachant qu'elle a toutes les chances de finir veuve ou au chevet d'un invalide.

Un autre silence passa entre eux.

Puis Sierra reprit la parole avec douceur.

— Tu connais quelqu'un à qui il est arrivé malheur, non ?

Le silence de T-Rex fut plus éloquent qu'une réponse.

— Je suis désolée, reprit-elle. Cela ne doit pas être simple de voir un de tes camarades gravement blessé.

— Le pire est que je ne peux rien faire pour lui, pour l'aider, grommela-t-il d'une voix tendue. Il ne marchera plus jamais. Il ne lancera jamais une balle à son fils. Il ne sentira plus jamais la douceur de la peau de sa compagne...

Des larmes jaillirent des yeux de Sierra.

— Et le fait qu'il restera sans doute handicapé est à l'origine de ton refus de te marier ?

— Oui.

— As-tu déjà pensé qu'une femme pourrait décider en toute connaissance de cause de courir le risque que son homme soit blessé ?

— Cela n'aurait pas d'importance. Je préfère mourir que d'être un fardeau pour qui que ce soit.

— Je suis sûre que la compagne de ton camarade préfère qu'il soit invalide mais vivant. Ses enfants aussi.

— En tout cas, comme je te l'ai dit, je n'ai rien du petit ami idéal.

— En effet. Mais pas parce que tu es militaire de carrière. La plupart des femmes sont capables de gérer ce genre de situation. Tu n'as rien du petit ami idéal parce que tu ne laisses pas à une femme la liberté de choisir son destin, de décider quels risques elle veut prendre ou pas. Tu te contentes d'éviter la situation.

— Oui, exactement.

— Et en attendant... tu es seul.

Le cœur de Sierra se serra. Elle était restée trop longtemps avec un mari qui ne lui convenait pas parce qu'elle avait très peur de se retrouver seule. La mort de ses parents l'avait peut-être rendue trop sensible au risque d'abandon. Pourtant, ces derniers mois, elle avait découvert les bienfaits de la solitude. Cette dernière lui avait permis de se ressourcer, de se reconstruire, de profiter des charmes de la liberté.

Cela dit, elle ne s'imaginait pas vivant seule ad vitam aeternam.

— J'aime l'être, répliqua T-Rex.

— Parce que tu l'es depuis si longtemps que tu as oublié le bonheur de partager sa vie avec quelqu'un.

— J'ai mes camarades, mon unité, mes copains.

— Ils sont avec toi sept jours sur sept et vingt-quatre heures sur vingt-quatre quand tu es en mission mais ensuite, quand vous revenez aux États-Unis, ils retrouvent leurs foyers, leurs familles. Et toi... ta solitude.

— Cela me plaît, insista-t-il.

— J'en doute.

— Je suis libre de mettre mes plats préférés à mes menus, je n'ai pas à demander l'autorisation à qui que ce soit pour aller voir un film, et je peux me balader nu chez moi si ça me chante.

Sierra se mit à rire.

— Certes. Mais tu n'as personne avec qui parler quand ça ne va pas, avec qui partager tes joies et tes rêves, la beauté d'un coucher de soleil ou la douceur d'une journée de printemps.

— Je n'en ai pas besoin.

— Non ? Et tu n'as pas envie d'une progéniture ? D'enfants à toi ? D'une petite fille, d'une T-Rex miniature, avec qui jouer à la balle ?

— Peut-être, parfois, oui... Mais que se passerait-il si j'avais un petit garçon et que, comme Gunny, je revienne paraplégique d'une mission ? Mon fils serait alors privé d'un père digne de ce nom, d'un père capable de lui apprendre les choses qu'un père est censé enseigner à son fils.

— Ton Gunny est vivant. Il sera là pour son fils, il lui apprendra les choses de la vie avec des mots. Je suis certaine que son petit garçon préfère un papa dans un fauteuil que pas de papa du tout.

— Je ne veux pas faire un coup pareil à mes enfants. Le métier de soldat est un métier de passionné. Il faut le vivre à fond. Mais la guerre est quelque chose de terrible. Je refuse de faire vivre l'attente, l'angoisse à une femme, je refuse de lui imposer la crainte permanente de recevoir la visite d'un militaire venu lui apprendre ma mort ou mon invalidité.

— Quand tu aimes vraiment quelqu'un, tu te satisfais de tout ce que tu vis avec lui.

— Tu as lu trop de romans d'amour. Pourtant, ton divorce aurait dû t'apprendre que la réalité était bien différente.

Les larmes aux yeux, Sierra serra plus fort son oreiller. Les mots de T-Rex la blessaient.

— Pendant longtemps, j'ai cru que mon mariage avait échoué à cause de moi, que tout était de ma faute. J'ai alors cessé de croire en l'amour. Pendant des années, je me suis convaincue que l'amour n'existait pas… Qu'il s'agissait juste de désir, de plaisirs… forcément éphémères et que, lorsqu'ils s'envolaient, il n'y avait plus rien.

Elle réprima un sanglot. Cette époque avait été la plus douloureuse de sa vie. La plus désespérée.

— Écoute, Sierra, je suis désolé. Je n'aurais pas dû dire ce que j'ai dit au sujet de votre divorce.

— Non, tu as raison. Lorsque je me suis séparée de Clay, je me suis rendu compte qu'il était incapable d'aimer. Mais, moi, je le suis et je ne renonce pas à trouver un homme qui m'aimera. Ne t'inquiète pas, je ne pensais pas à toi pour le poste. Tu as été clair sur le sujet. Maintenant, si cela ne t'ennuie pas, je suis fatiguée et j'aimerais dormir un peu.

Le silence remplit l'obscurité.

— Bonne nuit, Sierra. J'espère que tu trouveras l'amour.

Je te le souhaite aussi, songea-t-elle. *Tu comprendras alors ce que j'ai tenté de t'expliquer.*

7

Toute la nuit, T-Rex se tourna et se retourna entre ses draps sans parvenir à trouver le sommeil. Les mots de Sierra le hantaient, il n'arrivait pas à penser à autre chose. Pour une femme qui sortait d'un mariage raté, qui avait été maltraitée, battue, des années durant par son imbécile de mari, elle n'avait rien perdu de son optimisme. En tout cas, elle croyait vraiment à l'amour et elle semblait certaine de réussir à le trouver.

Comme l'aube pointait derrière les volets, T-Rex renonça à rejoindre les bras de Morphée et se leva. Il enfila des baskets et sortit faire un jogging. Chaque fois qu'il éprouvait le besoin de réfléchir, il courait. Et, là, il avait tellement de sujets de réflexion qu'il aurait pu parcourir toute la région sans réussir à évacuer tout ce qui encombrait son esprit.

Le premier sujet de réflexion concernait évidemment la conversation qu'il avait eue avec Sierra. Malgré ses efforts pour ne plus y penser, il n'y parvenait pas. Contrairement à Sierra, il n'avait aucune envie de trouver l'amour.

Il se considérait comme marié à l'armée. Il était d'abord et avant tout un marine.

Une femme qui se risquerait à tomber amoureuse d'un militaire devait se préparer à beaucoup de souffrances et de sacrifices. Elle serait plus souvent seule qu'avec son homme. Et, si le couple avait des enfants, ils seraient élevés exclusivement par leur mère.

L'armée déployait évidemment ses hommes sur les terrains de bataille, et il n'était pas rare que ses soldats soient envoyés en opération à l'autre bout du monde. La plupart des missions se prolongeaient un an ou deux. Gunny avait rarement été présent aux anniversaires de ses filles et il n'avait jamais assisté à leurs spectacles de fin d'année. Aucune épouse, aucun gamin, ne méritait de vivre avec un courant d'air.

Mais, alors, pourquoi tant de militaires de carrière étaient-ils pourtant mariés ? Bien sûr, à leur retour de mission, certains trouvaient leur maison vide, leur épouse ayant préféré retourner vivre chez leur mère avec leurs progénitures. Pourtant, certaines femmes s'occupaient de faire tourner la maison en l'absence de leurs soldats de maris et, à leur retour, elles accueillaient ces derniers avec joie. Elles étaient là à leur descente d'avion et tant d'amour brillait dans leurs yeux en voyant apparaître leurs époux qu'il était impossible de douter de leur bonheur de les retrouver.

Alors, pourquoi ne pourrait-il pas se marier, lui aussi ?

Il imagina soudain Sierra sur le tarmac d'une piste d'atterrissage d'un aéroport militaire, les yeux brillants de larmes de joie, tenant à la main une jolie petite fille, aux cheveux blonds et aux prunelles bleues.

Son cœur se serra dans sa poitrine, l'obligeant à ralentir sa course. Il avait vu des épouses, leurs enfants collés à leurs basques, attendant, le sourire aux lèvres, que leur mari sorte de l'avion. Leurs retrouvailles, leur bonheur manifeste, lui avaient souvent fait douter du bien-fondé de son célibat.

Une autre image s'imposa alors dans son esprit. Celle d'un cercueil sortant des entrailles d'un avion militaire pour être installé à l'arrière d'un corbillard. Il revit la veuve et les enfants du marine tombé au front suivant le cortège, têtes basses.

Même s'il rêvait d'avoir une femme amoureuse qui l'attendrait à la maison pendant qu'il se battait à l'autre bout du monde, T-Rex ne pouvait se résoudre à franchir le pas. Il refusait d'exposer une innocente à l'épreuve d'un veuvage précoce.

Il se remit à courir à un rythme soutenu jusqu'au Bed & Breakfast. Pour tomber amoureuse d'un militaire de carrière, il fallait être soit folle à lier soit éprise au point de ne plus pouvoir réfléchir, ce qui revenait au même. L'épouse d'un marine se consumait forcément d'angoisse. Ce n'était pas une vie.

Une fois de plus, il pensa à Sierra, qui croyait toujours à l'amour, malgré sept ans de vie conjugale auprès d'un mari violent. Elle méritait un homme qui irait travailler tous les matins et rentrerait tous les soirs à la maison. Un homme dont le métier ne consistait pas à tuer avec le risque d'être tué à son tour ou de sauter sur une bombe qui le laisserait estropié. Sierra méritait d'épouser un comptable, un banquier ou un éleveur de chevaux. Un homme qui serait toujours là pour elle, pour la protéger.

Imaginer un autre s'occuper de Sierra, l'embrasser, lui faire l'amour, provoqua un pincement au cœur de T-Rex. Repoussant cette jalousie absurde, il accéléra encore.

Mais rien ne suffit à chasser Sierra de son esprit. Peut-être devrait-il s'installer ailleurs pour s'éloigner d'elle et de l'attrait qu'il ressentait envers elle.

Comme le Bed & Breakfast entrait dans son champ de vision, il ralentit enfin. Quoi qu'il fasse, il devait rester loin de Sierra Daniels, se promit-il. Elle incarnait tout ce dont il rêvait mais ne pouvait avoir. Plus vite il l'accepterait, mieux cela vaudrait.

Lorsqu'il entra dans la grande maison, Mme McCall était assise à la table de la salle à manger.

— Bonjour, madame.

Elle leva les yeux de sa tasse de thé avec un sourire.

— Bonjour, monsieur Trainor. Vous vous êtes levé tôt.

— Oui, en effet.

À quoi bon lui expliquer qu'il ne pouvait pas dormir à cause d'une beauté blonde qui l'avait ensorcelé ? À quoi cela servirait-il ?

Mme McCall déposa un autre set de table et y plaça un couteau et une fourchette.

— Comment aimez-vous vos œufs ? Et combien en voulez-vous ?

— Deux, s'il vous plaît, et je les préfère sur le plat et servis avec un toast.

— Du café ?

— Oui, madame. Noir.

— Il sera prêt dans dix minutes, le temps de monter vous doucher, ajouta-t-elle avec un clin d'œil. Savez-vous quand Sierra se réveillera ?

Et pourquoi pensait-elle qu'il en avait la moindre idée ? Les avait-elle entendus s'embrasser et se parler, hier soir ?

— Je suis réveillée, annonça une voix claire du haut de l'escalier.

Le cœur de T-Rex s'accéléra dans sa poitrine tandis qu'il se retournait vers celle qui torturait sa mémoire depuis qu'il avait fermé les paupières pour tenter de dormir.

Sierra descendit les marches, sa main traînant le long de la rampe. Elle portait un pull bleu, de la couleur de ses yeux, et une jupe bleu marine. Ses longues jambes galbées étaient gainées de collants foncés. Ses cheveux blonds tombaient en voile sur ses épaules.

La voir si belle provoqua aussitôt un regain de désir au creux des reins de T-Rex.

— Je vais me doucher, annonça-t-il, les lèvres serrées.

Il la croisa dans l'escalier alors qu'elle atteignait les dernières marches.

Lorsqu'il planta les yeux dans les siens, T-Rex eut l'impression d'avoir été foudroyé.

Réprimant un gémissement, il détourna son regard et trébucha. Il parvint de justesse à se ressaisir.

Sierra posa la main sur son bras.

— Ça va ?

— Très bien.

Sa peau le brûlait à l'endroit où elle l'avait touchée.

Oui, tout allait très bien. La seule personne qu'il devait

éviter comme la peste vivait sous le même toit que lui. Pire, il s'enflammait à son contact comme un adolescent tourmenté par une poussée hormonale.

En s'insultant intérieurement, il reprenait sa montée des marches quand il entendit dans son dos Sierra demander à Mme McCall :

— Y a-t-il quelque chose que je pourrais faire pour vous aider ?

— Finis de mettre le couvert, si tu veux. Je vais m'occuper des œufs et du pain grillé. Combien d'œufs veux-tu pour ton petit déjeuner ?

— Deux, s'il vous plaît. Au plat, si possible, avec une tranche de pain grillé. Mais je peux m'en charger, vous savez.

Au milieu de l'escalier, T-Rex s'immobilisa, se demandant si elle l'avait entendu ou si elle préférait vraiment ses œufs sur le plat comme lui.

— C'est incroyable, dit Mme McCall, tu aimes tes œufs comme M. Trainor. C'est plus simple pour moi, il faut le reconnaître. Pour les accompagner, préfères-tu du thé ou du café ?

— Un café, s'il vous plaît. Bien noir.

Parvenu à l'étage, T-Rex poussa un soupir. Cette femme était vraiment parfaite. Il ne manquerait plus qu'elle fasse partie des supporters des Broncos de Denvers.

Après une nuit agitée, Sierra s'était promis de se tenir désormais le plus possible éloignée de T-Rex. Ce matin, elle s'était félicitée d'avoir la salle de bains pour elle seule. Pourtant, si elle voulait être honnête, elle devait avouer avoir été un peu déçue de ne pas le croiser.

Décidée à le chasser de son esprit et à continuer sa vie, elle était sortie de sa chambre, prête à aller travailler avec les enfants du centre communautaire. Passer du temps avec ces bouts de chou lui faisait toujours oublier ses problèmes et lui rendait invariablement le sourire.

Mais, dès qu'elle avait vu T-Rex au bas de l'escalier, toutes ses résolutions s'étaient envolées. Il avait retrouvé aussitôt sa place, au centre de ses pensées. Non qu'il ne les ait jamais quittées.

Son visage et ses bras musclés brillaient de sueur sous les lumières de la salle à manger.

Le cœur de Sierra s'accéléra dans sa poitrine. Elle se remémora soudain le baiser fou qu'ils avaient échangé la veille au soir.

Et quand elle l'avait touché… Elle comprit qu'elle allait être anéantie lorsqu'il quitterait Grizzly Pass. Elle n'avait jamais été aussi troublée par un homme. Pas même quand elle avait commencé à sortir avec le capitaine de l'équipe de football au lycée. À l'époque, Clay cachait bien son jeu. Il se montrait gentil avec elle, il la traitait comme s'il l'aimait vraiment. Flattée, elle s'était crue amoureuse de lui.

Mais elle n'avait jamais éprouvé avec lui cet affolement des sens qu'elle ressentait chaque fois que T-Rex posait la main sur elle.

Tout en mettant le couvert sur la table de la salle à manger, elle écouta le bruit de l'eau coulant dans la douche à l'étage et elle se représenta T-Rex nu.

Il lui avait conseillé de ne pas s'attacher à lui. Et elle n'avait pas l'intention de le faire. Mais qu'aurait-elle à perdre en s'autorisant une petite aventure ?

Sierra frissonna, et son cœur s'accéléra en s'imaginant nue dans un lit avec T-Rex.

Il était certainement un amant fort et généreux. Elle rêvait de promener les mains sur son corps musclé. Si elle s'abandonnait à ses caresses, même pour une seule nuit, peut-être parviendrait-elle à l'oublier ensuite. Elle pourrait alors se mettre à la recherche d'un homme dont elle pourrait tomber amoureuse, d'un homme qui serait amoureux d'elle.

Après avoir fini de dresser la table, elle aida Mme McCall en apportant le pain grillé et un pot de café.

Cette dernière sourit.

— Les œufs sont presque prêts. Je vais les apporter dans

un instant. Pourquoi ne pas t'installer confortablement à table en attendant ?

Sierra se dirigea vers la salle à manger. Elle n'entendait plus couler l'eau au-dessus de sa tête. Son cœur s'accéléra. T-Rex descendrait bientôt, et ils devraient partager ce repas assis à la même table du petit déjeuner.

Comment devrait-elle se comporter ? Comment pourrait-elle le regarder sans lui montrer à quel point elle était attirée par lui ?

Prenant une profonde inspiration, elle se détourna de l'escalier. Elle ne laisserait pas T-Rex ou tout autre homme avoir un tel effet sur elle.

Sciemment, elle s'approcha des baies vitrées pour contempler le soleil du matin qui inondait la rue. Si elle se concentrait sur la beauté du monde qui l'entourait au lieu de songer au marine sortant de sa douche à l'étage, elle parviendrait peut-être à partager un petit déjeuner avec lui sans se ridiculiser.

Le bulletin météo avait annoncé une matinée claire et ensoleillée. Plus tard, dans la soirée, des nuages venus de l'ouest obscurciraient le ciel. En tout cas, pour le moment, les premiers rayons du soleil matinal remplissaient Sierra d'un sentiment d'espoir.

Elle aperçut soudain un pick-up de l'autre côté de la rue et se sentit blêmir.

L'espoir qu'elle avait ressenti, un instant plus tôt, s'envola remplacé par un mélange de colère et de peur.

— Maudit soit-il, grommela-t-elle en s'écartant de la fenêtre.

Deux bras s'enroulèrent autour d'elle et une voix profonde demanda :

— Qu'est-ce qui ne va pas ?

Sierra se retourna et pressa sa joue contre le torse de T-Rex.

— Regarde toi-même, répondit-elle, refusant de s'approcher de nouveau de la fenêtre.

T-Rex y jeta un œil et se raidit.

— Ellis. Ne bouge pas, je vais m'occuper de lui.

— Non, laisse les autorités s'en charger. S'il s'approche de moi, le shérif est en droit de l'arrêter.

— Alors qu'attends-tu pour l'appeler ? Clay te harcèle. Si la police ne vient pas et qu'Ellis est encore là quand nous aurons terminé le petit déjeuner, j'irai m'expliquer avec lui.

Elle sourit.

— Merci mais tu n'as pas à te battre pour moi.

— Ellis n'a pas le droit de se conduire comme ça.

— Maintenant que j'ai un pistolet paralysant, je peux m'occuper de lui moi-même.

Elle s'éloigna et sortit son téléphone portable de son sac à main. Comme elle composait le numéro du bureau du shérif, elle quitta la salle à manger.

— Bureau du shérif, bonjour, répondit une femme.

— Sierra Daniels à l'appareil. Le shérif Scott est-il disponible ?

— Un instant, s'il vous plaît.

Après une courte pause, une voix masculine s'éleva dans le récepteur.

— Bonjour, Sierra. Que se passe-t-il ?

Elle soupira.

— Clay recommence à m'ennuyer.

— Quand comprendra-t-il que vous ne retournerez pas auprès de lui ?

— Je ne sais pas. Mais il est planté devant le Bed & Breakfast de Mme McCall, où je séjourne actuellement. Et j'ai eu deux altercations avec lui hier.

— Sierra, vous avez bien fait de m'appeler. Vous auriez dû le faire dès hier. Je vais m'occuper de lui. Nous sommes là pour vous aider. Je vous envoie tout de suite une unité.

— Je vous remercie.

— Ça va aller ?

Elle regarda T-Rex debout devant les baies vitrées en train de fixer Clay.

— Oui, je peux me défendre. Mais j'en ai assez de ses menaces et je ne supporte pas qu'il fasse peur à ma propriétaire.

— Nous allons lui faire entendre raison.

Sierra mit fin à la communication et rejoignit T-Rex dans la salle à manger.

Mme McCall entra, portant leurs assiettes.

Alors qu'ils s'installaient autour de la table, cette dernière demanda :

— Cela vous ennuie-t-il que je regarde le journal télévisé pendant le petit déjeuner ?

— Pas du tout, répondit Sierra.

— Au contraire, renchérit T-Rex. Les actualités m'intéressent.

La propriétaire du Bed & Breakfast orienta la télécommande vers le téléviseur accroché au mur dans un coin de la salle à manger.

— J'adore mon grand poste de télévision, dit-elle. Pendant les championnats de foot, il m'arrive d'ouvrir la salle à manger aux voisins et amis qui le veulent… pour reproduire un peu l'ambiance d'un stade. Je suis fan des Denver Broncos, je l'avoue.

— J'étais là pour suivre les matchs éliminatoires, lui rappela Sierra. Les plateaux télé que vous nous aviez préparés étaient délicieux, l'atmosphère digne de l'événement et les Broncos en pleine forme.

C'était peu de temps après son divorce. Pour la première fois, elle avait osé s'aventurer à sortir seule et elle ne l'avait pas regretté. Ces championnats avaient été un grand moment.

— Je suis une inconditionnelle des Broncos, moi aussi, ajouta-t-elle.

À côté d'elle, T-Rex s'étrangla avec son café.

— Tout va bien ? demanda-t-elle.

— Oui, oui, j'ai simplement avalé de travers.

Mme McCall zappa pour trouver la chaîne locale de Jackson Hole, Wyoming, la station la plus proche de Grizzly Pass.

— Regardez, Grady Morris, l'homme politique le plus actif du Wyoming, sur les marches du Capitole.

— En effet. N'est-il pas venu à Grizzly Pass, il y a quelques jours, pour annoncer qu'il se présenterait aux élections sénatoriales ?

Mme McCall hocha la tête.

— Il mène campagne à travers tout le Wyoming. Les élections approchent, et le titulaire ne rajeunit pas, même s'il reste le favori.

Elle monta le volume.

Une journaliste en tailleur gris leva la main.

— Monsieur Morris, quelle est votre position à propos de la politique à tenir face au réchauffement climatique ? Êtes-vous prêt à soutenir une législation visant à réduire les gaz à effet de serre ?

Le candidat promena les yeux sur la foule rassemblée, évitant de regarder la jeune femme qui posait la question.

— Je vais étudier la question et prendre les meilleures décisions possible en fonction de l'avis des scientifiques et du souhait de mes électeurs.

— Jolie façon de botter en touche, murmura Sierra.

— Et qu'en est-il du pipeline qui traverse l'État aux abords du parc national de Yellowstone ? lança un homme aux cheveux noirs, vêtu d'une veste sombre, en tendant un micro à Morris. Allez-vous faire pression sur le gouvernement fédéral pour empêcher l'expansion de l'accès au pipeline ?

— Je vais rester en contact avec mes électeurs et défendre les intérêts de la population du Wyoming, répondit Morris.

— Encore une façon de ne pas se mouiller, dit Sierra.

— Est-il vrai, monsieur Morris, que vous avez fait partie à une époque du conseil d'administration de Transcontinental Pipeline Inc. ?

Morris hocha la tête, les sourcils froncés.

— Et alors ?

— Et est-il exact que Transcontinental a acheté Rocky Mountain Pipeline ? Et qu'il est en négociation pour installer de nouveaux pipelines à travers le Wyoming et pour être chargé de leur entretien ?

De nouveau, Morris acquiesça, les yeux mi-clos.

Le journaliste poursuivit :

— Transcontinental est accusé de ne pas avoir entretenu correctement les pipelines existants. Or, d'après certains experts, cette absence de maintenance aurait provoqué une pollution. Le saviez-vous ?

— Non, je l'ignorais, répondit Morris. Je ne suis plus membre du conseil d'administration de cette société depuis près de sept ans. Question suivante, s'il vous plaît, ajouta-t-il en promenant les yeux dans la foule.

L'homme à la veste sombre refusait de laisser tomber le sujet du pipeline.

— Est-il vrai que Transcontinental fait l'objet d'une enquête à ce sujet ?

Morris serra les mâchoires.

— J'aimerais laisser la parole à d'autres personnes, maintenant.

La femme en tailleur gris leva la main.

Manifestement soulagé, Morris tourna la tête vers elle.

— Posez votre question, madame. Je vous écoute.

— Monsieur Morris, j'aimerais entendre votre réponse à la question de l'autre journaliste. Transcontinental fait-il l'objet d'une enquête pour défaut de maintenance sur les pipelines existants ?

— Si c'est le cas, la réponse devrait être connue du public. Maintenant, si vous voulez bien m'excuser, j'ai du travail.

Morris redressa le col de son manteau et tenta de s'éloigner mais la journaliste en tailleur gris insista :

— Monsieur Morris, si Transcontinental n'a pas bien entretenu le gazoduc, les habitants du Wyoming peuvent-ils être exposés à un risque de rupture du pipeline ?

— Je n'ai pas la réponse à cette question.

La femme suivit Morris alors qu'il essayait de repousser la foule.

— Si vous êtes élu sénateur, vous engagez-vous à prendre

toutes les mesures nécessaires pour protéger les personnes de votre État contre une situation potentiellement désastreuse avec le pipeline ?

Morris ne répondit pas. La journaliste en gris se tourna vers son cameraman.

— Les liens qui unissent Grady Morris au pipeline Transcontinental semblent étroits. Je vais me renseigner et vous communiquerai le fruit de mes investigations dans le journal du soir.

Elle sourit, et le présentateur de la chaîne annonça le bulletin météo.

Mme McCall hocha la tête.

— Grady Morris devra se battre s'il espère devenir le prochain sénateur du Wyoming, déclara-t-elle. Pour commencer, trop de gens sont mécontents du pipeline qui parcourt notre État. Si Morris est impliqué dans les magouilles liées à son entretien, il n'obtiendra jamais les votes dont il a besoin. Depuis que Transcontinental a acheté Rocky Mountain Pipeline, les licenciements ont été massifs et l'entretien du pipeline déplorable.

— Morris s'est toujours arrangé pour obtenir de l'argent lorsqu'il entreprenait des travaux pour le compte du Wyoming, renchérit Sierra. Il s'est acoquiné avec tous les grands groupes du pays et il est prêt à faire tout ce qu'il faut pour en tirer profit.

— Je serais étonnée que les gars de Transcontinental ne soient pas condamnés à une forte amende et virés, renchérit la propriétaire. Avec l'arrêt du pipeline, de nombreuses personnes se sont retrouvées au chômage. De plus, le gouvernement fédéral a augmenté massivement les frais de pâturage du bétail sur les terres du comté, et beaucoup de ranchers de la région en subissent les conséquences. Les gens qui travaillaient pour le pipeline, comme ceux qui étaient employés dans les ranchs, ont souffert des politiques fédérales. Beaucoup ont dû se résoudre à abandonner leurs maisons, leurs terres, pour tenter de trouver un emploi en ville. Ceux qui s'accrochent et qui continuent à se battre pour subsister ne vont pas voter pour lui. Ils ont compris que Morris défendait ses intérêts personnels et non les leurs.

Elle finit son thé et se leva.

— Puis-je vous offrir quelque chose ? Plus de café ? Du thé ?

Sierra leva la main.

— Plus rien, merci. Le petit déjeuner était délicieux. Si vous continuez de cuisiner comme ça, je déciderai peut-être de vivre ici même après avoir terminé les rénovations de ma maison.

— Chérie, tu es toujours la bienvenue ici. Tu es pratiquement de la famille.

— Merci beaucoup !

Sierra prit son assiette et se leva.

Mme McCall s'arrêta en allant à la cuisine, regardant par la fenêtre.

— Que fabrique donc le shérif dans notre rue si tôt le matin ?

Le cœur de Sierra s'accéléra. En passant devant la fenêtre, elle vit une voiture de patrouille se garer le long du trottoir, là où le pick-up de Clay s'était trouvé peu de temps auparavant.

Elle sourit et se sentit plus légère.

— Clay est parti.

— Malgré tout, je t'accompagne jusqu'à la crèche, dit T-Rex.

— Ne te sens pas obligé de le faire.

— J'en ai envie.

— D'accord et merci.

Le sourire qu'il lui décocha la fit fondre.

Il l'escorta donc jusqu'au centre communautaire. Clay n'était pas là pour la harceler mais Brenda arrivait et, en avisant l'expression niaise de son visage, Sierra comprit que sa collègue allait la taquiner à propos de T-Rex.

Sierra se dirigea vers l'entrée de la crèche. Avec T-Rex à ses côtés, elle se sentait protégée et aimée. Et aucune plaisanterie de sa collègue ne parviendrait à ternir sa joie.

8

T-Rex attendit que Sierra soit entrée dans le centre pour partir. Il se sentait déchiré. Conscient qu'Ellis pouvait revenir l'ennuyer à tout moment, il n'avait pas envie de la laisser. Mais il ne pouvait pas rester tout le temps avec elle. Il avait du travail. Il regrettait de ne pas être doté du don d'ubiquité.

Pour tenter d'apaiser un peu son inquiétude, il décida de s'arrêter en passant au bureau du shérif.

Lorsqu'il en poussa la porte, le shérif Scott discutait avec l'un de ses adjoints à la réception. Il termina ce qu'il disait et se tourna vers T-Rex, un grand sourire aux lèvres.

— Monsieur Trainor, bonjour. Que puis-je pour vous ?

T-Rex lui serra la main.

— Je voulais vous remercier d'avoir envoyé une voiture de patrouille au Bed & Breakfast, ce matin.

Le shérif se rembrunit.

— Je crois que Clay Ellis a besoin d'un coup de pied aux fesses. Il est quand même surprenant qu'il soit incapable d'accepter le divorce. Mlle Daniels n'est plus sa femme depuis plus de six mois. Il serait temps qu'il le comprenne.

T-Rex hocha la tête.

— C'est la raison pour laquelle je suis venu vous trouver. Il ne semble pas à court d'idées pour tenter de la faire revenir à lui.

Scott se mit à rire.

— J'ai entendu dire qu'elle l'avait ridiculisé hier soir à la

Blue Moose Tavern avec un pistolet paralysant. Quand il a recouvré ses esprits, il était hors de lui.

— Cela m'ennuie, répliqua Rex. Il va sans doute chercher à se venger.

— Vous avez raison. Je demanderai à mes hommes de passer régulièrement à la crèche au cours de la journée pour s'assurer que Sierra va bien.

— Merci.

— Mais, pendant que je vous tiens, dites-moi : avec votre équipe, êtes-vous sur le point de démasquer les responsables des crimes et délits qui se multiplient dans le coin depuis quelque temps ?

— Difficile à dire. Nous avons reconstitué plusieurs morceaux du puzzle, mais pas l'image complète.

— Nous en sommes donc tous au même point. De notre côté, nous pensons avoir identifié certains membres du groupe Free America, mais nous n'avons pas encore réuni assez de preuves pour obtenir du juge du comté des mandats de perquisition. De toute façon, il est peu probable que ces types gardent leurs armes chez eux. Il y a tant de grottes et de mines abandonnées dans la région qu'ils auraient tort de ne pas s'en servir pour y dissimuler leur arsenal. Et les fouiller toutes nous demandera un bon bout de temps.

— Je suis bien d'accord.

— Tenons-nous au courant de nos avancées respectives, conclut Scott en lui envoyant une bourrade dans le dos. Nous sommes là pour nous aider mutuellement.

— Bien sûr.

T-Rex quitta le bureau du shérif pour se rendre à la Blue Moose Tavern. Il gravit l'escalier extérieur jusqu'au premier étage où se trouvait le centre d'opérations temporaire de l'équipe.

Assis autour d'une grande table ronde, Ghost, Caveman et Hawkeye étudiaient une carte.

Un peu plus loin, Garner discutait avec Hack devant des écrans d'ordinateurs.

— Bien, maintenant que nous sommes tous là, dit-il en voyant T-Rex entrer, nous pouvons travailler.

— Qu'y a-t-il de prévu aujourd'hui ? demanda T-Rex.

Garner se tourna vers Ghost et Caveman.

— Vous deux, vous allez interroger les voisins et les amis de Don Sweeney, le tueur à gages, pour voir si quelqu'un connaîtrait les personnes qui lui ont rendu visite ces derniers mois. J'espère qu'une concierge, par exemple, nous apportera le nom de l'homme qui a engagé Sweeney pour descendre le père d'Olivia Dawson.

Sweeney avait reconnu qu'il avait été payé pour assassiner le propriétaire du Stone Oak Ranch dont les terres bordaient le pipeline. Mais on ne savait toujours pas qui l'avait payé ni si ce commanditaire avait des liens avec Free America.

— De mon côté, j'aimerais aller jeter un œil chez Wayne Batson, dit Hawkeye. Le shérif a fait fouiller son ranch et n'y a rien remarqué d'anormal, mais je suis persuadé qu'il a raté quelque chose. Nous savons que Batson a formé au combat des dizaines de personnes sur ses terres. Jusqu'à ces derniers temps, sa propriété était un centre d'entraînement au maniement des armes et à la confection d'explosifs. Il doit y avoir un arsenal planqué quelque part, ce n'est pas possible autrement.

— Je peux me charger de mener ces investigations, proposa T-Rex.

Garner secoua la tête.

— J'ai une autre mission pour toi. De plus, nous sommes tenus de coordonner nos recherches sur le ranch de Batson avec celles du shérif. Contrairement à nous, il a l'autorité nécessaire pour enquêter sur le ranch. Je ne vois pas l'intérêt de nous introduire sur ces terres sans en avoir le droit et de risquer des ennuis par la suite.

Hawkeye fronça les sourcils.

— J'estime que nous avons parfaitement le droit d'explorer le domaine et de nous assurer qu'aucune arme n'y est dissimulée. Cela fait partie de notre mission.

— Ce n'est pas faux, répondit Garner. Mais nous devons au moins communiquer avec le shérif. S'il a envoyé des adjoints là-bas, il n'est pas question de les surprendre. Avec tout ce qui s'est passé ces derniers temps, ils pourraient être tentés de tirer d'abord et de poser des questions ensuite. Sans parler des types que Batson entraîne dans son ranch. Qui nous dit qu'ils ne continuent pas à utiliser ces installations sans que nous le sachions ?

Malheureusement, les données informatiques de Batson concernant les personnes formées dans son camp d'entraînement avaient été programmées pour s'autodétruire dès lors qu'elles étaient manipulées par des tiers. Quand Hack avait tenté de s'introduire sur le système, un programme visant à supprimer les fichiers sensibles avait automatiquement été déclenché. Dès qu'il s'en était rendu compte, Hack avait éteint son ordinateur. L'appareil avait été envoyé au laboratoire de criminalité de l'État dans l'espoir que des spécialistes parviennent à récupérer les données.

En attendant, une trentaine d'AR-15 — des fusils-mitrailleurs de qualité militaire — avaient été livrés à quelqu'un dans la région. Et l'équipe n'avait pas encore découvert à qui ni où ces armes avaient atterri. Ces fusils semi-automatiques étaient susceptibles de causer beaucoup de dégâts en cas d'attaque terroriste.

Garner se tourna vers T-Rex.

— J'ai une mission spéciale pour toi, reprit-il. J'aimerais que tu files Leo Fratiani, le soi-disant agent immobilier qui a fait des pieds et des mains pour tenter d'acheter le Stone Oak Ranch. Nos recherches sur Internet n'ont pas révélé grand-chose mais le simple fait qu'il s'intéresse au ranch des Dawson est suspect. À toi de t'assurer qu'il n'a vraiment rien à se reprocher.

— Comptez sur moi.

— Par ailleurs, poursuivit Garner, l'un de mes amis, membre de la garde nationale de l'armée du Wyoming et pilote d'un hélicoptère UH-60 Black Hawk, m'a proposé de nous aider dans nos recherches. En principe, il atterrira en début d'après-midi. J'ai besoin que tu sois là à son arrivée. Il t'emmènera explorer les collines et les terrains qui longent le pipeline. Ce que nous ne voyons pas du sol vous sautera peut-être aux yeux du ciel.

— J'aurais cru que vous auriez préféré être avec lui pour ces investigations aériennes, dit T-Rex.

— C'est le cas. La garde nationale nous prête le major Bailey, le lieutenant Strohm et l'hélicoptère pour quelques heures, et ce survol des collines peut marquer un tournant dans l'enquête. Voilà pourquoi j'aurais donné beaucoup pour être de la partie. Malheureusement, j'ai une réunion en ligne prévue avec l'un de mes supérieurs cet après-midi que je ne peux pas manquer. Mon patron veut un topo sur ce qui se passe à Grizzly Pass. J'aurais bien aimé lui annoncer que nous avons identifié tous les membres de Free America et trouvé la personne qui a financé l'achat de AR-15. Comme vous le savez tous, nous en sommes loin.

Les hommes autour de la table restèrent un moment silencieux. Ils avaient tous conscience qu'ils n'avaient pas encore découvert qui était derrière les actions criminelles qui secouaient la région, et chacun d'eux le vivait comme un échec personnel.

Garner se mit à arpenter la pièce, l'air sombre.

— Nous ignorons si les problèmes sont directement liés au pipeline ou si quelqu'un essaie de nous balader, de nous induire en erreur. La faction fortement armée de Free America pourrait être à l'origine de tous les événements qui se succèdent à Grizzly Pass et ses alentours depuis quelque temps. Cette hypothèse me semble d'ailleurs la plus probable. Nous connaissons l'existence des AR-15 mais nous ne savons pas si les membres de Free America ont un arsenal plus étendu encore. Plus tôt nous localiserons les caches d'armes et dresserons une liste des personnes impliquées, plus tôt nous coincerons les responsables… et plus tôt, vous pourrez rejoindre vos unités.

— Nous y travaillons, dit T-Rex.

Ghost acquiesça.

— Nous avons autant envie que vous de voir l'enquête aboutir. Je suis originaire de cette région. Je vis très mal les menaces qui pèsent sur ses habitants.

— Si, demain, Free America organise une attaque, n'importe qui pourrait en être victime. Rappelez-vous ce qui est arrivé aux enfants de la crèche de Grizzly Pass, déclara Caveman. Un brave homme a été assassiné, et tous ces gosses auraient pu mourir au fond de cette mine abandonnée.

— Et c'est exactement la raison pour laquelle nous ne devons pas laisser cette histoire traîner plus longtemps, renchérit Garner. Comme les activités de Free America s'intensifient sur Internet et que les signes avant-coureurs d'un passage à l'acte se multiplient, il nous faut faire en sorte d'agir au plus vite. Allez-y, ajouta-t-il avec un geste de la main.

Comme Ghost, Caveman et Hawkeye quittaient le bureau, Garner retint T-Rex. Il lui donna des instructions pour l'aider à mener sa mission à bien.

— Fratiani séjourne au Heartland Hotel. Il aime prendre son petit déjeuner dans la salle de restaurant de l'établissement, mais il déjeune et dîne toujours à la Blue Moose Tavern. Ce qu'il fabrique le reste de ses journées, nous n'en savons rien. Il ne reste pas en ville.

— À quoi ressemble-t-il ? demanda T-Rex.

Garner se tourna vers l'informaticien de l'équipe.

— Hack ?

L'informaticien tapotait tranquillement sur son clavier. Il se redressa pour presser quelques touches supplémentaires et une photo apparut sur l'un de ses moniteurs. Elle représentait un homme aux cheveux noirs et aux yeux sombres.

— Ce portrait est celui de son permis de conduire délivré par l'État de Californie.

— Il n'est même pas originaire du Wyoming ! s'exclama T-Rex.

— Non. Il a approché d'Olivia Dawson en lui déclarant qu'il voulait acheter Stone Oak Ranch pour le compte d'un investisseur. J'ai mené une petite enquête sur lui et découvert qu'il travaille pour une entreprise appelée LF Enterprises dont il est l'unique propriétaire.

— Est-il courtier immobilier ? demanda T-Rex.

Hack hocha la tête.

— Absolument. J'ai trouvé son permis dans l'État de Californie. Il lui a été attribué depuis peu de temps. Il est également conseiller financier agréé. Là encore, depuis peu. Avant de changer son fusil d'épaule, il travaillait pour le pipeline comme ingénieur.

— D'accord. Il connaît probablement son métier et pourrait avoir une taupe qui l'informe sur tout ce qui concerne le pipeline.

T-Rex se tourna de nouveau vers Garner.

— Voulez-vous que je l'interroge, ou que je lui file le train discrètement pour observer ses faits et gestes sans qu'il s'en aperçoive ?

— Je préfère qu'il ne se doute pas que nous nous intéressons à lui. S'il complote quelque chose, tu auras plus de chance de découvrir ce dont il s'agit s'il ne sait pas qu'il fait l'objet d'une filature.

T-Rex hocha la tête.

— Très bien.

Comme il quittait le bureau et descendait l'escalier pour gagner la salle du Blue Moose Tavern, il consulta sa montre. Il était encore tôt. Il avait une chance d'attraper Fratiani au restaurant.

Il ne lui fallut pas longtemps pour repérer l'homme qu'il était chargé de filer. Fratiani ressemblait beaucoup à la photo de son permis de conduire, avec ses cheveux noirs et ses yeux sombres. Il était assis seul à une table, le téléphone à la main.

T-Rex commanda un café et s'installa au comptoir. Pour se donner une contenance, il versa un peu de sucre et de crème dans sa tasse, même s'il le préférait noir. Tout en sirotant le breuvage brûlant, il promena un regard circulaire dans la salle.

À ce moment-là, Fratiani posa un billet sur la table et se leva.

T-Rex lui laissa quelques instants pour quitter la taverne avant de le suivre de loin.

Son téléphone collé à l'oreille, l'agent immobilier grimpa dans une jeep et se mêla à la circulation. Il quitta la ville pour se diriger vers le sud.

Au volant de son camion, T-Rex le prit en filature, veillant à garder ses distances de façon à ce que Fratiani ne remarque pas sa présence derrière lui.

À une dizaine de kilomètres de Grizzly Pass, Fratiani s'engagea sur un chemin de terre qui s'enfonçait dans un bois.

T-Rex se garda de ralentir. Il fit mine de poursuivre sa route mais, dès qu'il s'estima raisonnablement hors de vue, il fit demi-tour.

Apparemment, Fratiani n'était pas ressorti de la forêt. Sa jeep n'était nulle part en vue

T-Rex emprunta un autre sentier pour y cacher son camion derrière des fourrés. Il sauta alors à terre et courut vers l'endroit où avait disparu Fratiani. Il s'arrangea pour ne pas s'exposer.

Il remonta le chemin de terre à pas de loup. Rien ne bougeait. Avançant à l'ombre des arbres pour ne pas se faire voir, il parvint à une petite clairière. Comme il s'en doutait, la jeep de Fratiani y était garée mais un autre véhicule s'y trouvait également, à moitié dissimulé derrière les broussailles. Apparemment, il s'agissait d'un pick-up.

Debout près de sa jeep, Fratiani s'entretenait avec un homme vêtu d'un sweat-shirt dont la capuche était rabattue sur son visage.

De là où il se tenait, T-Rex ne pouvait pas entendre ce qu'ils se disaient ni distinguer les traits de l'interlocuteur de l'agent immobilier.

Il vit par contre Fratiani lui tendre une grosse enveloppe tout en lui disant quelque chose d'un ton brusque avant de regagner sa jeep.

Pour ne pas se faire repérer, T-Rex se recroquevilla derrière un arbre. Il attendit que la jeep s'éloigne pour risquer un œil alentour. L'homme avec qui Fratiani avait parlé avait disparu, mais, lorsqu'il fit démarrer son véhicule et sortit des arbres derrière lesquels il était dissimulé, T-Rex remarqua son aile cabossée.

Il le reconnut aussitôt. La veille, Clay Ellis se trouvait au volant de cette camionnette lorsqu'il était venu importuner Sierra à la crèche.

Que fabriquait Ellis avec un agent immobilier véreux sur une route déserte au milieu des collines du Wyoming ? Qu'avaient-ils donc à se dire ?

Lorsque le pick-up fut hors de vue, T-Rex repartit vers son propre camion. Il s'installa au volant et suivit Ellis de loin jusqu'à Grizzly Pass.

Dès qu'il fut de nouveau sur réseau, il appela Hack.

— Épluche les comptes bancaires de Clay Ellis. Je l'ai vu s'entretenir secrètement avec Leo Fratiani sur une route déserte... C'est louche.

— Je m'y mets, dit Hack. Où te trouves-tu maintenant ?

— Sur la route qui mène à Grizzly Pass.

— Le major Bailey vient d'appeler. Il atterrira dans vingt minutes au parc des expositions.

— C'est plus tôt que prévu, dit T-Rex. As-tu prévenu Garner ?

— Je n'ai pas réussi à le joindre. Il doit être dans une zone où il n'y a pas de réseau. Garner ne s'attendait pas à ce que le pilote débarque maintenant. Il a dû décoller plus tôt qu'il ne le pensait. Pourras-tu être à temps au parc des expositions pour l'accueillir ?

— Sans problème, répondit T-Rex. En attendant, je file le train d'Ellis.

— Parfait. Je transmettrai le renseignement à Garner dès

qu'il sera joignable et le mettrai au courant du changement de programme avec Bailey.

— D'accord. Sauf contre-ordre de sa part, j'accueillerai Bailey à son arrivée.

Il vit Clay Ellis quitter la route principale pour se diriger vers la crèche du centre communautaire.

Formidable.

Comment T-Rex allait-il se débrouiller pour accueillir Bailey et inspecter les collines avec lui en sachant que, pendant ce temps-là, Sierra risquait de se faire agresser par son ex-mari ? Il n'aurait pas l'esprit tranquille. Elle était en danger, d'autant que Clay était manifestement acoquiné avec un agent immobilier de Californie à la réputation sulfureuse.

Tout en roulant, lui aussi, vers le centre communautaire, il mit au point un plan.

Avant toute chose, il appela la crèche.

Brenda Larson prit l'appel.

— Crèche de Grizzly Pass, bonjour. En quoi puis-je vous être utile ?

— Mademoiselle Larson, Rex Trainor à l'appareil. Nous nous sommes rencontrés, hier soir.

— Je me souviens très bien. Vous êtes le grand costaud qui a fait peur à l'ex-mari de Sierra.

— Exactement. J'ai besoin de votre aide...

Sierra se trouvait à nouveau sur l'aire de jeux avec les tout-petits quand Clay surgit sur le parking. Aussi vite qu'elle le put, elle rassembla les enfants et les entraîna vers le centre. Il n'était pas question qu'ils soient une nouvelle fois confrontés à Clay et à son comportement irresponsable. Elle ne voulait pas traumatiser les pauvres petits deux jours de suite. Si Clay continuait à la harceler, sans doute devrait-elle cesser de travailler à la crèche. Elle ne pouvait prendre le risque que l'un de ces bouts de chou soit blessé ou choqué à cause de ce fou furieux.

D'ailleurs, Sierra commençait à se demander s'il ne lui faudrait pas quitter définitivement Grizzly Pass pour échapper à son ex-mari. Certes, elle y avait des amis, mais plus aucune famille ne la retenait dans la région. Elle avait plus de raisons de partir que de rester. D'ailleurs, elle ignorait pourquoi elle n'avait pas encore renoncé à vivre dans cette petite ville où les possibilités d'emploi étaient quasi inexistantes.

Elle atteignait presque la porte avec les enfants quand Clay bondit de son pick-up en criant :

— Je viens régler mes comptes, Sierra !

Elle ne répondit pas. Au lieu de quoi, elle posa la main sur la tête du dernier enfant de la file pour l'encourager à avancer plus vite.

— Allez, allez ! Rentrez tous à l'intérieur pour prendre votre goûter.

— Tu n'aurais pas dû te servir du pistolet paralysant contre moi, poursuivit Clay.

Il tira une barre de métal de l'arrière de son camion et, tout en la frappant contre sa paume d'un air menaçant, il s'avança vers Sierra.

Elle sentit les battements de son cœur s'accélérer dans sa poitrine. Comme elle aurait dû s'en douter, utiliser le pistolet paralysant pour se défendre avait été une erreur. Sa manœuvre n'avait conduit qu'à rendre Clay plus furieux encore et plus déterminé que jamais à parvenir à ses fins. Pire, il voulait à présent se venger de la douleur et de l'humiliation qu'elle lui avait fait subir. Il allait se défouler sur elle et la massacrer avec sa barre de fer.

Sierra n'avait pas l'intention de le laisser la frapper. Mais son pistolet paralysant était dans son sac, accroché au porte-manteau du bureau de la crèche, et donc hors de portée.

— Rentrez vite, ordonna-t-elle aux enfants d'un ton sans réplique.

Les tout-petits regardaient d'un air apeuré l'homme qui marchait vers eux à grands pas. Certains fondirent en larmes, d'autres se précipitèrent vers la porte, tentant en vain d'en actionner la poignée.

Sierra passa devant eux pour leur ouvrir.

Alors que Clay atteignait le centre de la cour, un autre camion surgit sur le parking et s'avança pour piler devant lui, manquant de peu de le renverser.

Le cœur battant, Sierra faillit applaudir lorsque T-Rex sauta sur le sol.

— Ellis, vous violez la loi, lança-t-il d'un ton glacial.

— Encore vous ? Quand cesserez-vous de vous mêler de ce qui ne vous regarde pas ? Je vais vous briser le crâne ! hurla Clay en s'élançant vers T-Rex.

— Attention ! hurla Sierra. Il a une barre de fer.

— Fais rentrer les enfants, répondit T-Rex. Je m'occupe de lui.

L'idée de laisser T-Rex affronter Clay à mains nues en sachant que son ex-mari risquait de lui casser la tête avec sa barre de fer rendait Sierra malade. Mais elle n'avait pas le choix et elle finit par obtempérer.

Elle ouvrit la porte.

— Allez !

La plupart des petits se ruèrent à l'intérieur mais certains, terrifiés, se collèrent à ses jambes en criant, empêchant Sierra d'avancer. Agrippée à sa cuisse comme à une bouée de sauvetage, Eloisa sanglotait. Marcus, un garçon de deux ans, était pendu à son bras, et un troisième enfant restait pétrifié en travers de son chemin en hurlant à pleins poumons.

— Calmez-vous ! ordonna Sierra.

Elle souleva Eloisa sur sa hanche et prit Marcus par la main.

Brenda apparut à temps pour écarter le blondinet qui bloquait le passage.

— Fais les entrer dans le gymnase.

Une fois tous les bambins à l'abri à l'intérieur, Sierra lâcha Marcus et dénoua les bras d'Eloisa de son cou.

— Laisse-moi m'occuper d'elle, dit Brenda.

— Merci. Je dois ressortir voir ce que je peux faire pour aider T-Rex.

— J'ai appelé le shérif. Il envoie tout de suite une voiture de patrouille.

Sierra retourna en courant dans la cour.

Clay et T-Rex se tournaient autour, se mesurant du regard comme deux fauves sur le point de se sauter à la gorge pour se déchiqueter l'un l'autre.

Au moment où Sierra arrivait à leur hauteur, Clay se jeta sur T-Rex. Mais, d'un mouvement souple, ce dernier lui saisit le poignet et lui tordit le bras dans le dos. Avec un cri de douleur, Clay lâcha la barre de fer qui rebondit sur le sol.

T-Rex lui asséna alors un coup de poing en pleine figure. Clay s'écroula mais se releva prestement et se précipita de nouveau sur son adversaire.

T-Rex évita l'attaque et le frappa de nouveau.

Fou de colère, Clay tenta de ramasser la barre de fer mais, avant qu'il ne puisse s'en emparer, T-Rex l'envoya rouler au loin d'un coup de pied.

— Maintenant, partez, ordonna-t-il.

— Je ne partirai que quand Sierra viendra avec moi.

— Elle n'ira nulle part avec vous, répliqua T-Rex. Elle est avec moi maintenant.

Terrorisée, Sierra décida d'intervenir.

— Je ne veux pas que quelqu'un soit blessé. Peut-être vaut-il mieux que j'aille avec lui.

— Enfin, tu redeviens raisonnable, dit Clay. Suis-moi avant que quelqu'un ne soit blessé.

— Vous seul risquez d'être blessé, rétorqua T-Rex en prenant Sierra par la taille. Elle n'est plus à vous. Laissez-la tranquille.

— Elle est à moi jusqu'à ce que je décide qu'elle ne l'est plus.

— Reprenez vos esprits, Ellis, répondit T-Rex d'un ton cinglant. Elle ne reviendra jamais près de vous. Elle ne vous aime pas.

Clay se tourna vers elle et planta les yeux dans les siens.

— Sierra ?

Sierra se remémora toutes les violences et humiliations qu'elle avait subies de l'homme qui avait pourtant promis de l'aimer, de l'honorer et de la chérir, sa vie durant. Clay avait anéanti toutes ses illusions sur le mariage.

— La première fois que tu m'as frappée, j'ai compris que je ne pourrais jamais t'aimer. Maintenant, laisse-moi, Clay. Va-t'en.

Clay fusilla T-Rex du regard.

— Tout est de votre faute. Si vous n'étiez pas dans le paysage, elle ne me parlerait pas ainsi.

— Voilà des mois que j'ai demandé et obtenu le divorce, rappela Sierra. Bien avant que M. Trainor n'arrive dans le Wyoming.

T-Rex hocha la tête.

— Il faut vous y faire, Ellis. Votre histoire avec Sierra est terminée. Il est temps de tourner la page.

Une voiture du shérif surgit alors dans la cour.

Clay jeta à T-Rex avec colère :

— Rien n'est terminé tant que je ne l'ai pas décidé.

Puis il remonta dans son pick-up et s'en alla, passant devant la voiture de patrouille sans même ralentir.

L'un des adjoints du shérif sortit de l'habitacle.

— Tout va bien ?

— Maintenant, oui, répondit Sierra, appuyée contre T-Rex pour sentir sa chaleur et sa force.

— Voulez-vous que j'engage des poursuites à l'encontre d'Ellis ?

T-Rex interrogea Sierra du regard.

Elle acquiesça.

— Il a besoin d'apprendre qu'il n'a pas le droit de me traiter ainsi.

L'adjoint hocha la tête.

— Je vais prévenir le shérif. Si Clay revient vous ennuyer, appelez-nous sans attendre.

Sur ces mots, l'adjoint regagna son véhicule et s'en alla.
Sierra se tourna vers T-Rex.

— Merci d'avoir été là.

— De rien, répondit-il sans la lâcher.

Elle n'avait aucune envie de quitter la chaleur de ses bras mais elle avait du travail.

— Je crois qu'il est temps que je retourne auprès des enfants.

— Attends ! J'ai quelque chose à te proposer, dit T-Rex.

Le cœur de Sierra bondit dans sa poitrine.

— De quoi s'agit-il ?

— J'ai besoin de quelqu'un pour me donner un coup de main sur une enquête, mais j'ai besoin de ce quelqu'un maintenant.

Plongeant son regard dans celui de Sierra, il le soutint sans ciller comme pour mettre plus de poids dans ses paroles et la pousser à accepter.

Quand T-Rex la regardait avec cette intensité, il était très difficile pour Sierra de résister.

Elle essaya pourtant.

— Je ne peux pas. Je travaille.

— Ne t'inquiète pas, intervint Brenda qui avait toujours Eloisa dans les bras. Prends ta journée. Les bébés font la sieste, et les grands jouent sagement dans le gymnase. Je peux m'occuper de toute la troupe. D'autant qu'ils sont moins nombreux aujourd'hui, comme toujours le vendredi.

Sierra fronça les sourcils.

— Es-tu sûre que cela ne te dérange pas ? Cela m'ennuie de te laisser seule avec tous les enfants.

— Avant de t'engager, je tenais la crèche toute seule, lui rappela sa collègue. Je suis capable de gérer.

Avec un clin d'œil, elle se pencha vers Sierra pour lui chuchoter à l'oreille :

— Il n'est pas si fréquent qu'un homme séduisant te demande de l'aide. Je te préviens que, si tu n'acceptes pas sa proposition, je vais me porter volontaire à ta place et c'est toi qui resteras ici avec les gosses.

Une pointe de jalousie mordit le cœur de Sierra. Elle regarda T-Rex, et un frisson d'excitation la parcourut.

— Tu as envie d'y aller, chuchota Brenda. Alors, vas-y. D'ailleurs, si tu restais ici, Clay pourrait revenir. Penses-y.

Elle jeta un coup d'œil aux petits, qui commençaient à se calmer après avoir été confrontés pour la deuxième fois à la violence de Clay.

Une vague de culpabilité la submergea.

— Je ne supporte pas que mon ex-mari terrorise les enfants.

— Tu n'y es pour rien. Il est le seul responsable.

— Oui, mais si je ne travaillais pas à la crèche, il ne viendrait pas à tout propos faire peur aux petits. Je crois qu'il vaut mieux que je démissionne et que je ne revienne pas travailler jusqu'à ce que Clay soit calmé.

— Non, protesta Brenda. Tu n'as pas à te sacrifier une fois de plus. C'est à lui d'accepter la situation. D'ailleurs, tu manquerais à ces bouts de chou. Ils t'aiment.

— Moi aussi, je les aime et voilà pourquoi j'ai conscience de les mettre en danger. Non seulement, Clay leur fait peur mais il est susceptible de devenir plus violent encore et de s'en prendre à eux. Leurs parents s'en doutent et ils ne vont pas tarder à exiger mon départ. Mets-toi à leur place. Mieux vaut prendre les devants. Je pensais pouvoir rester à Grizzly Pass mais c'est impossible. Clay ne me laissera jamais tranquille.

Brenda fronça les sourcils.

— Pourquoi t'ennuie-t-il maintenant ? C'est ce que je ne comprends pas. Voilà des mois que vous êtes séparés, des mois que vous avez divorcé. Il aurait dû se faire une raison et tourner la page depuis longtemps.

T-Rex s'avança vers les deux femmes.

— Sierra, je dois y aller maintenant. Veux-tu venir avec moi ou préfères-tu rester ici ?

Sierra regarda la main qu'il lui tendait comme si elle pouvait la mener dans un autre monde, dans un endroit où elle n'avait jamais envisagé d'aller. Malgré sa peur de l'inconnu, elle s'en saisit et mêla ses doigts aux siens.

— Je viens avec toi.

Brenda la retint un instant.

— Mais n'oublie pas que tout le monde t'aime ici et veut que tu reviennes. Cela dit, si tu trouves mieux ailleurs, je comprendrai. Par contre, je compte sur toi demain. Tu n'as pas oublié que nous avons promis aux enfants de les emmener au parc national de Yellowstone pour une visite guidée. Des mamans nous aideront à les encadrer, mais il faut deux accompagnants officiels.

Sierra embrassa son amie.

— Ne t'en fais pas. Je serai là à la première heure.

Brenda reporta son attention sur T-Rex.

— Prenez soin d'elle, je vous la confie.

T-Rex hocha la tête.

— Comptez sur moi, dit-il avant d'entraîner Sierra hors du centre. Quel est le problème ? ajouta-t-il à l'attention de Sierra.

Elle soupira.

— Je me rends compte que je ne peux plus travailler à la crèche, je vais démissionner. Tant que Clay continuera à me menacer, à me harceler, je ne dois pas m'occuper des enfants. Ils vont me manquer mais je refuse de les exposer au danger.

— Tu aurais dû demander à l'adjoint de le mettre un jour ou deux en prison. Cela l'aurait calmé.

— Oh ! non ! Il en serait ressorti plus haineux que jamais. Il risque de s'en prendre aux petits. Si j'étais la mère de l'un d'eux, je n'aurais pas envie de confier mon bébé à une femme violentée sur son lieu de travail par son ex-mari.

Il acquiesça.

— Je comprends.

— Même si nous avons divorcé, Clay a toujours la capacité de me pourrir la vie.

Comme T-Rex lui ouvrait la portière, elle grimpa dans le camion. Il contourna le véhicule pour s'installer au volant.

— Assez parlé de mes petits ennuis, dit-elle en se forçant à sourire. Comment vais-je pouvoir t'aider ?

— J'ai besoin d'une autre paire d'yeux.

— D'une autre paire d'yeux ? répéta-t-elle sans comprendre.

— Nous allons nous balader au-dessus des collines à bord d'un hélicoptère. Il faudra chercher quelque chose, je ne sais pas quoi mais quelque chose qui sorte de l'ordinaire.

Elle se pencha en avant, son cœur s'accélérant dans sa poitrine.

— À bord d'un hélicoptère ? Je ne suis jamais montée dans un hélicoptère.

— Alors ce sera une première pour toi. Es-tu d'accord ? Es-tu disposée à m'aider ?

Il démarra le moteur mais attendit sa réponse avant d'embrayer.

Elle se mit à rire, tremblante d'excitation.

— Oui ! Quand y allons-nous ?

Il consulta sa montre.

— Dans cinq minutes ! Le temps de rejoindre l'appareil et ses pilotes.

9

Pendant qu'ils attendaient l'autorisation de décoller pour un vol de reconnaissance, T-Rex, le major Bailey, pilote de l'hélicoptère et le lieutenant Strohm, son copilote, déroulèrent plusieurs cartes en courbes de niveau. Ils étudièrent tout particulièrement le tracé du pipeline pétrolier. La plupart des anciennes mines d'or, désormais abandonnées, étaient également répertoriées, leurs emplacements clairement marqués.

T-Rex se sentait un peu nerveux. Il espérait que le major Bailey permettrait à Sierra de participer aux recherches. Il lui avait dit qu'elle faisait partie de la plate-forme de Homeland Security de Grizzly Pass. Ce n'était pas tout à fait exact mais, en réalité, il aurait été incapable d'effectuer ces recherches sans Sierra à ses côtés. Sachant que son ex-mari avait l'intention de revenir la tourmenter à la crèche, il n'aurait pas été tranquille. Avec Clay, le pire était toujours à craindre.

Lorsqu'il reçut l'accord de Bailey pour Sierra, il poussa un soupir de soulagement. Il serait plus efficace avec Sierra en sécurité près de lui.

Dès qu'ils quittèrent le sol, T-Rex cessa de penser à Clay Ellis pour s'intéresser à ce qui se passait dans les collines.

Le major Bailey et son copilote volaient sciemment à très basse altitude. Ce rase-mottes permettrait à T-Rex et à Sierra de repérer des sentiers non répertoriés sur les cartes, la présence de véhicules à proximité des anciennes mines d'or ou encore celle d'individus qui n'avaient aucune raison de se balader en pleine nature, surtout à cette époque de l'année, en dehors des périodes de chasse.

Sierra était assise à côté de lui. Les yeux brillants, les mains agrippées au harnais de sécurité, elle semblait à la fois excitée et terrifiée.

T-Rex sourit. Sierra avait peut-être été victime de mauvais traitements au cours de sa vie conjugale mais elle avait beaucoup de jugeote et le sens de l'aventure. Dès qu'elle s'éloignerait d'Ellis, tout irait bien pour elle, il en était certain.

Par contre, savoir qu'il ne serait pas toujours là pour s'interposer entre elle et son ex-mari si ce dernier revenait l'attaquer ennuyait beaucoup T-Rex. Il allait bientôt s'en aller. Il quitterait Grizzly Pass dès qu'ils auraient mis un terme aux activités des criminels qui sévissaient depuis quelque temps dans la région.

Profitant de ce que l'hélicoptère se rapprochait du sol, il se pencha vers la porte ouverte pour observer les collines. À en croire la carte étalée devant lui sur laquelle figurait le tracé du pipeline, ils n'étaient plus très loin de l'un des premiers points de contrôle que les inspecteurs de l'oléoduc avaient dû vérifier. L'endroit se situait au bord des monts Beartooth au cœur d'une prairie verdoyante.

Tandis qu'ils passaient au-dessus de cette zone, il ne remarqua rien d'anormal. Le sentier qui menait au pipeline était recouvert d'herbe et de ronces.

Empruntant le chemin le plus direct, l'hélicoptère se glissa entre deux collines et survola la vallée. Le pilote suivit l'oléoduc jusqu'à l'endroit où un inspecteur avait été abattu, peu après l'arrivée des militaires à Grizzly Pass. L'appareil se rapprocha du lieu du drame et resta en vol stationnaire à quelques dizaines de mètres au-dessus du sol pour leur permettre de l'examiner.

La terre autour du pipeline semblait avoir été retournée. Mais ils étaient si près que les pales de l'hélicoptère soulevaient la poussière, rendant l'observation du terrain difficile.

T-Rex ne savait pas ce qu'il s'attendait à découvrir, mais la zone avait été dernièrement le théâtre d'événements graves. Une personne y avait été assassinée et quelqu'un avait installé des bâtons de dynamite près de l'endroit où le cadavre avait été retrouvé. À eux seuls, ces deux faits justifiaient amplement de nouvelles investigations dans le secteur, même si la police scientifique avait conduit de son côté une enquête criminelle approfondie.

Mais rien sur le sol ne semblait digne d'intérêt, aussi T-Rex reporta-t-il son attention vers les flancs de collines qui s'étendaient de part et d'autre de la vallée.

— Voyez-vous quelque chose ? demanda-t-il à ses compagnons de vol.

— Rien de mon côté, répondit le pilote.

— R.A.S., renchérit le copilote.

— Je ne sais pas très bien ce que je dois chercher, mais tout me paraît normal, ajouta Sierra.

— Rapprochons-nous du Stone Oak Ranch et du parc national, proposa le pilote.

T-Rex hocha la tête.

— Reçu.

Bailey redressa l'appareil pour voler au-dessus des collines.

Du ciel, T-Rex bénéficiait d'une vue parfaite sur les vallées. L'hélicoptère se déplaçait lentement, leur donnant le temps d'inspecter les coteaux, de chercher des grottes ou d'anciennes mines, d'étudier les routes et les sentiers forestiers.

Alors qu'ils approchaient du Stone Oak Ranch — et plus précisément de l'endroit où le père d'Olivia Dawson avait été assassiné par Don Sweeney —, T-Rex remarqua de nombreuses taches sombres sur les flancs des collines. La plupart indiquaient des entrées de grottes.

T-Rex se pencha au maximum pour tenter de mieux distinguer les méandres du terrain en dessous de lui.

— Pourriez-vous vous rapprocher encore ?

Pour toute réponse, le major Bailey inclina l'hélicoptère et descendit vers les cavernes.

— Qu'y a-t-il là-bas ? demanda soudain Sierra en pointant quelque chose du doigt. Un camion ?

T-Rex regarda dans la direction qu'elle lui indiquait.

En effet, un semi-remorque était garé près d'une grotte, son hayon arrière ouvert. Un homme en tenue de camouflage sortit de la cavité. La main en visière, il suivit des yeux l'hélicoptère avant de se tourner vers le boyau obscur d'où il était sorti pour crier quelque chose.

Un instant plus tard, un autre type apparut, portant un tube court. Il le déploya pour doubler sa longueur, le cala sur son épaule et le pointa vers l'hélicoptère.

— Un lance-roquettes ! Ils vont nous tirer dessus ! hurla T-Rex. Filons en vitesse !

Le pilote mit les gaz pour propulser l'appareil en l'air, loin du danger, mais il était trop tard.

Un projectile heurta la carlingue, faisant pivoter l'hélicoptère sur lui-même.

— Nous avons été touchés, annonça le copilote dans le casque.

T-Rex prit la main de Sierra et la serra dans la sienne.

Le major Bailey s'efforça de reprendre le contrôle de l'appareil, de le stabiliser avant de le mener hors de la vallée.

Comme hypnotisé par le danger, T-Rex ne pouvait détacher les yeux de la falaise vers laquelle ils semblaient se précipiter à une vitesse folle.

Mais, au dernier moment, l'hélicoptère reprit de l'altitude, passa de justesse la crête, ses patins effleurant sa surface rocheuse.

Le pilote promena les yeux autour de lui.

— Maintenant, nous devons nous poser en urgence.

T-Rex scruta le terrain accidenté en dessous d'eux.

— Il faut une zone assez large pour nous permettre d'atterrir. Dirigeons-nous vers le sud, vers le Stone Oak Ranch.

— Les hommes qui nous ont tiré dessus se déplacent,

annonça Sierra en se penchant vers la porte ouverte. Ils ont des véhicules tout-terrain.

— Ils nous suivent, confirma le copilote.

— Pouvez-vous nous éloigner le plus possible avant de vous poser ? demanda T-Rex.

— Je vais essayer…

Tendu à l'extrême, le major Bailey tenait le manche à balai avec les deux mains.

— Nous aurons de la chance si nous parvenons à rester en un seul morceau, ajouta-t-il.

— Là-bas ! cria le copilote. Nous devrions pouvoir atterrir en haut de cette colline.

— Elle se trouve sur le Stone Oak Ranch, renchérit T-Rex. Allons-y. Nous pourrons obtenir de l'aide de la propriétaire du ranch, Olivia Dawson. Cela dit, le domaine est immense et il nous faudra au moins une heure de marche pour atteindre la maison. Motorisés, nous avons mis près d'une demi-heure, l'autre jour.

— Ces hommes vont plus vite que nous et ont toutes les chances de nous rattraper, dit Sierra qui se tordait sur son siège pour regarder le sol et suivre la progression de leurs poursuivants.

Tandis que le pilote se concentrait sur les commandes du Black Hawk pour réussir à se poser sans encombre, le copilote lança un appel de détresse.

À une centaine de mètres au-dessus de la zone d'atterrissage ciblée, l'aéronef se mit à tousser, le rotor ralentit et, comme il fallait s'y attendre, la descente s'opéra soudain de façon plus rapide.

— L'atterrissage risque d'être sportif, annonça le pilote.

T-Rex serra plus fort la main de Sierra et lui décocha un sourire un peu crispé.

— Ça va aller, dit-il pourtant d'un ton assuré.

À peine avait-il prononcé ces mots que l'hélicoptère heurta brutalement le sol et glissa sur le terrain en pente comme sur un long toboggan. Par chance, sa course folle fut arrêtée net par un grand rocher contre lequel il vint s'emboutir. Sans cette barrière naturelle, ils auraient basculé dans le vide et plongé au fond d'un précipice. Un vrai miracle.

Sonnés, tous quatre restèrent un moment sans rien dire, rivés à leurs sièges. Ils ne recouvrèrent leurs esprits que lorsque les rotors cessèrent de tourner et que le major Bailey coupa le moteur.

Il se débarrassa rapidement de son harnais et se retourna pour regarder ses passagers.

— Tout le monde va bien ?

Le copilote acquiesça.

— J'ai survécu.

— Tout va bien pour moi, dit T-Rex.

Sierra sourit.

— Nous sommes tous sains et saufs. C'est à peine croyable.

Son sourire était contagieux, et T-Rex sourit à son tour.

— Félicitations, major Bailey.

— Merci mais tout aurait été plus simple si nous n'avions pas été touchés par cette fusée.

Il sauta du cockpit pour se diriger vers le bord du précipice au fond duquel ils avaient failli basculer.

T-Rex aida Sierra à sortir de l'engin. Elle regarda le pilote, penché au-dessus du vide.

— Nous avons frôlé la catastrophe, dit-elle. Cela s'est joué à un cheveu.

T-Rex passa son bras autour de sa taille et la serra contre lui.

— Tu as raison. Nous l'avons échappé belle.

Des vrombissements de moteurs dans le lointain lui rappelèrent soudain que les hommes qui les avaient attaqués au lance-roquettes étaient sur leur piste, déterminés à les retrouver et à les abattre.

— Qui veut parier qu'ils seront armés ? lança le copilote.

T-Rex hocha la tête.

— Nous devons filer en vitesse si nous ne voulons pas qu'ils nous rattrapent.

— Je ne peux pas abandonner mon appareil ici, déclara le major Bailey en revenant vers eux. Nul ne sait pas ce que ces types lui feraient subir, ajouta-t-il.

— L'armée peut se permettre de perdre un hélicoptère, répliqua T-Rex. Elle n'a pas les moyens de perdre un pilote qualifié.

Le lieutenant Strohm hocha la tête.

— Il a raison, Bailey. Sans armes pour nous défendre, nous serions des cibles faciles en restant ici.

— Avez-vous pu contacter le shérif ? demanda Sierra.

— Nous avons émis un appel de détresse avant de nous poser mais nous n'avons pas obtenu de réponse. Je ne sais donc pas si notre SOS a été reçu.

Le copilote remit son casque et s'assit dans son siège pour jouer avec la molette radio.

T-Rex en profita pour regarder l'écran de son téléphone portable. Pas de réseau.

Un instant après, le lieutenant Strohm balança son casque sur le siège en secouant la tête.

— La radio est morte, elle n'émet et ne reçoit plus rien.

— Nous ne pouvons donc compter que sur nous-mêmes, conclut T-Rex.

Il escalada de hauts rochers pour jeter un coup d'œil vers la vallée. Il repéra cinq quads qui remontaient en file indienne un sentier pour se diriger vers eux.

T-Rex se retourna et dit à Sierra qui l'avait suivi.

— Nous devons filer au plus vite.

Il prit sa main et se précipita vers le pilote et le copilote.

— Nous n'avons que quelques instants avant que cinq types motorisés parviennent en haut de cette colline. Fuyons et essayons de trouver un endroit où nous cacher.

— Nous ferions mieux de nous dépêcher si nous ne voulons

pas nous faire canarder pendant que nous descendrons vers le ranch.

Le major jeta un coup d'œil autour de lui et ajouta.

— Connaissez-vous la région ? Savez-vous comment atteindre la maison des Dawson ?

— Suivez-moi.

T-Rex les entraîna vers un chemin si étroit qu'un véhicule tout-terrain aurait eu du mal à y rouler. Quelques jours plus tôt, il y était venu avec l'équipe, pour inspecter les alentours, à la recherche des membres de Free America qui se cachaient dans les collines.

Ils n'avaient pas réussi alors à les localiser, car beaucoup de sentiers traversaient les collines et les montagnes, vestiges d'une communauté minière très active jusqu'à la fin du XIXe siècle. Ils avaient passé des heures à crapahuter sur différents chemins mais ils n'avaient pas pu trouver ces hommes.

Conscient du danger qui les menaçait, T-Rex était inquiet. S'ils ne parvenaient pas à atteindre très vite une zone de repli, leurs assaillants les tueraient, un par un. Ils n'avaient pas hésité à tirer une fusée sur un hélicoptère de la garde nationale. Descendre quatre personnes ne les dérangerait pas davantage.

Moitié marchant, moitié courant, ils dévalèrent le sentier, glissant sur les cailloux. T-Rex craignait que Sierra ne trébuche et ne bascule dans le vide. Il lui prit la main, refusant de la lâcher. Elle était sous sa responsabilité. Il n'était pas question qu'il lui arrive quoi que ce soit. Il était prêt à donner sa vie pour la protéger.

Alors qu'ils s'approchaient du fond de la vallée, T-Rex se retourna vers la colline pour jauger la situation.

Le pilote et le copilote s'étaient arrêtés pour reprendre leur souffle. Pliés en deux, les mains sur les genoux, ils semblaient épuisés. Mais T-Rex entendait le rugissement des moteurs des quads. Leurs assaillants se rapprochaient. Ils n'allaient plus tarder à les rattraper.

Il reporta son attention sur Sierra. Elle était essoufflée, elle avait les joues roses, mais elle lui décocha un bref sourire.

— Ça va ? demanda T-Rex.

Elle hocha la tête avant de jeter un coup d'œil vers le haut de la colline.

— Allons-y, dit-elle en redressant les épaules. Il n'y a pas un instant à perdre. Ils sont presque sur nous.

En effet, les vrombissements de moteurs s'amplifiaient et T-Rex entraîna ses compagnons vers une haie d'immenses rochers alignés au pied d'une corniche. S'ils parvenaient à les atteindre à temps, ils bénéficieraient d'une bonne cachette. Bien sûr, ils risquaient aussi de se retrouver piégés. Leurs agresseurs n'auraient alors qu'à attendre qu'ils sortent pour les tirer comme des lapins. Sans armes, ils n'avaient que leurs neurones pour se défendre.

T-Rex comprit que deux options s'offraient à eux : se cacher, en priant pour que les hommes en quads poursuivent leur chemin sans les voir, ou se battre à mains nues contre des types manifestement déterminés et sans aucun doute armés.

Alors qu'ils arrivaient à proximité d'un rocher assez haut et large pour leur offrir une protection, des coups de feu se firent entendre dans les collines.

Un projectile toucha le sol près de T-Rex, soulevant un peu de poussière.

— Cours ! ordonna-t-il en poussant Sierra devant lui.

D'autres détonations résonnèrent, et le copilote s'écroula soudain avec un gémissement.

— Je suis touché à la jambe.

Il tenta de se relever mais il retomba aussitôt.

Sierra s'immobilisa et voulu lui porter secours.

— Ne t'arrête pas ! cria T-Rex. Cours !

— Mais...

Une balle siffla à leurs oreilles et vint s'écraser à côté d'elle.

— Fonce ! Je me charge de lui.

T-Rex hissa le copilote sur ses épaules et reprit sa course, ralenti par le poids de son fardeau.

— Laissez-moi vous aider, dit le major Bailey.

— Ça va, je m'occupe de lui. Vous, allez mettre Sierra à l'abri dans un endroit sûr.

Le pilote hocha la tête et courut rattraper Sierra.

D'autres coups de feu retentissaient dans la vallée.

Sierra atteignit le gros rocher la première, talonnée par le major. Quelques instants plus tard, T-Rex les rejoignit et laissa le blessé glisser sur le sol.

— Comment vous sentez-vous ? demanda T-Rex.

Le copilote serra les dents.

— Je vais avoir du mal à courir...

T-Rex fit signe au pilote.

— Surveillez les alentours pour évaluer l'avancée de nos ennemis.

Le major Bailey se colla au bord du rocher et risqua un bref coup d'œil de l'autre côté. Quand des détonations retentirent, il recula.

— Ils sont parvenus au sommet de la colline et ils pointent leurs armes dans notre direction.

T-Rex tira son couteau du fourreau attaché à sa ceinture et se mit à déchirer le pantalon du copilote en larges bandes. Avec l'aide de Sierra, il enveloppa la jambe du blessé avec soin avant de l'aider à se mettre debout.

— Ça va aller ? demanda-t-il au copilote. Pensez-vous pouvoir vous déplacer jusqu'à cette haie de rochers avec Sierra ? Dissimulé derrière cette muraille naturelle, vous serez à l'abri.

Le lieutenant Strohm hocha la tête.

Sierra posa le bras du blessé sur son épaule et lui enlaça la taille.

— Nous allons y arriver. Mais, vous deux, qu'allez-vous faire ?

— Ils arrivent, annonça le major de son poste d'observation. Ils seront là dans quelques instants.

— Profitons-en pour prendre position.

T-Rex jeta un coup d'œil à Sierra.

— Ne t'occupe pas de nous mais du lieutenant Strohm. Ta mission consiste à l'aider à atteindre ces grands rochers et à vous cacher du mieux possible derrière eux. Si la colline se transforme en stand de tir, je ne veux pas que l'un de vous deux prenne une balle perdue.

Elle ne bougeait pas, les mâchoires serrées.

— D'accord. Mais, toi, que deviens-tu dans tout ça ?

— Je suis assez grand pour me défendre, ne t'inquiète pas. Et le major Bailey assure mes arrières.

— Mais vous n'avez pas d'armes...

— Et je le regrette. Mais je me débrouillerai autrement. Ne perdons pas de temps à discuter. Va mettre le lieutenant à l'abri. Allez !

Sans discuter davantage, elle bondit en avant, entraînant le copilote vers l'abri rocheux.

Une fois Sierra hors de vue, T-Rex jeta un coup d'œil vers le major.

— Êtes-vous prêt à jouer au chat et à la souris ?

Hochant la tête, Bailey tira un couteau d'un holster dissimulé sur son mollet.

— Allons-y.

T-Rex fila derrière des rochers pour se positionner face au chemin d'où leurs agresseurs allaient forcément surgir. Accroupi sur le sol, il attendit.

Leurs poursuivants arrivèrent à vive allure mais ralentirent en approchant du labyrinthe rocheux. Chaque homme portait un casque noir et un fusil-mitrailleur à l'épaule.

T-Rex laissa passer quatre des cinq hommes devant lui. Mais, quand le dernier parvint devant l'endroit où il se cachait, T-Rex bondit pour le désarçonner. Dès que le type roula sur le sol, il le traîna derrière son rocher. Sans conducteur, le quad zigzagua sur quelques mètres avant de heurter un pin.

Les autres assaillants tiraient tous azimuts mais sans se soucier d'eux, T-Rex frappa sa proie à la nuque pour l'assommer.

Quand le type s'écroula, T-Rex lui arracha son AR-15 et lui noua les bras derrière le dos à l'aide de sa chemise. En reprenant connaissance, l'homme ne tarderait sans doute pas à se libérer de ses liens mais, dans l'immédiat, il était hors d'état de nuire.

S'emparant du fusil-mitrailleur, il s'assura qu'il était chargé avant de s'approcher du bord du rocher. Il ouvrit alors le feu vers les quatre assaillants casqués, visant le sol près de leurs pneus.

Surpris par cette attaque, les types s'interpellèrent en hurlant avec colère avant de s'éloigner et de disparaître dans un nuage de poussière.

T-Rex courut alors rejoindre le pilote.

— Major, nous avons quelques minutes devant nous avant qu'ils ne reviennent à pied.

— Où diable avez-vous trouvé cette arme ? s'exclama Bailey.

— Je l'ai empruntée au jeune homme étendu sur le sol, là-bas, dit-il en désignant son prisonnier.

Ce dernier commençait déjà à recouvrer ses esprits. Toujours vêtu du casque noir, il secoua la tête et jura, luttant pour se libérer de sa chemise.

— Les autres vont revenir, sans doute plus discrètement, dit T-Rex. Nous devons nous assurer qu'ils ne s'en prendront pas à Sierra et à Strohm.

— Nous ne sommes que deux. Comment allons-nous réussir à tenir quatre hommes à distance ? demanda Bailey.

— En nous montrant plus intelligents qu'eux.

Il lui tendit le fusil-mitrailleur et l'entraîna derrière les rochers.

— S'ils arrivent vers vous, n'attendez pas qu'ils tirent les premiers pour riposter. Je vous garantis qu'ils ne vous feront pas de cadeau.

Le major hocha la tête.

— Et vous ?

— Ne vous inquiétez pas. Je les trouverai avant qu'ils ne me trouvent.

Son couteau à la main, T-Rex s'éloigna pour atteindre l'endroit où il prévoyait que les quatre hommes reviendraient.

Le soleil déclinait lentement vers les collines. Bientôt il ferait nuit.

Leurs agresseurs pourraient attendre l'obscurité pour attaquer. Ou pas. Au crépuscule, ils seraient désavantagés.

T-Rex était prêt. Il tendit l'oreille, guettant le moindre bruit.

10

Soutenant du mieux possible le lieutenant Strohm, Sierra se dépêcha vers les rochers que T-Rex lui avait indiqués. Aux rugissements de moteurs, elle comprit que les quads se rapprochaient. Ils devaient être tout près de l'endroit où elle avait laissé T-Rex et le major Bailey. Consciente de l'imminence du danger, elle accéléra encore pour mettre au plus vite Strohm à l'abri.

Mais, alors qu'ils en étaient encore loin, le copilote demanda à s'arrêter. S'appuyant lourdement sur elle, il murmura :

— Je n'en peux plus... Je n'irai pas plus loin.

Sierra réprima un gémissement. Son dos la faisait terriblement souffrir. Strohm était un homme costaud, et supporter une partie de son poids n'était pas une mince affaire. Mais elle savait que le moment était mal choisi pour s'accorder une pause.

Elle promena les yeux autour d'elle, cherchant un endroit où se cacher tout en priant pour que leurs assaillants ne les voient pas avant qu'ils n'aient réussi à l'atteindre.

— Nous ne pouvons pas nous arrêter ici, à découvert, dit-elle.

Il acquiesça et se remit en marche. En unissant leurs efforts, ils parvinrent aux gros rochers. Derrière cette muraille naturelle, ils seraient complètement hors de vue.

Quelques instants plus tard, des coups de feu éclatèrent, et Sierra se recroquevilla près de Strohm. Son cœur battait la chamade en se demandant si T-Rex et le major avaient été touchés.

De nouveau, les moteurs vrombirent. Manifestement, les motards s'éloignaient. Lorsqu'elle n'entendit plus rien, elle compta jusqu'à dix et se redressa lentement.

Le lieutenant lui saisit le bras.

— Que faites-vous ?

— Je dois aller m'enquérir de T-Rex et du major. Ils sont peut-être blessés, ils ont peut-être besoin d'aide.

Se libérant de son emprise, elle ajouta :

— Êtes-vous capable de rester seul un petit moment ?

— Bien sûr, mais je m'inquiète pour vous. Votre marine me tuera s'il vous arrive quelque chose.

T-Rex n'était pas « son » marine, songea Sierra, et de toute façon, le copilote n'était pas en état de la protéger. Mais ce n'était pas le moment de pinailler. L'urgence était de retrouver T-Rex.

Sierra se hâta vers l'endroit où elle avait entendu les quads s'arrêter. En passant, elle ramassa une pierre. Elle était consciente qu'il ne s'agissait pas d'une arme très efficace mais elle voulait pouvoir se défendre au cas où quelqu'un l'attaquerait ou s'en prendrait à T-Rex.

En approchant, elle se dissimula derrière un rocher pour observer le chemin. Il était désert.

Alors qu'elle s'apprêtait à se remettre en mouvement, elle entendit un homme qui jurait à proximité. À pas de loup, elle se dirigea vers lui, se guidant à la voix et veillant à rester cachée.

Un peu plus loin, elle remarqua un casque noir sur le sol et une chemise déchirée. Alors qu'elle s'avançait avec prudence, elle perçut un mouvement derrière elle. Avant même d'avoir eu le temps de se retourner, elle sentit une main s'abattre sur sa bouche et un bras s'enrouler autour de sa taille, l'empêchant de bouger.

Le cœur battant, elle s'efforça pourtant de rester calme. Son assaillant puait la sueur et le tabac.

— Venez avec moi, dit-il.

Il n'en était pas question. Brandissant la pierre qu'elle tenait à la main, elle l'abattit sur la tête de son agresseur.

Surpris, il poussa un juron et desserra un instant son emprise.

Sierra en profita pour se libérer. Elle se retourna alors pour lui envoyer un violent coup de genou dans l'entrejambe.

Il se plia en deux.

En proie à une décharge d'adrénaline, elle le frappa de nouveau, au menton, cette fois, l'envoyant valser en arrière. Il s'écroula sur le sol.

Sa pierre à la main, le souffle court, Sierra s'approcha, prête à parer la prochaine attaque.

Mais il ne bougeait plus.

Rapidement, avant qu'il ne revienne à lui, elle attrapa la chemise déchirée et s'en servit pour lui attacher les poignets et les chevilles. Enfin, pour lui interdire d'appeler ses copains au secours, elle le bâillonna.

Elle retourna alors dans les rochers, déterminée à retrouver T-Rex et le major. Que leur était-il arrivé ?

La nuit tombait, et elle se doutait qu'il serait plus difficile de les chercher dans l'obscurité, surtout s'ils étaient blessés.

Comme elle promenait les yeux autour d'elle, elle remarqua soudain une silhouette sombre qui se glissait entre les rochers sur la colline.

S'agissait-il d'un autre membre de la bande qui avait attaqué leur hélicoptère ? Elle s'arrêta pour observer plus attentivement l'homme qui s'approchait. Il portait ce qui ressemblait à un fusil d'assaut.

Où étaient passés T-Rex et le pilote ?

Le soleil descendait derrière les collines, plongeant le paysage dans l'obscurité. Comme la décharge d'adrénaline qui l'avait traversée s'estompait, Sierra frissonna.

Elle vit une autre ombre suivre la première sur le sentier. Puis une autre. Elle comprit qu'il s'agissait de leurs assaillants.

Ils étaient donc trois ou plutôt quatre en comptant celui qu'elle avait ligoté. Mais où était passé le cinquième ?

Elle resta immobile, craignant de se faire repérer si elle bougeait. Elle tentait toujours de localiser T-Rex. Sans doute se cachait-il parmi les rochers, dans l'espoir de neutraliser les motards un par un. Elle refusait de croire qu'il était blessé ou pire. Un militaire de carrière expérimenté ne se serait jamais exposé à des tirs.

Elle tendit l'oreille, guettant des bruits de pas ou des voix. Adossée contre la paroi rocheuse, elle attendit.

T-Rex était conscient d'être désavantagé. Les types qu'il allait affronter étaient armés de AR-15. Il regrettait presque d'avoir laissé son fusil d'assaut au major. S'il l'avait gardé pour lui, il aurait pu abattre les assaillants tandis qu'ils descendaient le flanc de la colline. Avec son seul couteau, il avait peu de chance de l'emporter face à quatre hommes dotés d'un arsenal militaire.

Il se déplaça silencieusement, se dissimulant de rocher en rocher, jusqu'à l'entrée du labyrinthe rocailleux. Il savait que les hommes passeraient fatalement par là. C'était là qu'il aurait la possibilité de les faire tomber un à un. Cela dit, son plan ne fonctionnerait que s'ils se séparaient.

Son poignard à la main, il attendit que le premier type pénètre dans le couloir rocheux. Au moment précis où il atteindrait l'endroit le plus étroit du labyrinthe, il lui sauterait dessus.

Des bruits de pas sur le gravier l'alertèrent soudain d'une autre présence, mais déjà l'homme entrait dans son champ de vision.

Le gars s'écroula sans comprendre qui était son agresseur.

T-Rex ne l'identifia pas non plus.

Il n'avait pas eu le temps de bondir sur lui, il fut donc surpris de le voir tomber sur le sol en poussant un gémissement.

Sierra apparut alors, une grosse pierre à la main, les yeux écarquillés, le souffle court.

Le regard de Sierra se détourna brusquement du type sur le sol pour se tourner vers lui. Elle étouffa un cri avant de le reconnaître.

Mais, déjà, de nouveaux vrombissements de moteurs envahissaient les collines. T-Rex comprit que d'autres motards arrivaient. Prenant l'homme par les bras, il le traîna à la hâte derrière des rochers pour le cacher. Au passage, il s'empara du couteau qu'il portait à la ceinture, et il lui prit son fusil.

Il saisit alors Sierra par la taille et l'entraîna à l'abri. La jetant sur le sol, il se coucha sur elle pour la protéger. Des coups de feu retentirent non loin de l'endroit où ils étaient dissimulés.

Soudain, une voix s'éleva.

— Des types arrivent ! On s'arrache !

Le motard que Sierra avait assommé se redressa. Il s'assit et promena les yeux autour de lui.

— On s'arrache, on s'arrache ! répétait la voix tandis que d'autres déflagrations résonnaient alentour.

T-Rex pointa son arme vers le gars et posa un doigt sur ses lèvres pour lui intimer le silence et surtout lui interdire de bouger. Mais refusant d'obtempérer, l'homme roula sur le côté et s'élança derrière un grand rocher.

— Ne le laisse pas partir ! supplia Sierra.

— Il n'est pas question de t'abandonner pour courir à sa poursuite, chuchota T-Rex.

— Alors, tire-lui dessus.

— Si je le fais, je donne notre position à ses complices.

— Mais il va se sauver !

Elle se débattit pour tenter de lui échapper et s'élancer derrière leur prisonnier mais T-Rex refusa de la lâcher.

— Je préfère qu'il s'enfuie et que tu sois en vie.

Elle s'immobilisa, les yeux écarquillés, sa poitrine se soulevant au rythme de sa respiration.

Troublé, il se rendit compte que les courbes de Sierra allongée sous lui le perturbaient plus qu'il ne l'aurait fallu. Ce n'était pourtant pas le moment d'avoir des pensées sensuelles !

Des bruits de pas sur le gravier lui apprirent que quelqu'un se trouvait tout près, sans doute de l'autre côté du rocher.

T-Rex se redressa, le fusil à la main. Si leurs agresseurs les découvraient, il n'hésiterait pas à faire feu pour protéger Sierra.

Mais il vit apparaître le major Bailey qui avançait sur la pointe des pieds, un doigt sur la gâchette du fusil que T-Rex lui avait laissé. Il se retourna, pointant l'arme vers eux.

T-Rex leva la main et chuchota.

— Ne tirez pas.

Les épaules du pilote se détendirent.

— C'est vous, Dieu merci. Je craignais que vous ne soyez l'un d'eux. D'autres véhicules tout-terrain arrivent. Du coup, les types qui nous tiraient dessus ont préféré prendre le large.

T-Rex se mit sur pied et aida Sierra à se relever.

— Préparons-nous au pire, dit-il. Rien ne nous dit que les nouveaux venus seront plus amicaux que les autres.

Le major se tourna vers Sierra.

— Où est Strohm ?

— Je l'ai bien caché. Mais je dois aller le chercher avant qu'il ne fasse trop sombre.

Elle commençait à s'éloigner, mais T-Rex la retint.

— Nous irons le récupérer quand nous serons sûrs que les bandits sont partis et que les nouveaux venus n'ont pas l'intention de nous attaquer.

Sierra hocha la tête.

Tous trois remontèrent le sentier.

T-Rex insista pour que Sierra reste derrière. Le major et lui étaient prêts à faire feu si les arrivants se révélaient dangereux.

Quatre quads apparurent en haut de la colline.

Comme ils approchaient, T-Rex reconnut la veste du motard en tête du peloton. Il s'agissait d'un blouson estampillé de l'emblème du ministère de la Sécurité intérieure. Il l'avait vu sur le dos de Kevin Garner, ce matin.

T-Rex baissa son arme, leva la main et sortit de l'ombre.

Dès qu'il le reconnut, Garner coupa le moteur de son engin et retira son casque.

— Bon sang, T-Rex. Que s'est-il passé ?

T-Rex se tourna vers le versant de colline derrière lequel ses attaquants avaient disparu.

— Peut-être vaut-il mieux rester à l'abri. Il y a quelques instants, nous avons été pris pour cibles.

Les sourcils froncés, Garner rejoignit T-Rex, le major et Sierra, près du labyrinthe rocheux.

Il fit signe aux autres, qui abandonnèrent à leur tour leurs quads pour les rejoindre.

Hawkeye, Ghost et Caveman s'approchèrent.

— Le bureau du shérif nous a transmis l'appel de détresse. À ce que j'ai compris, votre hélicoptère a dû atterrir en catastrophe dans les collines, déclara Garner.

— Nous étions tous très inquiets, ajouta Hawkeye.

T-Rex désigna le major Bailey à ses coéquipiers.

— Nous avons eu la vie sauve grâce à ce pilote. Il a réussi à poser l'hélicoptère dans des conditions extrêmes.

Il tendit son AR-15 à Ghost.

— Mais, dans l'immédiat, nous devons aller chercher le copilote. Il est blessé et a besoin de soins. Pouvez-vous nous couvrir ?

Ghost s'empara de l'arme, s'assura qu'elle était chargée et hocha la tête.

— C'est comme si c'était fait.

T-Rex se tourna vers Sierra.

— Penses-tu pouvoir le retrouver ?

Le cœur battant et le corps en feu après avoir senti T-Rex sur elle un instant plus tôt, Sierra se dirigea vers le labyrinthe rocheux. Elle s'arrêta plusieurs fois pour observer les alentours. Dans la pénombre, tout semblait différent mais elle reconnut vite le paysage et avança d'un pas assuré jusqu'à un grand rocher.

Le copilote se trouvait derrière, allongé sur le sol.

Elle s'agenouilla près de lui.

— Lieutenant, je vous avais dit que je reviendrais

— Vous êtes un ange, dit-il.

Il serrait les lèvres pour tenter manifestement de maîtriser la douleur.

Livide, il s'efforça pourtant de se mettre sur pied.

— Nous avons besoin d'aide, dit Sierra.

T-Rex la rejoignit et prit l'un des bras du lieutenant sur son épaule.

— Laisse-moi faire.

Caveman fit signe à Sierra de s'écarter pour lui permettre de soulever Strohm de l'autre côté. Ils le sortirent à l'air libre et le portèrent vers le sentier. Là, ils l'étendirent sur le sol.

T-Rex se redressa.

— Nous avons capturé l'un de nos assaillants. Je vous propose d'aller le chercher pour l'interroger.

Il se dirigea vers l'extrémité nord de la piste, Sierra sur les talons.

— Il n'est plus là où il était, le prévint-elle.

— Non ? demanda T-Rex en fronçant les sourcils.

Elle secoua la tête.

— Mais il n'est pas loin. Je vais te montrer.

Perplexe, T-Rex demanda :

— Et tu le sais parce que... ?

Elle haussa les épaules et lui décocha un faible sourire.

— J'ai peut-être eu la main un peu lourde...

Ils trouvèrent l'homme là où Sierra l'avait laissé.

Garner se tourna vers elle, visiblement impressionné.

— Êtes-vous sûre que vous n'étiez pas agent secret dans une autre vie ?

Elle secoua la tête en riant.

— Oui, mais je regarde assez de films et de séries policières pour savoir comment mettre un bandit hors d'état de nuire.

Ils retirèrent le bâillon de la bouche de l'homme et le traînèrent sur le chemin.

Maintenant qu'elle avait le temps de le regarder attentivement, Sierra le reconnut.

— Cody Raush ?

Le jeune homme la dévisagea mais il refusa de répondre.

Les mains sur les hanches, elle le regarda en secouant la tête.

— Que dira ton père quand il apprendra que tu as abattu un hélicoptère de la garde nationale ?

Il continua à fixer Sierra sans rien dire.

— Bien, tu n'es pas obligé de parler. Mais le shérif aura certainement envie de discuter un peu avec toi. Tu ne perds rien pour attendre.

Le crépuscule tombait dans les montagnes.

Bientôt, un hélicoptère de secours surgit au-dessus de leurs têtes, éclairant les alentours grâce à un énorme spot lumineux. Il se posa sur la colline, et une équipe d'urgentistes entraînée sauta à terre.

Une fois les deux blessés installés sur des brancards, les auxiliaires médicaux et l'équipe regagnèrent l'appareil.

Garner s'adressa alors à son équipe.

— Je les accompagne à l'hôpital. J'espère être là quand le shérif interrogera le dénommé Raush. Cet interrogatoire nous apportera peut-être l'ouverture que nous attendions. J'imagine que vous êtes capables de réintégrer Grizzly Pass par vos propres moyens, non ?

— Je vous le confirme, dit Ghost.

Sierra n'était pas animée de la même confiance. La nuit était tombée. Les quads étaient équipés de phares, mais les sentiers qui serpentaient dans les collines étaient déjà traîtres en plein jour. La nuit, ils pourraient se révéler mortels.

Ils attendirent que l'hélicoptère ait décollé pour enfourcher leurs engins.

T-Rex se tourna vers Sierra.

— Grimpe derrière moi.

— Il n'a jamais été question pour moi de monter derrière qui que ce soit d'autre, chuchota-t-elle pour que personne d'autre ne l'entende.

Nouant ses bras autour de sa taille, elle ajouta :

— J'espère que tu sais où tu vas parce que, pour ma part, je n'en ai aucune idée.

Il acquiesça.

— J'ai parcouru ces collines dans tous les sens ces derniers jours. C'était en plein jour, mais je devrais retrouver mes marques.

— Nous n'irons pas vite, dit Caveman. Par prudence.

Il prit la tête de leur petit convoi, T-Rex et Sierra le suivaient. Hawkeye et Ghost fermaient la marche.

La nuit était glaciale, les températures si basses qu'il n'était pas loin de geler. Pourtant, l'automne était encore loin.

Sierra se colla à T-Rex, absorbant le plus de chaleur possible de son corps. Lorsqu'ils arrivèrent à la maison du Stone Oak Ranch, elle claquait des dents, elle ne sentait plus ses pieds et elle était brisée de fatigue.

Olivia Dawson leur ouvrit grand les portes de la maison.

— Vous avez l'air affamés et frigorifiés. Entrez vite vous réchauffer et vous restaurer. Je viens justement de confectionner un énorme ragoût de bœuf.

— J'ai l'impression d'arriver au paradis, dit Sierra qui frissonnait de froid. Salut, Liv. Contente de te savoir revenue à Grizzly Pass.

Elle l'embrassa, heureuse de revoir son amie et de pouvoir se réfugier dans un endroit chaleureux et accueillant.

Elle trébucha, ses pieds gelés ne la portaient plus qu'à peine. Mais il n'était pas question pour elle de baisser les bras maintenant, si près d'un feu chaud et d'un bon repas.

S'approchant d'elle, T-Rex la prit dans ses bras pour la porter jusqu'à la maison.

— Je suis capable de marcher, protesta Sierra.

Pourtant, elle ne se débattit pas. Être dans les bras de

T-Rex lui permettait de se reposer tout en profitant encore un peu de sa chaleur.

— Je crois que, de toute ma vie, je n'ai jamais eu aussi froid.

— Nous n'étions pas préparés à affronter ce qui nous est arrivé.

— Qui aurait pu deviner que notre hélicoptère serait abattu ? Des choses comme celles-ci ne se produisent pas dans notre pays.

Il serra les mâchoires.

— Malheureusement, si. La preuve.

Il se rendit directement dans le salon, où il posa Sierra sur un canapé près du feu. Puis il étendit sur elle une épaisse couverture.

Elle se mit à rire.

— Je pense que ça ira.

— Tu souffres sans doute d'hypothermie, répliqua-t-il. Il faut absolument faire remonter ta température.

T-Rex la borda, l'emmaillotant si étroitement qu'elle ne pouvait plus bouger.

— Tu t'occupes de moi telle une mère, dit-elle en riant. Je vais bien, je t'assure.

Comme si son corps cherchait à la contredire, elle fut prise de violents tremblements. Ses joues la brûlaient, et elle claquait des dents.

— En tout cas, je vais bientôt aller beaucoup mieux, assura-t-elle. Merci, ajouta-t-elle en lui caressant la joue.

Les sourcils froncés, il se redressa.

— Je n'aurais pas dû t'emmener aujourd'hui, te mêler à cette histoire. J'ai eu tort.

— Moi, je suis très contente d'avoir pu t'accompagner ! protesta-t-elle. Je n'avais jamais volé en hélicoptère.

— Et je parie que tu n'avais jamais non plus été prise pour cible et échappé de peu à la mort, dit-il en repoussant une mèche de ses cheveux blonds derrière son oreille. J'espère que cette mésaventure ne se reproduira jamais.

— J'ai préparé du chocolat chaud, annonça Olivia.

Elle entra dans le salon, chargée d'un grand plateau couvert de tasses.

Les hommes s'installèrent dans les fauteuils en cuir dispersés dans le salon spacieux.

T-Rex prit une gorgée du breuvage brûlant avant de lancer à ses camarades :

— Nous avons frôlé la catastrophe.

— Maintenant, raconte-nous ce qui s'est passé, dit Ghost.

T-Rex leur résuma les événements de l'après-midi, à partir du moment où ils avaient repéré le semi-remorque ouvert près de la grotte. Comme il leur narrait la façon dont leurs ennemis les avaient abattus, Ghost s'exclama d'un air effaré.

— Ils vous ont tiré dessus à l'aide d'un lance-roquettes ! Mais, bon sang, ils ont un véritable arsenal à leur disposition.

Caveman se pencha en avant, les mains jointes.

— Nous devons absolument retourner dans ces collines demain à la première heure.

— Et il nous faut des hommes en grand nombre, postés sur tous les carrefours afin de repérer le moindre mouvement suspect.

Hawkeye se leva et se mit à arpenter la pièce.

— Je ne serais pas étonné que ces types chargent dès cette nuit toutes leurs armes dans des camions pour les transférer ailleurs, ajouta-t-il.

— Je vais contacter Garner et le shérif pour coordonner nos interventions, poursuivit Ghost. Êtes-vous prêts à vous relayer cette nuit pour surveiller les environs ?

T-Rex leva la main.

— Ne comptez pas sur moi, les gars. J'ai peur que Sierra ne soit prise pour cible, maintenant qu'elle a été impliquée dans cette histoire.

Ghost hocha la tête.

— Pas de problème. Entre les hommes du shérif et nous,

nous devrions être assez nombreux cette nuit. Mais il nous faudra être sur le pont demain aussi. Sauf toi, T-Rex, ajouta-t-il.

Sierra se tourna vers T-Rex.

— Vas-y et ne t'inquiète pas pour moi. Je n'ai besoin de personne pour veiller sur moi. D'ailleurs, demain, je dois conduire les enfants de la crèche au parc de Yellowstone.

Il fronça les sourcils.

— Tu y vas seule avec les gosses ?

Elle sourit.

— Non. Je serai avec ma collègue Brenda et plusieurs mamans.

Le visage de T-Rex s'assombrit davantage encore.

— Vu le contexte, es-tu sûre que ce soit une bonne idée ? Rappelle-toi ce qui s'est passé avec le car de ramassage scolaire.

— La situation est très différente. Nous nous rendons à Yellowstone à bord de plusieurs voitures, personne ne va s'amuser à nous attaquer. Lors du détournement du car scolaire, il n'y avait qu'un véhicule à prendre pour cible avec seulement trois adultes à l'intérieur. Nous n'allons quand même pas rester enfermés en permanence pour éviter de tomber sur des sales types.

— Je t'accompagnerai, déclara T-Rex.

Si Sierra se réjouissait de l'éventualité que T-Rex soit avec elle toute la journée, elle ne voulait pas le détourner de ses devoirs professionnels, l'empêcher de travailler.

— Tu as un métier à exercer, moi aussi. De toute façon, les voitures sont déjà toutes remplies.

— Elle a raison, dit Hawkeye. De plus, nous aurons besoin de tout le monde si les collines sont pleines de terroristes de Free America.

Pendant un long moment, T-Rex regarda Sierra. Il ne paraissait pas content qu'elle aille quelque part sans lui, constata-t-elle. Mais il n'avait pas son mot à dire. Bientôt, il s'en irait, il quitterait Grizzly Pass, et elle se retrouverait seule.

Un long frisson la parcourut. Il y a quelques jours, elle se sentait parfaitement heureuse toute seule.

Depuis qu'elle avait rencontré T-Rex, tout avait changé.

11

Après un dîner chaleureux au cours duquel ils se régalèrent du ragoût de bœuf d'Olivia, Ghost reconduisit T-Rex et Sierra à Grizzly Pass. Il les déposa devant le camion de T-Rex, garé au parc des expositions. De là, T-Rex roula jusqu'au Bed & Breakfast.

Mme McCall avait installé des veilleuses dans les couloirs et le grand salon pour permettre aux hôtes de circuler dans la maison la nuit ou de descendre s'asseoir devant la cheminée où un feu s'éteignait doucement.

En voyant Sierra gravir lentement les marches de l'escalier, la main sur la rampe, T-Rex comprit à quel point elle était épuisée après les événements de l'après-midi.

Il était à la fois surpris et fier de la façon dont elle s'était comportée. Elle avait assommé un type à l'aide d'une pierre. Elle ne manquait pas de cran.

Comme ils arrivaient devant sa chambre, elle s'arrêta et se tourna vers lui.

— Merci encore de m'avoir sauvée, aujourd'hui.

— C'est plutôt à moi de te remercier.

Elle sourit.

— Nous sommes donc quittes.

— Tu es vraiment quelqu'un d'incroyable, répondit-il en lui caressant la joue.

Pour mieux savourer cette caresse, elle pencha la tête et elle ferma les paupières.

— Non, je suis une femme ordinaire qui a fait ce qu'elle devait faire face à l'adversité.

— Maintenant, j'ai tellement envie de t'embrasser que j'ai de plus en plus de mal à résister à la tentation. Dis-moi non et je m'en vais.

— Je ne dis pas non, répondit-elle dans un souffle.

Elle posa les mains sur son torse pour se hisser sur la pointe des pieds et planter les yeux dans les siens.

T-Rex n'eut d'autre choix que de capturer ses lèvres pleines et délicieuses. Même s'il l'avait voulu, il aurait été incapable de se détourner d'elle.

Sa bouche s'écrasa sur la sienne, et il mit les mains sur ses hanches pour la rapprocher de lui.

T-Rex n'avait jamais ressenti le besoin aussi intense de prendre une femme, de toucher chaque partie de son corps et de se fondre en elle.

Elle promena les doigts sur son torse avant de les nouer à son cou. Lorsqu'elle enroula une jambe autour des siennes pour plaquer son sexe au sien, il eut du mal à ne pas gémir.

Avec un grognement, il enfouit ses doigts dans ses cheveux et les tira avec douceur en arrière. Il picora alors sa nuque et sa gorge de baisers brûlants.

Comme il redressait la tête pour recouvrer son souffle, il se rappela soudain qui il était et qui elle était.

Il était un soldat qui rejoindrait bientôt son unité pour retourner se battre au Moyen-Orient.

Sierra était une femme belle et désirable qui avait été maltraitée par son mari des années durant. Elle méritait un compagnon et non un courant d'air. Elle avait besoin d'attention, de tendresse et d'amour.

Il n'était pas l'homme qu'il lui fallait.

Il laissa retomber ses mains et s'écarta.

— Je ne peux pas faire cela.

Battant des paupières, elle le regarda fixement.

— Pourquoi ?

Il secoua la tête. Tous ses instincts le poussaient à la reprendre dans ses bras et à lui faire l'amour toute la nuit. Mais son cerveau le lui interdisait.

— Je ne suis pas pour toi, chérie. Tu mérites beaucoup mieux.

— Je ne veux pas mieux, répliqua-t-elle en se rapprochant de lui. Je te veux, toi, et personne d'autre.

Mais, quand elle tenta de poser la main sur lui, de le toucher, il la saisit par les poignets pour l'en empêcher.

— Il ne faut pas aller plus loin, Sierra, dit-il. Sinon, je ne serai plus capable de m'arrêter.

Elle sourit.

— Mais je ne veux pas que tu t'arrêtes.

— N'oublie pas que je peux être rappelé à tout moment pour repartir me battre à l'autre bout du monde. Je recevrai peut-être l'ordre de quitter la ville demain, lui rappela-t-il.

— C'est vrai, nul ne sait de quoi sera fait l'avenir. La preuve, l'un de nous aurait pu mourir aujourd'hui. Comment aurions-nous pu l'imaginer ?

Elle prit une profonde expiration et poursuivit.

— Écoute, si cela peut te rassurer, je ne demande pas d'engagement. Je n'ai pas envie de rester seule cette nuit, pas après tout ce que nous avons vécu aujourd'hui. Nous avons passé la journée ensemble. Ne me quitte pas maintenant, je t'en prie, ajouta-t-elle en lui tendant la main.

Il regarda son visage, ses yeux bleus… et il sentit s'effriter sa résistance.

Il finit par mêler ses doigts aux siens.

— Je ne veux pas que tu regrettes ce qui pourrait se passer entre nous cette nuit.

— J'aurai bien plus de regrets s'il ne se passe rien. Je ne te demande qu'une nuit… J'aimerais qu'elle soit unique, sur tous les plans.

Elle lui décocha un sourire doux et sexy qui le fit fondre.

— J'ai besoin d'une douche, ajouta-t-elle. Et toi aussi.

Hochant la tête, il l'entraîna vers la salle de bains et referma la porte derrière eux.

Une fois à l'intérieur, Sierra actionna les robinets avant de se tourner vers T-Rex. Elle avait les joues rouges et mordillait ses lèvres.

— Je n'avais encore jamais séduit un homme, dit-elle en commençant à lui déboutonner sa chemise. Mon dernier rendez-vous galant remonte au lycée...

T-Rex étouffa un petit rire.

— Il faut donc croire que sur le terrain de la séduction, l'expérience n'est pas le plus important. Tu m'as si bien ensorcelé que, depuis notre rencontre, je ne vois plus que toi.

Elle sourit tout en tirant sur sa chemise. Mais, comme elle s'attaquait au bouton de son jean, il posa la main sur la sienne pour l'arrêter.

Sierra leva le visage vers lui, les yeux écarquillés.

— Qu'y a-t-il ?

— Attends, répondit-il avec douceur.

Il extirpa son portefeuille de la poche arrière de son pantalon et y prit deux préservatifs.

— Tu te comportes de façon plus responsable que moi, dit-elle en grimaçant. Je n'ai même pas pensé à nous protéger. Cela dit, avec moi, les risques sont faibles. Je n'ai jamais eu de MST et, après sept ans de mariage, je n'ai jamais eu la chance de devenir mère...

— Mieux vaut pourtant prendre des précautions. Si tu te retrouvais enceinte, tu devrais élever cet enfant seule. Je ne veux pas que tu te retrouves dans ce genre de situation.

— Une grossesse me semble fort peu probable, mais je suis d'accord pour le préservatif.

Sur ces mots, elle finit de déboutonner son jean, prenant tout son temps pour faire durer le plaisir.

T-Rex avait envie d'arracher leurs vêtements et de se jeter sur elle. Mais il ne voulait pas l'effrayer. Des années durant, elle avait subi la violence de son ex-mari. Se comporter en homme de Néandertal maintenant ne ferait que renforcer chez elle l'idée que toute la gent masculine était comme Clay.

Or, T-Rex n'avait rien en commun avec Ellis Clay. Il se souciait toujours du plaisir de la femme avant de songer au sien.

Mais Sierra mettait à rude épreuve sa capacité à résister à ses pulsions. Lorsqu'elle se frotta contre lui, il faillit perdre la tête. Recouvrant son sang-froid, il se mit en devoir de retirer son corsage.

Elle portait un soutien-gorge de dentelle rose qui couvrait des seins magnifiques. Il tenta de le dégrafer mais il se montra maladroit et, il eut beau s'y reprendre à plusieurs reprises, il n'y parvint pas.

— Excuse-moi, dit-il. Je manque un peu de pratique.

Elle se mit à rire et le dégrafa elle-même. Mais elle ne le retira pas, laissant T-Rex s'en charger.

Avec un petit sourire, il le fit glisser le long de ses bras. Quand il parvint alors à libérer ses seins, il les prit avec douceur dans ses mains pour en exciter les pointes du bout des doigts.

— Ta poitrine est superbe ! dit-il avec conviction.

Elle rougit du compliment. Elle le poussa vers la cabine de douche.

— Dépêchons-nous avant de vider le ballon d'eau chaude.

À la hâte, ils finirent de se déshabiller et, très vite, ils se retrouvèrent nus sous la douche. Le jet d'eau chaude cascadait sur leurs têtes et sur leurs épaules. Ils se mirent à rire.

Sierra posa un doigt sur les lèvres de T-Rex.

— Chut. Ne faisons pas de bruit si nous ne voulons pas inquiéter la propriétaire. Si elle surgit dans la salle de bains pour s'assurer que tout va bien, nous aurons l'air malin...

— Tu as raison, répondit-il.

Il pouvait maîtriser son exubérance mais pas son désir d'elle. Il captura ses lèvres pour l'embrasser à pleine bouche.

Sierra fit couler un peu de savon liquide au creux de ses

mains. Ses doigts pleins de mousse se promenèrent sur ses épaules, son torse, son grand corps d'homme.

T-Rex l'imita et se mit en devoir de lui savonner les seins, le ventre et les hanches. Il prit ses tétons entre ses lèvres, en mordilla les pointes entre ses dents jusqu'à ce qu'elle gémisse de plaisir. Enfin, il glissa les mains dans ses cheveux pour l'embrasser avec fougue.

Sierra n'en pouvait plus. Un désir puissant la soulevait et elle frotta son sexe contre le sien.

Comprenant le message, il se pencha pour murmurer d'une voix rauque à son oreille :

— Je crois qu'il est temps d'utiliser l'un des préservatifs.

— Plus que temps ! Je m'en occupe.

Elle déchira un petit sachet avant de dérouler le morceau de caoutchouc le long du sexe de T-Rex. Pour le rendre fou, elle s'arrangea pour que l'opération dure longtemps.

Avec un grognement, T-Rex termina le travail. Puis plaquant les mains sur les fesses de Sierra, il la souleva de terre. Elle noua ses longues jambes autour de sa taille. Tout en l'embrassant à pleine bouche, il la pressa contre le mur carrelé et se glissa entre ses cuisses ouvertes.

Levant la tête, il chuchota.

— Maintenant, dis-moi ce que tu veux.

— Ne le sais-tu pas ? s'exclama Sierra. J'ai envie de toi, j'ai faim de toi. Alors continue, je t'en prie. Ne t'arrête pas.

Il la pénétra doucement, ne voulant pas la brusquer.

— Ça va ? demanda-t-il.

Elle l'accueillit au creux de son ventre brûlant et l'étreignit plus fort contre elle.

— Ça va plus que bien, répondit-elle d'une voix tremblante de plaisir.

En riant, il s'enfonça plus profondément en elle et se mit à aller et venir entre ses cuisses.

Les bras autour de son cou, elle serra plus étroitement ses jambes autour de sa taille.

— Plus fort, plus vite !

Il accéléra encore mais il ne voulait pas toucher le ciel avant elle. Aussi la reposa-t-il doucement sur ses pieds.

— Pourquoi t'arrêter ? s'exclama-t-elle. J'étais à deux doigts de jouir.

— Je veux que tu prennes le même plaisir que moi, dit-il.

— Mais c'est le cas !

Sans l'écouter, il coupa l'eau et l'entraîna hors de la cabine de douche pour lui frotter le corps à l'aide d'une serviette moelleuse.

Sierra l'imita et bientôt, le corps ceint d'une serviette, tous deux entrouvrirent la porte pour inspecter le couloir.

Il était désert.

— Il n'y a personne, dit-elle. Allons-y.

— Ma chambre ou la tienne ? demanda-t-il.

— Je m'en moque tant que nous pouvons l'atteindre rapidement.

Elle lui prit la main et s'élança jusqu'à sa chambre. Elle ouvrit sa porte, s'engouffra à l'intérieur, tirant T-Rex à sa suite.

Il referma le battant et tira le verrou.

— Maintenant, je vais te montrer comment il faut faire l'amour à une femme.

Elle laissa tomber sa serviette.

— Je l'espérais bien, dit-elle en souriant.

Elle regarda T-Rex dénouer à son tour la serviette nouée autour de ses reins. Quand le morceau de tissu tomba à ses pieds, elle découvrit sa magnifique érection.

Elle avait hâte qu'il revienne au creux de son ventre pour combler la faim qui la torturait.

Lorsqu'il l'allongea sur le matelas, elle sourit. Elle se doutait qu'elle n'oublierait jamais cette nuit. Sa vie durant, elle en chérirait le souvenir.

— Que la fête commence ! dit-il.

— Elle bat déjà son plein, non ?

— Oh non ! Loin de là ! Tu n'as encore rien vu...

Sa voix profonde était teintée de promesses, et Sierra le regarda avec émerveillement, le cœur battant à tout rompre. Que pourrait-il lui faire de plus excitant et de plus jouissif que ce qu'il lui avait déjà fait dans la douche ?

Il captura sa bouche. Quand leurs langues entamèrent une danse sensuelle, un long frisson la parcourut.

T-Rex promena ses lèvres sur son visage, mordillant au passage le lobe de ses oreilles, avant de descendre vers sa gorge. Il prit ses seins dans sa bouche, l'un après l'autre, en excitant les pointes de la langue, longuement, jusqu'à ce qu'elle gémisse de plaisir. Il poursuivit son parcours érotique, picorant son ventre de baisers brûlants.

Lorsque, enfin, il enfouit sa tête entre ses cuisses pour titiller son bouton de rose avec gourmandise, Sierra s'envola. Folle de plaisir, elle se mit à crier.

Il s'interrompit un instant pour la regarder en souriant avant de recommencer à jouer avec son corps.

Sierra se tordait entre les draps. Elle avait l'impression d'être au bord d'un précipice et sur le point de basculer dans le vide.

Le corps en feu, elle n'en pouvait plus et elle cria.

— T-Rex ! Je t'en prie !

Avec un petit rire, il se pencha vers elle.

— Oui ? Que veux-tu ?

Incapable de parler, elle le supplia des yeux avant de l'exhorter.

— Prends-moi, je t'en prie. Maintenant !

Obtempérant enfin, il la pénétra.

Aussitôt, Sierra eut l'impression d'être catapultée dans la stratosphère, emportée par un ouragan, soulevée par un tsunami.

Le plaisir que T-Rex lui donnait n'avait rien comparable avec ce qu'elle avait connu avec son ex-mari. Jamais elle n'aurait imaginé une telle extase.

L'intensité de ce nirvana lui donnait presque envie de pleurer.

Les dents serrées, T-Rex alla et vint entre ses cuisses,

l'entraînant vers le ciel et, quand elle hurla sa jouissance, il s'abattit enfin sur elle avec un cri rauque.

Ils roulèrent sur le côté et, pendant un long et délicieux moment, ils restèrent ainsi, tendrement enlacés dans les bras l'un de l'autre, en attendant de recouvrer leur souffle. Sierra flottait sur un petit nuage.

T-Rex lui caressait les cheveux avec douceur.

Elle se blottit plus étroitement au creux de son corps musclé, la main posée sur son torse. Elle lui avait juré qu'elle n'espérait rien de lui. Elle lui avait répété qu'elle n'attendait pas d'engagement de sa part et qu'il ne s'agirait que d'un moment de plaisir avant de se quitter pour toujours.

Mais, à présent, elle prenait conscience qu'elle avait sous-estimé la force de la passion dont elle était la proie. Elle ne pouvait imaginer continuer à vivre sans jamais recommencer.

Maintenant qu'elle connaissait T-Rex intimement, elle serait incapable de s'abandonner dans les bras d'un autre.

12

T-Rex se réveilla avant le lever du soleil. Il baignait dans une douce chaleur et il se sentait infiniment bien. Être nu dans un lit avec Sierra blottie contre lui ressemblait beaucoup à l'idée qu'il se faisait du paradis.

Il se tourna vers elle pour la regarder dormir.

Ses cheveux blonds étaient étalés sur l'oreiller et ses lèvres esquissaient un sourire dans son sommeil. Comme si elle rêvait qu'elle faisait l'amour. Avec lui.

Il se pencha pour déposer un baiser sur son front. Il n'avait jamais fait l'amour à une femme avec tant d'intensité et de plaisir. Et elle avait répondu à ses caresses d'une façon extraordinaire, exprimant puissamment sa jouissance.

De la part de son ex-mari, maltraiter une telle femme était impardonnable. Sierra était adorable, douce et généreuse. Derrière sa beauté et sa gentillesse, se cachait une femme passionnée qui faisait d'elle l'idéal féminin pour un homme. Celui qui capturerait son cœur aurait beaucoup de chance.

L'urgence de soulager un besoin naturel rappela à T-Rex qu'il y avait un monde hors de cette chambre et qu'il devrait bientôt le rejoindre. Il regrettait d'être obligé de sortir du lit et de laisser Sierra pour aller crapahuter dans les collines après les membres de Free America. Il aurait préféré rester dans la chaleur de ses bras et lui faire l'amour toute la journée.

Il se leva, faisant attention à ne pas la réveiller. Nouant

une serviette autour de ses reins, il quitta sa chambre pour gagner la salle de bains. Une douche froide contribuerait à chasser ses pensées érotiques et l'aiderait du même coup à se mettre au travail.

Il irait ensuite rejoindre l'équipe pour effectuer les recherches dans les collines. Il leur fallait absolument retrouver la grotte dans laquelle étaient cachées les armes. Cela dit, le shérif et ses hommes avaient peut-être capturé les cinq bandits au moment où ces derniers essayaient de quitter la vallée pour déménager leur arsenal. La probabilité que l'affaire soit déjà terminée était faible, mais T-Rex ne pouvait s'empêcher de l'espérer. Dans cette hypothèse, il pourrait en effet passer la journée au lit avec Sierra...

Se rappelant qu'elle avait prévu une sortie avec les enfants de la crèche, il comprit que, dans tous les cas de figure, il n'aurait pas la possibilité de lui refaire l'amour avant ce soir.

Il fut bientôt prêt à attaquer la journée. Quand il ouvrit la porte de la salle de bains, il se heurta presque à Sierra.

Elle se tenait devant lui, ses cheveux blonds ébouriffés tombant sur les épaules. En le voyant, elle rougit de façon charmante.

— Bonjour, balbutia-t-elle.

T-Rex la prit dans ses bras pour lui chuchoter à l'oreille.

— Bonjour, ma belle.

— Tu me trouves belle ? Au saut du lit, j'ai toujours une tête impossible.

— Tu es ravissante.

Il lui souleva le menton du bout du doigt et la regarda dans les yeux.

— J'aimerais passer la journée au lit avec toi.

Elle soupira.

— Moi aussi. Mais j'ai promis à Brenda d'aller au parc de Yellowstone avec les enfants.

— Et tu n'as pas envie de les décevoir... Je comprends. En attendant, as-tu besoin d'aide pour te savonner le dos ?

— J'adorerais que tu t'en charges. Mais tu es déjà habillé et prêt à aller travailler. Tu serais vite trempé. Je vais donc me débrouiller toute seule, dit-elle en se mordillant les lèvres. Te verrai-je au petit déjeuner ?

D'un air désolé, il secoua la tête.

— Je dois retrouver mes hommes dans dix minutes. J'ai à peine le temps de prendre une tasse de café sur le pouce avant de filer.

Il fronça les sourcils et ajouta.

— Es-tu sûre que tout ira bien au parc aujourd'hui ?

— Mais oui ! Je serai entourée d'autres mamans et de Brenda, sans parler des gardes forestiers. Clay est un lâche. Il n'hésite pas à m'attaquer quand je suis seule avec des enfants, sachant qu'ils sont incapables de me défendre. Si je suis entourée d'adultes, il ne tentera rien.

— Il pourrait essayer de t'ennuyer avant que tu ne rejoignes les autres.

— Brenda passe me chercher au Bed & Breakfast.

T-Rex acquiesça.

— J'aimerais être là pour te voir partir, dit-il en consultant sa montre. Mais je dois y aller.

— Cesse de t'inquiéter pour moi, répondit-elle en posant la main sur son bras. Tout ira bien. J'emporterai le pistolet paralysant et une grosse pierre, si cela peut te rassurer.

Il se mit à rire et la reprit dans ses bras. Il l'embrassa avec passion comme si c'était la dernière fois.

Sierra lui rendit ses baisers avec fougue. Plaquée contre lui, elle lui provoqua aussitôt une nouvelle érection.

— À quoi bon prendre une douche froide ! s'exclama-t-il en riant. Tu me remets dans tous mes états !

Elle s'esclaffa à son tour avant de se libérer souplement de son étreinte.

— Soyons raisonnables. Tu dois partir et, moi, il faut que je me prépare.

— As-tu le numéro de mon téléphone portable ? demanda-t-il.

Elle secoua la tête.

— Donne-moi le tien, reprit-il.

Sortant son appareil de sa poche, il composa le numéro qu'elle lui dictait avant de l'appeler.

Il entendit le téléphone de Sierra sonner dans la pièce voisine.

— Maintenant, tu as le mien. Appelle-moi en cas de problème. Quel qu'il soit.

— Tu seras dans les collines, hors réseau. Mes appels ne passeront pas.

— Je consulterai mon téléphone dès que je serai revenu en ville. En attendant, je vais t'envoyer le numéro de Hack par SMS. Il est toujours au bureau. Il peut me transmettre des messages sur le terrain. Nous emportons toujours des radios pour communiquer.

Elle posa une main sur sa poitrine.

— Sois prudent.

— Et, toi, fais attention à Yellowstone, dit-il avec un dernier baiser. J'ai entendu dire que les bisons se montraient parfois agressifs.

— Empêcher les enfants de s'approcher d'eux sera mon seul souci.

— Tu t'en sortiras très bien. Ces gosses t'adorent.

— Je les aime aussi. Maintenant, file ou nous allons rester là toute la journée.

Tournant les talons, il descendit l'escalier jusqu'au rez-de-chaussée.

Il vit Mme McCall sortir de la cuisine, un pot de café à la main.

— Bonjour, madame. Je ne peux pas rester pour le petit déjeuner, malheureusement. Je dois partir travailler.

— Aimeriez-vous emporter un gobelet de café pour le boire en route ?

— Avec plaisir.

— Tout va bien ? demanda-t-elle.

— Ça va on ne peut mieux, assura-t-il. Pourquoi cette question ?

— Je me demandais si vous n'étiez pas trop fatigué, ce matin. Après tout ce qui s'est passé hier...

Elle évitait son regard, mais ses lèvres esquissèrent un sourire entendu.

— Cette petite Sierra Daniels a un cœur d'or, ajouta-t-elle. Toujours gentille avec tout le monde. Elle ne mérite certainement pas d'être traitée comme son ex-mari la traitait.

— Non, en effet. Et, oui, elle est adorable.

Mme McCall planta les yeux dans les siens.

— Je détesterais la voir souffrir encore, dit-elle avec gravité.

Pour se donner une contenance, T-Rex avala une gorgée de café et faillit se brûler la gorge. Il souffla dessus pour tenter de le refroidir avant de répondre.

— Moi aussi, assura-t-il.

Il quitta la salle à manger à la hâte, avant que Mme McCall ne lui donne d'autres conseils à propos de Sierra et il se précipita dehors.

Il grimpa dans son camion et s'éloigna du Bed & Breakfast mais, tandis qu'il roulait, les mots de la propriétaire continuaient à le hanter.

Sierra Daniels méritait d'être heureuse, oui. Et, si tous deux avaient décidé en pleine conscience de s'accorder une nuit d'amour sans lendemain, T-Rex craignait que cette brève aventure ne fasse du mal à Sierra quand il devrait s'en aller. Elle resterait seule, et son ex-mari continuerait à la harceler.

Il y a quelques jours encore, T-Rex était pressé de quitter Grizzly Pass. Maintenant, il ne pensait plus qu'à ce qu'il laisserait derrière lui en partant. Il ne ressentait même plus le désir ardent de rejoindre son unité, de repartir en Afghanistan pour abattre l'ennemi sans visage qui avait gravement blessé Gunny et tué d'autres membres de son équipe.

Des gens aux États-Unis avaient besoin d'aide. Des innocents comme Sierra et les enfants dont elle avait la charge.

T-Rex aurait beaucoup de sujets de réflexion pour lui tenir

compagnie tandis qu'il arpenterait les collines à la recherche des membres de Free America.

Après sa douche, Sierra s'habilla d'un jean et d'un corsage à manches longues. Se remémorant à quel point elle avait eu froid la veille, elle enfila un pull et une veste, au cas où les températures baisseraient encore.

Elle appela Brenda, qui accepta de passer la prendre avant de retrouver les mamans accompagnatrices à la crèche. Elles répartiraient les enfants dans les voitures et se rendraient ensemble à Yellowstone. Un garde forestier expliquerait aux petits l'écosystème et leur raconterait l'histoire de l'ancien volcan. Cette sortie promettait d'être à la fois amusante et riche d'enseignement pour eux tous.

Pourtant, à présent, Sierra n'avait plus tellement envie d'y aller. Elle aurait préféré crapahuter dans les collines avec l'équipe d'intervention pour y chercher les types qui avaient abattu leur hélicoptère, la veille.

Non, ce n'était pas exactement la vérité. Elle aurait préféré être avec T-Rex, quoi qu'il fasse dans les collines.

Enfin prête, elle descendit rejoindre Mme McCall dans la salle à manger. Elles étaient seules à la table du petit déjeuner.

— N'y a-t-il donc pas d'autres hôtes dans le Bed & Breakfast ? demande Sierra.

La propriétaire secoua la tête.

— Non. Juste M. Trainor et toi. J'attends un couple de San Antonio cet après-midi. Mais ils sont de passage. Ils ne resteront qu'une nuit avant de reprendre la route.

Le rouge envahit les joues de Sierra. Puisqu'il n'y avait personne d'autre dans l'établissement, la propriétaire les avait-elle entendus, la veille au soir ?

Mme McCall lui tapota la main.

— Sierra, chérie. Je te connais depuis toujours. Ta mère adoptive et moi faisions partie du même club de tricot. Je t'ai vue grandir, passer de la petite fille avec des nattes à la ravissante jeune femme que tu es devenue.

Sierra faillit s'étrangler et posa sa tasse sur la table.

— Merci, balbutia-t-elle.

Elle se demandait où Mme McCall voulait en venir.

Cette dernière ne prolongea pas le suspens.

— Et j'ai compris que tu es tombée amoureuse de M. Trainor…

Avec un gémissement, Sierra secoua la tête.

— Non, je vous assure. Nous ne nous connaissons que depuis deux jours. Il est impossible de tomber amoureux si rapidement.

Mme McCall lui décocha un sourire entendu.

— J'ai su que j'aimerais mon Henry ma vie entière le jour où j'ai fait sa connaissance. Il lui a fallu un peu plus de temps pour se rendre compte que nous étions faits l'un pour l'autre, voilà tout.

Les yeux de Sierra se remplirent de larmes. Elle battit des paupières.

— Non, je ne suis pas amoureuse. M. Trainor ne restera pas longtemps à Grizzly Pass. Quand sa mission sera terminée, il rejoindra son unité.

— Tu as encore le temps de lui montrer qu'il est capable d'aimer et que tu es celle qu'il attendait sans le savoir. Il ne l'a pas encore deviné, mais il n'en est plus très loin, maintenant.

— Une histoire avec lui serait impossible. Il est militaire de carrière. Il va partir, quitter la région.

— Et alors ?

Mme McCall se leva pour ramasser les assiettes vides.

— Rien ne te retient ici, Sierra. Ton ex-mari est insupportable, tes parents adoptifs sont morts. Je suis sûr qu'ils auraient voulu que tu quittes cette petite ville, que tu déploies tes ailes pour partir à la découverte du monde.

Sierra l'aida à débarrasser la table et la suivit dans la cuisine.

— Je pourrais voyager seule, je n'ai pas besoin d'un homme à mes côtés pour découvrir le monde.

— C'est vrai. Mais, avec un compagnon qui t'aime, l'expérience ne serait-elle pas beaucoup plus enrichissante ?

Posant les assiettes dans l'évier, elle se tourna vers Sierra.

— Penses-y, veux-tu ?

Sierra faillit lui avouer qu'elle y avait déjà beaucoup réfléchi et qu'elle regrettait à présent la promesse faite à T-Rex de ne pas chercher d'engagement. Ils avaient décidé qu'ils ne partageraient qu'une seule nuit. Il s'agissait d'une aventure sans lendemain.

Mais elle ne parvenait tout simplement pas à imaginer que cette nuit passionnée sonnait la fin de sa relation avec T-Rex.

Quoi qu'il en soit, Mme McCall avait raison sur un point : elle avait encore du temps. Le temps de profiter de la présence de T-Rex jusqu'à son départ. Bien sûr, un jour il s'en irait mais, même s'il partait sans un regard en arrière, elle s'en remettrait, elle survivrait.

Elle pourrait même décider de quitter Grizzly Pass pour partir à la découverte du monde. Peut-être s'engagerait-elle comme nounou auprès de gens riches cherchant quelqu'un pour voyager avec eux et s'occuper de leurs enfants. Ou elle pourrait reprendre ses études, obtenir un diplôme et trouver un emploi d'enseignante de maternelle dans un autre État.

Elle se tourna vers l'horloge murale. Brenda n'allait plus tarder, et elle était toujours en train de rêvasser à propos d'un homme qui lui avait bien précisé qu'il ne resterait pas dans la région, qu'il n'était pas celui qu'il lui fallait et qu'il n'était pas du genre à nouer une relation durable avec une femme.

Elle décida de profiter de chaque moment qu'elle passerait avec lui et de ne rien espérer d'autre.

En attendant, elle devait partir tout de suite pour une excursion et elle n'était pas prête. Elle gravit à la hâte l'escalier jusqu'à la salle de bains, se brossa les dents et prit son sac à main. Quand elle redescendit, Brenda se garait devant le Bed & Breakfast.

Avant de sortir, Sierra s'assura que Clay n'était pas dans les parages. Heureusement, son camion n'était nulle part en vue.

Avec un soupir de soulagement, elle quitta la maison pour monter dans le 4x4 de Brenda.

— Oh ! oh ! pourquoi ce petit air fatigué ce matin ? demanda son amie tout en redémarrant pour prendre la direction de la crèche. Comment s'est passé ton après-midi avec ton séduisant marine, hier ?

Les joues de Sierra s'enflammèrent, et elle fut incapable de soutenir le regard de son amie.

— Oh ! mon Dieu ! Tu as couché avec lui ! s'exclama Brenda d'un ton réjoui.

Sierra se tourna vers elle.

— Quoi ? Mais je n'ai pas...

— Chérie, ne te fatigue pas à mentir. À tes lèvres meurtries, je sais qu'il t'a embrassée et longtemps. Mais, à ta façon de rougir, je devine que vous avez partagé bien davantage...

Renonçant à nier l'évidence, Sierra s'affaissa au creux de son siège, un sourire au coin des lèvres.

— Hier a été le plus beau jour de ma vie.

— Raconte-moi tout, dit Brenda, le visage animé. Dépêche-toi, nous allons arriver à la crèche dans un instant. Je veux les détails croustillants avant de retrouver les enfants.

— Eh bien, mis à part le crash de l'hélicoptère et la fusillade, je dirais que, globalement, tout s'est bien passé.

Brenda se tourna vers elle, l'air effaré.

— Mais de quoi parles-tu ?

— Tu n'as pas été informée ? J'aurais cru que les ragots se seraient répandus à la vitesse de l'éclair dans toute la région.

— Tu oublies que je vis seule.

Sierra entreprit de lui raconter sa journée avec T-Rex jusqu'au moment où ils étaient retournés au Bed & Breakfast.

— Oh ! non, ma vieille, ne t'arrête pas là, protesta Brenda. Je veux la suite. Donne-moi les détails. Et vite fait, parce que les gosses ne vont plus tarder à arriver.

— Trop tard, ils sont déjà là.

Avec un sourire d'excuse, Sierra sortit du véhicule.

Brenda secoua la tête.

— Ce n'est pas juste. Je suis sûre que c'est un amant formidable.

Le sourire de Sierra s'élargit.

— Plus que formidable, assura-t-elle tandis qu'elles approchaient des mères et des petits prêts pour l'excursion.

Les deux amies prirent trois enfants et deux mères dans le 4x4 de Brenda équipé de sept places. Deux mamans s'engouffrèrent dans une autre voiture avec cinq enfants de quatre à six ans.

Il fallait une bonne heure pour atteindre l'entrée du parc en respectant les limitations de vitesse. Les routes étaient sinueuses. Pour occuper les petits, elles les amusèrent avec des chansons et des jeux.

Quand elles parvinrent enfin au parc, les bambins avaient hâte de se dégourdir les jambes.

— Pourquoi y a-t-il tant de véhicules sur le parking ? demanda Brenda en coupant le moteur.

Sierra considéra toutes les voitures et les fourgonnettes qui stationnaient autour d'elles, certaines équipées d'antennes satellites. Les logos de stations de télévision locales étaient peints sur la plupart des carrosseries.

Et, soudain, la mémoire lui revint.

— J'avais oublié ! Grady Morris, qui espère devenir bientôt sénateur, doit tenir un discours de campagne ici, aujourd'hui.

— C'est vrai. Hier soir, aux informations, ils ont annoncé qu'il serait en compagnie d'un « invité spécial ». Je me demande bien de qui il s'agit, ajouta Brenda en se grattant la tête.

— À en juger par le nombre de SUV noirs et d'hommes en costume sombre, il s'agit d'un personnage important, dit Sierra.

Les deux autres mères et leurs enfants les rejoignirent.

— Devons-nous annuler cette excursion ? demanda l'une d'elles.

— Il y a un monde fou, renchérit une autre.

— Nous sommes là, dit Sierra, nous n'allons pas repartir.

Allons demander à notre guide de nous faire visiter les lieux avant le début du show politique.

Les femmes rassemblèrent les petits et passèrent devant plusieurs hommes qui dissimulaient visiblement des armes sous leurs vestes.

Le hall d'entrée était rempli de gens qui se bousculaient. Des touristes, des types en costume et des journalistes bardés de caméras et de microphones.

— J'étais déjà venue à l'époque où la saison touristique battait son plein, dit Brenda. Mais, là, ça dépasse tout.

Sierra hocha la tête.

— Espérons qu'il n'y aura pas autant de monde dans les salles d'exposition.

Elles furent déçues de constater que la foule était plus nombreuse encore à l'intérieur du bâtiment qu'à l'extérieur.

— Restez ici, dit Sierra. Je vais voir à la réception si le garde forestier qui nous servira de guide est prêt à nous accueillir.

Brenda et les mères entraînèrent les gamins dans un coin tranquille pour l'attendre.

Sierra fit la queue derrière sept personnes. Au moment où elle atteignait enfin le bureau, elle se sentait prête à annuler cette sortie. Le niveau sonore était infernal. Et elle n'avait jamais beaucoup aimé la foule.

— En quoi puis-je vous aider ? demanda une jolie brune derrière le comptoir.

— Nous avons organisé la visite du parc avec un guide et...

Son interlocutrice se mit à pianoter sur le clavier de son ordinateur.

— Quel est le nom de votre groupe ?

— Crèche de Grizzly Pass.

Une clameur s'éleva dans le hall et quelqu'un lança :

— Le voilà ! Le vice-président des États-Unis !

Sierra se retourna à temps pour apercevoir le vice-président, flanqué par des hommes de la sécurité. Ils traversèrent la salle au pas de course. Ses gardes du corps le firent sortir pour le conduire près de la zone où se déployaient des geysers. En le reconnaissant, la foule applaudit à tout rompre.

À travers les portes vitrées, Sierra vit Grady Morris serrer la main du vice-président et l'inviter à monter sur une estrade.

— Le garde forestier Jared va s'occuper de vous aujourd'hui, annonça la jeune femme.

— S'agit-il vraiment du vice-président des États-Unis ? demanda Sierra, incapable de quitter l'homme des yeux.

Son interlocutrice se rengorgea.

— Oui, madame.

— Saviez-vous qu'il viendrait aujourd'hui ?

— Nous ne l'avons appris qu'hier soir, à la fin de la journée. Pour des raisons de sécurité, nous n'avons été informés de sa visite qu'au moment où nous partions. Nous sommes donc venus très tôt ce matin pour tout préparer afin de l'accueillir dignement. Et des ouvriers ont construit cette estrade en moins de deux heures. Ils ont effectué un travail formidable. Ah, voilà Jared. Il vous conduira à la salle des expositions, sauf si vous préférez écouter le discours du vice-président d'abord.

— Non merci, les enfants sont trop jeunes pour s'intéresser à la politique.

Le dénommé Jared considéra la foule en secouant la tête.

— Je n'ai jamais vu ça. C'est de la folie.

— Pensez-vous que nous devrions reporter cette visite à un autre jour, quand il y aura moins de monde ?

— Non, bien sûr que non. Tous ces gens sont venus pour le vice-président, pas pour découvrir les merveilles du parc national de Yellowstone ni pour admirer les geysers. Nous serons sans doute seuls dans les salles d'exposition. Allons-y.

Sierra alla chercher les enfants et les accompagnatrices pour les mener auprès de Jared.

Il avait raison. La foule se pressait devant la scène érigée dans le parc et ne s'intéressait ni aux geysers ni aux sources thermales, et encore moins aux salles d'exposition.

Le garde forestier put expliquer aux enfants l'histoire du parc national sans être dérangé.

— Nous allons traverser le hall pour rejoindre la salle de spectacle, annonça-t-il ensuite. En effet, j'aimerais vous montrer un petit film pédagogique avant de sortir dans le parc vous montrer les geysers. Suivez-moi.

Sierra aida les petits à s'installer sur les sièges à l'avant de l'immense amphithéâtre. Dès qu'ils furent tous assis, elle se tint sur le côté, appuyée contre le mur.

Les lumières s'éteignirent, et le film commença. Il expliquait l'écosystème du domaine national et la façon dont le volcan était né, comment il avait explosé et créé un endroit chaud où les animaux se rassemblaient pendant les mois froids de l'année.

Le narrateur leur parla des différentes espèces qui parcouraient le parc, des bisons, des cerfs, des wapitis, des ours noirs, des grizzlis et des loups qui avaient été réintroduits. Bien conçue, la vidéo était passionnante.

Les cloisons de la salle étant insonorisées, les gens à l'extérieur ne pouvaient entendre ce qui se passait à l'intérieur et vice versa. Aussi Sierra fut-elle étonnée quand la porte s'ouvrit à toute volée et que quelqu'un cria :

— Couchez-vous par terre, les mains sur la tête, ou je tire !

Avec les portes ouvertes, elle pouvait entendre une fusillade dans le hall.

Le cœur battant, Sierra courut vers les enfants. Sidérés, ils restaient pétrifiés.

— Allongez-vous ! ordonna-t-elle. Tout de suite !

— J'ai dit « Couchez-vous ! » hurla un homme dont le visage était recouvert d'une cagoule noire. Vous comprenez ou je dois en buter un ou deux pour être plus clair ?

Terrifiés, les petits pleuraient. La plupart d'entre eux s'allongèrent sur le sol. Mais un garçonnet restait vissé sur son fauteuil, trop jeune pour comprendre ce qui se passait et trop effrayé pour bouger.

Sierra rampa vers lui, le saisit par les bras et l'obligea à se coucher sur le sol, le couvrant de son propre corps pour le protéger.

— Ici ! cria le type armé. Amenez-les ici !

Grady Morris et le vice-président furent poussés à l'intérieur par des gars dissimulés derrière des cagoules et des tenues de camouflage.

— Installez-les devant pour que nous puissions mieux les surveiller. Toi, ajouta-t-il en frappant Jared du pied, va allumer les spots. On ne voit rien.

Jared se précipita vers les commandes sur le mur. Il activa plusieurs commutateurs, et les lumières revinrent. Dès qu'il eut fini, il remonta l'allée jusqu'à l'endroit où Sierra et les autres femmes s'efforçaient de protéger les enfants.

Les petits sanglotaient à qui mieux mieux, leurs cris couvraient presque les bruits de la fusillade qui faisait rage à l'extérieur.

L'une des mères perdit son sang-froid et se mit à hurler, ce qui n'arrangea rien.

— Nous allons mourir, nous allons tous mourir, ne cessait-elle de répéter.

— Taisez-vous ou je vous tue, ordonna l'un des hommes.

— Calmez-vous, Laura. Tout ira bien. Reprenez-vous... Pour les enfants, supplia Sierra.

À côté d'elle, Brenda tremblait de tous ses membres. Quelques jours plus tôt, elle avait été victime d'un détournement de car scolaire. Si quelqu'un avait le droit de faire une crise de nerfs, c'était Brenda.

Mais Sierra ne pouvait pas se le permettre. La vie des enfants reposait sur elle. Elle devait se montrer à la hauteur pour leur donner une chance de rentrer chez eux sains et saufs.

13

T-Rex retrouva Ghost et Caveman devant la Blue Moose Tavern. Ils virent bientôt Garner dégringoler l'escalier extérieur à la hâte, chargé de deux sacs à dos.

— Nous allons retrouver Hawkeye au Stone Oak Ranch et prendre les quads qui sont là-bas.

— Que portez-vous là-dedans ? demanda T-Rex.

— L'artillerie lourde ! répondit son chef en posant les gros sacs à l'arrière du SUV. Des fusils M4A1, des casques équipés de micros, des gilets pare-balles… Pas question de nous pointer là-bas sans être parés à tout.

— Heureux de vous l'entendre dire. Je me suis senti très vulnérable dans les collines, hier.

Garner serra les mâchoires.

— Nous n'avions pas prévu que l'hélicoptère serait pris pour cible.

— Non, en effet, dit T-Rex en refermant le hayon.

— À ce sujet, quand l'aviation civile va-t-elle venir enquêter sur le site du crash ? demanda Ghost.

Garner s'installa au volant et mit le contact.

— Des experts sont en route et devraient être ici vers midi. Voilà pourquoi il nous faut absolument retrouver cette grotte et neutraliser les membres de Free America avant qu'ils ne créent davantage de problèmes.

Il regarda le reste de l'équipe.

— Vous venez, oui ou non ?

Les trois hommes sautèrent dans le SUV, et Garner démarra sur les chapeaux de roues.

T-Rex leva les yeux vers les collines. Elles semblaient si tranquilles qu'il était difficile d'imaginer qu'elles servaient sans doute de base arrière à une bande de terroristes.

— Qu'en est-il du shérif ? demanda-t-il. Avez-vous eu de ses nouvelles ? A-t-il repéré des activités suspectes sur les routes, la nuit dernière ?

— Ses adjoints n'ont remarqué aucun mouvement sortant de l'ordinaire, répondit Garner. Le seul camion qu'ils ont arrêté était conduit par un homme qui se rendait à l'aéroport de Bozeman. Il n'y avait aucune arme cachée sous son capot.

— Je ne peux pas imaginer ces types abandonnant leur arsenal dans une grotte, dit T-Rex en secouant la tête. Pas après avoir abattu un hélicoptère militaire.

— À ce sujet, la garde nationale nous en a envoyé un autre, un Black Hawk… blindé d'armes, celui-ci. Le pilote et le copilote nous attendent au parc des expositions. Les gradés de l'armée n'ont pas apprécié de perdre l'un de leurs appareils. Ils tenaient à intervenir immédiatement, et j'ai eu du mal à les convaincre de patienter pour éviter de déclencher une guerre totale. Je ne veux pas risquer la vie d'innocents dont le seul tort est de travailler dans les ranchs voisins. Je leur ai dit de nous donner la matinée pour retrouver la grotte et l'attaquer depuis le sol. Si, à midi, nous n'avons aucun résultat, ils prendront le relais…

— Je suis surpris qu'ils aient accepté, dit Ghost.

Garner haussa les épaules.

— J'ai reçu le soutien de leur quartier général.

— Pouvons-nous compter sur le shérif et sur ses gars pour nous aider à mener ces recherches ? demanda Caveman.

— Absolument. Le shérif, accompagné de sept de ses meilleurs adjoints, est d'accord pour passer les collines au peigne fin avec nous. Sans parler des membres de la Wyoming State Police.

T-Rex secoua la tête.

— Tant d'hommes venus de tant d'horizons différents... L'opération pourrait vite dégénérer.

Garner serra plus fort le volant.

— C'est un risque à prendre. Il faut être nombreux pour fouiller les grottes. Toutes les bonnes volontés sont les bienvenues.

Caveman hocha la tête et demanda.

— Comment tout ce beau monde va-t-il se rendre dans les collines ?

— Nous utiliserons les véhicules tout-terrain que nous avons laissés au Stone Oak Ranch, répondit Garner en prenant la direction du sud. Le bureau du shérif dispose de sa propre flotte de quads, et je n'ai pas la moindre idée de ce que la police a prévu de son côté. Tout ce que je sais, c'est que nous devons trouver ces types et les neutraliser avant que d'autres innocents ne soient blessés, ou pire. Par ailleurs, plusieurs personnes parmi celles que nous avions répertoriées comme membres possibles de Free America se sont fait porter pâles ou ne se sont pas présentées au travail sous un autre prétexte, aujourd'hui.

— Comment l'avez-vous appris ?

— J'avais des informateurs chez leurs employeurs. Ils m'ont prévenu.

T-Rex serra les poings.

— Combien sont-ils ?

— Neuf jusqu'ici.

— Manifestement, ils sont sur le point de passer à l'action, dit Caveman avec un juron. Pourquoi ne les avons-nous pas attrapés plus tôt ?

— Nous n'avions aucune preuve, répondit Garner. Ghost, Caveman et toi avez pris en filature certains d'entre eux... En vain. Ils vous ont juste emmenés chez eux.

— C'était une perte de temps, grogna Ghost.

— Si nous avions pu les interroger, nous aurions obtenu des renseignements qui nous auraient permis d'avancer.

— Et Raush ? A-t-il parlé ? demanda T-Rex.

— Le shérif nous retrouve au ranch, répondit Garner. Et j'espère qu'il aura des nouvelles à nous communiquer à ce sujet. Sauf erreur de ma part, il est juste derrière nous.

Lorsqu'ils arrivèrent au Stone Oak Ranch, ils furent accueillis par Olivia Dawson.

Derrière eux, plusieurs SUV remontaient l'allée, dont quatre du bureau du shérif et trois de la police. À l'arrière de leurs véhicules étaient accrochées des remorques portant des quads.

Olivia et Hawkeye les rejoignirent avec des cartes de la région. Ils les étendirent sur le capot de la voiture de Garner, et l'équipe les étudia avec les adjoints du shérif. Ils déterminèrent approximativement l'endroit d'où la roquette avait été lancée pour en déduire l'emplacement de la grotte. Ils attribuèrent ensuite des zones à chaque groupe et se mirent en route.

Comme l'équipe avait sillonné les environs en long et en large ces derniers jours, c'est elle qui menait l'expédition.

T-Rex insista pour prendre la direction des opérations. Tout en roulant sur les sentiers de plus en plus étroits qui serpentaient dans les collines, il ne pouvait s'empêcher de penser à Sierra.

Allait-elle bien ? Ellis s'était-il montré ce matin pour lui causer des problèmes ? Préparait-il un gros coup avec Free America dans le but de prendre le contrôle du pays ?

Une nouvelle fois, il regretta de ne pas avoir le don d'ubiquité. Hélas, il ne pouvait pas être à la fois avec Sierra au parc de Yellowstone pour veiller sur elle et dans les collines pour effectuer son travail.

Alors qu'ils s'approchaient de la vallée, il arrêta son engin et sortit une paire de jumelles pour inspecter les flancs des collines, parsemés de grottes. Derrière lui, le reste de l'équipe l'imita.

— Vous voyez ce que je vois ? demanda soudain Hawkeye. Devant la troisième grotte en partant de la droite. Celle avec des traces de pneus devant l'entrée. La malle métallique abandonnée près de la cavité ressemble beaucoup à celles qui servent à stocker et à transporter des munitions, non ?

T-Rex pointa ses jumelles dans la direction indiquée. En effet, il y avait bien près de l'entrée de la grotte une malle comme celles utilisées par les militaires et les professionnels pour y ranger leurs munitions. Ils avaient enfin trouvé le repaire des terroristes. Il descendit de son véhicule tout-terrain, tira son fusil M4 du fourreau. Ses camarades firent de même.

Garner ordonna aux adjoints du shérif et aux membres de la police de constituer un groupe d'assaut et de se tenir prêts à venir seconder les hommes de l'équipe d'intervention au cas où...

T-Rex prit la tête de l'opération. Profitant de l'ombre des arbres, il se rapprocha sans se faire remarquer. Lorsqu'il parvint près de la grotte, il constata que la malle de munitions était renversée et vide. Rien ne bougeait alentour ni à l'intérieur de la caverne.

Ghost s'approcha de lui.

— Alors ?

— Je suis pratiquement sûr que c'est la grotte que nous cherchions. Mais elle semble déserte. Les types qui s'y trouvaient hier n'y sont visiblement plus.

— Il faut s'en assurer. Allons-y.

T-Rex le suivit.

Parvenus devant l'entrée de la caverne, ils s'arrêtèrent pour inspecter d'un regard circulaire les environs.

T-Rex se tourna vers Ghost.

— J'y vais. Couvre-moi, dit-il.

Lentement, il pénétra dans le boyau obscur, y fit quelques pas. Mais, au moment où il s'apprêtait à poser le pied plus loin, il sentit quelque chose sur sa cheville, un fil de nylon.

Il se figea et hurla à l'attention de ses camarades :

— Arrière toute ! L'endroit est piégé !

Par miracle, il n'avait pas déclenché le détonateur, mais il comprit que, s'il bougeait maintenant, il provoquerait fatalement l'explosion. Il attendit que Ghost soit ressorti de la cavité et se soit mis à l'abri derrière un mur de rochers. Il prit alors une profonde inspiration et se jeta lui-même dans cette direction.

Une énorme déflagration le souleva, l'envoyant valser dix mètres en arrière. Quand il retomba à terre, il resta un moment étendu sur le dos sans bouger. Sonné, il n'entendait plus rien et il ne parvenait plus à respirer.

Caveman apparut au-dessus de lui.

— T-Rex !

Il avait l'air de crier mais aucun son ne parvenait aux oreilles de T-Rex

— T-Rex, respire ! dit-il en pressant les mains sur sa poitrine.

T-Rex se mit à tousser. Ses oreilles sifflaient mais il comprit qu'il était sain et sauf.

— En partant, ils ont piégé l'endroit et installé un détonateur à l'entrée de la grotte. Aide-moi à me lever, ajouta T-Rex.

Caveman lui prit la main et le tira.

— Ça va ?

— Il le faut. S'ils ne sont pas là, ils doivent être ailleurs. Avant l'explosion, j'ai aperçu à l'intérieur des casiers de munitions vides, des tables, des chaises et des cartes sur les murs.

— Que représentaient les cartes ? demanda Garner.

— Je n'ai pas eu le temps de voir grand-chose. Mes yeux n'étaient pas encore habitués à la pénombre quand tout a sauté.

T-Rex pressa les mains contre ses oreilles, espérant calmer le sifflement strident qui perçait ses tympans. Mais la manœuvre n'eut qu'un effet limité.

Caveman et Ghost gravirent à leur tour la colline pour les rejoindre.

Ils étaient accompagnés du shérif Scott.

— Je demanderai à mes hommes de revenir fouiller méticuleusement cette grotte pour tenter de découvrir ce que ses occupants essayaient de cacher. Nous pourrions peut-être recueillir des empreintes digitales sur ce qui reste des casiers et des boîtes de munitions.

Ghost montra la malle métallique qu'ils avaient récupérée avant l'explosion.

— Vous pourrez peut-être déjà tirer quelque chose de cette caisse.

Le shérif hocha la tête.

— J'ai envoyé mes adjoints et les policiers sur les routes au nord des collines dans l'espoir qu'ils découvrent les caches d'armes. Si vous voulez vous joindre à nous, vous êtes les bienvenus. Il y a tellement de sentiers et de routes qui sillonnent le coin que ces types ont des chances d'échapper au dispositif, malheureusement. Mes hommes n'ont vu personne la nuit dernière, mais cela ne signifie pas que ces mecs ne sont pas passés entre les mailles du filet. Ils sont peut-être cachés dans une autre grotte…

— Nous suivons le mouvement, dit T-Rex.

Ses oreilles sifflaient tellement qu'il entendait à peine sa propre voix, mais il retourna vers son quad.

Garner lui prit le bras pour l'arrêter.

— Tu ferais mieux de rentrer au ranch. Tu as reçu un choc, et cette explosion a peut-être endommagé sérieusement tes tympans.

— Ça va.

Garner leva deux doigts devant lui.

— Combien de doigts ?

— Deux. On y va ?

— Si tu y tiens, mais cela ne me plaît pas. Tu devrais plutôt consulter un médecin.

— Plus tard. Nous avons une petite armée à arrêter.

Ils suivirent les autres sur la piste, et T-Rex escalada un rocher. De son perchoir, il avait une vue imprenable sur les environs. Il promena les yeux alentour, scrutant les collines avec attention. Mais rien ne bougeait. Apparemment, les membres du groupe Free America n'avaient pas jugé utile de rester dans les parages pour regarder l'explosion et mesurer ses dégâts. T-Rex avait l'intuition que ces types avaient installé cet explosif pour servir d'écran de fumée, pour cacher ce qu'ils avaient réellement l'intention de faire.

À côté de lui, Garner tira de sa poche l'appareil radio qui émettait un signal. Il actionna le haut-parleur.

— Ici, Garner. J'écoute.

— C'est moi, Hack.

— Qu'est-ce qui ne va pas ?

— Vous perdez votre temps à chercher votre groupe de Free America dans les collines. Ils sont passés à l'action. Un commando d'une vingtaine d'hommes.

Garner serra les mâchoires.

— Où ? demanda-t-il.

— À Old Faithful, au centre des visiteurs de Yellowstone. Grady Morris avait décidé d'y venir faire campagne aujourd'hui... avec un visiteur surprise.

— De qui s'agit-il ?

— Du vice-président des États-Unis. Les deux hommes ont été faits prisonniers.

À ces mots, une chape de plomb tomba sur T-Rex. Le ventre noué, il expliqua à Garner :

— Sierra Daniels devait se rendre à Yellowstone aujourd'hui. Une visite était prévue à Old Faithful avec les enfants de la crèche.

— Y a-t-il d'autres otages ? demanda Garner à Hack.

— Des femmes et des gosses qui se trouvaient dans la salle de projection au moment où les types de Free America se sont emparés du vice-président et de Morris. Le commando détiendrait donc dix-sept personnes.

— Que se passe-t-il ? demanda Ghost en les rejoignant.

T-Rex serra les poings.

— Tous les efforts que nous déployons depuis hier dans le secteur n'auront été qu'une perte de temps. Les membres de Free America nous ont attirés dans les collines pour nous éloigner de leur véritable cible. Cette malle de munitions et cette grotte n'étaient qu'un écran de fumée destiné à nous aveugler.

— Et que complotaient-ils, en réalité ?

— Ils ont pris des otages au centre de visiteurs Old Faithful. Le vice-président fait partie du lot.

Caveman les rejoignit.

— Le vice-président de quelle entreprise ?

— Le vice-président des États-Unis d'Amérique.

Il n'y avait pas un instant à perdre, et T-Rex se précipita vers son quad.

— Où vas-tu ? demanda Garner.

— Sierra Daniels est là-bas, répondit-il en enfourchant son engin. J'ai l'intuition qu'elle fait partie des otages, avec les enfants à sa charge. Je vais lui porter secours.

Allongées sur le sol, Sierra et les autres femmes tenaient les enfants dans leurs bras, essayant de les réconforter et de les calmer. Les hommes armés et cagoulés qui les avaient pris en otage avec le vice-président n'avaient pas l'air commodes. Les pleurs des petits risquaient de les énerver.

Voilà plus d'une heure qu'ils étaient retenus dans cette salle et Sierra n'avait toujours pas la moindre idée des exigences du commando. Certains gamins avaient fini par s'endormir. D'autres, blottis contre les adultes, cachaient leurs visages dans leurs mains pour ne pas voir les bandits. Bientôt, ils auraient faim ou besoin d'aller aux toilettes. Elle se demandait combien de temps elles parviendraient à gérer la situation.

Sierra confia à Brenda le petit garçon qu'elle berçait et se leva.

— Où vas-tu ? demanda Brenda, les sourcils froncés.

— Voir ce qui se passe et essayer de négocier la libération des enfants.

— Tu ne peux pas faire ça ! dit Brenda en lui prenant la main pour la retenir. Tu les as entendus. Ils ont promis de tirer sur tous ceux qui bougeraient.

— Vous deux, taisez-vous et allongez-vous ! ordonna une voix.

Un autre homme masqué entra.

— Je m'occupe des otages ici, dit-il. Toi, va rejoindre les autres dans le hall.

— Je reste. On m'a demandé de ne pas les quitter des yeux.

Le nouveau venu prit son camarade par le col et le traîna vers la porte.

— Fais ce que je te dis. Tout de suite !

Sierra se figea. Cette voix ne lui était pas inconnue et elle sentit son ventre se révulser. C'était celle de Clay, son ex-mari.

Il se dirigea vers elle.

L'autre garde, qui se trouvait en haut de l'amphithéâtre et surveillait le vice-président et Grady Morris, cria :

— Que fabriques-tu ?

— Le chef veut les noms des gens qui sont retenus ici.

— Les autres otages n'ont aucune importance. Seul compte le vice-président. Personne n'a plus de valeur marchande que lui. Sauf le président, bien sûr.

Le vice-président se tourna vers les deux ravisseurs.

— Écoutez-moi bien, vous deux. Relâchez-nous maintenant avant que cette histoire n'aille trop loin.

Mais l'un des hommes cagoulés pointa immédiatement son arme vers lui et répliqua d'un ton sec.

— Ne bougez pas. Un pas de plus et je vous descends.

— Me tuer serait une erreur. Les meurtres sont plus lourdement condamnés que les enlèvements dans ce pays. Ils sont souvent punis de la peine capitale. Ne joue pas à ça, fiston.

— Je ne suis pas votre fiston, et vous n'avez pas d'ordre à me donner. Je sais que mes chances de sortir vivant d'ici sont nulles alors je me moque que d'autres meurent avec moi.

— Je vous en prie, monsieur le vice-président, asseyez-vous, dit Sierra.

Elle ne voulait pas que les enfants le voient se faire tuer.

Sans discuter davantage, le vice-président retourna à sa place.

Le camarade de Clay pointa son fusil sur Sierra.

— Et, vous, allongez-vous et fermez-la.

— Laisse, je m'occupe d'elle, dit Clay.

Il s'approcha de Sierra et la prit par le bras pour l'écarter et lui parler sans être entendu par les autres.

— Si tu fais ce que je te dis, je te sors d'ici, murmura-t-il.

— Je t'ai reconnu, Clay. Ce masque ne trompe personne et surtout pas moi. Tu dois faire quelque chose. Tu ne peux pas laisser ces types s'en prendre aux gosses.

— C'est trop tard. Aucun retour en arrière n'est envisageable. Nos chefs iront jusqu'au bout. Ils n'ont plus grand-chose à perdre. De toute façon, je ne maîtrise rien. Mais, quelle que soit l'issue de cette prise d'otages, nous ne rentrerons pas chez nous.

— Que veux-tu dire ?

— Rien d'autre que ce que je dis. Nous ne rentrerons pas chez nous. Une fois que les chefs du commando auront dit ce qu'ils ont à dire devant des millions d'Américains, nous allons nous disperser pour nous cacher aux quatre coins du pays. Je ne reviendrai pas à Grizzly Pass. Et, toi, tu viens avec moi.

— D'accord.

Visiblement surpris, il serra plus fort son bras.

— D'accord ? Pourquoi ce retournement maintenant ? As-tu changé d'avis ? As-tu peur enfin de moi ?

— Je te suivrai, Clay mais à une condition…

Il y avait sûrement moyen de convaincre les terroristes de libérer les enfants. Elle devait tout faire pour y parvenir.

Clay secoua la tête.

— Tu n'es pas en position de poser des exigences.

— Si tu n'acceptes pas mes conditions, je n'irai pas avec toi. Et si tu m'y forces, je ferai en sorte de te créer un maximum d'ennuis. Tu ne mesures pas l'étendue de mon pouvoir de nuisance.

Il soupira.

— Quelles sont tes conditions ?

— Relâchez les enfants.

— Pas question. Ils valent de l'or dans les négociations.

— Le vice-président des États-Unis vaut bien davantage. De quoi d'autre avez-vous besoin ? Il attire plus l'attention des médias que des mioches qui vont pleurer sans arrêt dès qu'ils auront faim ou besoin de faire pipi.

— Pourquoi devrais-je te faire confiance ? demanda-t-il. Comment puis-je être certain que tu ne reviendras pas sur ta parole ?

— Ce n'est pas moi qui ai menti et triché pendant notre vie conjugale, ce n'est pas moi qui te trompais.

— Tu m'as menti. Tu t'étais engagée à m'aimer ta vie entière. Tu m'avais dit que rien ne nous séparerait jusqu'à la mort.

— Je n'ai pas menti. L'homme que j'avais épousé est mort au cours des huit dernières années. Alors que, toi, tu mentais en jurant de m'aimer, m'honorer et me chérir. Battre sa femme est-ce la chérir ? La tromper est-ce l'honorer ?

Il grogna.

— C'est ta faute. Tu ne cessais de dire des…

— Rien de ce que j'ai pu dire ne justifiait des coups. Tu n'avais pas le droit de me frapper. Si je retourne avec toi, tu me frapperas encore.

Ses yeux se rétrécirent.

— Alors, pourquoi acceptes-tu de m'accompagner, dans ce cas ?

Sierra redressa les épaules et leva le menton.

— Parce que je me soucie plus de ces enfants que de moi. Ils sont à l'aube de leur vie. Ils méritent une chance de la vivre.

— Je ne suis pas responsable de cette opération. Je ne peux rien promettre. Mais, si tu t'engages à venir avec moi quand j'aurai obtenu la libération des gosses, je veux bien essayer.

Il poussa Sierra vers les femmes et les enfants.

— Pour l'instant, assieds-toi et ferme-la. Je reviens.

Son collègue lui lança.

— Laisse-moi seul avec tous les otages si tu veux mais donne-moi assez de balles pour les tuer jusqu'au dernier.

Clay lui donna des cartouches.

— Bute-les s'ils bougent.

— Même ton ex-femme ?

— Surtout elle.

Et il s'en alla.

En réalité, contrairement à ce qu'elle lui avait affirmé, Sierra n'avait pas l'intention de partir avec Clay. Cette histoire se terminerait mal pour lui, n'importe qui l'aurait compris, et elle n'avait aucune envie de l'accompagner dans sa chute.

Mais elle devait penser aux enfants. Pour obtenir leur libération, elle était prête à négocier avec le diable en personne.

14

Heureusement, le Black Hawk qui les attendait au parc des expositions était assez grand pour transporter l'équipe au complet jusqu'au parc national de Yellowstone. La police, le bureau du shérif du comté et la garde nationale avaient été alertées et étaient également en route pour rejoindre les lieux du drame. Certains adjoints du shérif étaient déjà sur place. Ils se chargeaient de mettre les touristes à l'abri.

Pendant toute la durée du vol, Garner ne cessa de communiquer par radio avec Hack et le shérif du comté pour se tenir au courant de l'évolution de la situation. Comme ils approchaient du centre, il se tourna vers les autres pour leur transmettre ce qu'il avait appris.

— Une vingtaine de membres de Free America lourdement armés se trouvent au centre des visiteurs. Une dizaine à l'intérieur, une dizaine à l'extérieur. J'ai proposé nos services pour gérer l'intervention et neutraliser les preneurs d'otages. Nous sommes une équipe de combat hautement qualifiée et expérimentée. À l'heure actuelle, un négociateur, spécialiste des prises d'otages, est en pourparlers avec les chefs du commando.

— Que veulent-ils ?

— Faire un coup d'éclat, la une des journaux télévisés. Ils ont exigé la présence sur place de toutes les chaînes locales et nationales. Lorsque les médias seront là, ils prendront l'antenne pour exposer leurs revendications. Quand ils auront terminé leur laïus, il faudra les conduire par hélicoptère jusqu'à la frontière canadienne. Ce n'est qu'alors qu'ils libéreront les otages.

T-Rex secoua la tête.

— Dix-sept otages retenus par vingt types armés jusqu'aux dents ? C'est un cauchemar. Il est évident que le Canada ne les autorisera jamais à pénétrer sur son territoire. Ces types sont en mission suicide.

Garner serra les mâchoires.

— C'est bien mon inquiétude. À mon avis, ils attendent que les équipes de télévision soient là pour faire une déclaration fracassante avant de mourir en martyrs et en sacrifiant leurs otages. Ce serait un carnage.

— Ne faut-il pas attendre de voir si le négociateur parvient à obtenir la libération des otages ? demanda Caveman. Nous ne sommes pas au Moyen-Orient. Si nous donnons l'assaut, il risque d'y avoir des pertes civiles.

— Il est clair que, si nous intervenons, il faut entrer en mode discret, répondit Garner. Il n'est pas question de foncer dans le tas en tirant tous azimuts.

Il leva soudain la main pour intimer le silence à ses hommes.

— Attendez ! Hack parle.

La tête penchée, il plaqua plus étroitement son casque sur ses oreilles, acquiesçant tout en écoutant. Quand il leva les yeux, il sourit.

— Ils ont libéré les huit gamins.

— Ils ne retenaient donc que huit enfants ?

— D'après ce que je comprends, le groupe d'otages se composait au départ de huit gosses, de six femmes et d'un garde forestier du parc.

T-Rex se pencha en avant.

— Certaines des femmes ont-elles été relâchées ?

— Deux mères ont été libérées avec les enfants, confirma Garner. Ils retiennent donc toujours quatre femmes, le garde forestier, le vice-président et Grady Morris.

Il se tourna vers T-Rex pour ajouter :

— Ils ont dit que, si de nouvelles équipes de journaux télévisés n'arrivaient pas dans le quart d'heure, ils tueraient les otages. En commençant par les femmes...

Avec un juron, T-Rex regretta que l'hélicoptère ne soit pas plus rapide. Il comprenait la nécessité de se poser loin du commando pour éviter de devenir la cible d'un lance-roquettes. La garde nationale du Wyoming n'avait pas envie de perdre un autre hélicoptère. Mais il n'y avait pas un instant à perdre...

La main sur son harnais, T-Rex rongea son frein, attendant que l'appareil touche enfin le sol. Dès qu'il se posa, il s'assura que les oreillettes et le micro de son casque fonctionnaient bien et il sauta à terre.

Comme il s'apprêtait à s'élancer, Garner le retint par le bras.

— Attends, T-Rex. Il n'est pas question de foncer dans le tas sans avoir évalué la situation et préparé un plan. Ce serait contre-productif.

— Préférez-vous attendre qu'ils sacrifient les otages ?

— L'ultimatum expire dans dix minutes. Nous devons mettre à profit ce laps de temps pour entrer et les sauver. Il est capital de ne pas les inquiéter, ajouta-t-il. S'ils se mettent à paniquer, ils risquent de tuer les otages tout de suite, sans attendre les équipes de télévision. Penses-y.

T-Rex prit une profonde inspiration et expira lentement.

— Je ne les laisserai pas s'en prendre à Sierra.

— Ni au vice-président, ajouta Ghost. Aucun des otages ne doit être tué. Avant toute chose, nous devons prévoir un plan.

Les dents serrées, T-Rex hocha la tête. Ses coéquipiers avaient raison.

— Le temps presse.

Rapidement, ils s'emparèrent des fusils que Garner avait empaquetés, vérifièrent qu'ils étaient chargés et enfilèrent leurs gilets pare-balles. Les fusils étaient équipés de silencieux, une précaution qui pouvait se révéler utile. Ils installèrent ensuite leurs casques munis d'oreillettes pour pouvoir communiquer entre eux.

Pendant ce temps, Garner s'entretenait avec les policiers de l'équipe positionnée autour du centre, afin de coordonner leurs actions. Il les informa qu'ils s'apprêtaient à se déployer pour pénétrer discrètement dans le bâtiment et il les pria de s'abstenir de tirer dans l'immédiat.

— Je leur ai demandé de dégager le parking, dit-il. Le pilote de l'hélicoptère exigé par le commando s'y posera et s'arrangera pour faire diversion pendant que nous interviendrons.

L'équipe traversa le petit bois qui bordait le centre des visiteurs. Quand ils en furent assez proches, T-Rex s'avança seul vers le bâtiment, en mission de repérage.

— Ils ont posté un homme à chaque angle, dit-il dans son casque.

— Peux-tu passer sans te faire voir ?

T-Rex étudia la situation sous tous les angles. Malheureusement, pour atteindre le centre, il lui fallait fatalement traverser une zone où il serait à découvert. Il ne pourrait la parcourir sans être repéré.

— Je ne pense pas. Si je tente une ouverture maintenant, ils me prendront pour cible.

— De plus, ils donneront l'alerte, et leurs copains risquent de tuer leurs prisonniers, dit Ghost.

À ce moment-là, T-Rex aperçut trois bisons qui se promenaient près de l'endroit où il se trouvait et qui se dirigeaient tranquillement vers l'édifice principal.

— Attendez, dit T-Rex. J'ai une idée.

Son arme en bandoulière, il attendit qu'un animal soit près de lui pour courir se coller à lui. Ainsi dissimulé, il put traverser la pelouse au nez et à la barbe du type qui montait la garde. Lorsque le bison arriva à proximité du centre, T-Rex se détacha de lui pour se dissimuler à l'ombre de l'édifice.

Sans bruit, il s'approcha de l'homme posté devant la porte. Il bondit alors sur lui, l'assomma d'une manchette à la nuque avant de le tirer en arrière, hors de vue de ses comparses.

T-Rex lui prit ensuite son arme, puis il lui attacha rapidement les poignets dans le dos à l'aide de sa ceinture et lui enfonça sa cagoule dans la bouche en guise de bâillon. Neutraliser son adversaire ne lui avait demandé que quelques instants.

Comme il s'élançait vers une porte intérieure, il déchanta vite en constatant qu'elle était verrouillée. À l'aide de son couteau, il se mit en devoir de la débloquer. Jusqu'alors, il n'avait jamais eu l'occasion de forcer une serrure mais il était temps d'apprendre. Il regretta de ne pas avoir sur lui de limes à ongles ou d'épingles à cheveux.

Après plusieurs tentatives, il parvint à l'ouvrir. Elle donnait sur une réserve remplie de caisses et de cartons.

D'après les renseignements que Garner avait obtenus, la salle de projection se trouvait au bout du bâtiment. S'il parvenait à y pénétrer sans se faire remarquer, il pourrait faire sortir les otages par une porte latérale.

— Je suis à l'intérieur, chuchota-t-il dans son casque.

— L'hélicoptère est à l'approche, répondit Garner. Et Ghost est sur le point de neutraliser l'autre garde.

— Je ne peux pas attendre. Ghost peut entrer par la porte que j'ai laissée ouverte. De mon côté, je continue ma progression.

— Ne tente pas n'importe quoi avant que nous soyons tous à l'intérieur, prévint son chef.

T-Rex décida de passer outre les consignes de Garner. Il ferait ce qu'il fallait pour sauver Sierra.

Consultant sa montre, il se rendit compte qu'il avait déjà dépensé cinq des dix minutes qui lui étaient imparties.

Il traversa la réserve jusqu'à la porte qui donnait sans doute sur un couloir. Il l'ouvrit sans bruit.

Un homme se tenait de l'autre côté, lui tournant le dos.

Sur sa droite, T-Rex reconnut le hall principal du centre. Par l'entrebâillement de la porte, il compta quatre hommes armés d'AR-15 au milieu d'autres types, des snipers potentiels. Tous étaient tournés vers le parking. Au bruit des rotors, il comprit que l'hélicoptère s'apprêtait à se poser. Manifestement, il effectuait un atterrissage très lent pour faire diversion le plus longtemps possible et donner à l'équipe plus de temps pour intervenir.

T-Rex ne pouvait rien voir sur sa gauche. Il ne pouvait qu'espérer qu'il n'y avait pas d'autres terroristes armés à l'arrière du bâtiment.

— Je suis derrière toi, chuchota Ghost dans son casque. Fais entrer ce type à l'intérieur.

D'une prise, T-Rex brisa la nuque de la sentinelle avant de le tirer dans la réserve.

Ghost était là pour refermer la porte derrière lui.

Ils patientèrent un moment pour s'assurer que personne n'avait remarqué la disparition du gars. Puis T-Rex rouvrit la porte.

Quatre hommes cagoulés discutaient tranquillement entre eux tout en regardant le parking par les baies vitrées.

— Voilà enfin l'hélicoptère, disait un grand maigre, l'attention focalisée sur l'appareil qui se posait lentement. Mais où sont les équipes de télé ? Je ne les vois nulle part.

— Personnellement, je m'en moque, répliquait l'un de ses comparses en tenue de camouflage. J'ai juste hâte de monter à l'intérieur et de gagner la frontière canadienne.

— Nous n'irons nulle part avant d'avoir passé le message au peuple américain. L'objectif est d'armer les gens et de les inciter à se soulever pour libérer le pays… Pas de sauver notre peau. L'aurais-tu oublié ?

— En tout cas, treize minutes se sont déjà écoulées et nous n'avons toujours aucune équipe de télévision sur place, répondit l'homme en tenue de camouflage. Le négociateur se moque de nous. Sortez l'une des femmes. Nous allons la buter pour leur montrer que nous ne plaisantons pas.

Le type à la cagoule passa devant T-Rex sans le voir et se hâta vers la salle de projection. Ses comparses reportèrent alors leur attention sur le parking.

— Une camionnette avec le logo d'une chaîne de télévision arrive ! s'écria soudain l'un d'eux.

— Pas trop tôt ! Ils ont intérêt à avoir prévu du direct. Si ce n'est pas le cas, nous ne marchons pas, répondit son camarade.

— Je me rends à la salle de projection, murmura T-Rex dans son casque.

— Nous te suivons, répondit Ghost.

T-Rex sortit de la pièce sur la pointe des pieds, prêt à passer à l'action. Il priait pour ne pas déclencher ainsi des réactions en chaîne qui aboutiraient à l'exécution des otages.

— Je ne sais pas comment tu as fait pour réussir ce tour de force, dit Brenda en prenant Sierra dans ses bras pour l'embrasser avec émotion. J'ai presque pleuré quand ils ont laissé partir les petits.

Clay était parvenu à convaincre leurs ravisseurs de relâcher les enfants ainsi que deux des mères accompagnatrices pour les escorter hors du bâtiment. Les membres de Free America retenaient encore quatre femmes, le garde forestier et les deux hommes politiques.

Ils les avaient séparés à l'intérieur de la salle de projection. Clay surveillait Sierra et les femmes installées en bas de l'amphithéâtre tandis que l'un de ses comparses menaçait de son arme le vice-président, le garde forestier Jared et Grady Morris, tous trois assis en haut de l'hémicycle.

Le cœur de Sierra se serra dans sa poitrine.

— Pauvres Stevie et Gemma. Ils ne voulaient pas sortir sans leur mère.

— C'est vrai, mais ils sont en sécurité maintenant.

— En tout cas, il faut l'espérer.

Clay lui avait dit que les enfants et deux des mamans avaient été libérés sans que personne ne leur ait fait de mal, mais elle ignorait s'il avait dit vrai et elle n'osait pas encore se réjouir.

En tout cas, les autres otages resteraient emprisonnés jusqu'à ce que les membres de Free America aient obtenu ce qu'ils voulaient. Et Sierra ne savait toujours pas ce qu'ils espéraient.

Dès que les petits furent relâchés, Clay se mit à discuter avec un autre membre du commando. Quand l'homme quitta la salle de projection, Clay descendit vers l'endroit où étaient réunies les femmes.

Il attrapa Sierra par le bras, l'écartant des autres pour lui parler discrètement.

— J'ai fait libérer les gosses. Maintenant, il est temps de fuir. Viens avec moi.

Il commençait déjà à l'entraîner vers la sortie mais Sierra résista.

— Je ne pars pas tant que tous les autres otages n'auront pas été libérés.

— On s'en moque des autres, tu viens, répliqua-t-il en resserrant son emprise. Je te rappelle que tu m'avais promis que tu me suivrais sans discuter dès que les mioches seraient relâchés.

D'un air menaçant, il la colla contre le mur, appuyant le canon de son fusil contre sa gorge.

Mais Sierra ne céda pas.

— Je te le répète. Tant que les autres n'auront pas été libérés, je ne bougerai pas d'ici.

Rouge de colère, Clay serra les mâchoires.

— Tu renies ta parole ! Tu m'as menti.

— Et avec talent, non ? Il faut dire que j'ai été à bonne école. Le roi des menteurs a été mon professeur et m'a montré l'exemple.

Fou de rage, Clay la frappa, l'envoyant valser contre le mur. Sierra vit trente-six chandelles mais elle refusa de le suivre.

— De toute façon, ne t'imagine pas que tu peux sortir de ce bâtiment comme si tu revenais d'une excursion. Toutes les polices du pays sont dehors, les armes pointées vers les issues. Vous n'allez pas vous en tirer comme ça.

— Je sais comment prendre la tangente et filer à l'anglaise loin de cet enfer, rétorqua-t-il.

Les poings serrés, Sierra secoua la tête.

— Alors, vas-y puisque tu es si malin. Moi, je reste.

Le visage de Clay se tordit de haine.

— Très bien. Tu vas donc mourir avec les autres. Tant pis pour toi.

Il la poussa brutalement vers les otages, si fort qu'elle tomba à genoux.

Un gémissement se fit alors entendre de l'autre extrémité de la salle de projection.

Grady Morris, assis dans un fauteuil se balançait d'avant en arrière en gémissant.

— Les choses n'étaient pas censées se dérouler ainsi, je n'ai jamais voulu ça !

— Fermez-la, Morris, ordonna l'un des hommes du commando en le frappant à la tête de la crosse de son arme.

Morris tomba de son siège et se mit en position fœtale en sanglotant.

— Ça ne devait pas se passer comme ça.

L'un des gardes siffla pour attirer l'attention de Clay.

— Je dois aller pisser. Sais-tu quand la relève arrive ?

— Je n'en ai aucune idée.

— J'y vais. Garde les otages pendant mon absence.

— Demande à quelqu'un de venir te remplacer, protesta Clay. Je ne peux pas surveiller sept personnes tout seul.

— Ah non ? C'est drôle, il y a cinq minutes, quand tu es sorti pour aller discuter avec le chef, cela ne te posait pas de problème de me laisser seul avec eux. Je vais te dire ce que tu dois faire. Le premier qui bouge une oreille, tu l'abats. Ça calmera les autres.

— J'adorerais les buter tous autant qu'ils sont, mais nous ne pouvons pas le faire, dit Clay. Ils sont notre ticket de sortie. Sans eux, nous sommes morts.

— De toute façon, nous sortirons tous d'ici les pieds devant, tu t'en doutes.

Sur ses mots, le type quitta la salle de projection.

Clay changea de place pour trouver une position plus

stratégique. Il se rapprocha du vice-président, leur plus grosse prise. Il s'efforça alors de regarder tour à tour les trois hommes au sommet de la salle et les femmes allongées devant la scène.

Sierra comprit que Clay ne parviendrait pas à les surveiller tous avec la même intensité pendant très longtemps. L'otage le plus important à ses yeux était évidemment le vice-président. Si les femmes parvenaient à s'échapper, les conséquences seraient moins graves.

— Combien de temps allez-vous nous retenir ici ? demanda le vice-président.

— Le temps d'obtenir ce que nous voulons.

Profitant que l'attention de Clay était détournée, Sierra rampa vers la scène où le garde forestier Jared avait exposé les différents types de roches du parc national de Yellowstone pour les montrer aux enfants. Elle en choisit deux particulièrement lourdes et les cacha derrière son dos. Le pistolet paralysant aurait été plus efficace mais il était dans son sac, quelque part par terre. Elle ne pouvait espérer que Clay lui permettrait d'aller le chercher.

Elle retourna à sa place avant que Clay ne s'intéresse de nouveau à elle. Quand il se tourna dans sa direction, elle soutint brièvement son regard avant de baisser les yeux. Mieux valait lui laisser croire qu'elle avait peur de lui et qu'elle n'oserait pas s'opposer à lui.

Si elle devait tenter quelque chose, il fallait que ce soit avant le retour de l'autre garde. Sierra devinait que ce dernier n'aurait aucun scrupule à les tuer tous s'il se sentait menacé.

Comme Clay détournait une nouvelle fois la tête, elle tendit l'une de pierres à Brenda mais, dès que son ex-mari reporta son attention sur elle, elle lui lança :

— Il est difficile de surveiller des groupes de personnes placés à deux extrémités d'une salle, non ? dit-elle.

— J'y arrive très bien, répliqua-t-il.

— Ça ne serait pas plus facile si nous nous mettions avec les autres ?

— Je vais te dire ce qui serait plus facile, gronda-t-il. Ce serait que tu la fermes !

Sierra leva la main.

— Je n'ai pas plus envie d'être tuée que les autres. Si, pour être épargnée, il faut te faciliter la tâche, je te la facilite.

Clay réfléchit un moment avant d'ordonner.

— D'accord. Les quatre femmes, venez par ici.

Sierra entraîna ses compagnes jusqu'à l'endroit où les hommes étaient assis, en haut de l'amphithéâtre et elle en profita pour s'emparer au passage d'une autre pierre posée sur la scène, veillant à ce que Clay ne la voie pas faire.

Dès qu'elles rejoignirent les hommes, Sierra glissa une des roches au garde forestier.

Tenant l'autre dans sa main droite, elle se dirigea vers Clay.

— J'ai réfléchi à quelque chose, Clay...

— Je me moque de tes réflexions. Tu m'as menti.

— C'était justement ce à quoi je réfléchissais. Tout à l'heure, j'étais furieuse et j'avais envie de te faire payer tout ce que tu m'as fait subir pendant notre vie conjugale.

— Pourquoi revenir là-dessus ?

— Parce que j'ai changé d'avis, parce que je regrette ce que je t'ai dit. Je n'ai pas envie de mourir. Et si, pour survivre à cette histoire, je dois partir avec toi... eh bien... partons.

— Trop tard. Je t'ai donné une chance de t'enfuir avec moi, tu ne l'as pas saisie, alors maintenant, tu subiras le sort de tous les otages. Va t'asseoir avec les autres.

Ignorant son ordre, Sierra se rapprocha de lui. Si elle voulait les sortir de là, elle n'avait plus que quelques instants pour agir. L'autre garde ne tarderait plus à revenir.

— Clay, te rappelles-tu quand nous étions gosses et que nous faisions l'école buissonnière ?

— Pourquoi faire allusion à cette histoire, Sierra ? Retourne avec les autres ou je te descends, ajouta-t-il en pointant son arme sur elle.

Sierra prit le canon de l'A15 dans sa main et le poussa doucement de côté.

— N'as-tu pas envie que nous redevenions jeunes et insouciants comme autrefois, avec notre vie devant nous et rien pour nous empêcher de faire les quatre cents coups et de nous amuser ?

— Il n'y a pas de retour en arrière possible, dit-il. Tu ne m'as jamais aimé. Je le sais depuis le jour de notre mariage.

Elle le savait aussi mais elle secoua la tête.

— Ce n'est pas vrai. Au début, tout se passait bien entre nous. Nous pourrions repartir du bon pied. Si nous essayons de recommencer sans faire les mêmes erreurs, nous pourrons y parvenir.

Dès qu'elle fut assez proche de lui pour se coller à lui, elle passa un de ses bras autour de son cou.

Cette étreinte lui donnait la nausée, mais elle dissimula sa répugnance en pensant aux autres otages. Leurs vies reposaient sur sa capacité à convaincre Clay qu'elle l'aimait toujours et qu'ils avaient une chance de revivre ensemble. Ce qu'ils ne feraient jamais plus, bien sûr. Elle préférait encore aller en enfer.

— Partons tous les deux, Clay. Reprenons tout du début, dit-elle en l'embrassant. Filons pendant qu'il est encore temps de le faire.

Incapable de résister davantage, il posa sa bouche sur la sienne et l'attira à lui.

Sierra leva le bras comme si elle voulait serrer Clay plus fort contre elle. Mais, en réalité, elle brandit la pierre qu'elle tenait à la main et le frappa brutalement à la tempe. Le sang jaillit.

Clay hurla et la repoussa, reprenant son arme en main. Mais avant qu'il ne puisse tirer, Sierra lui asséna un coup de pierre en pleine figure. Elle entendit le bruit affreux des os de son nez se brisant sous l'impact.

Comme il était toujours debout, elle l'acheva en lui envoyant un violent coup de genou dans l'entrejambe.

— Voilà pour toutes les fois où tu m'as frappée en sachant que je n'oserais pas me défendre.

Il roula sur le sol. Et ne bougea plus.

Sierra se tourna vers les autres.

— Vite, il faut filer avant que l'autre ne revienne !

Elle arriva la première à la porte et l'entrebâilla pour inspecter le couloir. Des hommes portant des cagoules hurlaient dans le hall. Elle ne savait pas s'ils se criaient après entre eux ou s'ils invectivaient quelqu'un d'autre. Elle s'en fichait.

Elle remarqua une plante verte en pot dans le couloir, loin de la salle de projection.

Elle la montra à Brenda en disant :

— Va d'abord te cacher derrière ce grand ficus. Surveille bien les types armés et, dès qu'ils regarderont ailleurs, file vers la sortie au bout du couloir.

Les membres du commando étaient tellement occupés à crier qu'ils ne s'intéressaient pas à la salle de projection.

— Vas-y, Brenda. Je t'envoie les autres, tu les aideras à sortir.

Brenda hocha la tête et s'élança en courant pour se dissimuler derrière la plante verte.

Retenant son souffle, Sierra attendit que son amie parvienne à la porte pour se tourner vers les autres.

Elle fit signe au vice-président.

— À vous d'y aller, monsieur.

Il secoua la tête.

— Les femmes d'abord, mettez-les en sécurité.

Mais l'une des mères accompagnatrices explosa en sanglots.

— Je ne peux pas, j'ai trop peur, je n'y arriverai pas.

L'autre lui prit le bras.

— Viens avec moi.

Quand les deux femmes eurent disparu au bout du couloir, le vice-président dit à Sierra.

— À vous maintenant.

— Non, monsieur. À vous. Vous êtes leur prise la plus importante. Sans vous, ils n'auront rien à négocier.

— J'insiste. Je vous en prie, ne perdons pas de temps à discuter. Plus tôt vous serez dehors, plus vite nous, les hommes, pourrons nous mettre à l'abri.

Grady Morris surgit alors près d'eux.

— Laissez-moi passer, laissez-moi passer ! Je veux sortir. Tout de suite.

Il se rua dans le couloir et courut vers la porte sans prendre le temps de vérifier que la voie était libre.

Un cri retentit derrière Sierra. Le comparse de Clay, qui était sorti un peu plus tôt, revenait dans la salle de projection par une autre porte.

— Bon sang ! Que se passe-t-il ici ?

Sierra poussa le garde forestier vers la porte.

— Allez !

Jared se précipita dans le couloir, sans se donner la peine de faire halte derrière la plante en pot.

Mais, lorsque Sierra se tourna vers le vice-président pour l'inciter à s'enfuir à son tour, il refusa à nouveau d'obtempérer.

Au contraire, il s'interposa entre elle et le type armé pour prendre les balles à sa place si l'homme se mettait à tirer. Il poussa Sierra vers la porte.

Sierra n'avait que deux possibilités : fuir ou se faire tirer dessus.

Elle prit ses jambes à son cou.

Derrière elle, elle entendit des bruits de pas précipités, des coups de feu.

— Arrêtez-vous ou je tire ! cria une voix.

Sierra ne s'arrêta pas. Elle n'était plus qu'à quelques mètres de la porte extérieure. Elle n'aurait pas pu freiner son élan même si elle l'avait voulu.

Un coup de feu claqua.

Elle sentit une douleur intense traverser son mollet et elle tomba sur le ventre. Sa tête frappa le sol, sa vision devint floue.

Des hommes s'agitaient dans tous les sens, tiraient de tous les côtés.

Sierra essaya de se relever mais la douleur qui déchirait sa jambe la fit retomber sur le sol.

Un bras s'enroula alors autour de sa taille et la souleva du sol. Son ravisseur la tourna vers la porte, se servant d'elle comme d'un bouclier humain.

— Si vous tentez quoi que ce soit, je la bute !

Sierra avait l'impression de se mouvoir au ralenti dans un brouillard gris, mais elle refusait de s'évanouir.

Elle s'aperçut soudain que beaucoup d'hommes cagoulés gisaient sur le sol. Des policiers avaient envahi les lieux, l'arme au poing, prêts à tirer sur tout ce qui bougeait.

Au milieu d'eux se tenait un marine aux yeux noisette.

T-Rex.

Il avait l'air terrifié.

15

T-Rex se figea. D'une main, l'homme cagoulé tenait Sierra contre lui. De l'autre, il brandissait une grenade.

— Je l'ai dégoupillée, annonça-t-il. Si vous me tirez dessus, je la lancerai. Bien sûr, j'en mourrai, mais cette femme y restera aussi.

Aussitôt, T-Rex déposa son arme à terre et leva les mains en l'air.

— Ne lui faites pas de mal. Elle ne vous a rien fait.

— Elle va me donner une chance de sortir d'ici vivant, répondit l'homme. Si cette grenade explose maintenant, elle tuera ou blessera la plupart des gens qui se trouvent dans ce bâtiment. Est-ce ce que vous voulez ?

— Non, certainement pas, répondit Garner qui avait rejoint T-Rex. Que voulez-vous ?

— L'hélicoptère.

— C'est réglé, il est à vous, répondit Garner.

Il se tourna vers Caveman.

— Va dégager un passage pour permettre à ce monsieur d'atteindre l'appareil. Tout de suite !

Entraînant plusieurs adjoints dans son sillage, Caveman se précipita vers la porte. Par les baies vitrées, T-Rex les vit écarter toutes les personnes qui stationnaient sur le parking.

— J'ai également besoin d'hommes pour m'escorter jusqu'à l'hélicoptère afin de m'assurer que personne ne me prendra pour cible, poursuivit le type. C'est d'ailleurs votre intérêt que je l'atteigne sain et sauf. La vie de cette femme dépend de la mienne.

— Je vous escorterai moi-même, répondit Garner.

— Moi aussi, ajouta T-Rex.

— Alors, allons-y vite.

C'est à ce moment que T-Rex remarqua la petite flaque de sang sur le sol autour de Sierra. Son cœur se serra. Il s'avança vers elle.

Mais le sort de Sierra dépendait du bon vouloir de l'homme à la grenade. Il ne semblait pas s'inquiéter de la santé de son otage.

— Allons-y ! répéta-t-il.

Il poussa Sierra devant lui, brandissant la grenade pour que tous puissent bien la voir.

T-Rex savait que, s'il tentait quelque chose, il risquait de provoquer une tragédie. Ce type n'avait plus rien à perdre. T-Rex était prêt à se plier aux desiderata du terroriste, mais il ne voyait pas comment sortir de cette situation sans effusion de sang.

Sierra se tourna vers lui, un petit sourire désolé sur les lèvres.

— J'ai essayé de m'enfuir mais je ne suis manifestement pas très douée.

— Nous trouverons le moyen de te tirer de là, ne t'inquiète pas.

— Fermez-la et avancez, ordonna le type à la grenade.

— Attendez ! cria quelqu'un derrière eux.

Le vice-président sortait de la salle de projection, escorté par Ghost.

— Laissez cette femme. Et prenez-moi à sa place.

L'homme cagoulé grimaça

— Il est un peu en tard pour faire preuve d'héroïsme. Si je ne suis pas monté dans cet hélicoptère dans les deux minutes, je lâcherai cette grenade. Et je me moque qu'elle explose et qu'elle vous tue tous jusqu'au dernier.

— Je vous en prie, ne faites pas ça, intervint Garner. Nous allons vous accompagner jusqu'à l'hélicoptère. Personne ne vous fera de mal.

— Je sais. Personne ne m'en fera parce que personne ne veut qu'elle meurt.

T-Rex se positionna à la droite de Sierra, le type cagoulé à sa gauche, Garner ouvrant la marche. Tous les quatre se dirigèrent vers la sortie, marchant lentement pour éviter toute mauvaise interprétation de leurs mouvements.

Garner fut le premier à franchir le seuil du centre et il leva les mains.

— Ne tirez pas !

Le parking avait été complètement évacué. Beaucoup de véhicules avaient été déplacés pour permettre à l'hélicoptère d'y atterrir. De nombreuses voitures étaient donc garées le long de la route.

Dès que T-Rex eut rejoint Garner, l'homme à la grenade et Sierra sortirent à leur tour du bâtiment.

— Restez au moins à dix mètres de moi, lança-t-il aux militaires déployés autour du parking.

T-Rex cherchait frénétiquement un moyen de sauver Sierra. Se jeter sur son ravisseur pour lui arracher la grenade des mains serait peut-être une solution. Il s'efforça de calculer le temps nécessaire pour parcourir la distance entre eux afin de la comparer au temps qu'il faudrait à la grenade pour exploser. Il comprit vite qu'il ne pouvait prendre un tel risque. S'il n'était pas assez rapide, le type lâcherait sa grenade et tous trouveraient la mort, à commencer par Sierra.

Au cours de sa carrière, T-Rex n'avait jamais été confronté à un scénario pareil. Même quand Gunny avait été frappé, personne ne l'avait vu venir.

Savoir ce qui était susceptible de se passer était bien pire.

Pour la première fois de sa vie, T-Rex se trouvait devant un dilemme dont les deux options étaient perdantes.

En tout cas, si le terroriste montait dans l'hélicoptère avec Sierra, personne ne savait pas ce qu'il ferait d'elle par la suite.

T-Rex refusait d'y penser. Il voulait juste qu'elle soit en sécurité… dans sa chambre au Bed & Breakfast, à faire l'amour avec lui.

Il avait besoin de temps pour connaître cette femme courageuse et pour voir si, comme il le soupçonnait, ils étaient faits l'un pour l'autre. Il envisageait même d'abandonner sa carrière militaire pour être avec elle. Il était prêt à tout et à n'importe quoi. Pour qu'elle vive.

La jambe de Sierra la faisait terriblement souffrir, mais elle ne pouvait pas laisser cet homme s'enfuir avec elle à bord d'un hélicoptère, propriété du gouvernement fédéral. Pour multiplier ses chances de survie, il était sans doute prêt à tuer le pilote, le copilote et elle, son otage.

Tandis qu'ils s'approchaient du parking, elle concocta rapidement un plan. Il n'était pas fameux, loin de là, mais elle n'en avait pas d'autre. Si elle ne tentait pas quelque chose, T-Rex le ferait à sa place. Il était capable de tout, y compris d'un geste désespéré, et le pire était à craindre.

T-Rex ferait tout pour empêcher le terroriste de quitter le parc de Yellowstone avec elle, Sierra le savait. Il était sans doute prêt à se jeter sur la grenade. C'était un homme bien, il méritait de vivre et non de mourir dans l'espoir de la sauver.

Sierra refusait de le laisser se sacrifier pour elle.

Tout en marchant, elle se remémorait ce qu'ils avaient vécu ensemble. Ils se connaissaient depuis si peu de temps qu'ils n'avaient pas eu la possibilité de partager beaucoup de choses, mais leur rencontre et leur amour avaient été intenses. Elle regretta de ne pas avoir passé davantage de temps avec lui. Et surtout de ne pas avoir pu lui dire ce qu'elle éprouvait vraiment.

Si, par miracle, elle avait la chance de vivre ne serait-ce qu'un jour de plus avec lui, elle en profiterait au maximum.

Mme McCall avait raison. Sierra n'avait rencontré T-Rex que deux jours plus tôt mais elle savait déjà qu'elle l'aimerait sa vie entière.

Elle adorerait passer le reste de son existence avec lui. Bien sûr, il serait souvent envoyé au loin, sur des zones de guerre, et elle s'inquiéterait pour lui. Mais elle ne l'en aimerait que plus fort quand il reviendrait vers elle. Elle aurait voulu pouvoir le convaincre qu'il méritait d'être aimé et qu'il devait donner à sa femme la liberté de choisir d'être là lorsqu'il reviendrait, de fêter le retour du guerrier.

La marche vers l'hélicoptère était lente et laborieuse à cause de sa jambe blessée. Sierra n'avait aucune possibilité de partir en courant, aucune chance d'échapper à son ravisseur. La situation exigeait qu'elle se sacrifie pour changer la donne. Étant la personne la plus proche de l'homme avec la grenade, c'était à elle de faire tout ce qu'il fallait pour empêcher T-Rex, Garner et l'équipage de l'hélicoptère d'être tués par le terroriste.

Heureusement, ce dernier avait demandé à Garner et à T-Rex de reculer. Son plan avait plus de chance de fonctionner s'ils étaient loin.

Dès que le terroriste la fit passer entre deux rangées de voitures pour se diriger vers le parking, Sierra se tourna vers T-Rex et rentra la tête dans ses épaules pour lui faire comprendre qu'elle allait tenter quelque chose.

Espérant qu'il avait reçu le message, elle fit alors semblant d'être victime d'un malaise, et elle s'effondra sur le sol.

Déséquilibré, son ravisseur trébucha sur elle.

Comprenant que, si la grenade explosait, son souffle serait amorti par les voitures garées à proximité, Sierra passa à l'action. Elle se redressa d'un bond et assena un coup de tête dans la figure du type cagoulé.

Il lâcha la grenade.

Sierra se jeta alors sur le sol et roula prestement sous l'un des véhicules en stationnement. Le monde autour d'elle explosa, soulevant la voiture sous laquelle elle s'était réfugiée, si violemment qu'elle bascula sur le côté, heurtant sa tête au passage.

Elle perdit connaissance.

T-Rex avait vu le visage livide de Sierra et il avait craint qu'elle ne s'effondre avant même d'avoir atteint l'hélicoptère. Forcé de rester à distance, il ne pouvait rien faire pour l'aider dans l'immédiat. Pour agir, il devrait attendre le bon moment. Mais, quand Sierra se tourna vers lui en rentrant la tête dans les épaules, il comprit qu'elle allait tenter quelque chose.

Il voulut crier « Ne fais pas ça ! » mais il était trop tard.

Sierra s'était déjà laissée tomber sur le sol comme si elle s'évanouissait.

— Tout le monde à terre ! ordonna T-Rex en se recroquevillant derrière un véhicule.

L'explosion le projeta en arrière.

Un flash-back remonta alors brutalement à sa mémoire. Il se revit dans le village afghan au moment où Gunny avait été touché par une grenade.

Quand la terre cessa de trembler et les morceaux de tôle de pleuvoir, T-Rex se redressa.

— Sierra ? Sierra ?

S'écartant de la camionnette derrière laquelle il s'était protégé, il s'élança en avant, sautant par-dessus un capot arraché. Plusieurs véhicules alentour n'étaient plus que des amas de ferraille fumants. Une odeur d'essence flottait dans l'air.

En découvrant ce qu'il restait du cadavre du terroriste, T-Rex sentit son ventre se nouer. Il retint son souffle, se demandant dans quel état il trouverait Sierra.

Elle n'était nulle part en vue.

De plus en plus inquiet, T-Rex promena les yeux autour de lui. Avait-elle été projetée derrière les véhicules en stationnement ?

— Sierra !

Il entendit soudain un faible gémissement venant de sous

l'une des voitures et il tomba à genoux sans se soucier des éclats de verre qui jonchaient le sol. Il regarda sous le châssis de ce qui avait dû être une berline. Une main féminine, couverte de plaies et de brûlures, se tendit vers lui.

Il la prit et la serra.

— Sierra ? Nous allons te sortir de là, chérie. Tiens bon !

Garner arriva le premier, talonné par Caveman, Ghost et Hawkeye. Avec l'aide d'autres militaires, ils soulevèrent la carcasse noircie du véhicule.

Une équipe médicale avait été appelée. Avec mille précautions, des infirmiers allongèrent Sierra sur un brancard.

Elle ne bougeait pas. Sa main était toute molle dans celle de T-Rex.

Comme les urgentistes l'emportaient, il demanda :

— Est-elle...

— Vivante ? Oui mais nous n'avons pas encore la moindre idée de la gravité de ses blessures. Nous allons la conduire le plus vite possible à l'hôpital et nous assurer qu'elle ne souffre pas d'hémorragies internes.

T-Rex embrassa Sierra sur le front et murmura :

— Je serai là quand tu te réveilleras.

Ils l'installèrent dans un hélicoptère pour l'emporter à l'hôpital de Bozeman, dans le Montana.

T-Rex regarda l'appareil jusqu'à ce qu'il disparaisse dans les nuages. Le cœur serré, il se tourna alors vers Garner.

— Je dois me rendre à l'hôpital.

— Nous allons demander à la garde nationale de t'y déposer à bord d'un hélicoptère, dit-il. J'aimerais t'accompagner mais, avant de partir, j'ai besoin de faire le point sur la situation.

T-Rex serra les mâchoires.

— Je me moque de ce qui se passe ici. Je veux être près de Sierra quand elle se réveillera.

Garner lui envoya une bourrade dans le dos.

— Et je te promets que tu y seras, dès que j'aurai pu m'entretenir avec le shérif.

L'équipe s'activait autour du cadavre du terroriste.

Ghost se tourna vers Garner. — Grady Morris a tout avoué. Il espère négocier une peine plus clémente en échange de renseignements sur Free America, dit-il. En tout cas, il a désigné le type à la grenade comme le chef de file des terroristes.

— Et qui était cet homme ? demanda T-Rex en retirant la cagoule de ce qui restait du type qui avait failli tuer Sierra.

Avant même que T-Rex n'y soit parvenu, Garner lança :

— Qui veut parier qu'il s'agit de Fratiani ?

Et en effet, le visage que découvrit T-Rex était bien celui de l'agent immobilier qui avait tenté d'acheter le ranch d'Olivia Dawson après le meurtre de son père.

T-Rex secoua la tête.

— Mais pourquoi ?

— Il pensait pouvoir s'en sortir ainsi, répondit Ghost. D'après Morris, Fratiani a longtemps fait partie des ingénieurs qui travaillaient sur le projet du pipeline et qui ont été licenciés lorsque la crise est apparue. Après avoir perdu son travail, il est tombé de plus en plus bas. Sa femme l'a quitté et a demandé le divorce, sa banque a récupéré sa maison puisqu'il ne pouvait rembourser l'emprunt souscrit pour l'acheter. Il a essayé de se reconvertir en tant que courtier immobilier en Californie mais, lorsqu'il a essayé d'acquérir des propriétés pour les revendre, les banques ont toutes refusé de lui accorder un prêt.

— Alors, où a-t-il trouvé l'argent nécessaire pour fournir au groupe Free America tant de AR-15 ? demanda T-Rex.

— Auprès de Grady Morris, répondit Ghost.

Caveman secoua la tête.

— Pourquoi un type comme Morris se serait-il compromis avec quelqu'un d'aussi louche que Fratiani ?

Ghost répondit :

— Morris voulait semer la pagaille au Wyoming afin d'apparaître comme l'homme fort pour qui les gens voteraient afin qu'il remette de l'ordre dans la région.

— Le fumier, grommela T-Rex.

Garner se tourna vers Ghost.

— Comment va le vice-président ?

— Il est indemne, dit Caveman.

— Et les autres otages ? s'enquit T-Rex.

— Aucun des otages n'a été blessé à l'exception de Mlle Daniels, dit Ghost. Apparemment, ta copine a réussi à les faire tous sortir avant le début de la fusillade, ajouta-t-il en riant.

Le shérif Scott rejoignit l'équipe et serra la main de Garner.

— Je tiens à vous remercier, vous et votre équipe, de nous avoir aidés avec tant de brio à désamorcer la situation. Aucun de nos hommes n'a été blessé au cours de l'opération. Dans le groupe Free America, nous avons compté sept morts, trois blessés. Huit se sont rendus dès le début de la fusillade.

T-Rex se tourna vers Garner.

— Nous avons fait un point complet de la situation. Pouvons-nous aller à l'hôpital, maintenant ?

— Nous nous occupons de la suite, dit le shérif. Allez-y. L'hélicoptère vous attend.

Garner lança à Ghost.

— Pouvez-vous vous débrouiller seuls ?

— Nous rentrerons à Grizzly Pass à bord des voitures des adjoints du shérif, répondit Ghost. Je préfère rester et aider à nettoyer la scène.

Tout était réglé et Garner sourit à T-Rex :

— Allons-y.

Ils coururent vers l'hélicoptère qui décolla dès qu'ils s'y engouffrèrent. Très vite, les pilotes les déposèrent sur le toit de l'hôpital de Bozeman avant de repartir à leur base. Ils devraient retourner à Grizzly Pass par leurs propres moyens

T-Rex s'en moquait. Sa priorité était d'être près de Sierra quand elle se réveillerait.

Elle s'était sacrifiée pour que personne d'autre ne soit blessé par Fratiani. Elle avait un cœur aussi grand que le ciel du Montana. Sierra était une femme hors du commun, et il tenait à être là quand elle reprendrait ses esprits. Il voulait être le premier visage qu'elle verrait.

Des années durant, il avait refusé de se marier, sachant qu'il ne serait pas juste de demander à une femme de rester à l'attendre pendant qu'il se battrait à l'autre bout du monde. Mais, pour une fois dans sa vie, il avait envie que quelqu'un soit là quand il rentrerait de mission. Et il voulait que ce quelqu'un soit Sierra. C'était sans doute de l'égoïsme, mais il le désirait plus que tout.

Forte, déterminée, et dotée d'un grand cœur rempli d'amour, Sierra méritait d'être heureuse. T-Rex voulait être celui qui la rendrait heureuse. S'il devait abandonner sa carrière dans le corps des marines pour y parvenir, il le ferait.

Il arpenta la salle d'attente des urgences pendant que les médecins s'activaient sur Sierra. Après un temps qui lui parut infini, un chirurgien apparut enfin et demanda :

— Y a-t-il des membres de la famille de Sierra Daniels ?

T-Rex se leva.

— Moi.

— Êtes-vous son mari ?

Il n'hésita pas.

— Oui.

— La balle a traversé son mollet et déchiré les tissus mais votre femme devrait cicatriser complètement. Elle souffre aussi d'une commotion cérébrale. Étant donné la violence de l'explosion, nous préférons la garder cette nuit en observation. Mais elle pourra rentrer chez vous demain.

T-Rex poussa un soupir de soulagement.

— Quand pourrai-je la voir ?

— Maintenant. Sa chambre est au troisième étage.

— Est-elle consciente ?

Le chirurgien sourit.

— Oui et elle a demandé T-Rex à plusieurs reprises... Il s'agit de vous, je suppose ?

— Absolument, répondit T-Rex en riant. Merci, merci, docteur, ajouta-t-il avant de courir vers l'ascenseur.

Il trouva la chambre et frappa à la porte.

— Entrez, dit une voix féminine.

Il ouvrit la porte et pénétra dans la chambre.

Près du lit, une infirmière réglait la perfusion. Mais T-Rex ne vit que Sierra. Son visage et ses mains étaient couverts d'hématomes et de plaies, mais son sourire brillait comme un soleil.

— Tu es venu...

— Rien ni personne n'aurait pu m'en empêcher.

Il se dirigea vers elle et lui embrassa tendrement les cheveux.

— Salut, Beauté.

Ses joues rosirent.

— Je ne dois pourtant pas être très belle à voir. Et mes oreilles sifflent sans arrêt.

— Tu es en vie, c'est tout ce qui compte.

Son sourire s'envola, et elle l'examina de la tête aux pieds.

— Comment vous en êtes-vous sortis, Garner et toi ?

— Indemnes, répondit-il en riant.

— Dieu merci. Je craignais que mon initiative ne fasse d'autres blessés.

— Au contraire. Elle a sauvé des vies.

— Et ton équipe ?

— Tout le monde est sain et sauf. En fait, tu es la seule victime.

La petite moue de Sierra donna à T-Rex l'envie de l'embrasser.

Sans lâcher sa main, il s'assit sur la chaise à côté de son lit.

— Tu sais, j'ai beaucoup réfléchi ces derniers temps, à ma carrière militaire en particulier. Il est peut-être temps d'y mettre un terme.

Elle fronça les sourcils.

— Ah bon ? Je croyais que tu en avais fait ta priorité.

— C'était avant toi.

Elle rougit et regarda ses mains.

— Et ?

— Je pense que j'aimerais vivre dans le Wyoming. Et redevenir un civil.

Sierra le dévisagea, éberluée.

— As-tu perdu l'esprit ? Tu es un marine de carrière. Pourquoi veux-tu renoncer à un métier qui te plaît ?

Il porta sa main à ses lèvres pour l'embrasser.

— J'espère être capable de faire autre chose que de tuer des ennemis.

— Mais le pays a besoin de toi.

— Peut-être mais, moi, j'ai besoin de toi et j'estime avoir le droit d'être égoïste, pour une fois dans ma vie.

Les larmes aux yeux, elle serra sa main.

— Mais tu n'as aucune envie de t'engager, de te marier.

Il releva le menton.

— C'était « avant ». Un homme a quand même le droit de changer d'avis. Qu'en dis-tu ? Si je pouvais trouver un emploi dans Grizzly Pass, envisagerais-tu de sortir avec moi ?

Elle secoua la tête.

Le ventre de T-Rex se noua. Il se rendit compte qu'il n'avait pas envisagé un instant qu'elle refuse. Quel prétentieux !

— Pourquoi non ?

— Je n'ai pas l'intention d'être celle qui t'empêchera de mener la carrière militaire que tu as choisie et que tu aimes.

Elle se pinça le haut du nez.

— Faire partie des Navy SEALs te plaît, non ?

— Oui mais...

— Alors pourquoi y renoncer ? Pourquoi arrêter tout ?

Elle le regarda dans ses yeux.

— Rien ne me retient à Grizzly Pass. J'ai toujours voulu voir du pays. Mais pas toute seule.

— Tu me suivrais ?

— Jusqu'au bout de la terre.

Il déposa mille baisers sur sa main.

— Et si je demandais à mes supérieurs l'autorisation de rester dans le Wyoming quelques semaines de plus ? Pour nous donner le temps de mieux nous connaître avant de nous engager pour toujours ?

Les yeux brillants de larmes, elle hocha la tête.

— Formidable.

— Si je ne peux pas prolonger ma mission dans la région, je demanderai un congé.

— Alors nous sommes… fiancés ?

— Oui !

— Qu'est-ce qui t'a fait changer d'avis ?

— Chérie, je n'avais encore jamais rencontré une femme prête à prendre une grenade pour moi. Comment ne pas tomber amoureux dans ces circonstances ?

Elle se mit à rire, grimaça et appuya une main sur sa tête.

— Ne compte pas sur moi pour prendre tous les coups à ta place.

— Crois-moi, j'espère que tu ne recommenceras plus jamais. Mon cœur ne le supporterait pas.

Il se pencha pour capturer ses lèvres.

— Sierra Daniels, je pense être tombé amoureux de toi. Est-ce possible si rapidement ?

— Je le sais de source sûre. Il ne faut pas longtemps s'il s'agit de la bonne personne.

Ils approfondirent leur baiser.

T-Rex voulait être avec cette femme, sa vie durant. Que ce soit à Grizzly Pass ou dans l'un de ses lieux d'affectation. Tant qu'elle serait là quand il rentrerait de mission, il se sentirait chez lui.

Épilogue

— Gunny, je ne peux pas te dire à quel point je suis heureux d'apprendre que tu es de nouveau capable de bouger les doigts, dit T-Rex, son téléphone portable collé à l'oreille.

Accoudé au garde-fou de la véranda du Stone Oak Ranch, il contemplait le soleil qui déclinait lentement entre les montagnes Beartooth. La vie ne pouvait être plus belle.

— Moi aussi, j'en suis heureux, répondit son ancien sergent. Je rééduque aussi mes jambes. Il faut que je sois opérationnel le jour où mon fils aura quatre ans et commencera à s'entraîner au foot.

Une sonnerie interrompit Gunny qui reprit.

— Je dois vous laisser. Ma femme m'a chargé d'une tâche importante et vous connaissez le dicton « femme heureuse, foyer heureux ». Je vous rappellerai plus tard pour savoir comment évoluent vos amours. Si vous voulez un conseil, traitez-la en princesse, et elle vous offrira son cœur.

T-Rex le lui promit et raccrocha.

Il se mit alors à la recherche de Sierra.

Il la trouva dans la cuisine. Elle s'approcha de lui, un sourire aux lèvres.

— Tu me cherchais ? Je te manquais ?

— Terriblement.

Il l'embrassa tendrement avant d'ajouter :

— Tu sais, quand je prendrai ma retraite, je ne serais pas

contre le fait de revenir à Grizzly Pass. Je me suis attaché à cet endroit.

— Je suis contente que tu en aies envie, répondit-elle.

Enlacés contre la balustrade de la véranda, ils contemplèrent le coucher de soleil sur la montagne.

T-Rex ne pouvait pas croire en sa chance. Depuis qu'il avait épousé Sierra, il était le plus heureux des hommes et il comptait partager ce bonheur avec elle jusqu'à la fin des temps.

Sierra était incroyable. Elle lui avait tant appris. Avec elle, il avait finalement compris que l'amour partagé rendait un couple invincible face aux aléas de l'existence.

JULIE MILLER

Entre confiance et suspicion

Traduction française de
PASCALE DOMÉJEAN

BLACK ROSE

HARLEQUIN

Titre original :
NECESSARY ACTION

Ce roman a déjà été publié en 2018.

Prologue

— Et dire qu'il va falloir que je porte ça toute la journée !

Duff Watson glissa le doigt à l'intérieur du col amidonné de sa chemise et tira dessus, convaincu que, comme le smoking qu'il avait loué, elle était trop petite pour lui.

Il se demanda ce que penserait sa famille s'il ôtait son nœud papillon et déboutonnait un peu cette satanée chemise. Cela agacerait certainement sa sœur, la mariée, et contrarierait son père. Son grand-père Seamus éclaterait de rire, et ses frères n'en finiraient pas de le taquiner. Alors, autant endurer ce supplice en silence.

Duff — cela faisait des années que personne ne l'avait plus appelé par son prénom : Tom — était entièrement disposé à célébrer le bonheur de sa sœur. Il avait même accepté d'être le garçon d'honneur de son fiancé. Mais aujourd'hui il n'était pas dans son élément. Seule la sensation de son arme glissée dans la ceinture de son pantalon et le poids de son badge de lieutenant de la police de Kansas City dans sa poche lui étaient familiers… Ainsi que les silhouettes de ses deux jeunes frères, Niall et Keir, qui escortaient chacun une demoiselle d'honneur jusqu'à l'autel.

Les trois frères Watson — la troisième génération de policiers —, n'auraient pas pu être plus dissemblables. Niall, médecin légiste, était l'intellectuel du groupe. Il semblait totalement étranger à tout le cérémonial, et occupé à calculer mentalement la distance le séparant de l'autel ou le nombre de personnes assises à chaque rangée. Keir, le boute-en-train, était fidèle à sa réputation. Il plaisantait avec la demoiselle d'honneur qu'il escortait et lança un baiser à une femme plus âgée assise au second rang, Millie Leighter, l'employée de maison qui les avait élevés tous les quatre après la mort absurde de leur mère, assassinée par un cambrioleur.

Duff, lui, était le dur à cuire. Il n'avait ni les diplômes de Niall ni le bagout de Keir. Mais aucun des deux ne possédait sa solidité et sa détermination. Duff était un survivant. Lorsque Mary Watson avait été assassinée, il avait vu son père terrassé par la douleur et le chagrin, et il s'était occupé de ses jeunes frères, poursuivant sa tâche lorsque Millie avait été embauchée et que son grand-père Seamus était venu vivre avec eux pour aider cette famille durement éprouvée. Bon sang, même maintenant, alors qu'ils étaient tous adultes, il faisait tout ce qui était en son pouvoir pour protéger sa famille ! Il avait consolé sa petite sœur lorsqu'elle était tombée amoureuse de son coéquipier et que ce sale type l'avait trompée, et il s'était personnellement assuré que l'homme qu'elle épousait aujourd'hui était digne d'elle. Il avait chaudement recommandé Keir à un de ses anciens camarades de l'école de police lorsque son cadet avait voulu intégrer une unité d'élite. Et son surdoué de frère, Niall, avait besoin d'une aide constante pour parvenir à comprendre comment interagissait le commun des mortels.

Duff avait cette intuition et cette intelligence pratique qui lui avaient permis de mener à bien plusieurs opérations d'infiltration pour le compte de la police. Il lisait les esprits comme Niall lisait les livres. Une fois seulement, il n'avait pas correctement jugé une personne qu'il avait voulu aider et il avait payé cette erreur, dans son cœur et dans sa chair : il avait reçu une raclée qui l'avait envoyé pour près de trois semaines à l'hôpital.

Mais subir la colère d'un trafiquant de drogue ne l'avait pas tué. En le trahissant et en l'exposant à la vengeance de son frère,

Shayla Ortiz n'avait fait que le rendre plus fort, et sacrément plus méfiant en amour. Elle s'était jouée de lui, et il n'avait eu que ce qu'il méritait. Peut-être le souvenir cuisant de son échec sentimental, en ce jour tout entier dédié à l'amour, était-il la raison pour laquelle il se sentait si mal dans son smoking.

— Natalie est l'épouse du coéquipier de Liv, murmura Niall d'un air réprobateur à l'attention de Keir, qui flirtait avec la demoiselle d'honneur qu'il escortait.

— Du calme, rabat-joie ! répliqua Keir avec un large sourire. Que les femmes soient jeunes ou vieilles, mariées ou non, je ne vois pas pourquoi on ne serait pas agréable avec elles !

— Non, mais je rêve, ou tu as pris une arme ?

C'était à lui que Niall s'adressait maintenant, considérant le petit renflement dans son dos d'un air contrarié. Son frère aurait pourtant dû s'estimer heureux qu'il n'ait pas pris son Glock et son étui !

— Eh, tu as bien mis tes lunettes ! Pourquoi n'aurais-je pas mon pistolet ?

— Ce n'est pas faux ! remarqua Keir.

— Ça suffit maintenant ! Fermez-la !

Niall était le plus calme et le plus posé des trois, et Liv lui avait certainement demandé de veiller à ce que ses deux frères, moins disciplinés, se tiennent correctement.

Niall regarda Keir d'un air sévère.

— Tu ne pourrais pas être sérieux cinq minutes ?

Et, lorsque Duff tira à nouveau sur le col qui lui grattait le cou, il se pencha vers lui en chuchotant :

— Et toi, arrête de te tortiller comme un gamin !

Le prêtre qui les suivait les calma momentanément d'un froncement de sourcils. Tout était maintenant prêt pour que leur sœur fasse son entrée dans l'église, et l'orgue se mit à résonner sous les voûtes. Duff balaya l'assistance du regard alors que tous se levaient. Millie se tamponnait les yeux avec un mouchoir blanc bordé de dentelle, sans faire le moindre effort pour cacher ses larmes. Il savait qu'il lui suffirait de la prendre dans ses bras pour la réconforter, mais il était coincé là, au pied de l'autel.

Son grand-père, Seamus, sortit subrepticement un mouchoir de sa poche. Le vieil homme pleurait lui aussi.

C'est alors qu'Olivia et leur père, Thomas Watson Sr., apparurent dans l'encadrement de la haute porte. Les quelques fils argentés qui se mêlaient aux cheveux bruns de Thomas et son très léger boitement — séquelle de la blessure qui lui avait valu une retraite anticipée — n'enlevaient rien à sa prestance alors qu'il conduisait sa fille à l'autel. Duff sentit les larmes monter. *Sois un homme. Ne laisse pas les émotions te submerger. Ne pleure pas.*

Olivia Watson était superbe dans sa longue robe brodée, la tête recouverte du voile en dentelle irlandaise de leur mère. Qui aurait cru que ce garçon manqué se transformerait un jour en cette si jolie jeune femme ? Duff ressemblait beaucoup à Thomas Watson. Comme lui, il avait les yeux verts, était grand et solidement bâti. Liv, quant à elle, était le portrait craché de leur mère. En la voyant s'avancer au côté de leur père, Duff repensa à la photo de mariage qui se trouvait toujours dans la chambre de Thomas Watson.

Il cligna des yeux, craignant un instant que les larmes se mettent à couler.

— Hé ! marmonna-t-il en donnant un coup de coude au marié debout à côté de lui, tu es un foutu veinard !

— Duff !

Le ton sec de Niall lui rappela que jurer dans une église n'était probablement pas une bonne idée.

Gabe semblait lui aussi très ému.

— Je le sais.

— Tu as intérêt à la rendre heureuse.

Sans quitter Olivia des yeux, Gabe pencha la tête vers lui et murmura :

— Ne t'en fais pas.

Keir, bien entendu, voulut ajouter son grain de sel.

— De toute façon, vous connaissez Liv : du moment qu'elle a choisi Gabe, rien ne peut la faire changer d'avis !

Le prêtre les fit taire alors que la mariée et son père s'approchaient.

— Bon sang ! pesta Duff en levant les yeux au ciel.

Il avait pourtant bien l'intention de garder son sang-froid ! Il cligna rapidement des yeux en se pinçant le nez.

— Je ne vais tout de même pas pleurer !

Il sentit quelqu'un lui tapoter le bras.

— Tu as un mouchoir ? lui demanda Niall.

Ainsi, son frère avait remarqué ses larmes.

— Les alliances sont dedans.

— Tiens.

Niall lui glissa son mouchoir dans la main, et Duff se tamponna discrètement les yeux. Il remercia son frère d'un hochement de tête, et, glissant le carré de coton dans une poche, il se redressa et serra les mâchoires.

Lorsque Olivia arriva près de l'autel, elle embrassa leur père en le serrant fort dans ses bras, puis elle sourit à ses trois frères. Duff renifla à nouveau et articula sans le prononcer le mot « belle » lorsque leurs regards se croisèrent. Keir leva le pouce. Niall hocha la tête d'un air approbateur. Olivia donna son bouquet à sa demoiselle d'honneur et se tourna vers le prêtre en prenant la main de Gabe.

La cérémonie commença. Lorsque le prêtre eut prononcé les paroles rituelles, les déclarant mari et femme, il annonça :

— Vous pouvez maintenant embrasser la mariée.

— Je t'aime, chuchota Olivia.

— Et moi encore plus, répliqua Gabe en l'embrassant à nouveau.

Puis les nouveaux mariés commencèrent à avancer dans l'allée, et Duff tendit son bras à la demoiselle d'honneur pour les suivre. Il échangea un clin d'œil avec son grand-père, Seamus, affectant comme lui le même mépris amusé pour toutes ces démonstrations d'émotion. Il fit un signe de tête à son père et sourit à Millie, avant de déboutonner sa veste. Bientôt, il ferait la même chose avec ce maudit col qui l'étranglait.

Il avait parcouru la moitié du chemin, porté par l'idée de sa délivrance prochaine, lorsqu'il aperçut du mouvement dans la tribune au fond de l'église. Une silhouette vêtue de noir sortit de l'ombre, à côté d'un contrefort. L'homme ouvrit son long manteau, découvrant les armes qu'il avait cachées dessous.

Duff était déjà en train de pousser la demoiselle d'honneur entre les bancs pour la mettre à l'abri et de sortir son pistolet, lorsque Niall se mit à crier :

— Un homme armé !

La marche nuptiale que jouait l'organiste s'interrompit sur une note discordante. L'homme portait une cagoule noire. Il n'avait pas prononcé un mot. Mais, lorsqu'il épaula son fusil et visa l'assistance en bas, il n'y eut plus le moindre doute quant à ses intentions.

— Tout le monde à terre ! ordonna Duff, qui s'accroupit entre les bancs et pointa son Beretta.

— Lâchez ce fusil ! hurla-t-il.

Mais les balles pleuvaient, et il se mit à l'abri.

— J'appelle la police ! cria Keir.

Duff jeta un coup d'œil derrière lui et le vit qui prenait Millie par la taille et la plaquait contre le sol, derrière un banc. Gabe Knight avait poussé Liv à terre et, la tenant contre lui, il la protégeait de son corps. Niall se dirigeait vers leur père et leur grand-père.

Il entendit des bruits de pas précipités, des cris de terreur et des ordres brefs, alors que les balles faisaient jaillir des éclats de marbre et de bois. Des pétales de fleurs et de la poussière flottaient dans l'air. La moitié des invités au mariage étaient des policiers, en service ou à la retraite, et ils s'assuraient que tous étaient à l'abri, protégés des balles qui crépitaient autour d'eux.

Duff attendit que le tir nourri s'interrompe. Puis il avança dans l'allée centrale et se cacha derrière un banc.

— Je ne vois rien ! Je ne peux pas faire feu ! gronda-t-il en se mettant debout lorsque l'homme lâcha son fusil pour prendre son pistolet.

Il fit signe aux autres policiers qui — comme lui — ne s'étaient pas résolus à assister au mariage sans leur arme de se poster à chacune des deux issues. Puis il s'élança dans l'allée alors que l'homme se remettait à tirer.

— Restez tous où vous êtes ! ordonna-t-il à l'assistance, tout en courant vers le fond de l'église.

— Niall !

Duff entendit son père appeler son frère, alors qu'il s'engageait en courant dans l'escalier menant à la tribune. Si cette ordure avait blessé Niall, il allait le payer !

Il héla un policier pour qu'il le couvre et ouvrit la porte donnant sur la galerie. Mais il sut dès qu'il entra que l'homme ne se trouvait plus là. Les cris affolés de l'assistance résonnaient sous les voûtes, mais Duff essaya d'en faire abstraction pour se concentrer sur le bruit de pas précipités qu'il dinstinguait. Le tireur était parti. Il avait pris ses armes et s'enfuyait dans l'immense bâtiment.

Duff rebroussa chemin jusqu'à l'étroite cage d'escalier et il sentit un souffle d'air froid. L'air du dehors. Un claquement métallique lui indiqua d'où il provenait. L'homme s'était dirigé vers les toits.

Instinctivement, il chercha son talkie-walkie pour donner sa localisation et demander du renfort. Mais il portait un smoking, pas son uniforme. Il allait devoir se débrouiller tout seul. Il laissa l'autre policier s'occuper de l'organiste terrifié et grimpa les marches d'un escalier étroit conduisant jusqu'aux toits. Si cet imbécile pensait pouvoir s'échapper par là, il en serait pour ses frais : il allait le coincer.

Duff attendit un instant, l'épaule contre la porte, se rappelant qu'il devrait être prudent : il lui faudrait certainement quelques secondes avant de pouvoir localiser l'homme. Mais il ne pouvait accepter l'idée que quelqu'un vienne semer la terreur pendant le mariage de sa sœur, mettre sa famille en danger et menacer ses amis. Il ne savait pas pourquoi cet homme agissait ainsi, mais il avait l'intention d'y mettre un terme. Alors, prenant une inspiration, il ouvrit la porte.

Il fut assailli par une rafale d'air glacé et pressa le dos contre le métal froid, le temps de prendre ses repères. Un passage avait été dégagé dans la neige. Il aurait dû entendre le bruit des pas de l'homme… mais ce n'était pas le cas. Il percevait seulement le sifflement du vent, le crissement de la neige sous les pneus alors que des voitures de police s'engageaient dans le parking, et les cris des forces de l'ordre qui cernaient l'église en bas. La seule respiration saccadée qu'il entendait était la sienne, et la buée qui s'élevait dans l'air froid était le plus sûr moyen de signaler sa position.

Serrant les mâchoires, tenant son arme à deux mains, il s'élança sur le toit, courant d'un abri à l'autre. Il ne voyait aucune trace de pas, mais un large passage, comme si l'homme avait laissé traîner son manteau derrière lui. Le chemin était net, et Duff le suivit jusqu'au bout de la terrasse et regarda en contrebas. Il s'attendait à trouver un escalier métallique, mais au lieu de cela il vit des arceaux fixés dans le mur, formant une échelle menant au niveau de toit inférieur. Là, il remarqua le même chemin tracé dans la neige, qui se transformait ensuite en une série de pas nettement imprimés, menant jusqu'à l'extrémité du toit surplombant le parking.

— C'est parti !

Duff mit son pistolet dans sa poche et descendit jusqu'au niveau inférieur. Puis il reprit son arme et se mit à courir. Il entendait des sirènes hurler dans le lointain. C'étaient les renforts de police attendus. Des ambulances, également. Cela signifiait qu'il y avait un blessé… sinon plusieurs. Ce type allait le payer !

Duff arriva à l'extrémité de la terrasse et s'immobilisa.

— Bon sang ! mais où…

En bas, il ne voyait qu'un tas de neige, et un autre policier qui levait les yeux vers lui et haussait les épaules en secouant la tête.

Le tireur avait disparu. Il s'était évanoui dans l'air ! C'était comme un tour de magie. Ou alors, il avait des ailes. Comment avait-il pu s'enfuir ?

— Espèce d'ordure !

De son index, Duff frotta la détente de son Beretta avant de le glisser dans la ceinture de son pantalon et revint sur ses pas. Il remontait les barreaux de l'échelle tout en marmonnant des jurons lorsque son téléphone vibra dans sa poche. Il le sortit, vit que l'appel venait de Keir et répondit.

— Il a disparu comme par magie. C'est à n'y rien comprendre !

— Grand-père a été blessé.

— Quoi ?

Le froid de l'hiver sembla s'insinuer en lui par tous les pores de sa peau, et il se mit à courir. Seamus Watson — le patriarche, policier à la retraite, qui comme Duff était un fervent supporter de l'équipe des Chiefs de Kansas City et avait versé une larme pendant le mariage — avait été touché pendant la fusillade ? Non !

— Comment va-t-il ?

— Mal. Niall essaie de stopper l'hémorragie. Viens. Immédiatement.

Duff n'avait plus aucune piste à suivre. La trace du tireur s'était arrêtée net.

— J'arrive.

1

Juillet

Qui avait eu l'idée étrange de nettoyer un bateau échoué depuis quatorze ans ?

Melanie Fiske fronça les sourcils en remarquant l'odeur d'eau de Javel qui flottait dans l'air. Elle ouvrit le second coffre qui se trouvait à l'arrière du bateau de pêche de son père. C'était le vivier où il conservait ses prises et les appâts, et elle s'attendait à y voir de l'eau, des algues, ou même des bestioles peu sympathiques qui auraient pu s'y nicher. Après tout, cela faisait si longtemps que le bateau n'était plus utilisé ! La dernière fois qu'elle avait regardé, il y avait trois ans de cela, elle y avait découvert un nid de serpents aquatiques.

C'étaient des mocassins d'eau, une espèce venimeuse, qui avaient été une raison suffisante pour mettre un terme à ses promenades hebdomadaires vers l'endroit d'où son père était parti la nuit où il s'était noyé. Mais trop de choses avaient eu lieu au cours des derniers mois dans l'endroit idyllique où elle avait grandi — les monts Ozark, au sud-est de Kansas City — pour qu'elle ne soit pas déterminée à explorer toutes les pistes possibles, et à découvrir enfin ce qui s'était passé la nuit où son père avait trouvé la mort dans les profondeurs du lac Hanover.

Elle était donc retournée fouiller l'épave, au risque de déranger des serpents, d'attraper des coups de soleil et d'encourir la colère de l'oncle qui l'avait élevée. Le bateau avait été tiré sur la rive du lac et abandonné là, à côté de l'ancien embarcadère qui n'avait plus été utilisé depuis le décès de son père.

Pendant toutes ces années, elle avait cru ce que son oncle et sa tante lui disaient : son père était mort dans un dramatique accident. Elle était si jeune à l'époque, si seule — sa mère était décédée en lui donnant naissance — qu'elle n'avait pas pensé à mettre en doute le récit de cette expédition de pêche nocturne qui avait mal tourné : le moteur du bateau avait explosé, son père était tombé par-dessus bord, et les tourbillons près du barrage de la centrale électrique sur la Wheat River l'avaient attiré vers le fond. Il s'agissait d'une horrible tragédie.

Mais ces derniers temps elle avait surpris trop de mensonges de la part de son oncle et de sa tante. Elle avait été témoin de trop de choses qu'elle ne pouvait expliquer : des querelles qui s'arrêtaient net lorsqu'elle entrait dans la pièce, des camions qui arrivaient au beau milieu de la nuit pour charger des produits artisanaux fabriqués sur le domaine, des sorties de pêche sur le lac poissonneux dont tous revenaient bredouilles... Et, surtout, le contrôle que son oncle exerçait sur sa vie devenait de plus en oppressant : la vie du domaine était maintenant régie par toute une série de règles, et les conséquences pour ceux qui ne les observaient pas s'apparentaient à de la maltraitance.

Oui, il y avait des limites à ce qui était acceptable... Mais les choses avaient beaucoup changé depuis que l'exploitation agricole avait été transformée en un domaine touristique. L'endroit accueillait maintenant des citadins désireux de profiter du calme de la campagne et de la zone de loisirs construite autour du lac. La ferme exploitée par les quelques membres de la famille était devenue une entreprise prospère qui faisait vivre une communauté de personnes sur ses deux cents hectares. Pourtant, son oncle Henry dirigeait toujours le domaine comme si tous faisaient partie de la même famille. Les maisons et les petites échoppes étaient toutes regroupées en un village niché au milieu des bois. Mais, au lieu de ressentir un sentiment de chaleur et de sécurité, Melanie avait la sensation d'être prise au piège. Il y avait des secrets cachés dans cet environnement apparemment rural et paisible.

Et les secrets pouvaient blesser. Les secrets pouvaient être dangereux.

Lorsqu'elle était allée jusqu'à la crique, espérant découvrir dans le bateau des indices, des traces d'un combat héroïque pour que l'embarcation ne sombre pas, Melanie ne s'était pas attendue à trouver des nouveaux joints étanches sous les couvercles des caissons qu'elle avait soulevés. Le premier coffre qu'elle avait inspecté avait été nettoyé. Quant au second — qui, fort heureusement, n'abritait aucun serpent —, il sentait également l'eau de Javel.

Mais il n'était pas entièrement vide.

Melanie avait toujours été curieuse. Son père l'avait encouragée à lire, explorer, poser des questions. Mais son oncle ne semblait pas partager le même enthousiasme pour la connaissance. La dernière fois qu'il l'avait surprise à fouiller le grenier, espérant y trouver des objets ayant appartenu à son père, il l'avait accusée de remuer des souvenirs douloureux d'un frère disparu, et de ne pas être reconnaissante envers sa tante Abby et lui-même de l'avoir recueillie et élevée avec leur propre fille, Deanna. Melanie avait quitté la maison de son oncle le jour même, et les relations entre elle et sa famille étaient depuis restées tendues. Et même si elle ne savait pas trop si c'était la réalité ou le fruit de son imagination, elle avait constamment l'impression d'être épiée.

Melanie scruta le bois touffu de pins et de chênes, et la surface scintillante du lac doucement bercé par le vent, pour s'assurer qu'elle était seule. Puis elle attacha en queue-de-cheval son épaisse chevelure auburn et se mit à genoux devant le coffre. Elle tendit le bras vers le fond du caisson, réussit à attraper ce qui ressemblait à un anneau métallique et le remonta. Elle s'assit sur un banc pour étudier l'objet. Il était circulaire, comme un joint épais avec une petite bosse sur un côté, et était étonnamment lourd pour sa taille. Il n'avait visiblement pas été abîmé par le passage des ans ni détérioré par les éléments. Il ne pouvait donc pas s'être trouvé sur le bateau au moment du naufrage. Mais de quoi pouvait-il bien s'agir, et comment cet objet était-il arrivé là ?

Avec un soupir de frustration, elle glissa l'anneau dans la poche de son jean, à côté de la montre en or de son père dont le contact la réconforta. Lorsqu'elle eut sauté à terre, elle la prit dans sa main et se dirigea vers l'endroit où elle avait laissé ses bottes et ses chaussettes.

Elle passa doucement le doigt sur les initiales *E* et *L* qui avaient été gravées au dos de la montre. Sa mère Edwina en avait fait cadeau à son père, Leroy Fiske, qui ne s'en séparait jamais. Melanie avait toujours vu la chaîne en or accrochée à une boucle de sa ceinture, et il la sortait parfois pour la montrer à sa fille.

Mais ce souvenir heureux fut vite obscurci par le soupçon. Le mécanisme de la montre avait rouillé avec le temps, et la petite photo de sa mère qui se trouvait à l'intérieur n'était plus reconnaissable. Melanie referma les doigts sur l'objet, et la question qui la rongeait depuis des mois se reforma dans son esprit : si le corps de son père n'avait jamais été retrouvé, comment se faisait-il qu'elle ait découvert cette montre cachée dans une boîte de décorations de Noël dans le grenier, alors qu'il ne la quittait jamais ?

La montre avait-elle été retrouvée après l'accident ? Mais pourquoi son père ne la portait-il pas sur lui ? Était-elle tombée dans le lac avec lui ? Mais qui aurait eu l'idée de sauver la montre, et pas l'homme ?

Le bruit de véhicules qui s'approchaient tira Melanie de sa rêverie.

Elle allait avoir de la compagnie. Elle se dissimula derrière la coque du bateau. Deux ou trois quads s'avançaient sur le chemin en gravier qui serpentait dans les bois et faisait le tour du lac. Peut-être s'agissait-il de touristes qu'un guide amenait jusqu'au nouvel embarcadère où étaient amarrés les bateaux de pêche, à environ un kilomètre de là... À moins qu'il ne s'agisse de sa cousine Deanna qui, profitant de sa position de princesse des lieux, avait réussi à s'échapper de la pâtisserie où elle travaillait, pour faire un tour sur le domaine avec un des jeunes ouvriers agricoles embauchés pour l'été.

— Mel ?

Une voix d'homme s'éleva au-dessus du vrombissement des moteurs.

— Tu es là ? Mel Fiske, tu m'entends ?

— Super ! marmonna-t-elle.

Ce n'était ni un convoi de touristes ni sa cousine qui se promenait : on était à sa recherche. En tant qu'infirmière du domaine, elle savait qu'il y avait peut-être une raison valable à cela. Il y avait beaucoup de petites blessures à soigner sur une exploitation agricole. Et, avec les fortes chaleurs de l'été dans le Missouri, les risques de déshydratation étaient réels. Mais elle ne voulait pas qu'on la voie ici, près du bateau de son père : sa tante lui avait recommandé de laisser le passé en paix. Son oncle Henry ne devait pas se laisser troubler par des souvenirs douloureux, alors qu'il avait la lourde charge de la gestion du domaine. Si on la trouvait ici, elle s'exposait à d'amères remontrances.

Comme des abeilles bourdonnant sur un parterre de fleurs odorantes, les quads vrombissaient en traçant leur chemin à travers les bois et se rapprochaient d'elle. Melanie leva les yeux vers le ciel d'un bleu limpide et vit que le soleil avait glissé vers l'ouest. Cela devait faire plus de deux heures qu'elle était partie. Pas étonnant que son oncle Henry ait envoyé son fidèle lieutenant à sa recherche !

Elle ne pouvait pas espérer courir plus vite qu'un quad. Considérant les roseaux et les hautes herbes qui poussaient le long de la rive, elle se dit qu'elle ne pouvait pas non plus s'en aller à la nage. Soudain, son regard tomba sur le ponton de bois blanchi par le soleil, qui s'avançait sur l'eau bien au-delà des roseaux. À moins que...

Melanie ôta rapidement son jean. Elle glissa la montre dans une poche, à côté de l'étrange anneau d'acier, et enleva son T-shirt ne gardant que ses sous-vêtements de coton blanc. Puis, s'armant de courage, elle s'élança sur le ponton et plongea dans le lac.

L'eau de la surface était réchauffée par le soleil, mais elle se mit à nager vers le fond pour rafraîchir sa peau : ainsi, elle pourrait prétendre qu'elle se baignait depuis longtemps, qu'elle avait oublié l'heure, et n'avait pas entendu le bruit des véhicules et les cris de ceux qui étaient partis à sa recherche.

Elle n'avait même pas à essayer de s'enfuir à la nage : il lui suffirait de raconter qu'elle était venue ici pour se baigner. Elle s'était éloignée de plusieurs mètres lorsqu'elle revint à la surface.

Ainsi qu'elle s'y attendait, deux hommes arrêtèrent leurs quads sur la rive, près de l'embarcadère. Le plus grand des deux, contremaître du domaine et chef de la sécurité — qui pensait préférable de masquer sa calvitie en se rasant le crâne — la regarda d'un air furieux. Il fit signe à l'autre homme de poursuivre son chemin.

— Envoie un message radio pour dire qu'elle va bien. Puis va vérifier que les bateaux de pêche sont prêts pour le groupe de touristes qui arrive de Chicago demain.

L'autre homme hocha la tête. Il prit le talkie-walkie accroché à sa ceinture et appela l'oncle de Melanie pour annoncer :

— Nous l'avons trouvée, patron.

Puis il démarra et s'éloigna. Pendant ce temps, Melanie avait écarté les cheveux de son visage et se dirigeait vers la rive d'une brasse nonchalante.

Silas Danvers la regarda s'approcher.

— Que fais-tu ici ?

Ce n'était pas une question amicale : Silas était visiblement très énervé. Mais, à vrai dire, cette brute épaisse était constamment en colère.

Melanie choisit de lui répondre sur ce ton aguicheur qu'il semblait trouver si attirant chez sa cousine Deanna. Elle longea le ponton à la nage, même si elle avait probablement pied à cet endroit.

— L'eau est délicieuse ! Tu vois bien ce que je fais !

Elle devenait assez habile lorsqu'il s'agissait de mentir. Peut-être était-elle inspirée par l'exemple de son oncle...

— Sors d'ici ! ordonna-t-il. Tu sais bien que le portable ne passe pas à cet endroit. Je n'ai pas réussi à te joindre !

Melanie se mit debout, se sentant soudain coupable.

— Il y a une urgence ?

— Non, mais Daryl te cherche partout. Il a une question concernant la liste de médicaments que tu lui as demandé de rapporter de la ville. Il ne va quand même pas faire deux voyages parce que mademoiselle a décidé de se baigner !

Melanie hocha la tête et se dirigea vers l'échelle métallique fixée sur le ponton.

— OK. Je sortirai dès que tu seras parti.

— Je sais ce qu'est une femme nue.

D'accord, mais il ne l'avait pas vue, elle, et elle n'avait pas l'intention de remédier à cela. Elle avait d'ailleurs l'impression que la réticence de Silas à s'éloigner était plus due au besoin narcissique de s'assurer que ses ordres étaient obéis, qu'au désir de la voir presque nue.

— Ne fais pas attendre Daryl, conclut-il d'un air sombre.

Melanie resta dans l'eau jusqu'à ce qu'il ait redémarré, puis disparu de l'autre côté de la colline. C'était une victoire ! Petite, certes, mais une victoire. Lorsqu'elle ne vit plus le crâne brillant de Silas, elle ne perdit pas de temps pour sortir de l'eau et se diriger vers ses vêtements. Quelques minutes plus tard, elle avait enfilé son T-shirt et son jean, et tordait son épaisse chevelure. Malgré l'humidité de l'air, il faisait assez chaud pour que ses vêtements sèchent rapidement, mais ses cheveux allaient devenir cette masse indomptable qui faisait qu'elle ne pouvait passer inaperçue. Pourtant, elle aurait bien aimé pouvoir retourner à la ferme sans attirer l'attention sur elle.

Elle sortit son téléphone de sa botte et regarda si elle avait du réseau. Apparemment, l'antenne-relais située près de la ferme n'émettait pas jusqu'ici. Silas n'avait donc pas menti lorsqu'il lui avait dit qu'il n'arrivait pas à la joindre. Elle téléphonerait à Daryl dès que cela serait possible, et ensuite, même si la connexion Internet était plus capricieuse encore, elle essaierait d'identifier l'objet qu'elle avait trouvé dans le bateau de son père.

Décidant de mettre momentanément un terme à son enquête, Melanie rentra en coupant par les chemins que son père et elle avaient parcourus lorsqu'il était encore en vie. Elle suivit le cours d'un ruisseau à sec qui longeait le pied de la colline voisine et grimpa vers la petite route qui constituait la limite nord du domaine.

Ainsi qu'elle l'avait espéré, elle réussit à trouver du réseau et contacta son ami Daryl pour passer en revue la liste des médicaments et fournitures diverses dont elle avait besoin pour reconstituer le stock de sa pharmacie. Mais elle ne parvint pas à se connecter à Internet avant d'arriver à la ferme.

Elle sortit du couvert des arbres pour arriver dans un espace dégagé où étaient situés la ferme et divers bâtiments, et se dirigea vers le petit bungalow où elle vivait. Mais, au lieu de vaquer à leurs occupations, les employés étaient tous attroupés près du porche de la vaste demeure de son oncle. Elle entendait des hommes se quereller, même si elle ne parvenait pas à comprendre ce qu'ils disaient. Soudain, la foule se mit à huer et à pousser des cris d'encouragement comme si elle assistait à un match. Melanie s'arrêta. Que se passait-il ?

Elle changea de direction et alla voir ce qui provoquait une telle animation.

Elle aperçut Silas au bas des marches du porche. Il décrivait un cercle à pas lents, tout en fixant du regard l'objet de sa colère.

Mais Silas était *toujours* en colère. Il s'agissait seulement d'un stupide combat — un de plus —, et son adversaire n'était qu'un exutoire à sa mauvaise humeur permanente. D'ordinaire, son oncle ne permettait pas à ses employés de manifester leurs dissensions devant les touristes qui visitaient la pâtisserie ou les échoppes des artisans. Mais en cette journée lourde et orageuse les esprits s'échauffaient vite, c'était peut-être la raison pour laquelle Henry avait décidé de laisser ses hommes se défouler.

Melanie secoua la tête et se retourna : inutile de rester dans cette atmosphère pesante pour assister à un combat... si seulement les hommes en venaient aux poings. Les employés du domaine étaient assez malins pour mettre fin à leurs disputes avec Silas avant qu'elles ne dégénèrent en un affrontement d'où ils savaient qu'ils sortiraient perdants. Si tous ces gens étaient accourus pour être le témoin d'une bagarre, ils allaient être déçus.

Melanie s'arrêta net lorsqu'elle aperçut l'adversaire de Silas.

Elle ne l'avait jamais vu ici.

Elle sentit son estomac se nouer d'appréhension alors qu'elle observait le pauvre homme qui avait été assez imprudent pour s'opposer au contremaître... bien qu'il soit difficile de qualifier de « pauvre homme » celui qui observait Silas de ses yeux mi-clos.

L'étranger — un homme brun, aux cheveux coupés en brosse — était presque aussi grand que Silas. Le vieux T-shirt de l'armée qu'il portait se tendait comme une seconde peau sur des épaules larges et des biceps impressionnants. Un bandana dépassait de la poche arrière de son jean. Il semblait tout à fait capable de tenir tête au tyran des lieux, et elle se sentit instinctivement de tout cœur avec lui. Ses yeux s'attardèrent assez longtemps sur lui pour qu'elle se sente soudain rougir, et elle se força à s'éloigner. Elle ne voulait pas être témoin d'une lutte et elle voulait encore moins s'intéresser à un des hommes du domaine : son seul but était de découvrir ce qui était arrivé à son père et de partir ensuite d'ici au plus vite.

— C'est ainsi que vous accueillez vos nouveaux employés, Fiske ?

Melanie s'immobilisa en entendant la voix grave de l'étranger, sentant l'appréhension grandir en elle. *Un nouvel employé* ? Ce n'était pas la raclée qu'allait prendre cet homme qui lui nouait l'estomac, c'était l'idée que cet étranger représentait un obstacle supplémentaire — peut-être aussi gênant que Silas — dans sa quête de vérité.

2

Duff cracha le sang qui coulait dans sa bouche depuis que la brute au crâne rasé lui avait décoché un coup de poing dans la mâchoire. Il considéra l'autre homme, celui qui l'avait convoqué à ce prétendu entretien d'embauche et qui observait la scène depuis le porche avec indifférence.

— Ça suffit comme ça, marmonna-t-il. Je n'ai pas besoin d'un travail à ce point-là.

Pourtant il devait absolument être embauché à la ferme Fiske. Pour que cette mission d'infiltration réussisse, il *fallait* qu'il le soit. Mais pour cela il ne devait pas sembler prêt à endurer la tyrannie du maître des lieux, ni les intimidations physiques de cette armoire à glace. Sinon, personne parmi ces ouvriers agricoles, ces artisans et ces touristes — comme l'homme en uniforme kaki qui sirotait son café en mangeant un pain aux raisins — ne croirait à sa couverture : celle d'un homme rude, un ancien soldat qui cherchait du travail. Il avait passé les dernières semaines à Falls City, à parfaire son personnage : il était Duff Maynard, un homme désabusé qui avait quitté l'armée et cherchait un travail non déclaré. Il avait même dormi plusieurs nuits dans son pick-up pour rendre plus crédible son image d'homme en marge de la société, et réussir à infiltrer l'organisation qui — d'après le FBI — opérait un trafic d'armes dans ce cadre bucolique, sous le couvert d'une entreprise de tourisme. Jouer correctement son rôle était un élément clé dans une opération d'infiltration.

Il glissa donc sur son épaule la sangle de son sac en toile de l'armée que le chauve lui avait confisqué et se dirigea vers le porche où l'homme avait rejoint son patron, Henry Fiske. Duff fit un signe de tête en direction de ses clés, de son portefeuille, de son arme et de l'étui contenant son couteau de chasse qui étaient étalés sur le plancher du porche. Le fait que ce type ait fouillé son sac, et en ait sorti tout ce qu'il contenait, avait fourni à Duff un prétexte pour commencer cette dispute et conforter son personnage de dur à cuire devant une foule de témoins.

— Je reprends ça.

Le chauve bondit vers lui. Il semblait prêt à entamer un autre round contre lui.

— Je ne crois pas, sergent Minus, dit-il avec mépris.

Duff entendit quelques murmures d'appréhension alors que le chauve et lui se faisaient face. Puis l'homme sous le porche, Henry Fiske, leva la main en signe d'apaisement et s'adressa à la foule.

— Ne vous inquiétez pas, il n'y a aucun problème. Nous sommes juste en train de faire connaissance. Il y a un petit malentendu que nous allons éclaircir.

Il dirigea son regard vers l'homme en uniforme qui se trouvait là.

— D'ailleurs, le shérif Cobb est ici. Donc, tout va bien. Vous pouvez continuer votre shopping.

Il leva le nez et fit mine de renifler.

— Je sens qu'on vient de sortir des gâteaux du four. Il ne faut pas manquer ça !

La plupart des touristes s'écartèrent de la foule pour se diriger vers les boutiques. Mais les autres — les hommes et les femmes qui vivaient et travaillaient sur le domaine — resserrèrent leur cercle autour de Duff. Pourquoi restaient-ils ici ? Que savaient-ils que Duff ignorait ?

— Tout va bien, Henry ? demanda le shérif.

— Oui.

— Alors, je vais retourner en ville.

Il donna un coup de coude à la solide blonde d'une cinquantaine d'années qui se tenait à côté de lui.

— Je suis seulement venu pour goûter une des pâtisseries de Phyllis. Ma femme ne me prépare pas des gâteaux comme ça !

La femme fit un geste de la main tout en s'éloignant pour suivre les touristes.

— Viens, Sterling, dit Fisk. Je vais t'en donner quelques-uns à emporter.

Voilà pourquoi le shérif du comté n'avait pas été inclus dans le groupe qui travaillait sur ce trafic d'armes. Soit Sterling Cobb recevait des pots-de-vin pour fermer les yeux sur ce qui se passait ici, soit cet homme — qui n'était même pas intervenu pour mettre fin à la rixe — était totalement incompétent.

— Il n'y a plus personne pour t'aider, sergent Minus ! reprit le chauve d'un ton moqueur dès que le shérif se fut éloigné. Tu veux toujours faire la forte tête ?

En tant que policier, Duff était totalement insensible à ces insultes. Mais il jouait un rôle. Il était censé s'être engagé juste après le lycée, avoir pris part à des combats au Moyen-Orient, et être devenu un homme désabusé, asocial, et correspondant parfaitement à ce que cherchait cette organisation qui contrôlait la vente illégale d'armes à Kansas City.

Duff devait bien jouer son personnage. Parce qu'il devait non seulement obtenir cet emploi, mais également gagner la confiance — ou du moins le respect — des hommes du coin, afin de s'infiltrer dans le cercle des proches de Fiske. Il aurait besoin de cette liberté de mouvement pour rassembler des informations et pouvoir mettre fin à ce trafic.

Même si sa feuille de route ne précisait pas qu'il doive subir un rite d'initiation avant d'être accepté dans ce cercle, il avait assez fait de missions d'infiltration pour savoir comment se comporter. Il pensait au départ que son atout principal serait sa connaissance du terrain, puisqu'il avait participé à plusieurs camps de vacances dans les monts Ozark lorsqu'il était adolescent. Mais il savait également se battre. Et, s'il devait le faire pour décrocher ce job, il jouerait jusqu'au bout son rôle de gros dur.

Il s'approcha du chauve, prit son Glock et son couteau, et les glissa dans son sac en toile. Il soutint son regard tout en ramassant ses clés et son portefeuille. C'était intéressant : le chauve avait l'air prêt à lui sauter dessus, mais l'homme qui était sous le porche semblait le contrôler étroitement.

— Quand je vous ai rencontré en ville, vous m'avez dit qu'il y aurait du travail pour moi à la ferme si j'en voulais.

Le chauve cracha par terre. Il devait bien y avoir quelqu'un ici avec qui Duff allait réussir à s'entendre... Mais visiblement, ça ne serait pas lui.

— Vous m'avez dit que vous aviez besoin de quelqu'un qui ait une expérience dans la sécurité. Je n'avais pas compris que vous proposiez des spectacles de lutte pour les touristes !

— J'ai l'impression que c'est vous qui avez commencé la bagarre, monsieur Maynard, répondit Fiske en désignant les personnes attroupées autour d'eux. Nous sommes tous témoins. Silas n'a fait que se défendre.

Dans n'importe quel autre environnement, Henry Fiske n'aurait rien eu de remarquable. Il avait la cinquantaine, des tempes grisonnantes, et portait les vêtements de ceux qui travaillent la terre : une salopette en grosse toile et un chapeau de paille. Il souriait à la blonde platine nonchalamment appuyée contre un montant du porche. Ce devait être sa femme, une ancienne Miss Rodéo. Malgré son ton chaleureux, Duff voyait dans son regard froid qu'il ne tolérait pas qu'on lui tienne tête.

Alors, bien entendu, c'est ce que fit Duff. Il lança son sac de toile sur son épaule.

— Puisque c'est comme ça, je n'ai rien à faire ici.

— Ne vous laissez pas tromper par la poussière de mes bottes, monsieur Maynard. Je suis un homme d'affaires.

Duff continua à avancer.

— Je brasse beaucoup d'argent et de marchandises durant l'été, ce qui fait de moi une cible pour les voleurs, reprit l'autre. Le comté est très grand pour le shérif, et puisque nous vivons dans un endroit reculé nous en sommes souvent réduits à ne pouvoir compter que sur nous-mêmes. Il est de mon devoir de veiller à ce que les biens et les personnes de ce domaine soient en sécurité.

Une mère retint un bambin trop curieux, et la foule s'écarta pour laisser Duff se diriger vers le parking où il avait garé son pick-up.

— Il est nécessaire que je vérifie si vos compétences sont réelles. On ne peut pas dire que vos références sont probantes.

— L'armée américaine n'est pas une référence suffisante pour vous ? demanda Duff en s'arrêtant et en se retournant.

Le FBI avait établi un faux document selon lequel il était le sergent Thomas Maynard. S'il était vrai que Duff avait servi dans l'armée, il n'avait pas été réformé pour des problèmes psychologiques qui en faisaient un homme mal adapté à la vie en société, comme le personnage qu'il jouait.

— Je ne crois que ce que je vois. Silas !

Henry Fiske appela le chauve, puis fit un signe de tête dans une autre direction.

La foule s'écarta à nouveau alors qu'un second homme s'avançait. Il avait une vingtaine d'années et était aussi maigre que Silas était musclé. Mais la cicatrice sur sa joue tannée par le soleil indiquait qu'il savait se battre. Ainsi, c'était ce qu'attendait la foule : une lutte au corps à corps. Finalement, cela ressemblait aux rites d'initiation des gangs. Si Fiske voulait que Duff prouve qu'il savait se battre dans un combat à mains nues, alors il le ferait.

Duff ôta son sac de l'épaule et le balança aussi fort qu'il le put contre le maigrichon. Le baluchon le frappa à l'abdomen, et il se plia en deux. Duff jeta encore son sac, frappant le gamin au visage, avant de le lâcher et de se préparer à encaisser l'attaque de celui que Fiske avait appelé Silas. La brute l'attrapa par-derrière, lui immobilisant les bras. Duff espérait qu'il l'avait bien en main parce qu'il allait l'utiliser comme point d'appui pour décocher un coup de pied au maigrichon qui se ruait vers lui une deuxième fois. Il le frappa au menton et l'envoya à terre. Lorsqu'il remit pied à terre, Duff utilisa son élan pour se dégager du chauve.

Mais ce dernier savait se battre. Il enroula ses jambes autour de celles de Duff et roula à terre, lui faisant perdre l'équilibre. L'herbe atténua le choc, mais il ne put éviter le coup de pied dans les côtes que Silas lui décocha.

Ensembe, ils roulèrent jusqu'aux marches du porche. Duff fit la grimace tandis que son assaillant le frappait au visage, lui arrachant quelques larmes de douleur. Bon. Maintenant, il n'avait plus envie de plaisanter : il était temps de passer aux choses sérieuses.

Duff écrasa son poing sur la mâchoire de Silas et reprit le dessus. Avec son avant-bras, il comprima sa gorge et commença à l'étrangler, jusqu'à ce qu'il cesse de se débattre. Vaincu, Silas aplatit la main sur la première marche menant au perron, comme pour signaler qu'il se rendait.

Le chauve était peut-être hors combat, mais, lorsque Duff se fut redressé, le maigrichon s'était lui aussi relevé.

— Si j'étais toi, j'arrêterais le combat ! l'avertit Duff.

Mais le type essaya de le frapper. Alors, Duff se baissa et lui enfonça son épaule dans l'entrejambe. L'autre tomba à terre, le souffle coupé.

Duff était un peu essoufflé, lui aussi, et il savait qu'il allait avoir mal le lendemain. Mais, en entendant les acclamations qui s'élevaient autour de lui, il sut qu'il avait passé le test avec succès. Il était en train de frotter son pantalon pour en enlever l'herbe et la terre, et de vérifier que le filet de sang qui coulait du coin de sa bouche s'était tari, lorsque la foule se tut brusquement. Il entendit alors un grognement de fureur derrière lui et se retourna. Il vit l'éclat du métal dans la main de Silas un quart de seconde avant de ressentir une douleur fulgurante à l'épaule et réussit de justesse à éviter un second coup dirigé vers son ventre.

Il s'apprêtait à attraper le poignet du chauve lorsqu'il vit surgir une silhouette avec une longue chevelure auburn.

— Arrête, Silas ! Arrête !

Instinctivement, Duff passa son bas valide autour de la taille de la jeune femme et l'éloigna du couteau que brandissait le chauve.

— Vous êtes folle ?

Silas semblait lui aussi surpris par cette intervention. Il prit la femme par le poignet et l'éloigna de Duff, avant de la repousser sur le côté.

— Bon sang, laisse-nous tranquilles !

Elle trébucha. Mais, dès qu'elle eut retrouvé l'équilibre, elle s'interposa à nouveau entre eux. Elle repoussa Silas.

— Je t'ai dit d'arrêter ! répéta-t-elle.

Duff la prit à nouveau par la taille, l'attirant contre lui tout en l'éloignant du couteau.

— Écoute, ma jolie, j'apprécie ton aide, mais tu vas seulement réussir à te faire tuer. Je n'ai pas envie d'avoir ta mort sur ma conscience.

— Melanie ! hurla Henry Fiske depuis le porche.

Manifestement, il préférait s'en prendre à la jeune femme plutôt que d'ordonner au chauve de cesser de la menacer de son couteau, qui était maintenant pointé sur eux deux.

— Tu perds la tête, ma fille ! Va-t'en ! Ce qui se passe ici ne te regarde pas.

Les yeux noirs de Silas fixaient la jeune femme avec fureur, et Duff recula encore d'un pas, écartant son téméraire ange gardien de la lame tachée de sang. Puis Silas leva les yeux vers Duff, jeta le couteau à terre et se dirigea vers le porche. Tout en maudissant Duff et la jeune femme, il plongea les mains dans un seau d'eau et en aspergea son crâne sale et couvert de transpiration.

Une mèche de cheveux auburn et ondulé fut soulevée par

la brise d'été et vint se coller contre le cou de Duff, où perlait la sueur. Il avait encore la respiration haletante et il sentait la poitrine de la jeune femme se soulever rapidement contre son bras. Elle gardait les yeux fixés sur Silas, s'assurant qu'il n'allait pas attaquer sournoisement une fois encore. Son épaisse chevelure prise entre eux était tout humide et mouillait son T-shirt. Puis elle se laissa aller contre Duff. Il eut conscience du soulagement de la jeune femme et se rendit compte au même moment qu'il la retenait d'une main de fer. Il la lâcha, et elle se retourna pour regarder sa blessure. Elle ne manquait pas de courage, pour être ainsi venue à sa défense.

— J'ai toute ma tête, oncle Henry. Cet homme a été plus fort que Silas. Il a prouvé ce que tu voulais.

Il remarqua aux quelques mots qu'elle prononça qu'elle avait l'accent aux voyelles douces des habitants de la région.

— Tu m'as demandé de m'occuper de la santé des habitants du domaine, et je fais mon travail. Je sais que tu as envoyé Daryl faire des courses, mais jusqu'à son retour je n'ai ni le matériel, ni les médicaments nécessaires pour soigner d'autres blessures comme celle-ci.

Ses longs cheveux auburn encore humides commençaient à sécher et à former un nuage mousseux autour de son visage en forme de cœur. Elle avait les lèvres roses et pleines, des taches de rousseur, et des yeux noisette pleins de lumière. De taille moyenne, elle était mince, mais avec des formes là où il en fallait.

Avec des gestes adroits et précis, elle arracha la manche du vêtement de Duff et en fit une boule pour le presser contre sa blessure. Elle n'hésita même pas lorsqu'il poussa un grognement de douleur. Cette femme savait visiblement ce qu'elle faisait.

— Je n'ai pas assez de fil pour suturer cette plaie. Et il n'y a plus d'antibiotiques. Il faut l'emmener à l'hôpital !

— Il est en danger de mort ? demanda Fiske.

La jeune femme fronça les sourcils.

— Non.

— Alors, il ne va nulle part. Tu es une gamine intelligente : tu vas bien réussir à te débrouiller.

Par son ton acerbe, Henry Fiske arrivait à transformer ce qui aurait pu être un compliment en une remarque désobligeante. Et les courbes que révélait le T-shirt humide qu'elle portait n'évoquaient en rien une « gamine ».

— Tu t'es encore baignée, Mel ? lança-t-il d'un ton menaçant.

— J'ai piqué une tête pour me rafraîchir.

Cela expliquait les cheveux mouillés.

— Melanie ?

Apparemment, ce n'était ni la réponse ni le ton qu'attendait Fiske.

Elle laissa tomber la main qui épongeait la blessure et baissa la tête en signe d'obéissance.

— Je vais trouver un moyen de m'occuper de lui sans l'emmener à l'hôpital, oncle Henry.

Duff sentit sa plaie se rouvrir, et le sang se remettre à couler sur son bras. Il lui prit sa compresse de fortune et la reposa fermement sur la coupure. Alors, il eut la surprise de sentir la main de la jeune femme sur ses fesses. Le contact était inattendu, mais beaucoup plus agréable que celui des poings de Silas. Duff se retourna pour la regarder.

— Tu peux me caresser les fesses, ma belle, il n'y a aucun problème ! Mais je ne sais même pas ton nom.

— Fiske. Oh...

Il la vit rougir alors qu'elle levait les yeux vers lui. Elle referma les doigts, et il sentit ses muscles se contracter malgré lui. Elle recula, tenant le bandana bleu qu'elle avait pris dans sa poche.

— Euh...

— Vous avez réussi à couper le sifflet à cette effrontée, monsieur Maynard, dit Fiske en ricanant. Vous êtes embauché.

3

« M. Maynard ».

Momentanément distrait par la rougeur qui avait envahi les joues de Melanie, Duff ne réagit pas immédiatement à son nom d'emprunt. La jeune femme semblait mortifiée qu'il ait pu penser qu'elle lui touchait volontairement les fesses. Duff fit un pas en arrière, agacé de constater à quel point ce contact innocent l'avait déconcentré... et visiblement sans qu'elle ait eu la moindre intention de produire cet effet. *Reprends-toi, Watson.* Elle voulait simplement utiliser le bandana pour comprimer sa blessure.

Bien déterminé à ne laisser aucune femme le détourner de sa mission, il regarda Henry Fiske par-dessus la chevelure rousse de Melanie et hocha la tête en signe de remerciement.

— J'espère qu'à partir de maintenant je vais enfin trouver l'espace et la tranquillité que vous m'aviez promis.

Il regarda les personnes qui s'attardaient et poursuivit d'une voix dure :

— Quelqu'un d'autre a envie de se battre ?

Fiske se mit à rire lorsque quelques hommes s'éloignèrent d'un pas rapide.

— Je vous assure qu'ici les choses sont bien cadrées et que vous serez tranquille.

Henry cessa de rire lorsqu'une jeune femme mince alla

aider le maigrichon à se relever. Il saignait du nez et sembla reconnaissant lorsqu'elle le soutint pour l'aider à marcher.

— Roy ?

Le maigrichon se retourna.

— Tu t'es bien battu. Tu n'as pas reculé. C'est déjà beaucoup.

Roy hocha la tête.

— Merci, patron.

— Mais je ne veux pas que tu restes seul avec ma fille, ajouta-t-il d'un ton menaçant. Silas, raccompagne Deanna à la maison.

— Oui, patron.

Le costaud semblait très satisfait d'avoir à obéir à cet ordre.

— Il est tout à fait inutile que Silas ramène Deanna.

La femme blonde qui était appuyée contre un montant du porche s'approcha de Henry et lui posa la main sur le bras.

— Les jeunes ont parfois besoin d'être seuls.

Henry tapota la main de sa femme et se retourna vers leur fille.

— D'accord. Tu peux aider Roy. Mais souviens-toi que nous dînons à 18 heures et que tu dois être là. Nous allons avoir des invités.

— Qui ? Silas ? répondit la jeune fille d'un ton geignard. Ce n'est pas un invité !

— Obéis. C'est tout, l'avertit Henry.

— Papa...

— Deanna Christine...

La jeune femme brune regarda alternativement sa mère, puis son père.

— Et si Roy et moi nous avions d'autres projets ? Je ne suis plus un bébé. J'ai presque vingt-deux ans. Tu ne peux pas constamment me dire ce que je dois faire !

— 18 heures, jeune fille. Ou tu restes ici.

Deanna fit la moue.

— D'accord, papa.

Elle passa le bras autour de la taille de Roy et se laissa aller contre lui.

— Allez, viens. Je vais te soigner.

Abby serra le bras de son mari, puis se dirigea vers l'extrémité du porche pour regarder sa fille s'éloigner.

— Tout va bien, mon chéri. Je te le promets.

Décidant visiblement de laisser la vie amoureuse de sa fille sous la supervision de sa femme, Henry s'adressa à Silas.

— Rends ses affaires à M. Maynard et va te dépoussiérer.

Silas attendit un instant, puis ramassa le sac. Melanie s'occupait à nouveau de la blessure de Duff qui tendit son bras valide.

Silas ne lâcha pas immédiatement la sangle. Ses yeux envoyaient un message clair : c'était lui le chef ici.

— Tu es embauché, mais tu es toujours à l'essai, Maynard. Sous mes ordres.

Duff était lui aussi grand et musclé. Et le rôle qu'il devait jouer exigeait qu'il tienne tête à Silas. Il lui arracha le sac des mains.

— Ne t'attends tout de même pas à ce que je me mette au garde-à-vous.

Silas frémit. Il marmonna quelques imprécations avant de saisir Melanie par le coude et de la tirer en arrière, l'interrompant dans sa tâche.

— Tu seras ma cavalière pour le prochain bal.

Ce n'était pas une question. Même si Duff s'était promis de ne pas laisser ses réactions personnelles prendre le dessus pendant sa mission, il laissa tomber le sac à terre pour éloigner Silas de Melanie. Mais cette dernière n'avait manifestement pas besoin de son aide.

— Tu plaisantes ? s'exclama-t-elle.

Elle se dégagea et fit un signe dans la direction où le couple de jeunes gens s'était éloigné.

— Demande à Deanna si elle veut y aller avec toi. Je n'ai pas l'intention d'être ton second choix.

— Silas !

Le gros homme se figea en entendant la voix de Henry.

— À la réflexion, tu iras te dépoussiérer plus tard. Nous avons du travail : un autre camion va arriver ce soir.

— Oui, patron.

— Essuyez-vous les pieds, rappela Abby aux deux hommes lorsqu'ils entrèrent dans la maison. Et enlève ton chapeau, Henry. Ne t'inquiète pas : je vais surveiller Deanna.

Duff vit les deux hommes disparaître dans une pièce sur la gauche avant que la porte de l'entrée ne se referme. Le bureau de Fiske ? C'était bien évidemment un endroit qu'il lui tardait de visiter. Et il fallait qu'il arrive à voir ce camion, afin de savoir ce qu'ils allaient y charger ou en décharger. Mais il était trop tôt pour qu'il tente de s'immiscer dans le cercle des proches de Fiske sans éveiller les soupçons. Silas et Henry étaient certainement en train de discuter pour déterminer à quoi ils allaient l'employer. Il espérait que ce serait un travail de nuit, pour qu'il puisse plus facilement aller et venir sur le domaine sans être remarqué, et rencontrer son contact du FBI.

— Bienvenue dans notre ferme, monsieur Maynard, lui dit Abby avec un sourire charmeur en descendant l'escalier du porche.

D'un coup de tête, elle rejeta ses longs cheveux en arrière et regarda la jeune femme rousse.

— Tu devrais te maquiller un peu, Melanie, ajouta-t-elle d'un ton acerbe.

Elle toisa Duff comme s'il était un taureau exposé à la foire et lui lança :

— Mon mari va envoyer un de ses employés pour s'occuper de vous. Et maintenant le spectacle est terminé !

Elle fit signe aux personnes qui étaient encore présentes de retourner à leurs occupations, avant de disparaître elle aussi au coin de la maison.

Lorsque Duff aurait identifié les acteurs principaux de ce trafic d'armes et qu'il aurait découvert son fonctionnement, il aurait fait un pas décisif dans l'enquête concernant la fusillade dans laquelle son grand-père Seamus avait été blessé. Les lésions cérébrales dont souffrait le vieil homme l'avaient privé de l'usage du langage et de son côté gauche, et il devait lentement réapprendre à marcher et à parler. Le fringant octogénaire n'était plus que l'ombre de lui-même aujourd'hui.

Personne d'autre n'avait été touché lors de cette fusillade qui s'était déroulée dans l'église, pendant le mariage de Liv. Seulement Seamus. Le but du tireur était visiblement de détruire le bonheur de sa famille et de les plonger dans la peur et le doute. Quelqu'un devait payer pour cela. Son frère Niall avait sauvé la vie de leur grand-père. Son autre frère Keir avait une piste pour identifier le tireur, mais elle n'avait toujours pas abouti. Ils savaient seulement que l'auteur de la fusillade était un tueur à gages surnommé Gin Rickey, et que les armes qu'il avait utilisées avaient transité par ce havre de paix : la ferme Fiske.

Peut-être que tous ici étaient impliqués dans ce trafic, y compris le shérif. Mais peut-être que la plupart des habitants du domaine étaient innocents et n'avaient pas conscience de ce qui se tramait juste sous leur nez. Il était également possible qu'ils soient au courant mais préfèrent se taire, tellement l'emprise que Fiske et ses lieutenants avaient sur eux était forte.

— Aïe !

Duff ressentit une vive douleur lorsque Melanie Fiske noua le bandana autour de son épaule. Bon. Il y avait un autre protagoniste dans l'affaire : la nièce de Fiske, Melanie. De toutes les personnes qui avaient assisté à la scène, elle était la seule à s'être élevée contre Silas et son oncle. Mais cela ne signifiait pas pour autant qu'elle n'était pas elle aussi mêlée à ce trafic...

— Attention, ma belle ! Je n'ai que deux bras.

— Où en êtes-vous dans vos vaccins ? Vous avez fait le rappel du tétanos ? demanda-t-elle.

Elle prit la lanière du lourd sac en toile de Duff avant qu'il ne puisse s'en emparer et la passa sur son épaule.

— Vous êtes certaine que vous êtes capable de vous occuper de ça ? lança-t-il d'un ton rogue.

— Je suis infirmière diplômée. Oncle Henry tient à ce que nous puissions vivre sur le domaine sans dépendre de l'extérieur. C'est moi qui m'occupe de la santé de tous ici.

Elle traversa la cour et se dirigea vers de petits bungalows.

— Venez avec moi. Vous avez besoin de points de suture. Et je vais vous donner un pack de glace pour votre joue.

— À vos ordres, madame.

Elle s'arrêta et se retourna.

— Je n'aime pas qu'on se moque de moi. Vous pouvez m'appeler Mel, ou Melanie, ou Mlle Fiske. Gardez les « madame » pour ma tante, et les « ma belle » pour les autres filles si vous voulez les impressionner.

Puis elle se retourna et se remit à avancer.

Il lui emboîta le pas, regardant sans même essayer de s'en cacher ses hanches qui se balançaient derrière le sac de toile. Elle s'habillait et parlait peut-être comme un garçon manqué, mais son corps mince avait toutes les courbes que l'on pouvait espérer chez une femme... même si cela ne changeait rien à la mission de Duff. Cela étant, il n'aurait pas été homme s'il n'avait pas su apprécier ce spectacle.

— D'accord, Mel. Je m'appelle Tom. Tom Maynard.

Il avait décidé d'utiliser son prénom et le nom de famille d'un de ses ancêtres pour plus de facilité : ainsi, il risquait moins de commettre une erreur qui pourrait le trahir. Il n'était jamais facile de s'habituer à une nouvelle identité, et c'était la raison pour laquelle il aimait mêler des éléments de réalité à ce qui était inventé de toutes pièces : cela lui permettait de rendre son rôle aussi crédible que possible.

— Mes amis m'appellent Duff.

— Je ne cherche pas à me faire des amis, monsieur Maynard.

Avec un ton comme celui-ci, elle n'avait aucune inquiétude à avoir. Il y aurait certainement quelqu'un d'autre sur le domaine avec qui il pourrait se lier afin d'obtenir les informations dont il avait besoin.

Il la suivit jusqu'au dernier bungalow qui longeait le chemin. On y accédait par un sentier bordé de fleurs colorées. La porte n'était pas fermée à clé. Elle l'ouvrit et la tint pour laisser entrer Duff, avant de la refermer derrière lui.

L'air frais succédant à la chaleur et à l'humidité du dehors lui donna la chair de poule : il ne s'attendait pas à trouver de l'air conditionné ici. Il aperçut un petit climatiseur près de la fenêtre, posé sur une étagère couverte de livres. Il vit également un coin cuisine et une porte ouverte, donnant sur une chambre et une salle de bains. Nulle touche masculine dans cet intérieur : apparemment, Melanie vivait seule ici.

Elle laissa tomber son sac à terre.

— Bienvenue à l'infirmerie.

— Vous êtes bien installée. Tout le monde a sa propre maison ?

— Les couples mariés et les familles seulement. Henry va certainement vous loger dans le dortoir des célibataires, près de la remise. C'est également là que vous mangerez. Phyllis Schultz, qui dirige la pâtisserie, prépare les repas pour ceux qui vivent là.

— Comment se fait-il que vous ayez un bungalow pour vous toute seule ? Vous n'êtes pas mariée, dit-il en désignant sa main gauche du menton.

— Non. Et je ne crois pas que je le serai un jour.

C'était une remarque étonnante. Melanie Fiske n'avait peut-être pas la beauté ordinaire de sa cousine, mais elle était beaucoup plus intéressante à regarder : son visage lumineux, sa chevelure de feu et ses courbes ne pouvaient laisser aucun homme indifférent. Il était surprenant qu'une jeune femme de vingt-cinq ans environ se dise qu'elle allait rester célibataire.

Elle poussa une porte vitrée.

— Par ici.

En entrant dans la pièce, elle désigna une table d'auscultation qui semblait sortir tout droit du cabinet d'un médecin des années cinquante.

— Voici la raison pour laquelle j'ai mon propre bungalow : je suis de garde vingt-quatre heures sur vingt-quatre. Autant m'installer dans l'infirmerie, là où se trouve tout ce dont j'ai besoin pour soigner les malades.

Il considéra les deux lits avec leurs draps blancs et leurs couvertures impeccablement tirées, et les meubles métalliques légèrement rouillés. Elle se lava les mains dans un petit lavabo avant d'ouvrir un miniréfrigérateur et d'en sortir un flacon. Puis elle fourragea dans des tiroirs et inspecta des étagères — qui, ainsi qu'elle l'avait annoncé, étaient presque vides — afin de rassembler un paquet de gants stériles, de l'alcool, des compresses, des bandages et une seringue.

Elle se tourna de nouveau vers lui et fronça les sourcils en constatant qu'il était toujours debout au milieu de la petite pièce.

— Vous n'avez pas peur des aiguilles, j'espère ?

Non. Duff recula et s'assit sur un côté de la table d'auscultation.

— Vous êtes certaine que vous savez ce que vous faites ?

Elle désigna d'un coup de menton le diplôme encadré accroché au mur.

— Je ne suis peut-être pas aussi qualifiée que je l'aurais voulu, mais je suis parfaitement capable de vous soigner. J'ai fait mes études d'infirmière à Kansas City.

Ainsi, elle avait eu la possibilité de transporter des armes à chaque fois qu'elle se rendait en ville. Il lui faudrait vérifier si les dates de ses trajets coïncidaient avec les livraisons que la police suspectait.

— Quand étiez-vous à Kansas City ?

Elle ne répondit pas. Visiblement, elle n'avait pas envie de lier connaissance.

— Il va falloir que je vous fasse une anesthésie locale, que je nettoie la plaie et que je la suture. Je n'ai plus d'antibiotiques, mais s'il y a des signes d'infection nous irons voir un médecin à Falls City, et il vous en prescrira.

Il y avait également des médecins au FBI. Duff demanderait que l'un d'entre eux vienne jeter un coup d'œil sur sa blessure lorsqu'il ferait son rapport à son contact plus tard dans la soirée.

— Allez-y, docteur. Je suis prêt.

Il saisit le bas de son T-shirt et l'enleva prestement, tout en veillant à protéger sa blessure. Lorsqu'il eut quitté le vêtement taché de sang et qu'il l'eut jeté dans la poubelle, il vit deux yeux noisette fixés son torse.

Bon sang ! Melanie Fiske n'était pas aussi froide et peu intéressée par les hommes qu'elle le prétendait. Même si, en tant qu'infirmière, elle avait déjà vu des hommes à demi nus, son regard n'avait rien de professionnel lorsqu'elle considérait ses épaules et son torse. Il était vrai qu'ils étaient particulièrement développés. Peut-être était-ce seulement parce qu'elle n'avait jamais vu autant de muscles et de peau exposés dans son infirmerie.

— Vous... Euh...

Elle avala sa salive, et il vit sa gorge se contracter alors que le rouge lui montait au visage.

— Vous n'avez pas répondu à ma question sur votre vaccin antitétanique. Il est à jour ?

Peut-être pourrait-il mettre à profit l'innocence qu'il sentait en elle et s'en faire une amie.

— Tout va bien. C'est au moins une chose que l'armée fait correctement.

Elle nettoya sa plaie en silence pendant plusieurs minutes, gardant les yeux prudemment fixés sur sa blessure. Alors qu'elle attendait que l'anesthésie locale fasse effet, elle se concentra sur l'œdème qu'il avait à la joue et nettoya doucement la peau éraflée.

— Quel effet cela fait-il de donner un coup de poing en plein visage à Silas ?

Il était intéressant que cela soit la première question personnelle qu'elle lui ait posée.

— L'impression de faire quelque chose d'utile.

— Je ne peux pas vous dire à quel point j'aurais aimé être à votre place !

Ses doigts s'immobilisèrent un instant, et il crut apercevoir l'ombre d'une fossette, comme si elle avait esquissé un sourire avant de se remettre au travail.

— Je suis surprise qu'il n'ait pas sorti son couteau plus tôt. Il déteste perdre... Montrez-moi vos mains.

— Elles sont un peu écorchées, mais ça ira.

Elle lui nettoya les mains, lui banda un doigt, puis elle toucha doucement l'énorme bleu qu'il avait sur le flanc, là où Silas lui avait décoché un coup de pied.

— Je suis désolée...

Elle pensait qu'elle lui avait fait mal, mais ce n'était pas sous l'effet de la douleur qu'il s'était involontairement raidi : cela faisait trop longtemps qu'il n'avait pas senti la caresse de la main d'une femme sur sa peau. Elle continua à explorer l'endroit du bout des doigts, et Duff serra les dents pendant son examen.

— Je vais aller chercher de la glace. Si ça enfle, ou si vous sentez que vous avez du mal à respirer...

Elle leva brusquement la main, comme si elle s'était brûlée. Avait-elle laissé les doigts sur lui plus longtemps que ne l'exigeait un simple examen médical ? Duff ne s'en était pas aperçu. Ou cela ne l'avait pas dérangé. Au contraire, lorsqu'elle s'était approchée de lui, il avait senti la chaleur de sa peau et avait perçu un léger parfum qui lui rappelait le lait de toilette. Ainsi, ce garçon manqué aux courbes harmonieuses et aux cheveux auburn avait cette odeur douce et sensuelle... Cela lui donnait l'impression que sa peau serait soyeuse s'il tendait la main vers elle pour la toucher. Il espérait qu'elle ne faisait pas partie de ceux qu'il était venu confondre... parce qu'il se sentait attiré par elle.

— Sans une radio, je ne peux pas voir si vous avez des lésions internes.

Maintenant, c'était lui qui avalait sa salive pour se ressaisir.

— Je sais ce que c'est qu'avoir une côte cassée. Je respire sans aucun mal. C'est seulement une contusion.

Elle sortit de la glace du petit réfrigérateur, l'enveloppa dans une serviette et la plaça doucement contre son flanc.

— Vous vous êtes souvent battu ?

— Assez.

— Je suis désolée...

Elle lui prit la main et la posa sur la poche de glace pour qu'il la maintienne contre lui pendant qu'elle préparait de quoi suturer sa plaie.

— Je veux dire que je suis désolée que vous ayez été blessé... Mais pas que quelqu'un ait remis Silas à sa place pour une fois !

Elle leva les yeux vers lui.

— C'est mal de ma part ? Que j'aie envie de vous remercier de l'avoir fait ?

Il y avait beaucoup d'ingénuité en elle. Puisqu'elle vivait seule, il pourrait peut-être profiter de l'intérêt qu'elle semblait avoir pour lui. Elle semblait ne pas s'entendre très bien avec Henry Fiske, mais elle faisait partie de sa famille. Elle connaissait tout le monde ici et pouvait aller et venir sur le domaine... Et cette conversation donnait à Duff le sentiment qu'il pourrait se rapprocher d'elle.

Pendant quelques secondes, le visage de Shayla Ortiz se superposa à celui de Melanie. Il s'était servi d'elle pour se rapprocher de son frère, qui dirigeait un réseau de trafiquants de drogue. Et cela s'était terminé en désastre : il avait perdu sa capacité à analyser rationnellement la situation lorsqu'il était tombé amoureux. Shayla l'avait trahi et avait révélé sa véritable identité à son frère. Il n'avait rien vu venir avant qu'il ne soit trop tard.

Mais il y avait maintenant dix ans de cela. Duff s'était endurci et avait acquis de l'expérience. Il devait simplement faire croire à Melanie Fiske qu'elle lui plaisait. Il n'avait pas le charme enjôleur de son frère cadet, mais une jeune fille qui avait grandi au fin fond du Missouri ne devait pas être très sophistiquée. Il lui suffirait d'être un peu plus agréable que Danvers, et c'était facile. S'il prêtait attention à quelques détails, il arriverait vite à déterminer ce qui comptait pour elle et n'aurait qu'à prétendre qu'il avait les mêmes centres d'intérêt.

Melanie coinça une mèche de cheveux derrière son oreille, et il la vit rougir.

— Je suppose que c'est une attitude hypocrite : je n'aime pas la violence, mais en même temps j'aurais adoré mettre mon poing sur le nez de Silas.

Duff se rendit compte qu'il l'avait regardée assez longtemps pour qu'elle se sente mal à l'aise : il devait éviter cela s'il voulait s'en faire une alliée. Il étouffa le sentiment de culpabilité qu'il sentit poindre en songeant qu'il allait jouer avec son cœur.

— Silas s'en est déjà pris à vous ? Vous savez vous battre ?

— Jusque-là, j'ai simplement essayé d'être plus maligne que lui. Ce n'est pas très dur.

Duff sourit à son sarcasme, mais il ne pouvait oublier que l'homme qui lui avait ouvert le bras avait également menacé Melanie.

— Je pourrais vous donner quelques conseils pour vous défendre.

— Vous voulez m'apprendre à me battre ?

Elle le considérait maintenant d'un air sceptique.

— Comme vous l'avez fait avec Silas ?

C'était bien évidemment impossible. Mais il y avait des techniques qu'il pouvait lui montrer.

— Il suffit d'être plus intelligent que votre adversaire, de le prendre par surprise, et de s'engager à fond dans le combat. Je pourrais vous expliquer comment esquiver une attaque… et vous devez déjà savoir quels sont les endroits à viser en priorité si vous voulez mettre quelqu'un hors d'état de nuire.

Il vit son regard se poser sur la braguette de son jean, puis sur sa gorge.

— Je vois que vous connaissez déjà les points les plus vulnérables…

Il aurait dû se sentir coupable de la faire rougir ainsi. Au lieu de cela, il se demandait plutôt que dire d'autre pour voir son visage s'empourprer à nouveau.

Elle détourna rapidement le regard.

— J'aimerais bien que vous m'appreniez tout cela… Si vous avez le temps.

Il sentit sa hanche lui frôler la cuisse alors qu'elle piquait dans la peau pour faire le premier point. Il se tourna vers ses cheveux et respira son parfum.

— Je le trouverai.

Avant qu'elle ne fasse le point suivant, elle leva la tête vers lui. Elle retint son souffle et il comprit qu'elle était surprise de voir son visage si près d'elle, mais il ne fit aucun effort pour reculer.

Elle avait des yeux remarquables : ils étaient couleur noisette, avec des reflets ambrés qui lui rappelaient le whisky irlandais que ses frères et lui avaient l'habitude de boire pour les grandes occasions. Plus il l'observait, plus son charme, fait de naturel et de douceur, lui semblait évident.

— Quand je m'engage à faire quelque chose, je tiens parole.

Il vit ses lèvres trembler et il sentit son désir s'éveiller. Il aurait pu l'embrasser là, tout de suite, s'il l'avait voulu. Peut-être que, de surprise, elle aurait répondu à son baiser. Ou alors, elle lui aurait donné une gifle.

— Ne faites pas de promesses que vous ne pourrez pas tenir.

Il sentit ses mains s'affairer, et elle sembla soudain très absorbée par les soins à apporter à sa blessure.

— Je tiens toujours mes promesses.

Elle semblait nerveuse… Elle ne savait pas comment se comporter, mais elle ne parvenait pas à cacher son intérêt pour lui. S'il ne lui faisait pas peur, il pourrait réussir à tirer parti de cette attirance. Et c'était ce qu'il allait faire… Parce que sa mission l'y obligeait.

Mais cela voulait dire également qu'il devrait faire taire son sentiment de culpabilité et ne pas prêter attention à sa libido. Il fallait aussi qu'il aille assez lentement pour ne pas l'effrayer avant qu'il n'ait eu le temps de créer des liens entre eux. Alors, il cessa de se demander quel goût ses lèvres pouvaient avoir et se recentra sur sa mission : il était là pour retrouver l'homme qui avait tiré sur son grand-père. Il posa la poche de glace sur le lit à côté de lui et prit une mèche des cheveux de Melanie, qui était restée accrochée sur sa poitrine. Elle était soyeuse sous ses doigts. Il sentit encore cette odeur de lait de toilette. Elle utilisait certainement des produits pour bébé. S'il avait besoin de preuves de son innocence, c'en était une de plus…

Melanie s'éloigna au moment même où il oubliait qu'il était censé jouer un rôle et faire semblant d'être troublé par elle.

— Une seconde.

Elle disparut de la pièce pendant une ou deux minutes et revint, les joues moins rouges, en attachant un élastique à la longue tresse qui pendait au-dessus de son épaule. Sans ajouter un mot, elle prit une nouvelle paire de gants stériles et se prépara à faire le point suivant. Elle avait remis son armure.

Mais Duff n'allait pas perdre cette occasion de se rapprocher d'elle.

— C'est une honte d'emprisonner des cheveux aussi beaux.

Il tendit la main et prit l'épaisse natte entre ses doigts, attirant Melanie vers lui.

— Je les préférais détachés.

4

— Vous préférez...

Melanie retint son souffle lorsque Tom Maynard effleura sa poitrine en saisissant sa natte. Elle sentit sa peau picoter et ses seins se tendre. L'avait-il frôlée par accident ? Ou était-ce intentionnel ? Elle se raidit en se rendant compte qu'elle se trouvait entre ses cuisses et n'essayait même pas de s'extraire de la chaleur qu'elle percevait autour d'elle.

— Vous essayez de me séduire ?

Elle le repoussa maladroitement tandis qu'une bouffée de chaleur l'envahissait : elle devait être écarlate. Si elle n'avait pas été en train de faire un point de suture, elle aurait mis une distance respectable en eux.

— Vous me faites faire n'importe quoi !

Une heure plus tôt, elle était en sous-vêtements mouillés qui révélaient tout de son anatomie, mais elle ne s'était pas sentie aussi exposée que maintenant, entièrement vêtue, avec Tom Maynard. Mais, bien sûr, personne ne posait les mains sur elle, que ce soit par inadvertance ou non, alors qu'elle nageait presque nue. Et cet homme semblait constamment trouver de bonnes raisons de le faire. Où était l'esprit de repartie qu'elle avait avec Silas et son oncle ? Était-elle tellement avide de l'attention et de la tendresse d'un homme qu'elle en oubliait son vœu de ne nouer aucune relation sur le domaine ?

Elle se retint à temps de glisser la main dans sa poche

pour toucher la montre de son père. C'était une habitude emplie de superstition que de penser que cette montre cassée pouvait la rapprocher de ses parents, que cet objet métallique pouvait transmettre les pensées de son père et lui donner la clairvoyance et le réconfort dont elle avait parfois besoin. Il fallait qu'elle soit assez forte pour se souvenir de toutes les leçons de vie que son père lui avait données avant de mourir et pour les mettre en pratique.

Mais elle n'avait que onze ans lorsque Leroy Fiske avait disparu. Et ce qu'il lui avait enseigné lorsqu'elle était enfant ne l'aidait pas à savoir comment se comporter avec un homme qui éveillait ces drôles de sensations en elle, même s'il n'en avait pas l'intention. À moins qu'il sache exactement ce qu'il faisait… En elle-même, elle avait secrètement soutenu Tom Maynard lorsqu'il s'était élevé contre l'autorité de Henry et Silas. Il avait fallu qu'ils se liguent à deux contre un et utilisent une arme pour venir à bout de lui. Pendant quelques instants, elle avait pensé qu'elle avait trouvé son héros — l'allié parfait —, une issue à ce cauchemar qui se jouait autour d'elle depuis des mois. Il n'était pas étonnant qu'elle ait été si prompte à défier l'autorité de son oncle et à s'interposer dans le combat.

Puis elle avait compris qu'il allait se comporter comme les autres hommes ici : il allait fermer les yeux sur les mensonges de son oncle et se soumettre à ses diktats en échange d'un peu d'argent…

Mais l'espoir de voir surgir un héros ne devait pas s'être complètement éteint, parce qu'elle était tombée en admiration devant le torse imposant de Tom et son ventre plat, s'imaginant le réconfort qu'elle ressentirait à être contre ces muscles et cette chaleur. Sa réaction lorsque Tom l'avait touchée signifiait-elle qu'il l'attirait ? Le regard — certainement admiratif — qu'elle avait eu en le contemplant lui avait-il fait croire qu'elle voulait qu'il se rapproche d'elle ? Si c'était le cas, comment pouvait-elle faire passer un autre message ? Parce que cela ne faisait pas partie de ses projets du moment de… De quoi ? De se faire un ami ? De tomber amoureuse ? De se rendre ridicule en révélant qu'elle avait atteint l'âge de vingt-cinq ans en sachant mieux pêcher qu'embrasser ?

— Hé, Doc, ça va ? demanda-t-il d'une voix grave. Vous êtes bien silencieuse.

Elle détestait savoir que sa peau révélait toutes ses émotions, alors qu'elle n'avait pas la moindre idée de ce que Tom pouvait penser ou ressentir.

— Je suis désolée. De quoi parlions-nous ?

— Je me demandais pourquoi vous aviez emprisonné vos cheveux en une natte. Ils sont vraiment impressionnants !

Était-ce un compliment, ou une remarque sur l'effet que le climat humide du Missouri pouvait avoir sur des cheveux naturellement bouclés ? Et pourquoi donc tenait-il encore sa tresse entre ses doigts ?

Elle ne pouvait invoquer l'esprit de son père pour qu'il la guide, mais elle pouvait faire appel à son bon sens. Melanie tira sa natte et la mit derrière son dos.

— Ce n'est pas très pratique d'avoir les cheveux dans les yeux quand je dois faire une suture. Je ne peux pas vous dire le nombre de fois où j'ai été tentée de les couper.

— Ne le faites surtout pas ! On dirait des flammes qui dansent.

Melanie s'interrompit dans sa tâche et leva la tête, croisant ses yeux verts où brillait une lueur d'ironie.

— C'est comme ça que vous séduisez les femmes ?

Elle comprenait mieux une brute comme Silas qui essayait de la peloter et hurlait pour se faire obéir, que les hommes qui prétendaient qu'elle était belle ou spéciale pour obtenir quelque chose d'elle. Et cet homme, avec la coupe de cheveux nette des soldats, son visage bien rasé, son corps superbe et son sourire craquant, son empressement à se battre et à flirter, voulait manifestement quelque chose.

— Je ne suis pas médecin, alors arrêtez de m'appeler Doc. Vous avez dit à Henry que vous vouliez de l'espace et de la tranquillité, et pourtant vous essayez de vous rapprocher de moi : vous cherchez le moindre prétexte pour me toucher et vous me dites que mes cheveux ressemblent à des « flammes qui dansent ». D'ailleurs, ça veut dire quoi ? Si vous voulez dire quelque chose, dites-le, c'est tout. Je ne comprends pas pourquoi les hommes ne peuvent pas être honnêtes !

Il leva les mains pour l'apaiser.

— Waouh, ma jolie ! Je pense que nous avons mal commencé. Vous ne me connaissez même pas ! Tous les hommes ne sont pas malhonnêtes.

Elle aurait aimé le croire. Mais, après quelques disputes avec son oncle et Silas, elle en doutait fort. Elle avait le sentiment que même cet homme qui l'avait protégée lorsque Silas l'avait menacée lui cachait quelque chose.

— Et j'arrêterai de vous toucher quand vous arrêterez vous aussi.

— Je suis en train de vous soigner...

— Pas seulement, Doc.

Melanie grogna en l'entendant utiliser encore ce surnom.

— Mais c'est vrai que j'aimerais que nous soyons amis, poursuivit-il. Nous allons nous voir presque tous les jours, non ? Et je vais vous donner ces cours de combat. Croyez-moi, ça se passera beaucoup mieux si vous ne me voyez pas comme un ennemi. Laissez-moi une chance !

Elle commença à faire un autre point.

— Non, répliqua-t-elle.

Il eut un mouvement de recul et il poussa un juron.

— Doucement, Doc... Euh... Mel. Melanie. Mademoiselle Fiske.

Au moins, elle comprenait la moquerie.

— J'ai bien senti celui-là !

Elle s'apprêta à couper le fil, consternée de constater qu'elle avait laissé cet homme la taquiner, poser les mains sur elle, et que ses pensées vagabondes l'avaient empêchée de faire son travail avec le soin et la précision dont elle s'enorgueillissait.

Quels que soient ses problèmes avec son oncle, elle n'avait pas le droit de laisser ses patients en souffrir.

— Je suis désolée.

Elle vérifia rapidement la rangée de points nets pour s'assurer qu'elle avait bien fait les choses.

— Je vous ai fait mal ?

— Je survivrai… Mais ça tire un peu.

Il baissa le menton pour pouvoir la regarder dans les yeux.

— Pourquoi êtes-vous tellement en colère contre moi ? J'imaginais que vous seriez reconnaissante.

— De quoi ?

— Danvers semblait avoir envie de vous faire goûter la lame de son couteau au moins autant qu'à moi. J'ai pris votre défense.

— Je pensais que c'était moi qui avais pris votre défense !

— Vous aimez avoir le dernier mot. C'est pire que de vous appeler Doc ! Et vous faites tout ce que vous pouvez pour garder vos distances…

Il se passa les doigts dans les cheveux, faisant pointer des mèches brunes dans toutes les directions.

— Pourtant, je pensais que je vous plaisais.

— Qu'est-ce qui vous fait croire ça ?

Il passa doucement le doigt sur son décolleté.

— Le fait que vous rougissiez.

Melanie porta la main à sa gorge alors qu'il souriait devant son incapacité à cacher la vérité.

— Je ne vous connais pas assez pour savoir si vous me plaisez ou non.

Il se rassit sur la table.

— Et vous ne voulez même pas me laisser une chance de le découvrir ?

— Je croyais que vous aviez dit à Henry que vous étiez venu ici pour y trouver un peu de d'espace et de tranquillité… Que vous vouliez qu'on vous laisse seul.

Son sourire s'évanouit.

— Je suis un peu paranoïaque quand je suis au milieu de

la foule. Mais je me débrouille très bien dans les relations en tête à tête.

De quoi voulait-il parler ? D'amitié ? D'amour ? L'instinct de soignante de Melanie tempéra sa détermination à lui résister. Cet homme était un vétéran, après tout. D'après ce qu'il lui avait dit, il devait souffrir de stress post-traumatique. Peut-être essayait-il de se rapprocher d'elle parce qu'il se sentait en sécurité avec elle... Peut-être se sentait-il des affinités avec elle, parce qu'elle avait été la seule à prendre sa défense pendant le combat... Cela serait logique. Il ne la considérait probablement pas comme une menace.

— C'est tout ce que vous voulez ? Que je vous laisse une chance ?

— Les hommes ne veulent rien d'autre.

Son visage s'éclaira. Et si le sourire enjôleur ne réapparut pas, il poursuivit sur le ton de la confidence :

— Vous ne vous en êtes pas aperçue ?

Les hommes ne lui parlaient jamais avec cette douceur. Et pas de choses si intimes. Les remparts qu'elle avait érigés autour d'elle depuis le jour où elle avait retrouvé la montre de son père commencèrent à céder. Melanie se ressaisit et se remit au travail : elle tenait à apporter les meilleurs soins possible à ses patients. Elle posa la poche de glace dans la main de Tom et la guida vers l'ecchymose qu'il avait sur la pommette.

— D'accord. Nous allons essayer d'être amis. Mais vous devriez peut-être arrêter de parler un instant. Je terminerais plus vite si vous me laissiez me concentrer sur mon travail.

— En d'autres termes, je dois la fermer ?

Il soutint son regard jusqu'à ce qu'elle acquiesce. Puis il détourna les yeux, détaillant ostensiblement l'équipement hétéroclite mais propre de la petite infirmerie. Un sourire en coin adoucissait ses traits, et elle dut réprimer cette attirance qu'elle sentit encore une fois monter en elle. Elle n'aurait pas dit que Tom Maynard était beau. Mais il avait une virilité qui éveillait en elle des instincts féminins auxquels elle n'avait pas prêté attention jusque-là.

Pourtant, elle était bien déterminée à les ignorer. Elle était d'accord pour une amitié, rien de plus. S'assurant qu'elle opérait avec plus de douceur, Melanie fit les derniers points de suture, et les gouttes de sang qui suintaient encore de la plaie cessèrent de couler. Elle considéra son travail et nettoya à nouveau la peau, avant d'ouvrir un tube de pommade antiseptique et de préparer des compresses et du sparadrap pour faire un pansement.

— Tous les hommes que vous avez connus jusque-là vous ont menti ?

La voix grave de Tom la surprit autant que la question elle-même. Melanie lâcha le rouleau de sparadrap qu'elle avait à la main, et il roula sous le lavabo. Heureuse d'avoir un prétexte pour s'éloigner de la chaleur de ce corps d'homme que même la climatisation n'arrivait pas à masquer, elle s'agenouilla pour pouvoir l'attraper.

— D'après mon expérience, ils ne vous disent que ce que vous avez envie d'entendre. Ou alors, ils inventent des choses parce qu'ils se figurent que cela va vous faire plaisir. Comme me dire que je suis belle alors que je sais pertinemment que ce n'est pas vrai.

Elle se releva et alla ranger le sparadrap dans une armoire presque vide.

— La moitié des hommes du domaine croient que s'ils flirtent avec moi ils vont pouvoir se rapprocher de Henry. Ou de ma cousine, Deanna. Tous les hommes ici n'ont d'yeux que pour elle. Et je les comprends bien : elle est superbe et très sociable. Elle accapare toute l'attention.

— C'est à vous que Danvers a demandé d'être sa cavalière.

— Il voulait asseoir son autorité et satisfaire sa fierté. S'il pensait que sortir avec une des vaches laitières du domaine pouvait le rapprocher de Henry, il n'hésiterait pas une seconde !

Tom eut un petit rire, et elle lui sourit en retour.

— Vous avez de l'humour lorsque vous n'êtes pas occupée à vous interposer dans les combats.

Il fit un signe de croix sur son cœur.

— Je jure que je ne mens pas.

Amusée par ce geste puéril, Melanie alla mettre les compresses usagées dans la poubelle. Elle ôta ses gants et les jeta eux aussi, avant de se retourner vers son patient.

— Mon père était un honnête homme.

— Était ?

— Il est mort lorsque j'avais onze ans.

— Je suis désolé.

Les petites rides creusées par le soleil et le stress réapparurent autour de ses yeux alors qu'il plissait les paupières.

— Et votre mère ?

— Pourquoi me posez-vous cette question ?

— C'est ainsi que l'on se fait des amis : on pose des questions et on apprend à connaître quelqu'un. Alors, votre mère vit sur le domaine ?

Melanie secoua la tête.

— Elle est morte en me donnant la vie. Il y a eu des complications. La sage-femme n'a pas réussi à arrêter l'hémorragie, et mon père n'a pas pu l'amener à l'hôpital à temps. C'est ce qui m'a poussée à suivre une formation médicale. Quand ce genre de choses arrive ici, on a l'impression d'être à des années-lumière de la civilisation.

— C'est dur...

Elle lui prit la poche de glace des mains et la vida avant de replier la serviette sur le bord de l'évier.

— Tout n'était pas si noir. J'ai des souvenirs merveilleux de mon père. Il m'a appris plein de choses sur les plantes et les animaux du coin. Je sais conduire un bateau de pêche. Il m'a beaucoup parlé de ma mère, m'a lu des histoires lorsqu'il me mettait au lit. Il m'a emmenée nager, faire de la randonnée, du canoë...

Et soudain les mots s'étranglèrent dans sa gorge : elle fut

saisie d'une peur irraisonnée, la peur que quelque chose de terrible ne soit arrivé à son père. Elle n'avait jamais envisagé cela — un crime, ou pour le moins une dissimulation — jusqu'à ces derniers mois. Elle sentit les larmes lui brûler les yeux et, cherchant un prétexte pour sortir de l'infirmerie, alla dans la pièce principale pour y chercher le sac de Tom. Là, elle s'essuya les yeux avec le bas de son T-shirt et se redressa : elle n'allait pas se laisser vaincre par le chagrin et la peur. Il fallait qu'elle découvre ce qui s'était réellement passé le soir où son père était mort.

— Ainsi, ce sont Henry et Abby qui vous ont élevée.

Elle sursauta lorsque Tom posa la main sur son dos et se baissa pour prendre le sac avant qu'elle ne réagisse.

— Pardon, j'ai encore oublié de surveiller mes mains ! Alors, je ne dois pas vous appeler Doc, je ne dois pas vous toucher, et à chaque fois que je vous dis quelque chose il faut que je sois d'une honnêteté absolue.

Melanie était encore sous le coup de la surprise. Elle ne l'avait même pas entendu entrer dans la pièce.

— Je préfère ça.

— Alors, c'est d'accord. Je vais vous dire quelque chose de vrai sur moi.

Sans parler de ses manières, cet homme n'avait pas beaucoup de pudeur : il défit sa ceinture et y glissa le couteau que Silas lui avait pris, puis il se pencha à nouveau vers son sac pour y prendre un T-shirt noir. Lorsqu'il commença à ouvrir la braguette de son jean, elle se détourna pour regarder par la fenêtre.

— Ma mère a été assassinée lorsque j'étais encore adolescent, dit-il. Par des drogués qui étaient en train de braquer le magasin où elle était allée acheter du lait.

— Oh ! mon Dieu !

Elle se retourna spontanément vers lui.

— C'est horrible ! Je suis désolée !

S'il essayait de gagner sa confiance ou de lui montrer qu'ils avaient quelque chose en commun, il avait marqué des points : elle comprenait cette douleur, ce vide, cette nostalgie d'un amour inconditionnel. Et lui ? Pouvait-il vraiment comprendre à quel point elle était déchirée ? Elle voulait désespérément quitter cet endroit où elle avait tant souffert, mais il fallait qu'elle reste ici et qu'elle fasse tout ce qui était en son pouvoir pour découvrir la vérité. Elle attendit qu'il ait enfilé son T-shirt pour pouvoir lire l'expression de son visage : était-il sincère ? Mais elle ne rencontra que ses yeux verts au regard énigmatique.

— C'est vrai ?

Il ajusta précautionneusement son T-shirt sur son bandage avant de le rentrer dans son jean et de boucler sa ceinture. Il sortit son arme du sac et glissa l'étui sur son épaule, puis il la fixa droit dans les yeux.

— Je ne mens jamais lorsque je parle de ma mère.

Il y avait une tension dans ses yeux, sa bouche et même dans sa posture qui lui fit penser qu'il disait la vérité. Elle serra les doigts autour de sa natte, luttant contre l'envie de lui manifester sa compassion. En ce moment, pourtant, il n'avait pas l'air d'un homme qui avait envie ou besoin de réconfort. Il ressemblait à un soldat qui avait vu trop de choses terribles. À l'homme qui voulait fuir la foule, la ville, le bruit. Cet aperçu de ce qui était certainement le véritable Tom Maynard, au-delà de son charme et de son badinage, était à vrai dire un peu effrayant. Mais elle préférait cette honnêteté brutale aux belles paroles hypocrites. Peut-être pourrait-elle se faire de Tom Maynard un allié dans sa quête de vérité sur la disparition de son père... Même si elle savait qu'elle ne pourrait jamais le croire complètement. Pas lorsqu'il travaillait pour Henry.

— Je suis vraiment désolée pour votre mère, dit-elle. La police a arrêté son meurtrier ?

— Oui.

— Vous avez réussi à faire le deuil ?

— Je suppose que oui.

Il poussa un soupir et se baissa pour ramasser la chemise

en flanelle et la paire de chaussettes qui étaient tombées de son sac. Il les remit dedans.

— J'en voudrai toute ma vie à celui qui l'a abattue, et elle me manquera toujours. Mais cela s'est passé il y a longtemps, et les deux hommes qui ont fait ça vont rester en prison jusqu'à la fin de leurs jours. Ça aide à tourner la page.

D'un geste ferme, il referma le sac et se remit debout.

— Pourquoi me demandez-vous ça ?

Elle aurait voulu que justice soit faite pour son père aussi... Ou avoir la preuve que sa mort était *vraiment* un accident. Peut-être son oncle avait-il trouvé la montre sur le bateau lorsqu'il avait été remorqué sur la rive, et qu'il l'avait gardée en souvenir de son frère. Mais, s'il avait une raison sentimentale de la conserver, pourquoi la mettre dans une boîte oubliée dans le grenier ? D'autres membres de la famille étaient venus prendre des objets qui appartenaient à son père. Comme elle n'avait que onze ans, elle n'avait pas été en mesure de s'y opposer. En tant qu'adulte, elle se demandait si leurs motivations avaient été sentimentales, ou si le fait qu'ils aient pris tout ce qui leur tombait sous la main n'avait pas une raison plus sinistre. Elle avait beau ressentir de la compassion pour Tom, elle n'était pas prête à faire part de ses soupçons à un étranger. Il était dangereux de les partager avec quiconque ici.

Elle préféra répondre à sa question par une autre.

— Pourquoi m'avez-vous parlé de votre mère ?

— Vous vouliez la vérité. Et c'est une chose que je suis prêt à vous dire.

Ainsi, il y en avait d'autres qu'il n'avait pas l'intention de lui révéler ?

— Vous voulez une autre vérité ?

Il pointa le doigt vers son oreille gauche.

— Vous avez une mèche de cheveux dressée comme une corne sur le côté.

Elle y porta immédiatement la main et dompta la mèche

récalcitrante en la coinçant derrière son oreille. Elle vit un lent sourire se dessiner sur son visage, illuminant ses traits sévères.

— Ils ont une très belle couleur. Je ne sais pas si j'ai déjà touché des cheveux auburn avant.

Il prit la natte qu'elle avait entre les doigts quelques instants plus tôt et la regarda attentivement.

— Je ne sais pas pourquoi, mais j'ai l'impression que la sensation est différente. Vous me trouvez assez honnête avec vous ?

Melanie lui tira la natte des doigts et cette fois, malgré ses efforts, elle ne put retenir un sourire.

— Je ne sais pas sur quel pied danser avec vous, Tom. Je n'arrive pas à savoir si vous essayez de me choquer ou de me séduire.

Il leva un sourcil.

— La seconde option est possible ?

Melanie sentit son visage s'empourprer, ce qui ajouta à sa confusion, lorsque quelqu'un frappa à la porte.

— Mel ? Tu es là ?

La porte s'ouvrit avant que Melanie ne l'atteigne.

On sentit une bouffée de chaleur, et une jeune femme blonde visiblement sur le point d'accoucher entra dans la pièce.

— SueAnn ?

Melanie remarqua immédiatement la pâleur de son amie et la prit par le bras. Elle referma la porte et la guida vers le canapé, ne sachant trop s'il agissait d'une visite amicale ou d'une consultation médiale.

— Tu as couru ? Tu vas bien ? Le bébé aussi ?

Tout en frottant son ventre rond, SueAnn Renick essayait de reprendre sa respiration. Elle se laissa aller contre Mel.

— Il est là ? J'ai ouï dire que tu avais un patient.

Tom prit son sac qui barrait le chemin de SueAnn, et cette dernière fit un signe de tête pour le saluer.

— Vous êtes le nouveau ?

— Oui, madame. Tom Maynard.

Melanie la fit asseoir.

— Je croyais t'avoir dit de rester chez toi quand il faisait aussi chaud. Installe-toi et reprends ton souffle. Je vais te chercher un verre d'eau.

Mais SueAnn se remit debout et la suivit.

— J'ai entendu que tu soignais un homme blessé. C'est Richard ?

— Richard n'est pas là.

Melanie se retourna et vit son amie vaciller. Elle lui prit rapidement le bras et la guida vers l'infirmerie.

— Je m'occupais de Tom. Il faut que tu te reposes un peu. Je vais te chercher une compresse d'eau froide.

— Je sais que j'ai les nerfs à vif avec le bébé. Mais c'est compréhensible, non ?

SueAnn cessa de caresser son ventre pour écarter ses mèches blondes de sa figure.

Melanie n'aurait su dire si c'étaient des larmes ou de la transpiration qu'elle voyait sur le visage de son amie. Mais il était certain qu'elle souffrait d'un coup de chaleur et qu'elle était très essoufflée.

— Bien sûr, c'est compréhensible. Mais Richard est adulte : il peut s'occuper de lui tout seul. Il faut que tu penses à toi et au bébé en ce moment.

— Comment pourrais-je ne pas penser à lui ? Et s'il avait des ennuis et qu'il avait besoin de moi ? Cela fait quatre mois qu'il est parti maintenant. S'il avait vraiment trouvé du travail à quelques kilomètres d'ici, il serait revenu me voir. Ou il m'aurait appelée ou m'aurait envoyé une lettre, n'est-ce pas ?

SueAnn posa la main sur l'encadrement de la porte et s'arrêta. Elle regarda dans l'infirmerie vide, puis se retourna vers l'homme qui se tenait dans le salon de Melanie. Elle avait la respiration saccadée.

— Oh ! C'est ton patient. Je n'avais plus les idées claires.

— Désolé de vous décevoir, dit-il en s'avançant vers elle

et en lui tendant la main. Comme je vous l'ai dit, je m'appelle Tom. Tout va bien, madame ? Qui est Richard ?

— Mon frère.

Elle lui serra la main.

— C'est moi qui devrais m'excuser. Je suis SueAnn Renick. La folle du coin !

Melanie essaya à nouveau de la forcer à s'asseoir.

— Tom, vous feriez mieux de partir.

— Je sais que quelque chose ne va pas, poursuivit SueAnn.

Elle pivota et agrippa le bras de Melanie. Elle avait les mains moites, et son visage était livide.

— Il est arrivé quelque chose à Richard. C'est cet endroit horrible. Il a vu une occasion de partir et...

Elle chancela et s'adossa au mur.

— J'ai le vertige.

Elle se prit le ventre à deux mains et commença à s'affaisser sur le sol.

5

Melanie eut à peine le temps de prendre la tête de SueAnn dans les mains pour éviter qu'elle ne se cogne en tombant. Soudain, elle sentit que de larges épaules la poussaient sur le côté.

— Je la tiens.

Tom fit porter sur lui le poids de la femme inconsciente.

— Faites attention à votre épaule ! l'avertit Melanie.

Sans le moindre signe de douleur, il prit SueAnn dans ses bras et la souleva.

— Que lui arrive-t-il ?

— Allongez-la ici et laissez-moi l'examiner.

Tout en songeant que Tom Maynard semblait avoir le don de venir au secours des demoiselles en détresse, Melanie désigna un des petits lits de l'infirmerie. SueAnn avait déjà repris conscience, mais elle était encore sous le coup de l'angoisse qui l'avait poussée à accourir ici quelques minutes plus tôt, et affaiblie par l'effort qu'elle venait de faire sous cette chaleur. Lorsque Tom l'eut installée sur le lit, il recula pour laisser Melanie travailler. Elle commença par prendre la tension de SueAnn et désigna le lavabo d'un coup de menton.

— Vous pouvez me passer cette serviette humide ?

Fort heureusement, il lui obéit immédiatement et lui tendit le tissu encore frais qui avait enveloppé la compresse de glace.

— C'est vraiment vous le médecin ici !

— J'aimerais bien.

Elle s'assit sur le bord du lit et déposa la compresse sur le front de SueAnn. La jeune femme ouvrit les yeux et les referma immédiatement.

— C'est grave ?

Melanie s'empara de son stéthoscope et prit le pouls de SueAnn. Son cœur battait très vite, et sa tension était très élevée. Ce n'était pas bon. Elle secoua la tête et désigna le classeur métallique qui se trouvait dans la pièce.

— Donnez-moi le dossier de SueAnn. Les fiches sont rangées par ordre alphabétique, et elle s'appelle Renick. J'ai aussi besoin d'un stylo.

Autant Tom avait été un patient récalcitrant, autant il semblait désireux de l'aider, et il lui apporta rapidement ce qu'elle avait demandé. Elle vérifia également que le cœur du bébé battait régulièrement, avant de noter ses observations sur le dossier. Elle voyait se dessiner un tableau clinique préoccupant.

Elle déplaça la compresse et la posa sur le cou et les poignets de SueAnn, essayant de rafraîchir les points de pulsation.

— Elle s'inquiète pour son frère. Il a disparu depuis plusieurs semaines.

— Disparu ?

Elle sentait la présence de Tom derrière elle.

— La police a été prévenue ?

L'absence de Richard Lloyd n'était pas le souci principal de Melanie.

— SueAnn, il faut que tu ailles voir un médecin. Il n'est pas possible de contrôler tes pics de tension sans médicaments. Et c'est très mauvais pour toi et pour le bébé.

SueAnn cligna des yeux.

— Notre maison est ici. C'est ici que je veux élever mon enfant.

— Ça ne veut pas dire que tu ne devrais pas aller accoucher à l'hôpital. Il faut que tu ailles voir Henry et que tu lui demandes de vous laisser, Daryl et toi, aller à Falls City… Ou mieux encore, à Kansas City.

— Henry n'acceptera jamais.

Elle baissa la voix et poursuivit avec nervosité :

— D'ailleurs, tu sais bien que Daryl ne trouvera jamais un travail aussi bien payé qu'ici.

Melanie sentait le pouls de son amie s'accélérer sous ses doigts. SueAnn enleva la compresse d'un geste de la main et se redressa sur ses avant-bras. Si elle n'avait pas été si affaiblie et si Melanie ne lui avait pas bloqué le passage, elle se serait certainement levée et se serait évanouie à nouveau.

— Tu penses qu'il est possible que le shérif Cobb ait encore mis Richard en prison pour ivresse ?

— Richard n'est pas en prison. Il aurait appelé si c'était le cas, et le shérif nous aurait prévenus.

— Je sais seulement que quelque chose de terrible lui est arrivé !

SueAnn étouffa un sanglot et essaya de se dégager des mains de Melanie.

— Madame ? SueAnn ?

Melanie entendit résonner une voix grave alors que Tom s'agenouillait près d'elle. Ses grandes mains vinrent prendre la place de celles de Melanie sur les épaules de SueAnn, et il la força à s'allonger à nouveau.

— Vous devez penser à votre bébé. Respirez.

Il inspira et expira lentement avec elle.

— C'est ça. Et maintenant parlez-moi de votre frère.

Melanie regarda l'épaule de Tom, vérifiant le sparadrap blanc qui dépassait de sa manche. Il semblait capable de faire face à la violence du combat aussi habilement qu'il rassurait une femme en état de choc. Elle aurait dû se demander pourquoi il était encore ici alors qu'il aurait dû partir mais, pour le moment, elle était seulement reconnaissante que les accents réconfortants de sa voix parviennent à apaiser SueAnn.

Abandonnant à Tom sa place au chevet de SueAnn, Melanie se leva.

— Je vais lui chercher quelque chose à boire.

Elle sortit une serviette propre et la passa sous le robinet, pendant que SueAnn continuait à parler.

— Il s'appelle Richard. Le jour où il est parti, il m'a dit qu'il avait trouvé un autre travail en ville. C'était Henry qui avait tout arrangé. Ou peut-être Silas. Je ne m'en souviens plus. Beaucoup d'hommes s'en vont lorsque l'argent se fait rare ici.

— L'argent se fait rare ?

Tom fronça les sourcils.

— J'avais l'impression que cet endroit était prospère.

— Vous venez de Falls City ? Vous n'auriez pas par hasard rencontré un jeune homme blond ?

Tom secoua la tête.

— Je venais tout juste d'y arriver quand j'ai rencontré M. Fiske et que j'ai entendu parler d'un emploi d'agent de sécurité ici.

— Agent de sécurité ?

SueAnn se laissa retomber sur l'oreiller.

— C'était le travail de Richard. Je me demande s'il a emprunté de l'argent à Henry… Il avait ce 4x4 flambant neuf quand il est parti. Il s'est peut-être dit qu'il fallait prendre un nouvel emploi pour rembourser Henry.

— Vous savez de quel emploi il s'agissait ? questionna Tom. Ou comment était le 4x4 qu'il a acheté ? Je pourrais retourner à Falls City et essayer de le retrouver ?

— Ça suffit. SueAnn a besoin de repos.

Melanie pressa la serviette sur les lèvres de son amie.

— Voilà. Ça va te rafraîchir.

La porte d'entrée s'ouvrit brusquement. On entendit des pas lourds s'approcher, et une voix grave appeler :

— SueAnn !

Daryl Renick entra dans l'infirmerie avant que Melanie ne puisse venir à sa rencontre. Sans ménagement, il lui mit dans les bras une lourde caisse et passa devant elle sans s'arrêter.

Il regarda Tom qui lui laissa sa place au chevet de SueAnn et prit la main de sa femme.

— Ma chérie, on m'a dit que tu étais à l'infirmerie. Tout va bien ? Le bébé va bien ?

— C'était une fausse alerte. Ne t'inquiète pas.

Daryl écarta les cheveux du front de SueAnn et y déposa un baiser. Il posa la main sur son ventre rond avant de lever les yeux vers Melanie.

— J'espère que ce n'est pas encore un coup de Silas. Il a essayé d'intimider SueAnn ? J'ai acheté les téléphones jetables qu'il m'avait commandés.

Tom fronça les sourcils.

— Pourquoi Silas ferait-il peur à votre femme ?

Melanie intervint lorsqu'elle vit que Daryl ne savait que répondre : il semblait pris au piège. Elle savait très bien que Silas était prêt à tout pour parvenir à ses fins, même à effrayer quelqu'un s'il le fallait. Et, clairement, Daryl n'était pas allé à Falls City uniquement pour acheter des médicaments. Elle déposa la caisse qu'il lui avait donnée sur la table d'auscultation et lui sourit.

— SueAnn s'est évanouie dans mon salon.

Elle fit un signe de tête en direction de Tom.

— Tom m'a aidée à la porter jusqu'ici et à la calmer. Mais il faut qu'elle voie un médecin.

— Je le sais bien, répondit Daryl en tendant la main à Tom et en faisant un signe de tête à Melanie. Je vous remercie tous les deux. Je redemanderai à Henry si nous pouvons aller consulter un spécialiste à Kansas City.

— Il est inutile que j'aille voir le Dr Ayres.

SueAnn avait toujours le visage très pâle, mais elle souriait en désignant Melanie.

— Je n'ai besoin de personne d'autre que toi. Tu as pris soin de moi pendant huit mois. Tu t'occuperas très bien de mon bébé, j'en suis certaine. Tu as bien aidé Alice à mettre son enfant au monde !

Melanie prit la main de son amie.

— Ce n'est pas parce que j'ai pratiqué un accouchement que je suis devenue experte en la matière. Et s'il y avait des complications...

SueAnn lui serra faiblement la main.

— Alors, je sais que tu te battrais plus qu'un autre pour sauver mon bébé et moi. J'ai confiance en toi.

Peut-être ne le devrait-elle pas... Melanie lui serra doucement la main avant de la lâcher.

— Repose-toi ici un moment. Daryl, reste avec elle. Donne-lui de l'eau à boire.

— Je vais le faire.

Melanie conduisit Tom hors de l'infirmerie et referma la porte. Alors seulement, elle laissa s'exprimer toute sa frustration et se précipita vers l'étagère pour y prendre un livre sur l'obstétrique qu'elle avait fréquemment consulté au cours des dernières semaines.

Tom se planta au milieu de la pièce alors qu'elle parcourait l'index et cherchait l'information qu'elle voulait vérifier.

— Si elle a besoin de voir un médecin, pourquoi ne le fait-elle pas ? demanda-t-il.

— Les choses sont compliquées ici. Avec Henry et Abby, c'est du donnant-donnant : ils sont généreux avec leurs employés, mais ils attendent de la loyauté en retour.

Elle se mit à feuilleter le livre.

— Ils ont aidé Daryl et SueAnn à avoir une maison. La jaune, au bout du chemin.

— Je l'ai vue. Elle a l'air neuve. C'est un cadeau plutôt important pour acheter la loyauté de quelqu'un !

— Daryl a fait de la prison : il avait volé des voitures. Il a purgé sa peine. Puis il a rencontré SueAnn. Il ne lui a rien caché. Mais, même s'il a changé et qu'il s'occupe bien d'elle, il n'arrive pas obtenir de crédit à cause de son passé.

— Alors votre oncle lui a acheté cette maison. Et maintenant Daryl lui est redevable. SueAnn et lui doivent rester ici.

Elle s'interrompit alors qu'elle parcourait le livre et se tourna vers lui.

— Henry craint que si ses employés quittent le domaine ils ne reviennent jamais. Comme le frère de SueAnn… Richard est parti il y a quatre mois, et nous ne l'avons plus revu depuis. Il n'est pas toujours facile à vivre et boit plus qu'il ne le devrait, mais je n'aurais jamais cru qu'il se comporterait ainsi avec sa sœur !

— Un homme ne disparaît pas sans raison.

Tom posa ses mains sur ses hanches, et elle ne put s'empêcher de remarquer à quel point sa posture et son arme lui donnaient l'air menaçant.

— Soit il ne veut pas être retrouvé, soit quelque chose l'empêche de contacter les gens qu'il aime.

— Vous avez de l'expérience en la matière ?

— J'aurais de bonnes raisons de disparaître…

Elle mit cette réflexion sur le compte de son syndrome post-traumatique. Mais elle savait que Richard Lloyd était différent.

— Richard aime sortir, s'amuser, être avec ses amis… Daryl et lui passent leur temps à chasser et à pêcher. Il n'arrête pas de flirter, même si toutes les filles du coin savent à quoi s'en tenir avec lui. Je ne l'imagine absolument pas voulant se couper du monde comme vous.

— Vous êtes inquiète pour SueAnn et son frère ?

Melanie se pencha à nouveau sur son livre pour vérifier encore une fois l'information qu'elle avait déjà mémorisée. Mais elle n'était pas médecin et ne pouvait prescrire les médicaments indiqués.

— J'ai longtemps pensé que je vivais dans un endroit idyllique. La vie y est simple, mais a un sens. Je me disais que j'étais fidèle à mon père en restant ici et en contribuant à la prospérité du domaine.

Elle referma le livre, avec un sentiment d'impuissance : comment pouvait-elle aider SueAnn ?

— Et maintenant les choses sont si...

— Si quoi ?

Avant même qu'elle ne se rende compte qu'il avait traversé la pièce, elle sentit les doigts de Tom se refermer sur son bras. Il la tourna vers lui, ne lui laissant aucune échappatoire.

— Il se passe quelque chose ici que je dois savoir avant d'accepter cet emploi ? Qu'a fait Henry pour s'assurer de votre loyauté ?

Cet homme n'avait donc pas la moindre notion de ce qu'était l'intimité ? Ses épaules lui bloquaient la vue de l'infirmerie, et, à la moindre inspiration qu'elle prenait, elle sentait l'odeur boisée de sa peau mêlée à celle de l'antiseptique.

Elle leva le menton et croisa son regard attentif. Pour le moment, il n'était pas question de lui avouer toute la méfiance qu'elle ressentait envers son oncle.

— Il a payé mes études à Kansas City pendant un an et demi. Il m'a donné un toit et m'a élevée après la mort de mon père. Je devrais lui être reconnaissante.

— *Devrais* ?

C'était un lapsus stupide.

— Je lui *suis* reconnaissante. Grandir dans un cadre aussi beau que les monts Ozark est une grande chance. Et j'ai toujours voulu travailler dans le secteur médical. Je lui dois au moins ça.

— Mais ?

Melanie posa la paume de sa main sur le torse de Tom et le repoussa, pour pouvoir respirer et penser normalement.

— Pourquoi n'arrivez-vous pas à vous contenter des réponses que je vous donne ? Pourquoi à chaque fois faut-il qu'elles amènent une autre question ?

— Parce que je pense que vous me cachez quelque chose.

Et cela n'était pas près de changer. Même si Melanie ne pouvait s'empêcher d'être touchée par la force de Tom et sa propension à aider les jeunes femmes, elle ne le connaissait pas vraiment. Si elle ne faisait pas confiance aux personnes qu'elle côtoyait depuis longtemps, pourquoi se confierait-elle à un étranger ?

Mais Tom s'était interposé entre elle et Silas, avait aidé SueAnn, et elle avait tacitement accepté de ne pas rejeter son offre d'amitié. Donc, elle décida de partager elle aussi une vérité avec lui, en gage de bonne volonté.

— J'aimerais partir d'ici et étudier la médecine. Je sais donner les premiers soins, m'occuper des maladies les plus communes, mais pas d'une femme enceinte qui souffre d'hypertension et qui risque d'avoir besoin d'une césarienne en urgence. Je lis tout ce que je peux pour aider SueAnn, mais cela ne vaut rien sans expérience et un bloc opératoire.

Le craquement de sa ceinture en cuir ou de l'étui de son arme fut le seul bruit qui trahit les mouvements de Tom lorsqu'il s'approcha d'elle. Il passa le doigt sur le dos des livres rangés sur l'étagère.

— Vous les avez tous lus ?

— Pourquoi avoir des livres si on ne lit pas ?

Il sortit un exemplaire usé de *Jane Eyre* et fronça les sourcils avant de le lui tendre.

— Vous aimiez étudier ?

— Si vous me posez cette question, c'est que vous n'aimiez pas ça...

— Ça m'a permis de me faire des amis, de jouer au foot et d'obtenir mes diplômes. Mais je ne peux pas dire que ça me plaisait.

Elle lui prit le roman des mains et alla ranger les deux livres sur l'étagère.

— Je suis revenue ici pour payer la dette que je dois à mon oncle et ma tante, puisqu'ils ont financé mes études. Mais je n'hésiterais pas un seul instant si j'avais le choix : je retournerais à Kansas City étudier la médecine.

— J'ai grandi là-bas.

Melanie sentit les battements de son cœur s'accélérer.

— Vous connaissez Kansas City !

— Son équipe de football… Ses bars… Ses restaurants…

Il parcourut du regard le salon, avec ses meubles rustiques et ses tapis en lirette.

— Je pensais que vous aviez toujours vécu ici. Vous n'avez pas été gênée en ville par la circulation, la foule, le bruit ?

Melanie secoua la tête. Elle avait adoré vivre à Kansas City. Elle s'y était fait des amis et, entre ses livres, ses professeurs et ses cours, elle avait pu satisfaire sa soif d'apprendre. Découvrir qu'elle avait ce point commun avec Tom pouvait dangereusement la rapprocher de lui.

— Quel est votre quartier préféré ? lança-t-elle.

— Je ne me suis jamais posé la question !

— J'adorais me promener dans la ville, découvrir ses différents quartiers. Les décorations de Thanksgiving sur la Plaza, la gare, les musées… Il y a peut-être quelque chose qui me prédispose à l'exploration dans mes gènes : un de mes ancêtres conduisait les convois de chariots entre Kansas City et Santa Fe. Lorsque j'étais enfant, j'ai appris à connaître toutes les rivières, tous les chemins de ces montagnes. La ville, c'est simplement un autre environnement… avec une autre faune.

Il souleva les sourcils à cette remarque, et elle se demanda s'il trouvait que ce qu'elle venait de lui dire était stupide. Mais elle n'allait pas s'excuser d'aimer aller à l'aventure et découvrir de nouveaux horizons. Elle n'avait pas honte d'espérer une vie meilleure que celle qu'elle avait ici.

— Je retournerai finir mes études à Kansas City un jour, quand ce sera le moment. Et personne ne pourra m'arrêter.

— Quand ce sera le moment… ?

Elle leva la tête et croisa ses yeux verts, qui semblaient lire beaucoup plus de choses en elle qu'elle ne l'aurait voulu.

— Si vous avez un rêve, pourquoi ne pas essayer de le réaliser ? s'enquit-il. Vous pouvez trouver un travail, obtenir une bourse ou un prêt, si l'argent est un problème.

— J'ai d'autres raisons de rester ici.

Il fit un signe de tête vers la porte de l'infirmerie.

— Votre amie par exemple.

— Il faut bien que quelqu'un s'occupe de SueAnn.

— Vous renoncez momentanément à vos rêves pour une amie ?

Et pour un père.

Il prit la mèche de cheveux qui avait dû s'échapper à nouveau de sa natte et la coinça derrière son oreille. Pourquoi cet homme ne cessait-il de la toucher ? Et pourquoi ne protestait-elle même pas ?

— Avec vous, je vais de surprise en surprise, Doc.

Melanie grogna en entendant qu'il continuait à lui donner ce surnom malgré ses protestations.

— Je vous ai dit que je n'étais pas...

La porte d'entrée s'ouvrit sans que l'on ait entendu frapper, et Silas Danvers pénétra dans la pièce. Même si son bungalow devait rester ouvert dans la journée en cas d'urgence médicale, Melanie commençait à envisager sérieusement d'installer un verrou.

— Ne viens pas me dire que tu es blessé, toi aussi !

Elle devinait à l'expression affairée de son visage et à la chemise propre qu'il avait enfilée qu'il n'était pas venu se faire soigner, même si le côté gauche de son visage était tout enflé.

— J'ai entendu que Daryl était revenu, et il ne m'a pas prévenu. Il est ici ?

Tom fut plus rapide qu'elle et alla se planter devant la porte de l'infirmerie, empêchant Silas de passer.

— Sa femme ne se sentait pas bien. Laisse-les un instant.

— Ce n'est pas à toi que je parlais. Il faut que je sache s'il a trouvé ce qui était sur la liste que je lui ai donnée.

— Qu'y avait-il sur cette liste ?

Tom bombait le torse comme s'il voulait à nouveau en découdre avec Silas. Melanie lui posa la main sur le bras, l'invitant à s'écarter.

Avec huit points de suture à l'épaule, il était plus sage d'éviter un autre round. Et elle voulait à tout prix empêcher ces deux-là de se lancer dans une querelle qui ne ferait qu'ajouter à la nervosité de SueAnn.

— C'est bon. Laissez Silas entrer.

Comment se faisait-il qu'elle ait spontanément compté sur la coopération de Tom pour éviter un affrontement ? Était-elle tellement convaincue que Silas ne l'écouterait pas, que tout autre que lui semblait un meilleur allié ? À moins que les efforts de Tom pour conquérir son amitié ne commencent à porter leurs fruits ? Avec un coup d'œil sur son bras, là où elle avait posé les doigts, il hocha la tête et s'écarta.

Silas sembla interpréter son geste comme un signe de faiblesse. Avec un sourire narquois, il passa devant Tom, le frôlant au passage, et ouvrit la porte de l'infirmerie.

— Rejoins-moi sous le porche de la maison de Henry. Je te montrerai où tu peux garer ton pick-up et où se trouve le dortoir.

Il considéra d'un air critique l'étui que Tom avait fixé à son épaule.

— Et trouve un moyen de porter cette arme plus discrètement. Tu vas faire peur aux touristes.

— Il y en a beaucoup qui viennent visiter le domaine lorsque la nuit est tombée ? demanda Tom d'un air moqueur.

Silas referma la porte derrière lui en se contentant de grimacer.

— Je suis bien content d'avoir envoyé mon poing dans la figure de ce type ! s'exclama Tom. Et maintenant je vais y aller.

Il se pencha pour prendre son sac, et passa la lanière sur son épaule valide.

— Merci de m'avoir aidée avec SueAnn... Et de m'avoir parlé de votre mère, dit Melanie.

— Merci de m'avoir remis sur pied, Doc.

Il leva la main comme pour s'excuser d'avoir encore une fois utilisé ce surnom.

— Pardon. Je n'ai pas pu me retenir.

Melanie ouvrit la porte pour le laisser sortir.

— Je vous autoriserai peut-être à m'appeler ainsi à la fin de mes études de médecine.

Il éclata de rire, et Melanie ne put s'empêcher de sourire.

— Je vous aime bien, Melanie Fiske. Vous me faites rire, et cela fait longtemps que ça ne m'est plus arrivé. À bientôt !

Il porta la main à son front pour la saluer. Elle vit son sourire s'évanouir au moment même où elle entendit Silas sortir de l'infirmerie. Alors, Tom lui prit délibérément sa natte et la tira doucement en disant :

— Je passerai demain matin, Doc, et je vous donnerai ce premier cours d'autodéfense.

— À demain.

Melanie le suivit dehors, dans la chaleur étouffante, et le regarda s'éloigner en direction du parking. Elle se pencha pour enlever les fleurs de géranium fanées, espérant que Silas comprendrait qu'il devait partir.

En vain.

Silas la rejoignit devant la maison avant qu'elle ne s'attaque à la troisième jardinière.

— Je vois que vous avez fait connaissance !

Elle haussa les épaules devant son air accusateur.

— Nous avons seulement un peu parlé.

Il lui emprisonna le bras d'une main de fer, l'obligeant à lâcher les fleurs qu'elle tenait.

— Restes-en là… Parce que si Roy met Deanna enceinte avant qu'elle s'intéresse à moi je me rabattrai sur toi. Ton oncle a promis que je reprendrais un jour ses affaires. Ça veut dire que je dois épouser l'une d'entre vous.

Elle se dégagea

— Va plaider ta cause auprès de Deanna.

Elle se baissa pour ramasser les fleurs fanées qu'elle avait laissées tomber.

Mais Silas ne supportait pas de ne pas avoir le dernier mot.

— Ne me parle pas comme ça, Mel ! Tu ne peux pas trouver mieux que moi ici.

Il y avait le monde entier au-delà de cette prison qu'était le domaine. Jamais elle n'accepterait de se marier avec cette brute !

— Tu ne m'aimes pas. Tu ne m'apprécies même pas. Comment pourrais-tu être heureux avec moi ?

— Parce que tu es une Fiske.

— C'est insultant ! Je suis un être humain, j'ai des sentiments. Et si tu y faisais attention, tu t'apercevrais que tu en as aussi.

Il se détourna pour cracher dans l'herbe.

— Deanna pense que je suis trop vieux pour elle.

Ainsi, cette grosse brute était capable d'émotions autres que l'envie ou la colère...

— Si ta déclaration était aussi émouvante que celle que tu viens de me faire, je ne suis pas étonnée qu'elle t'ait dit non. C'est d'ailleurs ma réponse.

— Ce n'est pas comme s'il y avait une foule d'hommes à tes pieds ! Henry va te marier à un gars du domaine pour te garder ici, et pourquoi pas moi ?

— Non. Jamais.

Melanie ne se reconnaissait pas : elle repoussait les limites, questionnait l'autorité et s'attirait des ennuis. Pourquoi ne pas essayer quelque chose d'autre ?

Elle leva les yeux et soutint le regard de Silas.

— Tu as des informations sur Richard ? Tu sais où il est ? SueAnn n'a vraiment pas besoin de soucis supplémentaires en ce moment !

Silas était peut-être irascible, mais il n'était pas idiot, il n'allait pas lui répondre.

— Et moi, j'aimerais bien savoir ce que tu faisais près du bateau de ton père !

— Je nageais.

— Tu mens.

Mais Melanie n'allait pas lui en révéler plus que nécessaire, elle non plus.

— Richard ne buvait plus quand il est parti. Il s'était repris en main et voulait que l'enfant de SueAnn n'ait pas à rougir de lui.

Elle fit un pas en direction de Silas et le toisa d'un air de défi.

— Tu sais ce que Henry lui a demandé de faire ? Où il l'a envoyé ? S'il a eu un accident ?

— Pourquoi me demandes-tu ça ?

— Tu n'arrêtes pas de répéter que tu es responsable de ce domaine.

— Je ne m'occupe pas des durs à cuire comme Richard lorsqu'ils ont quitté la ferme Fiske.

Elle le força à reculer jusqu'au bout du porche.

— Je pense que tu mens. Je suis certaine que tu sais des choses.

Il leva la main, et Melanie cilla.

— Fais attention à la façon dont tu me parles ! gronda-t-il.

La porte s'ouvrit derrière elle, et Daryl sortit du bungalow. Il s'approcha d'eux, et Silas baissa le bras.

— SueAnn se repose. Maintenant, je suis disponible, Silas.

Silas pointa le doigt vers Melanie.

— Cette conversation n'est pas terminée. Nous reparlerons de tout ça.

De quoi ? Du fait qu'il avait refusé de lui dire ce qu'il savait sur Richard ? Ou qu'il l'avait *menacée* de l'épouser ?

Melanie avait l'estomac serré d'avoir eu à endurer cette seconde confrontation. Elle regarda les deux hommes se diriger vers la maison de son oncle. Puis elle contourna son bungalow pour aller jeter les fleurs fanées dans le bac à compost. Lorsqu'elle referma le couvercle et remonta sa manche, elle frémit en voyant la marque que les doigts de Silas avaient laissée sur son bras.

Elle n'avait pas grandi dans un environnement si rude et menaçant. Ou alors, si cela avait été le cas, elle avait été trop naïve, solitaire et rêveuse pour le remarquer. Mais elle avait pleinement conscience de cela maintenant. Elle savait que ce monde était empli de violence et de secrets, d'amis disparus et de mensonges.

Elle avait la sensation très claire d'être épiée. En ce moment même.

Prenant sa respiration pour se donner du courage, Melanie se retourna et vit Tom. Il se tenait debout près de son pick-up noir et l'observait. Même à cette distance, elle voyait l'expression sévère de son visage.

L'homme qui la regardait — et qui, sans nul doute, avait été témoin de son altercation avec Silas — n'était pas le Tom à l'humeur légère et au sourire enjôleur. Il n'était même pas cet homme amical avec lequel elle avait parlé de Kansas City. C'était le soldat inquiétant qui était armé d'un pistolet et d'un couteau, et en qui elle pensait avoir trouvé un allié contre Henry et Silas.

Il se passa la main dans les cheveux et lui fit un signe de tête. Puis il ferma son pick-up à clé, et alla rejoindre Silas et Daryl.

Pourquoi Tom s'intéressait-il à elle ?

Et pourquoi cela la déstabilisait-il autant ?

6

— Merci.

Appuyée contre la balustrade du porche de la maison de son oncle, Melanie prit le verre de limonade fraîche que lui tendait Deanna. Elle se poussa pour que sa cousine puisse s'installer à côté d'elle, et les deux jeunes femmes regardèrent les hommes décharger un camion garé sur le parking. Maintenant que la journée tirait à sa fin et que les magasins et la base de loisirs étaient fermés, elles pouvaient enfin se détendre.

— Je meurs de soif !

— Il y a de quoi, répondit Deanna en balançant ses longues jambes de l'autre côté de la rambarde.

Melanie cacha son sourire en prenant une longue gorgée de la boisson délicieusement rafraîchissante. Deanna risquait de s'enfoncer des échardes dans les fesses avec un short aussi court ! Mais ses choix vestimentaires audacieux s'avérèrent payants : Roy Cassmeyer trébucha et alla s'écraser contre l'arrière du camion avec la caisse qu'il portait. Visiblement, il s'intéressait plus à Deanna qu'à ce qu'il était en train de faire.

— Quelle température fait-il ce soir ? Trente-sept degrés ?

— Au moins !

Certainement encore plus pour Roy. Melanie dut prendre une autre gorgée pour cacher son amusement.

Elle appréciait l'ombre du porche au moins autant que la vue qu'il offrait sur le semi-remorque garé devant la pâtisserie et l'échoppe où étaient vendus des objets d'artisanat local. Phyllis Schultz, une feuille à la main, vérifiait que toutes les marchandises commandées avaient été livrées, pendant que Bernie Jackson, le chauffeur bedonnant, mangeait une part de gâteau à côté d'elle. Mais ce n'était pas le seul spectacle que Melanie observait depuis son point de vue. Son regard était attiré par les hommes qui chargeaient des meubles et des caisses d'objets fabriqués par les artisans du coin et qui étaient destinés à être vendus dans des boutiques de Falls City, Warsaw et d'autres petites villes de la région. À la vérité, elle regardait un homme en particulier.

Avec une compresse blanche fixée par du sparadrap sur sa peau bronzée, Tom était facile à reconnaître. En l'absence de Silas, il était de loin le plus grand des hommes qui s'activaient autour du camion. Même si elle ne put entendre ce qu'il disait, il fit une réflexion sur la maladresse de Roy qui suscita un éclat de rire général.

Tom possédait un sens de l'humour certain et avait le don de raconter des histoires à la fois amusantes et touchantes... Même s'il était impossible de ne pas remarquer son corps athlétique et sa force physique, c'était surtout son esprit que Melanie appréciait et qui l'attirait, maintenant qu'elle avait appris à le connaître lors de leurs rencontres matinales. Tom semblait s'être fait plus d'amis sur le domaine qu'elle en plusieurs années. C'était étrange pour un homme qui préférait la solitude du travail de nuit.

Après le dîner, tous les employés disponibles avaient été invités à venir aider Bernie Jackson à décharger rapidement des caisses de denrées alimentaires de son camion, et à les entreposer dans la réserve de la pâtisserie avant qu'elles ne soient gâtées par la chaleur. Et maintenant les hommes remplissaient le camion d'articles fabriqués sur le domaine.

— Il est chaud !

Deanna semblait hypnotisée par cet étalage de biceps.

— Avec cette température, ils le sont tous !

Deanna la regarda par-dessus ses lunettes de soleil, roulant des yeux à sa raillerie et se remit à contempler les hommes. La plupart étaient torse nu. Tous avaient la peau couverte de sueur.

— Je parle du nouveau.

Melanie fut surprise du goût amer que prit soudain sa limonade. Elle attendait toujours avec impatience les visites de Tom qui venait la voir régulièrement à l'infirmerie pour qu'elle refasse son bandage. Il restait boire un café et parler avec elle de Kansas City. Elle avait même parfois rêvé que les contacts qui se faisaient inévitablement pendant les leçons d'autodéfense se transforment en des gestes plus intimes.

Mais cela ne voulait pas dire qu'elle avait le monopole de sa compagnie. Ils avaient des relations amicales et passaient du temps à discuter : elle lui avait indiqué où se trouvait un endroit calme et agréable près du lac, et il lui avait promis de l'aider à veiller sur SueAnn. C'était tout. Le fait qu'il touche ses cheveux ou la frôle souvent signifiait seulement qu'il ne savait pas où s'arrêter... Pas qu'il souhaitait approfondir leurs relations.

Elle n'avait aucun droit sur Tom. Et si sa cousine décidait qu'il lui plaisait, alors elle n'aurait aucune chance face à elle. Non qu'elle ait envie de s'attacher à un homme du coin : elle était bien décidée à quitter le domaine dès qu'elle en saurait plus sur la mort de son père, et ce projet supposait qu'elle reste sans attaches. Malgré cela, elle ne put s'empêcher de ressentir un pincement de jalousie et remarqua :

— Je croyais que tu t'intéressais à Roy en ce moment.

— Le nouveau est plus musclé. Et il a un air de *bad boy* qui me plaît.

— Silas l'a également, répliqua Melanie. Et il aimerait sortir avec toi.

Deanna se contenta de rejeter ses cheveux en arrière pour toute réponse.

— Tu crois que Duff aime danser ?

— Comment le saurais-je ?

Melanie regarda le large dos de Tom avec le sentiment d'être abandonnée. Il était en train de charger une grande table en bois dans le camion. Il la reposa et se retourna vers elle. Même à cette distance, elle vit ses yeux se plisser, comme s'il savait qu'elle l'observait et se demandait pourquoi. Melanie lança ses jambes de l'autre côté de la balustrade, préférant faire face à la maison. Malgré la limonade fraîche, elle sentit la chaleur monter en elle. Cette conversation l'affectait beaucoup plus qu'elle ne l'aurait dû.

— Tu l'appelles Duff ?

— C'est ce que font tous ses amis.

Deanna était-elle simplement en train de répéter ce que Tom disait en se présentant ? Ou sa cousine s'était-elle réellement liée d'amitié avec lui ? Maintenant que Tom travaillait sur le domaine depuis une semaine, Melanie était-elle la seule à ne pas l'appeler Duff ?

— Je me demande s'il va aller au bal du lac Hanover... Je vais lui poser la question.

Deanna la regarda et se mit à rire.

— Ne t'inquiète pas, Mel : je n'ai pas l'intention de te piquer ton homme.

— Ce n'est pas mon homme !

— Je parie qu'il le deviendrait si tu le voulais. J'ai l'impression que tu lui plais. Mais il faudrait que tu fasses des efforts. Si tu as besoin de conseils en maquillage, ou si tu veux m'emprunter des vêtements, pas de problème ! Tiens, nous pourrions aller faire du shopping à Falls City. Tu crois que Duff te préférerait avec une robe ou un jean moulant...

— Je t'en prie, arrête, marmonna Melanie.

Lorsque la porte de la maison s'ouvrit, elle faillit se lever d'un bond pour saisir la chance d'échapper à cette conversation gênante.

— Tante Abby...

— Les filles ? lança sa tante en passant la tête au-dehors. Elle était visiblement en train de faire le ménage.

— Si vous vous êtes assez reposées, vous pourriez venir m'aider. J'ai besoin que l'une d'entre vous aille chercher les décorations dans le grenier pour la soirée que nous allons organiser. Je voudrais que tout soit parfait.

— J'y vais.

Melanie tendit son verre de limonade à sa tante et pénétra dans la maison. Elle aurait fait n'importe quoi pour échapper aux commentaires critiques de sa cousine concernant son apparence. Mais soudain elle vit un autre intérêt à cette échappatoire : elle allait avoir l'occasion d'explorer le grenier et de voir si elle y trouvait d'autres objets ayant appartenu à son père.

— Que veux-tu que je rapporte ?

— Trois boîtes marquées « 4 juillet », lui cria Abby du bas de l'escalier. Je sais que la fête nationale est passée, mais j'ai pensé que nous pourrions utiliser les guirlandes pour décorer la ferme. Je crois que les caisses sont sur l'étagère métallique.

— Je vais les chercher.

Abby alla parler à Deanna pendant que Melanie se dirigeait vers l'extrémité du couloir et tirait sur la corde faisant descendre l'escalier du grenier.

Dans les combles, l'air était lourd et étouffant. Melanie prit une des lampes-torches rangées sur des rayonnages près de l'entrée et l'alluma. Lorsque le faisceau lumineux éclaira la fenêtre, elle pensa un instant l'ouvrir pour avoir un peu d'air. Mais, si elle restait trop longtemps ici, il était fort probable que quelqu'un vienne voir ce qu'elle y faisait.

Elle allait donc devoir être rapide dans ses recherches. Dès qu'elle alluma le plafonnier, elle repéra les boîtes que sa tante voulait. Elle les empila une à une près de la trappe de l'escalier et, à chaque voyage, elle observait les étagères, les meubles et les sacs de rangement pour voir si elle remarquait un objet lui rappelant son père.

La boîte où elle avait trouvé la montre semblait avoir disparu, mais elle lut toutes les étiquettes collées sur les caisses, espérant que quelque chose attirerait son attention.

Deanna, Lycée, Rodéo. Melanie souleva le couvercle de cette caisse et vit plusieurs souvenirs qui avaient appartenu à sa tante à l'époque où elle était Miss Rodéo. Son écharpe et sa couronne étaient exposées en bas dans une vitrine, mais cette boîte contenait des certificats encadrés attestant qu'elle avait été reine de beauté, ainsi que plusieurs albums photos et quelques accessoires que portait Abby lorsqu'elle concourait.

Il y avait quelque chose dans les œillets ciselés qui ornaient une selle de concours et une bride qui rappela à Melanie l'anneau d'acier sombre qu'elle avait découvert dans le bateau de son père. Elle coinça la lampe-torche sous son menton et glissa la main dans la poche de son jean pour en sortir la pièce et la comparer aux décorations du harnachement. Leur forme était semblable, mais les similitudes s'arrêtaient là. Avec sa protubérance oblongue et le petit trou semblable au chas d'une aiguille percé au milieu de cette saillie, cet objet était peut-être le maillon d'un autre genre de chaîne ?

Et si c'était le cas, en quoi cette information l'aidait-elle ? Pourquoi y aurait-il eu une chaîne dans le bateau de son père ? Cet anneau était manifestement récent, et l'embarcation était une épave depuis longtemps. D'ailleurs, cette pièce n'était vraisemblablement même pas un maillon. Qu'espérait-elle en venant ici ? Découvrir une boîte portant l'étiquette « Leroy Fiske — Ne pas montrer à Mel » ? Quelque peu découragée, Melanie laissa retomber la bride au fond de la boîte et la repoussa sur l'étagère, pour aller inspecter la suivante.

Elle tira la caisse vers elle et, reprenant en main la lampe coincée sous son menton, elle éclaira l'endroit où elle se trouvait.

— Tiens tiens…

Cela faisait maintenant un certain temps que Melanie était dans le grenier, mais elle décida tout de même de poursuivre son exploration pendant quelques minutes supplémentaires. Elle enroula ses cheveux et les coinça dans le col de son T-shirt. Ce n'était pas la boîte elle-même qui avait éveillé sa curiosité, mais ce qui se dissimulait derrière l'étagère.

Une porte.

Une porte fermée, plus précisément.

Elle enleva les caisses entassées sur l'étagère métallique et les posa à terre. Puis elle souleva un des coins de la porte, l'écartant du mur. Elle s'immobilisa une seconde en entendant un crissement. Mais personne n'accourut à ce bruit, et il n'y eut aucun appel venant d'en bas. Elle n'entendait que le souffle de sa respiration saccadée, aussi décida-t-elle de continuer ses recherches. Elle écarta l'étagère du mur et regarda attentivement la porte. Le battant — qui n'était pas très haut — était fermé par un épais loquet en acier et un lourd cadenas. Pourquoi y avait-il ce système de fermeture récent sur cette vieille porte, et qui donc en possédait la clé ?

Que cachait-on ici ?

Et qui donc le cachait ?

Elle tira sur le cadenas, dans l'espoir que le cadre de la porte céderait, mais il était solidement fixé. Elle aurait eu besoin d'un pied de biche pour ouvrir le battant.

Ou d'une chaîne.

La crainte d'être découverte la poussa à agir rapidement. Elle ouvrit la boîte contenant les souvenirs d'Abby et attrapa la bride cassée. En s'y prenant à plusieurs reprises, elle réussit à la faire passer derrière la patte métallique, dans l'espace entre la porte et le cadre. Elle abîma le panneau de bois. Si elle arrivait à faire ressortir un assez long morceau de la chaîne, elle pourrait tirer sur chacune des extrémités et desceller le loquet.

Elle entendit un grincement dans l'ombre derrière elle.

Melanie se retourna vivement. Se pouvait-il qu'il y ait quelqu'un d'autre qu'elle dans la pièce ?

Elle entendit un second craquement… puis un autre.

— Bon sang !

Quelqu'un montait les marches conduisant au grenier.

Elle ôta rapidement la chaîne et remit l'étagère métallique à sa place. Il lui était impossible d'étouffer le bruit, aussi n'essaya-t-elle même pas d'éteindre la lumière et de se cacher. Mais si elle était rapide, elle n'aurait pas à mentir sur la raison de sa présence ici. Elle reposa une boîte sur l'étagère et se saisit d'une autre.

Elle s'immobilisa à nouveau lorsqu'un faisceau lumineux lui éclaira le dos, dessinant les contours de sa tête et de ses épaules sur la caisse qu'elle portait.

— Que fais-tu ici, Mel ?

La voix de Henry exprimait plus de curiosité que de contrariété. Mais très certainement son humeur changerait s'il constatait qu'elle avait tenté d'ouvrir cette porte que l'on avait si soigneusement cherché à dissimuler.

C'est alors qu'elle se rendit compte qu'elle tenait toujours la chaîne à la main. Impossible de la remettre dans la caisse où elle l'avait prise sans que son oncle ne le remarque. Subrepticement, elle souleva le bas de son T-shirt et la glissa dans son jean aussi rapidement que possible avant de s'éloigner de la boîte qu'elle venait de replacer, priant pour qu'elle l'ait assez enfoncée sur l'étagère pour qu'elle ne tombe pas.

Melanie pointa sa lampe-torche sur Henry, espérant l'éblouir assez pour qu'il ne voie pas ce qu'elle avait dérangé derrière elle.

— Tante Abby m'a demandé de descendre les boîtes contenant les décorations, pour la fête de samedi.

Henry éclaira les caisses qu'elle avait déposées en haut de l'escalier.

— J'ai l'impression que tu les as toutes trouvées.

— Je ne savais plus combien il y en avait. Je voulais m'assurer qu'elles étaient bien toutes là.

Melanie avait momentanément échappé au faisceau de la lampe de Henry, et elle en profita pour avancer de quelques pas avant qu'il ne la capture à nouveau dans le halo lumineux. Elle arbora un large sourire et haussa les épaules.

— Il fait une chaleur étouffante ici, et je ne voulais pas avoir à faire un second voyage.

Dans la pénombre de la pièce, l'expression du regard de Henry était indéchiffrable.

— Tu es certaine que tu n'étais pas en train de fouiller dans ce qui ne t'appartient pas ?

— Cette maison était aussi la mienne autrefois.

Melanie toucha subrepticement la chaîne cachée dans son jean. Heureusement, il faisait assez sombre dans la pièce pour que son oncle ne remarque rien.

— D'ailleurs, si je cherchais des souvenirs dans ces caisses, qui pourrait m'en vouloir ? reprit-elle. Mon père me manque. Je regrette tant l'époque où nous formions encore une famille tous les deux : il me faisait rire, m'emmenait pêcher et me racontait des histoires pendant des heures.

Elle considéra la charpente et les murs, évitant soigneusement de porter le regard sur l'étagère métallique et la porte dissimulée derrière.

— Tu as gardé des souvenirs de Deanna, d'Abby, de toi... mais pas de papa. Ni de moi.

Melanie redressa les épaules, bien déterminée à ne pas se laisser intimider, alors que son oncle se rapprochait d'elle.

— Leroy me manque à moi aussi. Je n'ai pas grand-chose de lui à part mes souvenirs... et toi. Dès que tu as su marcher, tu ne l'as plus quitté.

Elle fut surprise de le sentir lui presser l'épaule. Elle frémit malgré elle, mais se força à ne pas avoir de mouvement de recul : il ne fallait surtout pas qu'il devine sa méfiance à son égard.

— Je ne me pardonnerai jamais de ne pas m'être élevé contre les grands-tantes et les cousins qui ont pris l'édredon en patchwork que ma mère avait fait pour toi avant de mourir. Ils ont également mis la main sur le bureau de mon grand-père et sur les appâts que ton père avait confectionnés pour la pêche... et certainement sur d'autres choses encore ! Je suppose qu'ils les ont vendus à un antiquaire. Ton père m'a légué le domaine, et je me suis bien occupé de toi, il me semble. Mais tous ces objets auraient dû te revenir. Je suis désolé de ne pas pouvoir changer le passé.

— Moi aussi, j'en suis désolée !

Henry recula et accrocha un pouce à la bretelle de son bleu de travail. Manifestement, l'amertume que l'on percevait dans la voix de sa nièce ne lui avait pas échappé.

— La disparition de Leroy a été un moment difficile pour moi aussi. Je venais tout juste de devenir papa et j'ai dû assumer la responsabilité d'une autre petite fille. Si Abby n'avait pas été là, je ne sais pas comment j'aurais réussi à m'en sortir.

Melanie tourna la tête et cligna des paupières, agacée de sentir les larmes lui brûler les yeux. C'était de la colère qu'elle aurait voulu ressentir, pas de la tristesse. Pleurer ne l'aiderait pas à résoudre le mystère de la mort de son père.

— C'est dur de penser qu'on n'a jamais retrouvé son corps, dit-elle. J'ai l'impression de ne rien avoir de lui... Seulement l'épave de son bateau.

— Écoute, je vais appeler les autres membres de la famille. Je vais leur demander s'ils ont des objets ayant appartenu à Leroy. S'ils ne veulent pas les donner, je leur proposerai de les racheter.

Melanie avait l'impression que Henry était très content de lui. On aurait presque pu croire qu'il se souciait vraiment d'elle.

— Ça sera un cadeau d'anniversaire en avance.

Mais quel homme pouvait mentir ainsi à sa nièce — qu'il prétendait avoir élevée comme sa propre fille — et réussissait à lui sourire en même temps ?

— Et la montre de papa ? Tu sais où elle est ?

Elle sentait le poids de l'objet dans sa poche.

— Je me souviens qu'il la portait tout le temps sur lui, ajouta-t-elle. J'aimerais tant l'avoir !

Henry se gratta la tête, fronçant les sourcils comme si elle avait dit une bêtise.

— Tu m'en as déjà parlé. Je t'ai répondu qu'elle était probablement au fond du lac avec lui.

Menteur !

Au lieu de laisser libre cours à sa colère ou de lui poser des questions concernant la porte dissimulée, Melanie préféra mettre fin à la conversation. Elle reposa sa lampe-torche sur les rayonnages et prit une caisse.

— Je ferais mieux d'apporter tout ça à Abby.

— Je vais t'aider.

Marqua-t-il un temps d'arrêt, ou était-ce un effet de son imagination ? Elle pouvait difficilement se retourner pour voir s'il balayait le grenier de sa lampe-torche, afin de vérifier qu'elle n'avait rien déplacé.

Elle alla déposer la caisse dans la cuisine où Deanna et Abby étaient en train de s'affairer, et marmonna : « Je t'en prie » lorsque sa tante la remercia.

— Melanie...

Elle s'apprêtait à sortir de la pièce lorsqu'elle entendit sa tante l'appeler. Elle sentit l'odeur de son parfum juste derrière elle.

— Deanna m'a dit que tu avais besoin d'aller en ville pour t'acheter une robe pour le bal.

Bien ! Abby et Deanna avaient certainement décidé d'intervenir encore dans sa vie amoureuse. Mais, lorsque Melanie se retourna vers sa tante, la chaîne qu'elle avait glissée dans son jean commença à descendre le long de sa cuisse.

— Nous devons aller à Falls City jeudi. Si tu veux te joindre à nous, tu es la bienvenue.

Melanie croisa les jambes pour empêcher la chaîne de tomber à terre. Si sa tante la remarquait, elle aurait beaucoup de mal à expliquer pourquoi l'objet se trouvait là. On lui interdirait probablement l'accès au grenier, et elle n'aurait plus la possibilité de voir ce qu'il y avait derrière cette porte fermée. Aussi resta-t-elle plantée là, dans une posture ridicule, en espérant que la conversation tirerait bientôt à sa fin.

— Il faut vraiment que j'assiste à ce bal ?

— Ce serait une insulte pour Henry si tu n'y allais pas. C'est lui qui organise tout. Ce bal sera la plus grosse festivité avant la fête des moissons. Il est hors de question que tu y viennes en jean !

Melanie pressa la main contre la cuisse de son pantalon,

alors qu'Abby s'approchait pour sortir ses cheveux du col de son T-shirt.

— Nous essayerons de voir ce qu'on peut faire de cette tignasse quand nous serons en ville.

Melanie hocha la tête tout en reculant vers le couloir. Elle bouscula Henry qui faillit lâcher les deux boîtes qu'il portait.

— Pardon !

— Pourquoi es-tu si pressée ? s'enquit-il. Notre conversation dans le grenier t'a contrariée ?

Abby intervint vivement.

— De quoi avez-vous parlé ?

Maintenant, il était illusoire d'espérer s'échapper rapidement. Henry déposa les boîtes sur la table de la cuisine.

— Elle m'a reposé des questions sur Leroy et m'a demandé où étaient ses affaires.

— Ah bon ?

Les yeux noirs d'Abby étaient soudain beaucoup moins bienveillants.

— Je t'ai dit que c'était un sujet douloureux pour ton oncle.

— Et pour moi alors ? répliqua Melanie. J'ai le droit de poser des questions. C'était mon père ! Je veux savoir comment il est mort. Je veux savoir *pourquoi* il est mort !

— Ça fait quatorze ans maintenant, lui rappela Henry.

Elle pivota et s'adressa à lui sans chercher à maîtriser sa colère.

— Et je ne sais toujours pas ce qui s'est passé ce soir-là. Pourquoi était-il sorti si tard ? Il allait retrouver quelqu'un ? S'il se passe des choses étranges ici en ce moment, c'était peut-être déjà le cas il y a quatorze ans, non ?

— Des choses étranges ? répéta Abby en faisant un pas vers elle. Que veux-tu dire ?

Henry leva la main, intimant le silence à sa femme.

— Leroy avait l'habitude de me mettre au courant de tous ses projets : il m'avait expliqué qu'il voulait construire une base de loisirs au bord du lac et organiser des parties de pêche pour les touristes. J'ai vu les plans de la nouvelle maison qu'il voulait construire pour Edwina. Mais après sa mort il a décidé de rester dans la maison de notre grand-père. Nous avons beaucoup échangé pendant toutes ces années. Mais il ne m'a pas dit où il allait la nuit où il est mort.

Henry n'était pas très grand, pourtant Melanie dut lever le menton pour pouvoir soutenir son regard lorsqu'il s'approcha d'elle.

— C'est *ma* maison maintenant. C'est grâce à mon travail que ce domaine est devenu une entreprise prospère. Je t'ai donné un bungalow. J'ai payé tes études. J'ai fait tout ce qu'un père ferait pour son enfant.

— Tu n'es pas mon père.

— Je n'admets pas que tu me parles de cette manière, comme si tu pensais que je te cache quelque chose et qu'il s'était passé quelque chose d'anormal, ici, dans ma maison !

Melanie sentit le sang battre à ses oreilles, alors que la fureur montait en elle.

Abby avait probablement constaté que son visage s'empourprait.

— Il est peut-être temps que tu retournes chez toi, Melanie, jusqu'à ce que tu sois un peu calmée.

— C'est peut-être mieux, en effet.

Elle passa devant Henry et sortit précipitamment de la maison... pour tomber sur Silas. Ou plutôt, sur son torse. Elle remarqua la lanière retenant un fusil qui pendait derrière son dos. Il portait des gants noirs. Par cette chaleur ? C'était pour le moins étrange.

— Où étais-tu ? lui demanda-t-elle sèchement. Tous les autres hommes ont aidé à décharger et recharger le camion. Je pensais qu'un bon chef d'équipe devait montrer l'exemple.

Silas agrippa la lanière de sa main gantée. Dans l'autre, il tenait une enveloppe en papier kraft. Il resta immobile et n'eut même pas la courtoisie de lui répondre.

— Que lui arrive-t-il ? lança-t-il à Henry.

Les deux hommes ignorèrent Melanie, se parlant l'un à l'autre comme si elle était invisible.

Elle sentait le regard de Henry fixé sur son dos. Mais il ne fournit pas la moindre explication à Silas.

— C'est ce que je t'ai demandé ?

— Oui, répondit Silas en lui tendant l'enveloppe. Vous voulez que j'entre pour donner ça à Mme Fiske ?

— C'est peut-être elle qui fait la comptabilité, mais c'est moi le patron.

Henry tendit la main pour saisir l'enveloppe.

— Va prendre un verre de limonade à la cuisine, j'ai une ou deux choses à faire dans mon bureau pendant ce temps.

— Merci.

Melanie fit un pas de côté pour laisser Silas entrer. Elle continua à avancer, traversa le porche et descendit les marches de l'escalier. Attrapant la chaîne qui glissait progressivement vers le bas de son jean, elle traversa la cour en courant et se dirigea vers son bungalow. Elle entra précipitamment et claqua la porte derrière elle.

Elle gagna vers la table de la cuisine, posa les mains à plat dessus et se pencha avec un gémissement sauvage, laissant enfin toute sa rage s'exprimer.

Des larmes de frustration lui brûlaient les yeux et la gorge lorsqu'elle entendit la porte d'entrée s'ouvrir puis se refermer. Dans son dos, une voix grave demanda :

— Ça ne va pas ?

7

Melanie se retourna et répondit violemment à Tom Maynard.

— Sors d'ici ! Je suis chez moi ! Il devrait y avoir au moins un endroit sur le domaine où je peux être tranquille !

Elle tenta de le pousser vers la porte, mais il lui saisit les poignets en protestant :

— Hé, je ne t'ai rien fait !

— Lâche-moi !

Elle essaya de se dégager en appliquant les techniques de combat qu'il lui avait enseignées. Il la contra d'un mouvement qu'il ne lui avait pas appris et, sans qu'elle comprenne comment, elle se retrouva face à lui. Il lui tenait le menton et la forçait à lever la tête vers lui. Elle sentait les larmes lui brûler les yeux et brouiller sa vision.

— Que se passe-t-il ? Je t'ai vue rentrer chez toi en courant comme si tu avais le diable à tes trousses. Parle-moi, Doc !

Elle cligna des paupières et lut de l'inquiétude, peut-être même un soupçon de colère dans son regard.

— Melanie ?

En l'entendant prononcer son nom d'une voix grave, pleine de sollicitude, elle ne put se retenir. Elle s'accrocha à son T-shirt et pressa son visage contre son épaule, se réfugiant dans sa force et sa chaleur. Il referma les bras sur elle et la tint serrée contre lui. En lui caressant doucement la nuque et en soulevant sa lourde chevelure, il lui murmura à l'oreille :

— Silas t'a encore menacée ? Dis-moi ce qui s'est passé. Il ne t'a pas fait mal ?

— Non, gémit-elle entre deux sanglots.

Elle posa les mains à plat sur son torse et fit mine de lisser les plis qu'elle avait faits sur son T-shirt noir. Mais elle ne parvenait pas à se résoudre à mettre de la distance entre eux deux.

— Je suis désolée, gémit-elle. Je n'aurais pas dû faire ça.

— Serre-moi fort si ça te fait du bien.

Melanie hésita un instant avant d'enlacer la taille de Tom. Ses larges épaules se refermèrent sur elle comme un bouclier. Elle le serra de toutes ses forces, enfonçant les doigts dans les muscles de son dos, laissant enfin libre cours à toute la tension accumulée au cours de ces mois de mensonges, de soupçons et de douloureux retours vers le passé. Elle éclata en sanglots. Elle entendait le cœur de Tom battre régulièrement contre son oreille, savourait la caresse tendre de ses mains sur son cou et son dos, et absorbait la chaleur de son corps. Elle se sentait si seule !

Cet homme n'hésitait pas à la toucher et à intervenir dans sa vie et, en ce moment même, elle avait besoin de quelqu'un qui n'ait pas peur de franchir les remparts qu'elle avait érigés autour de son cœur. Melanie n'arrivait plus à se souvenir de la dernière fois où quelqu'un l'avait tenue comme ça, où elle s'était sentie assez en sécurité pour s'autoriser à pleurer. Il y avait si longtemps que plus personne ne s'était occupé d'elle, ne lui avait murmuré des paroles apaisantes en essayant de la réconforter…

Ils restèrent ainsi pendant plusieurs minutes. Tom ne bougea pas, ne se déroba pas, ne la lâcha pas jusqu'à ce que la crise soit passée et qu'elle se laisse aller contre lui avec un soupir.

— Ça va maintenant, Doc ?

Petit à petit, elle prit conscience de l'odeur boisée de sa peau, de ses cuisses puissantes et de ce torse solide plaqué contre ses courbes plus tendres. Elle reconnut en elle-même que ses sentiments pour Tom allaient au-delà de la simple amitié. Mais Melanie ne voulait pas risquer de perdre le seul homme en qui elle commençait à avoir confiance. Il avait consenti à la tenir dans ses bras, à la consoler. Si elle lui avouait qu'une fille comme elle — avec un physique quelconque et un caractère ombrageux — était en train de tomber amoureuse de lui, il allait certainement s'enfuir à toutes jambes et elle serait seule à nouveau.

S'étant enfin ressaisie, elle relâcha son étreinte sans toutefois le lâcher et lui dit :

— Ça va maintenant. Mais si tu dis à quelqu'un que j'ai pleuré...

Il s'écarta légèrement, mais ne fit pas le moindre geste pour se libérer. Il semblait étrangement heureux de dégager les longues mèches de son visage, revenant doucement écarter celles qui étaient restées collées sur ses joues humides. Un sourire en coin se dessina sur ses joues ombrées d'une barbe naissante.

— Je croyais que tu n'aimais pas les secrets, Doc.

— Tom...

Elle voulut protester et lui répéter encore une fois qu'elle n'était pas médecin, mais il ne la laissa pas terminer.

— Je ne dirai rien.

Il finit par la lâcher et traça un signe de croix sur son cœur.

— Je te le promets. Si on me parle de toi, je dirai que tu es intelligente, drôle, et que tu ne pleures jamais.

— Tu as intérêt à tenir parole !

Le ton badin qu'ils avaient maintenant adopté contribua à atténuer son embarras lorsque la chaîne finit par tomber de la poche de son jean. Elle ne se soucia même pas du fait que cela puisse lui sembler étrange. Elle ramassa la bride et l'enroula sommairement avant de la poser sur la table. Elle avait besoin de se rafraîchir après cette crise de larmes et alla se servir un verre d'eau. Elle en but quelques gorgées, puis s'humecta le visage et le cou.

— Je ne pleure jamais d'habitude. J'espère que tu n'as pas trouvé ça trop gênant.

— Comment pourrais-je être gêné par une occasion de te tenir dans mes bras ! la taquina-t-il.

Melanie sentit son visage s'empourprer à nouveau, mais cette fois-ci la sensation était agréable, très différente de celle qui l'avait assaillie quelques instants plus tôt chez son oncle.

— Tu es incorrigible !

— C'est vrai, reconnut-il d'un ton d'une sincérité désarmante.

Tom alla prendre la chaîne pour l'observer.

— Tu as volé ça chez Henry ?

— Je n'en avais pas l'intention.

Elle s'essuya les mains et le visage avec une serviette.

— Mais je n'ai pas eu l'occasion de la remettre à sa place sans me faire remarquer. Henry m'a surprise en train de fouiller le grenier. Attends… Tu m'espionnais ?

— Tu avais peur qu'il comprenne ce que tu faisais ? répliqua-t-il sans répondre à sa question. C'est pour cela que tu courais comme si le diable était à tes trousses ?

Melanie frémit à ces mots.

— C'est une étrange comparaison…

— Elle exprime parfaitement l'impression que j'ai eue.

Il laissa tomber la chaîne sur la table.

— Il m'a semblé que tu n'étais pas très bien quand je t'ai vue avec Deanna sous le porche. Je me suis dit que, dès que j'aurais fini de charger le camion, je viendrais voir ce qui n'allait pas. Qu'a donc fait Barbie pour te contrarier ?

Melanie secoua la tête : elle ne voulait pas révéler à Tom à quel point l'intérêt que sa cousine avait manifesté pour lui l'avait blessée.

— Tu plais à Deanna. Elle espère que tu vas lui demander d'être son cavalier pour le bal de samedi.

— Et cela t'a suffisamment contrariée pour te pousser à voler une bride dans le grenier de ton oncle ?

Il vint s'appuyer contre l'évier à côté d'elle.

— Je suis flatté !

Cette fois-ci, elle ne put s'empêcher de sourire à la plaisanterie.

— Bon, j'étais peut-être un peu jalouse... Je ne peux pas avoir au moins *un* ami ici ? Pourquoi a-t-elle besoin que tous les hommes du domaine soient à ses pieds ?

— D'abord, je ne suis aux pieds d'aucune femme. Ensuite, je ne suis pas intéressé par une fille qui n'a pas le sens de l'humour. Et enfin...

Il tendit le bras et posa la main sur sa hanche, l'attirant un peu plus près de lui.

— J'aime sentir des courbes sous ma main.

— Tu aimes... ?

La sensation de sa main posée sur elle dans ce geste possessif lui coupa le souffle.

Elle sentit tout son corps se raidir, et espéra secrètement qu'il allait faire un mouvement pour intensifier cette impression de lourdeur dans sa poitrine ou cette tension entre ses cuisses. En ce moment, elle avait seulement besoin d'un ami à qui parler. Elle n'aurait pas dû être en train d'espérer qu'il allait l'attirer contre lui, n'est-ce pas ? Elle s'écarta de lui, mettant un peu d'espace entre eux avant qu'elle ne perde toute maîtrise d'elle-même.

— Ce n'est pas la raison pour laquelle je m'enfuyais. J'ai l'habitude de Deanna, de Henry et d'Abby. Je sais comment me comporter avec eux, même s'ils me blessent souvent.

— Tu sais que tu es encore en train de rougir ?

— Non.

Elle sentit s'étendre la bouffée de chaleur qui lui était montée au visage.

— Eh bien, je vais t'avouer que je suis vraiment flatté d'entendre que tu étais un peu jalouse. Je ne suis pas intéressé par ta cousine et je n'aime pas entendre que certaines personnes te blessent.

Il passa les doigts dans ses cheveux et, coinçant les mèches souples derrière ses oreilles, il arrangea sa lourde chevelure derrière les épaules.

— Et maintenant raconte-moi ce qui s'est passé.

Elle lui parla des soupçons qu'elle avait au sujet du prétendu accident qui avait coûté la vie à son père, de la porte qu'elle avait découverte dans le grenier et de la montre de son père. Tom était debout en face d'elle, les bras croisés, l'air sérieux et concentré. Ses yeux verts fixés sur elle la dévisageaient attentivement. Melanie lui raconta tout ce qui s'était passé quatorze ans plus tôt, et évoqua même des choses étranges dont le domaine était le cadre en ce moment.

— Ainsi, tu penses que Henry, Abby et Silas en savent plus sur la mort de ton père qu'ils n'en disent ?

— Oui. Mais ils ne veulent pas en parler, alors j'en suis réduite à fureter partout pour trouver des réponses par moi-même. Tu sais qu'il n'y a pas le moindre rapport de police sur la noyade de mon père ? Du moins, il n'y a rien dans les dossiers du shérif Cobb.

Lorsqu'elle eut l'impression qu'elle ne pouvait plus supporter qu'il continue à l'observer de la sorte, Melanie alla ouvrir la porte du réfrigérateur.

— Tu veux boire quelque chose de frais ?

— Je prendrais bien une bière.

Elle ouvrit deux bouteilles et alla les poser sur la table.

— Je ne devrais certainement pas te raconter tout ça ! Je ne sais plus à qui faire confiance. Ici, soit on m'insulte, soit on me ment, soit on me met en colère.

— Et c'est moi qui ai la réputation d'être asocial ! s'exclama Tom en trinquant avec elle.

Melanie but une gorgée, savourant la fraîcheur de la bière coulant dans sa gorge.

— Plus je pose des questions, plus je me heurte à un mur. Ce n'est pas comme si je pouvais aller voir le shérif pour lui faire part de mes soupçons : Sterling Cobb est le meilleur ami de Henry. Et le shérif précédent était corrompu jusqu'à...

— Attends..., murmura Tom en regardant par-dessus son épaule.

— ... la moelle. Apparemment, tous ses dossiers ont disparu avant l'élection de Sterling.

— Melanie...

— Je me demande s'il a seulement ouvert une enquête sur la mort de mon...

Avant même qu'elle ne comprenne ses avertissements ou ses intentions, il avait passé la main derrière sa taille et l'avait attirée contre lui.

— Pourquoi tu... ?

Tom baissa la tête et pressa ses lèvres contre les siennes, l'interrompant d'un baiser. Elle entrouvrit la bouche de surprise, et il y glissa la langue. Lorsque le premier choc fut passé, elle porta la main à sa joue, caressant sa peau que la barbe naissante rendait rugueuse, le retenant contre elle. Elle l'entendit pousser un gémissement rauque et sentit son corps répondre instantanément. Il la taquinait de sa langue, et elle savourait sa chaleur, et le goût de houblon de sa bouche, plus enivrant que la bière elle-même.

Elle eut vaguement conscience que, de sa main libre, il introduisait quelque chose dans sa poche, mais elle n'y pensa plus lorsqu'il posa sa main sur ses fesses et la souleva, l'obligeant à se mettre sur la pointe des pieds. Alors que Tom l'embrassait toujours plus profondément, Melanie laissa sa main glisser le long de sa joue, savourant le contact râpeux de sa barbe sous ses doigts. La pointe de ses seins se durcissait d'excitation contre le large torse de Tom.

Elle entendit la porte d'entrée se refermer, et la voix moqueuse d'Abby s'éleva.

— Je vous dérange ?

Tout tourna autour de Melanie lorsqu'elle retomba sur ses talons et repoussa Tom. Mais il resserra son étreinte, l'empêchant de s'échapper. Quelle idiote elle faisait ! Il suffisait de quelques compliments et de l'attirance instinctive qu'elle ressentait pour lui pour qu'elle cède ! Mais, lorsqu'elle leva le menton pour lui dire tout le mal qu'elle pensait d'un homme qui profitait de sa solitude et de son inexpérience, elle découvrit deux yeux verts sous des sourcils froncés, qui lui intimaient l'ordre de… De quoi ? De cacher sa confusion ? De ne pas se sentir blessée ? De continuer à jouer la comédie ?

Continuer à jouer quelle comédie ?

Elle avait ressenti un tel besoin de partager ses interrogations et ses angoisses avec un ami prêt à l'écouter qu'elle n'avait pas entendu qu'on frappait à sa porte. Et maintenant sa tante s'avançait d'un pas léger dans sa cuisine, avec aux lèvres un sourire éclatant, et au bras un panier d'où s'échappait une odeur de gâteaux tout juste sortis du four.

— J'ai frappé, mais personne n'a répondu. Je m'inquiétais pour toi, ma chérie. Je t'ai apporté quelques cookies que Phyllis vient de faire.

La bride !

Se rendant soudain compte qu'elle agrippait encore le T-shirt de Tom, Melanie lâcha le tissu et s'écarta maladroitement, tout en cherchant du regard la chaîne sur la table. Mais elle ne la vit pas.

Alors, elle remarqua que Tom tapotait la poche de son jean. Elle leva les yeux et le vit imperceptiblement hocher la tête. Il l'avait cachée pour qu'Abby ne sache pas qu'elle avait fouillé dans ses affaires. Mais pourquoi ce baiser ?

Elle se sentait agitée par des sentiments contradictoires, et la suspicion le disputait en elle à la gratitude. Mais il était difficile de lui demander des explications alors qu'Abby était dans la pièce. Aussi se tourna-t-elle vers sa tante.

— Ils sentent très bon, lui dit-elle, même si elle n'avait pas le moindre appétit en ce moment. Ils sont aux pépites de chocolat ?

— Je sais ce que sont tes préférés, répondit Abby avec un sourire. Prends-les comme un gage de paix. Je suis désolée si notre conversation t'a perturbée.

— Conversation ?

Abby considérait donc cette dispute et ce renvoi cinglant comme une conversation ? Pensait-elle vraiment qu'il suffisait de quelques cookies pour que tout soit oublié ?

Mais, sous le regard intense de Tom, Melanie préféra faire une réponse aussi hypocrite que l'étaient certainement les excuses d'Abby.

— Ce n'est rien...

— C'est bien.

Abby posa le panier sur la table et souleva la serviette rouge posée dessus pour montrer les gâteaux.

— Je vois que tu as déjà trouvé du réconfort... Je vous laisse partager ça.

Abby posa la main sur le bras de Tom et lui fit un clin d'œil.

— Beau travail, monsieur Maynard. Notre Melanie est difficile à apprivoiser. À demain !

Melanie fit un signe de la tête alors que sa tante sortait de la pièce d'un pas nonchalant. Il lui fallut quelques instants pour passer mentalement de la visite surprise d'Abby au baiser de Tom. Elle referma la porte, puis se retourna et s'adossa contre elle.

— Beau travail ? Le fait que tu fasses semblant de t'intéresser à moi est du « beau travail » ?

— Si tu ne veux pas qu'on découvre tes secrets, alors tu dois arrêter de parler. Je l'ai entendue traîner devant ta porte et j'ai pensé que quelqu'un essayait de surprendre notre conversation. Mais ce n'est pas pour cela que je t'ai embrassée.

Lorsqu'il commença à s'approcher d'elle, elle se dirigea vers la table basse et saisit un livre qui était posé dessus.

— Enfin, ce n'est pas la seule raison.

— Ça suffit avec tes belles paroles, Tom.

Elle tint le livre contre sa poitrine, lui signifiant ainsi clairement qu'il devait garder ses distances.

— Et tu te demandes pourquoi je n'ai pas confiance dans

les hommes qui prétendent que je leur plais ! Je pensais que je pouvais…

— J'avais très envie de t'embrasser.

Même s'il semblait convaincu de ce qu'il disait, elle garda le livre serré contre elle alors qu'en elle l'humiliation faisait peu à peu place à la colère.

— Tu dois trouver ça très amusant de jouer avec moi ! Tu ne vaux pas mieux que Silas. Tu te sers de moi ! Je ne sais pas dans quel but, mais tu te sers de moi !

— Je refuse que tu me compares à cette ordure.

Tom posa les mains sur les hanches et se redressa de toute sa hauteur.

— Oui, je t'ai embrassée parce que je pensais que tu ne voulais pas que quelqu'un entende ce que tu me racontais. J'ai voulu te protéger.

— Tu ne pouvais pas tout simplement me dire de me taire ?

— Et entamer une dispute avec toi ?

Il sortit la chaîne de sa poche et laissa les maillons tomber un à un sur la table.

— Et comment comptais-tu expliquer la présence de cet objet à ta tante ?

— D'accord… Je te remercie de m'avoir aidée.

Melanie fit un geste en direction de la porte par laquelle Abby venait de partir.

— Mais maintenant elle pense que nous sortons ensemble.

— C'est si embêtant que ça ? Écoute, tu es peut-être aveugle ou tu fais semblant de ne pas le remarquer, mais il y a quelque chose entre nous. Je n'ai pas peur que ta tante dise aux autres que nous sortons ensemble… D'autant plus que cette rumeur va peut-être aider Silas à arrêter de t'embêter. Ça apprendra également à Deanna que tout le monde n'est pas attiré par des filles maigres et trop gâtées, et ça montrera à tous ces rustres que tu as quelqu'un qui te protège.

Décourager Silas de s'intéresser à elle était effectivement une perspective attirante. Et savoir qu'il pensait qu'il y avait quelque chose entre eux l'aidait à comprendre les sentiments qu'elle avait pour Tom. Mais il fallait qu'il ait lui-même quelque chose à gagner dans l'affaire. Et le fait que lui — entre tous — ait des secrets pour elle alors qu'elle lui avait confié toutes ses craintes et tous ses soupçons lui faisait mal. Elle prit sa bouteille de bière et en avala une gorgée.

— Tu penses que j'ai besoin d'être protégée ?

— Tout le monde a besoin de l'être. Surtout les rousses têtues qui mettent leur nez là où elles ne devraient pas.

Il contourna la table et tendit les bras vers elle, comme s'il s'apprêtait à la serrer contre lui.

— Maintenant, je suis officiellement ton chevalier servant.

Melanie posa la main sur son torse, l'empêchant de s'approcher d'elle.

— Je suppose que tu aimerais que moi aussi je te protège ?

— J'aimerais que tu sois mon amie.

Il s'appuya contre sa main et murmura d'une voix rauque :

— Mais je te préviens, Melanie Fiske, je t'embrasserai encore. Les choses commençaient à devenir intéressantes quand ta tante est entrée.

Elle frissonna en entendant cet avertissement qui résonnait comme une promesse.

— Les amis ne s'embrassent pas comme ça.

— Alors, tu n'as pas envie que je recommence ?

Le rouge qui vint aux joues de Melanie trahit ses sentiments avant qu'elle puisse dire non.

— Tu sais très bien que tu me plais : je n'arrive pas à le cacher. C'est peut-être parce que tu es différent des gens d'ici.

En prononçant ces paroles, elle regarda en direction de la maison de Henry.

— Ou c'est peut-être parce que tu me parles vraiment, et que tu dis ce que tu penses et…

Elle laissa brusquement tomber la main qu'elle tenait toujours posée sur son torse et leva les yeux vers lui.

— Mais je t'en supplie, ne me mens pas, d'accord ? Je veux pouvoir te faire confiance.

— Tu peux.

Tom recula et poussa un soupir. Il croisa les bras sur sa poitrine et passa la main sur son épaule blessée. Cette attitude hésitante chez un homme d'habitude sûr de lui la fit douter de la parole donnée.

— Écoute, Doc, il y a une chose que je dois...

— Ne m'appelle pas Doc. Je ne serai peut-être jamais médecin. Alors arrête avec ça.

Elle préféra l'interrompre avant qu'il puisse lui raconter d'autres mensonges qui lui fassent regretter cette alliance boiteuse avec lui. Puis, en s'asseyant, elle déclara :

— Finissons notre bière.

— Et notre conversation.

Il s'assit en face d'elle, tournant une chaise à l'envers pour s'installer dessus à califourchon.

— Tu penses que ton père a été tué et que le shérif précédent a conclu que c'était un accident ?

— Peut-être... Si seulement il y avait eu une enquête ! Mais s'il n'y a rien à cacher je ne comprends pas pourquoi tout le monde refuse de me parler de cet accident.

— Quelqu'un aurait-il pu avoir un motif de tuer ton père ?

— Henry. Mon père avait hérité de la majeure partie du domaine, et Henry d'une parcelle plus petite. Lorsque mon père est mort, c'est Henry qui a tout eu.

Tom posa les coudes sur le dossier de sa chaise et se pencha en avant, plissant les yeux d'un air interrogateur.

— Tu n'as pas hérité les terres de ton père ? S'il ne voulait pas les léguer à une enfant, il aurait pu désigner un tuteur jusqu'à ta majorité. Pourquoi ne l'a-t-il pas fait ?

— Il n'y avait pas de testament. Henry n'a rien trouvé... Du moins, c'est ce qu'il prétend. Et les autres membres de la famille étaient tellement âpres au gain qu'ils ont mis la main sur tout ce qui pouvait avoir de la valeur. Ils ne m'ont rien laissé. Je pensais que je n'aurais jamais le moindre objet ayant appartenu à mon père jusqu'à ce que je trouve ça.

Elle sortit la montre de sa poche et la tendit à Tom.

Il lut les initiales gravées au dos de la montre avant de l'ouvrir et de regarder à l'intérieur.

— Elle appartenait à ton père ?

— Je l'ai trouvée dans une boîte rangée dans le grenier de la maison de Henry. Je sais que c'est celle de papa à cause des initiales gravées. À l'intérieur, il y a la photo de ma mère, mais on ne la reconnaît plus.

Il regarda le portrait délavé avant de refermer le couvercle et de lui rendre la montre.

— Tu en as parlé à Henry ?

— Pas directement. Mais je lui ai demandé plus d'une fois s'il avait des objets ayant appartenu à papa.

— Et ?

— Il m'a répondu qu'il n'avait rien.

De son pouce, Melanie caressa avec révérence les initiales gravées sur la montre, avant de la glisser à nouveau dans sa poche.

— Tu penses que Henry sait où se trouve le testament de ton père ? Ou, plutôt, où il se trouvait ? S'il voulait en cacher l'existence, il l'a certainement détruit.

— Ou alors, il l'a peut-être caché dans ce placard...

Tom hocha la tête.

— Il y a quelqu'un d'autre qui aurait pu avoir une raison de tuer ton père ?

— Papa était quelqu'un de calme, et je crois qu'il était apprécié ici. Pour la petite fille de onze ans que j'étais, il était parfait.

Elle se souvint que Tom et elle partageaient la même douleur, et elle sentit son cœur se serrer de compassion.

— Tu devais certainement penser la même chose de ta mère. Lorsqu'on perd trop tôt quelqu'un que l'on aimait, c'est difficile de se souvenir de ses défauts.

Tom acquiesça.

— Ma mère était très belle. Elle avait beaucoup de volonté. Ce n'est pas facile d'être mariée à un policier absorbé par son travail et d'élever quatre enfants. Elle s'était peut-être fait des ennemis, ou avait peut-être brisé le cœur d'un autre soldat lorsqu'elle vivait encore en Angleterre, avant qu'elle épouse mon père et qu'elle vienne vivre aux États-Unis. Mais tu as raison : tous ceux que je connais l'aimaient.

— Ton père est policier ?

Il lui avait raconté que la police de Kansas City avait arrêté les hommes qui avaient tué sa mère, mais il ne lui avait jamais dit que son père en faisait partie.

— Il a participé à l'enquête ? demanda-t-elle. Il n'en avait pas le droit, je suppose. Alors comme ça, tu es fils de policier ? C'est peut-être pour ça que tu poses toujours toutes ces questions !

Tom prit sa bouteille de bière et remua un peu sur sa chaise avant d'avaler une longue rasade.

— Tu as déjà été témoin de choses illégales sur le domaine ?

Une autre question... C'était peut-être sa façon de détourner la conversation lorsque les choses devenaient trop personnelles pour lui. Melanie prit une autre gorgée de sa bière, essayant de ne pas repenser au goût des lèvres de Tom. Répondre à ses questions semblait infiniment plus facile qu'oublier ce baiser, ou résister à l'envie de le réconforter.

— Témoin direct ? J'ai vu plusieurs bagarres comme celle dans laquelle tu as été entraîné le premier jour. Jamais personne n'a porté plainte. Nous pinçons parfois un voleur dans les échoppes... S'il rend l'objet dérobé, nous le laissons partir. Dans le cas contraire, c'est le genre de chose dont le shérif Cobb accepte encore de s'occuper. Il arrive aussi que des personnes viennent chasser ou pêcher sur le domaine sans y être autorisées. Mais Silas porte plainte contre elles.

— Ça ne me dérange pas de faire le travail pour lequel je suis payé ici. Mais, quand je patrouille sur le domaine la nuit pour m'assurer que personne ne s'y est introduit en douce, j'ai l'impression d'être un mercenaire engagé dans l'armée de Henry Fiske !

Melanie ne pouvait pas le contredire.

— Les choses ont bien changé depuis la mort de mon père ! Par exemple, il n'est pas admissible que quelqu'un disparaisse sans que personne s'en soucie… Et même si je suis contente pour toi que tu aies obtenu cet emploi, ne trouves-tu pas anormal d'embaucher des anciens soldats pour faire du travail agricole ou surveiller des activités touristiques ? Parfois, j'ai l'impression que Henry est à la tête d'une milice et qu'il me garde ici parce qu'il pense qu'il y aura des combats et qu'il aura besoin d'une infirmière.

— Beaucoup d'argent transite par ces terres, remarqua Tom. Le domaine Fiske est presque un État dans l'État : il y a des maisons, des routes, des magasins, des embarcadères… Il ne manque plus qu'un motel pour les touristes.

Melanie poussa de côté le panier de cookies et tira la bride vers elle. Elle sortit la montre et le mystérieux anneau de sa poche, et forma une pile avec ces différents indices qui ne lui apprenaient rien.

— Je partirais dès demain si je le pouvais. Mais si je fais ça je ne saurai jamais la vérité.

Tom posa sa bouteille sur la table et tendit la main pour attraper l'anneau métallique.

— Que fais-tu avec une frette d'emprunt de gaz ?

— Tu sais ce que c'est ?

— C'est une pièce d'arme à feu. On dirait qu'elle appartient à un AR-15 ou à un autre fusil automatique. Elle permet qu'une partie du gaz sous pression généré par le tir de la cartouche soit utilisée pour charger une nouvelle cartouche.

Il prit la pièce entre son pouce et son index, et regarda Melanie à travers le trou.

— Où est le reste du fusil ?

Melanie lui arracha l'objet des doigts. Elle préférait penser qu'il s'agissait du maillon d'une chaîne, alors que Tom semblait certain de ce qu'il avançait.

— J'ai trouvé ça. Rien d'autre.

— Où ? Tu pourrais me le montrer ?

Le soldat Tom était de retour, et l'intensité de sa réaction devant cet objet l'effrayait un peu.

— Pourquoi ça t'intéresse ?

— Si je veux bien faire mon travail et veiller à la sécurité du domaine, il faut que j'aie la liste de ceux qui possèdent une arme. Il faut également que je sache qui sait les démonter et les remonter… Et que je sois au courant s'il y a quelqu'un qui se promène ici avec un fusil d'assaut !

— Un fusil d'assaut ?

Maintenant, il lui faisait vraiment peur. Était-ce le genre d'armes que portait Silas lorsqu'elle l'avait vu arriver chez Henry une heure plus tôt ?

— Je l'ai trouvé sur l'*Edwina*, dans le coffre qui servait de vivier. Mais il n'y avait aucune arme. Bien que…

— Bien que quoi ?

Il s'était levé et contournait la table.

— Quelqu'un avait réparé le vivier. Le reste du bateau était tout décrépit, mais les coffres étaient étanches et propres. Comme si quelqu'un s'en servait.

Il la força à se lever.

— Je veux voir ce bateau.

— Je peux t'y emmener demain.

— Non. Ce soir, quand j'irai faire ma ronde.

Il lui écarta les cheveux du front et les coinça derrière son oreille, lui parlant soudain avec plus de douceur.

— Si tu n'as rien contre une promenade nocturne dans les bois.

— Je te montrerai un raccourci, proposa-t-elle. Tu penses que cela a un rapport avec la mort de mon père ?

Il secoua la tête.

— Cette pièce est toute neuve. C'est le reste du fusil qui me tracasse, le fait de ne pas savoir où il est, ni à qui il appartient. Je n'aime pas les surprises. Cette frette me fait penser que, lorsque je patrouille le soir dans les bois, je ne suis pas le seul à porter une arme qui peut tuer.

8

Duff prit une dernière photo du vivier de l'*Edwina* avec son téléphone. Comme il n'y avait pas de réseau sur la rive nord du lac Hanover, il transférerait les clichés à son contact, l'agent du FBI Matt Benton, lorsqu'il le rejoindrait ce soir en bordure du domaine.

Le flash aurait pu révéler sa présence à ceux qui pouvaient se trouver dans les parages, mais c'était là l'avantage de s'être porté volontaire pour effectuer les patrouilles de nuit organisées par Silas : il *savait* qu'il était seul. Soit les employés du domaine étaient au lit, soit ils étaient allés à Falls City pour dépenser leur salaire dans l'un des deux bars de la ville.

Il sentit soudain poindre le doute : comment pouvait-il être si certain qu'il était seul ? Il scruta la lisière de la forêt à une vingtaine de mètres, et la surface du lac au-delà de l'embarcadère en bois vermoulu, pour s'assurer que personne n'avait remarqué qu'il n'avait pas suivi le circuit habituel consistant à faire le tour du domaine. À en juger par les nuages qui filaient dans le ciel et qui cachaient parfois la lune, un orage se préparait, et les indices qu'il pourrait découvrir dans le bateau que Melanie lui avait montré la nuit précédente allaient peut-être disparaître.

Mais à présent il fallait qu'il s'en aille d'ici au plus vite. Sans s'attarder sur cette sensation diffuse d'être épié, Duff sortit le matériel nécessaire pour procéder à des prélèvements dans le vivier. Les chances de retrouver des traces de poudre, des fragments métalliques ou des résidus prouvant que des armes avaient été entreposées ici étaient minces, mais il ne pouvait négliger aucune piste.

Si ce n'était pas pour y entreposer des armes, quelle raison aurait-on pu avoir d'entretenir les coffres de cette épave ? Cet embarcadère n'était jamais utilisé par les touristes et pratiquement personne ne venait ici, ce qui faisait de l'*Edwina* l'endroit parfait pour cacher des armes avant leur expédition. Le chemin en gravier qui menait au lac était plein d'ornières et envahi par les herbes, mais avec un 4x4 ou un quad comme celui qu'il avait ce soir, on pouvait y accéder sans problème. Puisque le coffre était vide, la dernière livraison venait peut-être tout juste d'avoir eu lieu…

À moins que l'intérêt de Melanie pour tout ce qui touchait au décès de son père n'ait poussé Henry ou Silas à changer de cachette avant qu'elle ne découvre les armes. Cela voulait dire qu'ils avaient une nouvelle planque… comme le placard que Melanie avait remarqué dans le grenier. Dans la mesure où Duff n'avait pas encore réussi à infiltrer le cercle des proches de Henry, il lui était difficile d'entrer dans sa maison. Peut-être Melanie pourrait-elle l'aider à y pénétrer… Ou peut-être accepterait-elle de retourner dans le grenier et de prendre une photo de ce qui se trouvait derrière cette porte.

Mais il fallait pour cela qu'il se hasarde à lui révéler qui il était, au risque de la mettre, elle aussi, en danger.

Duff referma les sacs en plastique contenant les prélèvements, et ses pensées se tournèrent vers l'infirmière du domaine. Il n'avait pas été facile de se lier d'amitié avec Melanie. Mais apprendre à la connaître s'était révélé particulièrement intéressant. Il n'avait pas le souvenir d'avoir été aussi attiré par une femme depuis bien longtemps. Il appréciait son humour, son intelligence, ses cheveux superbes, et ses lèvres douces qui semblaient attendre qu'un homme les embrasse.

Il avait envie d'être cet homme. Rien qu'en se remémorant à

ce baiser, son corps s'enflammait, et il sentait monter en lui une chaleur qui n'avait rien à voir avec la température ambiante.

Mais cette femme restait sur la défensive, et cela le contrariait, car il était précisément le genre d'homme qu'elle aurait dû croire sans réserve. Elle craignait constamment qu'on lui mente, et le fait qu'il soit au cœur d'une mission d'infiltration signifiait que toute la confiance qu'elle commençait à lui accorder serait réduite à néant si elle découvrait qui il était en réalité, à savoir Tom Watson, lieutenant de la police de Kansas City, et non pas Duff Maynard, ancien sergent dans l'armée.

C'était à ce problème qu'il aurait dû réfléchir, au lieu de se demander s'il aurait bientôt l'occasion de l'embrasser à nouveau. Bien innocemment, elle avait retourné la situation hier, transformant un baiser destiné au départ à la faire taire en un moment de sensualité inattendu. Quelle que soit la raison qui avait poussé Duff à initier ce baiser, il n'avait plus pensé qu'à une chose : dévorer les lèvres accueillantes qu'il sentait sous les siennes. Pendant quelques secondes, il avait oublié que l'intérêt qu'il avait pour elle était feint. Bon sang, il lui avait presque avoué qu'il était policier lorsqu'elle lui avait fait promettre de ne pas lui mentir ! Melanie avait été profondément blessée par ceux qui auraient dû prendre soin d'elle, et il voulait l'aider. Il comprenait son besoin de savoir la vérité pour arriver à accepter la mort de son père — que ce soit la confirmation qu'il s'agissait d'un accident malheureux, ou de quelque chose de plus sinistre.

Il voulait l'aider, lancer une enquête officielle, la tenir dans ses bras si elle avait besoin d'être réconfortée, la protéger de quiconque oserait lui faire du mal… Il avait envie de percer la cuirasse dont elle se protégeait en permanence, et de lui montrer à quel point elle était belle et courageuse.

Une rafale de vent le ramena à la réalité : il était là pour mener à bien une mission, pas pour aider Melanie Fiske. S'il avait pleinement conscience qu'elle avait besoin d'être assistée dans sa quête de vérité sur la mort de son père, il devait cependant faire taire cette attirance à laquelle il n'était pas préparé, et soulager sa conscience en se disant qu'elle avait eu besoin de quelqu'un pour l'écouter hier soir, et qu'il avait été là. Il ne pouvait pas courir le risque de faire la même erreur qu'avec Shayla, et de transformer ce qui n'était qu'un simulacre en une véritable relation. Il allait se contenter de l'écouter. Ça suffirait.

Duff sauta hors du bateau et leva la tête pour voir les éclairs à travers les nuages. Pourquoi avait-il le sentiment diffus que la nature essayait de lui envoyer un avertissement ? Il déposa les prélèvements dans une des sacoches de son quad et s'arrêta pour regarder une fois encore autour de lui. Il fit même quelques pas sur l'embarcadère pour s'assurer qu'il n'y avait personne sur un bateau dans l'anse.

Il retourna auprès son quad et grimpa dessus. Si quelqu'un l'avait vu, il pourrait toujours expliquer son détour en prétendant qu'il avait vu ou entendu quelque chose de suspect et voulait savoir ce dont il s'agissait. Mais passer trop de temps au même endroit alors qu'il était censé parcourir des kilomètres serait difficile à justifier. Les premières gouttes de pluie tombèrent sur ses joues alors qu'il démarrait enfin. Il prit le temps d'enfiler le poncho kaki qu'il avait dans une sacoche, puis se mit en route et s'engagea dans les bois, essayant d'échapper à l'orage.

Il pleuvait à verse lorsque Duff arriva au point de rendez-vous.

Un pick-up noir était à l'arrêt, tous feux éteints, sur un chemin à l'abandon, près de la tour d'observation. Elle n'était plus utilisée depuis que des moyens plus performants permettaient de découvrir les départs d'incendie. On ne pouvait remarquer le véhicule si l'on ignorait qu'il se trouvait là. Duff descendit de son quad à distance, préférant couvrir les derniers mètres à pied.

Le couvert des arbres ajoutait à la discrétion de l'endroit où il avait rencontré Matt Benton à quatre reprises au cours des douze derniers jours. Les yeux de l'agent Benton devaient s'être habitués à l'obscurité, car il sortit du véhicule en ajustant une casquette sur ses cheveux clairs avant même que Duff n'arrive.

Il tendit la main pour le saluer.

— Bonjour. Tu as choisi une nuit d'orage pour nous donner ces prélèvements ! Tout va bien ?

Duff hocha la tête. À part les diversions qui prenaient la forme d'une rousse incendiaire, son enquête progressait.

— Je peux confirmer que quatre fusils ont été chargés dans une expédition de meubles qui est partie mardi. Il s'agissait de Glock 19 dont les numéros de série avaient été effacés. J'ai fait une marque à l'acide sur l'un d'entre eux pour qu'il soit possible de l'identifier par la suite. Mais aucune arme n'a été livrée dans ce camion. Vous avez réussi à recueillir des informations grâce au micro que j'ai installé dans le bureau de Fiske ?

— Le poste de surveillance reçoit clairement ses conversations, mais nous n'avons rien entendu d'intéressant jusque-là… À moins que ces conversations ne soient codées.

Duff avait également songé à cette éventualité.

— Fiske a parlé de touristes qui voulaient affréter des bateaux pour des séjours de pêche. Tu penses que cela peut vouloir dire qu'ils attendent une nouvelle livraison d'armes ?

— Les chargements arrivent à Kansas City et à Saint-Louis environ tous les deux mois. Je suppose qu'une nouvelle cargaison va bientôt transiter par le domaine, si elle n'y est pas déjà…

Duff cligna des paupières pour chasser les gouttes de pluie qui s'accrochaient à ses cils.

— Tu as autre chose pour moi ? demanda-t-il.

Benton glissa dans sa veste les sacs en plastique que Duff lui tendait et sortit son portable.

— J'ai des informations concernant les noms que tu m'as donnés. La société de transport de Bernie Jackson compte deux camions. Il en conduit un, et son beau-frère l'autre. Tout a l'air légal, même si c'est la cinquième tentative de Jackson pour monter son entreprise. Il semblerait qu'il ait constamment des problèmes de trésorerie.

— Cela pourrait justifier le fait qu'il aide Fiske et Danvers à livrer leur marchandise en ville.

— Il ignore peut-être ce qu'il transporte pour Fiske. Un de nos experts est en train d'éplucher ses comptes. Mais je ne veux rien entreprendre tant que tu ne nous auras pas fourni plus d'éléments.

— Je suppose qu'ils utilisent bon nombre de caches et de circuits, pas seulement l'entreprise de Jackson.

Duff essuya ses doigts sur son jean humide avant d'envoyer à Benton les photos qu'il avait prises sur l'*Edwina*.

— Tu as trouvé quelque chose sur le type qui a disparu ?

— Richard Lloyd ?

Benton chercha sur son portable pour montrer des photos d'identité à Duff.

— Il a été arrêté quelques fois pour des délits mineurs, mais rien de grave.

Benton essuya le revers de sa casquette qui dégoulinait et montra à Duff la photo d'un journal.

— J'ai pensé que ça pourrait t'intéresser. C'est paru l'année dernière dans l'hebdomadaire de Falls City. C'est peut-être une coïncidence… mais je ne le crois pas.

Le tonnerre, le vent et la pluie forçaient Duff à se pencher pour qu'il puisse entendre ce que Matt lui disait. Il regarda le portable et vit une photo de Richard Lloyd, en tenue de camouflage. Il était assis sur une souche d'arbre et tenait les bois d'un élan qu'il avait abattu. Mais ce ne fut pas le trophée de chasse qui retint son attention, mais la crosse d'un Mauser que l'on apercevait au creux de son bras.

— L'homme qui a tiré sur la foule lors du mariage de ma sœur avait un Mauser…

Le fait que le frère de SueAnn ait disparu avait-il un rapport avec le trafic d'armes, ou avec l'attaque dont avait été victime la famille Watson ?

— Tu peux agrandir cette image et arriver à voir le numéro de série de cette arme ?

Benton reprit son téléphone et le rangea dans sa veste.

— Le laboratoire travaille dessus. Si nous pouvons confirmer qu'elle est illégale et que nous arrivons à mettre en évidence le lien entre Lloyd et les Fiske…

— Il faut que je retrouve cet homme !

SueAnn n'aimerait certainement pas apprendre que son frère était peut-être impliqué dans des activités illégales… Mais il était temps d'aller les rencontrer, elle et Daryl, et de leur demander s'ils savaient comment Richard s'était procuré cette arme.

— Vous avez fini de parler de votre enquête ?

La portière du passager s'ouvrit, et Duff se raidit : il ne s'attendait pas à cette interruption. Mais il ne put s'empêcher de sourire lorsqu'il vit s'avancer un homme grand et mince, aux cheveux bruns, qui poussait du doigt ses lunettes pour les remonter sur l'arête de son nez.

— J'imagine que chaque minute compte.

— Niall ?

Duff serra la main de son frère avant de le prendre dans ses bras et de lui donner une petite tape dans le dos.

— Que fais-tu là ?

— L'agent Benton a dit que tu avais besoin d'un médecin. Je me suis porté volontaire. C'est quel bras ?

— L'infirmière du domaine a recousu la plaie il y a une semaine. Elle m'a fait une piqûre d'antibiotiques.

Tout en soulevant son poncho, Duff ne put résister à l'envie de taquiner son frère, médecin légiste.

— Je ne sais pas si j'ai trop envie d'être soigné par quelqu'un qui dissèque des cadavres.

Comme d'habitude, son intellectuel de frère ne se laissa pas distraire. Il sortit une petite lampe de sa poche et souleva le pansement qui couvrait la blessure de Duff. Il toucha doucement la peau pendant quelques secondes, avant de remettre le pansement en place.

— Il n'y a aucun signe d'infection. La personne qui a suturé la plaie a fait du bon travail. Les points vont bientôt tomber.

Duff ressentit une certaine fierté à ce commentaire élogieux sur le travail de Melanie.

— Où en sont les préparatifs du mariage ? Tu n'as pas effrayé Lucy, j'espère !

— Il aura lieu en septembre, et nous adopterons Tommy juste après. Tu auras terminé ta mission, n'est-ce pas ? Tous les Watson doivent être présents.

Il était impossible de ne pas remarquer le sourire qui éclairait le visage sérieux de Niall lorsqu'il parlait de la jeune femme et du bébé qui avaient pris son cœur.

— Papa a accepté de conduire Lucy à l'autel, et je compte sur toi pour être mon garçon d'honneur.

— Je serai là.

Duff savait que, malgré toutes leurs précautions, plus ils restaient ensemble, plus ils risquaient d'être surpris. Mais il avait envie d'avoir des nouvelles de sa famille.

— Comment va grand-père ?

— Il s'inquiète pour toi. Une mission d'infiltration est toujours dangereuse. Et quand il a entendu que tu avais reçu un coup de couteau...

Niall essuya ses lunettes avant de poursuivre :

— J'ai promis à papa et à grand-père que je m'occuperais de toi personnellement. Je leur dirai que tu vas bien.

Duff avait demandé à ses frères, sa sœur et son père, tous membres de la police de Kansas City, de l'aider dans sa mission en servant d'agents de liaison, et de lui transmettre régulièrement des nouvelles de son grand-père, Seamus Watson.

— Grand-père reprend des forces ?

— Il parle un peu mieux. La fiancée de Keir, Kenna, l'aide beaucoup pour ça. Mais il a toujours du mal à se déplacer. Jane ne veut pas qu'il marche sans son déambulateur.

Jane était l'infirmière que leur père avait embauchée pour veiller sur Seamus.

— Elle craint qu'il tombe et qu'il se blesse. Ça a le don d'agacer grand-père.

— J'imagine...

Duff se retourna brusquement en entendant des pas s'approcher.

— Nous avons de la compagnie, souffla Matt Benton en s'apprêtant à dégainer son arme

Mais Duff avait déjà aperçu la chevelure rousse dans les arbres, de l'autre côté de la tour. Il posa la main sur le bras de l'agent Benton, l'invitant à ne pas sortir son arme, puis se retourna pour héler Melanie lorsqu'elle sortit de la forêt.

— Doc ? Que fais-tu ici ?

— Pourquoi ces hommes t'appellent-ils Watson ? C'est ton frère ? Que se passe-t-il ?

Elle avançait vers eux et, à la lumière des éclairs qui zébraient le ciel, il vit ses yeux briller de colère. Sa voix avait des accents de tristesse et d'amertume qui lui allèrent droit au cœur.

— Tu m'as menti, monsieur *Watson*. Et c'était la seule chose que je t'avais demandée : de me dire la vérité.

Duff se tourna vers Matt et Niall avant que Melanie n'arrive près d'eux.

— Partez. Je m'en occupe.

Niall hésita.

— Tu crois que nous avons grillé ta couverture ?

Duff appréciait le soutien de son frère tout autant qu'il déplorait sa réticence à faire ce qu'il lui ordonnait. Il poussa Niall vers le pick-up.

— Partez. Tout de suite. Si elle est là, il y a peut-être quelqu'un d'autre.

— Personne ne m'a suivie.

Il ne prêta pas attention à l'affirmation de Melanie.

— Dis à grand-père que je l'aime. Et que je vais coincer le type qui lui a fait du mal.

Matt Benton était déjà dans le pick-up.

— Creusez les informations que je vous ai données.

Matt démarra.

— C'est bon ? s'enquit-il.

— Oui, répondit Duff.

Il se tourna vers Melanie, essayant de déterminer à son attitude ce qu'elle avait vu et compris. Beaucoup de choses, apparemment. Il allait devoir prendre des mesures pour limiter les dégâts, sinon cette enquête était terminée. Il vit vaguement Matt faire demi-tour et s'éloigner dans la nuit.

— Il faut que nous parlions, dit-il d'un ton sec.

— Alors maintenant tu veux me dire la vérité ?

— Nous ne pouvons pas rester ici.

Il scruta l'ombre autour d'eux, se demandant si quelqu'un avait suivi Melanie avec la même discrétion qu'elle l'avait elle-même filé.

— Tu es seule ?

— Bien sûr que je suis seule ! Je suis toujours seule.

Duff comprit le sous-entendu. Elle l'avait laissé entrer dans sa vie, s'était liée d'amitié avec lui malgré sa défiance naturelle, et maintenant elle se sentait trahie. Leur alliance fragile était en train de voler en éclats.

— Je n'ai jamais voulu te faire du mal. Si tu n'étais pas si curieuse…

— Alors comme ça, c'est ma faute ? C'est toi qui mens !

Elle croisa les bras sur sa poitrine.

— Je ne partirai pas d'ici avant que tu m'aies dit la vérité.

— J'ai mes raisons.

Aucune ne semblait pouvoir justifier la douleur qui assombrissait le regard de Melanie. L'odeur fraîche de son lait de toilette était accentuée par la pluie qui trempait ses cheveux, et ses vêtements plaqués contre son corps ne laissaient rien à l'imagination.

Duff enleva son poncho et essaya de l'en envelopper.

Elle le jeta à terre.

— Je n'ai pas besoin d'un imperméable. Qui sont ces hommes ?

— Mon frère Niall, et l'agent du FBI Matt Benton.

— Qui es-tu ?

Il n'allait pas lui mentir. Mais il n'allait pas non plus mettre fin à sa mission.

— Tu es à pied ?

— Dis-moi ton nom. Je ne te croirai pas, mais dis-le quand même.

Melanie était décidée à en découdre avec lui, mais ils ne pouvaient pas poursuivre leur discussion ici. Il lui prit le bras et la conduisit à l'endroit où il avait garé son quad, durcissant sa poigne lorsqu'elle tenta de se dégager.

— Lâche-moi !

— Il faut que nous partions d'ici. Je ne peux pas courir le risque que cet endroit soit découvert.

— Bien.

Elle grimpa sur le siège humide du quad et noua ses bras autour de sa taille. Était-ce pour se réchauffer ? Ou pour élever une barrière entre eux ?

— Allons dans un endroit où nous pourrons parler, déclara-t-elle. Je pense qu'il est temps que tu me dises la vérité.

9

— Doc, tu vois bien que je ne suis pas ton ennemi !

Duff était trempé et sentait la pluie lui rafraîchir la peau. Quant à Melanie, elle devait être transie. Elle avait refusé son poncho lorsqu'il avait essayé de le lui donner une seconde fois, mais, comme elle ne faisait pas le poids contre lui, il l'avait forcée à l'enfiler.

— Ce n'est pas grand-chose, mais ça te réchauffera un peu.

— Tu cherches à gagner du temps, monsieur Maynard ou Watson ou autre !

Elle ôta la capuche, libérant ses cheveux mouillés qui retombèrent lourdement sur le tissu.

— Partons, dit-elle en s'installant sur le quad.

Duff monta devant elle et démarra.

— Il faut que tu me tiennes.

Elle murmura quelques paroles inintelligibles mais apparemment peu élégantes avant de le prendre par la taille. Elle dut le serrer un peu plus fort lorsque le quad commença à avancer, mais elle se tenait le plus loin possible de lui, et il sentait la pluie tomber sur son dos. Lorsqu'un kilomètre plus loin ils arrivèrent sur un terrain plus plat, il ralentit et regarda par-dessus son épaule.

— Tu étais près du lac, c'est ça ? Tu me suis depuis longtemps ?

— Je t'ai vu t'éclipser. J'ai pensé que nous pourrions parler. De nous.

Il sentit un pincement de culpabilité.

— Mais il n'y a pas de *nous*, n'est-ce pas ?

Elle semblait un peu moins en colère, mais la résignation qu'il entendait dans sa voix l'inquiétait. Il n'avait jamais eu l'intention de la blesser.

— Et au lieu de cela je t'ai vu fouiller le bateau de papa sans moi, et rencontrer deux hommes que je n'avais jamais vus auparavant. Tu t'es servi de moi pour te rapprocher de Henry.

— Ton oncle m'importe peu en ce moment. Et je ne m'éclipsais pas : je sors tous les soirs pour mes rondes.

Il tourna sur le chemin menant vers l'ancien embarcadère.

— J'ai parcouru plus de sept kilomètres ce soir. Comment as-tu fait pour me suivre ?

— Je connais tous les raccourcis et toutes les cachettes de ce domaine. L'arbre abattu à la lisière de la forêt, près de l'*Edwina*, est creux. J'ai rampé à l'intérieur pendant que tu inspectais le bateau. Puis j'ai écouté le bruit du quad. Quand j'ai compris que tu te dirigeais vers le nord, j'ai suivi le cours d'eau. Il y va plus directement que le chemin que tu as pris.

Un éclair déchira le ciel, et Duff sentit Melanie sursauter lorsque le tonnerre gronda. Elle se rapprocha un peu, le serrant entre ses cuisses. Pourtant, malgré ce contact physique, il avait l'impression qu'elle était très loin de lui.

— D'ailleurs, pour ton information, Henry connaît tous ces raccourcis lui aussi.

Ce n'était pas une bonne nouvelle.

— Et Silas ?

— Quelques-uns. Mais j'ai vécu ici plus longtemps que lui. En plus, il est paresseux. S'il ne peut pas se rendre quelque part en 4x4 ou en quad, il demande à une autre personne d'y aller à sa place. Il ne veut pas traverser la rivière, surtout lorsqu'il pleut comme ça. Henry arrive à peine à l'envoyer sur le ponton lorsqu'il faut charger ou décharger les bateaux de pêche !

— J'ai l'impression qu'il ne sait pas nager et qu'il a très peur de l'eau.

— J'ai l'impression que tu éludes mes questions.

Ils heurtèrent une racine qui la projeta contre lui, mais elle rétablit vite une certaine distance entre eux.

— Tu travailles pour Henry ? Tu achètes d'autres types comme Sterling Cobb pour qu'ils gardent le silence sur ses activités ?

Duff s'essuya le visage avant de diriger le quad vers la rive du lac.

— Je suis quelqu'un d'honnête, Doc, même si c'est vrai que je t'ai menti.

— Enfin, tu le reconnais !

— Je fais partie d'un groupe qui enquête sur un trafic d'armes à Kansas City. Nous pensons que celui qui est à la tête de ce trafic vit sur le domaine... Si ce n'est pas Henry lui-même.

Elle resta si longtemps silencieuse qu'il se demanda si elle l'avait entendu par-dessus le vrombissement du moteur. Mais soudain sa voix s'éleva.

— Des armes ? C'est donc pour cela que tu m'as posé des questions sur la pièce que j'ai trouvée...

— Oui. Et c'est la raison pour laquelle je suis allé prendre des photos du bateau de ton père. Ces coffres réparés sont l'endroit parfait pour les cacher avant de les expédier ailleurs.

— Tu penses que des armes transitent sur le domaine...

— Je sais que c'est le cas. J'en ai chargé dans le camion de Bernie Jackson. Elles se trouvaient dans une caisse soigneusement fermée, mais j'ai bien vu ce dont il s'agissait.

Au lieu de défendre son oncle et les habitants du domaine, elle poussa un long soupir.

— Cela expliquerait beaucoup de choses... Je pensais que tous les secrets avaient un lien avec mon père. Mais si Henry fait quelque chose d'illégal... Je comprends mieux pourquoi il exerce ce contrôle permanent sur ceux qui vivent ici.

Duff s'arrêta près de l'*Edwina*. Il coupa le contact, mit pied à terre et se tourna vers elle.

— Alors, tu me crois ?

Un éclair illumina le ciel, suivi d'un coup de tonnerre. Melanie se recroquevilla sous le poncho et leva les yeux.

— Tu sais qu'une plage est bien le dernier endroit où nous devrions nous trouver en cas d'orage ?

— La coque du bateau ne conduit pas l'électricité, n'est-ce pas, ma sauvageonne ?

— Ah bon ! Voilà un autre surnom !

Mais elle hocha la tête.

— Seulement dans l'eau salée. Mon père disait que c'est le sel déposé sur la coque qui conduit l'électricité. C'est un lac d'eau douce. Nous devrions être en sécurité.

— Je savais que tu aurais la réponse. Viens, j'en ai assez d'être trempé.

Il lui tendit la main, espérant qu'elle la saisirait. Il vit à son regard qu'elle se demandait si oui ou non elle allait accepter son offre de paix. Le coup de tonnerre suivant hâta sa décision. Elle lui prit la main, et il la conduisit vers le bateau échoué pour se réfugier à l'intérieur. Ils n'étaient pas complètement à l'abri, mais la coque en fibre de verre les protégeait du vent et du plus fort du déluge. Il s'assit près du vivier et l'installa sur ses genoux.

— Il faut que tu m'écoutes...

— Je comprends. Tu es une sorte d'espion. C'est pour cela que tu voulais devenir ami avec moi. Tu avais besoin de moi pour te rapprocher de Henry, ou alors tu pensais que je savais quelque chose à propos de ces armes. Mais ce n'est pas le cas.

Elle se laissa aller contre lui, drapant le poncho sur eux deux.

— Je vois très bien la nécessité de mentir quand on est en mission d'infiltration. Mais la simple amitié ne te suffisait pas ? Pourquoi as-tu fait semblant d'être intéressé par quelque chose d'autre ?

— Parce que je *suis* intéressé par quelque chose d'autre.

Les bras de Duff se refermèrent sur sa taille avant qu'il ne comprenne qu'elle se blottissait contre lui pour se réchauffer, pas parce qu'elle lui avait pardonné ses mensonges. Le parfum doux de ses cheveux lui emplissait les narines, et il dut fermer les yeux pour résister à l'envie de frotter son nez contre son oreille.

— Je ne suis pas un espion. Je suis un lieutenant de police. Tu ne dois le dire à personne.

L'ironie de ce qu'il allait lui demander ne lui échappa pas. Il poursuivit :

— Je peux te faire confiance ?

Un éclair déchira le ciel, frappant un arbre au loin. Lorsque Melanie sursauta contre lui, il la serra un peu plus fort dans ses bras.

— Tu as peur de l'orage ?

— Mon père est mort une nuit comme celle-ci.

Il la sentit se détendre et adopter une position plus confortable. Il étouffa un soupir lorsqu'il sentit ses fesses contre son sexe. Elle avait besoin d'honnêteté et de réconfort, pas de la passion qu'elle éveillait en lui.

— La violence de l'orage me rappelle cette nuit-là. J'ai été réveillée par le tonnerre et je suis allée dans la chambre de mon père. Il ne s'y trouvait pas. Je ne l'ai jamais revu.

Il pouvait imaginer que la terreur de la petite fille s'était encore accrue lorsqu'elle s'était aperçue que la seule personne sur laquelle elle pouvait compter n'était pas là pour l'aider. Melanie suscitait en lui des sentiments encore plus puissants que la passion. Il avait mal pour cette petite fille qui n'avait jamais su pourquoi son père n'était pas revenu à la maison.

— Je suis désolé.

La tenant serrée contre lui, Duff céda au besoin de l'embrasser. Il écarta ses cheveux et déposa un baiser sur la peau fraîche de sa nuque. Le frisson que cela provoqua en elle le toucha au plus profond de lui-même, éveillant son désir.

Lorsqu'elle pencha la tête pour le laisser faire, Duff déposa une multitude de petits baisers sur son cou, s'attardant là où il sentait battre son pouls.

— Ce bateau est l'endroit où je me sens le plus proche de

mon père, murmura-t-elle tout en tournant la joue vers lui pour qu'il l'embrasse elle aussi. Il adorait vivre dans cette région, il la connaissait par cœur. Nous avons passé des journées magnifiques sur ce lac.

Elle pencha la tête en avant, rassembla ses cheveux sur une épaule et les tordit.

— Je dois te paraître très enfantine.

Il pensait surtout au poids de sa poitrine contre son bras, et à quel point il avait envie de la prendre à pleines mains. Mais pour le moment il fallait qu'il regagne sa confiance et — peut-être — qu'il obtienne son pardon. Alors il déposa un chaste baiser sur son cou, essayant de refréner son désir.

— Je te comprends.

Il regarda l'eau noire du lac déchaîné sous l'orage, et les vaguelettes crénelées de blanc qui s'écrasaient contre l'embarcadère soulevé par les flots. Mais, même si Melanie était assise sur ses genoux, il revit soudain en pensée son grand-père, gisant inconscient dans une mare de sang, et un tireur qui disparaissait sans laisser de trace…

Il repensa aussi à cette nuit funeste où il avait vu son père pleurer pour la première fois. Il n'avait plus pleinement conscience d'avoir Melanie dans ses bras, mais il vit soudain qu'elle s'était retournée pour le dévisager.

— Qu'y a-t-il ?

Il essaya de sourire, mais toutes les émotions qu'il réussissait d'ordinaire à maîtriser s'agitaient en lui, et ce fut plus probablement un rictus qu'il lui adressa.

— À l'hôpital, la nuit où papa m'a appris que maman était morte, je me souviens que je suis entré dans une colère noire. Je ne voulais pas le croire. J'ai sauté dans ma voiture et j'ai conduit comme un fou, pour aller voir par moi-même l'endroit où elle avait été tuée, les véhicules de police, le sang…

Il sentit qu'elle lui posait la main sur l'épaule, l'invitant à poursuivre.

— J'ai pensé que je pourrais trouver maman là-bas, que mon

père et les autres policiers n'avaient pas assez bien cherché. Que la femme étendue à l'hôpital était quelqu'un d'autre...

Il s'arracha à la contemplation de son passé et du lac gonflé par la tempête, et plongea le regard dans ses yeux qui avaient la couleur ambrée du whisky, et dans lesquels brillaient des larmes. Duff en prit délicatement une sur son pouce.

— Je suis passé devant ce magasin chaque jour pendant des années, toujours avec l'idée folle qu'elle serait là un jour.

Il prit la larme suivante, elle aussi, et se rendit compte que sa douleur reculait devant la compassion de Melanie.

— Même lorsque le magasin a été démoli et qu'on a construit un supermarché à la place, j'ai continué à passer devant de temps en temps. Donc oui, je comprends pourquoi tu es attachée à cet endroit.

Alors Melanie Fiske, cette femme avec laquelle il allait de surprise en surprise, prit son visage entre ses mains et posa ses lèvres sur les siennes. Son baiser fut aussi tendre qu'il était audacieux. Il n'avait pas besoin de lui apprendre quoi que ce soit, de lui montrer ce qui l'excitait ou ce qui le touchait : Melanie manquait peut-être d'expérience, mais elle sentait naturellement ce qu'il attendait, et Duff était prêt à prendre tout ce qu'elle voudrait bien lui donner.

Il passa les doigts dans ses cheveux, lui fit pencher la tête en arrière et ouvrit la bouche sur elle, insinuant la langue entre ses lèvres. Elle lui enlaça le cou et répondit à son baiser. Elle pressait ses seins contre son torse, et il sentait leur forme douce et arrondie contre sa peau, à travers leurs vêtements mouillés. Il lui prit les cheveux à pleines mains alors que son corps s'enflammait, brûlant de l'envie de l'entraîner avec lui dans la passion. Chaque mouvement des lèvres de Melanie, chaque caresse de sa main contre son cou et ses cheveux, chaque gémissement rauque qu'elle poussait nourrissait le désir qui le consumait.

Il écarta les cuisses, sentant son sexe se tendre derrière la fermeture de son jean. Lorsqu'elle glissa la main entre eux deux, il crut qu'elle allait le repousser parce qu'il allait trop vite pour elle. Mais elle caressa les petits tétons de sa poitrine. Peut-être étonnée de le voir réagir instantanément, elle interrompit leur baiser.

— Pardon, je ne voulais pas te pincer !

— C'est seulement que j'aime ce que tu me fais.

— Si tu me mens…

Il reprit possession de sa bouche, lui manifestant aussi clairement que possible que c'était la vérité. Elle avait le pouvoir de mettre à distance la douleur du passé. Elle lui faisait croire qu'il pouvait à nouveau faire confiance à une femme, qu'il pouvait se donner le droit d'avoir besoin d'elle. Elle dut comprendre le message, parce qu'il sentit sa main descendre plus bas… Et, lorsqu'elle tira son T-shirt hors de sa ceinture pour passer la main sur sa peau nue, il crut qu'il allait exploser.

Duff commença à lui embrasser le menton, puis les paupières, avant de retourner vers ses lèvres sensuelles. Il dut batailler avec le poncho pour passer les mains sous ses vêtements et explorer son corps comme elle l'avait fait avec lui. Il sentit sa peau fraîche se réchauffer sous ses doigts, et elle s'étira pour qu'il puisse plus facilement caresser chacune de ses courbes délicates. Il passa le pouce sur ses mamelons, à travers le tissu satiné qui les recouvrait, et il la sentit sursauter elle aussi.

— C'est bon, n'est-ce pas ? chuchota-t-il contre ses lèvres.

Elle hocha la tête, enfouissant le visage contre son cou.

— Et ça, qu'en dis-tu ?

Il lui prit les seins dans la paume de ses mains et les souleva, savourant la sensation de leur poids et leur rondeur. Il faufila les doigts sous son soutien-gorge, caressant sa peau soyeuse. Melanie prononça son nom dans un soupir, levant vers lui ses yeux voilés par la passion.

— Redis-le, murmura-t-il en baissant la tête.

— Tom…

Elle se pressa un peu plus contre ses mains.

— Encore.

— Tom...

Il l'embrassa à nouveau, savourant l'intensité de sa réaction. *Incandescent*, c'était le seul mot qui lui venait à l'esprit pour qualifier ce moment. Melanie n'avait pas besoin d'expérience : il fallait seulement qu'elle suive son instinct.

Il parvint à défaire la fermeture de son soutien-gorge lorsqu'il entendit une branche craquer.

Tout en marmonnant un juron contre ses lèvres, il sortit les mains de son poncho, et, faisant glisser Melanie à côté de lui, il dégaina son arme.

10

Duff aperçut d'abord des cheveux bruns voler dans le vent, et Deanna Fiske se retrouva soudain face à face avec le canon de son Glock.

— Waouh !

Elle recula et trébucha sur Roy Cassmeyer qui venait d'apparaître juste derrière elle.

— Attention !

Roy vit l'arme, retint Deanna et s'apprêta à saisir son pistolet.

— Je ne ferais pas ça si j'étais à ta place, fiston, l'avertit Duff.

Il sentait encore son cœur tambouriner dans sa poitrine.

— C'est bon, répondit Roy en levant les mains sans sortir son arme de l'étui qu'il portait à la ceinture. Nous n'avions pas l'intention de vous faire peur !

Il jeta un coup d'œil à Melanie qui réajustait ses vêtements.

— Ni de vous déranger.

— Vous êtes seuls ? demanda Duff.

— Oui.

Roy sembla s'apercevoir qu'il tenait toujours les mains en l'air et les laissa retomber.

— Désolé, Mel. Je n'imaginais pas que tu… Nous cherchions un endroit pour nous abriter.

Duff attrapa Melanie avant qu'elle ne détale comme un poulain effrayé et la tint fermement serrée à côté de lui tout en abaissant son arme.

— Tu sais qu'il vaut mieux ne pas s'approcher furtivement de quelqu'un, Roy.

Il remit son pistolet dans son étui et pria pour que Melanie ne dise ou ne fasse rien — que ce soit par inadvertance ou intentionnellement — qui puisse trahir sa véritable identité ou la raison de sa présence sur le domaine. Il inclina la tête, invitant les deux jeunes gens à venir s'abriter sur le bateau.

— Que faites-vous dehors par ce temps ?

Deanna se mit à rire tout en se blottissant contre Roy.

— La même chose que vous ! Maman ne me croira jamais, Mel, quand je lui dirai que je t'ai rencontrée ici en train de te faire peloter par Duff ! Et dire que je te donnais des tuyaux pour attirer son attention ! Tu es toujours dans tes livres et ton travail, ou en train de parler de ton père. Je n'aurais jamais cru que je te verrais embrasser un homme !

Duff avait du mal à supporter ses sarcasmes. Avant qu'il ne puisse la faire taire, Melanie désigna le pistolet que portait Roy.

— Tu prends toujours une arme quand tu as rendez-vous avec Deanna ? Ma cousine a un caractère si difficile ?

Bien vu. Duff ne put s'empêcher de sourire. Il voulait bien avoir tous les jours à ses côtés une femme avec cette présence d'esprit et ce courage ! Il était déjà en train de tomber amoureux de Melanie, de son mélange unique de passion et d'innocence, de fougue et de compassion, mais il appréciait tout particulièrement son sens de l'humour.

Deanna leva les sourcils, peut-être vexée que Melanie n'ait pas réagi à sa pique.

— Duff a bien un pistolet, lui aussi. Tu ne te sens pas plus en sécurité avec un homme armé ?

— C'est nécessaire à mon travail, lui rappela Duff.

Il n'admettait pas que cette mijaurée s'adresse ainsi à Melanie. La réplique de Deanna ne fit pas honneur à son esprit.

— Euh...

Melanie se passa la main dans les cheveux pour se recoiffer

sommairement. Allait-elle jouer le rôle d'une amoureuse mécontente d'avoir été surprise pendant un rendez-vous ?

— Y a-t-il une raison pour laquelle je ne devrais pas me sentir en sécurité ici ? lança-t-elle.

— Non, répondit Roy. Le domaine est très sûr. Silas s'en occupe personnellement.

Et pourtant il portait une arme. Henry pensait-il que sa fille avait besoin d'être protégée ? De quel danger ? Et, s'il y avait une menace particulière, pourquoi Duff n'en avait-il pas été informé ? À moins que Henry et Silas ne veuillent pas qu'il soit au courant de ce que faisait Roy ?

— Où étais-tu ? lui demanda-t-il.

— Près du nouvel embarcadère, affirma Deanna.

— Ici et là, dit Roy au même moment.

— Il faudrait que vous accordiez vos violons !

Roy passa le bras autour des épaules de Deanna, la regardant d'un air sombre. Mais apparemment elle ne remarqua pas sa contrariété.

— J'ai surpris Roy près de l'embarcadère. Il faisait une sortie en bateau et il a à peine eu le temps de regagner la rive avant l'orage. J'ai pensé que nous pourrions nous tenir chaud, mais il a insisté pour que nous partions.

— Tais-toi, Deanna.

— Ne me donne pas d'ordres !

— Il y a une petite cabane près du ponton, fit remarquer Melanie. Vous auriez pu vous réfugier là-bas.

— C'est ce que je lui ai dit, répliqua Deanna en donnant un petit coup de coude dans les côtes de Roy.

Il se redressa et déclara comme s'il récitait une leçon bien apprise :

— J'ai décidé de raccompagner Deanna chez elle. Tu sais qu'il n'y a pas de réseau là-bas. Je ne voulais pas que Henry et Abby s'inquiètent.

— Il y a un téléphone dans la cabane, souligna Melanie.

Roy rougit et marmonna :

— J'avais oublié.

Il fallait que Duff aille inspecter cet embarcadère et le bateau sur lequel se trouvait Roy. Il aimait bien le jeune homme et espérait qu'il n'était pas impliqué dans ce trafic d'armes. Mais, que Roy soit innocent ou non, si Duff voulait vérifier ce qu'il avait fait ce soir avant que Silas ou Henry n'en soient informés, cela voulait dire qu'il devait se débarrasser des deux amoureux.

— L'orage commence à s'éloigner, indiqua-t-il en pointant le doigt vers les montagnes à l'Ouest. Je vous conseille de rentrer vite. Vous allez vous mouiller, mais au moins vous ne risquerez pas d'être touchés par la foudre.

Roy regarda le ciel et hocha la tête.

— Nous allons vous laisser.

Il prit la main de Deanna, mais elle s'appuya contre lui.

— Je ne veux pas rentrer. Je me suis échappée pour te voir, et tu es de mauvaise humeur depuis que je t'ai retrouvé.

— Je t'avais dit de ne pas venir ce soir.

Deanna trébucha lorsque Roy la tira en avant.

— Comment vais-je expliquer à ton père que tu es avec moi ?

— Il est inutile de lui dire quoi que ce soit ! D'ailleurs, il n'y a rien à raconter, répliqua Deanna.

— La faute à qui ? riposta Roy.

Duff se leva et saisit la main de Melanie pour l'aider à se redresser.

— J'ai une lampe-torche dans une sacoche du quad. Prenez-la... si ça ne vous dérange pas de rentrer à pied.

— Tu ne raconteras pas à mes parents que tu m'as vue, d'accord Mel ? demanda Deanna. Bien sûr que non : tu es sortie en douce pour voir un garçon toi aussi. Je ne dirai rien non plus.

— Tu devrais rentrer maintenant, déclara Melanie.

— Oh ! ils veulent être seuls ! Prenez tout votre temps : c'est ce que nous allons faire !

Deanna gloussa lorsque Roy lui fit signe de se taire.

— Merci, Duff.

Roy s'empara de la lampe-torche et prit Deanna par la main.

— Tu me mets mal à l'aise. Viens.

— Je te mets mal à l'aise ? Tu sais, Roy, je connais une bonne dizaine de garçons qui aimeraient être à ta...

— Sérieusement, tu ne peux pas te taire deux secondes ?

Lorsque les deux jeunes gens se furent éloignés, Duff se tourna vers Melanie.

— Je suis désolé que Deanna se conduise aussi mal avec toi. Et crois-moi, tu n'as absolument pas besoin de tuyaux !

Melanie lui lâcha la main et se dirigea vers le quad en se baissant pour se protéger du vent.

— Elle a raison quand elle dit que je n'ai aucune expérience. Tu étais malheureux, et j'ai seulement voulu te réconforter. Je ne savais pas ce que je faisais. Ce n'est rien, Duff.

Il lui attrapa la main et la força à se retourner vers lui.

— Écoute... Duff est un surnom qu'on m'a donné dans mon enfance. J'aimerais que tu continues à m'appeler Tom. Comme tu le faisais. C'est mon véritable prénom.

Il la prit par les épaules et attendit que ses beaux yeux se lèvent vers lui.

— Je m'appelle Thomas Watson Jr. Je fais partie de la police de Kansas City, comme mon père et mon grand-père avant moi. Il n'y a qu'une seule personne qui m'appelait Tom. Mais j'aime t'entendre prononcer mon prénom.

Le grondement du tonnerre s'était assourdi.

— Il vaut mieux que nous retournions à la ferme, nous aussi. La dernière chose dont nous avons besoin, c'est qu'on lance une patrouille à notre recherche ! s'exclama Melanie.

Duff la serra un peu plus fort.

— Si nous devons faire équipe, il faut que nous soyons sur nos gardes vingt-quatre heures sur vingt-quatre.

— J'ai compris. Je n'ai pas bien joué le jeu avec Roy et Deanna ?

— Si, Doc.

Duff regarda la pluie lui battre le visage alors qu'elle semblait suspendue à ses lèvres.

— Mais j'ai l'impression que tu t'éloignes de moi... Qu'une

chose que ta sotte de cousine a dite t'a fait douter de moi. Ce qui vient de se passer entre nous ne faisait pas partie de ma mission. Je sais que d'autres hommes ont essayé de se servir de toi pour se rapprocher de Henry. Mais hormis le fait que je t'ai menti sur mon nom et la raison de ma présence ici, tout le reste est réel. Pense au lien si particulier qu'il y a entre nous, et pas à cette comédie !

— Inutile d'essayer de me convaincre. Je sais ce qu'est le travail d'équipe.

Elle le repoussa, et cette fois il la laissa partir.

— Je suis capable de faire ça. Je *vais* le faire.

— Ça peut être dangereux. Si on découvre qui je suis, ton oncle...

— Je sais. Il va lâcher Silas sur toi. Ou pire.

Il avait une idée assez précise de ce que « pire » pouvait être. Il sentit son cœur se serrer à l'idée que l'on puisse faire du mal à Melanie également. Si elle n'avait pas été si curieuse, il ne l'aurait jamais mise dans cette situation.

Il devait lui faire comprendre clairement les conséquences possibles.

— J'ai besoin que tu me promettes que tu ne vas pas révéler mon identité, ni la raison pour laquelle je suis ici. Sinon, je partirai, et tu ne me reverras plus jamais.

Il prit une mèche de ses cheveux entre son pouce et son index, et joua un instant avec avant de poser la main sur sa joue.

— Je ne peux pas être plus sincère. Ma vie est entre tes mains.

Elle resta longtemps silencieuse. Puis elle appuya sa joue contre sa main en un geste plein de confiance, avant de s'écarter.

— Je garderai ton secret. Je ne parlerai à personne de tes rendez-vous près de la tour. Je t'aiderai à obtenir les informations dont tu as besoin. Et, si jamais tu es absent quand quelqu'un te cherche, je te couvrirai.

Alors, elle recula et le regarda droit dans les yeux.

— Mais je te demande quelque chose en retour.

— Si tu veux que je t'aide à enquêter sur la mort de ton père. C'est d'accord.

Il était déjà décidé à faire cela pour elle. Il la suivit jusqu'au quad.

— Et, si au cours de mon enquête je découvre quelque chose qui peut t'aider, je te préviendrai.

— Tu peux faire revenir ton frère, le médecin, pour qu'il ausculte SueAnn ?

— Il est médecin légiste. Ce n'est pas ce dont elle a besoin.

Quand elle commença à protester, il leva les mains pour l'interrompre.

— D'accord. Niall en sait peut-être assez en obstétrique pour l'aider.

— Et tu m'emmèneras à Kansas City avec toi quand tu partiras. Lorsque j'aurai découvert la vérité sur la mort de mon père, plus rien ne me retiendra ici.

— Le simple fait que tu connaisses mon identité compromet déjà ma...

— Tu m'emmènes à Kansas City ou je ne collabore pas.

Melanie en demandait beaucoup. Mais Duff avait besoin qu'elle garde le secret sur son identité et qu'elle l'aide à trouver les armes.

— C'est d'accord. Il faudra peut-être que nous partions très vite si les choses tournent mal... On laissera tout tomber d'un coup... Mais je te promets de t'emmener hors du domaine quand ma mission sera terminée. C'est bon ?

— C'est bon.

Elle tendit la main.

Mais Duff ne voulait pas d'une relation amicale après ce qu'ils avaient partagé quelques minutes auparavant. Il sentait encore ce désir insatisfait et ce sentiment de tendresse qui s'éveillait en lui dès qu'il était en présence de cette rousse douce et têtue. Alors, il lui prit la main et l'aida à grimper derrière lui sur le siège du quad.

— Tu veux aller vérifier le nouvel embarcadère avec moi ?

Roy était peut-être en train d'effectuer une mission que Henry lui avait confiée, comme préparer une livraison par exemple.

— Avec Deanna ? Henry ne la mettrait pas en danger.

— J'ai l'impression que leur rencontre n'était pas prévue. Roy ne s'attendait pas à ce qu'elle vienne le rejoindre.

— Ou peut-être qu'elle ne s'attendait pas à tomber sur lui et qu'elle a fait semblant de lui courir après... Tu penses qu'elle peut jouer un rôle dans ce trafic ?

Melanie prit Duff par la taille, enroulant ses bras autour de lui.

Il s'accorda quelques secondes pour savourer ce geste avant de faire démarrer le quad et de se mettre en route.

— Tu penses que ce badinage amoureux est une comédie ? Qu'elle fait semblant ? demanda-t-il.

— Je ne l'aurais pas envisagé auparavant, mais tant de choses ont changé ici ces derniers temps que je ne suis plus sûre de rien. Il se passe vraiment quelque chose d'horrible sur le domaine...

— Quelque chose d'assez horrible pour que des habitants de Kansas City en souffrent. Pour que ma famille en souffre.

— Ta famille ?

— La police pense que l'arme qui a blessé mon grand-père a transité par le domaine.

La pluie avait rempli les ornières d'eau, forçant Duff à ralentir pour qu'ils ne glissent pas dans le fossé.

— Grand-père était en train d'assister au mariage de ma sœur quand il a été blessé par balle. C'est quelqu'un de fort, mais il a été très affaibli. Il ne sera peut-être plus jamais le même.

— Il a donc survécu ?

Duff se sentait tenaillé par la douleur, la colère et le désir de vengeance.

— À peine.

— Je suis désolée.

Melanie le serra un peu plus fort dans ses bras, et les sentiments noirs qui l'agitaient s'évanouirent.

— Je vais te montrer un raccourci qui permet d'éviter la route.

— Merci.

— De te montrer un raccourci ?

— D'avoir accepté de garder mon secret.

Il tourna dans le chemin qu'elle lui indiqua, baissant la tête pour éviter les branches qui masquaient son entrée. Mais, à part cette indication, Melanie ne dit rien pendant un long moment. Soudain, elle lui demanda :

— Qui t'appelait Tom ?

— Ma mère.

Elle desserra son étreinte et recula un peu sur le siège.

— Alors, je ne devrais peut-être pas.

Duff lui prit la main pour qu'ils restent liés l'un à l'autre.

— Je n'ai jamais demandé à personne d'autre de le faire.

— Tom, je...

— Oui, c'est ça.

Entendre une femme prononcer son nom avec cette voix rauque était plutôt grisant pour un homme qui s'était juré de ne plus aimer. Il immobilisa le quad et, laissant le moteur ronronner, il se tourna sur le siège.

— Quand tu m'appelles Tom, j'ai l'impression que tu es plus proche de moi, que tu es moins en colère contre moi.

— Je ne suis pas en colère contre toi. Je veux seulement... que tu sois sincère.

— Crois-moi, ce que je ressens pour toi est sincère. En venant ici, je pensais trouver une bande de rustres. Je n'imaginais pas que je rencontrerais quelqu'un comme toi. Tu es une distraction à laquelle je ne m'attendais pas.

— Je ne suis pas une distraction ! s'exclama-t-elle en riant.

Mais ce rire avait des accents d'autodérision qui le mirent en colère contre Deanna et tous ceux qui la poussaient à se dévaloriser.

— Tu ne dois pas te sous-estimer, Doc. Euh... Melanie.

— C'est bon. Je commence à avoir l'habitude que tu m'appelles comme ça.

— Tu seras médecin un jour. Si quelqu'un peut arriver à

partir d'ici et à obtenir tous ces diplômes, c'est bien toi ! Je parierais bien tout ce que je possède là-dessus.

Il aima la voir rougir en entendant ce compliment. Il n'avait jamais vu une femme réagir avec une telle intensité au moindre contact, au moindre mot. Il pria pour ne pas s'être trompé : cette fois, il espérait de tout son cœur avoir mis sa confiance dans la bonne personne.

Il baissa la tête et déposa un baiser sur ses lèvres. Lorsqu'elle mit la main sur sa joue et lui rendit son baiser, Duff ferma les yeux, et il savoura son parfum doux et sa bouche offerte, sachant qu'il se laissait entraîner plus loin et plus vite qu'un policier en mission n'aurait dû. Lorsqu'il s'écarta d'elle, il lut dans ses grands yeux noisette une confusion qui s'accordait aux émotions contradictoires qu'il ressentait. Mais elle poussa un soupir de satisfaction qui résonna en lui, calmant ses doutes... Momentanément. Il la lâcha et se retourna, avant de remettre le quad en mouvement.

— Donc, tu es avec moi ?

— Je suis avec toi.

Elle posa la joue contre son dos et le tint fermement serré alors qu'ils filaient autour du lac.

Melanie avait raison pour le raccourci. En quelques minutes, ils sortirent du couvert des arbres et s'approchèrent de l'embarcadère en aluminium, qui était celui que l'on utilisait maintenant pour les activités nautiques du domaine. Duff gara le quad, sortit son téléphone portable et s'en servit comme d'une lampe de poche. Il suivit Melanie sur la rive rocheuse et se glissa sous la barrière métallique pour emprunter les marches qui descendaient vers le parking et la cabane, ou plus bas encore vers le hangar à bateaux et le ponton. Deux embarcations étaient amarrées là et dansaient sur le lac.

— Tu sais lequel des deux Roy a utilisé ?

— Certainement l'*August Moon*. D'habitude, l'*Ozark Dreamer* est loué aux touristes.

Contrairement à la petite crique calme où l'*Edwina* était échouée, cet endroit était équipé d'installations récentes qui permettaient la pratique de sports nautiques. Sous un auvent, on voyait d'ailleurs des canoës rangés sur des râteliers, à côté de gilets de sauvetage et d'armoires contenant du matériel. Melanie ouvrit une boîte à outils posée sur une étagère et en sortit une lampe-torche.

— Je pense que c'est ici que Deanna a attendu Roy.

Elle s'agenouilla près d'une couverture roulée en boule et d'une glacière tombée sur le côté dont elle sortit une cannette de soda pour lui en montrer le contenu.

— J'ai l'impression qu'ils sont partis très vite. Je comprends bien qu'ils n'aient pas voulu rester près de l'eau avec l'orage, mais pourquoi n'ont-ils pas pris leurs affaires pour aller attendre la fin de l'orage dans la cabane ?

— Je crois que c'est surtout Roy qui était pressé de partir.

— Que cherchons-nous ici ? demanda Melanie, en inspectant les canoës et le matériel divers.

Duff s'avança sur le ponton et alla regarder l'*August Moon*.

— Je répondrais volontiers des armes, des munitions et de l'argent, mais c'est probablement trop facile. Toute chose qui te semble étrange...

Duff remarqua des éraflures sur l'arrière de la coque de l'*August Moon* et grimpa sur le bateau pour les examiner de plus près.

— On va vérifier s'il y a des traces sur la berge, au cas où Roy aurait hissé quelque chose hors de l'eau...

Ils explorèrent l'endroit pendant quelques minutes. Duff prit des clichés des éraflures et d'une trace de matière visqueuse sur le plat-bord, qui n'avait pas été emportée par la pluie ou les vagues. Des viscères de poisson ? Il trouva une entaille plus profonde sur le pont du bateau, comme si quelqu'un avait essayé de tronçonner un gros poisson ou de couper quelque chose...

La voix tremblante de Melanie rompit soudain le silence.

— Tom ? J'ai trouvé quelque chose.

Duff sauta hors du bateau et se précipita vers elle. Il poussa un juron en découvrant un cadavre en état de décomposition avancée coincé sous le ponton, flottant entre les roseaux.

Il prit Melanie dans ses bras, l'éloignant de ce spectacle difficilement soutenable : des lambeaux de peau boursouflée sortant d'un long manteau noir.

— Mon Dieu ! Melanie ! Je ne voulais pas que tu voies ça !

La ceinture en cuir qui plaquait les bras le long du corps et la corde qui liait les poignets et les chevilles indiquaient qu'il ne s'agissait pas d'une noyade accidentelle. Même si Duff et son groupe de travail suspectaient que les membres du réseau étaient capables de tuer, il ne s'attendait pas à trouver un cadavre sur le domaine.

Melanie s'accrochait à son T-shirt, mais elle semblait déterminée à observer le corps.

— Il est mort depuis longtemps, non ?

— Je ne suis pas expert en médecine légale comme Niall, mais je dirais qu'il est resté dans l'eau un ou deux mois.

Il se demanda à quoi correspondaient les marques repérées sur le bateau de Henry. Roy avait-il découvert le cadavre, lui aussi, et avait-il essayé de le cacher à Deanna ? Ou ces marques indiquaient-elles que Roy avait essayé de se débarrasser du corps ?

— Le cadavre devait être coincé au fond du lac, et l'orage l'aura fait remonter...

Melanie desserra les doigts et dirigea le faisceau de sa lampe vers le bateau qu'il avait inspecté.

— Ou alors, il a été pris dans l'hélice de l'*August Moon*.

Le ponton secoué par les vagues se souleva soudain, entraînant le bateau avec lui, et il aperçut des filaments de corde coincés dans l'hélice.

— Tiens cette lampe si tu peux.

Jouer au détective avec lui et lui prêter main-forte l'aiderait à ne pas penser au cadavre. Pendant qu'elle tenait la lampe, Duff se coucha sur le ponton et prit plusieurs photos, avant de recueillir quelques fibres et de les mettre dans un sac en plastique qu'il sortit de sa poche. Peut-être Roy avait-il accidentellement dégagé le corps et essayé de couper la corde.

— On dirait que c'est la même corde que celle qui est sur le cadavre.

— Tu devrais prendre des photos du corps, aussi. Avant qu'il ne soit emporté par le courant…

— Attends-moi dans le hangar à bateaux pendant que je le tire sur la rive.

Le père de Melanie était mort noyé, et c'était probablement un spectacle particulièrement pénible pour elle.

Mais elle était têtue.

— Ne joue pas à l'homme fort. Je peux t'aider.

— Je ne joue pas à l'homme fort. J'essaie seulement de te protéger.

— Je vais voir des cadavres si je fais des études de médecine.

Mais pas comme celui-ci, songea-t-il.

Peut-être la meilleure façon de l'épargner en ce moment était-elle d'en finir au plus vite avec cette tâche macabre. Il désigna le poncho qu'elle portait encore.

— Nous allons nous servir de ça.

Elle ôta le poncho, l'étendit sur le sol, à côté du ponton, et Duff entra dans l'eau et tira le corps à terre. Il le déposa sur le poncho et en replia un pan sur le visage ravagé du pauvre homme pour que Melanie ne le voie pas. Pendant qu'il inspectait les poches pour voir s'il trouvait un objet permettant d'identifier le cadavre, elle pointa le doigt vers le trou que l'on voyait au niveau du torse, sur ce long manteau noir.

— C'est un impact de balle, non ? Au niveau du cœur.

— On dirait.

Elle désigna la ceinture qui avait été nouée — et non bouclée — autour du torse et des bras.

— S'il s'agit de sa ceinture…

Avant qu'il ne puisse l'en empêcher, elle toucha les deux extrémités gonflées d'eau de la lanière en cuir.

— Ça a été coupé net... Comme avec un couteau. Où est la boucle de sa ceinture ?

Duff fut soudain frappé d'un mauvais pressentiment : son frère Keir avait repéré l'homme qui avait blessé son grand-père grâce à la boucle de son ceinturon que l'on voyait sur un cliché pris pendant l'attaque. Et l'homme que Duff avait poursuivi sur les toits de l'église portait le même long manteau noir. Si l'arme venait de la ferme Fiske, il était fort possible que cet homme soit le tireur engagé pour faire du mal à sa famille...

— Tom ?

Il leva brusquement les yeux vers Melanie, arraché à ses pensées par sa voix douce, un peu rauque.

— Il faut appeler la police, dit-elle.

Il fallait qu'il parle à sa famille. Immédiatement. Il venait peut-être de découvrir un des éléments clés de l'enquête.

Duff sortit son téléphone et, à la clarté de la lune, il essaya de voir s'il avait du réseau.

— Il va falloir que l'un de nous reste près du corps pendant que l'autre va les prévenir.

— Il y a un téléphone dans la cabane.

— Je préférerais utiliser une ligne sécurisée pour que ton oncle ne sache pas que j'ai aussi appelé mon groupe de travail.

— Tu ne peux pas téléphoner à l'agent Benton. Cela te trahirait... *Nous* trahirait s'il débarquait ici avec une équipe de la police scientifique.

— Je ne veux pas que quelqu'un vienne déplacer le corps. Il n'y a pas de réseau ici. Il faut que je retourne près de la tour d'observation ou que je trouve un endroit d'où je peux les joindre.

Il se mit debout, monta quelques marches.

— J'aurais besoin que tu appelles le shérif Cobb. Tu peux utiliser le téléphone de la cabane.

— Et s'il fait partie du réseau ? Peut-être qu'il sait déjà qu'il y a un corps dans le lac et qu'il a l'intention d'étouffer l'affaire.

— Je vais en parler à mon équipe. Ils surveilleront Cobb, pour voir ce qu'il fait ou ce qu'il ne fait pas.

Mais Melanie ne l'écoutait pas.

— Je n'en suis pas sûre, mais j'ai l'impression d'avoir déjà vu ce manteau...

— Tu connais cet homme ?

Duff remit son téléphone dans sa poche et retourna près d'elle. Le visage était si abîmé que toute identification était impossible, et il n'y avait plus d'empreintes digitales depuis longtemps. Peut-être Melanie avait-elle remarqué quelque chose qui lui avait échappé.

— Le frère de SueAnn possède un manteau comme celui-ci. Il faisait assez froid pour qu'il le porte à l'époque où il a disparu. Tu ne crois pas...

Maintenant qu'il avait fini de prendre des photos, Melanie replia entièrement le poncho sur le corps.

— Ça tuerait SueAnn... Avec ses problèmes de tension. Je ne sais pas si elle pourrait encaisser ce choc.

— S'il s'agit bien de lui. Pas de conclusion hâtive ! Il faut d'abord l'identifier de façon certaine.

Duff regarda Melanie se redresser. Elle était blafarde. Oubliant que le temps était compté, Duff vint s'agenouiller près d'elle.

— Doc ? Qu'est-ce qui ne va pas ?

Elle cessa de regarder fixement le corps allongé et se tourna vers Duff.

— Tu penses que c'est aussi ce qui est arrivé à mon père ?

11

Toutes les personnes qui vivaient sur le domaine semblaient s'être rassemblées près du nouvel embarcadère lorsque le soleil se leva. Toutes à l'exception de Tom, qui était parti téléphoner à l'agent Benton, et de SueAnn, épuisée, et à qui Melanie avait ordonné de rester alitée.

Même si elle priait pour que le corps allongé sur la rive ne soit pas celui de Richard Lloyd, Melanie avait le sentiment que la nature avait révélé un des sombres secrets du domaine. Et maintenant il lui semblait qu'une dizaine d'autres étaient prêts à éclater au grand jour.

Roy et Deanna étaient assis dans le pick-up du jeune homme et semblaient aussi mal en point qu'elle l'était elle-même. Son jean et son T-shirt étaient encore humides malgré le soleil qui commençait à réchauffer l'air. Apparemment, Roy avait reconnu que la corde qui nouait les chevilles et les poignets du cadavre s'était prise dans l'hélice de son bateau. Cela expliquait pourquoi il voulait à tout prix éloigner Deanna de cet endroit. Mais pourquoi n'avait-il pas signalé qu'il avait découvert un corps dans l'eau ? Et pourquoi était-il sorti sur le lac à cette heure-là ?

Henry était sur l'embarcadère avec à ses côtés Silas et Sterling Cobb. Silas semblait plus préoccupé par le fait que le ponton soit agité par les flots que par la conversation. Son poing était enveloppé d'un bandage fait sans soin et taché de sang. Le fusil qu'il portait à l'épaule la veille n'était plus là, tout comme l'arme et le couteau qui pendaient habituellement à sa ceinture. Melanie l'avait-elle déjà vu sans arme ? Était-il responsable du trou qu'elle avait remarqué dans la poitrine de l'homme, ou des cordes et de la ceinture qui lui attachaient les membres ?

Et que penser du médecin légiste qui était arrivé dans une ambulance et qui, aidé d'un policier et d'un autre homme, mettait maintenant le corps dans un sac et le chargeait sur un brancard ? Même si hier soir, lorsqu'elle se trouvait près de la tour d'observation, il faisait nuit et il pleuvait, elle était certaine d'avoir reconnu le frère de Tom. Ce n'était certainement pas le moment d'entamer une conversation avec lui, mais elle parcourut du regard la foule des badauds debout derrière le ruban de plastique jaune délimitant la scène de crime, se demandant si Tom savait que son frère se trouvait ici.

Et où était Tom d'ailleurs ? Visiblement, il avait eu le temps de contacter son groupe de travail et son frère. Elle avait expliqué au shérif que Tom et elle s'étaient rendus près du nouvel embarcadère pour se mettre à l'abri et avoir un peu d'intimité, lorsqu'elle avait découvert le corps et donné l'alerte. Elle n'avait pas précisé pourquoi ils désiraient être seuls. Au shérif d'en tirer ses propres conclusions.

Que serait-il arrivé sur le bateau de son père si Roy et Deanna ne les avaient pas interrompus ? Avait-elle jamais laissé ainsi tomber ses défenses avec un homme ? Avait-elle jamais ressenti ce besoin fou d'être touchée, caressée, ce lien avec l'âme d'une autre personne ?

Hier soir, elle était bien déterminée à ne pas pardonner à Tom de lui avoir menti. Mais il avait fait battre son cœur lorsqu'il lui avait raconté comment il avait réagi quand sa mère était morte, lui montrant ainsi qu'il comprenait parfaitement sa douleur. Elle l'avait embrassé pour le consoler, pour lui promettre qu'elle ne trahirait jamais ce qu'il lui avait confié de ses tourments. Mais alors, elle avait découvert la force du lien qui les unissait — ce lien qu'il avait lui-même évoqué —, elle avait touché son corps, appris à le connaître. Elle avait absorbé sa force et senti qu'il se souciait d'elle… Et elle avait compris qu'il ne lui était plus possible de vivre sans cela. Elle était prête à donner à Tom tout ce qu'il voudrait bien prendre, du moment qu'il ne la laisse plus jamais partir.

Mais l'arrivée de Roy et de Deanna l'avait ramenée à la réalité. À la tempête et aux secrets. Aux mensonges et au danger. Il n'y avait aucune place pour Tom Watson dans sa vie. Elle ne pouvait pas tomber amoureuse.

Melanie frissonna. *Tomber amoureuse* ? Était-ce ce qui était en train de lui arriver ?

Tom l'avait réconfortée, l'avait écoutée, l'avait fait rire, et était maintenant si présent dans sa vie et dans ses pensées qu'elle avait du mal à reconstruire les défenses qui lui avaient permis de survivre au cours des derniers mois. Cela faisait bien longtemps qu'elle n'avait plus besoin de personne, pourtant à présent elle avait besoin de lui.

Mais l'attention tendre qu'il lui portait lui était-elle vraiment destinée, ou motivée par la crainte qu'elle ne révèle son identité ?

Malgré ses doutes, elle aurait voulu que Tom soit là. À l'exception du médecin légiste — auquel il valait mieux ne pas parler —, tous lui semblaient étrangers, et elle se sentait très seule. Bizarrement, depuis que Tom avait fait irruption dans sa vie, qu'il était devenu son ami et qu'il l'avait contrainte à forger avec lui une alliance qui pourrait les mener tous les deux à la mort, c'était une sensation qu'elle n'avait plus ressentie.

— Melanie, ma chérie ?

Elle sursauta en sentant un bras se poser sur ses épaules. Elle était tellement perdue dans ses pensées qu'elle n'avait pas entendu Abby s'approcher.

— Mon Dieu, tu es encore trempée !

Abby posa le revers de sa main sur la joue de Melanie, affectant une attention toute maternelle.

— Tu ferais mieux de retourner à la maison avec moi pour te changer avant d'attraper froid.

Melanie se dégagea en silence.

Elle devait certainement avoir l'air d'un chien mouillé avec ses vêtements humides et ses cheveux qui frisaient et prenait du volume en séchant. Mais une douche, des vêtements secs et l'intérêt passager de sa tante n'allaient pas dissiper l'angoisse qu'elle ressentait en songeant qu'un meurtre avait eu lieu sur le domaine.

— Je dois rester. C'est moi qui ai découvert le corps. Le shérif a dit qu'il avait des questions à me poser.

— Sterling attendra si ton oncle le lui demande.

Elle n'en doutait pas un instant...

— Je préférerais en finir tout de suite.

— J'ai entendu dire que tu étais sortie avec Duff hier soir. Très tard, à ce que l'on m'a dit.

Melanie ne put s'empêcher de jeter un coup d'œil vers le parking où Roy et Deanna se trouvaient. L'un d'entre eux — sinon tous les deux — avait parlé. Probablement pour faire oublier le fait qu'eux-mêmes étaient rentrés à une heure avancée.

— Où est ton amoureux ce matin ? Je suis certaine que Sterling aimerait lui parler, à lui aussi.

— Mon amoureux ?

Melanie serra les mâchoires pour s'empêcher de protester. Ainsi, ils étaient censés être un couple ? Était-ce ce que Tom voulait qu'elle prétende ? Le ponton qui se balançait sous ses pieds n'était pas la seule raison pour laquelle elle avait perdu ses repères ce matin.

— Je suis adulte. Je n'ai pas à rendre de comptes sur la façon dont je passe mon temps... Ni avec qui je le passe.

— Être adulte et comprendre ce qu'un homme attend d'une femme sont deux choses différentes.

Melanie se raidit : sa tante n'allait tout de même pas se mettre à lui expliquer comment on faisait les bébés !

— Je comprends tout à fait ce que veut Tom. Il aime être dehors au grand air, et j'aime être avec lui.

Ce n'était pas un mensonge. Elle allait réussir à s'en sortir.

— Il aime le calme de la nuit, ajouta-t-elle.

— La nuit dernière était tout sauf calme, dit Abby d'un ton ironique.

Et pas seulement à cause de l'orage ! Melanie chancela lorsque le sillage d'un bateau inspectant la zone fit tanguer le ponton.

— Nous ne pouvions pas savoir qu'il allait y avoir cet orage, non ?

— C'est donc pour ça que tu étais près du lac hier soir...

Abby pressa le bras de Melanie, l'air préoccupé.

— Mais où donc est Duff ? Il t'a laissée faire face à cela toute seule. Ce n'est pas très attentionné de sa part ! S'il s'intéressait réellement à toi, il serait là pour t'aider.

Ainsi, les questions du shérif pouvaient attendre, mais pas celles de sa tante ? Melanie avança de quelques pas sur le ponton pour voir le frère de Tom et l'homme qui l'accompagnait transporter le sac contenant le cadavre vers le parking.

— Regarde tous ces gens. Il n'est pas là parce qu'il a horreur de la foule.

Mais Abby n'allait pas s'arrêter là.

— Tu ne trouves pas étrange qu'il te laisse tomber comme ça ? Tu sais où il est en ce moment ? Comment peux-tu être certaine qu'il n'a pas tué cet homme ?

Melanie se retourna pour faire face à sa tante.

— Parce que *cet homme* était déjà mort bien avant l'arrivée de Tom... Euh Duff.

— Tu n'as pas à prendre ma défense, ma chérie. Je suis là.

La voix grave qui s'éleva derrière elle fut comme une musique à ses oreilles. Tom l'enveloppa d'une grande chemise en flanelle et posa brièvement les mains sur ses épaules.

— Je n'ai pas pu trouver de veste, alors j'ai pris ça dans mon sac.

— Merci !

Résistant à l'envie de se laisser aller contre la poitrine de Duff et de le laisser répondre aux piques de sa tante, Melanie rassembla ses forces. Même si cette chemise n'avait pas été son premier choix si elle avait dû prendre des vêtements secs, elle était heureuse que Tom ait pensé à elle… À moins que revenir avec une de ses chemises soit la seule excuse qu'il ait trouvée pour expliquer son absence. Lorsqu'elle se blottit dans le vêtement bien trop grand pour elle, elle découvrit que la raison importait peu : le coton doux avait l'odeur de Tom, et la chaleur et le parfum du tissu étaient aussi rassurants que l'avait été le contact de ses mains sur ses épaules. Que ce soit une comédie ou non, elle poussa un soupir de soulagement : elle n'était plus seule au milieu d'ennemis potentiels.

Lorsqu'elle se retourna pour le remercier, elle remarqua qu'il portait un autre T-shirt et que son jean était sec.

— Tu t'es changé ?

— Les vêtements que je portais lorsque j'ai tiré le cadavre sur la berge étaient vraiment dégoûtants. J'ai parlé à un des types qui est venu chercher le corps et je les lui ai donnés.

Il faisait vraisemblablement allusion à son frère, Niall. Donc, s'il avait mis du temps à revenir auprès d'elle, c'est qu'il faisait son travail.

— J'ai pensé qu'ils voudraient les garder parce qu'il y avait dessus des fragments du corps en décomposition.

— Corps en décomposition ? répéta Abby en nouant ses bras autour de la taille. Vous avez peut-être des cœurs de pierre, mais je ne peux pas supporter ça ! Surtout si cet homme est Richard… Qu'allons-nous dire à SueAnn ?

Elle se tourna vers les trois hommes qui poursuivaient leur conversation sur le ponton, à côté du bateau.

— Henry, mon chéri, tu peux me ramener à la maison ?

— Je m'en occupe, patron, proposa Silas.

Il bouscula le shérif et, manifestement pressé de s'éloigner du lac, posa sa main blessée sur le coude d'Abby.

— Je vais raccompagner ma femme, Silas, déclara Henry en lui faisant signe de rester.

Il tendit au shérif un sac contenant une pièce à conviction qui n'aurait certainement pas dû être entre les mains d'un simple témoin et s'interposa entre Abby et Silas.

— Tu vas régler ça au plus vite avec Sterling, d'accord ? dit-il à ce dernier. Ce n'est pas bon pour les touristes.

— Oui, patron.

Le regard de Henry glissa sur Melanie et s'arrêta sur le parking. Il se pencha vers Silas et déclara d'un ton sec :

— Dis à Roy de venir me retrouver dans mon bureau dès que le shérif en aura fini avec lui. Et assure-toi que ma fille rentre bien à la maison.

— Nous allons raccompagner Deanna nous-mêmes, annonça Abby.

Se résignant momentanément au seul rôle de messager, Silas s'accrocha à un poteau, alors que le ponton tanguait sous les pas de Henry et Abby. Mais le sourire que ce mouvement arracha à Melanie se figea lorsqu'elle vit ce que contenait le sac que tenait le shérif Cobb : il s'agissait de la ceinture qui était nouée autour du corps de la victime. Elle se demanda s'il avait conscience de l'importance de la pièce à conviction.

— Shérif, vous avez regardé cette ceinture ?

Elle désigna du doigt le cuir tordu qui avait été coupé.

— Vous ne trouvez pas étrange qu'elle ait été nouée autour du corps ?

Le shérif Cobb haussa les épaules.

— C'est la première chose qui leur est tombée sous la main, j'imagine.

— Mais pourquoi enlever la boucle ?

— C'est peut-être un vol qui a mal tourné : il s'agissait sans doute d'une boucle en argent, comme celle que Richard portait.

— Ainsi, vous aussi, vous pensez qu'il s'agit de Richard ?

Sentir que Tom était là derrière elle lui donnait du courage. Elle poursuivit :

— Il n'y a pas de confirmation pour le moment, j'imagine ?

Silas marmonna des paroles indistinctes.

— Peut-être que la boucle a gêné le tueur. Elle est probablement au fond du lac Hanover.

— Comment était cette boucle ? intervint Tom.

— Pourquoi poses-tu cette question ? Ce n'est pas toi qui es chargé de l'enquête, répliqua Silas.

Tom ne réagit pas à cette attaque et se tourna vers le shérif.

— Si jamais je tombe dessus au cours d'une de mes patrouilles, je veux pouvoir la reconnaître. Il y aura peut-être des empreintes digitales qui nous permettront de déterminer qui l'a tué.

— Effectivement, cela peut être utile.

Sterling Cobb semblait ne pas avoir remarqué la tension qui existait entre les deux hommes.

— La boucle de ceinture de Richard était très particulière, expliqua-t-il. Si nous la trouvons et qu'elle correspond à cette ceinture, cela nous permettra d'identifier le corps.

Le shérif posa les mains sur les hanches tout en rassemblant ses souvenirs.

— C'était une boucle en argent. Il y avait aussi un motif en or ou en bronze dessus. Ça lui donnait l'air d'un champion de rodéo.

Melanie se retourna en entendant des pas s'approcher sur le ponton derrière eux. C'était Daryl Renick. Il avançait rapidement, le visage sombre. Il désigna la boucle en argent ciselée ornée d'un éperon en bronze qui fermait sa ceinture.

— Elle était comme celle-ci. Il y ajoutait une entaille à chaque prise.

— Chaque prise ? s'écrièrent en même temps Tom et Melanie.

— Il avait dressé une liste des animaux qu'il voulait chasser. Chaque fois qu'il en abattait un, il gravait un X sur sa boucle.

Le shérif Cobb se mit à rire.

— Ce garçon a toujours eu la gâchette facile, non ?

— Je peux photographier votre ceinture, Daryl ? demanda Tom en sortant son téléphone.

Melanie eut un instant d'inquiétude : Silas et le shérif Cobb allaient-ils voir tous les clichés que Tom avait pris autour du lac et de la ferme ?

— Pourquoi pas, mais faites vite.

Daryl se tourna vers le shérif.

— Je veux voir le corps. J'ai entendu dire que c'était peut-être Richard. Je veux le voir !

— Tu ne vas pas pouvoir l'identifier : il est resté trop longtemps dans l'eau, l'avertit le shérif.

— Je connais Richard mieux que quiconque. Je sais quels vêtements il portait le jour où il a disparu. S'il y a quelque chose dans ses poches, je pourrai le reconnaître. Je vous en prie !

Le visage rude de Daryl était marqué par l'angoisse, et Melanie lui prit la main pour le réconforter.

— Pour SueAnn, c'est insupportable de ne pas savoir ce qui est arrivé à son frère. Même si c'est une mauvaise nouvelle, si je peux lui dire qu'on a retrouvé Richard…

— Comment va SueAnn ? s'enquit Melanie.

— Elle s'est encore réveillée cette nuit à cause de fausses contractions. Elles se sont arrêtées, mais avec la découverte de ce corps…

Daryl lui serrait la main frénétiquement.

— Ça serait bien que tu ailles la voir quand tu auras fini avec le shérif.

— Je le ferai. Dès que je le pourrai.

Le shérif Cobb sembla saisir l'urgence de la situation.

— Nous ferions mieux de rattraper le médecin légiste avant qu'il parte ! Ils veulent emmener le cadavre à Kansas City, parce que nous n'avons pas les équipements adéquats ici. C'est mieux pour tout le monde. Mais si tu veux voir le corps, Daryl… À plus tard, Silas.

Il fit un signe de tête au contremaître et salua Melanie en portant la main à son chapeau.

— Au revoir, mademoiselle Fiske. Je vous appellerai si j'ai d'autres questions pour vous.

Daryl se dirigea rapidement vers le parking, et le shérif Cobb le suivit un peu plus lentement. Melanie oublia un instant SueAnn lorsqu'elle remarqua le visage de Tom. Il avait les yeux plissés et fixait une image sur l'écran de son téléphone comme s'il avait vu un fantôme.

Mais, avant qu'elle ne puisse lui demander ce qui n'allait pas, la voix moqueuse de Silas s'éleva.

— Des mauvaises nouvelles, sergent Minus ?

— Tom ?

Il restait silencieux. Trop silencieux. Venait-il de faire une découverte majeure pour son enquête ? Quoi qu'il en soit, il n'allait pas en parler à Silas. Melanie pouvait lui faire gagner quelques secondes, le temps qu'il se ressaisisse. Elle se tourna vers Silas et s'adressa à lui.

— Tu veux que je jette un coup d'œil à cette blessure ? J'ai l'impression que le pansement n'est pas très propre.

— C'est inutile.

Silas lâcha le poteau et fit bouger ses doigts.

— Tu n'as pas répondu à ma question, sergent Minus.

Cette blessure était pour le moins suspecte, et elle n'hésita pas à le lui faire remarquer.

— Comment t'es-tu coupé ? C'est pour cela que tu avais des gants l'autre jour ? Pour cacher cette blessure ?

Silas cligna des paupières, puis il la regarda droit dans les yeux.

— Un homme qui fait un travail manuel met des gants pour se protéger les mains.

Aucun des employés agricoles qu'elle voyait ne portait des gants de cuir noir pour déplacer des bottes de foin ou réparer le toit d'un bâtiment. Et d'ailleurs elle n'avait jamais vu Silas effectuer aucune de ces tâches. Avant qu'elle ne puisse lui reprocher d'avoir éludé ses questions, il la prit par le poignet.

— Je viendrai te chercher ce soir pour le bal.

— Je t'ai déjà dit que je ne...

— Non.

Tom s'était enfin ressaisi. Il remit son téléphone dans sa poche et força Silas à lâcher Melanie.

Puis il passa son bras autour de ses épaules et déclara :

— C'est moi qui l'accompagnerai.

Silas eut un sourire narquois.

— Tu es de garde, ce soir.

— Pas avant 22 heures. Je serai son cavalier jusque-là. Et elle pourra rester avec moi ensuite, si elle veut.

Quand Silas ouvrit la bouche pour protester, Tom lui enfonça le doigt dans la poitrine.

— Et si tu poses de nouveau la main sur elle comme ça, je te casse les os des doigts.

12

Melanie s'étira sur le petit divan où elle s'était endormie. Elle cligna des yeux pour mieux voir la page du livre qu'elle lisait avant de sombrer dans le sommeil. La lumière qui filtrait à travers les rideaux indiquait que la nuit allait bientôt tomber.

Après une nuit blanche passée dans des vêtements trempés, elle n'avait rien eu de plus pressé que de rentrer prendre une douche chaude et se coucher. Mais après avoir découvert un cadavre, avoir imaginé son père subissant le même sort, et avoir compris à quel point elle voulait que le lieutenant Thomas Watson Jr. soit plus qu'un ami pour elle, trop d'émotions s'agitaient en elle pour qu'elle puisse trouver le sommeil. Elle s'était levée et était allée chercher sur les étagères un roman qui, elle le savait, avait une fin heureuse. Mais force était de constater que cela ne l'aidait pas beaucoup : son esprit était encore le jouet de trop d'inquiétudes et d'espoirs.

— Melanie ?

On frappait à sa porte. Elle sursauta et se leva d'un bond, se rendant soudain compte que c'étaient ces coups qui l'avaient réveillée.

Elle referma *Jane Eyre*.

— J'arrive ! Quelqu'un est malade ?

La porte s'ouvrit avant qu'elle ne l'atteigne, et elle fit un bond en arrière en voyant apparaître la silhouette de Tom.

— Pourquoi ne réponds-tu pas ? Tu vas bien ?

Melanie hocha la tête et recula d'un pas alors qu'il refermait la porte derrière lui.

L'inquiétude qui lui crispait les traits se dissipa lorsqu'il la regarda. Ce soir, il n'était ni Tom le soldat, ni Tom le solitaire, ni Tom le séducteur... Enfin si, il l'était toujours. Mais elle se trouvait en face d'une nouvelle version de l'homme qu'elle apprenait à connaître. Il s'était rasé, révélant les traits intéressants de ses joues et sa mâchoire, et il avait enfilé une chemise blanche qui épousait les muscles de ses épaules et de ses bras. Pour couronner le tout, il ne portait pas son pistolet à l'épaule, comme il le faisait à l'accoutumée. Ce soir, il était Tom l'élégant. Comme s'il se rendait à une soirée.

À une soirée ?

— Tu n'es pas prête ?

Melanie en resta bouche bée. Le premier instant de surprise passé, elle bredouilla :

— Tu étais sérieux quand tu disais que tu voulais être mon cavalier ?

— Bien évidemment.

Il lui prit le livre des mains et le posa sur la table, à côté de la lampe.

— La soirée a commencé il y a cinq minutes. Enfile quelque chose de beau, et allons-y.

Il la poussa vers sa chambre.

— J'ai cru que tu avais dit ça pour que Silas arrête de me harceler. Je pensais que tu allais profiter du fait que tout le monde était invité au bal pour faire des recherches sans être dérangé.

— Tes deux suppositions étaient justes.

Il prit la main de Melanie et l'attira dans la chambre. Visiblement, il trouvait qu'elle n'allait pas assez vite. La surprise d'avoir pour la première fois chez elle un homme grand, viril et sexy qui l'attendait pour sortir avec elle lui donnait chaud aux joues. Mais elle n'eut pas le temps de rougir. D'abord, parce qu'elle remarqua qu'il portait toujours un pistolet mais qu'il l'avait glissé dans un étui placé au dos de sa ceinture, ce qui lui rappela la véritable raison de sa présence. Ensuite, parce qu'il la lâcha, se dirigea droit vers son placard et l'ouvrit. Il fureta dans sa maigre collection de hauts et de jeans, cherchant une robe élégante qui ne s'y trouvait pas. Peut-être n'aurait-elle pas dû refuser cette expédition shopping avec sa tante et Deanna…

— Nous ne pouvons pas nous éclipser d'une soirée si nous n'y faisons pas d'abord une apparition. Et si nous ne venons pas, ton oncle et ta tante vont envoyer quelqu'un pour nous chercher. C'est bien la dernière chose dont nous avons besoin !

Il sortit la robe en coton turquoise qu'elle avait portée pour sa remise de diplôme, quatre ans plus tôt.

— Mets celle-là.

Il n'était pas plus expert qu'elle en matière de mode, mais il fallait aller vite. Elle lui arracha le cintre des mains, le poussa hors de sa chambre et se changea. Elle enfila une paire de nu-pieds et courut dans la salle de bains, où elle fronça les sourcils en découvrant l'état de sa chevelure. Quelle idée de s'être endormie avec des cheveux encore humides ! Elle les brossa sans trop de succès et dompta les mèches bouclées en une longue natte.

Elle se mettait un peu de rouge à lèvres lorsqu'elle remarqua que son cavalier grand, viril et sexy la regardait faire. Il s'appuya contre l'embrasure de la porte tout en l'observant des pieds à la tête avec nonchalance.

— Tu as des jambes d'enfer, Doc.

Elle referma le rouge à lèvres et le reposa dans un tiroir, puis se retourna vers lui avec un petit sourire.

— C'est pour cela que je ne te les avais pas montrées.

Il se mit à rire, prit l'extrémité de sa natte entre ses doigts et tira dessus. Elle se retint contre lui pour ne pas tomber, posant les mains sur son torse. Elle s'émerveilla de sa virilité et passa la main sur ses muscles durs et sa peau chaude. Il frissonna lorsqu'elle toucha ses tétons du bout des doigts. À moins que ce ne soit elle qui se soit mise à trembler en se rendant compte qu'elle pouvait provoquer cette réaction involontaire chez lui. Lorsqu'il parla, sa voix prit ces accents rauques qu'elle aimait tant.

— Tu es faite comme une déesse.

— Et ça te plaît ?

— Plus que ça !

Lorsqu'il posa la bouche sur la sienne, elle écartait déjà les lèvres, attendant d'être embrassée. Elle n'avait peut-être pas beaucoup d'expérience en ce domaine, mais il était excellent professeur et elle avait toujours aimé apprendre. Il lui mordilla la lèvre inférieure puis la caressa de sa langue. Elle l'imita et lui arracha un gémissement de plaisir.

— C'est bien moi qui ai dit qu'il fallait que nous fassions une apparition, non ?

Elle n'eut pas le temps de répondre.

Lorsqu'il glissa la langue dans sa bouche, elle l'accueillit avec avidité. Il lui saisit les bras et l'invita à l'enlacer. Puis il se mit à lui caresser le dos en l'attirant toujours plus près de lui. Il lui enveloppa les fesses de ses mains et la hissa sur la pointe des pieds, la pressant contre son corps chaud et dur, tandis que sa bouche prenait possession de la sienne.

Juste au moment où elle commençait à comprendre ce qu'elle pouvait faire pour lui arracher ces gémissements rauques du fond de la gorge, il releva la tête et posa les mains sur l'encadrement de la porte, de chaque côté de ses épaules. Il poussa un long soupir tout contre elle, frottant involontairement le bout de ses seins et lui envoyant de petits picotements dans tout le corps. Puis il baissa à nouveau la tête pour déposer un baiser léger et tendre sur ses lèvres, avant de détacher doucement ses mains, toujours agrippées à son cou.

— Il faut que nous partions maintenant, ou nous ne le ferons jamais.

Melanie était à bout de souffle lorsque la danse s'arrêta, et qu'ils applaudirent les musiciens qui allaient faire une courte pause. Elle commençait à considérer cette soirée comme un excellent moment. Sentir le corps de Tom bouger contre le sien, sa main tenir fermement la sienne, l'entendre rire et parler de tout et de rien — comment il avait demandé à son grand-père de lui apprendre à danser pour impressionner une fille à l'université, ou parier sur celui qui avait fait un œil au beurre noir à Roy —, tout cela donnait à Melanie l'impression qu'elle le connaissait depuis beaucoup plus que deux semaines.

Même si elle demeurait déterminée à quitter la ferme Fiske et à poursuivre ses études lorsqu'elle serait en paix avec le passé, elle n'était plus certaine de vouloir rester célibataire. Elle n'avait tout simplement pas rencontré un homme qui lui donne envie de se marier avant que Tom ne fasse irruption dans sa vie. Tom « Duff Maynard » Watson la rendait heureuse. Il la faisait espérer. Et, même s'il n'avait pour elle que des sentiments amicaux, elle savait qu'elle ne regretterait jamais d'être tombée amoureuse de lui.

Melanie s'immobilisa lorsqu'elle prit pleinement conscience de ce qu'elle venait de penser.

Mais, avant même qu'elle ne puisse lever les yeux pour vérifier que Tom n'avait pas lu en elle en la voyant rougir, il lui prit la main et la conduisit vers le buffet où Silas agrémentait sa limonade d'un liquide tiré de sa flasque. Tom prit un verre de soda et y trempa les lèvres avant de le lui tendre. Silas lança un regard sombre dans leur direction, mais elle comprit vite que ce n'était pas à eux qu'il était destiné. Ce regard accusateur s'adressait à Abby et Deanna Fiske, qui bavardaient avec le chanteur et le bassiste. Henry rejoignit le petit groupe, prenant les deux femmes par la taille en disant quelque chose qui les fit tous rire.

Melanie n'eut pas le temps de demander à Tom s'il avait observé la même chose qu'elle. Il se pencha vers elle et lui murmura à l'oreille :

— Ris bêtement.

— Pardon ?

— Ris comme si je t'avais dit quelque chose d'amusant et que tu me trouvais irrésistible.

— Tom...

— Ça fera l'affaire.

Il sourit avant de plaquer sur sa bouche un baiser rapide.

— Il est temps d'entamer notre sortie.

— Tu veux que je me comporte comme si je n'avais qu'une idée en tête : être seule avec toi ?

Comprenant son intention, elle tenta d'imiter le rire aguicheur et aigu de Deanna.

Tom lui fit une grimace en l'entendant.

— Ne refais jamais ça.

Melanie éclata de rire, prit son téléphone sur la table et suivit Tom hors de la grange.

Il fit un signe de tête à Roy, et ils se dirigèrent vers la maison de Henry par un chemin détourné pour ne pas se faire remarquer. Après s'être assurés qu'il n'y avait personne à l'intérieur, ils entrèrent par la porte arrière et allèrent droit vers l'escalier. Lorsqu'ils arrivèrent au deuxième étage, Tom fit le guet pendant que Melanie faisait descendre l'escalier menant au grenier. L'air chaud et lourd de la pièce était étouffant. Elle désigna la petite fenêtre donnant sur l'arrière de la maison et demanda :

— Tu veux que je l'ouvre ?

Il l'arrêta lorsqu'elle fit mine d'allumer le plafonnier, préférant utiliser les lampes-torches qui se trouvaient sur des rayonnages près de l'entrée. Il lui en donna une en lui disant :

— La fenêtre ouverte et la lumière pourraient attirer l'attention. Nous pouvons avoir chaud cinq minutes. C'est à peine le temps que nous avons avant de retourner dans la grange. Il faut faire vite.

Tout en hochant la tête, Melanie posa son téléphone sur les rayonnages et alluma sa lampe. Puis elle conduisit Tom vers l'étagère métallique. Elle dirigea le faisceau lumineux sur la boîte contenant les souvenirs de rodéo de sa tante et fronça les sourcils.

— Quelqu'un est passé par là depuis ma dernière visite !

Tout était de nouveau soigneusement rangé sur l'étagère.

— Et s'ils avaient tout fait disparaître parce qu'ils se sont aperçus que j'avais fouillé le grenier ? J'espère que je n'ai pas compromis ton enquête ! s'exclama-t-elle.

Il lui pressa l'épaule.

— Nous verrons bien. Mais il faut ouvrir ce placard.

Melanie acquiesça.

— La porte est derrière ces rayonnages.

Tom déplaça l'étagère métallique et la tira assez pour pouvoir se glisser entre elle et le mur.

— Lumière, s'il te plaît.

Désireuse de l'aider au mieux, elle dirigea le faisceau vers le verrou alors qu'il s'agenouillait devant. La fermeture ne résista pas longtemps à l'outil qu'il avait dans la poche arrière de son pantalon. Il ouvrit la porte et s'écria :

— Bon sang !

Melanie s'approcha pour pouvoir voir l'intérieur du grand placard.

— Oh mon Dieu !

Elle promena le faisceau de sa lampe, comptant deux gros sacs noirs appuyés sur un des murs. En face de la porte se trouvait une étagère sur laquelle étaient rangées des boîtes de munitions, des téléphones portables toujours dans leur emballage d'origine, ainsi que ce qui semblait être des liasses de billets emballées dans du plastique transparent et entassées comme des cubes. Contre le troisième mur, il y avait des cartons ouverts étiquetés « Lac Hanover ».

Tom sortit un fusil de l'un des deux sacs. Il lui montra du doigt le petit anneau de métal noir situé au milieu du canon. Une frette d'emprunt de gaz... Comme celle qu'elle avait retrouvée sur le bateau de son père. Melanie eut la nausée. Tout cela se passait ici, dans la maison où elle avait grandi.

— Il y a des enfants qui vivent sur le domaine. Des centaines de touristes viennent ici chaque été. Comment peut-il y avoir autant de fusils ? Comment cet endroit peut-il être sûr ?

— Il ne l'est pas.

Laissant Tom prendre des photos du contenu du premier sac, Melanie se dirigea vers l'étagère pour détailler ce qui s'y trouvait.

— Il doit y avoir des milliers de dollars !

— Des dizaines de milliers. Peut-être plus.

Il ouvrit l'autre sac et en sortit les armes, qu'il déposa sur le sol.

— Je vais appeler Benton. Je peux lui envoyer ces photos d'ici. Va vers l'escalier et vérifie que personne n'arrive. Il faut que je relève les numéros de série de ces armes avant qu'ils ne les effacent, pour confirmer qu'elles ont été volées ou qu'elles n'ont pas été enregistrées. Ça peut me prendre un peu plus de cinq minutes.

Elle écarquilla les yeux lorsqu'il sortit de sa poche un rouleau de ruban adhésif.

— Tu es toujours prêt à tout, non ?

— Je l'ai pris dans le bureau de Henry.

Il déroula un peu de scotch et l'appliqua sur la crosse de l'une des armes.

— Je ne fais pas partie de la police scientifique, mais si je peux trouver des empreintes digitales…

— Alors, tu pourrais déterminer qui est responsable de ce trafic.

— Tu m'as bien dit que Silas portait des gants en cuir noir il y a quelques jours ?

— Oui. Et ce matin une de ses mains était bandée.

Tom prit une photo avant de sortir quelque chose de l'un des sacs.

— C'était ça ?

Il lui tendait un gant en cuir qu'il éclaira de sa lampe-torche. Elle se mit à genoux à côté de lui et l'examina.

— C'est du sang…

— Le cuir a été entaillé.

— Hier, tu as remarqué des griffures sur l'*August Moon*. Quelqu'un a dû utiliser un couteau... Peut-être pour couper la corde qui était autour des chevilles et des poignets du cadavre, ou pour faire disparaître la boucle de ceinture qui pouvait permettre d'identifier Richard. Tu ne penses tout de même pas que Silas a un lien avec ce cadavre ?

— Si.

Il laissa retomber le gant dans un sac en plastique et le glissa dans une poche de son jean.

— Même si je suis incapable de dire s'il s'est contenté d'aider quelqu'un ou s'il est coupable du meurtre.

— Aider quelqu'un ? Comme Roy ? Tu penses que Roy a essayé de faire disparaître le corps ? Peut-être que Deanna l'a surpris avant qu'il ne réussisse à le charger sur le bateau... Il n'avait pas l'air très heureux de la voir hier soir.

— Ça pourrait expliquer son œil au beurre noir : celui qui lui a confié cette mission — peut-être Silas ou Henry — pourrait l'avoir puni de pas l'avoir bien remplie, ou d'avoir laissé Deanna s'approcher.

Melanie se releva. Ces liasses de billets étaient aussi fascinantes que dérangeantes. En les regardant de plus près, elle découvrit que ces paquets aussi avaient des étiquettes collées dessus. On y voyait des dates et des initiales : KC, SL, DC. Cela signifiait-il Kansas City, Saint-Louis, Denver, Colorado ? Ou Silas Lou Danvers, Deanna Christine Fiske ? Sa cousine égocentrique était-elle impliquée dans ce trafic ?

Elle vit une étiquette portant des mots au lieu d'initiales et demanda intriguée :

— Gin Rickey... Ce n'est pas un cocktail ?

— Qu'as-tu dit ?

Surprise de voir que Tom s'était relevé d'un bond, elle désigna une étiquette poussiéreuse collée sur une liasse. « Gin Rickey ». Elle l'entendit retenir son souffle.

— Tom ! Qu'y a-t-il ? Tu sais ce que cela signifie, n'est-ce pas ?

— C'est le nom de code d'un tueur à gages.

— Un tueur à... ? Il y a ici quelqu'un qui... ?

— Mon frère Keir — il est dans la police lui aussi — a découvert le nom de code d'un tueur. Il a suivi sa trace jusque dans cette région.

Il se passa la main sur la mâchoire, caressant sa peau lisse comme s'il cherchait la barbe qu'il percevait habituellement sous ses doigts. Melanie sentit son cœur se serrer. C'était de la tristesse, pas de la colère qu'elle lisait sur son visage.

— C'est l'homme qui a tiré sur mon grand-père. L'homme que nous avons réussi à identifier grâce à...

— La boucle de son ceinturon.

Elle posa la main sur la mâchoire contractée de Tom.

— Le corps dans le lac... Tu penses que c'est celui de l'homme qui a tiré sur ton grand-père. Tu penses que quelqu'un a payé Richard Lloyd pour qu'il tire sur ton grand-père.

— Rickey... Richard... Ça pourrait être lui.

Malheureusement, tous les éléments concordaient : la disparition de Richard, sa compétence en matière d'armes à feu, les différentes missions que Henry lui confiait, cet argent...

— Tu penses que ces billets sont la récompense qu'il a reçue pour tuer ?

Tom pressa les lèvres sur la paume de sa main avant de se remettre au travail.

— Il faut que le laboratoire identifie ce corps... Même si personnellement cela ne m'apprendra pas grand-chose. Lloyd n'avait aucune raison de s'en prendre à ma famille.

— Il serait plus utile pour toi de savoir qui l'a embauché. Mais pourquoi est-il mort ? Qui l'a tué ? Celui qui a loué ses services ?

— La meilleure manière de couvrir ses traces est de les éliminer, répondit Tom en haussant les épaules. C'est soit ça, soit il a mal fait le travail. Peut-être que mon grand-père était censé mourir... Ou l'un de nous... Ou nous tous.

Melanie sentit l'angoisse lui tordre le ventre.

— Y a-t-il quelqu'un ici qui sait que tu es policier ? Que tu viens d'une famille de policiers ?

Tom s'immobilisa quelques instants avant de se remettre au travail.

— Je n'ai rien remarqué qui pourrait signifier que quelqu'un me soupçonne. Tu as été la seule qui a été assez curieuse pour découvrir qui j'étais. À mon avis, soit c'est ton oncle, soit c'est Silas qui se contentait de louer les services de Richard.

— Contre cet argent...

Elle secoua la tête. Apparemment, elle vivait au milieu de crapules. Silas et Roy étaient des nouvelles recrues, mais Richard devait avoir son âge lorsque son père était mort. Depuis combien de temps la ferme Fiske était-elle le théâtre de ces sombres activités ? Son père avait-il lui-même eu vent des agissements que Tom et elle découvraient en ce moment ? Henry avait-il décidé d'empêcher son frère de parler pour protéger ses secrets ?

Melanie était sur le point de partager ces soupçons avec Tom lorsqu'elle entendit la porte d'entrée se refermer. Elle courut vers le haut de l'escalier et essaya de distinguer les bruits de pas et de voix venant du rez-de-chaussée.

— Quelqu'un vient d'entrer...

Tom était auprès d'elle. Il avait rangé son téléphone et sorti son arme.

Elle entendit une autre porte se refermer, puis un cliquetis de verre.

— Il est allé dans le bureau de Henry...

Ils entendirent quelqu'un marmonner des imprécations, puis un autre bruit de verre.

Quelqu'un servait un verre. Ou deux.

— Elle pense qu'elle est trop bien pour moi...

Ce n'était pas la voix de son oncle. Une latte de plancher grinça sous les pieds de Melanie, et elle s'immobilisa.

— Il y a quelqu'un ? entendirent-ils crier.

Ce n'était pas son oncle, c'était bien pire.

Melanie se tourna vers Tom, s'esquivant lorsqu'il voulut l'éloigner de l'escalier.

— Tu as besoin de combien de temps ?

— Non.

Il répondait à une question qu'elle n'avait pas posée.

— Il te faut combien de temps pour relever les numéros de série de ces armes et tout envoyer à tes amis ?

Tom secouait la tête, essayant de l'attraper alors qu'elle reculait.

— Ça ne vaut pas...

— Nous n'aurons peut-être pas de seconde chance.

— Doc...

— Fais ton travail.

Elle descendit l'escalier et, tirant la corde, le fit basculer vers le haut pour refermer la porte du grenier.

— Fais vite !

Elle se rendit au rez-de-chaussée sur la pointe des pieds.

13

Melanie était presque arrivée au bas de l'escalier lorsqu'elle vit Silas sortir du bureau de Henry en titubant. Il revissait à grand-peine le bouchon de sa flasque, qu'il venait de remplir avec le whisky de son oncle. Lorsque ses yeux vitreux se fixèrent sur elle, elle lui fit un sourire poli et passa rapidement devant lui, se dirigeant vers la porte d'entrée.

Il l'attrapa par le bras, l'arrêtant dans sa fuite.

— Que fais-tu là ?

Il remit la flasque dans sa poche et la regarda avec convoitise. Il était manifestement soûl.

— Sergent Minus t'a laissée tomber ?

Elle ne put s'empêcher de jeter un coup d'œil en haut de l'escalier et fut soulagée de ne pas voir Tom. Si Silas l'apercevait ici, il ne s'en tirerait pas comme elle avec une simple réprimande ! Détournant rapidement le regard, elle essaya de se dégager lorsqu'il lui prit le bras.

— Non, j'étais seulement en train de...

— Revenir dans ton ancienne maison pour y trouver du réconfort ? Tu as besoin d'une épaule pour pleurer ?

Les doigts de Silas se refermèrent sur son bras, s'enfonçant dans sa chair. Il l'attira à lui, et elle posa la main contre son torse pour mettre un peu d'espace entre eux. Mais, même s'il était ivre, il était beaucoup plus fort qu'elle. Elle ferma les yeux et la bouche lorsqu'il lui plaqua le visage contre son épaule.

— Je savais que ce type avait quelque chose de louche. Il n'est pas comme nous.

Elle ne voulait surtout pas qu'il le devienne. Et elle ne voulait pas non plus que cette brute essaie de la réconforter. Melanie passa mentalement en revue tous les mouvements que Tom lui avait appris pendant leurs cours d'autodéfense. Elle plia les genoux et se laissa tomber au sol, échappant ainsi à Silas avant qu'il ne réussisse à la retenir. Mais sa liberté fut de courte durée : il la saisit par les deux bras cette fois.

Elle tenta alors de lui envoyer un coup de genou dans l'entrejambe mais elle réussit seulement à le faire trébucher, et ils s'écrasèrent ensemble sur le mur. Peut-être était-il préférable de parler pour s'en sortir.

— Tu as toujours envie de danser avec moi ce soir ? J'ai entendu la musique reprendre dans la grange. Nous devrions y aller.

— Je suis fatigué d'attendre, Deanna.

Elle sentit son haleine chargée lorsqu'il l'embrassa dans le cou. Puis il baissa la main pour soulever l'ourlet de sa robe, lui caressant la hanche au passage.

— Tu n'arrêtes pas de jouer avec moi.

Melanie lui donna une tape sur la main et se dégagea.

— Tu es soûl. Je ne suis pas Deanna.

Mais cette mise au point n'eut pas l'effet escompté. Il appuya la main contre le mur, lui bloquant le passage.

— Peut-être qu'essayer de te dompter pourrait se révéler intéressant, après tout. Où est Tom, d'ailleurs ? Il n'a pas réussi à finir le travail ?

— Silas…

À cette allusion très crue, elle sentit la peur lui glacer le sang. Mais, soudain, elle entendit un frottement venant des étages supérieurs. Silas l'avait remarqué lui aussi. Il fallait qu'elle aide Tom, elle lui avait promis de le faire ! Luttant contre le dégoût, Melanie toucha la joue de Silas et lui tourna la tête vers elle. *Pars vite d'ici, Tom !*

— Peut-être qu'un peu de réconfort me ferait du bien, finalement. Tu peux simplement me serrer dans tes bras ?

— Pas de problème.

Il sembla immédiatement oublier le bruit qu'il avait entendu et, avec un sourire malsain, il ouvrit les bras. Mais, au lieu de se contenter de la serrer, il l'attrapa et la poussa contre le mur. Melanie comprit qu'elle était en danger lorsqu'elle se rendit compte qu'elle était entièrement à la merci de ce géant.

— Tu as encore mis ces dessous si sages ce soir, Mel ?

Elle sentait la nausée monter en elle alors que Silas passait les mains sur son corps. Le fait qu'il ait cessé de la confondre avec sa cousine ne lui était d'aucun réconfort.

— Aucune importance. De toute façon, je préfère les femmes nues. Je vais te faire oublier cet homme.

Melanie commença à paniquer, oubliant tout ce que Tom lui avait appris pour se défendre. Silas plaqua les lèvres sur sa bouche, l'emplissant d'un goût de mauvais whisky et étouffant son cri. Il se colla contre elle et promena ses mains là où jamais il n'aurait dû la toucher.

Pendant un instant, elle songea que si elle lui disait que Tom était dans la maison elle pourrait s'échapper : Silas la lâcherait pour aller affronter son ennemi. Elle pouvait se sauver si elle sacrifiait Tom. Mais elle avait vu toutes ces armes en haut. Elle avait vu l'œil au beurre noir de Roy. Elle avait vu un corps en décomposition. Et si Silas découvrait que Tom était policier et avait en sa possession des éléments qui le liait à ces crimes, elle retrouverait le corps de Tom flottant sur le lac, un trou dans la poitrine.

Ce n'était pas possible. Elle ne pouvait accepter que ces gens fassent du mal à l'homme qu'elle aimait.

Mais elle ne supporterait pas une seconde de plus que Silas la touche ainsi. Elle allait trouver le moyen de s'en sortir *et* d'aider Tom à s'échapper. Elle détourna le visage et cria :

— Lâche-moi !

Elle lui griffa le crâne, et il recula de surprise. Elle posa la main sous son nez et la leva brusquement. On entendit un craquement.

Il prit son visage entre ses mains et trébucha en arrière.

— Sale gamine !

La colère et la douleur devaient lui avoir assez éclairci l'esprit pour qu'il se rende compte qu'elle s'enfuyait en courant. Elle ne put faire que quelques pas : il lui agrippa le poignet et la tira en arrière en la giflant. Melanie sentit ses jambes se dérober sous elle alors qu'un tourbillon de points blancs envahissait son champ de vision. Elle entendit à peine Silas crier en la maintenant contre le mur :

— Petite allumeuse !

Un bras solide se referma sur le cou de Silas et l'écarta d'elle. Soudain délivrée, Melanie commença à s'affaisser contre le mur. Silas se débattait pour échapper à ce bras aux muscles bandés qui lui coupaient le souffle. Du sang coulait de son nez. Melanie cligna des yeux et vit l'expression féroce de Tom alors qu'il étranglait son adversaire.

— Tom ! Tom, arrête !

Le visage ensanglanté de Silas devint cramoisi, puis violet. Il se débattait de plus en plus mollement. Soudain, ses bras retombèrent, ses yeux se fermèrent et il s'évanouit, alors que Tom reprenait sa respiration. Melanie leva la tête et croisa ses yeux verts. Ils brillaient d'une lueur sauvage.

— Tu vas bien ?

Elle se redressa et hocha la tête.

— Il est mort ?

— Non. Mais il ne reprendra connaissance que dans quelques minutes.

Il parcourut le couloir du regard. Avaient-ils fait assez de bruit pour alerter quelqu'un ?

— Tu peux m'aider ?

Elle hocha la tête.

— Prends ses pieds.

Melanie souleva les lourdes bottes de Silas pendant que

Tom l'attrapait sous les bras pour le porter dans le bureau de Henry. Son cœur battait encore si fort qu'elle avait du mal à se concentrer.

— Que veux-tu faire ?

— Une petite mise en scène pouvant justifier qu'il se soit évanoui ici.

Tom installa Silas sur le canapé de son oncle. Elle lui posa les pieds à terre pendant que Tom sortait la flasque de sa poche.

— Quand Silas reprendra conscience, il parlera de nous à Henry. Tu dois partir !

— Je n'irai nulle part. Et il ne parlera pas.

Tom ouvrit la flasque et en déversa le contenu sur la chemise de Silas et sur le canapé.

— S'être enivré dans le bureau de son patron et y avoir perdu connaissance ne va pas lui attirer des félicitations. S'il se réveille avant qu'on le découvre, il partira. Et si on le trouve ici, il est bien trop orgueilleux pour reconnaître qu'il a perdu un combat.

Il jeta la flasque à côté de Silas et serra le poing.

— Je suis désolé de ne pas être arrivé plus tôt. J'ai entendu ce que se passait et… Pardonne-moi.

Il prit la natte de Melanie entre ses mains, et elle tressaillit.

— Tu ne vas pas bien, murmura-t-il.

Elle devait subir le contrecoup de sa peur, car elle se mit soudain à trembler sans pouvoir se contrôler.

Pour la deuxième fois, Duff vit Melanie se réfugier chez elle en courant pour échapper au mal que lui faisaient sa famille et ses soi-disant amis. Elle n'avait pas voulu qu'il la touche, mais cette fois au moins elle ne lui avait pas fermé la porte au nez.

Penser que Silas l'avait frappée… Qu'elle s'était mise dans cette situation pour le protéger… Duff n'avait pas encore réussi à maîtriser complètement la rage qu'il avait ressentie en voyant la brute la violenter. Mais Melanie n'avait pas besoin de sa colère. Elle avait besoin de... Bon sang, il ne savait pas vraiment de quoi, mais il n'allait pas la laisser faire face seule à la famille Fiske. Il n'avait pas l'intention de la quitter jusqu'à ce qu'ils soient à des kilomètres d'ici. Et, à vrai dire, il pensait qu'il ne pourrait plus supporter d'être loin d'elle.

Pourtant, lorsqu'elle se dirigea droit vers l'évier et fit couler l'eau pour se laver les mains et les bras, il referma soigneusement la porte et attendit qu'elle se mette à parler. Mais elle demeura silencieuse. Elle s'essuya les bras, puis refit couler l'eau pour se laver le visage.

— Comment as-tu fait pour descendre sans que Silas te voie ?

— Je suis sorti par la fenêtre du grenier et j'ai atterri sur le toit du porche. Je suis descendu en m'accrochant aux branches du chêne qui est juste à côté.

Quand elle commença à se rincer la bouche, Duff alla vers elle. Il prit la serviette qu'elle avait jetée sur le comptoir et la lui tendit.

Elle se tamponna le visage avec.

— Et tu as fait le tour pour venir par la porte d'entrée... Bien joué. Personne ne se doutera que nous étions dans le grenier.

Lorsqu'elle reposa la serviette, Duff vit la marque rouge sur le côté de son visage et poussa un juron. Elle écarquilla les yeux de surprise, mais, au lieu de s'excuser de l'avoir fait sursauter, il lui saisit la main et la conduisit à l'infirmerie. Lorsqu'elle protesta qu'elle n'avait pas besoin qu'on s'occupe d'elle, il la prit par la taille et l'installa sur la table d'auscultation, lui ordonnant de rester tranquille pendant qu'il attrapait un pack de glace.

— Bon sang, Doc, j'ai l'impression que je n'arrive jamais à t'aider !

— Que veux-tu dire ?

Il sortit la glace du petit réfrigérateur et, après quelques tâtonnements, réussit à former une compresse rudimentaire en la mettant dans une serviette.

— Quand Silas ose te toucher, ou que Deanna t'insulte, ou

que je vois que tu imagines que des choses terribles ont pu arriver à ton père… Je voudrais pouvoir te protéger de tout ça.

— Ça aurait pu être pire. Tu m'as appris comment me défendre face à lui.

— Ce n'était pas assez.

— Ça ira…

— Je le sais. Parce que tu es courageuse et pleine de ressources, et aussi très têtue. Tu as l'habitude de te sauver toi-même.

Il pressa doucement la compresse de glace sur sa joue.

— Mais tu ne peux pas en vouloir à un homme de vouloir protéger une femme à laquelle il tient.

— Tu n'aurais pas pu intervenir plus tôt pour arrêter Silas… Pas sans révéler la raison de ta présence. Nous t'avons tous les deux entendu remettre l'étagère en place dans le grenier, même si je pense qu'il était bien trop soûl pour comprendre ce qui se passait.

Elle leva la main pour la poser sur la sienne, et cela calma un peu la rage qu'il sentait en lui.

— J'ai besoin que tu réussisses. J'ai besoin que ces gens soient mis en prison. Oublie mon père. Il faut mettre un terme à ce trafic d'armes et à toute cette violence !

Il lui passa les doigts dans les cheveux et les lui coinça derrière l'oreille. Ses yeux couleur d'ambre se levèrent vers lui.

— Je n'oublie personne et je n'abandonne pas l'enquête sur la disparition de ton père : lorsque nous aurons mis les chefs de ce trafic sous les verrous, ils vont parler. Je vais les faire condamner et ensuite je t'emmènerai loin d'ici, je te le promets.

Elle le poussa doucement en arrière, et cette fois il la laissa descendre de la table.

— Tu as trouvé les éléments dont tu as besoin pour ton enquête ?

— Oui.

Il la suivit jusque dans sa chambre et la regarda ouvrir un tiroir de sa commode pour en sortir la montre de son père.

— Nous allons devoir attendre un jour ou deux, dit-il. Il faut continuer à jouer le jeu jusqu'à ce que mon équipe soit prête à intervenir. Sinon, Henry et Silas vont encore déménager les armes. Tu peux tenir jusque-là ?

Elle hocha la tête, mais il n'était pas certain qu'il pouvait la croire.

— Que vas-tu faire maintenant ? demanda-t-elle. Il va y avoir un rendez-vous à la tour d'observation ?

Elle se passa la main sur les hanches, cherchant une poche pour y glisser la montre.

— Je devrais mettre un jean.

Mais, au lieu d'aller se changer, elle se précipita vers la salle de bains. Elle fit tomber la glace dans l'évier et inspecta la marque sur sa joue avant de se tapoter le visage et les lèvres avec la serviette. Elle se retourna vers lui et désigna sa fermeture Éclair.

— Tu peux la baisser ? Je veux me doucher.

Au lieu de lui obéir, il la prit dans ses bras et l'attira à lui, l'enlaçant par-derrière.

— Tu vas bien, Doc.

Elle se débattit avant de se laisser aller contre lui.

— Je le sais. Je veux dire, dans ma tête, je sais que je vais bien... Mais j'ai eu très peur ce soir.

— Je le vois bien, ma chérie. Je suis désolé.

Il pressa les lèvres sur ses cheveux.

— Tu veux partir d'ici ?

— Pour aller à Kansas City ?

Duff la serra un peu plus fort.

— Pas encore. Mais j'ai une idée. Mon pick-up n'est pas garé loin.

Quelques minutes plus tard, ils étaient sur la route en gravier qui menait à l'ancien embarcadère. La lune était assez brillante pour qu'à chaque fois qu'ils sortaient du couvert des arbres Duff puisse voir le visage de Melanie. À son grand soulagement, plus ils s'éloignaient de la ferme, plus elle semblait reprendre des couleurs. Elle baissa sa vitre pour respirer l'air léger de la nuit.

— C'était une excellente idée. Je me sens mieux.

Si elle était assez forte pour l'écouter, il y avait une chose qu'il devait lui demander.

— Pourquoi n'as-tu pas dit à Silas que j'étais dans le grenier ? Pourquoi ne lui as-tu pas expliqué que j'étais en réalité un policier infiltré ? Il serait venu s'en prendre à moi plutôt qu'à toi.

— J'y ai pensé, admit-elle. Mais tu me faisais confiance, et je ne voulais pas te trahir.

Duff sut à cet instant qu'il l'aimait. Il se pencha vers elle et lui prit la main.

— Bravo, Doc. Tu as raison : je te fais confiance.

Ils restèrent silencieux jusqu'à ce qu'ils arrivent près de l'ancien embarcadère et de l'épave de l'*Edwina*. Lorsque Duff eut garé son pick-up, il ôta ses bottes et les déposa dans la benne, avec ses chaussettes et sa ceinture. Il enferma son arme, son portefeuille et son téléphone dans la boîte à gants et enleva sa chemise. Comprenant ce qu'il allait faire, Melanie ôta ses nu-pieds et attrapa le plaid qu'il gardait dans son véhicule. Puis, main dans la main, ils se rendirent à l'extrémité du ponton, étalèrent la couverture pour se protéger des échardes et s'assirent les pieds dans l'eau. Après cette journée ensoleillée, elle était encore agréablement chaude.

La lumière de la lune donnait un éclat angélique à la peau de Melanie et se reflétait sur la surface du lac. Les arbres qui entouraient la crique leur procuraient le sentiment d'être protégés du monde extérieur. L'eau clapotait et balançait doucement le ponton. Un concert de grillons et de grenouilles s'élevait autour d'eux.

— Ça te fait du bien d'être ici, n'est-ce pas ?

Il aimait la voir battre des pieds dans l'eau.

— Tu te sens mieux ?

— J'ai toujours adoré cet endroit.

Elle s'appuya contre lui et posa la joue contre son épaule.

— Et c'est encore mieux quand tu es là avec moi.

— J'essaie seulement de te protéger.

Elle sortit un pied de l'eau et lui caressa le mollet. Duff sentit tout son corps se raidir lorsqu'il sentit la peau de Melanie contre lui. Oui, il était fou de cette femme.

— Je regrette de ne pas avoir pu venir plus tôt. Quand je t'ai dit que j'avais besoin de ton aide, je ne pensais pas que tu aurais à...

Il poussa un juron et lui embrassa les cheveux, pour s'excuser d'évoquer des moments difficiles dans ce havre de paix.

— Je voudrais casser la figure de cette ordure pour t'avoir fait ça !

— J'aimerais bien le faire moi aussi ! Tu sais, tu ne m'as jamais montré comment envoyer un bon vieil uppercut.

Elle serra le poing et le considéra pendant quelques secondes avant de le relâcher.

— C'était bien différent pendant les leçons, quand c'était toi qui me touchais.

— J'espère bien !

Duff se tourna vers elle. Il prit son visage dans ses mains et se pencha pour l'embrasser.

Il voulait seulement la réconforter tendrement. Mais dès qu'elle prit sa chemise et l'attira vers elle, ouvrant les lèvres et sortant la langue pour rencontrer la sienne, il oublia d'être doux. Le gémissement qu'elle poussa attisa son propre désir, et il voulut la placer sur ses genoux. Mais la position était inconfortable et le ponton bougeait... Et, surtout, il fallait qu'elle comprenne qu'il ne la touchait pas comme Silas.

Il posa son front contre le sien et lui passa les mains sur les bras, les caressant.

— Je n'arrive pas à m'empêcher de te toucher... Parce que tu m'excites, tu me défies, tu m'agaces, tu me fais rire et tu me rends fou. Tu me donnes envie de parler de choses que je ne dis à personne.

Melanie plongea son regard doux et bienveillant dans le sien. Elle était si belle qu'il ne put s'empêcher de l'embrasser à nouveau, savourant sa bouche. Puis il reposa son front contre le sien. Il fallait qu'il lui fasse comprendre... Il fallait qu'elle le croie...

— Il y a une différence entre désirer et aimer. Entre se servir de quelqu'un et le respecter. Il faut que tu saches combien tu es spéciale, combien tu es belle... Et si un homme ne fait pas discerner cela, il ne te mérite pas.

Elle posa les mains sur ses joues qui recommençaient à être râpeuses. Ses lèvres esquissèrent un sourire perplexe alors qu'elle lui caressait le visage et le cou. Duff sentait son sang bouillir dans ses veines même s'il faisait son possible pour se contrôler. Il se demanda un instant si elle avait conscience de l'effet que cela avait sur lui, si elle entendait son cœur tambouriner contre sa poitrine, si elle percevait son souffle rapide sur ses cheveux. Elle posa les doigts tendrement sur son épaule, à côté de sa blessure.

— J'aime quand tu m'embrasses. Et j'aime...

Il fronça les sourcils, suspendu à ses paroles alors qu'elle continuait à l'exciter en lui caressant le torse.

— J'aime sentir ton corps sous mes mains : il a une texture différente suivant les endroits que je touche. Parfois il est solide, dur, parfois il est vulnérable, et...

Elle rougit

— J'aime aussi sentir tes mains sur moi... Je voudrais que tu me montres comment c'est, quand un homme aime une femme... Si tu es intéressé.

Oh oui, il était intéressé ! Mais il fallait qu'elle soit sûre de ce qu'elle lui demandait.

Il posa le doigt sur son menton.

— C'est la première fois ?

Melanie hocha la tête.

— Premier baiser. Premier petit ami. Première fois pour tout.

Elle rougit plus encore, faisant écho aux émotions qui brûlaient en lui.

— J'ai vingt-cinq ans. Ça fait de moi une aberration de la nature ?

Elle détourna le regard, gênée, mais Duff lui prit le menton dans la main et la força à lever le visage vers lui.

— Ça fait de toi quelqu'un de très précieux. Je ne peux pas te dire combien je suis touché… et effrayé d'être le premier.

— Effrayé ? De faire l'amour avec moi ?

— Je veux que ce soit un beau souvenir pour toi. J'ai peur de ne pas être à la hauteur.

Il prit sa natte et en ôta l'élastique avant de la défaire lentement.

— Si tu n'aimes pas ça, si tu as peur… Tu dois me le dire. J'arrêterai. Je ferai ce que tu voudras.

— Tu es le seul avec lequel j'ai envie de le faire.

Cette confession le rassura tout autant qu'elle augmenta son désir.

Il lui écarta les cheveux sur les épaules et passa les doigts dans cette masse soyeuse.

— J'aimerais que tu m'embrasses, dit-elle.

Il en avait envie lui aussi. Lorsque leurs lèvres se touchèrent, il cessa de réfléchir et se laissa guider par son instinct. Elle passa les bras autour de son cou et se serra contre lui, plaquant les seins contre son torse. Il sentait leur rondeur contre lui, et ses mains furent immédiatement attirées. Il pressa ses tétons entre ses doigts jusqu'à ce qu'elle murmure :

— Encore plus…

Elle agit d'instinct elle aussi et comprit ce qui l'excitait sans qu'il ait à le lui dire. Elle déboutonna sa chemise et la lui ôta. Il gémit lorsqu'elle commença à lui caresser le torse, explorant chaque modelé et jouant à lui arracher des soupirs à chaque excitation nouvelle. Il ouvrit la fermeture de sa robe et la lui enleva. Il fut obligé d'interrompre leur baiser mais se consola en lui pressant les lèvres d'abord sur le ventre, puis sur les flancs, puis sur sa gorge, alors que son corps se dévoilait peu à peu sous ses yeux émerveillés.

La robe atterrit quelque part sur le ponton, à côté de la chemise, et ils furent peau contre peau. Melanie s'installa à califourchon sur lui. Elle lui caressa le ventre et s'aventura plus bas, vers la fermeture de son jean. Ses cuisses lui enserraient les jambes, et il sentait son sexe dressé contre elle. Tout cela allait trop vite. Elle pensait être préparée pour cela, mais il ne pouvait pas se contenter de la déshabiller et de s'enfoncer en elle. Il devait être certain qu'elle était prête.

— Tu me fais confiance ? murmura-t-il alors qu'elle déposait de légers baisers sur son cou, lui envoyant dans tout le corps des petites décharges qui menaçaient de lui faire perdre la tête.

Elle acquiesça. Alors, il la prit fermement dans ses bras et glissa dans l'eau avec elle. Elle se laissa faire, serrant seulement un peu plus fort ses bras et ses jambes autour de lui. L'eau les enveloppa, et pendant quelques secondes Duff se contenta de la tenir, savourant le doux balancement des vagues qui calmait un peu son corps vibrant de désir. Il lui frotta doucement les bras, le dos, ses jambes qui lui enlaçaient la taille, la caressant doucement, essayant d'ôter de son corps le souvenir des mains de Silas.

Lorsqu'il sentit qu'elle s'était apaisée, ils nagèrent pendant quelques minutes, s'éclaboussant, s'embrassant sur des endroits inattendus, riant, jouant et s'embrassant encore. Melanie était comme une nymphe, avec ses longs cheveux flottant sur l'eau autour d'elle. Les parties les plus intéressantes de son corps lui étaient cachées, mais Duff apercevait parfois un sein ou une fesse alors qu'elle essayait de s'échapper en riant.

Elle ôta son soutien-gorge.

— Je n'ai jamais pris de bain de minuit. On n'est pas censé être nu ?

Et lui qui voulait ralentir les choses ! Sa résolution s'ébranla lorsqu'il vit ses seins ronds et pleins sous la clarté laiteuse de la lune. Et soudain l'eau ne parvint plus à rafraîchir ses ardeurs, et il n'y tint plus. Lorsqu'en riant elle s'éloigna de lui à la nage, il la prit par la cheville et la tira brusquement vers lui, posant goulûment la bouche sur un de ses seins et capturant le téton avec avidité. Elle gémit et posa la main derrière son cou, le tenant contre sa poitrine.

— Tom…

Il la porta vers l'échelle située au bout du ponton et grimpa après elle. Il ramassa leurs vêtements épars et les lui déposa dans les bras pour la protéger du froid. Puis il attrapa la couverture, lui prit la main, et ils retournèrent vers sa voiture.

Le temps qui leur fallut pour étendre la couverture sur la benne du pick-up, former un coussin de fortune avec leurs vêtements secs et enlever ceux qu'ils portaient encore sur eux sembla bien trop long à Duff. Il ne supportait plus d'être séparé de cette femme, qui était entrée dans son esprit et dans son cœur. À peine eut-il enfilé un préservatif qu'elle l'attira de nouveau sur elle. Il s'allongea entre ses jambes et la pénétra avec douceur. Il hésita lorsqu'il sentit son hymen. Mais elle lui enfonça les doigts dans le dos et inclina les hanches vers lui, l'invitant à l'emplir complètement. Elle tressaillit et enfouit le visage dans son cou alors qu'il laissait à son sexe le temps de l'accueillir. Sa tête se mit à tourner lorsqu'elle l'agrippa. Il était dangereusement prêt à se perdre en elle.

Pourtant il retint son souffle, la tenant dans ses bras.

— Tu es bien ?

— Merveilleusement bien… Je ne me suis jamais sentie aussi proche de quelqu'un. C'est une sensation… juste extraordinaire. Mais…

Était-il possible qu'un corps tout entier se mette à rougir ?

— Mais quoi ?

Il tremblait de l'effort qu'il devait faire pour se retenir.

— Tu sais que tu peux tout me dire, murmura-t-il.

— Je croyais que l'on voyait des étoiles…

Le rire de Duff résonna dans l'air pur de la nuit.

— C'est vrai.

Elle ferma les yeux lorsqu'il l'embrassa à nouveau et recommença à aller et venir en elle.

Leurs mouvements s'accordèrent, et il la chevaucha, d'abord sur un rythme aussi doux que celui des vagues sur le lac. Lorsqu'elle commença à pousser de petits gémissements qui en demandaient plus, il alla toujours plus vite, plus profondément, et s'appuya contre son sexe, à cet endroit si sensible.

Elle poussa un cri rauque qu'il étouffa d'un baiser. Et, alors qu'il sentait les contractions de son plaisir tout autour de lui, il jouit lui aussi.

Ensuite, il s'allongea à côté d'elle, sur la couverture, et la prit dans ses bras.

Melanie se blottit contre lui. L'air frais sur sa peau toujours humide le rafraîchit alors que leurs respirations se calmaient. Elle posa la joue contre son épaule et murmura :

— Waouh ! J'ai vu les étoiles ! Vraiment...

— Moi aussi, Doc.

Duff ramena la couverture sur eux et tint Melanie serrée contre lui. Et, alors qu'elle s'endormait, il contempla les véritables étoiles, qui scintillaient dans le ciel au-dessus d'eux.

14

Melanie ne parvenait pas à déterminer ce qu'elle préférait : les sentiments passionnés et intenses que faire l'amour avec Tom éveillait en elle, ou les conversations intimes et douces qu'ils avaient après. Elle aimait voir qu'il était aussi tendre et câlin que fort et courageux, et il arrivait à toucher son cœur avec ses paroles pudiques aussi certainement qu'il pouvait, en l'embrassant, lui faire ressentir des choses qu'elle ne connaissait jusqu'alors que par les livres.

Elle était un peu essoufflée après sa deuxième leçon de séduction, et elle sentait encore les rainures de la benne du pick-up qui lui étaient rentrées dans le dos, mais elle n'aurait pas voulu être ailleurs. Pas tant que la nuit était si belle et que Tom voulait bien la tenir dans ses bras. Blottie dans sa chaleur, elle caressait en souriant les poils bruns qui lui ombraient le torse.

— Ainsi, tu étais un véritable casse-cou quand tu étais enfant ?

— J'ai été aux urgences plus souvent que tout le reste de la famille réuni.

— Je ne suis pas certaine d'aimer ces statistiques !

— Ne t'en fais pas. Je suis un dur !

Melanie sourit.

— Je ne crois pas que tu sois si dur que tu veux bien le dire ! Je t'ai entendu évoquer ta mère... Et ton visage s'éclaire dès que tu me parles de ta famille, et de Seamus en particulier. Je parie que tu lui ressembles beaucoup.

— Mon visage s'éclaire ? Ah bon. Bientôt, tu vas dire que je suis romantique et doux. J'ai une réputation à entretenir, madame ! C'est mon travail d'être un dur !

Il lui tapota la hanche puis écarta les doigts, l'enveloppant d'un geste caressant. Mais il avait autre chose à l'esprit.

— Tu devrais penser sérieusement à reprendre tes études pour devenir médecin. Ça pourrait m'être utile.

Parce qu'il voulait qu'elle reste auprès de lui et fasse partie de sa vie pendant au moins toutes les années qu'il lui faudrait pour obtenir son diplôme ? Au lieu d'en rire en faisant un commentaire teinté d'autodérision, elle frissonna. Il n'y avait aucune garantie qu'elle ait plus que cette nuit d'amour avec Tom. Il y avait tant de choses à régler avant de penser à l'avenir ! Pour le moment, il fallait qu'il redevienne Duff Maynard, elle devrait faire semblant de ne rien savoir des armes qu'elle avait vues, de Gin Rickey, ou de son espoir d'une nouvelle vie loin du domaine, avec le lieutenant Watson.

— Hé...

Il lui prit le menton et tourna son visage vers lui.

— Tu t'endors ? Pourquoi tu ne dis rien ?

Même si le cœur n'y était pas, elle allait répondre en plaisantant qu'aucune école de médecine au monde ne réussirait à lui apprendre comment prendre soin d'un casse-cou comme lui, mais, avant même qu'elle ne puisse ouvrir la bouche, elle sentit Tom se raidir à côté d'elle. Il lui posa un doigt sur les lèvres.

Melanie lui obéit et rassembla ses vêtements, pendant que Tom enfilait rapidement son caleçon et son jean, et sortait son arme de son étui. Maintenant, elle percevait, elle aussi, les pas qui s'approchaient sous les arbres.

Tom lui fit signe de rester baissée alors qu'il se glissait hors de la benne et s'enfonçait dans l'ombre.

Elle avait remis sa robe — sans en remonter la fermeture Éclair — lorsqu'elle entendit des voix s'élever.

— Nous n’avons reçu ni appel ni message, dit quelqu’un. Tu sais que c’est la procédure d’aller voir l’agent sur le terrain s’il loupe un contact.

Elle resta tapie dans sa cachette jusqu’à ce qu’elle reconnaisse la voix grave de Tom.

— J’ai dû gérer une urgence. Et éteignez ces lampes avant qu’on vous repère !

Melanie jeta un coup d’œil par-dessus le rebord de la benne et vit Tom s’approcher, accompagné de deux autres hommes. Elle reconnut l’agent blond du FBI qu’elle avait rencontré près de la tour d’observation, mais pas l’autre homme. Il portait une veste de costume grise et un pantalon en toile, et avait une arme à la ceinture. Même s’il avait ôté sa cravate, il ne semblait pas à sa place ici. S’agissait-il d’un autre membre du groupe de travail ?

Alors qu’elle descendait de la benne, l’agent Benton remarqua la couverture froissée.

— Je vois de quelle urgence il s’agissait… C’est ainsi que vous réglez les problèmes quand votre identité est découverte ?

— Ça suffit, Benton. Melanie a été d’une aide très précieuse.

Sans s’excuser ni expliquer ce qui venait de se passer entre Melanie et lui, Tom lui écarta les cheveux et remonta la fermeture Éclair de sa robe.

— J’ai entièrement confiance en elle.

L’homme brun qu’elle ne connaissait pas lui semblait vaguement familier. Il regarda tout autour de lui, scrutant l’ombre.

— Tu es certain, Duff ? Je me souviens de Shayla Ortiz.

Lorsqu’il s’approcha assez pour qu’elle distingue nettement les traits de son visage, elle eut l’impression de se retrouver en face d’une version plus petite, plus sophistiquée de Tom. Il sourit en lui tendant la main.

— Nous ne nous sommes pas encore rencontrés. Je m’appelle Keir Watson.

— Watson ?

Il continua à lui serrer la main alors qu'elle se tournait vers Tom, perplexe.

— Oui, c'est un des miens.

Tom donna une tape derrière la tête du plus jeune des deux hommes pour qu'il lui lâche enfin la main.

— Melanie, je te présente mon frère, Keir. Il fait lui aussi partie de la police de Kansas City.

Elle se souvint du grand médecin qui portait des lunettes.

— Tu as combien de frères ?

— Deux. Ce freluquet est le plus jeune.

Tom s'assit sur le bord de la benne pour enfiler ses chaussettes et ses bottes.

— Et également le plus beau, renchérit Keir. Enchanté de faire votre connaissance.

Malgré son charme manifeste, il semblait redoutable.

— Cet imbécile vous donne du fil à retordre ? lança-t-il. Je serais ravi de vous aider !

— Vraiment ? Bas les pattes, petit frère ! Tu as déjà quelqu'un.

Keir répondit avec un sourire.

— Ça, c'est certain ! À ce propos, Kenna t'envoie ses amitiés.

— Ses amitiés ? grommela Matt. Je vais inspecter les lieux pour m'assurer que personne ne vous voit pendant que vous prenez le thé et les petits-fours. Dépêchez-vous, les Watson : vous avez cinq minutes.

Lorsque l'agent partit pour surveiller la zone, Keir posa les mains sur ses hanches.

— Benton est toujours si coincé ?

— Plutôt, répondit Tom en haussant les épaules. Mais il sait très bien gérer le côté administratif de l'enquête, alors nous formons une bonne équipe. Tout se passe bien à la maison ? Grand-père ? Papa ?

— Ils vont bien. Millie craint que tu ne manges pas assez. Donc, tu vois, tout est comme d'habitude ! Niall nous a raconté que tu avais commencé ta mission par un combat au couteau.

Il se tourna vers Melanie.

— Je n'avais pas entendu parler de vous, mais il faut dire que Duff a toujours cru que les grognements tenaient lieu de conversation.

— Qui est Shayla Ortiz ? demanda Melanie en s'asseyant sur le bord de la benne à côté de Tom, sans prêter attention à Keir.

— Une erreur.

Il lui posa la main sur le cou et l'attira à lui pour un baiser rapide, dur. Melanie sentit le rouge lui monter aux joues.

— Va t'asseoir à l'intérieur, nous serons rapides, ordonna-t-il. Il faut que Keir et Benton partent d'ici avant d'être repérés.

Mais Melanie n'avait pas envie de s'en aller. Il devait y avoir une bonne raison pour que le frère de Tom et l'agent Benton prennent le risque de s'aventurer aussi loin à l'intérieur du domaine. Et cela l'inquiétait. Elle vit que Tom s'apprêtait à lui redemander d'aller s'installer dans le pick-up, mais finalement il secoua la tête.

— Bon… Tu peux rester là pour entendre ce que Keir a à me dire. Ça m'évitera d'avoir à le répéter.

Tout dans son ton et son attitude indiquait qu'il était redevenu le policier en mission. Il alla ouvrir la portière de son véhicule, prit sa chemise blanche à l'intérieur et la lança à Keir. Puis il enfila un T-shirt en lui disant :

— Il y a un échantillon du sang de Silas Danvers dessus. Benton en aura besoin pour confirmer qu'il correspond à celui que j'ai trouvé avec les armes.

— Compris.

— Si Benton dit que nous avons cinq minutes, il sera de retour dans quatre minutes et demie. Alors, parle.

Malgré le ton badin qu'avait tout d'abord adopté Keir pour s'adresser à son frère, il ne perdit pas de temps pour lui apprendre que Niall avait lui-même pratiqué l'autopsie du corps que Melanie avait trouvé dans le lac Hanover.

— Il s'agit bien de Richard Lloyd. Le dossier dentaire correspond. Il est mort d'une balle tirée à bout portant dans la poitrine. Son corps n'a été jeté dans le lac qu'après sa mort. D'après Niall, il est resté deux mois dans l'eau.

Tom, qui était en train d'ajuster l'étui de son arme, s'interrompit pour presser la main de Melanie. Même si elle suspectait la vérité, Keir et lui étaient en train de parler de quelqu'un qu'elle connaissait bien, et les détails n'étaient pas agréables à entendre.

Mais Melanie voulait la vérité, pas la compassion.

— Tom se disait qu'il y avait peut-être un lien entre Richard et la fusillade qui a eu lieu lors du mariage de votre sœur. Il y a des éléments qui tendraient à le prouver ?

— Tom ?

Keir semblait plus surpris par le prénom qu'elle utilisait pour parler de son frère que par le fait qu'elle connaisse autant de détails sur leur famille. Mais un regard menaçant de son Tom lui fit garder pour lui la remarque qu'il s'apprêtait à faire.

— Le manteau qu'il portait, sa taille et son poids, tout concorde. Et la boucle de ceinture que tu as décrite correspond en tout point à celle que portait le tireur. C'est notre homme.

— Pauvre SueAnn...

Melanie pensa à son amie. La confirmation que son frère avait été assassiné — et était lui-même un assassin — pouvait compromettre sa santé déjà fragile. Puis elle se demanda comment Tom prenait ces nouvelles.

— Je suis désolée d'apprendre que des personnes que je connaissais ont fait du mal à ta famille.

Il fit un petit signe de tête pour toute réponse. La complicité qui existait entre eux tout à l'heure n'était plus qu'un souvenir.

— Nous avons trouvé une liasse de billets avec « Gin Rickey » écrit dessus. Cela confirme qu'il s'agit bien d'une ou de plusieurs personnes qui vivent sur le domaine. Fiske ou Danvers ont dû louer les services de Lloyd à ceux qui avaient un sale boulot à lui confier.

— Et tu as une idée de l'identité de celui qui en veut à notre famille ? s'enquit Keir.

Tom secoua la tête.

— Il y a peut-être des éléments dans les documents que je t'ai envoyés. Il faudra du temps pour les exploiter.

Melanie se souvint de la fois où elle avait croisé Silas sur le seuil de la maison de son oncle.

— Il y a quelques jours, Silas a donné une grande enveloppe à Henry. Vous pensez que cela pouvait être un rapport, ou un fichier concernant ce que vous cherchez ?

— Danvers ne m'apparaît pas comme étant quelqu'un qui rédige des rapports, remarqua Tom. Il a fait un commentaire sur le contenu de cette enveloppe ?

— Non... Silas était resté longtemps absent ce jour-là, assez pour être allé à Falls City. Ou même à Kansas City. Il y avait peut-être des billets à l'intérieur. Je n'ai pas vu.

— C'est bon, annonça Benton en émergeant de la forêt. La petite réunion familiale est terminée. Il faut nous remettre au travail.

Il tapota la poche de sa veste.

— J'ai les mandats. Le juge a pensé que les photos que tu as envoyées étaient suffisantes pour perquisitionner le domaine et mettre Fiske, Danvers et tous ceux qui ont eu accès à ces armes sous les verrous. Nous allons également saisir les bateaux et les véhicules, afin que la police scientifique puisse les passer au peigne fin. Le juge ne voulait pas attendre et leur laisser le temps de déplacer la marchandise.

Tom acquiesça.

— J'ai pu voir qu'ils utilisaient plusieurs canaux différents pour faire entrer et sortir les armes sur le domaine.

— Il y a plusieurs caches, ajouta Melanie. Et il y a encore beaucoup d'endroits que nous n'avons pas explorés.

— Nous ?

L'agent Benton souleva la visière de sa casquette et dévisagea Melanie comme s'il avait temporairement oublié son existence.

— Madame, si vous avez fait la moindre chose qui puisse compromettre cette enquête...

— Nous n'aurions jamais pu obtenir ces mandats sans son aide, l'avertit Tom d'un ton sec.

Il glissa deux chargeurs dans sa poche.

— Et pour la suite ? Comment les choses vont-elles se dérouler ? demanda-t-il.

Benton sembla se détendre un peu et, de menaçante, l'expression de son visage devint seulement inamicale.

— Nous avons déjà mis en place des barrages sur les autoroutes et sur les routes d'accès, et tous les shérifs doivent immédiatement nous prévenir s'ils remarquent quelque chose d'anormal. Apparemment, le shérif Cobb a l'habitude de partager beaucoup d'informations avec Fiske, c'est pourquoi l'un de mes hommes l'a retenu en ville sous un prétexte quelconque. Nous pourrons tout lancer dans une heure.

Tom jeta un coup d'œil à Melanie avant de se retourner vers Keir et Benton.

— Je veux que vous emmeniez Melanie avec vous pour la mettre à l'abri. Assurez-vous que vos hommes ont des gilets pare-balles et soient bien armés. Danvers est un homme dangereux, et il a un arsenal impressionnant. J'ai le sentiment que Fiske et ses acolytes ne se rendront pas facilement. Je vais retourner à la ferme pour pouvoir guider les troupes.

Mais ils n'avaient pas une heure devant eux.

Le talkie-walkie posé sur le siège avant du pick-up de Tom émit quelques parasites. Tous rejoignirent Melanie devant la vitre ouverte pour écouter. Les craquements s'interrompirent, et la voix affolée d'un homme s'éleva.

— Duff ? Duff, c'est Daryl. Où es-tu ? Reviens !

— Ils te cherchent, dit Keir. Tu crois que Cobb pourrait les avoir mis au courant ?

Il fronça les sourcils, et Melanie songea que cela le faisait ressembler beaucoup à Tom.

L'agent Benton marmonna :

— Ça pourrait être un piège.

Il y eut d'autres craquements avant que la ligne redevienne claire.

— Duff ? C'est Daryl. Mel est avec toi ? J'ai besoin d'elle.

Melanie ouvrit la portière et saisit le talkie-walkie avant qu'ils ne puissent l'arrêter. Elle appuya sur le bouton d'appel.

— Je suis là, Daryl. Que se passe-t-il ? À toi.

— Mel ?

On l'entendit pousser un soupir de soulagement.

— Je suis à l'infirmerie avec SueAnn. La poche des eaux a rompu. Le travail a commencé.

— Installe SueAnn dans mon pick-up, et partons, dit Tom.

— Partir où ? Henry et Silas ne nous laisseront pas quitter le domaine. S'ils ne nous arrêtent pas, ils vont au moins nous suivre pour s'assurer que nous allons à l'hôpital, et alors ils vont remarquer les barrages routiers. Et SueAnn ne peut certainement pas marcher dans son état.

Melanie enleva le brassard du tensiomètre et nota rapidement les observations qu'elle avait faites. Elles n'étaient pas bonnes. Le cœur du bébé battait normalement, mais, si le rythme cardiaque de SueAnn entre les contractions ne ralentissait pas, elle ne pourrait jamais accoucher par les voies basses sans dommage pour elle ou le bébé.

Elle sentit une main ferme sur son épaule et leva les yeux vers Tom. L'expression de son visage était indéchiffrable.

— Doc, nous ne pouvons pas rester. Mon équipe est en route. Je ne peux garantir la sécurité de personne ici.

SueAnn se laissa retomber sur l'oreiller et ferma les yeux. Daryl se tourna vers Melanie.

— Ça n'est pas bon, n'est-ce pas ?

Elle savait qu'il parlait de la santé de sa femme, pas de l'avertissement de Tom. Elle n'était même pas sûre que Daryl avait remarqué à quel point Tom était armé ce soir. Elle secoua la tête.

— Elle n'est pas assez forte… Elle a besoin d'un véritable médecin.

Daryl se leva.

— Au diable Henry et ses règles ! Dis-moi ce que je peux faire ! J'ai déjà perdu mon meilleur ami. Je ne veux pas perdre SueAnn et notre enfant !

Tom regarda par la fenêtre, visiblement aux aguets. Melanie alla vers lui et lui posa la main sur le bras pour attirer son attention.

— Il y a une autre façon de sortir d'ici.

Il secoua la tête, comprenant ce qu'elle lui demandait.

— Elle n'est pas en état d'y aller.

— *Nous* sommes en état de l'y emmener.

— Dans ce cas, prépare-la.

Il sortit son téléphone et composa un numéro.

— Keir, j'ai une évacuation médicale d'urgence. Une femme va accoucher, et il y a des complications. Nous allons l'emmener vers la tour d'observation. Envoie une ambulance là-bas.

Comme Tom, Melanie se prépara à l'action. Les choses risquaient de devenir dangereuses : ce serait certainement le chaos lorsque l'équipe d'agents du FBI arriverait. Avec les barrages routiers, l'assistance médicale dont SueAnn avait besoin pouvait ne pas être là à temps. Il fallait qu'ils soient certains que prendre le risque de transporter SueAnn soit une bonne décision. Melanie alla à côté de Daryl et désigna les coins de la couverture sur laquelle SueAnn était étendue.

— Nous allons utiliser cela comme brancard de fortune pour la transporter.

— Laisse-moi faire.

Tom l'écarta et lui mit le téléphone dans les mains.

— Communique Keir les informations médicales dont il a besoin, et il les transmettra aux secours.

Quelque chose qu'elle n'arrivait pas à définir la tracassait… Mais ce n'était pas le moment de s'interroger à ce sujet, car Tom annonça :

— Nous partons dans une minute.

Pendant que Tom et Daryl portaient SueAnn dans le pick-up, elle mit le dossier médical de son amie dans sa trousse d'urgence, attrapa une autre couverture et un oreiller, et se précipita dehors, tout en fournissant à Keir une estimation de l'heure à laquelle ils allaient arriver. Elle s'était changée un peu plus tôt et portait un jean et des chaussures de marche. Elle n'eut donc aucun mal à sauter dans la benne du pick-up à côté de sa patiente. Elle donna une petite tape sur le toit du véhicule pour indiquer qu'ils pouvaient partir, et Tom démarra. Tout d'abord, il n'alluma pas ses phares, attendant d'être sous le couvert des arbres pour le faire. Tout en encourageant Daryl à parler à SueAnn pour tâcher de la réconforter un peu, Melanie glissa l'oreiller sous les genoux de la jeune femme et la recouvrit de la couverture.

— Je crois que le bal s'est terminé à cause de nous, expliqua Daryl en tenant fermement la main de sa femme. Abby a dit que je devais emmener SueAnn tout de suite à l'infirmerie. Tout le monde se demandait où vous étiez, Duff et toi. Je t'ai appelée, mais tu n'as pas répondu. Beaucoup d'autres ont tenté de le faire. Tu vas avoir plein de messages quand tu écouteras ton répondeur !

Il essaya de rire, mais on aurait plutôt cru entendre un sanglot.

— C'est Silas qui m'a appris qu'il t'avait vue partir vers le lac avec Duff.

— Silas nous a vus ?

Et dire qu'ils pensaient que la honte l'empêcherait de parler !

— Oui. C'est pour cela que j'ai appelé sur la radio de Tom.

— Où est Silas maintenant ?

Daryl haussa les épaules.

— Aux dernières nouvelles, Abby lui préparait du café dans sa cuisine pour le dessoûler. Il était très contrarié que Deanna soit partie du bal avec Roy avant la fin.

Ce n'était pas la raison de sa colère.

— Combien de personnes m'ont appelée ?

Melanie sentait son ventre se tordre d'angoisse.

— Je ne sais pas. Cinq ou six. Peut-être plus.

Elle savait maintenant ce qui la tracassait : son téléphone était resté dans le grenier...

Melanie entendit le bourdonnement des moteurs des quads s'élever dans l'air chaud de la nuit dès que Tom immobilisa le véhicule.

— Pourquoi m'as-tu demandé de m'arrêter ? demanda Tom en sortant du pick-up.

Il remarqua immédiatement le bruit des quads qui s'approchaient.

— SueAnn va bien ?

— C'est ma faute s'ils sont là. Je m'en veux tellement !

Melanie sauta de la benne dès que Tom eut baissé l'abattant. Elle pointa le doigt en direction des vrombissements qui résonnaient sur les collines.

— Nous n'avons que quelques minutes avant qu'ils arrivent.

— Tu t'en veux de quoi ? Nous devons continuer à avancer.

— Silas n'a peut-être pas dit qu'il nous avait vus tous les deux dans la maison. Mais un téléphone qui sonne sans arrêt a dû suffire à donner l'alerte.

Elle retourna ses poches pour lui montrer le problème.

— J'ai laissé mon téléphone dans le grenier. Plusieurs personnes ont essayé de m'appeler pour que je vienne aider SueAnn. Ils vont savoir que nous sommes allés là-haut. Même s'ils ignorent encore que tu es policier, ils vont comprendre que tu les as trahis. Que *je* les ai trahis.

Tom ne lui fit aucun reproche. Il la prit par la taille et la fit remonter dans la benne.

— Ils sont certainement en train de changer les armes de cache, dit-il.

— Ou de nous suivre.

Elle sauta de nouveau à terre, et Tom poussa un juron.

— Les quads sont beaucoup plus maniables sur ce terrain, et ils vont nous rattraper avant que nous arrivions à la tour, expliqua-t-elle. Il faut que nous nous séparions !

— Non. Remonte dans ce pick-up ! Tu sais très bien que si Silas et ses hommes nous pincent il n'y aura pas d'explications : ils vont essayer de nous éliminer.

Lorsqu'il essaya de la saisir à nouveau, elle se dégagea.

— Tu sais que j'ai raison. Tu dois aller dans un endroit où il y a du réseau pour demander à ton équipe d'intervenir immédiatement, avant que les armes soient déplacées et les preuves dissimulées. Et je ne veux surtout pas que SueAnn se retrouve au milieu d'une fusillade s'ils nous rattrapent.

Le ronflement des moteurs s'amplifiait.

— Je ne veux pas que quiconque soit pris dans une fusillade ! C'est mon métier, Melanie. Ce n'est pas à toi de te battre.

— Bien sûr que si !

Elle leva la main. Le bruit des quads se rapprochait inexorablement, comme des griffes se refermant sur elle.

— Donne-moi les clés de ton pick-up. Je peux les éloigner de la tour et de tes amis. Pendant ce temps, Daryl et toi allez porter SueAnn jusqu'au point de rendez-vous.

Il sortit les clés de sa poche, mais referma le poing dessus.

— C'est moi qui prends le pick-up pour les attirer ailleurs.

— Non. Emmène SueAnn. Il faut deux personnes pour la transporter, et je suis incapable de le faire assez vite.

— Doc...

Elle lui prit les clés des mains et se précipita vers l'avant du pick-up.

— Arrête de discuter. Sauve SueAnn. Mets toutes ces ordures en prison. Tu me l'as promis !

Tom était à la portière lorsqu'elle démarra.

— Je tiendrai mes promesses. *Toutes* mes promesses.

Il lui tendit un objet par la fenêtre ouverte. C'était la montre de son père.

— Voici ton porte-bonheur. Tu l'avais laissé dans la salle de bains. Je l'ai pris pour toi.

— Merci.

Elle glissa la montre dans sa poche.

— Tu ne vas pas m'arrêter pour conduite sans permis, j'espère !

Mais il ne rit pas.

— Tout ira bien, dit-elle. Je vais laisser le pick-up quelque part et me cacher jusqu'à ce qu'ils soient partis. Je connais ces collines comme ma poche.

Il passa la main par la fenêtre ouverte et la posa sur sa nuque, d'un geste possessif. Puis il déposa un baiser dur sur ses lèvres, avant de s'écarter.

— Je reviendrai pour toi. Tu n'es pas seule.

Il serrait la mâchoire, et elle lut toute sa détermination sur son visage.

— Je reviendrai pour toi.

— Tom...

Il ferma les yeux et secoua la tête comme s'il ne voulait pas l'entendre prononcer son véritable prénom. Puis il les rouvrit et déclara :

— Je t'aime.

Elle réussit à peine à répondre d'une voix enrouée :

— Moi aussi, je t'aime.

Mais Tom et Daryl étaient déjà sur la benne du pick-up et soulevaient SueAnn sur son brancard improvisé. Tom referma l'abattant et cria :

— Pars !

Les deux hommes se mirent rapidement en marche, portant SueAnn sur la couverture entre eux, et Melanie appuya sur l'accélérateur. Le pick-up zigzagua, crachant de la boue et des brindilles jusqu'à ce que les roues s'accrochent enfin au terrain, et Melanie se mit à rouler aussi vite qu'elle le put.

Quarante minutes plus tard, Melanie était assise sur la branche d'un pin où elle venait souvent se réfugier quand elle était enfant. Elle s'était recroquevillée pour mieux échapper aux regards et sentait ses muscles contractés brûler de cette immobilité forcée. Le bruit des quads, les craquements des talkies-walkies et les voix des hommes s'étaient tus. Elle ne les avait pas entendus parler de Duff Maynard, du sergent Minus ou utiliser un autre surnom faisant référence à Tom, elle priait pour que cela signifie qu'il avait réussi à rejoindre son frère et l'ambulance.

Elle se redressa et attendit jusqu'à ce qu'elle soit certaine de ne percevoir plus que le souffle du vent dans les branches. Elle allait pouvoir sortir de sa cachette pour se rendre à la tour d'observation et rassurer Tom sur son sort. Elle commença à descendre de l'arbre. La marche allait être longue, mais le soleil ne se lèverait pas avant deux ou trois heures, et elle allait pouvoir se cacher dans l'ombre.

Elle espérait que Tom allait bien. Elle espérait qu'il l'aimait assez pour l'emmener à Kansas City rencontrer sa famille. Et même si, d'une certaine manière, elle avait l'impression de laisser son père derrière elle, elle espérait de tout son cœur qu'elle ne reviendrait jamais ici.

Elle s'autorisa enfin à pousser un soupir de soulagement.

C'est alors qu'elle distingua le bruit, reconnaissable entre tous, d'un fusil que l'on armait derrière elle. Elle s'immobilisa, sentant tous ses espoirs s'évanouir. Elle glissa les doigts dans sa poche pour toucher la montre de son père et se souvenir qu'elle n'était pas seule.

Henry Fiske souriait lorsqu'elle se retourna pour faire face au canon de son fusil.

— Tu m'as toujours posé des problèmes, ma fille.

15

Melanie se demandait si son père avait fait un trajet semblable sur l'*Edwina*, la nuit où il était mort.

Son oncle conduisait l'*August Moon* sur une eau qui devenait de plus en plus agitée au fur et à mesure qu'ils se rapprochaient du barrage. Naviguer de nuit sans feux était dangereux, mais elle avait parfaitement conscience que la sécurité n'était pas la préoccupation de Henry.

Elle avait oublié que son oncle avait lui aussi grandi dans ces montagnes. Elle aurait dû rester dissimulée plus longtemps. Mais elle avait le sentiment que ça n'aurait été qu'une question de temps avant que Henry ne la retrouve pour lui faire payer sa rébellion. Il y avait une chose qu'elle n'avait pas oubliée concernant son oncle : il ne supportait pas que l'on n'obéisse pas aveuglément à ses ordres. Mais elle ne pouvait plus cacher à quel point elle détestait cet homme et la façon dont il contrôlait sa vie. Son seul soulagement était que Tom ait réussi à s'enfuir, et qu'il détruirait les trois personnes qui se trouvaient avec elle sur le bateau.

La radio dans le cockpit se mit à crépiter, et on entendit s'élever la voix de Roy Cassmeyer.

— Monsieur Fiske ? C'est Roy. Vous m'entendez ? À vous.

Il y eut quelques parasites.

— Monsieur ? Nous avons un problème à la ferme. Que dois-je...

— Éteins ce truc, grommela Abby, qui était assise à côté d'elle.

Henry obtempéra.

Tom et son équipe devaient être le problème que Roy tentait de signaler.

Silas tira sur la corde qu'il était en train de nouer autour de ses poignets.

— Pourquoi souris-tu ? demanda-t-il d'un ton rogue.

Elle n'allait pas lui donner la satisfaction de lui montrer qu'il lui avait fait mal. Elle n'allait pas non plus essayer de se dégager, alors que sa tante la tenait en joue. Silas jeta deux sacs contenant des armes par-dessus bord. Ils flottèrent pendant quelques secondes à la surface de l'eau et commencèrent à s'enfoncer dans le sillage argenté du bateau. Puis ils disparurent, happés par les flots noirs. C'était le sort qui l'attendait.

— Vous avez tué mon père comme ça ?

Abby ouvrit un troisième sac qui se trouvait à ses pieds.

— Tu n'abandonnes jamais, c'est ça ? Tu es aussi têtue que Leroy. Il ne voulait jamais faire ce qu'on lui disait, lui non plus.

Elle sortit du sac le téléphone de Melanie et l'agita devant elle avant de le jeter dans le lac.

— Tu as encore fureté dans la maison. Et je t'avais dit d'arrêter.

Elle poussa le sac vers Silas d'un coup de pied et lui ordonna de l'accrocher aux chevilles de Melanie.

— Maintenant, je dois jeter toute cette marchandise. Nos acheteurs seront déçus, mais c'est mieux que de devoir tout arrêter.

Si seulement elle savait !

Sans ménagement, Silas força Melanie à se mettre debout, la tirant contre lui.

— Où est ton petit ami ? Il est dans la police ? Depuis quand tu l'aides à nous espionner ? Nous allons le tuer lui aussi, tu sais.

— Ne me touche pas !

Elle avait beau être ligotée, elle n'était pas sans défense : elle enfonça ses dents dans le bras de Silas. En poussant un juron, il recula pour lui porter un coup. Mais elle le déséquilibra d'un coup d'épaule. Ils s'écrasèrent tous les deux sur la rambarde, faisant gîter le bateau. Un paquet d'eau vint s'écraser sur le pont et éclaboussa Silas en pleine figure.

En voyant son air paniqué, Melanie pensa qu'elle avait trouvé un moyen de lui échapper. Elle se redressa en se tenant à la rambarde. Surnager avec les poignets liés serait difficile, mais cela deviendrait impossible lorsqu'ils l'auraient attachée au sac contenant les armes.

Elle sentit le contact dur et froid de l'acier contre son crâne.

— Assieds-toi.

Obéissant à Abby, Melanie se dirigea vers l'arrière du bateau et s'assit tandis que Silas se relevait avec peine. Il semblait avoir du mal à résister à la panique. Dans d'autres circonstances, cela aurait pu être un motif de satisfaction, mais en ce moment même elle avait surtout besoin de réponses à ses questions. Elle leva les yeux vers son oncle.

— Tu m'as dit que tu aimais ton frère. Tu l'as tué ? C'est pour cela que tu ne veux pas parler de lui ?

Abby s'assit, gardant le fusil pointé sur elle.

— C'est moi qui ai tué ton père. Nous voulions l'inclure dans nos projets pour faire de cet endroit une mine d'or. Il n'a rien voulu savoir ! Il voulait se contenter d'exploiter la terre et refusait que sa fille grandisse dans un environnement dangereux. Nous venions d'avoir un enfant, nous aussi, et il était hors de question que j'élève Deanna comme une plouc dans ce trou paumé !

Melanie avait aimé la vie simple qu'elle menait ici avec son père.

— Comment Leroy pensait-il que nous allions trouver l'argent pour transformer cet endroit en une entreprise prospère ? En vendant quelques beignets et des tables en bois ? Nous lui avons proposé de lui racheter sa part, mais il a refusé. Quand il a menacé de nous dénoncer, Henry et lui se sont battus. J'ai dû sauver la vie de mon mari. Je l'ai tué avec ce même fusil.

Elle se pencha en arrière, pensant peut-être que Melanie, terrassée par le choc et le chagrin, se tairait.

— Comme il y avait un orage cette nuit-là, il a été assez facile de mettre en scène un accident avec l'*Edwina*.

Quelle ordure !

— Pourquoi m'avez-vous épargnée ? Vous saviez que vous couriez le risque que je fasse un jour valoir mes droits sur le domaine.

— Je ne pouvais pas tuer un enfant. Et pourquoi aurais-tu fait ça ? Tu étais heureuse avec nous, non ?

Oui, jusqu'à ce qu'elle ne le soit plus. Et c'est alors qu'ils avaient voulu contrôler sa vie.

— Les armes que vous vendez tuent des innocents !

Elle était au-delà de la douleur et du regret.

— Vous avez proposé les services de Richard pour qu'il commette des meurtres ! C'est pour cela que vous avez tous ces téléphones jetables dans le grenier. Appelez Gin Rickey si vous avez besoin d'un tueur à gages ! Vous l'avez tué, lui aussi ?

— Richard s'est mis tout seul dans cette situation. Le dernier client qui l'a engagé n'était pas satisfait. Nous avons accepté de le débarrasser de son corps pour rattraper le coup, et pour qu'on ne puisse pas faire le lien entre Richard et nous. Nous tenons à rester discrets.

— Et vous ne vous attendiez pas à ce que le corps se prenne dans l'hélice du bateau de Roy, n'est-ce pas ?

Melanie se dit que cette découverte avait dû les obliger à réviser tous leurs plans pour pouvoir continuer à faire tourner leur entreprise criminelle.

— Qui a engagé Richard ?

— Beaucoup de gens. Ils n'avaient pas forcément envie de révéler leur identité. Et du moment qu'ils payaient le reste m'importait peu.

Silas vint s'asseoir à côté d'elle. Il lui fixa les chevilles au sac qui allait l'entraîner vers le fond du lac. Mais Melanie avait une dernière question.

— Quelqu'un a demandé à Richard de tirer sur les invités à un mariage, à Kansas City ?

— Tu poses sans arrêt des questions. Ça en devient fatigant, ma chérie. Ce n'est pas une chose qui plaît aux hommes.

Henry se joignit à la conversation.

— Effectivement, je commence à en avoir assez.

Il arrêta le moteur et laissa le bateau s'immobiliser.

— L'eau doit être assez profonde ici. Même si tu as prévenu la police, ils ne te trouveront pas. Il n'y aura ni armes ni témoins.

Abby fit un signe de tête à Silas.

Il semblait avoir la nausée, mais conduisit tout de même Melanie sur le pont.

Soudain, Melanie entendit un autre bruit. Le grondement d'un moteur...

Elle sentit une vague d'espoir grandir en elle. Elle n'était peut-être pas seule, malgré tout.

— Maintenant ! ordonna Henry. Nous devons débarrasser ce bateau de tout ça.

Silas posa le sac sur le pont à côté d'elle. Mais, voyant que Melanie refusait de sauter, il sortit son couteau. Elle l'attrapa à la ceinture et le fit basculer dans l'eau avec elle.

Ensemble, ils s'enfoncèrent vers le fond.

Duff regardait le bébé avec son bonnet en laine qui dormait dans la salle d'attente du service pédiatrique de l'hôpital St. Luke. Il espérait que son visage ne montrait rien de sa fatigue et de l'angoisse qui lui tordait le ventre. Sinon, le nourrisson aurait certainement eu peur de lui... Ainsi que ses grands-parents qui lui lançaient des regards méfiants... Ou l'infirmière à laquelle il avait répondu sèchement lorsqu'elle lui avait demandé de retourner dans la salle d'attente de l'unité de soins intensifs. Il avait déjà usé la moquette à faire les cent pas en attendant de savoir si l'état de Melanie n'était plus critique, après l'opération qu'elle avait subie. Son poumon avait été perforé par

Silas, qui essayait d'échapper à la noyade. Tom se souvenait à peine des coups de feu échangés entre Matt Benton et les Fiske avant qu'ils ne se rendent : il avait plongé dans le lac pour sauver Melanie.

Il hocha la tête lorsqu'une femme vêtue d'un pantalon et d'une blouse verte s'approcha de lui.

— Je sais. Je m'en vais.

Duff se remémora les mots prononcés par les urgentistes lorsque Melanie avait été évacuée par hélicoptère : il fallait l'opérer pour réparer les dommages causés au poumon, ils craignaient que l'eau du lac ne provoque une infection, et elle avait perdu beaucoup de sang.

Il prit l'ascenseur et descendit au deuxième étage, alors que d'autres souvenirs lui revenaient en mémoire. Melanie avait parlé lorsqu'il avait réussi à la remonter sur l'*Ozark Dreamer*. Elle avait essayé de lui expliquer comment empêcher la plaie de saigner, et comment soulager la pression sur son poumon. Même s'il insistait pour qu'elle se taise et garde ses forces, elle avait tenu à lui dire ce qu'elle avait appris de Henry et Abby. Puis elle s'était tue, et la tendresse de Duff n'avait pas suffi à la ranimer.

Keir l'avait emmené à St. Luke pendant que l'on opérait Melanie. Son père lui avait apporté des vêtements de rechange. Mais il ne pourrait rien faire tant qu'il n'aurait pas des nouvelles rassurantes de Melanie.

Lorsque la porte de l'ascenseur s'ouvrit, on entendit les babillements d'un bébé, et pendant une seconde Duff se demanda s'il avait appuyé sur le bon bouton. Mais l'enfant était dans les bras d'une dame aux cheveux argentés, et un vieux monsieur armé d'un déambulateur lui grattait le ventre pour le faire rire.

— Grand-père !

Seamus le salua, la voix voilée par l'inquiétude.

— Mon petit, comment vas-tu ?

Les yeux bleus de Millie Leighter étaient brillants de larmes lorsqu'elle leva le visage pour que Duff puisse l'embrasser.

— Nous sommes si inquiets pour Melanie ! s'exclama-t-elle. Nous pensons beaucoup à elle.

— Merci, marmonna Duff. Des nouvelles ?

Elle secoua la tête avant de presser sa joue contre l'épaule de Seamus, qui lui tapota le bras pour la réconforter. Cela faisait si longtemps que Millie était leur employée de maison qu'elle faisait partie de la famille.

Lorsque Duff s'approcha de la machine à café pour en prendre une autre tasse, il rencontra la fiancée de Niall, Lucy McKane. La jeune femme le serra dans ses bras. Ses yeux étaient un peu embués, eux aussi.

— Il nous tarde tous de faire la connaissance de Melanie. Je sais que nous allons l'aimer.

Elle leva le bras pour lui montrer le biberon qu'elle tenait.

— Je ferais mieux d'aller nourrir Tommy.

Duff n'aurait pas dû être surpris de voir tout le reste de sa famille lorsqu'il entra dans la salle d'attente. Keir et sa fiancée, Kenna Parker, étaient présents et discutaient avec l'infirmière de son grand-père, Jane Boyle. Sa sœur, Liv, se leva d'un bond et traversa la pièce en courant pour le prendre dans ses bras. Son mari, Gabe Knight, vint ensuite lui serrer la main.

— Ils ont les meilleurs chirurgiens ici, dit Gabe.

— Je sais.

Liv écarta sa frange.

— Niall est allé voir s'il pouvait parler au médecin qui a fait l'opération.

Elle lui pressa le bras.

— Tu pourrais peut-être essayer de te reposer ?

Duff hocha la tête sans répondre et se dirigea vers l'homme auquel il était fier de ressembler autant : comme lui, son père avait les yeux verts, les cheveux bruns, une stature imposante, un badge de policier… Thomas Watson Sr. ne lui demanda pas comment il allait et ne lui offrit aucune platitude en guise de réconfort. Mais sa présence solide l'apaisait. Il lui posa la main sur l'épaule, et ils restèrent ainsi sans parler pendant quelques minutes.

Même si l'amour et le soutien de sa famille lui étaient précieux, Duff ne pouvait s'empêcher de se souvenir d'une réunion semblable, la nuit où sa mère était morte. Elle avait été transportée à l'hôpital, mais son état était désespéré. Duff posa les coudes sur ses genoux et se pencha en avant.

— Comment as-tu pu supporter cela, papa ? Comment as-tu survécu alors que la femme que tu aimais était... Et que tu ne pouvais rien faire... Et...

Thomas lui pressa l'épaule et désigna les autres d'un coup de menton.

— J'avais ma famille.

Niall entra dans la pièce, suivi de Seamus et Millie. Il se dirigea vers Duff, et tous se rassemblèrent autour d'eux.

— Melanie est réveillée. L'opération s'est bien passée. Elle va avoir mal pendant quelques jours, mais elle respire sans assistance. Ils l'ont installée dans une chambre. Tu peux aller la voir.

Duff était déjà parti.

Il eut seulement un moment d'hésitation lorsqu'il ouvrit la porte et la vit allongée sur son lit d'hôpital. Elle était entourée de machines qui bipaient, de tuyaux et de poches de perfusions, dans ce qui était une version beaucoup plus moderne de l'infirmerie qu'elle avait dans son bungalow. Il sentit les larmes lui brûler les yeux. Elle était affreusement pâle, mais son opulente chevelure formait comme un halo flamboyant autour de son visage. Il était censé être un dur, un homme capable de faire face à toute éventualité. Pourtant, il aurait éclaté en pleurs si Melanie n'avait pas ouvert les yeux et ne lui avait pas souri.

— Je suis enfin à Kansas City !

Tom se mit à rire et vint auprès d'elle. Il se pencha pour déposer un baiser léger sur son front, ne voulant surtout pas lui faire mal. Il s'empara d'un tabouret, s'assit auprès d'elle et lui prit la main. Avec un signe de tête vers la grande corbeille posée sur la table, de l'autre côté du lit, il déclara :

— Je ne savais pas quelles fleurs tu aimais, alors je t'ai offert des livres. J'ai pris tout ce qu'ils avaient à la librairie de l'hôpital.

Elle tourna la tête et, tendant un bras où était piquée l'aiguille d'une perfusion, elle passa le doigt sur la tranche d'un des volumes.

— Ça me fait très plaisir. Je vais avoir besoin d'une nouvelle étagère...

— Je t'en offrirai une. Je ferai tout ce qui est en mon pouvoir pour te convaincre de rester avec moi.

— De rester... ?

Il n'avait pas de bague de fiançailles, mais il glissa la main dans sa poche pour y prendre quelque chose que — d'après lui — elle préférerait.

Il déposa la montre de son père entre ses doigts. Elle la porta à ses lèvres avant de la poser à côté d'elle et de lui reprendre la main.

— C'était intelligent de ta part de l'avoir laissée sur le ponton pour que je sache où te trouver. Ton père aurait été fier de toi !

— Je suis désolée : je n'ai pas réussi à savoir qui avait engagé Richard pour tirer sur ton grand-père.

— Nous allons le retrouver. L'enquête a fait beaucoup de progrès récemment... Grâce à toi.

Il écarta de son visage une mèche de cheveux qui n'avait pas besoin de l'être.

— En attendant, nous avons démantelé un réseau de trafiquants d'armes et rendu cette ville un peu plus sûre.

— Et Silas ?

— Il est mort. Je l'ai aidé.

Il se souvint de la lutte sans merci qui les avait opposés dans le lac. Il n'avait pu faire autrement que de mettre Silas hors d'état de nuire pour pouvoir sauver Melanie.

— Henry et Abby ?

— Ils ont été arrêtés. Tout comme Roy, Sterling Cobb et quelques autres.

— Et SueAnn ?

Tom sourit.

— C'est un garçon : Daryl Jr. Le médecin a dû faire une césarienne, et elle est encore à l'hôpital. Mais la maman et le bébé vont bien.

— Et toi ? Tu as l'air fatigué.

— Je vais mieux rien qu'en te regardant.

Il se pencha pour l'embrasser à nouveau, mais la porte s'ouvrit pour laisser entrer un cortège de visiteurs : des Watson et des futurs Watson, quatre générations en tout, qui apportaient des fleurs et lui racontaient que Tom connaissait tous les médecins de St. Luke qui travaillaient aux urgences, qui la remerciaient d'avoir fait avancer l'enquête sur la fusillade, qui l'invitaient à dîner, qui l'invitaient au mariage de Niall et de Lucy, qui lui offraient des vœux de rétablissement.

Puis Jane Boyle reprit son rôle d'infirmière et les fit sortir en disant que Melanie avait besoin de repos. La chambre sembla étonnamment calme lorsqu'ils furent tous partis, mais Duff songea que son père avait raison : ils avaient apporté beaucoup d'amour et de soutien.

— Comme tu peux le voir, tu ne seras plus jamais seule si tu restes avec moi à Kansas City.

Melanie sourit avec lui.

— Tu penses vraiment ce que tu dis ?

— Je ne t'ai pas prouvé que j'étais un homme de parole ?

— Je n'aurais jamais dû douter de toi.

— Je t'ai tout de même menti... au début.

— Et j'étais têtue et indépendante, et je refusais de t'appeler Duff. Je ne sais même pas pourquoi tu as accepté que je t'aide dans ta mission !

— Parce que tu étais têtue et indépendante, et que tu refusais de m'appeler Duff.

Tom s'interrompit et sourit.

— Et à cause de tes cheveux.

Il prit une mèche soyeuse entre ses doigts.

— J'aime tes cheveux.

Melanie rit et fit une grimace.

— Ça fait mal !

Tom se leva d'un bond.

— Je vais chercher l'infirmière.

Elle lui prit la main et le retint.

— Je t'aime, Tom.

Il se pencha vers elle.

— Moi aussi, je t'aime.

Elle lui caressa la joue. Il savait qu'il aurait dû se raser, mais elle sourit.

— Je te trouve encore plus beau que quand tu es Tom l'élégant.

— Pardon ?

— Je t'expliquerai plus tard. Quand tu m'auras embrassée. Sur les lèvres, cette fois. Avec tout ton cœur.

Il n'eut aucun mal à lui obéir.

Épilogue

L'homme qui n'était pas heureux vit les Watson quitter l'un après l'autre la chambre de la fille rousse. Ils étaient joyeux, parlaient avec entrain, exprimaient leur soulagement, faisaient des projets...

Il avait un projet lui aussi. Un projet que chacun des frères Watson avait compromis d'une manière ou d'une autre. Il savait qu'ils avaient souffert. *Il* les avait fait souffrir. Et pourtant ils se prenaient dans les bras, ils riaient, ils se tenaient la main et souriaient. Ce n'était pas juste. La femme qu'il aimait ne pouvait plus rire ni sourire. Il ne pourrait plus jamais la tenir dans ses bras. Et ils étaient responsables de cela. *Thomas Watson* était responsable de cela.

Il attendit qu'ils rassemblent leurs affaires et qu'ils prennent l'ascenseur. Deux ascenseurs en fait, puisqu'ils étaient si nombreux. Son équipe d'hommes de main avait disparu depuis qu'il y avait eu une descente à la ferme Fiske. Il ne pouvait plus appeler Gin Rickey. Ce n'était d'ailleurs pas une grande perte, puisque cet imbécile n'avait même pas réussi à effectuer correctement le travail demandé. Il allait devoir faire les choses lui-même.

Alors que le second groupe de Watson attendait l'ascenseur suivant, il regarda la jolie infirmière qui s'éloignait en sortant son téléphone portable de sa poche. Elle vivait avec eux depuis plusieurs mois maintenant, veillant au bon rétablissement du vieil homme et menant tout le monde à la baguette. Il ne pensait pas que les Watson l'appréciaient beaucoup, à en juger par les disputes qui avaient souvent lieu en sa présence, mais elle devait être compétente, puisqu'ils l'avaient gardée.

Tiens, tiens… La jeune femme se pressait la main sur le front et elle s'était mise à chuchoter.

Puis il remarqua la réaction de Thomas devant la détresse de l'infirmière. Son air préoccupé. Le soupir qu'il poussa avant de quitter le groupe pour la rejoindre.

Il aurait volontiers éclaté de rire à cette scène, s'il n'avait craint de révéler sa présence.

Watson lui rendait les choses trop faciles. Il s'était épris de l'infirmière ! En le voyant aller réconforter Mlle Boyle, il sut qu'il y avait un meilleur moyen de faire payer le lieutenant Thomas Watson Sr. pour ses crimes. Ses efforts pour détruire la famille Watson s'étaient jusque-là révélés vains. Mais il pouvait encore faire payer Thomas.

Il pouvait faire souffrir la femme qu'il aimait…

Milka
HACHEZ
Ritter SPORT

Alle lieben Schokolade

Vollmilch, Zartbitter oder weiße Schokolade? Gourmets ziehen dunkle Sorten vor und entdecken die Aromenvielfalt nicht nur beim Naschen, sondern auch beim Kochen.

KEINE SCHOKOLADE ohne Kakao: Die glatte, dunkle Bohne galt als Gabe der Götter. Daher gehörten Kakaobohnen auch zum Edelsten, was man opfern konnte. Und ein klein wenig von dieser erhabenen Geste ist dem Kakao und der Schokolade geblieben, denn sie sind beide immer noch etwas Besonderes – nicht nur zu hohen Anlässen.

IN KLEINER MENGE GESUND

Qualität und Preis von Schokolade sind höchst variabel und reichen vom klebrig-süßen Massenprodukt bis zum vielschichtig aromatischen Luxusgut, das auf der Zunge zergeht. Letzteres liegt im Trend: Der Umsatz mit Schokolade hat sich in den letzten Jahren massiv gesteigert, allerdings wird insgesamt nicht mehr Schokolade konsumiert, sondern mehr hochwertige Schokolade. Die ist, in Maßen genossen, sogar gesund: Wissenschaftlich anerkannt ist, dass dunkle Schokolade (mind. 70 % Kakao) die Blutgefäße vor Arterienverkalkung schützt. Schokolade enthält nämlich reichlich Antioxidantien – Stoffe, die freie Radikale unschädlich machen. Dennoch ist Schokolade kein gesundes Lebensmittel, sondern ein Genussmittel. Damit Sie Schokolade noch besser genießen können, haben wir für Sie eine Warenkunde (S. 8 ff.) zusammengestellt, in der Sie alles über Sorten und Qualitäten erfahren. Die Küchenpraxis (S. 46 ff.) hilft, Qualitätsmerkmale beim Einkauf zu erkennen, und zeigt Schritt für Schritt den richtigen Umgang mit Schokolade. Ergänzt wird dieses Know-how durch erprobte Rezepte von unseren Spitzenköchen (S. 80 ff.), die den Bogen von kalten und warmen pikanten Gerichten bis zu Süßspeisen und Konfekt spannen. Wir wünschen viel Vergnügen beim Lesen, Kochen und Genießen!

REZEPTE 80

Alle Rezepte sind für 4 Personen berechnet, sofern nichts anderes angegeben ist.

Vorspeisen, Zwischengerichte und Hauptgänge: von Fenchel-Orangen-Salat mit Kakaovinaigrette und Schokoladen-Nuss-Millefeuille mit asiatischem Gemüse über Garnelen in weißer Schokoladensauce bis hin zu Wildschwein mit dunkler Schokolade und Balsamico oder Rehrücken mit Mole.

Cremes, Eis, Flans und mehr aus der Welt der süßen Verführungen: von Schokoladensorbet in edelsüßem Weingelee und Weißer Schokoladenmousse mit Vanille und Zimtpflaumen über Schokoladen-Kokos-Parfait mit Mango-Basilikum-Salat bis hin zu Irish Chocolate Trifle oder Schokoladenlasagne mit Himbeeren.

Confiserie- und Patisserierezepte für jede Gelegenheit: von Chili-Crisps, Vollmilch-Zitronen-Trüffel und Mandel-Orangen-Splitter über Schichtnougat mit Cassis bis hin zu gefüllten Schokoküssen, Himbeer-Schokoladen-Fours oder Schokoladen-Tamarinden-Torte.

DAS KLEINE BUCH DER SCHOKOLADE

Fotos: Matthias Hoffmann, Frauke Koops
Texte: Ingrid Schindler, Bärbel Schermer

WARENKUNDE

»Süßes Gold« …

... für edles Naschwerk

Kakao und Schokolade

Zwei, die untrennbar zusammengehören, spalten die Welt in Arm und Reich – und schaffen es dennoch, kulinarische Genießer weltweit zu vereinen.

WER ÜBER Schokolade nachdenkt, muss bei Kakao anfangen. Ihm kommt als Hauptzutat von Schokolade eine besondere Rolle zu: Kakao ist in nahezu allen Ländern rund um den Äquator ein wertvolles Gut. In den meist ärmeren Anbaugebieten gehört er zu den wichtigsten, oft sogar existenzsichernden Wirtschaftsgütern. Gleichwohl verbleibt der Kakao nicht im Erzeugerland, sondern wird zu weiten Teilen exportiert – in »reichere« Länder, die sich die Produktion und den Konsum hochwertiger Genussmittel leisten können.

Bio oder konventionell?

Schokolade ist hierzulande in breiter Sortenvielfalt und mit großen Qualitätsunterschieden verfügbar, insbesondere konventionell hergestellte Schokolade weist eine Bandbreite von billig-süß bis edel-feinaromatisch auf. Bioschokolade gilt dagegen unter Kennern durchweg als hochwertig: Sie enthält keinen Weißzucker, nur natürliche Bourbonvanille und keine gentechnisch veränderten Zutaten oder Fremdfette, die in konventioneller Ware lebensmittelrechtlich erlaubt sind.

Um sich als Verbraucher im Dschungel der Schokoladenangebote zurechtzufinden, bedarf es eines gewissen Know-hows: Unsere Schokoladenkunde (S. 12 ff.) bietet Ihnen dazu einen Wegweiser. Wie Schokolade entsteht und wie Qualität und Verarbeitung zusammenhängen, zeigen wir ab Seite 30 ff. Und ein Überblick über Schokoladenerzeugnisse (S. 42 ff.) rundet das Warenkundekapitel ab. So steht dem Genuss hochwertiger Schokolade nichts mehr im Wege. Viel Spaß!

Einkaufen im Netz

Gourmets und Schokoladenliebhaber, die mehr Auswahl als im Supermarkt nebenan schätzen oder besondere Spezialitäten suchen, finden im World Wide Web das Passende. Entsprechende Bezugsquellen finden Sie auf Seite 182 f.

Kleine Schokoladenkunde *Zartbitter, gefüllt oder getrüffelt? Ambitionierte Chocolatiers bringen immer neue Kreationen auf den Markt – verbunden mit Begriffen, die nicht immer Eindeutiges aussagen.*

- Der Pro-Kopf-Verbrauch an Schokolade liegt in Deutschland bei 11,2 kg (2006, Quelle: ICA).
- Am beliebtesten ist in Deutschland Schokolade in Form von gefüllten und ungefüllten Tafeln und Riegeln (55 %).

Was ist Schokolade?

Schokolade ist definitionsgemäß ein kakaohaltiges Lebens- und Genussmittel. Wie hoch der Kakaoanteil in einer Schokolade ist und welche weiteren Zutaten darin sonst noch enthalten sind, hängt von der jeweiligen Schokoladensorte ab.

Sorten und offizielle Verkehrsbezeichnungen

Prinzipiell unterscheidet man eigentlich nur zwischen drei Arten von Schokolade, den sogenannten Grundsorten: Dazu gehören Bitterschokolade, Milchschokolade und weiße Schokolade.
Schokolade kann in Reinform genossen werden, kommt aber auch in zahllosen Variationen auf den Markt, aromatisiert oder mit Füllungen und Einlagen (z.B. Nüsse, Marzipan, Nougat). Neben den vom Gesetzgeber festgelegten Verkehrsbezeichnungen, denen verbindliche Merkmale zugeordnet sind (z.B. ein Mindestgehalt an Kakao), existieren unzählige, von den Herstellern geprägte Fantasiebezeichnungen für Schokolade (z.B. Crunchy-Milk).

BITTERSCHOKOLADE

Sie wird auch als dunkle Schokolade oder als Herrenschokolade bezeichnet und weist einen Kakaoanteil von mindestens 35 % auf. Die Sorten bis etwa 42 % Kakaoanteil werden landläufig auch häufig als Kochschokoladen tituliert. Während die Sorten mit den Bezeichnungen »halbbitter« oder »zartbitter« einen Anteil von mindestens 50 % Gesamtkakaotrockenmasse enthalten müssen, beträgt dieser bei den Sorten »bitter« oder »extrabitter« mindestens 60 %. Exklusive Gourmetschokoladen sind im Fachhandel auch mit einem noch höheren Kakaoanteil erhältlich (bis zu 99 %). Grundsätzlich gilt: Je höher der Anteil an Kakaomasse im Verhältnis zum Gehalt an Zucker, desto dunkler und herber ist die Schokolade.

MILCHSCHOKOLADE

Sie wird auch als Vollmilchschokolade bezeichnet und kann unterschiedliche Anteile an Kakaomasse aufweisen: Haushaltsmilchschokolade enthält mindestens 20 %, Milchschokolade mindestens 25 % Kakaotrockenmasse. Hochwertigere Sorten weisen einen Kakaogehalt von mehr als 30 % auf. Weitere Bestandteile der Milchschokolade sind in der Regel Milchpulver, Zucker (maximal 55 %), Kakaobutter und ggf. Aromastoffe.

WEISSE SCHOKOLADE

Sie ist für Traditionalisten eigentlich keine echte Schokolade, weil sie außer Kakaobutter – ihr fehlen die farb- und geschmacksgebenden Bestandteile des Kakaos – keinen weiteren Inhaltsstoff der Kakaobohne aufweist (S. 36 ff.).
Weiße Schokolade enthält neben Kakaobutter auch Milchpulver (oder Kondensmilch), Zucker und Vanillearoma. Aufgrund ihres sehr süßen und durch das Vanillin entfernt an Muttermilch erinnernden Geschmacks ist sie insbesondere bei Kindern sehr beliebt.

CRU, EDEL UND EXTRA

Ähnlich wie bei Wein gibt es auch bei Schokolade Bezeichnungen, die sich auf die Herkunft des Kakaos beziehen: Auf der Verpackung werden – neben den Inhaltsstoffen –

Pure Schokolade gibt es in einer Fülle von Sorten und Abstufungen: von dunkel über Vollmilch bis weiß und von 99 bis 20 % Kakaoanteil.

auch das Anbaugebiet und die Zusammenstellung der Kakaosorten (»Blend«) angegeben. Sortenrein hergestellte Schokolade wird als »single variety« bezeichnet; stammt der Kakao zudem aus einem einzigen Anbaugebiet, darf die Bezeichnung »Cru« verwendet werden.

Will sich eine Schokolade »edel« nennen, dann muss ihr Kakaoanteil mindestens 40 % spezieller Edelkakaosorten enthalten, wodurch sie besonders aromatisch schmeckt.

Die Bezeichnung »extra« bezieht sich dagegen auf den Gesamtkakaogehalt: Bitterschokoladen dürfen beispielsweise den Zusatz »extrabitter« erst bei einem Kakaogehalt von mehr als 60 % tragen.

BLOCK- UND KOCH-SCHOKOLADE

Neben den feinen Tafelschokoladen zum direkten Genuss gibt es auch mehr oder weniger hochwertige Schokoladen im Handel, die eher zum Verarbeiten gedacht sind. Dazu gehören insbesondere Kuvertüre, Block- und Kochschokolade.

Blockschokolade ist eine dunkle Sorte mit einem Kakaoanteil von mehr als 30 %. Sie wird zum Kochen und Backen verwendet.

Kochschokolade weist im Gegensatz zu Qualitätsschokolade einen geringeren Gesamtkakaogehalt auf (30 bis 40 %), enthält viel Zucker und zudem anstelle von Kakaobutter gehärtete Fette. Sie muss nicht temperiert werden wie Kuvertüre, ist dafür jedoch geschmacklich weniger harmonisch. Die vor allem auf dem französischen Markt verbreitete »chocolat de dessert« (oder auch »chocolat à pâtisser«), bei uns ebenfalls häufig als Kochschokolade

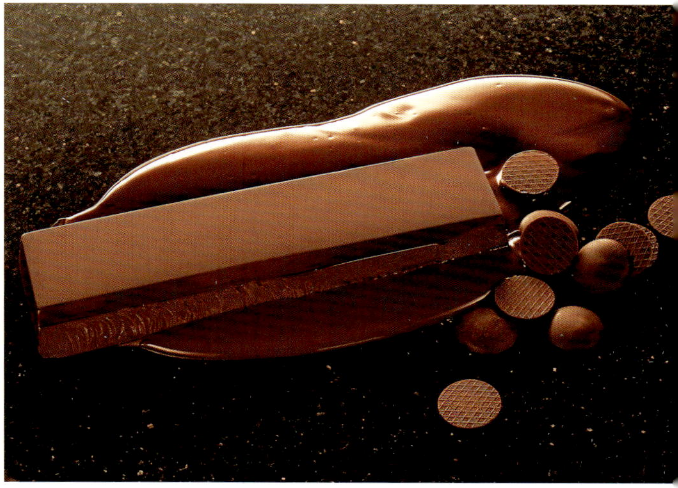

bezeichnet, hat dagegen 55 bis 70 % Kakaoanteil und darf daher als hochwertiges Produkt angesehen werden. Aufgrund ihrer guten Schmelzeigenschaften ist diese Schokolade besonders gut für Glasuren, Hohlkörper und zum Tauchen von Pralinen geeignet.

FÜR PROFIS: KUVERTÜRE

Kuvertüre ist im Allgemeinen eine Schokolade mit hohem Fettanteil. Sie hat geschmolzen sehr gute Fließeigenschaften und ist beim Erstarren stabil, was sie für die professionelle Herstellung von Glasuren, Pralinen und Füllungen prädestiniert. Um sie mit optimalem Ergebnis zu verarbeiten, sind jedoch Fachkenntnisse nötig (S. 54 ff.).

Kuvertüre gibt es als weiße, dunkle und Milchkuvertüre. Aus dem Angebot an Kuvertüre in Block- oder Plättchenform (Callets) wählt der Fachmann nicht nach Bezeichnungen wie »halbbitter« oder »feinherb« aus, sondern nach der Zusammensetzung. Diese ist, einer Formel ähnlich, auf der Verpackung angegeben: Die Angabe 60/40/38 bedeutet etwa, dass die Kuvertüre 60 % Kakaobestandteile, 40 % Zucker und 38 % Fett aufweist. Dies entspricht einer bitteren Kuvertüre, wie sie am häufigsten verwendet wird. Grundsätzlich gilt auch hier wie bei Bitterschokolade der Grundsatz: Je höher der Kakaoanteil im Verhältnis zur Zuckermenge, desto dunkler und herber die Kuvertüre. Unter 60 % Kakaobestandteile wird sie zur »halbbitteren« Kuvertüre und über 60 % zur »extrabitteren«. Bei der Milchkuvertüre ist der mittlere Anteil an Kakaomasse etwa 36 %. Der Gesamtfettgehalt – die dritte Zahl der Formel – sagt etwas über die Fließfähigkeit der Kuvertüre aus. Je höher der Gesamtfettgehalt, desto flüssiger die Kuvertüre.

Fair Trade und Bio: Edle Bohnen für ein gutes Gewissen

Die Arbeitsbedingungen der meisten Kakaobauern und Plantagenarbeiter sind, ob in Mittel- und Südamerika, Afrika oder Indonesien, schlecht und unterscheiden sich kaum von denen von Kaffeebauern, Tee- oder Baumwollpflückern. Kinderarbeit und unbedarfter Umgang mit gefährlichen Chemikalien sind keine Seltenheit,

Erzeuger und Verbraucher schätzen zunehmend den Wert von »fair« produzierten Rohstoffen.

Hungerlöhne und schlechte Gesundheitsvorsorge Normalität. Der Faire Handel setzt genau hier an: Zwischenhändler und Spekulanten werden durch direkte Verträge zwischen Kooperativen und Abnehmern ausgeschaltet und Preise über Weltmarktniveau bezahlt. Damit sollen unter anderem Schulen, Straßen, eine bessere medizinische und Trinkwasserversorgung finanziert werden. Zu den weiteren Spielregeln des »Fair Trade« gehören langfristige gegenseitige Garantien und die teilweise Vorfinanzierung der Ernten, um die Existenz der Bauern zu sichern. Auf der anderen Seite verlangt man von den Kooperativen eine demokratische Struktur, den Verzicht auf Kinderarbeit sowie auf gesundheitsschädliche Arbeits- und umweltschädliche Anbaumethoden. »Fair Trade« ist zugleich häufig mit nachhaltiger Biolandwirtschaft verbunden.

KOOPERATIVE MIT ZUKUNFT

Kakao der Sorte »Nacional« (S. 29) gehört zu den besten Aroma-Kakaosorten, ist aber empfindlicher und weniger ertragreich als die robuste Konsumsorte »Forastero« (S. 28). Er wächst nur in den Regenwäldern Ecuadors und wird im Schwemmland des Rio Napo vom Stamm der Kichwa-Indianer in kleinbäuerlichen Familienbetrieben kultiviert. Überleben können die »Cacaoteros« nur, wenn sie zusätzlich als Holzfäller, Goldsucher oder Ölarbeiter Geld verdienen und die Waldgärten Frauen und Kindern überlassen. Außer, sie können den Rohkakao bei der Kooperative abliefern, wie es beispielsweise in der Region Tena der Fall ist: Denn die Kooperative Kallari garantiert einen Preis, der weit über dem liegt, was Zwischenhändler normalerweise zahlen. Die Schokoladenmanufaktur Felchlin aus Schwyz (Schweiz) hat mit der Kooperative sogar mehr als den doppelten Preis des Üblichen für die edlen Kakaobohnen vereinbart. Statt aufs Abholzen, womit sich – ein einziges Mal – viel, viel mehr verdienen ließe als mit den Kakaofrüchten, setzt die Kooperative auf nachhaltige, ökologische Bewirtschaftung der Mischkulturen. Und Felchlin erhält dafür einen Rohstoff von bester Qualität.

Die reinsortigen Nacional-Bohnen gehen von Tena aus auf eine lange Reise: den Rio Napo hinauf, über die Anden, durch den Panamakanal und über den Atlantik nach Rotterdam, von dort den Rhein hinunter bis nach Basel und weiter in die Innerschweiz. Bei Felchlin in Schwyz werden sie in eine 73%ige Waldschokolade verwandelt, die unter der Bezeichnung »Rio Napo Ecuador Cacao National« in den Handel kommt. Man erkennt sie leicht an der grünen Banderole mit dem Aufdruck »GEO schützt den Regenwald«. Neben GEO unterstützen weitere Gesellschaften den ökologischen Ansatz der Kooperative. Waldschutz und bessere Lebensbedingungen der Einheimischen heißt die Devise.

Bio liegt im Trend: Kein Weißzucker, keine gentechnisch veränderten Zutaten oder Fremdfette machen Bioschokolade so beliebt – auch bei Allergikern, die die genaue Deklaration schätzen.

EDELKAKAO IST BEGEHRT

Insgesamt machen solche Projekte, die sich bei engagierten Chocolatiers wie Felchlin, Zotter oder Vivani einerseits und aufgeschlossenen Konsumenten andererseits zunehmender Beliebtheit erfreuen, nicht einmal 1 % des Kakaoanbaus aus. Noch nicht. Die Saat ist jedoch gesät. Im Zuge der rapide steigenden Nachfrage nach authentischer Qualitätsschokolade haben Mehraufwand und Mehrpreis für die Hersteller neben dem guten Gewissen den entscheidenden Vorteil, dass sich die Kunst der Fermentation und dadurch Geschmack und Qualität der Bohnen deutlich steigern lassen. Deshalb reisen die Hersteller von Luxusschokoladen immer häufiger selbst auf der Suche nach Wild-, Ursprungs- oder Edelkakaos um den Äquator und verhandeln direkt mit den Erzeugern. Die Konsumenten werden immer leichter fündig, z. B. bei in't Veld Schokoladen in Berlin, bei Xocolatl in Basel oder in zahlreichen Onlineshops, wie etwa dem von Coppeneur, wo man ausgesuchte Spezialitäten erstehen kann.

Das Gold der Azteken

Die Geschichte der Schokolade beginnt mit der Entdeckung einer Frucht, die lange Zeit nahezu ungenießbar schien: der Kakaobohne. Bald schon war das Kakaogetränk »xocolatl« geboren.

- Fremdsprachliche Bezeichnungen für Schokolade sind: Chocolate (engl.), Suklaa (finn.), Chocolat (franz.), Cioccolata (ital.), Sjokolade (norweg.), Czekolada (poln.), Choklad (schwed.), Çikolata (türk.).

Die ersten Kakaonutzer

Die Olmeken, eine alte Kultur, die im fruchtbaren Tiefland am Golf von Mexiko siedelten, waren die Ersten, die Schokolade tranken. Aus ihrer Sprache um 1000 v. Chr. stammte auch das ursprüngliche Wort »cacao«, das sie »kakawa« aussprachen. Da die Olmeken – so vermuten Wissenschaftler – starken Einfluss auf umliegende Kulturen hatten und mit den Nachbarländern Handel trieben, verbreitete sich das Wissen über den »cacao« und gelangte auf diese Weise zu den Mayas (mesoamerikanische Hochkultur zwischen 2000 v. Chr. und 1550 n. Chr.).

TRADITIONELLES ZAHLUNGS- UND GENUSSMITTEL

Auch bei den Mayas wurde aus Kakao ein ungesüßtes, leicht bitteres Getränk zubereitet, bei dem vor allem der Schaum beliebt war, der bei der Zubereitung durch Aufschlagen oder Umgießen der Kakaoflüssigkeit von einem Gefäß in ein anderes entstand. Darüber hinaus war Kakao aber auch als Gewürz bei der Zubereitung fester Speisen verbreitet.

Kakao war bei den Mayas kein Massenprodukt, das jedem zur Verfügung stand, sondern kostbar. Einige Mayastämme betrieben regen Handel mit Kakaobohnen, unter anderem mit den Azteken (mesoamerikanische Kultur im 14. bis 16. Jht.). Hier hatte Schokolade einen besonders hohen Stellenwert: Ihr Genuss war König, Adel, Würdenträgern und Kriegern vorbehalten.

Kakao diente auch als Zahlungsmittel, eine Tradition, die bis in die Zeit der spanischen Herrschaft im 16. Jahrhundert Bestand hatte. Bei den Mayas entsprach der Wert einer Kakaobohne dem einer Tomate, ein Truthahn wurde mit 200 Kakaobohnen aufgewogen. Darüber hinaus spielte Kakao in der Religion

Kakao war stets ein begehrtes Motiv: Die Federlithografie links (um 1820) stellt Details der Kakaopflanze dar. Der Kupferstich rechts (1693) zeigt einen Mayaindianer mit Kakaogefäß und eine Kakaopflanze.

und in den Ritualen der Azteken eine Rolle, Schokolade wurde dabei gleichbedeutend mit Blut eingesetzt.

KOLUMBUS, CORTÉS UND ROHRZUCKER

Christoph Kolumbus war der erste Europäer, der auf Kakao stieß. Er traf bei seiner vierten Reise, die ihn 1502 nach Guanaja führte, auf ein vollbeladenes Handelskanu der Mayas, das er entern ließ und dessen Ladung er in Besitz nahm: Kakaobohnen. Allerdings wusste er noch nichts mit der kostbaren Fracht anzufangen. Erst Hernán Cortés, ein Spanier, der 1519/21 das Aztekenreich im heutigen Mexiko eroberte, erkannte die Bedeutung des Kakaos für die Mayas und Azteken. Doch deren bitteres Kakaogetränk, »xocolatl« genannt, fand zunächst wenig Begeisterung unter den Spaniern. Im Laufe der Zeit allerdings gewöhnten sich die Konquistadoren mehr und mehr daran, man veränderte die Trinktemperatur, mischte mit Gewürzen (vermutlich Vanille und Piment) und süßte ihn mit Rohrzucker. Letzteres brachte vermutlich den Durchbruch der Schokolade bei den Spaniern.

XOCOLATL, CHOCOLATE UND DIE EROBERUNG EUROPAS

Auch die Entstehung des Wortes Schokolade stammt vermutlich aus jener Zeit und wir verdanken es wahrscheinlich dem eher begrenzten Sprachvermögen der Spanier: So wurde aus dem »xocolatl« der Mayas und Azteken zunächst »chocol« (heiß) und »atl« (Wasser). Da die Spanier jedoch die Silbe »tl« kaum aussprechen konnten, änderten sie sie einfach in »te«: Das Wort »Chocolate« war geboren.

Schokolade war im 18. Jahrhundert beliebt – auch als Motiv in der Kunst (S. 138), wie etwa in Jean-Étienne Liotards Pastellbild »Das Schokoladenmädchen« (1744).

Es war Hernán Cortés, der die erste Schokolade bzw. den ersten Kakao nach Spanien brachte, wo sie bei Hofe großen Anklang fand. Dennoch dauerte es noch einige Zeit, bis der Handel mit Kakaobohnen in Schwung kam: Die erste belegbare Schiffsladung Kakao verließ Veracruz 1585 in Richtung Sevilla. In der ersten Hälfte des darauffolgenden Jahrhunderts setzte sich Schokolade dann als spanisches Nationalgetränk durch – noch heute gehört Trinkschokolade zum traditionellen Frühstück in Spanien.

Von Spanien aus eroberte die Schokolade den Rest Europas. Um 1644 war sie bereits in Italien bekannt. Für ihre schnelle Verbreitung waren vor allem die Beziehungen der Königs- und Fürstenhäuser sowie der Austausch der Klöster untereinander maßgeblich. Alsbald begannen die Italiener damit, die spanische Schokolade zu verändern, etwa durch den Zusatz kräftiger Duftstoffen (z. B. Jasmin).

Es gibt unterschiedliche Theorien, wem wir die Verbreitung der Schokolade auf französisches Terroir zu verdanken haben, vermutlich jedoch Anne von Österreich, der Tochter Margarethes von Österreich-Steier-

mark und Philipp III. von Spanien. Die Infantin wurde 1615 aus politischen Gründen mit Ludwig XIII. verheiratet – und hatte der Überlieferung zufolge auch Kakao in ihrem Gepäck (S. 23).
Um 1650 erreichte die Schokolade England. Im Gegensatz zu Frankreich, wo der Handel mit Schokolade ebenso wie ihr Genuss dem Adel vorbehalten war, durfte in England jeder, der es sich leisten konnte, Schokolade genießen oder sogar mit ihr Geschäfte machen.

Noch heute ist Trinkschokolade, in die Gebäck getaucht wird, ein klassisches spanisches Frühstück.

KIRCHE UND MEDIZIN

Trotz weiterer Verbreitung und des allgemeinen Zuspruchs waren jedoch zwei Aspekte in der Geschichte für den Erfolg der Schokolade ausschlaggebend. So entzündete sich zum einen am nahrhaften Getränk Schokolade ein Streit in kirchlichen Fragen: Ist Schokolade eine Speise oder ein Getränk? Diese damals wichtige Frage wurde immer wieder und von unterschiedlichen Gruppierungen heftig diskutiert und schließlich bis vor diverse Päpste getragen. Alle Päpste entschieden jedoch gleich: Schokolade sei ein Getränk und sein Konsum breche daher nicht das Gebot des Fastens.

Zum anderen wurde Schokolade von den damaligen Vertretern medizinischer Theorien als gesund und nahrhaft anerkannt. Schokolade sollte sich demnach zur Behandlung von Fieber oder allgemein bei heißem Wetter eignen. Beigefügte Gewürze sollten Magenschmerzen und Koliken heilen.

SCHOKOLADE IN DEUTSCHLAND

Die Schokolade erreichte Deutschland, das damals noch aus vielen einzelnen und unabhängigen Ländern bestand, zu Beginn des 17. Jahrhunderts. Aufgrund des stolzen Preises – Kakao wurde damals mit

Schokoladen-Anekdoten

Kennen Sie die Legende von Vanila und Xocolatl, dem aztekischen Liebespaar aus der Heimat der Schokolade? Ein böser Zauberer neidete den Liebenden ihr Glück: Das schöne Mädchen mit den langen braunen Haaren verwandelte er in die Orchidee Vanille und den Jüngling in den Lebensbaum Kakao. Die Liebe war jedoch stärker, der missgünstige Magier konnte die beiden nicht trennen: Die Vanille umschlang den geliebten Baum weiterhin. Und wer von dem Baum Kakaofrüchte und von der Vanille Schoten erntete, um sich daraus einen Trank zu bereiten, von dem fielen alle Angst und Bitternis ab.

Die längste Zeit war die Geschichte der Schokolade diejenige eines Getränks von besonderer Kraft. Schon vor 4.000 Jahren nutzten amerikanische Indios die Früchte des Kakaos. Mit den Mayas scheint sich der »Cacahuatl« vom Amazonasbecken nach Mittelamerika verbreitet zu haben. Als Christoph Kolumbus auf seiner vierten Amerikareise 1502 in Honduras Kakao kennenlernte, schenkte er den harten Bohnen keine Beachtung. Die Leidenschaft der Europäer entflammte erst für das Lebenselixier der Azteken, als Hernán Cortés (1485–1547) feststellte, dass die Bohnen Geldwert besaßen. Eine Bohne entsprach zu Cortés Zeiten 20 kleinen Tomaten, für zwei bekam man ein Hühnerei, für 15 bereits ein junges Huhn und für 100 Bohnen einen Sklaven. Als sich der Wert der Bohne für den Eroberer Mexikos so klar bemessen ließ, meldete er Kaiser Karl V. voller Verwunderung, dass in Mexiko das Geld auf Bäumen wachse. Unverzüglich ließ Cortés in den neuen spanischen Kolonien »Geld züchten« – der Beginn einer heißen Liebe. Exakt zwei Jahrhunderte währte die große Liebe der Spanier zum Kakao, die sie sich mit einem Handelsmonopol bis 1728 eifersüchtig sicherten.

»GELDBOHNEN« UND ZUCKER

1528 brachte Cortés die ersten »Geldbohnen« aus Mexiko an den spanischen Hof, samt der Geräte für die Zubereitung. Zunächst servierte man das bittere Aztekengebräu wie in Mexiko pikant mit Chili, Cayennepfeffer und Vanille gewürzt und rührte es mit Wasser, Eiern, Milch, aber auch mit Bier und Wein auf. Die Herstellung war aufwendig und unterschied sich kaum von der der Indios. Die fermentierten, gerösteten Kakaobohnen werden teils heute noch in Lateinamerika auf einem porösen Mahlstein aus Basalt, dem »metate«, mit einem länglichen, abgeflachten Stein, dem »metlapil«, einer Art Teigroller, so lange zerrieben, bis eine glatte Masse entsteht. Der Schokoladenfladen wird portioniert, gewürzt, zu Kugeln, Barren oder

Kakao, der luxuriös, teuer und zudem exotisch war, kam in Mode und verbreitete sich zusehends.

Talern geformt und diese werden in Papier, Gold- oder Silberfolie eingeschlagen. Lodernd entbrannte die Leidenschaft der Spanier für Schokolade erst, als Zucker ins Spiel kam. Die spanische Infantin Anne von Österreich, 1615 als Fünfzehnjährige mit Ludwig XIII. verheiratet, brachte die geliebten Bohnen im Brautgepäck an den französischen Hof. Dort fand die spanische Braut wenig Anklang, die Bohnen umso mehr. Maria Theresia von Spanien, die nächste spanische Infantin, die 1660 mit Ludwig XIV. vermählt wurde und ebenfalls eine glühende Schokoladenliebhaberin war, teilte Annes Schicksal: Sie nahm Kakao und ihr Schokoladenmädchen, das nur für das Aufschäumen des Kakaos zuständig war, an den französischen Hof mit und musste sich ebenfalls damit trösten. Denn wie Ludwig XIII.

machte auch Ludwig XIV. seine Gemahlin nicht glücklich. Das Getränk behagte dem Sonnenkönig jedoch sehr, war es doch genug exaltiert, luxuriös, exotisch und teuer, sodass es seinen Glanz betonte. Trinkkakao kam ganz groß in Mode.

KAKAO ALS MODEGETRÄNK

Während sich das Kakaotrinken von Versailles aus wie eine Epidemie im europäischen Adel ausbreitete, stieß König Philipp IV. von Spanien die Bohne allmählich sauer auf. Nicht nur, dass Spanien Kolonien in der neuen Welt verlor – erst 1655 musste es Jamaika kampflos den Briten überlassen –, auch das spanische Monopol wurde längst von Engländern, Holländern u.a. unterwandert, die eigene Plantagen in ihren Kolonien errichteten. Venedig entwickelte sich zum Mekka der Schokoladentrinker und bald öffneten in London, Amsterdam und Paris ebenfalls mondäne Trinkstuben ihre Türen. Nicht mehr nur die Noblen, auch das Bürgertum kam allmählich in den Genuss des ehemals rein aristokratischen Getränks. 1728 schließlich verkaufte Philipp V. das spanische Kakaohandelsmonopol.

Kakao avancierte zum Liebling der bürgerlichen Gesellschaft. Kaffee trank man nach dem Essen, Tee am Nachmittag, den Tag aber begann man mit einer kräftigenden, belebenden Tasse Kakao. Er wurde auf Festen und Empfängen gereicht, in edlem Porzellan, wie der »Trembleuse«, einer becherartigen Tasse mit tiefem Unterteller. Oder in einer Tasse mit zwei Henkeln, einer Suppentasse ähnlich, denn das Gebräu wurde gern dickflüssig, zum Löffeln und sehr heiß serviert. Wer auf sich hielt, lud auch im Land der Dichter und Denker zur heißen Schokolade. Goethe, Schiller, Wieland, Bürger oder Herder, sie alle liebten Schokolade sehr. Goethe war ihr so zugetan, dass er auch auf Reisen stets Kakao bester Qualität und eigenes Schokoladengeschirr mitführte, entsprechend Humboldts Rat: »Wer eine Tasse Schokolade getrunken, der hält den ganzen Tag auf der Reise aus.«

Schokolade war jedoch noch weit entfernt von dem Genuss, den sie heute darstellt. Drei Jahrhunderte nach der Ankunft der ersten Kakaobohnen in Europa fand 1828 der Holländer Coenraad van Houten das Verfahren zur Entölung von Kakao. Dank hydraulischer Pressen ließ sich nun die Kakaobutter von der Masse trennen. Wegen ihres hohen Fettgehalts wurde Schokolade nämlich bis dahin nach nur wenigen Monaten ranzig, schimmelig und von Ungeziefer befallen.

VOM GETRÄNK ZUR TAFEL

Schlag auf Schlag folgten nun weitere Erfindungen, die die Schokoladenkultur revolutionierten und von der flüssigen zur festen Form beförderten. Immer häufiger rollten Kakaobarren und Schokoladentaler in die Backstuben der Patissiers und

Konfiseure, die damit experimentierten. In England erfand 1847 der Apotheker Joseph Fry eine Walzmaschine für Schokoladentafeln, in Italien bildeten sich »cioccolatieri«, fahrende Schokoladenmacher, die auf Märkten Schokolade in großen Kesseln aufkochten, als Berufsstand heraus. Der Kakao kam unters Volk, wenn auch zu horrenden Preisen. In der Schweiz leitete Louis Cailler, der bei den Italienern gelernt hatte, 1819 mit der Gründung seiner Schokoladenfabrik die Ära der Schweizer Schokoladenindustrie ein. Henri Nestlés Erfindung des Milchpulvers 1867 bildete die Voraussetzung für die Entdeckung der Milchschokolade 1875 durch Caillers Schwiegersohn Daniel Peter. Von eminenter Bedeutung für die Weltkarriere der Schweizer Schokolade war 1879 die Entwicklung der Conche durch Rodolphe Lindt, die der Schokolade erst ihre cremig-schmelzende Textur und feinen Geschmack verlieh. Die Tafelschokolade stand von nun an im Zentrum der Begierde. Als der Schweizer Theodor Tobler 1908 eine Schokolade dem Matterhorn nachempfand, lancierte er die berühmteste Schweizer Schokolade, die Toblerone.

Auch in Deutschland, Frankreich, Belgien oder in Übersee entwickelte sich die Kakao- und Schokoladenindustrie prächtig. 1912 gelang es dem Belgier Jean Neuhaus, Schokoladen-Hohlformen zu füllen: Die belgische Praline war geboren. Die Briten und Amerikaner erfanden den Schokoriegel: 1905 kam der erste Erdnuss-Schokoriegel auf den Markt, in den 1920er-Jahren folgten Milky Way, Mars und Snickers. Der Bedarf an Kakao stieg rasant, neue Anbauflächen waren gefragt. Die Kakaoproduktion verlagerte sich von Amerika nach Asien und Afrika; weniger als 15 % der Weltproduktion kommt heute noch aus der Heimat des Kakaos. Anfang des 21. Jahrhunderts entdeckte man die ursprünglichen Anbaugebiete wieder, Herkunft, Lage und Sorte wurden wieder zum Thema und damit zum Qualitätsmerkmal wie Wein. Mithilfe der Schokolade lernen wir den Globus neu kennen, immer auf der Jagd nach besonderen Bohnen.

Ein edles Gefäß für ein besonderes Getränk: Im 18. Jahrhundert servierte man Kakao in der »Trembleuse«, einer Porzellantasse mit Deckel und tiefem Unterteller.

hohen Steuern belegt – war sie allerdings dem Adel und wohlhabenden Bürgern vorbehalten.

Lange Zeit wurde Schokolade als Medizin und Stärkungsmittel angesehen und war nur in Apotheken erhältlich. Eine der ersten Möglichkeiten, Schokolade öffentlich zu genießen, bot die 1673 gegründete Bremer Kaffeestube des Holländers Jan Jantz von Huesden.

Auch im 18. Jahrhundert hielt der hohe Preis für Schokolade aufgrund von Steuern und Zöllen an. Dennoch breitete sich der Schokoladengenuss weiter aus. Erste Manufakturen (z. B. in Steinhude) produzierten Schokolade in reiner Handarbeit.

Im 20. Jahrhundert wurde gezielt Werbung eingesetzt, um den Absatz von Schokolade als Genussmittel zu verstärken.

INDUSTRIELLE PRODUKTION

Zu Beginn des 19. Jahrhunderts sanken die Steuern und Zölle auf Kakao. Die industrielle Revolution brachte zudem enorme Veränderungen in der Schokoladenbranche, die dazu führten, dass Kakao und Schokolade zum Massenprodukt wurden und einen Boom erlebten. So mechanisierte die Erfindung der Dampfmaschine durch die englische Firma Fry & Sons 1728 die Kakaoverarbeitung und war zugleich die Grundlage für viele neue Maschinen im darauffolgenden Jahrhundert. 1826 setzte Philippe Suchard zum ersten Mal ein Spezialgerät ein, mit dessen Hilfe sich die Zutaten für Schokolade ideal vermischen ließen: Der »Mélangeur« ist eine Art erwärmtes Granitbecken, über dem sich Walzen hin und her bewegen. Der Holländer van Houten entwickelte 1828 eine hydraulische Presse und ein Verfahren zur Herstellung von Kakaopulver. Mit der Neuzüchtung spezieller Rübensorten wurde 1841 die heimische Zuckerproduktion wirtschaftlich, was den Importbedarf für Rohrzucker senkte und sich auch auf den Schokoladenpreis senkend auswirkte. Schokolade wurde damit auch für das Bürgertum erschwinglich.

Die Kakaoherstellung war um 1900 ein eher mühsames Geschäft, wie der Blick in eine historische Kakaofabrik zeigt.

DIE GEBURT DER TAFELSCHOKOLADE

1848 war dann die Geburtsstunde der modernen Tafelschokolade: Durch Zugabe von Kakaobutter zur Kakaomasse wurde die bisherige Schokolade weicher, geschmeidiger und formbarer. 1853 startete die fabrikmäßige Herstellung von Pralinen und Konfekt und 1879 gelang die wohl für die Zukunft wichtigste Erfindung: Rodolphe Lindt entwickelte die Conche und das Conchieren (S. 38 f.), ein Verfahren, das bis auf den heutigen Tag für den zarten Schmelz von Schokolade sorgt.

Mit dem steigenden Marktangebot wurden zunehmend auch Marken und Markennamen bedeutend (z. B. Lindt, Milka, Nestlé, Sprüngli und Suchard), die den Verbrauchern gleichbleibende Qualität garantierten. Auch die Vertriebswege wandelten sich: Waren es früher fahrende Händler, so etablierten sich in der zweiten Hälfte des 19. Jahrhunderts zunehmend Kolonialwarengeschäfte und erste Kaufhäuser. Schokolade legte sein Gesundheits- und Stärkungsimage ab und wurde zum reinen Genussmittel, das im Laufe der weiteren Jahrzehnte zur immer günstigeren Massenware verkam. Erst heute erfolgt allmählich eine Rückbesinnung auf den echten Wert guter Schokolade.

Die »goldenen« Vier *Nur vier Kakaotypen sind heute als Grundsorten und Stammformen anerkannt. Sie wachsen in Südamerika und in fast allen äquatornahen Regionen.*

(1) **FORASTERO** (sog. Konsumkakao) ist eine ertragsreiche und widerstandsfähige, aber auch recht bittere, adstringierende Sorte, die etwa 80 % der Weltproduktion ausmacht. Ursprünglich stammt die Sorte vom unteren und oberen Amazonas. Forscher brachten den Forastero nach Westafrika, wo er heute an der Elfenbeinküste, in Ghana und Nigeria angebaut wird. Er ist zudem auch in Indonesien und Malaysia verbreitet.

(2) **TRINITARIO** hat seinen Namen von der karibischen Insel Trinidad, wo die Kakaosorte erstmals aufgetreten ist. Er ist eine natürliche Kreuzung, vermutlich aus einer Forastero-Varietät mit Criollo-Pflanzen. Die malvenfarbigen Bohnen sind robust und zugleich aromatisch. Trinitario-Kakao ist vor allem in Venezuela und in der Karibik verbreitet. Heute entfallen etwa 15 bis 19 % der weltweiten Kakaoproduktion auf Trinitarios.

(3) **CRIOLLO** ist die empfindlichste aller Kakaosorten; ihr Anteil an der weltweiten Produktion beträgt nur 1 bis 3 %. Vor 2.000 Jahren wurde er vom oberen Amazonasgebiet nach Mittelamerika und in diesem Zuge auch nach Venezuela gebracht, wo er noch heute als reinerbige Sorte zu finden ist (»Porcelana«). Der vor allem in Mexiko, Belize, Venezuela, Kolumbien und Java kultivierte Criollo liefert hochwertigen, säurearmen Kakao mit feinem Aroma.

(4) **NACIONAL** (sog. Ecuador-Kakao) ist botanisch gesehen zwar ein Forastero-Kakao, heute jedoch als eigenständige Sorte anerkannt. Seine Bohnen besitzen eine violette Färbung wie Forastero, fermentieren jedoch so rasch wie Criollo. Die Sorte besticht durch ihr blumiges Aroma und durch eine außergewöhnliche Geschmacksfülle mit lang anhaltendem Schokoladenaroma. Eine bekannte und begehrte Unterart des Nacional ist »Arriba«.

Vom Kakao zum Rohkakao

Aller Anfang ist Kakao: Als wichtigster Rohstoff für Schokolade wird er noch im Erzeugerland zu Rohkakao verarbeitet.

- Heute werden jährlich etwa 3 Mio. t Kakaobohnen weltweit produziert.
- Europa deckt seinen Kakaobedarf vorrangig aus Ghana, Nigeria und von der Elfenbeinküste.

Vielfalt mit Aroma

Kakaobohnen sind ein Aromawunder: Sie enthalten über 1.000 verschiedene Aromastoffe, von denen man heute etwa 400 genau zuordnen kann. Die meisten gehören zur Gruppe der Nuss- und Zitrusfruchtaromen sowie zu den ätherischen Ölen. Etwa die Hälfte des Geschmacks einer Kakaosorte ist erblich bedingt, also genetisch programmiert. Weitere 10 % werden – ähnlich wie beim Wein – durch das Terroir (Klima und Bodenbeschaffenheit) gebildet. Der Rest des Aromas entsteht beim Verarbeiten der frischen Kakaobohnen zu Rohkakao, einem Prozess, der bereits im jeweiligen Erzeugerland stattfindet. Durch Fermentation und anschließende Trocknung (S. 34 f.) wird der ursprüngliche Bittergeschmack gemildert und die typischen Kakaoaromen treten hervor. Gleichzeitig werden die Bohnen dadurch haltbarer und über weitere Strecken transportabel (z. B. für den Export).

ALTE UND NEUE SORTEN

Das einst ausschließlich wild wachsende »Gold der Azteken« wird mittlerweile in den tropischen Zonen rund um die Welt kultiviert: Kakaobäume gedeihen klimabedingt etwa zwischen dem 18. Breitengrad nördlich und dem 15. Breitengrad südlich des Äquators. Die größten Anbauländer sind die Elfenbeinküste (38 % der Kakao-Weltproduktion), Ghana (18 %), Indonesien (14 %), Nigeria (6 %), Kamerun (5 %), Brasilien (4 %) und Ecuador (3 %).

Als noch heute wachsende Urformen des Kakaos gelten Criollo und Forastero (S. 28 f.). Wichtige Criollo-Sorten sind »Guasare« (Kolumbien), »Pentagona« (Venezuela), »Andino« (Anden-Criollo) und »Lacandón« (wilder Criollo aus Mexiko). Bei den Forastero-Kakaosorten unterscheidet man Forastero vom unteren Amazonas, vom oberen Amazonas sowie Guayana-Forastero. Daneben spielen zwei weitere Grundtypen (S. 28 f.) eine wichtige Rolle in der weltweiten Kakaoproduktion: Trinitario und Nacional (z. B. »Arriba«).

Die Urformen und Grundtypen des Kakaos (S. 28 f.) haben sich im Laufe der Zeit weltweit zu etwa 7.500 Hybriden bzw. Genotypen ausgeweitet, umgangssprachlich ebenfalls als Sorten bezeichnet. Sie wurden durch natürliche Auslese, Mutationen sowie gezielte Kreuzungen hervorgebracht, wie etwa »Ocumare 61« (Criollo-Hybride aus Aragua, Venezuela), »Chuao« (Kreuzung aus Criollo und Trinitario) und »Scavina 6« (Forasterozüchtung).

Da etliche, vor allem wilde Kakaosorten, in ihrer Bestandserhaltung gefährdet sind (z. B. durch Abholzung), werden weltweit Sorten und Genotypen in Samenbanken gesammelt. Die größte Genbank befindet sich auf Trinidad: Sie archiviert derzeit etwa 3.000 Genotypen.

KONSUM- UND EDELKAKAO

Mengenmäßig spielen heute auf dem Weltmarkt nur zwei Arten von Kakao eine Rolle: Edelkakao (z. B. Criollo, Trinitario und Nacional, S. 28 f.), der die Grundlage für hochwertige Gourmetschokolade ist, und Konsumkakao (Forastero, S. 28), der in der Regel für einfachere Produkte wie Schokoriegel, Trinkschokolade oder Kakaoraspel verwendet wird.

Von der Kakaoplantage in die Schokoladenfabrik

Die Bananenstauden, Kokospalmen, Avocado-, Guaven- und Mangobäume auf der Plantage der Lourys liegen in der prallen Sonne. Im Unterholz dieser ausladenden, Schatten spendenden »Kakaomütter« suchen Kakaobäume Schutz vor Sonne und Regen. Praktischerweise zieht das herabfallende Laub auch die richtigen Mücken an, die die direkt an Stamm und Ästen wachsenden Kakaoblüten bestäuben.

Authentische Antillenschokolade ist nicht einmal halb so fett wie europäische Produkte.

Auf einen Schlag schüttet es, als ginge die Welt unter. Sintflutartig stürzt das Wasser die Hänge hinab. Eine Viertelstunde später erstrahlt die Regenwaldpflanzung wieder in frischem Grün und leuchtenden Tropenfarben. »Die steile Hanglage behagt den Kakaobäumen. Sie brauchen viel Wasser, Staunässe ist ihnen aber zuwider«, sagt Charles Larcher, Rum- und Schokoladenproduzent auf Martinique.

Die französische Antilleninsel liegt im »Schokoladengürtel« rund um den Äquator, wo das Thermometer das ganze Jahr über konstant auf 25 bis 28 °C bleibt und hohe Luftfeuchtigkeit herrscht. Mit humusreichen Vulkanböden und die Berge hinaufreichenden Regenwäldern bietet Martinique ideale Verhältnisse für die anspruchsvolle Kakaopflanze. In der Kolonialzeit war die Insel bedeutendster Kakaolieferant Frankreichs; heute ist sie das nicht mehr, die Monokulturen gingen seit 100 Jahren massiv zurück und die Bäume wachsen wild oder wie bei den Lourys in den urwaldartigen Mischplantagen.

Charles Larcher will dem Kakaoanbau auf Martinique wieder auf die Sprünge helfen. Auf anderen Karibikinseln wie Trinidad, Grenada und der Dominikanischen Republik kultiviert man immerhin einige der besten Kakaosorten und -varietäten der Welt. Zudem besitzt Martinique mit der Schokoladenfabrik »Chocolat Elot« eine lange Schokoladentradition und Schokolade zählt mit Rum und Zuckerrohr zu den Schlüsselerzeugnissen der Insel. Insgesamt liefern 50 Bauern auf Martinique ihre Ernten bei Elot an, wo sie zu »poudre«, Pulver, und »tablettes«, Schokoladentafeln, verarbeitet werden. Das mache nur ein Drittel der benötigten Kakaomenge aus, den Rest kaufe man in Kolumbien

und Afrika zu, erklärt Larcher. Stolz weist der Direktor darauf hin, dass die Maschine, aus der sich ein steter Schokostrom auf das Fließband ergießt, aus Deutschland stamme. Auch die anderen Maschinen, die rösten, rütteln, mischen, zerkleinern, mahlen und conchieren, nur die Verpackungsmaschine, die »wie ein Uhrwerk funktioniert«, sei in der Schweiz gebaut. Bevor die Schokolade dort landet, wird sie auf 12 °C abgekühlt, damit sie hart genug ist, um mit Schweizer Präzision in buntes Papier geschlagen zu werden. Auf diesem ist aufgedruckt: »1911: Geburt der Elot-Schokolade, Passage des Kometen Halley«. »Auf Martinique kennt die Tafeln von Elot jeder«, sagt Charles Larcher. In der Tat ist die Schokolade bei den Einheimischen beliebt: 90 % werden auf der Insel verzehrt, nur 10 % gelangen in den Export. Für den auf Lindt oder Suchard geeichten Geschmack schmeckt die dunkle Martinique-Schokolade süß und intensiv nach Kakao – ungewohnt, aber ausgezeichnet. Schließlich enthält sie viel Kakao und Rohrzucker, aber wenig Kakaobutter, keine Milch und, abgesehen von echter Vanille und Lecithin, keine Zusätze. »Sie ist nicht einmal halb so fett wie europäische Schokolade, damit sie sich im Tropenklima konservieren lässt«, verrät Larcher, der selbst gar nicht wie ein Schokoladenfabrikant aussieht – groß und hager. In einigen Jahren will er mit der authentischen Antillenschokolade so weit sein wie heute mit Rum made in Martinique. Der gilt als einer der besten weltweit und besitzt als Einziger das Herkunftslabel AOC.

Criollo ist witterungsempfindlich, schwieriger zu pflegen als andere Sorten und beschert nur einen sehr geringen Ertrag. Seine großen, rundlichen braunen Kakaobohnen sind jedoch reich an Aroma- und Duftstoffen – und entsprechend auch teurer als Konsumkakao. Trinitario und Nacional sind robuster und ertragsreicher als Criollo. Beide sind zudem aromatisch (S. 28 f.).
Über 80 % der weltweiten Kakaoernte entfallen auf Forastero-Sorten. Ihre Hauptanbaugebiete sind Westafrika, Brasilien und Südostasien. Die widerstandsfähigen und ertragreichen Forastero-Bäume liefern kleinere, seitlich leicht abgeplattete Bohnen von dunkelrotbrauner bis violetter Farbe. Forastero-Kakao ist etwas bitterer und herber als Edelkakao; die Qualität ist je nach Anbaugebiet feiner oder gewöhnlicher. Durch industrielle Mischung unterschiedlicher Varietäten entstehen später die verschiedensten Geschmacksrichtungen.

Anbau und Verarbeitung

Die zur Familie der Malvengewächse gehörende Kakaopflanze (Theobroma cacao) benötigt Wärme, Schatten und Wasser. Geschützt unter größeren Pflanzen, den sogenannten Kakaomüttern, gedeihen die Kakaoplanzen zunächst 2 bis 3 Jahre, bevor sie das erste Mal Blüten bilden, deren Stiele direkt dem Stamm oder den Ästen entspringen. Bis zur ersten Ernte vergehen weitere 1 bis 2 Jahre, bis die Pflanzen auch Früchte tragen. Um einen ausreichenden Jahresertrag zu sichern (50 Früchte pro Baum), wird in Plantagen die Bestäubung der Blüten nicht ausschließlich der Natur überlassen, sondern von Hand ergänzt. Nach etwa 5 Monaten wachsen längliche Früchte heran, die in unreifem Zustand grün gefärbt sind. Reife Früchte verfärben sich je nach Sorte gelb, gelbrot, rot oder rotbraun. Reife Früchte fallen nicht herab, wie bei Obst allgemein üblich, sondern müssen vom Baum geschnitten werden.

FERMENTATION DER BOHNEN

Die bis zu 25 cm langen Kakaofrüchte enthalten 25 bis 50 bohnenförmige Samen, die begehrten Kakaobohnen: Um an diese Kakaobohnen zu gelangen, werden die Früchte nach der Ernte aufgeschlagen und die blässlichen Samen werden mit den Fingern aus dem Fruchtfleisch gelöst. Man legt sie traditionell in Haufen auf Bananenblätter oder auch in Holzkisten, wo sie mehrere Tage lagern und fermentieren. Um diesen Vorgang möglichst gleichmäßig zu bewerkstelligen, müssen die Bohnen mehrfach umgeschichtet werden.

Im Verlauf der Fermentation, einem komplexen Gärungsprozess, wird das noch anhaftende zuckerhaltige Fruchtfleisch durch Enzyme abgebaut. Dabei verfärbt sich die Kakaobohne braun und es entstehen Essigsäure und Wärme (ca. 50 °C), die die Keimfähigkeit der Kakaosamen zerstören. Der bis dato bitterherbe Geschmack der Kakaobohnen wird gemildert, während sich gleichzeitig neue Aromavorstufen bilden, die sich beim späteren Trocknen und Rösten in das eigentliche Kakaoaroma verwandeln.

Fermentierte Kakaobohnen müssen gut getrocknet werden, bevor sie ihre lange Reise zu den Verbrauchern weltweit antreten. Das geschieht, wie hier auf Grenada, meist einfach in der Sonne.

TROCKNUNG ZUM ROHKAKAO

Nach der Fermentation weisen die Kakaobohnen immer noch einen recht hohen Wassergehalt (ca. 60 %) auf; dies macht sie für einen längeren Transport oder zur Lagerung ungeeignet. Sie müssen daher zunächst getrocknet werden, konventionell geschieht das durch Sonneneinstrahlung; dies lockert das innere Gefüge der Kakaokerne und entwickelt und verbessert das Aroma. Sobald die Kakaobohnen nur noch eine Restfeuchte von durchschnittlich etwa 7 % aufweisen, werden sie in Säcke verpackt und gelangen als Rohkakao in den Handel.

Die Qualität von Rohkakao ist gut erkennbar: Gut ausgereifte und richtig fermentierte Bohnen sind braun bis dunkelrotbraun und haben einen leicht zerfallenden, stark brüchigen Kern. Ihr Geschmack ist bitter, aber nicht adstringierend. Sie dürfen nicht schinkig, rauchig, sauer oder muffig riechen.

Vom Rohkakao zur Schokolade

Wie wird aus Rohkakao zartschmelzende Schokolade? Ihre Herstellung folgt jahrhundertealten handwerklichen Arbeitsschritten – gepaart mit modernster Technologie.

- Meist werden mehrere Kakaosorten für eine Schokolade gemischt.
- 5 % der Kakaobutter dürfen rechtlich durch pflanzliche Fettstoffe ersetzt werden.

So entsteht Kakaomasse

Vor der weiteren Verarbeitung wird der Rohkakao gereinigt. So werden ggf. enthaltene Fremdstoffe entfernt. Im nächsten Schritt werden die Kakaobohnen 10 bis 30 Minuten bei Temperaturen zwischen 120 und 150 °C geröstet, ein Vorgang, der wesentlichen Einfluss auf das spätere Aroma der Kakaoerzeugnisse hat. Die Bohnen nehmen hierbei ein dunkles Schokoladenbraun an, die Schalen lockern sich und lassen sich so später leicht vom Kern lösen.

BRECHEN, MAHLEN, WALZEN

Die abgekühlten Bohnen werden in der Brechanlage durch Walzen zerkleinert und die Schalenanteile (etwa 20 %) durch einen Luftstrom herausgeblasen. Übrig bleibt der Kakaokernbruch, von dem ein kleiner Teil weiter zerkleinert als Kakaobohnensplitter, Kakaonibs, Crue de Cacao oder Crème crue in den Handel kommt. Der weitaus größte Teil des Kakaokernbruchs muss für Schokolade oder Kakaopulver weiter zerkleinert werden, bis die Kakaobutter durch die beim Mahlvorgang entstehende Reibungswärme schmilzt und ein hellbrauner, duftender Kakaobrei entsteht. Je nachdem, ob Kakaopulver, -butter oder Schokolade hergestellt werden sollen, trennen sich ab hier die Wege.

KAKAOPULVER UND -BUTTER

Für Kakaopulver wird dem Kakaobrei zunächst das Fett entzogen, denn die Bohnen enthalten über 50 % Kakaobutter. Dazu wird der Brei auf 80 bis 90 °C erhitzt und anschließend gepresst, wobei die goldgelbe, klare Kakaobutter abfließt. Sie zählt zu den teuersten Pflanzenfetten überhaupt und ist ein wichtiger Rohstoff für die kosmetische und pharmazeutische Industrie sowie für die Schokoladenherstellung (z. B. für weiße Schokolade). Der bei der Pressung anfallende

Pressrückstand (Presskuchen) enthält alle festen Kakaobestandteile sowie einen Rest an Kakaobutter (etwa 8 bis 24 %) und ist das Ausgangsprodukt für Kakaopulver, das durch feines Vermahlen des Presskuchens hergestellt wird.

Kakao mit einem Kakaobuttergehalt von unter 20 % kommt unter dem Zusatz »fettarm«, »mager« oder »stark entölt« in den Handel.

Reines Kakaopulver hat ein sehr kräftiges, leicht bitteres Aroma. Es wird als Getränk, Gewürz, zum Bestauben (z.B. von Desserts) sowie zum Aromatisieren (Cremes, Eis, Joghurt, Gebäck) verwendet.

Schokoladenherstellung

Ausgangsprodukt für die Herstellung von Schokolade ist in der Regel Kakaomasse, in der – je nach Hersteller – bereits verschiedene Bohnensorten miteinander vermischt wurden. Oder es werden sortenreine Kakaomassen verwendet, die erst später, in flüssigem Zustand, vermischt werden.

MISCHEN UND FEINWALZEN

Für den typischen Geschmack und zarten Schmelz werden der Kakaomasse nach festgelegten Rezepturen weitere Zutaten untergemischt, z. B. Zucker und Kakaobutter für dunkle Schokolade, zusätzlich Sahne- oder Milchpulver für Milchschokolade. Der weißen Schokolade hingegen fehlt die braune Kakaomasse völlig. Auch Gewürze oder Geschmacksstoffe wie Vanille, Kaffee oder Zimt, sowie feste Bestandteile wie Nusskerne oder Mandeln können je nach Rezeptur bereits in die Basismasse gemischt werden.

Anschließend erfolgt das Feinwalzen der Basismasse in mehreren Walzwerken. Dazu werden alle Komponenten der Basismasse bei einer Temperatur von 40 bis 50 °C vermengt und gelangen dann in die Vorwalzwerke, wo sie auf eine Partikelgröße von 0,2 mm zerkleinert werden. Die folgenden mehrstufigen Feinwalzwerke legen noch eine Zehnerpotenz zu: Das Schokoladenpulver, das ein Messer von der letzten Walze abstreift, hat nur noch einen Korndurchmesser von etwa 0,02 mm – eine Feinheit, die von der Zunge nicht mehr als Partikel wahrgenommen wird.

Ein Blick in eine Schokoladenfabrik des beginnenden 20. Jahrhunderts zeigt: Trotz zunehmender technischer Entwicklungen war menschliches Know-how stets ein wichtiger Qualitätsfaktor bei der Herstellung von Schokolade.

ERWÄRMEN UND RÜHREN

Die fein gewalzte Basismasse wird nun stundenlang erwärmt und gleichzeitig gerührt (»Conchieren«): Dazu gibt man die Masse in sogenannte Conchen (vom spanischen Wort »concha« = Muschelschale). Ursprünglich waren das lange Steinmulden, in denen die gewalzte Schokolade bei einer Temperatur um die 30 °C hin und her geschlagen wurde, oftmals mehrere Tage lang. Daneben gab es auch runde Steinmulden, in denen eine Steinkugel die Masse conchierte, d. h. bearbeitete.

Die heutigen Rotorconchen bewältigen den Verfeinerungsprozess in bedeutend kürzerer Zeit und fassen mit 2 bis 5 Tonnen weitaus größere Quantitäten als die Steinconchen.

Beim ersten Schritt, dem Trockenconchieren, reduziert sich der Feuchtigkeitsgehalt der Masse auf weniger als 1 %, zudem verflüchtigen sich Bitterstoffe und ein weicher Film aus Kakaobutter legt sich um die Feststoffteilchen. Nach einigen Stunden wird die Masse durch Zugabe von Kakaobutter verflüssigt und stärker conchiert (Flüssigconchieren), um eine wirklich homogene Masse zu erhalten. Je nach Rezept des Chocolatiers werden et-wa 3 Stunden vor Beendigung des Conchierens Kakaobutter sowie der Emulgator Lecithin zugefügt, der die Schokoladenmasse für das Gießen in Formen leichter fließen lässt.

Was physikalisch und chemisch genau beim Conchierprozess passiert, ist bisher noch nicht vollständig geklärt. Nach 48 bis 72 Stunden Conchierens (bei Schweizer Schokolade bis zu 5 Tagen) weist die Masse eine sehr feine Struktur auf und der gewünschte zarte Schmelz ist erreicht. Es gibt heute natürlich auch rationellere, d.h. schnellere und billigere Methoden der Verfeinerung, bei denen Homogenisierung und Geschmacksveredelung in getrennten Prozessen erreicht werden. Die Hersteller von Spitzenprodukten trennen sich jedoch nicht vom althergebrachten Verfahren, da es die besseren Ergebnisse bringt und ihnen so ermöglicht, sich von Massenware qualitativ abzusetzen.

TEMPERIEREN UND FORMEN

Um der Schokoladenmasse – sie hat nach dem Conchieren eine Temperatur von 45 bis 55 °C – seidigen Glanz zu geben, muss sie temperiert werden (Vorkristallisieren). Dazu wird sie in mehreren Stufen auf 28 °C heruntergekühlt und anschließend wieder auf 32 °C erwärmt. Während dieses Prozesses erhalten die Fettkristalle Stabilität, sodass sich die Schokolade knackig brechen lässt und über Glanz und Schmelz verfügt. Sie ist nun genussbereit und wird in die gewünschte Form gegossen: zu kleinen Schokoladentafeln und großen Kuvertüreblöcken. Durch Abkühlen bei definierten klimatischen Verhältnissen erhält sie ihre produkttypische Festigkeit. Dann kann sie verpackt werden und gelangt abschließend in den Handel.

Schokolade und Partner – ein Fest für die Sinne

Ziegenkäse! Zu hausgemachter Edelschokolade und prickelndem Jahrgangschampagner reicht Holger In't Veld Ziegenkäse in verschiedenen Variationen. Die Vorstellung allein ist manchem ein Graus, doch wie wunderbar Chèvre, Schampus und Schokolade schmecken, realisieren die Rezeptoren jedes Verkosters auf der Zunge sofort. Der Fundamentalist unter den Berliner Chocolatiers weiß, welche Aromen

»In der Bohne liegt die Magie der Schokolade wie in der Traube die des Weins.«

zusammenpassen. Seit der Musikjournalist vor einigen Jahren seine Leidenschaft zum Beruf und den Prenzlauer Berg zur Topadresse in Sachen Schokolade gemacht hat, ist er auf der Suche nach neuen Dimensionen des guten Geschmacks.

Mit Sarotti, Rausch und Hamanns Bitterschokoladen war Berlin schon früher ein gutes Pflaster für Chocoholics. Heute ist In't Velds Schokoladen ein Trendsetter im Lande und mit ein Grund, warum in Berlin die braune Bohne boomt. Bei ihm findet man nicht nur Spitzentafeln anderer Hersteller, sondern auch Eigenwilliges aus Eigenproduktion: handgerollte gewürzte Kakaokugeln etwa, die Trinkgenuss wie zu Montezumas Zeiten versprechen, süchtig machenden Blechbruch mit Röstpistazien oder Kirschen, Schokosalami mit Nougat und Mandeln oder handgezogene Salzstangen aus madagassischem oder karibischem Trinitario-Kakao.

Hier ist ein Purist am Werk, Zusätze wie Lecithin kommen ihm nicht in den Kakao, schon Vanille ist des Guten zu viel. In't Veld setzt auf die reine Kraft der Bohne: »In der Bohne liegt die Magie der Schokolade wie in der Traube die des Weins.« Wie beim Wein ist von »Terroir«, »Cru« und »Blend« die Rede, von sortenreiner Schokolade, bei der man die Herkunft der Bohnen schmeckt. Sofern der Gaumen dazu in der Lage ist. Der muss sich erst an Edelschokoladen gewöhnen, bevor das Knowhow auf der Zunge zergeht. »Das gelingt nicht von heute auf morgen«, sagt der Wahlberliner, »ich habe fünf Jahre gebraucht, um zu verstehen, wie man mit den bitteren Bohnen umgehen muss.«

Bei aller Liebe zur dunklen produziert In't Veld auch Milchschokolade, mit Ziege statt Kuh. Wem zu viel Ziege auf der Zunge liegt, probiere Blutorangenschokolade, denn die Zitrusessenz rundet die Ziegen-

milch zu einer »südfruchtig-abendroten Harmonie« ab. Zu welchen Paarungen Schokolade über Gewohntes wie Nüsse, Edelbrände, Zimt oder Vanille hinaus fähig ist, offenbart das Tasting von »Schokolade, Käse und Wein«. Dabei werden Delikatessen aus edlen Bohnen nicht nur bitter-süß kombiniert, sondern auch salzig, sauer und scharf. Französische und belgische Schokoladen mit 70 bis 100 % Kakaoanteil, zuckerfreie Tiroler Edle vom Grauvieh und High-End-Tafeln von Domori oder Amedei aus Criollo Porcelana, der besten Kakaosorte überhaupt, werden mit verschiedenen Käsesorten kombiniert. Dazu reicht man Bitteres wie Oliven, Rucola, Tomatenpesto, weil Gleiches zu Gleichem passt. Je hochprozentiger der Kakao, desto kraft- und gehaltvoller auch der Wein. Den Abschluss bilden – als kleine Hommage an Josef Zotter – Portwein und Pralinen, mit Blauschimmelkäse gefüllt.

»Österreichs Schokoladenforscher und Geschmacksartist«, so Zotter über sich selbst, kombiniert in seinen kühnsten Kreationen Kakao wie kein Zweiter: mit Blauschimmel- und Bergkäse, Griebenschmalz (»Grammelnussn«), Sellerie, Paprika oder Hanf ... Schokolade pikant erinnert an die Haute Cuisine, in der das Verfeinern von Gänseleber, Jakobsmuschel oder Hummer, aber auch von Blutwurst und Ossobuco mit Schokolade durchaus geläufig ist. Doch in Tafelform muss nicht alles rund und lustvoll sein, was auf dem Teller harmoniert. Auch wenn Kakao dank seiner unzähligen Aromen mit vielem harmoniert, ist Schweineschmalz in Schokoschmelz vielleicht doch nicht für jeden Schokoladenfreak eine Offenbarung.

Von Nougat bis Senf *Kakao und Schokolade sind auch wichtige Grundzutaten für die Herstellung weiterer Produkte: schokoladenhaltige Erzeugnisse im Überblick.*

- Die bundesdeutsche »Kakaoverordnung« regelt die Ansprüche an Schokoladenerzeugnisse.
- Der Kakao- oder Schokoladengehalt ist der Zutatenliste zu entnehmen.

Mehr als Pralinen

Schokolade ist nicht nur pur, aromatisiert oder als gefüllte Tafel im Handel zu finden, sondern selbst wiederum – ebenso wie Kakao – Zutat für weitere Erzeugnisse. So finden sich neben Schokoriegeln, Pralinen und Konfekt diverse süße, pikante oder alkoholische Produkte im Handel. Die wichtigsten sind nachfolgend erläutert und in den Bezugsquellen (S. 182 f.) zu finden.

KAKAO- UND SCHOKOPULVER

Rein lebensmittelrechtlich muss zwischen Kakaopulver, Schokoladen- bzw. Trinkschokoladenpulver und kakaohaltigem Getränkepulver unterschieden werden.

Kakaopulver (100 % Kakao) wird aus gerösteten, gemahlenen Kakaobohnen gewonen (S. 36 f.).

Schokoladenpulver ist eine Mischung aus Kakaopulver (mindestens 32 %) und Zucker. Ferner darf

Schokoladenpulver auch Lecithin enthalten, das die Löslichkeit verbessert, sowie Aromen.
Sogenanntes Trinkschokoladenpulver weist einen Anteil von mindestens 25 % Kakaopulver auf und enthält zudem Zucker.
Kakaohaltiges Getränkepulver hat nur einen geringen Kakaoanteil, ist jedoch schnell löslich. Instant-Getränkepulver dürfen auch Milchpulver, Ei, Malz und Mehle (z.B. Gerste, Soja) enthalten sowie Aromastoffe, Pflanzenfett und Honig. Sie sind im Handel auch angereichert mit Vitaminen und Mineralstoffen erhältlich.

SCHOKODEKOR UND SCHOKOLADENGLASUR

Mit in der Regel niedrigem Kakaogehalt ausgestattet ist das in nahezu jedem Supermarkt erhältliche Sortiment an Schokoladendekor: Späne, Röllchen, Raspel, Tröpfchen oder filigrane Ornamente machen das Garnieren von Desserts, Kuchen, Torten und Gebäck kinderleicht.
Ebenso leicht wie schnell gelingt das Glasieren mit Schokolade durch gebrauchsfertige Schokoladenglasur. Der auch als Fettglasur bezeichnete Guss gleicht der Kuvertüre in Geruch und Aussehen. Er schmeckt jedoch in der Regel sehr süß und nicht so stark »schokoladig«, da er statt Kakaobutter gehärtete, pflanzliche Fette enthält (siehe Zutatenliste). Fettglasur ist leicht zu verarbeiten; sie muss nur verflüssigt werden und ist – im Gegensatz zu Kuvertüre – wenig temperaturempfindlich. Da sie zudem nicht so teuer ist wie echte Kuvertüre wird sie vor allem in Konditoreien gerne als Kuvertüreersatz verwendet.

DUNKLER NOUGAT

Dunkler Nougat enthält neben der Hauptzutat Haselnüsse auch Kuvertüre und Kakaobutter sowie Zucker, Vanillin, Lecithin und Milchpulver. Die in der Gegend von Turin als »Gianduia« oder auch »Gianduiotto« gehandelte Spezialität kann je nach Rezeptur cremige oder harte Konsistenz aufweisen. Gianduia ist eine wichtige Grundzutat in der Patisserie (z.B. bei der Pralinenherstellung), dient aber beispielsweise auch als Brotaufstrich.
Heller Nougat, auch als weißer Nougat bezeichnet, enthält weder Kakao noch Kakaobutter und wird daher auch nicht den Schokoladenerzeugnissen zugerechnet.

Futter für die Börse

Als holländische Piraten 1585 ein spanisches Kolonialschiff kaperten, warfen sie braune Böhnchen säckeweise über Bord; sie dachten, sie stammten von Schafen. Niemals hätten sie sich wohl träumen lassen, dass Amsterdam 500 Jahre später der wichtigste Umschlagplatz der Welt für Rohkakao sein würde. In den Niederlanden wird heute auch am meisten Kakao verarbeitet; gehandelt wird er woanders – in London und New York – und das bis zu zwei Jahre vor der Ernte.

Nach Erdöl und Kaffee ist Kakao der meistgetradete Rohstoff der Welt. Die Preise sind sehr volatil. Allein in der letzten Dekade bewegten sie sich zwischen 750 U$ und 2.350 U$ pro Tonne Rohkakao. Die Achterbahnfahrten sind vor allem durch Ernteschwankungen (Einbußen durch Nässe, Trockenheit oder Krankheitsbefall) sowie politische Unruhen bedingt. Wie z.B. im größten Erzeugerland Côte d'Ivoire, wo die Mehrheit der Erwachsenen im Kakaosektor arbeitet und bewaffnete Konflikte das zweigeteilte westafrikanische Land erschüttern.

Versuche, die Weltmarktpreise für Kakao durch staatliche Organisationen zu stabilisieren, waren bisher wenig erfolgreich. Heute ist Rohkakao ein attraktives Anlage- und Spekulationsobjekt. Spekulanten sind entgegen den Kakaobauern und -verarbeitern jedoch nicht an stabilen Preisen interessiert, sodass gute Ernten nicht automatisch zu fallenden Preisen führen. Das zwingt manchen Schokoladenhersteller, selbst an der Börse Zukunftskontrakte für Rohkakao zu kaufen oder Direktverträge mit Erzeugern abzuschließen. Auf der anderen Seite ist der Kakaoabsatz in den letzten zehn Jahren stark gestiegen. Asien, Osteuropa und Mittelamerika stellen riesige Wachstumsmärkte dar. Wohlstandszuwachs in Schwellenländern fördert den Kakaokonsum. Aber selbst Rezessionen in den westlichen Industrienationen tun dem Kakaokonsum keinen Abbruch, geht es doch anscheinend darum, sich mit Schokolade zu trösten. Das Gleiche gilt für schlechtes Wetter. Gute Aussichten also für die Kakaoindustrie.

AUFSTRICHE UND CREMES

Nussnougat- und Schokocremes haben meist nur einen sehr geringen Kakaoanteil, die Hauptzutaten sind Zucker, Pflanzenfett und Haselnüsse. Nur wenige Qualitätsprodukte werden wirklich auf der Basis von Kakao und ohne Zusatz pflanzlicher Fette hergestellt – ein Blick auf die Zutatenliste lohnt sich hier.
Als Aufstrich oder auch als Füllung für Pfannkuchen oder Biskuit eignen sich Konfitüren und Gelees mit Schokolade. Dabei handelt es sich um Mischungen mit Früchten, z.B. Kirsch-Schokoladen-Konfitüre.

LIKÖR UND CRÈME DE CACAO

Kakaolikör wird aus einem Aufguss von Kakaobohnen mit Alkohol gewonnen. Der klare, bernsteinfarbene Likör enthält etwa 100 g Zucker pro Liter und hat einen Alkoholgehalt von 22 bis 25 % Vol. Er wird als Digestif gereicht, in Cocktails oder Kaffee gemischt und zum Aromatisieren von Saucen, zum Tränken von Gebäck oder zum Beträufeln von Desserts verwendet.
Crème de cacao ist ein milchig-trüber Likör mit mindestens 18 % Vol. Alkohol. Er enthält etwa 250 g Zucker pro Liter sowie Schokolade und häufig auch Milch oder Sahne. Er wird wie Kakaolikör verwendet.

SENF, ESSIG & CO.

Unter den pikanten Schokoladenerzeugnissen spielen vor allem Mole poblano (S. 111), Schokoladensenf und -essig eine Rolle. Für Schokoladensenf wird Senf mit Schokolade aromatisiert. Er passt gut zu dunklem Fleisch oder zu Frischkäse.
Schokoladenessig ist ein Erzeugnis aus Essig, Schokolade, Zucker und Gewürzen. Er passt sehr gut zu gegrilltem Gemüse, Früchten, Salaten oder Meeresfrüchten.

Die Palette kakao- und schokoladenhaltiger Produkte reicht von Kakaobohnensplittern, Kakao-Instantpulver und Schokoladendekor über Schokoriegel, Konfekt, Nougat und Schokocreme bis hin zu kakaohaltiger Birnenmarmelade, Likör, Essig und Senf.

KÜCHENPRAXIS

Schokolade verarbeiten ...

... wie ein Profi

Schokolade in der Küche

Wer Schokolade perfekt verarbeiten möchte, braucht Know-how. Das fängt beim Einkauf an und setzt sich im richtigen Umgang mit ihr in der Küche fort.

KONSUMSCHOKOLADE, die aus einfachem Kakaopulver, Kokosfett und Zucker mit Aromen hergestellt wird, ist zwar unkompliziert zu verarbeiten, vermittelt jedoch kaum lohnenswerte Geschmackserlebnisse. Hochwertige Schokolade und eine Spezialschokolade, die Kuvertüre (S. 15), liefern bessere Ergebnisse: Ihre Aromen kommen dann am besten zur Geltung, wenn die Schokolade fachgerecht verarbeitet wurde, sodass sie verlockend glänzt, verführerisch knackt und jeder Bissen zartschmelzend auf der Zunge zergeht.

Qualität und Know-how

Die Basis für das perfekte Geschmackserlebnis bei Schokolade ist der Einkauf hochwertiger Produkte und deren sachgerechte Lagerung (S. 50 ff.). Wer gute Qualität schätzt, verlässt sich beim Einkauf auf sensorische Merkmale. Profis wissen: Farbe, Duft und Geschmack kennzeichnen die Qualität einer Schokolade, Bruch und Schmelz ihre Herstellung. Darüber hinaus ist es ratsam, einen genauen Blick auf das Etikett bzw. die Zutatenliste zu werfen. Wer in Letzterer gehärtete Fette, Aromastoffe, Geschmacksverstärker und Ähnliches findet, weiß, wie die Qualität einzuschätzen ist. Nur mit hochwertigen Produkten gelingen Schokoladengerichte perfekt, ein gewisses handwerkliches Können bei der Verarbeitung vorausgesetzt. Nach dem fachgerechten Schmelzen und Temperieren (S. 54 ff.) gibt es eine Reihe von Möglichkeiten, kreativ mit Schokolade zu arbeiten. Die nachfolgende Küchenpraxis zeigt die wichtigsten Arbeitsschritte und Kniffe beim Gießen, Formen und Verarbeiten en détail.

Anbrenngefahr ade!

Je höher der Milchanteil einer Schokolade, desto leichter brennt sie an. Profis schmelzen Schokolade daher grundsätzlich im Wasserbad.

Einkauf und Lagerung

Ob pur, gefüllt, mit Nüssen oder Aromen: Wer gute Schokolade einkaufen möchte, muss Qualitätskriterien kennen und das empfindliche Produkt richtig lagern.

DREI FAKTOREN beeinflussen im Wesentlichen den Geschmack von Schokolade: die Herkunft der Kakaobohnen (S. 28 ff.), ihre Verarbeitung (S. 34 ff.) und die verwendeten Zusatzstoffe (S. 38). Alltägliche Konsumprodukte enthalten in der Regel billige Kakaobohnen, die durch leicht säuerlichen Geschmack auffallen, der allerdings leicht durch Zucker und Vanillezusatz zu kaschieren ist. Ein genauer Blick auf die Verpackung der Schokolade sowie einfache sensorische Tests helfen bei der Beurteilung von Schokolade.

Der Blick aufs Etikett

Auf der Verpackung finden sich nicht nur Fakten über die Qualität, sondern auch – wenn man Wert darauf legt – Hinweise auf Herkunft und Verarbeitung der Schokolade. Nehmen Sie dazu insbesondere die Schokoladenbezeichnung und ggf. verwendete Sortenangaben in Augenschein (S. 12 ff.). Prüfen Sie auch die Zutatenliste: Ein hoher Kakaoanteil sowie die Verwendung natürlicher Vanille sind Qualitätsmerkmale für gute Schokolade. Diese enthält auch keine gehärteten Fette, Konservierungsstoffe, künstlichen Aromen, Geschmacksverstärker oder Stabilisatoren. Und nicht zuletzt ist (leider) auch der Preis ein Indikator, denn Edelkakao und andere hochwertige Zutaten haben ihren Preis!

Qualitätsmerkmale

Kenner nehmen Schokolade anhand von sechs Merkmalen unter die Lupe: Auf dem Prüfstand stehen sensorische Merkmale wie Bruch, Schmelz, Duft, Geschmack, Glanz und Farbe von Schokolade.

BRUCH UND SCHMELZ

Der Bruch hochwertiger Schokolade ist hart und deutlich knackend, die Bruchkanten sind sauber, die Bruchflächen bröseln nicht ab. Dabei darf man davon ausgehen, dass die Schokolade sich umso schwerer brechen lässt, je härter sie ist, was wiederum auf einen entsprechend hohen Kakaoanteil zurückzuführen ist.

Steckt man ein Stückchen in den Mund, schmilzt gute Schokolade ähnlich zart und gleichmäßig wie Butter, ohne dabei pappig an Gaumen oder Zunge zu kleben. Auch kann die empfindsame Zunge dabei keine sandig-feine Körnchenstruktur ausmachen.

DUFT UND GESCHMACK

Gute Schokolade duftet unaufdringlich, aber dennoch voll und rund. In jedem Fall darf sie keine Fremdgerüche (d.h. untypische Gerüche oder Gerüche von anderen Produkten) aufweisen; dies wäre ein Hinweis auf falsche Lagerung oder auch unsachgemäße Verarbeitung des Kakaos. So verursachen beispielsweise unzureichend fermentierte und künstlich getrocknete Forastero-Kakaosorten einen Geruch wie verbrannter Gummi.

Erst durch das abschließende Temperieren erhält die Schokolade den richtigen Glanz.

Echte Qualitätsschokolade hat ein sehr breites Aromenspektrum, das von süß-schmelzend bis zartbitter reicht. Der erste Geschmackseindruck ist jedoch stets zart, entfaltet sich allmählich (fachsprachlich als »langsamer Start« bezeichnet) und wird insgesamt als rund und aufgrund eines zarten, aber eindrucksvollen Nachgeschmacks (sog. Abgang) als vollendet empfunden.

Im Gegensatz dazu steht »billige« Qualität: Sie ist geschmacklich normiert und mit (zugesetzten) Aromen aufgepeppt. Der flachsüßliche Geschmack dominiert und hinterlässt keine nachhaltigen Aromen im Gaumen. Neben (teurer) Kakaobutter enthält sie erlaubterweise bis zu 5 % weniger hochwertige Fette, z. B. Palmöl oder Kokosfett. Häufig wird zudem Lecithin (z. B. Sojalecithin) zugesetzt, was die Herstellungszeit, vor allem aber das zeitintensive Conchieren, verkürzt.

GLANZ UND FARBE

Schokolade bildet je nach Temperatur unterschiedliche Kristallformen aus – die erwünschten liegen in einem Bereich zwischen 28 bis 33 °C. Das ist auch der Grund, warum Schokolade vom Profi kurz vor dem Guss in die endgültige Form noch einmal auf genau diesen Temperaturbereich erhitzt, dann geformt bzw. gegossen und zuletzt schnell abgekühlt wird. So wird sie fest und erhält einen appetitlichen Glanz.

Wird Schokolade nicht rasch abgekühlt oder die fertige Schokolade zu warm gelagert (über 20 °C), kristallisiert die Kakaobutter an der Oberfläche aus, wo sie als weißlich-trüber Belag – in der Fachsprache Kakaoreif genannt – sichtbar wird.

Die Farbe einer Schokolade, der Spezialist spricht von Schokoladenton, gibt Kennern Aufschluss über die Herkunft der überwiegend verwendeten Kakaobohnen. So sind beispielsweise Forastero-Bohnen aus dem Indischen Ozean im Allgemeinen sehr dunkel, Trinitarios variieren zwischen hell- und dunkelbraun. Criollos aus Venezuela sind dunkel und rotbraun, Criollos aus dem indischen Ozeangebiet haben dagegen hellbraune Keimlinge.

Haltbarkeit und Lagerung

Je nach Sorte schwankt die Haltbarkeit von Schokolade. Im Allgemeinen gelten folgende Faustregeln: Dunkle Schokolade hält sich 12 bis 15 Monate, Milchschokolade 8 bis 10 Monate und gefüllte Schokolade etwa ein halbes Jahr, vorausgesetzt sie wird fachgerecht gelagert. Schokoladenprodukte wie Trüffeln oder Ganache sind, je nach verwendeten Zutaten (roh, pasteurisiert, ultrahocherhitzt) 3 bis 15 Tage haltbar. Bei abgepackter Ware muss auf der Verpackung ein Mindesthaltbarkeitsdatum angegeben sein.

Um die Qualität von Schokolade zu bewahren, empfiehlt sich ihre Lagerung bei Temperaturen zwischen 12 und 18 °C, am besten geschützt vor Licht und Feuchtigkeit. Hochwertige Schokoladen sind daher bereits für den Handel luftdicht und dunkel verpackt. Zu warme Lagerung schlägt sich im Aussehen der Schokolade nieder: Sie läuft weißlich an, da die Kakaobutter auskristallisiert (Kakaoreif, S. 52). Man sagt dann auch »die Schokolade blüht«.

Bei größeren Hitzeperioden (über 30 °C) kann man Schokolade kurzfristig und luftdicht verpackt ins Gemüsefach legen. Zusätzlich sollte man die Schokolade in mehrere Lagen Zeitungspapier wickeln, das Feuchtigkeit gut absorbiert. Für die längerfristige Lagerung im Kühlschrank eignet sich Schokolade nicht: Der Zucker kristallisiert dabei an der Oberfläche aus und macht die Schokolade unangenehm rau.

Der Handel bietet Gourmetschokolade bereits luftdicht und dunkel verpackt an. Die hochwertige Verpackung soll dabei die Exklusivität des Produkts unterstreichen.

Schokolade verarbeiten

Die richtige Temperatur ist das A und O bei der Verarbeitung von Schokolade und Kuvertüre. Zwei Schritte sind dazu notwendig: Schmelzen und Temperieren.

Um ein Anbrennen zu verhindern, sollte klein gehackte Kuvertüre über dem Wasserbad geschmolzen werden.

DAS VERARBEITEN von Schokolade bzw. Kuvertüre ist generell nicht schwierig, erfordert allerdings – falls man ein optisch perfektes Ergebnis anstrebt – etwas Know-how und Geduld beim Schmelzen. Profis empfehlen, Schokolade generell über einem heißen Wasserbad zu schmelzen. So lässt sich ein Anbrennen verhindern und zugleich die Temperatur gut kontrollieren.

Ein Sonderfall in der Verarbeitung von Schokolade ist die Kuvertüre. Die Bezeichnung »Kuvertüre« deu-

tet schon auf die Zweckbestimmung dieser speziellen Schokolade hin: Sie wird überwiegend zum Überziehen verwendet. Die Bezeichnung »Kuvertüre« leitet sich vom französischen »couvrir« ab, das mit »bedecken, umhüllen« übersetzt werden kann. Die deutsche Bezeichnung »Überzugsmasse« hat sich allerdings nicht durchgesetzt, hingegen ist »Tunkmasse« in österreichischen Fachkreisen durchaus üblich.

Kuvertüre zum Überziehen von Pralinen und Gebäck gibt es im Handel als Block, in Tafelform, klein gehackt, als Plättchen, Callets oder Tropfen.

Kuvertüre verarbeiten

Kuvertüre ist aufgrund eines etwas höheren Fettgehalts nach dem Schmelzen wesentlich dünnflüssiger als normale Schokolade, wie sie z.B. für Tafelware verwendet wird. Ihre Konsistenz ist abgestimmt auf die Anforderungen, die an eine Schokolade gestellt werden, um sie im Wesentlichen zum Überziehen von Gebäck oder Pralinenkörpern verwenden zu können.

Für ein optimales Ergebnis darf Kuvertüre jedoch nicht nur einfach geschmolzen werden, sondern muss anschließend temperiert werden. Durch das Erwärmen beim Schmelzen – die Kuvertüre sollte dabei auf 48 bis 50 °C erwärmt werden – verliert die Kuvertüre zunächst ihre Bindung, da sich ihre Komponenten Zucker, Kakaotrockensubstanz und Kakaobutter voneinander trennen. Durch das Temperieren, das heißt, durch das anschließende Abkühlen auf etwa 26 °C (bis sie wieder anzieht) und das darauffolgende erneute Erwärmen auf exakt 32 °C werden Zucker, Kakaotrockensubstanz und Kakaobutter wieder zu einer Einheit verbunden. Damit findet die Kuvertüre nach der Verarbeitung zu ihrem Urzustand zurück: harte, glänzende Schokolade.

Profis unterscheiden beim professionellen Schmelzen und Temperieren von Kuvertüre drei Methoden: die Schmelz-, die Tablier- und die Impfmethode (S. 56 f.).

DIE SCHMELZMETHODE

Die zerkleinerte Kuvertüre wird bis zur Höchsttemperatur von exakt 28 °C (im Sommer) bzw. 32 °C (im Winter), also bis zum Schmelzpunkt der Kakaobutter, erwärmt. Sie muss nur noch durchgerührt werden und ist sofort gebrauchsfertig. Dieser Vorgang ist praktisch jedoch nur in einem ganz genau arbeitenden Temperiergerät möglich, weil in diesem Fall der Schmelzpunkt und die höchstmögliche Verarbeitungstemperatur identisch sind. Da professionelle Temperiergeräte jedoch auf die Verarbeitung größerer Kuvertüremengen ausgelegt sind, ist die Methode für den Hobbypatissier kaum anwendbar.

DIE TABLIERMETHODE

Die zweite Methode, die Tabliermethode, ist die gebräuchlichste, weil sie sehr schnell geht und für kleinere Mengen geeignet ist (Step 1 bis 4). Etwa die Hälfte der überwarmen, geschmolzenen Kuvertüre wird auf einer Marmor- oder Edelstahlplatte tabliert (tablieren = auf den Tisch nehmen), das heißt, mit Palette oder Spachtel so lange bewegt, bis sie beginnt, fest zu werden. Dann aber muss sie schleunigst zurück in die restliche warme Kuvertüre. Dieser Vorgang muss recht schnell gehen, weil die Zeitspanne zwischen Dickflüssigwerden und Erstarren relativ kurz ist. Wenn die Kuvertüre insgesamt noch nicht kalt genug ist

TABLIERMETHODE ANWENDEN

(1) Kuvertüre hacken und unter Rühren im Wasserbad schmelzen; dabei sollte das Wasser nicht kochen!

(2) Die Hälfte der geschmolzenen Kuvertüre auf eine Marmorplatte gießen und mit der Palette hin und her bewegen.

(3) Sobald sie beginnt, fest zu werden, die angezogene Kuvertüre zurück zur flüssigen Kuvertüre geben und untermischen.

(4) Step 2 und 3 wiederholen, bis die Kuvertüre auf unter 30 °C abgekühlt ist, dann behutsam auf genau 32 °C erwärmen.

(unter 30 °C, der Punkt also, bei dem die Kuvertüre beginnt, dickflüssig zu werden), muss der Vorgang wiederholt werden. Die abgekühlte Kuvertüre muss nun vorsichtig wieder erwärmt werden, bis sie 32 °C erreicht hat. Das ist ein mittlerer Wert, bei dem die Kuvertüre flüssig genug ist, um problemlos verarbeitet zu werden; 30 bis 32 °C ist die Temperaturspanne, bei der sie verarbeitet werden kann. Darunter wird sie zu dickflüssig und beim Trocknen matt; darüber trennt sich schon die Kakaobutter und die Kuvertüre muss erneut temperiert werden.

DIE IMPFMETHODE

Die dritte, die Impfmethode, ist besonders einfach, wenn man geriebene oder ganz fein gehackte Kuvertüre der gleichen Sorte bereits vorrätig hat. Diese fein zerkleinerte Kuvertüre wird in kleinen Portionen unter die geschmolzene warme Kuvertüre gerührt (Profis sprechen hierbei vom »Impfen«). Der Vorgang wird so oft wiederholt, bis die Kuvertüre deutlich dickflüssiger wird und sich die Stückchen nur noch langsam auflösen. Dann vorsichtig erwärmen, bis sie die ideale Temperatur von 32 °C erreicht hat.

IMPFMETHODE ANWENDEN

(1) Einen Teil der fein gehackten Kuvertüre über dem heißen Wasserbad schmelzen.

(2) Vom Wasserbad nehmen. Gehackte Kuvertüre unterrühren, bis die Masse dickflüssig wird.

(3) Die gesamte Kuvertüremasse vorsichtig über dem heißen Wasserbad auf 32 °C erwärmen.

Die Crème de la Crème: Schokoladentorte

An Tante Renates Geburtstag gab es immer Prinzregententorte. Das selbst gemachte, saftig-cremige Schichtwerk aus Schokoladenbuttercreme und hauchdünnen Biskuitböden war unschlagbar. Alle Cousins und Cousinen und auch die Erwachsenen rissen sich darum. Der dunkle Deckel aus Schokolade knackte unüberhörbar und sprang manchmal sogar vom Teller, wenn man mit der Gabel einen Bissen von dem Tortenstück abstach.

Die Lieblingstorte des Prinzregenten Luitpold ist in Bayern ungefähr das, was die Sachertorte in Wien ist: eine Art Nationalpatisserie. Ungeklärt bleibt, wer sie erfunden hat: der Leibkoch des Prinzregenten, Rottenhöfer, Hofbäcker Seidl oder Hofkonditor Erbshäuser. Heute besteht sie meist aus sieben Schichten Teig, entsprechend der Anzahl der bayerischen Regierungsbezirke, schließlich ist sie eine »staatstragende« Torte. Tante Renate begnügte sich mit fünf Schichten. Aber wir waren ja auch kein Staatsbesuch.

An Weihnachten gab es bei unserer Tante Rehrücken mit viel Schokolade. Einmal war Renates Freundin aus Paris zu Gast und zeigte sich über die Maßen entzückt: Den Igel, wie wir den Rehrücken wegen seiner »Stacheln« aus Mandelstiften auch nannten, identifizierte sie als »Bûche de Noël«. Bei uns kennt man das festliche Gebäck ebenfalls als »Baumstamm« (frz. Bûche), wenn er nur mit Kakao bestäubt ist; zieren ihn hingegen Schokoladenschuppen, heißt er »Tannenzapfen«. Einig war man sich sofort, dass er, egal ob als Igel, Zapfen, Rücken oder Baumstamm, zu Weihnachten gehöre, nur der Zeitpunkt des Verspeisens entsprach nicht französischem Geschmack: Der Kuchen sei ein Dessert und wir äßen ihn »deutsch«, gleich »falsch« zu Kaffee und Kuchen.

Alles, was sonst zu unserem Lieblingsrepertoire am Sonntagnachmittag zählte, enthielt Kakao oder Schokolade: Schwarzwälder Kirschtorte, Käse-Schoko- und Marmorkuchen oder Tante Renates Sachertorten-Version. Später entdeckten wir mit Dr. Oetker das süße Amerika: einfach zu machende Brownies, Cookies und schnelle Schokotorten aus der Fertigmischung, die das aufwendige Tortenbacken allmählich verdrängten.

Zu Zeiten Maria Theresias bildeten Torte und Schokolade noch kein Paar. Bis Anfang des 19. Jahrhunderts kam niemand auf die Idee, die beiden zu verbinden, denn die Techniken der Kuvertüren- und Canache-Herstellung waren noch gar nicht entwickelt. Einer der Ersten, der Schokolade zum Hauptbestandteil einer Torte machte, war der 16-jährige Karl Sacher. Weil der Chefkonditor der Hofkonditorei krank war und Fürst Metternich eine Torte für seine hohen Gäste bestellte, musste der Lehrling einspringen. Der erfand in der Not 1832 die berühmteste Schokoladentorte der Welt.

Einem Konditorlehrling verdanken wir die heiß geliebte Verbindung von Schokolade und Torten.

Überhaupt waren die k.u.k.-Konditoren eine Klasse für sich. Wien und Budapest verdankt die Welt nicht nur die wunderbare Kaffeehauskultur, sondern auch zahlreiche Klassiker der jungen Tortenkunst. Darunter befinden sich so reizvolle Gebilde wie die Dobostorte, die der Prinzregententorte ähnelt, aber mit Karamellglasur überzogen ist, die Herrentorte, die dunkle Schokolade und Himbeergeist enthält, die Trüffel-, Biedermeier- oder die herrliche Donauwellentorte aus Rührteig, Buttercreme, Kirschen und Kakao. Feststeht: Nächsten Samstag wird wieder einmal gebacken! Dann gibt es am Sonntag kein Dessert, sondern Kaffee und Kuchen mit einer selbst gemachten Schokoladentorte!

Glasuren mit Schokolade

Ob für Sacher- oder Prinzregententorte: Viele Kuchen benötigen Schokoladenglasuren. Damit sie gelingen, braucht es zweierlei: Know-how und das richtige Handwerkszeug.

OB SACHERTORTE, Prinzregententorte, Muffins oder Plätzchen: Sie überzeugen im edlen Schokoladenmantel. Doch der gelingt leider nicht jedem in gleichmäßiger Dicke, absoluter Glätte und mit Glanz. Dabei ist eine perfekte Schokoladenglasur kein Hexenwerk, sondern schlichtweg handwerkliches Können. Wie man eine Torte mit Kuvertüre überzieht, zeigt die Bildfolge rechts (Step 1, 2 und 3). Statt reiner Kuvertüre kann man auch eine zartschmelzende Canache-Glasur, Kochschokolade (S. 62) oder Schokoladenfondant (S. 63) verwenden.

Canache-Glasur

Canache, gelegentlich auch »Ganache« geschrieben, ist das Gegenstück zur knackig-festen Schokoladenglasur aus reiner Kuvertüre. Canache-Glasur wird nicht ganz hart und kann überall da eingesetzt werden, wo ihre zartschmelzende Struktur gewünscht ist, z.B. bei Torten mit weicher Füllung (Mousse) oder bei kleinen Gebäckstücken von zarter Konsistenz. Sie kann sowohl mit dunkler als auch mit heller Kuvertüre zubereitet werden und lässt sich im Kühlschrank etwa zwei Wochen bevorraten. Bei Bedarf die Canache-Glasur über dem heißen Wasserbad unter gelegentlichem Umrühren auf die optimale Verarbeitungstemperatur von etwa 30 °C erwärmen.

CANACHE (GRUNDREZEPT)

250 g Sahne • 50 g Zucker
65 g Glucosesirup (S. 182)
380 g Kuvertüre nach Wahl

1. Die Sahne mit dem Zucker und dem Glucosesirup vermischen und unter Rühren aufkochen. Den Topf vom Herd nehmen.

2. Die Kuvertüre fein hacken oder reiben. Die heiße Sahne-Zucker-Mischung nach und nach auf die Kuvertüre geben und dabei von Hand durchrühren, bis die Schokolade vollständig geschmolzen ist.

3. Die Canache bis zur homogenen Konsistenz aufmixen, dabei nur wenig Luft einschlagen. Das geht am besten, wenn Sie den Mixstab in die Glasur stellen, erst dann einschalten und ihn kreisend bewegen, ohne an die Oberfläche zu kommen.

EINE TORTE MIT KUVERTÜRE ÜBERZIEHEN

(1) Die Torte auf ein Glasier- oder Kuchengitter setzen und dieses auf Papier bzw. Folie oder ein Backblech stellen.

(2) Reichlich temperierte Kuvertüre auf die Oberfläche gießen und mit der Palette bis über den Rand verstreichen.

(3) Die Ränder gleichmäßig einstreichen und ggf. nochmals über die Oberfläche streichen, damit sie optimal glatt wird.

Glasieren mit Kochschokolade

Die auch als Konservschokolade bezeichnete Glasur aus Kochschokolade ist eine Mischung aus Kuvertüre und Zucker, die mit Wasser gekocht wird. Die geschmeidige, dickflüssige Masse lässt sich etwas leichter als reine Kuvertüre verarbeiten und ist ein Klassiker zum Überziehen so berühmter Spezialitäten wie etwa Sachertorte.

Um eine absolut glatte Oberfläche zu erhalten, sollte man die Tortenoberfläche zunächst aprikotieren, d.h., mit heißer Aprikosenmarmelade bestreichen, und diese abtrocknen lassen. Die anschließende Schokoglasur sollte nur geringfügig und vor allem sehr rasch mit der Palette verstrichen werden.

KOCHSCHOKOLADEN-GLASUR

450 g Zucker • 375 g Kuvertüre nach Wahl

1. Den Zucker und 180 ml Wasser in eine entsprechend große Kasserolle geben und zum Kochen bringen. Inzwischen die Kuvertüre hacken.

2. Die Kuvertüre in die Zuckerlösung einrühren und diese weiter auf 106 bis 110 °C bis zum »starken Faden« erhitzen (Zuckerthermometer). Ein Tropfen dieser Masse bildet dabei zwischen den Fingern einen etwas kräftigeren Faden von 5 mm Länge. Während des Kochens die Topfwand immer wieder mit einem nassen Pinsel säubern, so bilden sich keine Kristalle.

3. Die Glasur durch ein Sieb gießen. Der Topf sollte nun kleiner sein, um zu vermeiden, dass die Glasur beim Weiterarbeiten am Rand auskristallisiert und Klumpen bildet.

4. Zum Tablieren (S. 56 f.) einen Teil der Glasur auf eine Marmorplatte gießen. Die restliche Glasur mit der zweiten Hand langsam rühren, damit sich keine Haut bildet. Die Glasur mit der Palette bearbeiten. Sobald sie fester und etwas heller wird, zurück in den Topf geben, durchrühren und erneut tablieren.

5. Die Torte über ein Backblech auf ein Glasiergitter setzen und die geschmeidige, dickflüssige Glasur direkt aus dem Topf auf die Oberfläche der Torte laufen lassen. Die Glasur mit wenigen Strichen einer Palette auf der Tortenoberfläche verteilen und anschließend die Ränder einstreichen. Die Glasur fest werden lassen, ggf. unten abgelaufene Ränder mit dem Messer wegschneiden.

Am leichtesten lässt sich eine glatte Oberfläche erzeugen, wenn man die Glasur über die Petit Fours gießt und seitlich ablaufen lässt (Auffangblech oder Folie für Glasurreste darunter platzieren).

Glasieren mit Schokoladenfondant

Nach Wunsch hell- bis dunkelbraun gefärbt und mit herrlichem Glanz wird eine Glasur aus Schokoladenfondant. Fondant, den es in Fachgeschäften für Konditorei- und Confiseriebedarf zu kaufen gibt (S. 182 f.), wird dabei ohne Zugabe von Wasser erwärmt, bis er »läuft«.

SCHOKOFONDANT-GLASUR

500 g Schokoladenfondant (S. 182 f.)
Kakaopulver nach Bedarf • 40 g geschmolzene Kuvertüre • Läuterzucker nach Bedarf (S. 181)

1. Den Fondant, ohne ihn zu verdünnen, bei schwacher Hitze im Wasserbad und unter ständiger Bewegung erwärmen, bis er glatt läuft. Dann so viel Kakaopulver dazugeben und rühren, bis es gleichmäßig untergemischt und der gewünschte Farbton erreicht ist.

2. Die Kuvertüre zugießen: Sie muss vorher nur geschmolzen, nicht temperiert werden. Rühren, bis sie völlig untergemischt ist und der Fondant wieder deutlich fester wird. Dann durch Zugabe von Läuterzucker (nach und nach) die gewünschte Fließfähigkeit herstellen.

3. Die Glasur soll schön glänzen und dick vom Löffel fließen. Sie sollte nicht über 35 °C verarbeitet werden, da sie sonst nach dem Abtrocknen zu schnell ihren Glanz verliert.

Schokolade formen

Genuss in Schokolade: Effektvolle Muster und kunstvolle Formen aus Schokolade lassen sich am besten durch Aufstreichen und Ausschneiden oder Ausstechen herstellen.

ZUM FORMEN der Schokolade durch Ausschneiden oder Ausstechen muss zunächst die Kuvertüre exakt temperiert (S. 55 ff.) und anschließend möglichst dünn und gleichmäßig auf Backpapier aufgetragen werden. Damit die Linien, die beim Aufstreichen entstehen, verschwinden, hebt man das Papier an und lässt es einmal oder mehrere Male auf die Arbeitsfläche zurückfallen. So wird die Oberfläche schön glatt. Nimmt man als Unterlage statt Backpapier eine Hart-PVC-Folie, wird die Unterseite so hochglänzend wie Schokolade, die in eine Form gegossen wurde.

Dekoteile ausstechen und ausschneiden

Das Ausschneiden oder Ausstechen selbst funktioniert am einfachsten und schnellsten, wenn man die Dekoteile gleich nach dem Aufstreichen schneidet oder aussticht, solange die Kuvertüre nur leicht angezogen hat und noch nicht vollständig erkaltet ist. Das verlangt zügiges Arbeiten, wenn möglich, in einem warmen Raum mit einer ebenso temperierten Arbeitsfläche. So lässt sich die Kuvertüre ohne angewärmte Messer oder Ausstecher bearbeiten. Bei der völlig ausgekühlten Kuvertüre muss sie mit einem erwärmten Messer oder Ausstecher langsam durchgeschmolzen werden, weil sie sonst brechen würde. Um glatte Schnittkanten zu erhalten, sollten Messer oder Ausstecher nach jedem Schritt gesäubert werden.

Ringe, Tropfen, Bänder

Wie füllbare Schokoladenkreationen, z.B. Tropfen, hergestellt werden, zeigt die Bildfolge unten (Step 1 und 2). Dazu wird temperierte Kuvertüre auf einen in passender Größe zugeschnittenen Folienstreifen aufgestrichen und mithilfe der Folie geformt, solange die Schokolade noch flexibel, d.h. nicht völlig erstarrt ist. Auf gleiche Art lässt sich beispielsweise auch ein Schokoladenstreifen in einem Stück um den Rand einer Torte legen oder es lassen sich füllbare Schokoladenringe gestalten. Nach dem Erstarren der Schokolade muss lediglich noch die

TROPFENFORM HERSTELLEN

(1) Folienstreifen in der gewünschten Größe zuschneiden, ggf. mehrere nebeneinanderlegen. Mit temperierter Kuvertüre bestreichen.

(2) Die Kuvertüre leicht anziehen lassen, dann den Streifen abheben und zum Tropfen formen. Erstarren lassen und Folie abziehen.

Folie abgezogen werden. Am besten dazu Einweghandschuhe tragen, um keine Abdrücke zu hinterlassen.

Schokoladendekorationen, wie die beschriebenen füllbaren Tropfen oder Ringe, lassen sich bestens auf Vorrat herstellen. Man kann auch für den aktuellen Bedarf kleinere Flächen mit auf Papier oder Folie ausgestrichener Schokolade bevorraten. Sie sollten allerdings weitestgehend plan liegen bleiben. Große Flächen auf Papier wölben sich durch die beim Erstarren der Schokolade entstehende Spannung stark nach oben und lassen sich dann nur schwer weiterverarbeiten.

ZWEIFARBIGE WELLEN GESTALTEN

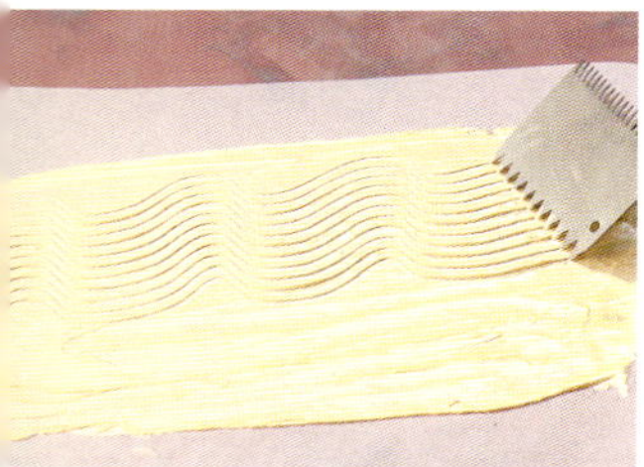

(1) Temperierte weiße Kuvertüre auf Backpapier streichen und einen Garnierkamm wellenförmig durchziehen.

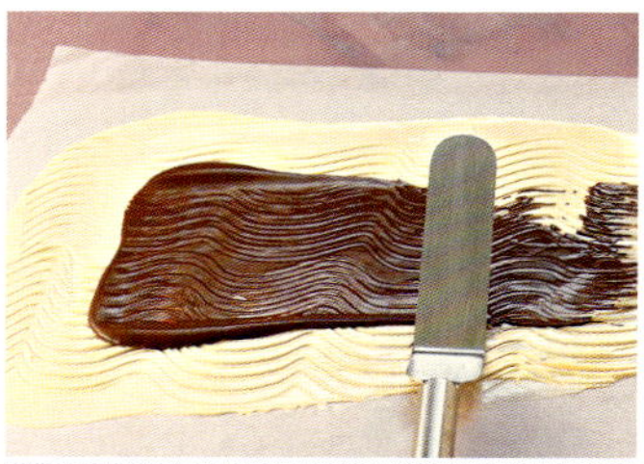

(2) Dunkle temperierte Kuvertüre darübergießen und dann rasch mit einer Winkelpalette glatt streichen.

(3) Das Papier seitlich anheben und zurück auf die Arbeitsfläche fallen lassen, damit sich die Kuvertüre gut verteilt.

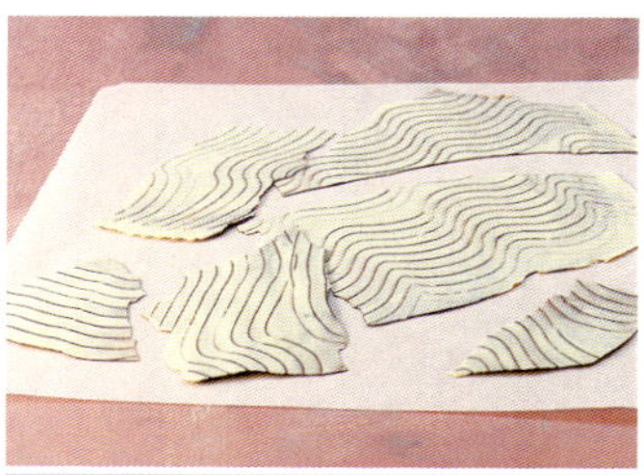

(4) Die Kuvertüre leicht anziehen lassen und nach Belieben ausstechen oder fest werden lassen und in Stücke brechen.

Gestaltungsbeispiele

Durch das Auftragen der temperierten Kuvertüre in zwei unterschiedlich farbigen Schichten lassen sich interessante Schokoladeneffekte erzielen. Die Verwendung solcher Dekorationen ist vielfältig, und wenn diese Schokoladenstreifen etwas dicker aufgestrichen werden, können sie, mit einem Messer in Täfelchen geschnitten, pur genossen werden.

WELLEN UND STREIFEN

Für gestreiften Schokoladendekor zunächst eine Schicht möglichst dickflüssiger temperierter Schokolade in Form eines Streifens auf Backpapier oder auf Folie streichen; Letzteres ergibt eine hochglänzende Fläche. Dickflüssig soll die erste Schicht deshalb sein, damit sie nach dem »Kämmen« nicht wieder zerfließt. Für Wellen die aufgestrichene Kuvertüre mit einem sogenannten Garnierkamm (Konditorei- und Confiseriebedarf, S. 180 und 182 f.) in gewellte Streifen ziehen, wie es in der Bildfolge gezeigt wird (S. 66, Step 1). Die Breite der Streifen wird von der Zackenbreite des Garnierkamms bestimmt, die Stärke lässt sich durch die Neigung des Garnierkamms beeinflussen.

Nachdem die Kuvertüre etwas angezogen hat, werden die Zwischenräume mit einer dünnflüssigen, farblich kontrastierenden Kuvertüre aufgefüllt und mit einer Palette oder Teigkarte glatt gestrichen (S. 66, Step 2, 3). Anschließend nach Belieben Täfelchen ausschneiden oder Formen ausstechen (S. 66, Step 4).

Gerade Streifen statt Wellen lassen sich am besten ziehen, indem man seitlich eine Leiste anlegt und den Garnierkamm daran entlangführt.

MARMORIERUNG

Für einen Marmoreffekt zwei unterschiedliche Kuvertüren schmelzen und temperieren. Die erste auf Backpapier oder Folie auftupfen, die zweite in Streifen oder flächig daraufgießen (Step 1) und dann sofort mit einem Holzstäbchen in mehreren Linien nebeneinander längs durch die Schokolade fahren (Step 2). Leicht anziehen lassen und anschließend nach Belieben Formen ausschneiden oder ausstechen.

MARMORIERUNG HERSTELLEN

(1) Mit einem Pinsel (Kunststoff) weiße temperierte Kuvertüre auf Backpapier oder Folie tupfen. Leicht anziehen lassen, dann die temperierte Kontrastkuvertüre daraufgießen.

(2) Ein Holzstäbchen oder einen feinen Garnierkamm mehrfach durch die Schokolade ziehen, bis eine Marmorierung entsteht. Anziehen lassen und Formen ausschneiden.

Nach Brüssel – der Pralinen wegen

Der Maître ist nicht zu sprechen, Fotografieren im Geschäft nicht erlaubt. Ohne Termin mit der Pressestelle geht nichts: Pierre Marcolini, amtierender Gott im Schokoladen-Pralinen-Himmel, ist nicht zu greifen. Dabei sind wir extra der Pralinen wegen nach Brüssel gereist, wo man statistisch gesehen am meisten Pralinen weltweit verspeist. Also kaufen wir wenigstens ein Assortiment der aktuellen Kollektion »Marcolini Evolution«.

In dieser Welt werden Pralinen wie Preziosen behandelt und wie beim Juwelier präsentiert: hier ein Rosen-Rahm-Pralinchen, dort ein Himbeerherzchen, hier ein dunkles Schokowürfelchen mit Bergamottentee, dort ein Grand-Cru-Edelsteinchen aus javanischem Spitzenkakao. Wie Schmuckstücke funkeln sie in den verglasten Vitrinen in der Wand. Der Meister setzt auf Kleinstportionen und beweist mit Leichtigkeit, dass sechs Gramm Genuss schwerer wiegen können als mundfüllende, belgische »20-Grämmer«.

Die moderne Praline ist leicht. Sie wird wie eine Preziose behandelt, präsentiert und genossen.

Seine Kunst hat den italienischstämmigen Pralinenmeister zum vielbeschäftigten Unternehmer gemacht. Vielleicht erschafft er gerade eine neue Frühjahrs- oder Herbstkollektion. Oder er jettet auf der Suche nach noch erleseneren Zutaten oder zur Eröffnung weiterer Filialen um die Welt. In Paris, London, Kuwait, Tokio, New York und Belgien hat er ja schon welche. Oder berät er gerade in Zürich einen Schokokonzern darin, wie man höchste Maßstäbe und neueste Trends setzt? Bei Nestlé war er schon. Und nebenbei hat er sich noch einen Weltmeister- und zwei Vizetitel in der Disziplin Patisserie-Confiserie-Chocolaterie geholt.

EINE GALERIE FÜR KONFEKT

Den ersten Laden, heute sein »Flagshipstore«, eröffnete Marcolini Ende des letzten Jahrhunderts an der Place du Sablon. Dort, wo Brüssels süßes Herz schlägt und renommierte belgische Pralinenmacher – Godiva, Neuhaus, Wittamer – ihren Sitz haben. Galler, Corné-Port Royal, Mary, Leonidas, Dandoy u.a. sind auch nicht weit. Das bildschöne Originalgeschäft von Jean Neuhaus, dem offiziellen Erfinder der Praline – eine Vorläuferin wurde im 17. Jahrhundert vom Koch des Grafen du Plessis-Praslin kreiert –, befindet sich in der Brüsseler Galerie de la Reine, der ersten monumentalen Verkaufspassage in Europa, Mitte des 19. Jahrhunderts im Neo-

renaissance-Stil erbaut. Dort gründete der aus der Schweiz eingewanderte Apotheker eine Confiserie pharmaceutique, in der er Bitterschokolade als Medizin verkaufte. Sein Enkel fertigte 1912 die ersten Pralinen serienmässig an. Rasch wurden Neuhaus' Caprices, Manons oder Othellos so begehrt, dass Gattin Louise dafür eine spezielle Verpackung, die Ballotins, ersann. Etwa gleichzeitig etablierte sich an der Place du Sablon die Boulangerie Wittamer, die später eine Patisserie, dann eine Chocolaterie und schließlich ein Hoflieferant für Pralinen wurde. Hier hat Marcolini gearbeitet, bevor er schräg gegenüber selbst zu Werke schritt. Doch auch bei Wittamer erfahren wir über das Geheimnis einer guten Praline nichts.

Einer, der kein Freund der traditionellen, schweren Sahne-Butter-Pralinen ist und dafür auf Marcolinis neuer, leichter Linie liegt, verrät uns mehr. Für Peter Hauptmeier, Konditor in Bremen sowie Patisserie-Autor, Pralinen- und Dessertspezialist, besteht der Reiz der neuen Edelpralinen darin, dass sie dank Füllungen aus Fruchtmus leichter und mit Ölen, Kräutern und Gewürzen sehr raffiniert aromatisiert sind. »Sogar Olivenöl und Balsamico vertragen sich hervorragend mit Kakao. Wichtig ist nur, dass die Schokolade der Hauptakteur bleibt und alle anderen Aromen Nebenrollen spielen.« Deshalb würden immer weniger der begabten jungen Chocolatiers Pralinen mit Alkohol füllen, weil der mit der Schokolade konkurriere. »Bei Konsumschokolade ist das egal, bei dunkler Edelschokolade nicht. Für Kenner kommt sowieso nichts anderes infrage. Obwohl auch Pralinen aus weißer Schokolade, mit Estragon und Curry gewürzt, oder aus Milchschokolade, mit einem Hauch Muskat und Orangenöl verfeinert, ausgezeichnete Kombinationen sind.«

Dekorieren mit Schokolade

Ob Spritzdekor, Blätter, Röllchen, Späne oder Fächer: Dunkle, helle und weiße Schokolade ist ein attraktives Garniermaterial für Patisserie, Confiserie und Desserts.

MIT SCHOKOLADE lässt sich nicht nur exquisit kochen oder Backwerk glasieren, sondern auch vielfältiges Schokoladendekor gestalten. Sie lässt sich zu filigranen Dekorelementen spritzen, zu Fächern oder Röllchen formen, zu Spänen raspeln oder hobeln und darüber hinaus in allerlei Formen gießen. Für die Dekorationstechniken eignen sich alle

Kuvertüresorten, vorausgesetzt, sie wurden gut temperiert.

Späne und Raspel

Ob grobe Späne oder feine Raspel: Beide sind einfach herzustellen. Für Späne von einem Kuvertüreblock mit einem scharfen Messer hauchdünne Späne abschaben. Das Messer dabei nicht schräg halten, sonst brechen ganze Stücke heraus.
Für feine Schokoladenraspel einfach den Kuvertüreblock oder die Schokolade auf einer Rohkostreibe hobeln. Am besten direkt auf die Torte raspeln, so lassen sich die Schokoladenspäne ganz einfach verteilen, oder die Späne mit einer Palette aufnehmen und dann verteilen.

Schokoladenblätter

Naturgetreu geformte Schokoladenblätter sind einfach herzustellen (Step 1 und 2), und als Hilfsmittel sind nur interessant geformte, frische Blätter nötig. Sie sollten von kräftiger Struktur sein, denn weiche Blätter lassen sich nur schwer über die Schokoladenoberfläche ziehen und fast gar nicht bepinseln. Am besten eignen sich Buchen-, Lorbeer-, Wein- und Rosenblätter sowie Blätter von Zitrusbäumen.

Ungeeignet sind alle Blätter, die feine Härchen auf der Oberfläche haben, denn sie lösen sich gar nicht oder nur mit Mühe von der Schokolade. Die Blätter sollten frisch geerntet werden, dann besitzen sie die kräftigste Konsistenz. Sie werden mit einem feinen Tuch oder mit Watte sauber abgerieben und dann in die Kuvertüre getaucht oder damit bepinselt. Achten Sie darauf, dass möglichst keine Kuvertüre über den Blattrand auf die Rückseite läuft, da sich die Blätter an diesen Stellen später nur sehr schwer vom Schokoladenabguss lösen.

SCHOKOLADENBLÄTTER HERSTELLEN

(1) Die Blätter trocken abreiben. Mit einem Pinsel temperierte Kuvertüre auf die Blattunterseite streichen.

(2) Im Kühlschrank 15 Minuten fest werden lassen, dann die Blätter am Stiel fassen und behutsam abziehen.

LANGE RÖLLCHEN HERSTELLEN

(1) Die Kuvertüre mit einer Palette dünn auf einer Marmorplatte verstreichen, bis sie geschmeidig weich und die Oberfläche matt wird.

(2) Dann einen sauberen, trockenen Spachtel im flachen Winkel ansetzen und die Kuvertüre von der Marmorplatte schaben.

KURZE RÖLLCHEN HERSTELLEN

(1) In die aufgestrichene Kuvertüre mit dem Spachtel gleichmäßig breite Streifen einritzen. So lassen sich beliebig lange Röllchen formen.

(2) Mit dem Spachtel die Kuvertüre parallel zu den Streifen abschaben, durchkühlen und die Röllchen beliebig auseinanderbrechen.

Locken und Röllchen

Kleine Schokoladenlocken zur Dekoration (S. 73, Step 1, 2 und 3) gelingen auch weniger Geübten leicht: Hierfür wird die Schokolade mit der Klingenspitze eines fest stehenden Sparschälers direkt von der angewärmten Tafel geschabt.
Die Herstellung kurzer oder langer Schokoladenröllchen – in den Bildfolgen links dargestellt (jeweils Step 1 und 2) – verlangt dagegen einige Übung, da die Zeitspanne, in der sich die Kuvertüre optimal zu Röllchen verarbeiten lässt, relativ kurz ist. Deshalb sollte man nur kleine Flächen aufstreichen, und sowohl die Marmorplatte als auch der Raum sollten idealerweise temperiert sein (auf etwa 18 bis 24 °C).

Fächer formen

Für Fächer kann man die Schokolade in zwei verschiedenen Techniken ausstreichen: Bei der ersten Methode wird die Kuvertüre mit neutral schmeckendem Öl (z.B. Soja- oder Distelöl) oder Nougatmasse geschmeidig gemacht und dann verarbeitet. Die Menge des beigegebenen Öls oder Nougats ist abhängig von der verwendeten Schokoladenqualität und der Temperatur des Raums

SCHOKOLADENLOCKEN HERSTELLEN

(1) Die Unterseite einer Schokoladentafel mit dem Föhn anwärmen und 1 bis 2 Minuten ruhen lassen.

(2) Die Schokolade schräg aufstellen und mit der Klingenspitze eines Sparschälers Röllchen abschaben.

(3) Die fertigen Röllchen am besten mit der Palette abnehmen, auf Backpapier ablegen und anschließend kalt stellen, bis sie vollständig erhärtet sind.

sowie der Marmorplatte: Je kälter beides ist, desto mehr Fett wird benötigt. Die gemischte Kuvertüre auf 30 bis 33 °C temperieren, auf eine Marmorplatte streichen, nach dem Anziehen mit einem Spachtel glätten und mit der Handfläche leicht verreiben (»polieren«).

Die etwas rationellere »Profimethode« sieht vor, dass die unverdünnte Kuvertüre auf 40 °C temperiert wird und mit einer kleinen Malerwalze aus Kunststoff auf ein auf 50 °C temperiertes glattes, sauberes Backblech (53 x 65 cm) gestrichen wird (150 g pro Blech). Im Kühlschrank mindestens 1 Stunde (oder auch länger) kühlen und dann bei etwa 22 °C stehen lassen, bis die Schokolade sich formen lässt, ohne zu brechen.

Zum Herstellen der Fächer den Spachtel an der Breitseite der Schokoladenfläche ansetzen. Mit Daumen und Zeigefinger der linken Hand die Spachtelecke fassen und mit der rechten Hand den Fächer nach vorn schieben. Durch das Bremsen der Schokolade auf der linken Seite entstehen die Fächerfalten. Die Schokoladenfächer sofort als Dekor z. B. auf einer Torte anbringen oder auf Folie ablegen.

Schokodekor spritzen

Mit der Spritztüte (Papiertüte) garnieren gehört zu den schnellen und relativ einfachen Dekorationstechniken. Wie man eine Papierspritztüte herstellt, zeigt die Bildfolge unten (Step 1 bis 4); es gibt jedoch im Handel Spritztüten aus Kunststoff auch fertig zu kaufen (S. 182 f.).

Die einfachsten Dekorationen sind Tupfen. Dafür das Backpapier auf eine Tortenscheibe oder ein Blech legen, temperierte Kuvertüre in die Tüte füllen und die Tupfen mit Abstand – sie sollen ja verlaufen – auf das Backpapier aufspritzen. Mit dieser Technik lassen sich auch Tupfen zu Blumen zusammenfügen.

Für filigranes Dekor (S. 75, obere Bildfolge, Step 1, 2 und 3) wird die Kuvertüre mit wenigen Tropfen Läuterzucker vermischt; dies macht sie etwas zäher, damit der Faden beim Spritzen nicht so leicht abreißt. Die Industrie hat dafür auch spezielle Spritzglasuren entwickelt (S. 182 f.). Beim Spritzen sollte man immer 1 bis 2 cm mit der Tüte über dem Papier bleiben. Komplizierte Ornamente zeichnet man auf Papier vor, legt Folie oder transparentes Backpapier darüber und fährt die Formen mit der Tüte nach. Beim Abnehmen der filigranen Ornamente – sobald diese verfestigt sind – muss größte Behutsamkeit walten, da sie leicht zerbrechen. Um dies zu vermeiden, gibt es einen Trick, der allerdings voraussetzt, dass man das Ornament bereits relativ frei, d.h.

PAPIERSPRITZTÜTE HERSTELLEN

(1) Ein Dreieck aus Pergamentpapier zur Spitztüte eindrehen. Die Spitze muss vollständig geschlossen sein.

(2) Das oben überstehende Papierende nach innen falten und damit die Tüte in ihrer Form fixieren.

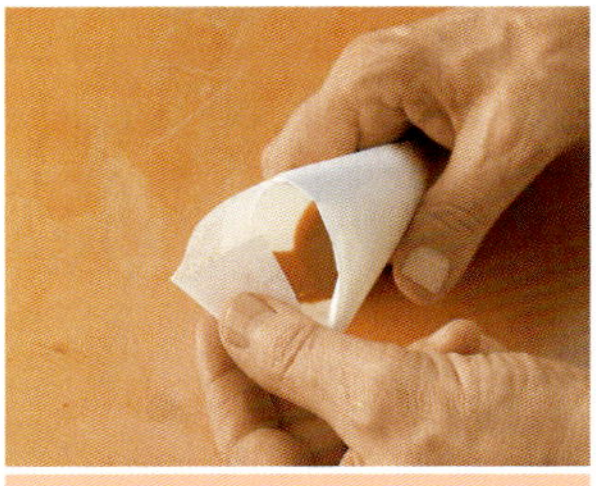

(3) Spritzmasse einfüllen, oberen Papierrand von außen nach innen einfalten, dabei die Naht der Tüte festhalten.

(4) Die Spitze der Tüte abschneiden. Die Größe der Öffnung bestimmt die Stärke des Spritzfadens.

ohne untergelegte Vorlage, spritzen kann: Einfach die temperierte Kuvertüre mit der Spritztüte auf ein glattes Bett aus feinem Zucker spritzen. Die Ornamente lassen sich nach dem Verfestigen leicht aus dem Zuckerbett heben.

Auch für zweifarbige Sternchen (untere Bildfolge, Step 1, 2 und 3) wird die Form vorgezeichnet. Die Umrandung wird mit Kuvertüre aufgespritzt, das Innere mit Kontrastkuvertüre ausgefüllt, die mit Kakaobutter verdünnt wurde.

FILIGRANES DEKOR SPRITZEN

(1) Ornamente, Blüten o. Ä. auf Papier vorzeichnen und mit einer Folie abdecken.

(2) Temperierte Kuvertüre mit einer Spritztüte zügig in runden Bewegungen aufspritzen.

(3) Die Kuvertüre fest werden lassen. Anschließend die Ornamente vorsichtig abheben.

ZWEIFARBIGE STERNCHEN SPRITZEN

(1) Sternchen auf Backpapier vorzeichnen, Papier umdrehen, weiße Kuvertüre aufspritzen.

(2) Mit dunkler Kuvertüre (mit etwas Kakaobutter verdünnt) den Innenraum ausfüllen.

(3) Das Papier einmal ruckartig bewegen, damit die Kuvertüre breit läuft. Fest werden lassen.

Schokoladenkörper gießen

Für Anfänger und Profis: Das Ausgießen von Schokoladenformen reicht von einfachen Pralinenschalen bis zu Arbeiten für Fortgeschrittene, wie etwa dreidimensionale Figuren.

OSTEREI UND Weihnachtsmann sind die bekanntesten, doch mit Kuvertüre lassen sich auch andere Formen gießen. Die Technik des Schokoladengießens ist nicht weiter schwierig, wenn man eine wirklich exakt temperierte Kuvertüre verwendet (S. 55 ff.). Das trifft für alle Kuvertüresorten zu, für die bittere genauso wie für die Milchkuvertüre und die weiße Kuvertüre.

Saubere Formen

Darüber hinaus hängt ein gutes Resultat beim Schokoladengießen von einwandfreien Formen ab. Sie müssen absolut sauber sein, denn an der geringsten Verunreinigung würde die Kuvertüre haften bleiben und der Hohlkörper käme mit Flecken aus der Form oder ließe sich nur schwer herauslösen und würde zerbrechen. Deshalb ist es wichtig, dass die Formen sorgfältig gewaschen und nach dem Abtrocknen zusätzlich mit Watte oder einem feinen Vlies auspoliert werden.
Die im Handel angebotenen Gießformen für Schokolade sind vielfältig (S. 182 f.). Ob Tafel- oder Pralinengießform: Wichtig ist, dass die Innenfläche der Form völlig glatt ist und sich die Form nicht nach oben verengt. Der Schokoladenkörper muss sich also wieder herausheben lassen. Am besten sind Formen aus Kunststoff. Solche Schokoladenschalen lassen sich in der Patisserie und Confiserie vielfältig einsetzen. Dazu gehören auch die Pralinenformen (Hülsen und Hohlkörper), wie sie in der Confiserie verwendet werden.

Ausgießen und Auslösen

Wie man mit Schokolade Formen gießt und diese herauslöst, zeigt die Bildfolge (S. 77, Step 1 bis 5). Die Stärke der Schokoladenwandung ist beim Ausgießen vom Flüssigkeitsstadium der temperierten Kuvertüre

abhängig. So kann es durchaus nötig sein, die Form zweimal auszugießen, wenn man einen besonders stabilen Hohlkörper wünscht, wie etwa bei Figuren. Dazu die erste Schicht etwas anziehen lassen und dann den Gießvorgang wiederholen.
Die Schokoladenformen lassen sich aus den Gießformen lösen, sobald sich beim Erstarren Luft zwischen die Figur und die Form schiebt; dieser Vorgang ist besonders deutlich bei transparenten Formen zu erkennen. Die Figuren dann behutsam aus der Form stürzen und ggf. mit (Einweg-)Handschuhen verarbeiten, um Fingerabdrücke auf den Schokoladenformen zu vermeiden.

PRALINENHOHLKÖRPER SELBST HERSTELLEN

(1) Kuvertüre in die Form gießen, überlaufende Kuvertüre abstreifen. Die Form rütteln und aufstoßen.

(2) Die Form mit Schwung umdrehen und die Kuvertüre herauslaufen lassen, bis sie nur noch leicht tröpfelt.

(3) Die Form mit den Öffnungen nach unten auf Leisten ablegen und die Kuvertüre erstarren lassen.

(4) Sobald die Kuvertüre etwas angezogen hat, die überstehenden Ränder mit einem Spachtel abschaben.

(5) Sobald sich Luft zwischen die Gießform und die gegossenen Formen schiebt, die Hohlkörper durch kurzes Aufstoßen auf eine Unterlage aus der Form stürzen.

Pralinen herstellen

Köstliches Konfekt in der eigenen Küche herzustellen, ist ein Akt der Leidenschaft und des Genusses – vorausgesetzt man beherrscht das Einmaleins der Pralinenherstellung.

KUGELN, HERZEN, Quader und mehr: Die Form von Pralinen kann variieren, abhängig von der Masse, die verarbeitet wird.

Cremes und weiche Canache kann man in Hohlkörper füllen, die sich selbst herstellen lassen (S. 76 f.) oder auch fertig zu kaufen sind (S. 182 f.). Eine festere Canache oder Masse (z.B. Marzipan) lässt sich spritzen, in Ecken schneiden oder zwischen den Handflächen zu Kugeln rollen. Fast immer werden die Pralinen anschließend mit Schokolade komplett überzogen, Hohlkörper werden mit Kuvertüre verschlossen. Profis gießen dazu eine Schicht temperierte Kuvertüre über die in einer passenden Pralinenform liegenden, gefüllten Hohlkörper (Pralinenlage), lassen das Zuviel an Schokolade ablaufen und schaben anschließend überstehende Reste der leicht angezogenen Kuvertüre mit einer langen Palette von der Pralinenlage ab.

Konfekt mit »Stacheln«

Um Trüffeln das typische Aussehen mit kleinen Stacheln zu verleihen, werden sie »geigelt«. Zur Vorbereitung die gefüllten Hohlkugeln (bis 2 mm unter den Rand füllen) mit Kuvertüre verschließen und kalt stellen. Nach dem Trocknen des Schokoladenverschlusses etwas temperierte Kuvertüre, die mit einigen Tropfen eines neutral schmeckenden Öls angereichert wurde, zwischen den Handflächen verreiben, die Trüffel darin rollen und auf Backpapier abrollen lassen (Step 1). Durch den sehr dünnen Schokoladenüberzug haftet der anschließende Schokoladenüberzug besser. Dazu taucht man die Trüffel einzeln mithilfe einer Trüffelgabel in temperierte Kuvertüre und legt sie auf einem Trüffelgitter ab (Step 2). Nach kurzem Anziehen kann der Trüffel mithilfe einer Trüffelgabel auf dem Gitter umhergerollt werden (Step 3). Dadurch entstehen die charakteristischen Spitzen. In der Regel können etwa 5 Trüffel getaucht werden, bevor der Erste »geigelt« werden kann. Nachdem alle Trüffel geigelt wurden, mit einer Hand unter das Gitter fassen und die Trüffel vorsichtig von unten nach oben drücken. Damit wird verhindert, dass beim direkten Abheben vom Gitter die Trüffelpraline zerstört wird.

TRÜFFEL »IGELN«

(1) Die gefüllten Hohlkugeln zwischen den mit Kuvertüre befeuchteten Händen rollen und auf Backpapier setzen.

(2) Die vorbereiteten Trüffel mit einer Trüffelgabel in die Kuvertüre tauchen und auf einem Trüffelgitter ablegen.

(3) Kuvertüre kurz anziehen lassen, dann die Trüffel mit der Trüffelgabel auf dem Gitter rollen, bis sie Spitzen haben.

REZEPTE

Mit Schokolade kochen ...

... und pikante
Gerichte genießen

Pikante Gerichte

Wer denkt, Schokolade eigne sich nur für Süßes, irrt. Auch pikante Gerichte von Vorspeisen über Zwischengerichte bis zu Hauptgängen harmonieren mit Kakao und Schokolade.

DUNKLES Schokoladeneis, Milchschokoladensabayon oder weiße Schokoladenmousse kennen echte Schokoladenfans schon lange. Pikante Gerichte mit Kakao und Schokolade gehören dagegen zu den ausgefalleneren Rezeptideen kreativer Köche. Am bekanntesten ist dabei die Veredelung feiner Saucen zu dunklem Fleisch mit einem Stück Bitterschokolade. Doch das pikante Kochen mit Kakao und Schokolade hat kaum Grenzen, wie die Gourmetrezepte in diesem Kapitel zeigen: Ob zu Geflügel, zu hellem oder dunklem Fleisch, zu Wild, Lamm oder zu Fisch und Meeresfrüchten – es kommt nur darauf an, die richtige Art von Schokolade einzusetzen und diese optimal zu dosieren, dann ist das Ergebnis so überraschend wie fein. Dabei muss es sich gar nicht um komplizierte Gerichte handeln. Relativ einfach herzustellen sind beispielsweise Kakaonudeln.

KAKAONUDELN

Für 4 Portionen 75 g italienisches Nudelmehl (Typo 00) mit 160 g Hartweizengrieß und 15 g Kakao sowie ½ TL Salz vermischen. 1 Ei und 5 Eigelbe gründlich miteinander verquirlen und mit der Mehl-Grieß-Kakao-Mischung zu einem festen Teig verarbeiten (ggf. noch ein wenig Wasser zugeben).
Den Teig in Folie einschlagen und 30 Minuten ruhen lassen. Anschließend mit einer Nudelmaschine zu dünnen Bandnudeln der gewünschten Breite verarbeiten. Die Nudeln in ausreichend kräftig gesalzenem Wasser mit 20 g Kakao kochen, bis sie an der Oberfläche schwimmen. Sie passen sehr gut zu Wild- oder Hasenragout sowie – für Liebhaber der vegetarischen Küche – zu Wirsinggemüse mit Steinpilzen.

Harmonie aus süß, salzig und bitter

Durch Fermentation verwandeln sich Säure und Bitterstoffe aus Kakaobohnen in Aromastoffe, die die Schokolade perfektionieren, aber auch mit Pikantem harmonieren.

Gorgonzola-Schokoladentrüffel

ZUBEREITUNGSZEIT ca. 2 Std.

ZUTATEN
30 g Quittenmostarda (S. 182; oder Feigensenf)
200 g Gorgonzola crema oder dolce • Salz
Zucker • 30 kleine Schokoladenhohlkörper (zartbitter; S. 182 f.) • 150 g geröstete Pinienkerne • 200 g Kuvertüre (mind. 55 % Kakao)
20 g Kokosfett • Spritzbeutel mit Lochtülle

1. Die Quitten klein schneiden, mit Gorgonzola verrühren, mit Salz und Zucker abschmecken und mit dem Spritzbeutel in die Schokoladenhohlkörper füllen. Die Pinienkerne hacken. Die Kuvertüre hacken, ein Drittel über dem heißen Wasserbad schmelzen und in eine kleine Spritztüte füllen.

2. Die gefüllten Schokoladenkugeln jeweils mit etwas Kuvertüre verschließen und etwa 30 Minuten tiefkühlen. Die restliche Kuvertüre mit dem Kokosfett schmelzen und exakt temperieren (S. 55 f.). Die Trüffel mit der Pralinengabel durch die Kuvertüre ziehen, abtropfen lassen, in den Pinienkernen rollen und zum Trocknen auf Alufolie legen.

SERVIERTIPP Reichen Sie die Gorgonzola-Schokoladentrüffel als Amuse-Gueule leicht gekühlt zu einem Glas Portwein oder Banyul.

Helles Amuse-Gueule

Stellen Sie die Trüffelmasse her, wie links beschrieben. Die Masse in einen Eiswürfelbehälter geben und tiefkühlen. Inzwischen 75 g Haselnüsse rösten, die Haut abreiben und die Nüsse hacken. Lösen Sie die Trüffelmasse aus dem Eiswürfelbehälter, tauchen Sie sie in temperierte Vollmilchkuvertüre und legen Sie sie nach kurzem Abtropfen zum Trocknen auf Alufolie. Bevor die Schokolade ganz fest wird, die Pralinen mit den Nüssen bestreuen.

S. 15
WARENKUNDE Kuvertüre

S. 74
KÜCHENPRAXIS
Papierspritztüte herstellen

Fenchel-Orangen-Salat mit Kakaovinaigrette

ZUBEREITUNGSZEIT ca. 30 Min.

ZUTATEN
4 Scheiben Serranoschinken • 400 g Fenchel • 4 Orangen 2 Schalotten • 30 ml Olivenöl nach Bedarf • 1 g Safranfäden • 10 g Kakao (leicht entölt) • 1 EL Orangenblütenhonig (oder Blütenhonig) • 1 TL Aceto balsamico • Salz

1. Den Schinken in Streifen schneiden. Den Fenchel putzen und in sehr feine Streifen schneiden. 2 Orangen auspressen, den Saft beiseitestellen, die anderen beiden Orangen filetieren. Die Schalotten schälen und in feine Streifen schneiden.

2. Den Fenchel in heißem Olivenöl kurz anbraten, Schalotten und Safranfäden dazugeben, mit zwei Dritteln des Orangensaftes ablöschen und etwa 5 Minuten bei kleiner Hitze garen. Anschließend das Fenchelgemüse herausnehmen, abkühlen lassen und mit den Orangenfilets mischen.

3. Den Bratfond in der Pfanne mit Kakao und Honig vermengen und kurz aufkochen. Mit Essig und dem restlichen Orangensaft ablöschen, mit Salz abschmecken. Die Konsistenz der Vinaigrette sollte homogen und sämig sein, notfalls noch einige Tropfen Olivenöl unterrühren.

SERVIERTIPP Richten Sie den Fenchel-Orangen-Salat auf kleinen Tellern an, beträufeln Sie ihn mit der Kakaovinaigrette und bestreuen Sie ihn mit den Schinkenstreifen.

S. 36 f.
WARENKUNDE Kakao

Geschmorter Chicorée in Schokoladensauce

ZUBEREITUNGSZEIT ca. 1 Std.

ZUTATEN
4 Chicoréeköpfe (400 g) • 4 Schalotten
3 Möhren (200 g) • 1 Petersilienwurzel
75 g Zucker • 300 ml Weißwein
300 ml Gemüsefond (Glas) • 25 g Schokolade (75 % Kakao) • 3 EL alter Aceto balsamico • Salz • Speisestärke zum Binden • 4 Scheiben Lardo (oder luftgetrockneter Speck)

1. **Chicorée waschen**, halbieren und den Strunk keilförmig herausschneiden. Schalotten, Möhren und Petersilienwurzel schälen und alles fein würfeln. Den Backofen auf 180 °C (Ober-/Unterhitze) vorheizen.

2. **In einer ofenfesten Pfanne** den Zucker hellbraun karamellisieren, die Gemüse- und Schalottenwürfel dazugeben und unter Rühren weiter karamellisieren, bis das Gemüse Farbe annimmt. Mit Wein und Gemüsefond ablöschen, den Chicorée dazugeben, mit Alufolie abdecken und im vorgeheizten Backofen etwa 40 Minuten schmoren.

3. **Den Chicorée** aus dem Gemüsesud heben und warm stellen. Den Gemüsesud durch ein Sieb gießen, die Flüssigkeit auffangen und um etwa ein Drittel reduzieren. Inzwischen die Schokolade hacken.

4. **Die Sauce** mit Essig und Salz abschmecken, die Schokolade hinzugeben und das Ganze aufkochen. Anschließend die Sauce nach Belieben mit wenig in kaltem Wasser angerührter Stärke binden. Den Lardo in einer Pfanne ausbraten.

SERVIERTIPP Übergießen Sie den Chicorée mit der Schokoladensauce und verteilen Sie den Lardo darauf.

Schokoladen-Nuss-Millefeuille mit asiatischem Gemüse

Diese Vorspeise präsentiert Schokolade einmal ganz anders: als zarte Schoko-Nuss-Blätter vereint mit Asia-Gemüse.

ZUBEREITUNGSZEIT
ca. 3 Std. 40 Min.

FÜR DIE SCHOKOLADEN-NUSS-MILLEFEUILLE
70 g flüssige Butter • 50 g Puderzucker
1 EL Glucosesirup (S. 182 f.) • 55 g Mehl
1 TL Kakao • 1 Msp. Ingwerpulver
80 g gehackte geröstete Haselnüsse

FÜR DAS ASIATISCHE GEMÜSE
1–2 Köpfe Pak Choi (200 g) • 1 Möhre (80 g) • 20 g Zuckerschoten • 1 TL gehackte Haselnüsse • 1 EL Haselnussöl (oder Arganöl) • 4 Shiitake-Pilze (20 g)
1 EL Reisessig • 1–2 EL Fischsauce
1 TL Limettensaft • 4 Mini-Mais (blanchiert) • Salz • 1 Prise Zucker • 50 g Erbsensprossen (oder Sojasprossen)
1 rote Chilischote • 10 Blättchen frischer Koriander

1. Für die Schoko-Nuss-Millefeuille alle Zutaten außer den Haselnüssen miteinander verrühren und 3 Stunden ruhen lassen. Die Zutaten für das asiatische Gemüse vorbereiten: Pak Choi waschen und abtropfen lassen, Blätter und Stiele getrennt in Stücke bzw. Streifen schneiden. Möhre schälen und in 1 cm große Würfel schneiden, Zuckerschoten in Stücke schneiden.

2. Den Backofen auf 140 °C (Ober-/Unterhitze) vorheizen. Für das asiatische Gemüse die Nüsse in Nussöl anrösten. Die Stiele vom Pak Choi und die Shiitake-Köpfe darin anschwitzen. Mit Reisessig ablöschen, Fischsauce und Limettensaft zugeben.

3. Möhren zugeben, etwa 2 Minuten garen, dann Mais und Zuckerschoten hinzufügen und alles zusammen bissfest garen. Mit Salz und Zucker abschmecken. Die Sprossen, die geschnittenen Blätter vom Pak Choi unterheben. Die Chili putzen, fein hacken und mit dem Koriander untermischen.

4. Die Millefeuille-Masse etwa 2 mm dünn auf eine Backmatte oder auf Backpapier

streichen, die Haselnüsse darüberstreuen und im Backofen 10 bis 15 Minuten backen. Herausnehmen und noch warm in 12 etwa 4 x 5 cm große Quadrate schneiden.

5. Zum Anrichten ein Millefeuille-Quadrat auf einen Teller geben, etwas Gemüse daraufgeben, ein weiteres Millefeuille-Quadrat sowie Gemüse daraufsetzen, den Vorgang wiederholen und das Ganze mit einem Millefeuille-Quadrat abschließen.

SERVIERTIPP Reichen Sie die Schokoladen-Nuss-Millefeuille mit asiatischem Gemüse als Vorspeise oder kombinieren Sie sie mit gebratenem Geflügel, Rind- oder Schweinefleisch zur Hauptspeise.

Schokoladensuppe mit Rehfilet und Zwiebelmarmelade

ZUBEREITUNGSZEIT
ca. 2 Std. 15 Min.

FÜR DIE SCHOKOLADENSUPPE (FÜR 6 PERSONEN)
3–4 Schalotten (100 g) • 1 Knoblauchzehe • 1 Möhre (100 g) ½ Stange Lauch (100 g) • 200 ml Malzbier • 50 ml Aceto balsamico 3 EL Zucker • 60 ml Olivenöl 1 l Wildfond (Glas) • 30 g Kuvertüre (70 % Kakao) • 100 ml Madeira • 100 ml roter Portwein 2 EL Sojasauce • 1 Prise gemahlener Chili • 500 g Sahne • 200 g pariertes Rehfilet • 1 EL Öl

FÜR DIE ZWIEBELMARMELADE
2–3 Zwiebeln (150 g) • 400 ml Rinderfond (Glas) • 50 g Cassismark (oder -paste, S. 182 f; oder 25 g Himbeermark und 25 ml Holundersaft) • dunkler Aceto balsamico zum Abschmecken

1. Für die Suppe Schalotten und Knoblauch schälen und fein hacken. Möhre schälen, Lauch putzen und waschen und beides hacken. Das Malzbier mit dem Essig mischen und die Flüssigkeit auf die Hälfte reduzieren.

2. Den Zucker in einem kleinen Topf karamellisieren lassen, mit Olivenöl ablöschen und zur Balsamico-Malzbier-Reduktion geben. Gehackte Schalotten, Möhren, Lauch und Knoblauch zugeben, mit Wildfond aufgießen und die Suppe 40 Minuten köcheln lassen.

3. Für die Zwiebelmarmelade Zwiebeln schälen, klein hacken und ohne Fett andünsten. Mit Rinderfond auffüllen und einkochen lassen, bis nur noch ganz wenig Flüssigkeit vorhanden ist. Mit Cassismark und Essig abschmecken.

4. Die Kuvertüre hacken. Die Suppe durch ein Sieb passieren, die Kuvertüre hineingeben und die Suppe aufkochen. Madeira und Portwein mischen, leicht reduzieren, dann zusammen mit Sojasauce, Chili und Sahne in die Suppe geben und diese abschmecken. Das Rehfilet in heißem Öl anbraten und in dünne Scheiben schneiden.

SERVIERTIPP Richten Sie die Suppe jeweils mit mehreren Scheiben Rehfilet in Schalen an und reichen Sie die Zwiebelmarmelade dazu.

KAKAORISOTTO
zubereiten

(1) Die Schalotten glasig anschwitzen, den Reis zugeben, kurz mitanschwitzen und unter ständigem Rühren mit etwas Gemüsefond aufgießen.

(2) Von Zeit zu Zeit etwas Flüssigkeit nachgießen und nach 25 Minuten Garzeit den Kakao unterrühren.

Kakaorisotto mit Pfifferlingen

Ein exquisites Gericht für zwischendurch, das schnell zuzubereiten ist.

ZUBEREITUNGSZEIT ca. 1 Std.

FÜR DEN KAKAORISOTTO
1 Schalotte • 6 EL Olivenöl • 130 g schwarzer Reis (oder Risottoreis, z. B. Vialone Nano) • 1,3 l Gemüsefond (Glas) • 3 TL Kakao (leicht entölt) 1 EL Honig • Fleur de Sel zum Abschmecken 25 g fein geriebener Parmesan (Grana Padano)

FÜR DIE PFIFFERLINGE
1 große Gemüsezwiebel • 200 g Pfifferlinge 30 g Butter • Salz • Szechuan-Pfeffer aus der Mühle • gehackter Oregano • 40 g gehobelter Parmesan (Grana Padano)

1. Für den Risotto die Schalotte schälen und fein hacken, in Olivenöl glasig anschwitzen, dann den schwarzen Reis dazugeben und ebenfalls anschwitzen (Step 1). Mit etwa der Hälfte des Gemüsefonds ablöschen und kurz aufkochen.

2. Den Reis offen bei kleiner Hitze köcheln lassen, häufig umrühren und bei Bedarf nach und nach den restlichen Fond angießen (Step 2). Nach etwa 25 Minuten den Kakao unterrühren, nach 40 Minu-

ten mit 1 EL Honig und Fleur de Sel abschmecken, unmittelbar vor dem Anrichten den geriebenen Käse in den Risotto einarbeiten.

3. Für die Pfifferlinge die Zwiebel schälen und in Ringe schneiden. Die Pfifferlinge putzen, große Exemplare ggf. in Stücke schneiden. Die Butter in einer Pfanne leicht braun werden lassen, die Zwiebelringe darin anschwitzen, die Pfifferlinge kurz mit durchschwenken, mit Salz und wenig Pfeffer abschmecken und den Oregano dazugeben.

SERVIERTIPP Richten Sie die Pfifferlinge auf dem Risotto an, streuen Sie den gehobelten Käse darüber und servieren Sie den Risotto sofort.

S. 36 f.
WARENKUNDE Kakao

Konsum und Trends in der Welt der Schokolade

Beim Thema »Schoggi« führt an der Schweiz kein Weg vorbei: Sie stellt nicht nur weltberühmte Schokoladen her, sondern ist auch Dauerchampion im Schokoladenkonsum. Freilich inklusive all der Tobleronen und Täfelchen, die Touristen mit nach Hause nehmen. Pro Kopf und Jahr verwöhnt sich der Eidgenosse mit über 12 kg Schokolade, während er vor 100 Jahren gerade mal 1 kg vernaschte. Auch die Deutschen, Belgier, Briten, Österreicher, Norweger, Schweden und neuerdings Russen sind notorische »Chocoholics«. Dänen, Franzosen und Finnen liegen im Mittelfeld, während Italiener, Spanier und Niederländer mit 3 bis 4 kg das europäische Schlusslicht bilden. Australier und Amerikaner zeigen sich mit 5 bis 6 kg pro Kopf und Jahr recht bescheiden, die Japaner mit gut 2 kg beinahe schon schokoladenresistent und die Chinesen mit 100 g als nicht verführbar.

DUNKEL LIEGT IM TREND

Deutschland ist der größte Konsument von Tafelschokolade, Belgier naschen am liebsten Pralinen, Amerikaner und Briten lieben karamellige Schokoriegel und die Ursprungsländer der Schokolade bevorzugen diese als Getränk. Auch die Beliebtheit von Milch-, Zartbitter- oder Bitterschokolade fällt unterschiedlich aus: In der Heimat Heidis kommt Milchschokolade auf 75 % Marktanteil, Tendenz fallend, gegenüber 5 % weißer und 20 % dunkler Schokolade, Tendenz steigend. Ähnlich sieht es in Deutschland aus. Italiener, Spanier und Franzosen haben schon immer dunklen Sorten mehr abgewonnen, ebenso die Kakao-Erzeugerländer. Nicht zuletzt, weil ein Goldhase von Lindt in heißen Ländern nicht lange gute Figur macht: Milchschokolade schmilzt leichter. Was Scheichs nicht daran hindert, Chocolatiers aus der Schweiz an den Golf zu locken, denn sie essen »Schoggi« fast so gern wie die Eidgenossen.

Letztere haben einen exzellenten Ruf in punkto Milchschokolade; in Sachen dunkler Schokolade geraten Schokoliebhaber vor allem bei italienischen, französischen und belgischen Chocolatiers ins Schwärmen. In Österreich hat Josef Zotter die Schokowelt neu inspiriert, mit gewagten Kreationen, u. a. mit Olivenöl, Hanf, Sellerie oder Speck. Von Berlin bis New York eröffnen Chocolatiers edle Manufakturen und Boutiquen, treffen sich Chocolate-Lovers in elitären Clubs und mancher Kakaoverarbeiter legt sich eigene Plantagen zu, seit Herkunft und Qualität der Bohnen eine nie dagewesene Rolle spielen.

Mit dem Aufstieg der dunklen Schokolade folgt der Kakao dem Beispiel von Kaffee und Wein. Der Seelentröster hat sich zum Lifestyleprodukt entwickelt: Man genießt nicht irgendeine Herrenschokolade, sondern eine »Premier Cru de Plantation« aus hochprozentigem Kakao, eine limierte Jahrgangscuvée oder sortenreine Lagen-Schokolade aus Bio- und Fair-Trade-Bohnen, wenn nicht gleich aus Wildkakao. Die luxuriösen Premiumschokoladen verzehrt man nicht rippen- oder tafelweise, sondern das einzelne Stück mit einem gutem Whiskey, Kaffee oder Wein – und auf jeden Fall mit Verstand. Der sagt, weniger ist mehr und es darf gern gesünder sein. Branchenriese Barry Callebaut in Zürich setzt längst auf die Entwicklung zahnfreundlicher, zucker- und laktosefreier, probiotischer oder mit Nahrungsfasern angereicherter Schokoladen, die aber dennoch schmecken sollen.

Garnelen in weißer Schokoladensauce

ZUBEREITUNGSZEIT ca. 45 Min.

FÜR DIE SCHOKOLADENSAUCE
50 ml Milch • 50 g Sahne • 125 g weiße Kuvertüre • 1 Stück fein geriebener Ingwer (20 g) • 10 g Wasabipaste (Asia-Laden) • 1 EL Fischsauce
10 g gehackte Wasabinüsse • 1 EL gehackter Koriander • ¼ gewürfelte Wassermelone • 1–2 TL Sesamöl

FÜR DIE GARNELEN
8–12 Riesengarnelenschwänze, küchenfertig • 1–2 EL Olivenöl zum Braten • 1 TL fein gehackte rote Chili
grobes Meersalz • bunter Pfeffer

1. Für die Schokoladensauce Milch mit Sahne erhitzen. Kuvertüre hacken und in der Milch-Sahne-Mischung schmelzen. Ingwer und Wasabi einrühren, mit Fischsauce abschmecken.

2. Gehackte Wasabinüsse und Koriander zugeben. Die Sauce 15 Minuten ziehen lassen, kurz vor dem Anrichten behutsam erhitzen und evtl. erneut abschmecken.

3. Die Riesengarnelen kurz in Olivenöl anbraten. Chilistückchen dazugeben und gründlich untermischen. Garnelen mit grobem Meersalz und Pfeffer würzen.

4. Die Melonenwürfel in Sesamöl anbraten. Die Riesengarnelen mit der scharfen Schokosauce und den Melonenwürfeln servieren.

Kalbscarpaccio mit Schokoladenpesto

ZUBEREITUNGSZEIT ca. 45 Min.

ZUTATEN
1 rote Zwiebel (60 g) • 1 Stück Ingwer (10 g) • 30 g ungeschwefelte Sultaninen • 30 g Mandelstifte • 25 g Schokolade (60 % Kakao) • 400 g pariertes Kalbsfilet • 2 EL Olivenöl • ¼ l kräftiger Rotwein • ¼ l Gemüsefond (Glas) • 2 EL Aceto balsamico • 3 EL Mandelöl (oder Arganöl) • Salz zum Anrichten • frisch gemahlener Pfeffer

1. Für das Schokoladenpesto die Zwiebel schälen und fein würfeln. Den Ingwer schälen, Sultaninen und Ingwer fein würfeln. Die Mandeln in einer Pfanne ohne Fett unter Rühren anrösten. Die Schokolade hacken. Das Kalbsfilet fest in Frischhaltefolie wickeln und mindestens 30 Minuten tiefkühlen.

2. Die Zwiebeln und Sultaninen in Olivenöl kräftig anrösten, mit Rotwein und Gemüsefond ablöschen, Mandelstifte, Ingwer und Essig dazugeben und das Ganze auf ein Drittel einkochen. Den Sud vom Herd nehmen, 2 EL Flüssigkeit abnehmen und beiseitestellen. In den restlichen Sud die Schokolade einrühren und anschließend auskühlen lassen. Die beiseitegestellte Kochflüssigkeit mit dem Mandelöl zu einer Vinaigrette aufschlagen.

3. Das Kalbsfilet aus dem Tiefkühlgerät nehmen und in sehr dünne Scheiben schneiden. Man kann sie auch leicht plattieren: Dazu mit einem Messer oder Löffelrücken hauchdünn »ausstreichen«. Auf einem Teller auslegen, salzen, pfeffern und mit der Vinaigrette beträufeln. Das Schokoladenpesto separat dazureichen.

WACHTELKOTELETTS
mit Schokolade füllen

(1) Mit einem spitzen Messer seitlich vom Knochen in die Wachtelbrüste stechen und den Einstich behutsam zur Tasche erweitern.

(2) Die Schokolade in 8 Stücke teilen. Je ein kleines Stück Himbeerschokolade in jede Fleischtasche geben.

Wachtelbrüste mit Himbeerschokolade

Zartaromatische Himbeerschokolade wird hier zu einer delikaten Füllung.

ZUBEREITUNGSZEIT ca. 40 Min.

FÜR DAS ROTE-BETEN-CARPACCIO
2–3 Rote Beten, geschält und gegart • 3 EL kräftiges Olivenöl • 2 EL milder Aceto balsamico 1 EL gehackter Kerbel • Salz • Pfeffer

FÜR DIE WACHTELKOTELETTS
8 Wachtelbrüste, mit Haut und Knochen 12 g Himbeerschokolade (55 % Kakao, S. 182; oder Zitronenschokolade) • Salz • weißer Pfeffer • 20 g Butter zum Braten • Himbeeren zum Garnieren • gehackter Koriander

1. Für das Rote-Beten-Carpaccio die gegarten Rote Beten auf der Aufschnittmaschine oder einem Gemüsehobel in 5 mm dicke Scheiben schneiden. Mit Olivenöl, Essig, Kerbel, Salz und Pfeffer für 20 bis 30 Minuten zugedeckt marinieren lassen.

2. Die Wachtelbrüste trocken tupfen. Mithilfe eines kleinen Messers in jede Wachtelbrust eine Tasche schneiden und diese mit etwas Himbeerschokolade füllen, wie in der Bildfolge beschrieben (Step 1 und 2). Mit Salz und Pfeffer würzen.

3. Die Butter in einer Pfanne erhitzen und die Wachtelbrüste mit der Hautseite etwa 2 Minuten anbraten, dann wenden und auf der Fleischseite 1 bis 2 Minuten braten. Herausnehmen und mit Küchenpapier abtupfen.

4. Die Rote-Beten-Scheiben aus der Marinade nehmen und kreisförmig auf Tellern anrichten. Jeweils 1 Wachtelbrust auf dem Carpaccio anrichten und eine zweite Wachtelbrust halbiert anlegen. Mit Himbeeren dekorieren, mit Koriander bestreuen und mit Rote-Beten-Marinade beträufeln.

Confierte Poulardenbrust mit Schokoladencreme

Das Garen und gleichzeitige Marinieren in Fett – Confieren genannt – ist eine sanfte Methode, Fleisch und Geflügel aromaintensiv zu garen.

ZUBEREITUNGSZEIT ca. 1 Std. 30 Min.

FÜR DIE POULARDENBRUST
600 g Poulardenbrust (oder Putenbrust) • 400 g Kakaobutter • 1 unbehandelte Orange • 2–3 Sternanis • 2 EL Instant-Kakaopulver (lösliches Schokoladenpulver)

FÜR DIE SAHNE-SCHOKOLADENCREME
1 EL kandierte Orange • 1 Schalotte • 1–2 Champignons 1 EL Butter • 100 ml Weißwein • ¼ l Geflügelfond (Glas) 60 g Vollmilchschokolade • 80 g Sahne • Salz • frisch gemahlener weißer Pfeffer

1. Die Poulardenbrust von Sehnen und Fett befreien, waschen und trocken tupfen. Die Kakaobutter in einem Topf zum Schmelzen bringen. Die Orange heiß waschen, trocken reiben und die Schale abreiben. Den Sternanis im Mörser zerstoßen.

2. Die abgeriebene Orangenschale, den zerstoßenen Sternanis sowie das Schokoladenpulver in die geschmolzene Kakaobutter rühren und das Ganze auf 80 °C erhitzen. Die vorbereitete Poulardenbrust in das Fett einlegen, die Temperatur möglichst konstant auf 80 °C halten (Thermometer) und das Fleisch in etwa 30 bis 45 Minuten saftig gar ziehen lassen.

3. Für die Sahne-Schokoladencreme die kandierten Orangen fein hacken. Die Schalotte schälen, die Champignons putzen und beides ebenfalls fein hacken. Die kandierten Orangen, die Schalotten- und Champignonstückchen in der Butter angehen lassen, mit Weißwein und Geflügelfond ablöschen und die Flüssigkeit auf die Hälfte reduzieren.

4. Die Schokolade hacken. Die Sahne in die Reduktion geben, die gehackte Schokolade hinzufügen und alles fein mixen. Mit Salz und Pfeffer abschmecken.

SERVIERTIPP Nehmen Sie die Poulardenbrust aus dem Fett, schneiden Sie sie in dünne gleichmäßige Scheiben und richten Sie sie auf etwas Sahne-Schokoladencreme an.

S. 13
WARENKUNDE Milchschokolade

S. 36 f.
WARENKUNDE
Kakao und Kakaobutter

Kakao-Entenbrust in Schokoladen-Kirsch-Jus

Kakao kommt hier zweifach zum Tragen: als Würzzutat für Fleisch und als schokoladige Geschmacksnote in der Sauce.

ZUBEREITUNGSZEIT
ca. 40 Min.

ZUTATEN
4 Barbarie-Entenbrüste (je 200 g)
1 EL Kakaopulver • 2–3 Msp. chinesisches Fünf-Gewürze-Pulver
Maldon Sea Salt (oder Fleur de Sel)
1 Schalotte • 2 EL brauner Zucker
3 EL Kirschessig (oder Aceto balsamico) • 4–5 EL Sauerkirschen (frisch oder tiefgekühlt) • ½ l Entenfond (Glas; oder Geflügelfond)
20 g gehackte Bitterschokolade (70 % Kakao) • Speisestärke zum Binden • 30 g kalte Butter

1. Den Ofen auf 120 °C vorheizen. Die Entenbrüste von Sehnen und überschüssigem Fett befreien und die Hautseite rautenförmig einschneiden. Die Entenbrüste auf der Fleischseite mit Kakao, Fünf-Gewürze-Pulver und Salz würzen.

2. Die Entenbrüste mit der Hautseite nach unten ohne zusätzliches Fett in eine kalte Pfanne legen, auf den Herd stellen und bei mittelgroßer Hitze braten, bis die Hautseite braun und knusprig ist. Wenden und für etwa 1 Minute auf der Fleischseite braten, dann aus der Pfanne nehmen und für etwa 10 Minuten in den vorgeheizten Backofen geben. Anschließend an einem warmen Ort 5 bis 10 Minuten ruhen lassen.

3. Für den Schokoladen-Kirsch-Jus die Schalotte schälen und fein würfeln. Den Zucker in einen kleinen Topf geben, bei starker Hitze ohne umzurühren schmelzen und anschließend goldgelb karamellisieren lassen. Mit dem Kirschessig ablöschen, dann Schalottenwürfel und Sauerkirschen hinzufügen. Den Entenfond angießen und die Flüssigkeit auf etwa 200 ml reduzieren.

4. Die Schokolade in die Sauce geben und unter Rühren darin schmelzen, anschließend die Sauce durch ein Sieb passieren und abschmecken. Nach Belieben mit etwas in kaltem Wasser angerührter Speisestärke leicht binden. Die Butter in Stückchen in die Sauce geben und mit einem Schneebesen unterschlagen (einmontieren).

SERVIERTIPP Servieren Sie als Beilage ganz nach Geschmack selbst gemachte Kartoffelgnocchi, gebratene Polenta oder Bandnudeln.

Schokoladen-Pute

2 Bund Suppengrün putzen, grob zerkleinern. Bedecken Sie 750 g Putenunterkeulen und das Suppengrün mit Wasser, dann aufkochen, Schaum abschöpfen und 2 Stunden gar ziehen lassen. Herausnehmen und auskühlen lassen. Verdünnen Sie 400 g Mole poblano (S. 182) mit Putenkochflüssigkeit zur cremigen Sauce und lassen Sie diese etwa 20 Minuten leise köcheln. Die Sauce abschmecken und die Putenkeulen darin erwärmen.

S. 12 f.
WARENKUNDE Bitterschokolade

S. 36 f.
WARENKUNDE Kakao

Saté vom Jungschweinrücken mit Schokoladen-Erdnuss-Dip

ZUBEREITUNGSZEIT
ca. 3 Std.

FÜR DEN SCHOKOLADEN-ERDNUSS-DIP
1 Knoblauchzehe • 2 rote Chilischoten • 150 g geröstete, ungesalzene Erdnüsse • 4 EL Sonnenblumenöl • ¼ l Kokosmilch
2 EL rote Currypaste (Asia-Laden)
2 EL Reisessig • 2 EL Fischsauce
3 EL Erdnussöl • 30 g Schokolade mit Chili (70 % Kakao)

FÜR DEN JUNGSCHWEINRÜCKEN
600 g Jungschweinrücken (oder Schweinenacken) • 20 Holzspieße (je 15 cm lang) • Salz

1. Für den Schokoladen-Erdnuss-Dip die Knoblauchzehe schälen und hacken. Die Chilischoten waschen, halbieren, entkernen und in feine Streifen schneiden. Knoblauch und Chilistreifen zusammen mit den Erdnüssen in Sonnenblumenöl leicht anbraten.

2. Die Kokosmilch, die Currypaste, den Reisessig, die Fischsauce und das Erdnussöl hinzufügen. Alles etwa 10 Minuten leicht köcheln lassen. Inzwischen die Schokolade klein hacken und dann dazugeben. Das Ganze mithilfe eines Stabmixers fein pürieren und kalt stellen.

3. Den Jungschweinrücken längs in 1,5 cm breite Streifen schneiden, diese auf die Holzspieße aufziehen und mit 5 EL von dem Schokoladen-Erdnuss-Dip bestreichen. Das Fleisch kühl gestellt etwa 20 Minuten marinieren lassen.

4. Den Backofengrill vorheizen. Die Fleischspieße mit Salz würzen, auf ein Grillgitter legen und unter dem Backofengrill von beiden Seiten etwa 2 bis 4 Minuten grillen, dabei ein Backblech als Auffangschale für abtropfende Marinade unterschieben. Die Satéspieße mit dem restlichen Schokoladen-Erdnuss-Dip servieren. Dazu passt gut Basmatireis.

Wildschwein mit dunkler Schokolade und Balsamico

Hier wird Schokolade klassisch eingesetzt: Sie verleiht der Schmorsauce den kulinarischen Feinschliff.

ZUBEREITUNGSZEIT ca. 2 Std.

ZUTATEN
1 kg Wildschweinschulter (oder Rindfleisch) • frisch gemahlener Pfeffer • grobes Meersalz • Öl zum Anbraten • ½ TL gemahlene Chilis • 1 große Zwiebel (100 g)
1 Stück Knollensellerie (50 g)
½ Möhre (50 g) • 25 g Butter
6–8 Salbeiblätter • 1 TL gehackter Knoblauch • 1 EL Tomatenmark • 1 TL Mehl • 50 ml Aceto balsamico • 300 ml kräftiger Rotwein • 600–700 ml Wildfond (Glas; oder Kalbsfond) • 1 Zimtstange • 2 Zweige Rosmarin
30 g Bitterschokolade (70 % Kakao) • 10 getrocknete Pflaumen

1. Das Fleisch mit Küchenpapier trocken tupfen, in 3 cm große Würfel schneiden und mit dem Pfeffer und dem Meersalz würzen. Einen schweren Topf erhitzen und etwas Öl hineingeben. Das Fleisch von allen Seiten anbraten, mit Chili bestauben, kurz angehen lassen und alles wieder herausnehmen. Das Fett aus dem Topf abgießen. Den Ofen auf 140 °C vorheizen.

2. Die Zwiebel schälen und in Streifen schneiden. Sellerie und Möhre schälen und beides würfeln. Die Butter in den Topf geben. Die Salbeiblätter fein schneiden, in der Butter knusprig anbraten, Zwiebeln und Knoblauch zugeben und ebenfalls anbraten, dann das Fleisch und die Gemüsewürfel hinzufügen. Das Tomatenmark unterrühren, mit dem Mehl bestauben, mit Essig und Wein ablöschen und aufkochen.

3. Den Fond angießen und alles zum Kochen bringen. Den aufsteigenden Schaum abschöpfen, die Zimtstange und den Rosmarin hinzugeben. Den Topf in den vorgeheizten Backofen stellen und bei 140 °C etwa 1 Stunde 30 Minuten schmoren lassen. Wenn das Fleisch weich ist, die Fleischwürfel aus der Flüssigkeit nehmen.

4. Die Sauce durch ein Sieb passieren. Die ablaufende Flüssigkeit einkochen lassen, bis die Sauce ein kräftiges Aroma aufweist. Die Schokolade dazugeben und in der Sauce schmelzen lassen. Das Fleisch wieder zurück in die Sauce geben und erwärmen. Die Pflaumen entkernen und halbieren, in die Sauce geben und alles zusammen noch weitere 10 Minuten ziehen lassen.

SERVIERTIPP Richten Sie das Ragout mit cremiger Polenta, die mit etwas Zimt abgeschmeckt wurde, auf Tellern an.

Lammcurry mit weißer Schokolade

ZUBEREITUNGSZEIT
ca. 1 Std. 30 Min.

ZUTATEN
1–2 rote Zwiebeln (80 g) • 1 Stängel Zitronengras • 4 Kaffirlimettenblätter (Asia-Laden) • 1 Stück Ingwer (20 g) • 2 parierte Lammschultern ohne Knochen • 4 EL Distelöl • 1 gehackte grüne Chilischote • 1 EL kräftiges Currypulver • 2 Dosen Kokosmilch (ungesüßt) • ¼ l Gemüsefond (Glas)
1–2 Möhren (125 g) • 1 Petersilienwurzel • 1 Kohlrabi (120 g)
40 g weiße Schokolade • 4 violette Kartoffeln, gekocht und geschält (oder gelbe Kartoffeln) • Salz
frisch gemahlener Pfeffer • Korianderblättchen zum Garnieren

S. 13
WARENKUNDE Weiße Schokolade

1. Die Zwiebeln schälen und fein würfeln. Das Zitronengras putzen, mit einem Messerrücken anklopfen und dann sehr fein hacken. Die Limettenblätter in sehr feine Streifen schneiden. Den Ingwer schälen und fein hacken.

2. Das Lammfleisch in 2 cm große Würfel schneiden. Im Öl goldbraun anbraten, herausnehmen und beiseitestellen. Die Chili waschen, entkernen und fein hacken.

3. Zwiebeln, Zitronengras, Limettenblätter, Ingwer und Chilischote kurz im Öl anrösten. Das Currypulver hinzufügen, mit der Kokosmilch und dem Gemüsefond ablöschen, 20 Minuten köcheln lassen und durch ein Sieb passieren.

4. Das Lammfleisch hinzugeben und das Ganze 35 bis 45 Minuten bei geschlossenem Topf köcheln lassen. Möhren, Petersilienwurzel und Kohlrabi schälen und alles in kleine Stifte schneiden. Die Schokolade hacken.

5. Etwa 10 Minuten bevor das Fleisch gar ist, das Gemüse hinzufügen und mitkochen lassen. Zum Schluss die geviertelten violetten Kartoffeln sowie die Schokolade zugeben und mit Salz und Pfeffer abschmecken.

SERVIERTIPP Reichen Sie das Lammcurry mit Basmatireis und garnieren Sie nach Belieben mit frischen Korianderblättchen.

Rehrücken mit Mole und zweierlei Sellerie

ZUBEREITUNGSZEIT
ca. 2 Std. 45 Min.

ZUTATEN
400 g Staudensellerie (nur die hellen Teile) • Salz • 1 Knollensellerie (800 g) • 80 g Butter Zucker zum Abschmecken • 1 EL gehackter Thymian • 2–3 EL Mole (Fertigprodukt; S. 182) • Fleur de Sel • 600 g ausgelöster und parierter Rehrücken • 2 Zweige Rosmarin • 1 l Wildfond (Glas; oder Kalbsfond) • 20–30 g Bitterschokolade (mind. 70 % Kakao) 100 ml Gemüsefond (Glas)

S. 12
WARENKUNDE Bitterschokolade

1. Den Staudensellerie schälen und die Fäden abziehen. In kleine Würfel schneiden und diese in stark gesalzenem Wasser bissfest blanchieren, abschrecken und abtropfen lassen.

2. Den Knollensellerie schälen, dann in Würfel schneiden, salzen und im Dämpfeinsatz weich garen. In einem sauberen Tuch gut ausdrücken und mit 20 g Butter fein mixen. Durch ein Sieb streichen und mit Salz und Zucker abschmecken. Auf einem Wasserbad warm stellen.

3. Den Thymian mit 1 EL Mole und etwas Fleur de Sel mischen, auf der Arbeitsfläche verteilen und den Rehrücken darin wälzen. Den Backofen auf 120 °C vorheizen. Den Rehrücken in 20 g aufschäumender Butter anbraten und die Rosmarinzweige zugeben. Im vorgeheizten Ofen bei 120 °C in etwa 8 Minuten rosa garen (Kerntemperatur 56 °C). Den Bratansatz mit Wildfond ablöschen und mit der restlichen Mole, der Bitterschokolade und etwa 20 g Butter verfeinern.

4. Die Staudenselleriewürfel in der übrigen Butter und dem Gemüsefond erwärmen und als Kreis in der Tellermitte anrichten. Den Rehrücken in 8 Stücke schneiden. Jeweils zwei Nocken Selleriepüree und 2 Fleischstücke platzieren. Mit der aufgemixten Sauce übergießen.

Mole poblano: Viva Mexiko!

Schrille Figuren aus Pappmaschee, Maiskolben und Kerzenleuchter schmücken den Tisch, von der Decke baumeln Girlanden und Papierdrachen. Dekoration spielt bei mexikanischen Festen eine große Rolle. Heute ist bei José Luis Fiesta. Freunde nennen den Musiker aus Mexico City El Maïz, weil er leidenschaftlich gerne mexikanisch kocht. »Deutsche denken bei mexikanischer Küche an Mais«, sagt José Luis, »dabei verkörpert Mole poblano den Geschmack Mexikos am besten.«

Die rassige Chili-Schokoladensauce basiert auf vielen Zutaten: Schon allein drei Chilisorten (Serranos, Anchos und Poblanos) braucht José Luis dafür, »getrocknet, weil sie dann am meisten Feuer haben«. Dazu kommen Tomaten, Gewürze, Erdnüsse, Mandeln, Rosinen, Zwiebeln, Knoblauch und bittere Schokolade mit mindestens 72 % Kakaoanteil. Das Original, das sich eine Nonne aus Puebla im 17. Jahrhundert ausgedacht hat, enthält knapp 100 Ingredienzien. Die Idee, Kakao mit Chili zu verbinden, ist uralt und geht auf die Mayas zurück. Der Begriff »Mole« ist aztekisch und bedeutet »Mischmasch«, »poblano« leitet sich von »Puebla« ab.

Keine Fiesta also ohne Mole poblano. Am liebsten serviert man sie zu Truthahn und Reis. Oder man füllt sie mit Puten- oder Hühnerfleisch in Enchiladas, Maispfannkuchen. Mexikanischer geht es nicht: Kakao, Tomaten, Erdnüsse, Pute und Mais stammen allesamt aus Mexiko. Fehlt nur noch die mexikanische Avocado, die die Basis für Guacamole bildet. Mole poblano ist weit aufwendiger herzustellen als der grüne Dip. José Luis bereitet die »salsa nacional« einen Tag vor dem Fest zu, nicht nur, um Zeit zu gewinnen, sondern auch, weil sich die Zutaten besser verbinden. »Inzwischen kaufen viele Mexikaner Mole poblano fertig im Glas«, meint José, »während deutsche Kollegen oft nach dem Rezept fragen, um sie selber zu machen.«

Hirschrücken mit Dörrobstkruste und Schokoladenjus

Die lange Zubereitungszeit wird köstlich belohnt: mit einem delikaten Festtagsgericht.

ZUBEREITUNGSZEIT ca. 3 Std. 15 Min.

FÜR DEN HIRSCHRÜCKEN
2 Zwiebeln (100 g) • 2 Möhren (125 g) • ¼ Knollensellerie (250 g) • 1 Stange Lauch (200 g) • 1 Orange • 1 Apfel
6 Dörrpflaumen • 600 g Hirschrücken (ohne Knochen)
500 g Hirschknochen • 6 EL Öl • 1 EL Tomatenmark
100 ml Portwein • 100 ml Madeira • ½ l Rotwein
1 l Wildfond (Glas) • 1 TL zerdrückte Wacholderbeeren
½ TL Pfefferkörner • 80 g Bitterschokolade (70 % Kakao)
Salz • frisch gemahlener Pfeffer • 2 EL Butterschmalz zum Anbraten

FÜR DIE DÖRROBSTKRUSTE
150 g getrocknete Früchte (z. B. Äpfel, Birnen, Feigen, Datteln, Aprikosen, Rosinen, Pflaumen) • 150 ml Weißwein
1 EL Zucker • 2 EL Butter • 2 Eigelbe • 3 EL geriebenes frisches Weißbrot • Salz • frisch gemahlener Pfeffer

1. Die Zwiebeln schälen und grob hacken. Die Möhren und den Sellerie schälen und beides in grobe Stücke schneiden. Den Lauch putzen, waschen und in 2 cm breite Ringe schneiden. Die Orange schälen, den Apfel waschen und beides in 3 cm große Stücke schneiden. Die Dörrpflaumen vierteln.

2. Den Hirschrücken sauber parieren (von Fett und Sehen befreien) und beiseitestellen. Die Knochen klein hacken und in einem Bräter im Ofen mit dem Öl goldbraun rösten. Das vorbereitete Gemüse, die Orangen-, Apfel- und Pflaumenstücke in den Bräter zu den Knochen geben und ebenfalls kräftig durchrösten.

3. Das Tomatenmark kurz mitbraten, dann mit Portwein, Madeira und Rotwein ablöschen und die Knochen kräftig glasieren. Mit dem Wildfond auffüllen, Gewürze hinzugeben und zugedeckt etwa 1 Stunde 30 Minuten köcheln lassen.

4. Die Hirschsauce durch ein feines Sieb abgießen und reduzieren, bis ein kräftiger, sämiger Jus entsteht. Mit gehackter Bitterschokolade, Salz und Pfeffer abschmecken und nicht mehr kochen lassen.

5. Für die Dörrobstkruste die Dörrfrüchte in mit Zucker gesüßtem, heißem Weißwein kurz blanchieren, damit sie weich werden, dann abgießen, abtropfen lassen und in etwa 5 mm große Würfel schneiden.

6. Die Butter schaumig rühren, die Eigelbe untermengen und anschließend die klein geschnittenen Dörrfrüchte sowie das geriebene Weißbrot hinzufügen. Mit Salz und Pfeffer kräftig abschmecken. Den Ofen auf 180 °C vorheizen.

7. Den Hirschrücken in Butterschmalz goldbraun anbraten und etwa 12 bis 15 Minuten im Ofen garen. Herausnehmen und 5 Minuten ruhen lassen. Die Dörrfrüchtemasse auf dem Hirschrücken verteilen und unter dem Grill im Backofen goldbraun überbacken. Zum Servieren in schräge Scheiben schneiden.

Seezungenfilets mit weißem Schokoladensabayon

ZUBEREITUNGSZEIT ca. 50 Min.

FÜR DAS SCHOKOLADEN-SABAYON
100 ml Milch • 80 ml Fenchelsaft (Reformhaus) • 1–2 Sternanis
25 g gehackte weiße Kuvertüre
4 Eigelbe • 2–3 TL Zucker • Salz

FÜR DIE SEEZUNGENFILETS
8 Seezungenfilets • Meersalz
3–4 TL Limettensaft • Butterschmalz zum Braten

1. Milch, Fenchelsaft und Sternanis aufkochen. Sternanis herausnehmen, die Kuvertüre zugeben. Die Eigelbe mit dem Zucker auf dem Wasserbad bei nicht zu hoher Hitze cremig rühren.

2. Die Fenchelmilch zugeben und auf dem Wasserbad cremig aufschlagen. Das fertige Sabayon mit Salz abschmecken, mit Frischhaltefolie abdecken und zum Warmhalten auf ein 45 bis 50 C° heißes Wasserbad setzen.

3. Die Seezungenfilets mit Salz und etwas Limettensaft würzen, dann in etwas Butterschmalz von beiden Seiten herausbraten. Dazu passen gut Kartoffelpüree und gelbe Möhren.

Gebratene Jakobsmuscheln auf Fenchel mit Orangenschokolade

ZUBEREITUNGSZEIT
ca. 2 Std. 30 Min.

ZUTATEN
2 Fenchelknollen • Meersalz • 2 Orangen • 12 Kirschtomaten • 3 EL Olivenöl • 1 EL Pernod • frisch gemahlener Pfeffer • 60 g Orangenschokolade (55 % Kakao; S. 182) • 12 Jakobsmuscheln (geputzt) • 1 Msp. Cayennepfeffer

1. Den Fenchel putzen, waschen und anschließend hauchdünn aufschneiden; das geht am besten mithilfe eines Gemüsehobels. Die Fenchelstreifen leicht einsalzen. Die Orangen filetieren, den Rest der Orangen auspressen und den eingesalzenen Fenchel mit dem Orangensaft marinieren.

2. Die Tomaten waschen, trocken reiben, vierteln und mit 2 EL Olivenöl, dem Pernod und etwas Pfeffer zum Fenchel geben. Zum Schluss die Orangenfilets unterheben und alles 1 bis 2 Stunden durchziehen lassen. Die Orangenschokolade raspeln.

3. In einer kleinen Pfanne 1 EL Olivenöl erhitzen, die Jakobsmuscheln mit Meersalz und Cayennepfeffer würzen und von jeder Seite etwa 1 Minute anbraten.

SERVIERTIPP Verteilen Sie den Fenchel-Orangen-Salat auf Teller, richten Sie die Jakobsmuscheln darauf an und bestreuen Sie das Gericht mit Schokoladenraspeln.

... und süße Gerichte genießen

Süßspeisen und Desserts

Ob zarte Mousse, feines Eis, luftiger Flan oder hauchdünne Crêpes, ob in Form von Kakaopulver, weißer oder dunkler Schokolade: Immer spielt Schokolade die süße Hauptrolle.

AUCH WENN man bereits ein üppiges Menü genossen hat, für die meisten Gourmets gilt: Ein Schokoladendessert geht auf jeden Fall noch, hier ist jeder Widerstand zwecklos. Die süßen Verführer passen immer, werden dementsprechend geliebt und entfalten eine enorme Vielfalt: Von schnell bis aufwendig und von einfach bis festlich reichen die Rezepte, die Sie auf den Folgeseiten in die Welt der Süßspeisen und Desserts entführen. Hier vorab ein Rezeptbeispiel:

MANGOFRÜHLINGSRÖLLCHEN MIT SCHOKO-INGWER-DIP

Für den Schoko-Ingwer-Dip zuerst 30 g Ingwer schälen, fein reiben, in 20 g Butter anschwitzen und mit 2 EL Zucker bestreuen. Sobald Letzterer sich aufgelöst hat, mit 100 g Sahne ablöschen und aufkochen lassen. 100 g gehackte Zartbitterschokolade (70 % Kakao) zugeben, den Topf vom Herd nehmen und rühren, bis die Schokolade geschmolzen ist. Dann den Dip abkühlen lassen.

Für die Frühlingsröllchen eine Mango schälen und das Fruchtfleisch in 1 cm große Würfel schneiden. Nach Belieben mit etwas fein gehackter roter Chili mischen. Etwa 12 Frühlingsrollenblätter (15 x 15 cm groß; Asia-Laden) nacheinander mit der Spitze nach unten auf die Arbeitsfläche legen. Jeweils unterhalb der Mitte 1 EL Mangowürfel auflegen. Die Teigränder mit verquirltem Eiweiß bestreichen. Die untere Teigecke über die Fruchtwürfel schlagen, die beiden seitlichen Teigecken nach innen legen und alles zur Minifrühlingsrolle aufrollen. In heißem Butterschmalz goldbraun ausbacken und lauwarm zum Schoko-Ingwer-Dip servieren.

Schokoleicht statt schwer und üppig

Durch Aufschäumen oder Mischen mit Eischnee oder auch Sahne können Sie aus Schokolade auch luftig-leichte Massen herstellen, die zartschmelzend auf der Zunge zergehen.

Kakaobohne mit Vanille im Glas

Das feine Quintett steht ganz im Zeichen des Kakaos und kommt hübsch eingeschichtet auf die Desserttafel.

ZUBEREITUNGSZEIT ca. 4 Std.

FÜR DAS KAKAOBOHNENEIS
1 ausgekratzte Vanilleschote
50 g Sahne • 100 ml Milch
50 g Crème fraîche • 60 g Glucose (S. 182 f.) • 150 g Zucker • 50 g Kakaopulver • 90 g gehackte dunkle Kuvertüre (55 % Kakao)

FÜR DEN KAKAOBOHNEN-VANILLESCHAUM
65 g Kakaobohnen • 1 ½ Vanilleschoten • 100 g Zucker • 3–5 g Lecithin (Apotheke, Reformhaus)

FÜR DEN KAKAOBOHNEN-CRUMBLE
50 g kalte Butter, in Stücken
50 g Mehl • 50 g brauner Zucker
½ TL Fleur de Sel • 1 ½ ausgekratzte Vanilleschoten • 1 EL Kakaopulver • 60 g Kakaobohnensplitter (S. 182)

FÜR DIE KAKAOCREME
1 Blatt Gelatine • 100 g Sahne
2 EL brauner Zucker • 1–2 EL Kakaopulver • 1 ausgekratzte Vanilleschote • 190 g Crème fraîche

FÜR DIE KARAMELLBOHNEN
80 g Zucker • 150 g Kakaobohnensplitter (S. 182) • 1 TL Butter

1. Für das Kakaobohneneis alle Zutaten, mit Ausnahme der Kuvertüre, miteinander vermischen und unter Zugabe von 300 ml Wasser aufkochen. Die Masse durch ein Sieb auf die Kuvertüre gießen und rühren, bis die Schokolade geschmolzen ist. Abkühlen lassen und in eine Eismaschine geben oder in eine flache Metallschüssel füllen, tiefkühlen und alle 20 Minuten kräftig durchrühren, damit sich möglichst kleine Eiskristalle bilden.

2. Für den Kakaobohnen-Vanilleschaum alle Zutaten, mit Ausnahme vom Lecithin, mit 300 ml Wasser mischen und einmal aufkochen. Den Fond 2 Stunden abgedeckt ziehen lassen und in ein hohes Gefäß abpassieren. 3 g Lecithin zugeben und das Ganze mit dem Mixer aufschäumen. Wenn die Masse länger steht, noch etwas Lecithin zugeben.

3. Für den Kakaobohnencrumble den Backofen auf 150 °C Ober-/Unterhitze vorheizen. Die kalte, gewürfelte Butter mit dem Mehl verkneten, dann den braunen Zucker, das Fleur de Sel und das Mark der ausgekratzten Vanilleschoten zugeben. Kakaopulver und Kakaobohnensplitter unterkneten. Den Teig auf ein Blech bröseln. Im vorgeheizten Backofen 10 bis 15 Minuten backen.

4. Für die Kakaocreme die Gelatine in kaltem Wasser einweichen. Die Hälfte der Sahne mit Zucker, Kakaopulver und Vanillemark aufkochen. Eingeweichte Gelatine darin auflösen, zu der halb angeschlagenen Crème fraîche und der restlichen Sahne geben, die Masse sehr kurz anschlagen und kühl stellen.

5. Für die Karamellbohnen den Zucker mit 40 ml Wasser aufkochen, bis nur noch kleine Blasen aufsteigen. Die Kakaobohnensplitter zugeben, vom Herd nehmen und so lange rühren, bis sie weiß umhüllt sind. In einen anderen Topf geben, dabei den am Topfrand klebenden Zucker nicht mitumfüllen. Die Kakaobohnensplitter bei mittlerer Hitze karamellisieren, vom Herd nehmen, Butter unterrühren, die Masse auf Alufolie geben und erkalten lassen.

6. Zum Anrichten den Kakaocrumble und die Karamellbohnen in ein Glas geben. Jeweils eine Nocke Kakaocreme und Kakaobohneneis aufsetzen und mit dem Kakaobohnen-Vanilleschaum bedecken. Ganz nach Belieben mit Schokoladenspänen und Kakaobohnen garnieren.

Weiße Schokoladenmousse mit Vanille und Zimtpflaumen

Hier der Klassiker einmal als Variation von weißer Schokolade mit Pflaumen als kulinarischem Kontrast zur Süße der Mousse.

ZUBEREITUNGSZEIT
ca. 40 Min.
KÜHLZEIT ca. 4 Std.

FÜR DIE WEISSE SCHOKOLADENMOUSSE
70 ml Milch • ¼ Vanilleschote
1 Blatt Gelatine • 100 g weiße Kuvertüre • 150 g Sahne
weiße Kuvertüre zum Anrichten
Zimt zum Bestauben

FÜR DIE ZIMTPFLAUMEN
1 EL Zucker • 1 Zimtstange (3 cm)
75 ml Pflaumenwein • 200 g Pflaumen (oder Sauerkirschen)

1. Für die weiße Schokoladenmousse die Milch mit der ausgekratzten Vanilleschote und dem Vanillemark aufkochen und abgedeckt mindestens 10 Minuten ziehen lassen. Die Gelatine in kaltem Wasser einweichen. Die Kuvertüre fein hacken.

2. Die Vanillemilch nochmals erhitzen, die Schote herausnehmen, die Gelatine ausdrücken, in der heißen Milch auflösen und die Kuvertüre dazugeben. Durchrühren und 2 Minuten stehen lassen.

3. Die Masse mit einem Schneebesen durchrühren und auf 35 °C abkühlen lassen. Die Sahne cremig schlagen. Die Schokoladenmasse auf die Sahne geben und unterheben. Auf vier Gläser verteilen und abgedeckt mindestens 4 Stunden kalt stellen.

4. Für die Zimtpflaumen den Zucker in einem Topf bei starker Hitze hellbraun schmelzen lassen, die Zimtstange zugeben und mit dem Pflaumenwein ablöschen. Dann das Ganze bei mittlerer Hitze so lange köcheln lassen, bis sich der gesamte Zucker wieder gelöst hat.

5. Die Pflaumen waschen, entsteinen und in 8 bis 10 mm große Würfel schneiden. In den heißen Sud geben, einmal aufkochen lassen, in eine Schüssel füllen und abgedeckt abkühlen lassen.

SERVIERTIPP Verteilen Sie die Zimtpflaumen mit dem Sud auf der Schokoladenmousse. Schaben Sie als Garnitur etwas weiße Kuvertüre mit dem Messer vom Block darauf und bestauben Sie das Ganze mit etwas Zimt.

Dunkle Moussetorte

Geben Sie einen dünnen Schokoladenbiskuit (Fertigprodukt oder wie auf S. 134, aber mit 2 EL Kakao zubereitet) in einen Tortenring. 150 g gehackte dunkle Kuvertüre in 75 g Sahne aufkochen und auf 35 °C abkühlen. 2 Eigelbe schaumig rühren und unter die Kuvertüre ziehen. 200 g Sahne steif schlagen und unterheben. Streichen Sie die Creme auf den Tortenboden und glätten Sie sie mit der Palette. Die Torte 6 Stunden tiefkühlen, den Tortenring lösen und die tiefgekühlte Torte mit Canache (S. 60 f.) glasieren.

S. 15
WARENKUNDE Kuvertüre

Schokoladenmousse mit Lakritze

ZUBEREITUNGSZEIT ca. 1 Std.
KÜHLZEIT ca. 2 Std.

ZUTATEN
120 g dunkle Kuvertüre (70 % Kakao)
50 g Orangenschokolade (S. 182; oder Orangenkuvertüre) • 1 Ei • 2 Eigelbe • 30 g Zucker • 150 g Sahne
1–2 EL Olivenöl • 1–2 EL Lakritzpaste (S. 182)

1. Dunkle Kuvertüre und Orangenschokolade zusammen im Wasserbad schmelzen, dabei sollte die Mischung nicht wärmer als 40 °C werden. Unter Rühren auf 25 °C abkühlen lassen und erneut auf 32 °C erwärmen. Ei, Eigelbe und Zucker über einem heißen Wasserbad cremig aufschlagen, auf ein Eiswasserbad setzen und die Masse kalt rühren. Die Sahne steif schlagen.

2. Die temperierte Kuvertüre unterrühren, Olivenöl und Lakritzpaste zugeben. Die geschlagene Sahne unterheben und die Masse 2 Stunden zugedeckt kalt stellen. Zum Anrichten von der Masse mit einem Eiskugelformer oder Löffel, der in heißes Wasser getaucht wird, Kugeln bzw. Nocken abstechen.

Schokoladensorbet in edelsüßem Weingelee

ZUBEREITUNGSZEIT ca. 45 Min.
KÜHLZEIT ca. 3 Std.

FÜR DAS SCHOKOLADENSORBET
1–2 EL Lakritzpaste (S. 182) • 1–2 TL Kakaobohnensplitter (S. 182) • 25 g Kakaopulver • 1 Prise Chilipulver • 100 g Zucker • 15 g dunkle Kuvertüre (70 % Kakao)

FÜR DAS WEINGELEE
1 Blatt Gelatine • 1–2 EL Zucker • 75 ml Riesling (Trockenbeerenauslese) • Schokoraspel zum Garnieren

1. Für das Sorbet alle Zutaten bis auf die Kuvertüre mit 200 ml Wasser zum Kochen bringen. Die heiße Masse durch ein Sieb auf die fein gehackte Kuvertüre geben und kalt rühren. Die Sorbetmasse in eine Eismaschine geben und gefrieren lassen. Wenn keine Eismaschine vorhanden ist, die Masse mit 230 ml Wasser zubereiten, in eine Schüssel geben, in das Gefrierfach stellen und immer wieder aufrühren.

2. Für das Weingelee die Gelatine in kaltem Wasser einweichen. Den Zucker mit 30 ml Wasser zum Kochen bringen. Die eingeweichte und gut ausgedrückte Gelatine zugeben, auflösen und die Masse auf 25 °C herunterkühlen. Den Riesling unterrühren, die Masse in 4 Martinigläser füllen, kalt stellen und etwa 3 Stunden gelieren lassen. Das gefrorene Sorbet in einen Spritzbeutel geben und in das fast fest gewordene Gelee spritzen. Mit Schokoraspeln garniert servieren.

S. 15
WARENKUNDE Kuvertüre

S. 36
WARENKUNDE Kakaobohnensplitter

Auf der Schokoladenseite

»Swiss Chocolate Wrapping« steht im Spa-Menü des »George V.« in Paris auf dem Programm. Auch im »Cavalieri Hilton« in Rom, im »Bayerischen Hof« in München, im »Hotel du Rhone« in Genf und im Wiener »Sacher« kann man sich mit Schokolade »pampern« lassen. Nur mit bester Bohne versteht sich; in Grandhotels und luxuriösen Day-Spas wird mit Edelkakao nicht gegeizt, schließlich ist der Stoff vom Feinsten, was man Haut und Seele gönnen kann.

WELLNESS OHNE REUE

Schon die Mayas und Azteken haben von den vielfältigen Vorzügen der Bohne gewusst. Seit Jahrtausenden lässt sich der Mensch davon munter machen und Seele, Körper und Geist verwöhnen. Nicht umsonst verlieh der Botaniker Carl von Linné (1707–1778) der Pflanze den Namen »Theobroma Cacao«, auf Deutsch »Götterspeise«. Und die Forschung hat längst bestätigt, was Alexander von Humboldt (1769–1859) ohne moderne Laboranalysen befand: »Kein zweites Mal hat die Natur eine solche Fülle der wertvollsten Nährstoffe auf einem so kleinen Raum zusammengedrängt wie gerade bei der Kakaobohne.« Schokolade ist ein anerkanntes Stärkungsmittel, ein Energiespender und Stimmungsaufheller aufgrund der wertvollen Inhaltsstoffe des Kakaos (v.a. Serotonine, Theobromin). Er stärkt, stimuliert und beruhigt die Nerven.

Die Götterspeise für die Haut kann z.B. »Choco Therapy Deluxe« heißen: Wir genehmigen uns »die zarteste Versuchung, seit es Wellness gibt« im Spa des »Quellenhofs« in Bad Ragaz, wo man »Genuss ohne Reue« verspricht. Statt neuer Pölsterchen soll der Kakao diesmal die Figur in Form bringen. Im schönsten Wellness-Deutsch darf der Spa-Besucher hier auf Theobromas Gnade hoffen: Revitalisierung, Straffung, Entschlackung, Zellstimulierung, Entwässerung und andere Anti-Aging-Wohltaten mehr. Einfach gesagt: Schokolade soll hier nicht nur glücklich machen, sondern auch schön und uns deshalb doppelt so viel Glück bescheren.

GLÜCK AUS DER WANNE

Das erste Glück stellt sich beim Peeling in der Whirlpoolwanne ein. Wie Göttinen fühlen wir uns im Sprudelbad mit Milch, Kakao und Honig. Danach geht uns »Ambrosia« unter die Haut, ein Serum aus Kakao, Kaffee und Wacholderbeeren, das die Hautzellen stimulieren soll. Anschließend verwandeln uns die Hände der Masseurin in Minuten-

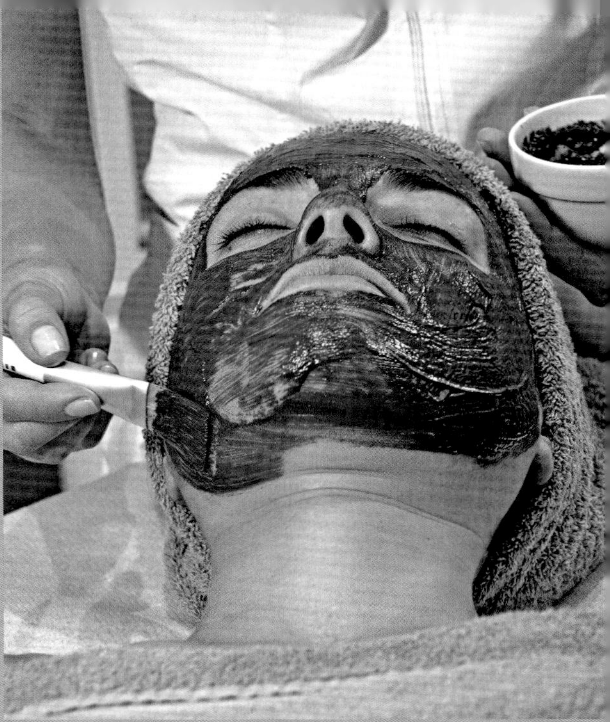

schnelle dank warmer Mousse au Chocolat von Kopf bis Fuß in Mohrinnen. In Folie gewickelt garen wir nun wie ein Braten bei Niedrigtemperatur in einem Schmortopf, der sich Haslauer Liege nennt. Gewürzt ist die Schokosauce, die uns umgibt, mit Pfeffer, Nelken und Koffein, »damit die Wirkstoffe des Kakaos noch besser in die Poren dringen«, wie uns die Fachfrau sagt. Die Luft ist schokoladenschwer und lässt die 600 Aromen des Kakaos auch durch die Nase wirken. Tief ins Innere des Hirns dringen sie ein und rufen Bilder aus Kindertagen zurück. Auch das sorgt für Wohlbefinden. Eine entspannende und zugleich belebende Massage mit Gianduja-Chocolate-Öl schließt die zweistündige Verwöhnprozedur ab.

LUST AUF LIEBE UND MEHR

Unsere Laune ist blendend, die Haut seidenweich. Zufrieden wie ein Honigkuchenpferd und duftend wie eine Praline finden wir uns zum Anbeißen. Eine seltene Erfahrung. Der Kakao hat sein Werk getan. Man sagt, Chocolate Treatments seien die perfekte Vorbereitung auf ein Rendezvous. Vieles spricht dafür. Frauen reize diese Therapie mehr als Männer, erfährt man im »Quellenhof« in Bad Ragaz. Männern sei die Schokotorte des Hauspatissiers in der Regel lieber. Deren Genuss macht zwar auch glücklich, schlank jedoch nicht. Obwohl die Torte ebenfalls aus Criollo-Kakao besteht wie die Spa-Produkte.

Wer weder in Schokolade schmoren noch allzu kalorienreich schlemmen will, ist mit den Genuss von hochwertiger Trinkschokolade gut beraten. Ungesüßt, aus hochprozentigem Kakao, mit Chili und Vanille gewürzt. Denn wie sagte der Basler Arzt Theodor Zwinger 1696 im »Theatrum botanicum«? »Furnemblich aber erweckt und reitzet sie zur Geilheit und Liebeslust / dennenher die übel versorgten Weibesbilder solch Tranck ihren Ehemännereren offt nicht ohne erwünschten Liebesnachtruck zu rüsten.« So oder so, Schokolade macht Lust auf mehr. Das kennt man ja.

PARFAITMASSE
mit Schokolade zubereiten

(1) Die Eiweiß-Zucker-Masse in der Küchenmaschine oder mit dem Handrührgerät zu Schnee schlagen.

(2) Erst einen Löffel Sahne, dann Eischnee, die restliche Sahne und die Hälfte der Pekannüsse unter die geschmolzene Kuvertüre heben.

(3) Die Masse in Portionsförmchen füllen, mit Folie abdecken und über Nacht tiefkühlen.

Schokoladenparfait und Sternanissauce

Pekannüsse und dunkle Schokolade verleihen dem Parfait seine ganz besondere Raffinesse.

ZUBEREITUNGSZEIT ca. 1 Std.
KÜHLZEIT ca. 10 Std. (über Nacht)

FÜR DAS SCHOKOLADENPARFAIT
25 g gehackte Pekannüsse • 1 Eiweiß • 40 g Zucker • 110 g dunkle Kuvertüre (66 % Kakao) 120 g geschlagene Sahne • 4 Portionsförmchen aus Metall (oder Tassen) • Schokoladenspäne

FÜR DIE STERNANISSAUCE
120 ml Milch • 1 EL Zucker • 1 Sternanis (oder 3 Tonkabohnen) • 1 TL Speisestärke • 1 Eigelb

FÜR DIE PEKANNUSSSTREUSEL
30 g Butter • 20 g brauner Zucker • 40 g Mehl 1 Msp. Backpulver • 25 g gemahlene Mandeln 15 g fein gehackte Pekannüsse

1. Für das Parfait die Nüsse ohne Fett unter Rühren rösten und abkühlen lassen. Eiweiß und Zucker über einem Wasserbad unter Rühren auf 60 °C erwärmen, vom Wasserbad nehmen und zu Schnee schlagen, bis die Masse abgekühlt ist (Step 1).

2. Die Kuvertüre über einem Wasserbad schmelzen (max. 45 °C), dann auf ein Eiswasserbad setzen und etwa 40 g Sahne unterrühren. Den Eischnee unterheben und die restliche Sahne zusammen mit der Hälfte der Pekannüsse unterziehen (Step 2).

3. Die Parfaitmasse in Portionsförmchen oder in mit Folie ausgelegte Kaffeetassen füllen. Mit Folie abdecken und am besten über Nacht im Tiefkühlfach vollständig durchfrieren lassen (Step 3).

4. Für die Sternanissauce Milch, Zucker und Sternanis aufkochen und abgedeckt mindestens 10 Minuten ziehen lassen. Stärke und Eigelb verrühren, die warme Zucker-Milch dazugeben, gut vermischen und unter ständigem Rühren einmal aufkochen lassen. Die Sauce sofort durch ein Sieb in eine kalte Schüssel ablaufen lassen und mit Folie abgedeckt abkühlen lassen.

5. Für die Pekannussstreusel alle Zutaten in einer Schüssel mischen und verkneten. Anschließend den Teig mit den Händen zu etwa 1 bis 2 cm großen Streuseln zusammendrücken. Diese auf einem Backpapier verteilt bei 160 °C Umluft etwa 12 bis 15 Minuten goldgelb backen.

6. Zum Anrichten das Parfait etwa 20 bis 30 Minuten vor dem Servieren aus dem Tiefkühlfach nehmen und in den Kühlschrank stellen, da es halbgefroren serviert wird. Zum Servieren aus der Form stürzen, dazu die Form kurz in warmes Wasser stellen und mithilfe eines Messers den Rand des Parfaits lösen.

SERVIERTIPP Platzieren Sie die Streusel auf dem Teller, stürzen Sie das Parfait darauf und garnieren Sie mit Schokospänen, den übrigen Nüssen und etwas Sauce.

Schokoladen-Kokos-Parfait mit Mango-Basilikum-Salat

ZUBEREITUNGSZEIT
ca. 50 Min.
KÜHLZEIT ca. 5 Std.

FÜR DAS SCHOKOLADEN-KOKOS-PARFAIT
100 g weiße Schokolade • 1 Ei
1 Eigelb • 2 EL Zucker • 3 EL Kokoslikör (z. B. Batida de Coco)
100 g Kokosmark • 200 g Sahne
75 g Kokosflocken • 4 Portionsförmchen aus Metall (oder eine kleine Terrinenform mit etwa 600 ml Inhalt)

FÜR DEN MANGO-BASILIKUM-SALAT
1 Thaimango • 50 ml Passionsfruchtsaft (Reformhaus; S. 182)
2–3 EL Granatapfelkerne
6 Basilikumblätter

1. Für das Schokoladen-Kokos-Parfait die weiße Schokolade hacken und über einem heißen Wasserbad schmelzen. Vier Portionsförmchen oder eine Terrinenform (etwa 600 ml Inhalt) mit Frischhaltefolie auskleiden.

2. Das Ei mit Eigelb, Zucker und Kokoslikör zunächst über dem Wasserbad cremig aufschlagen, dann herunternehmen und weiterschlagen, bis die Masse kalt ist. Die weiße Schokolade mit dem Kokosmark verrühren und unter die Zucker-Ei-Masse ziehen. Anschließend die Sahne steif schlagen und unterheben.

3. Die Parfaitmasse in die Förmchen füllen, glatt streichen und für mindestens 4 Stunden ins Tiefkühlgerät stellen. Inzwischen die Kokosflocken in einer Pfanne ohne Fett rösten, bis sie eine schöne Farbe haben, dann abkühlen lassen.

4. Für den Mangosalat die Thaimango schälen, vom Stein befreien, in Würfel schneiden und mit dem Passionsfruchtsaft und den Granatapfelkernen vermengen. Das Basilikum in feine Streifen (Julienne) schneiden und unterheben.

SERVIERTIPP Stürzen Sie das Parfait aus der Form, wälzen Sie es nach Belieben in Kokosflocken und reichen Sie den Mangosalat dazu.

S. 13
WARENKUNDE Weiße Schokolade

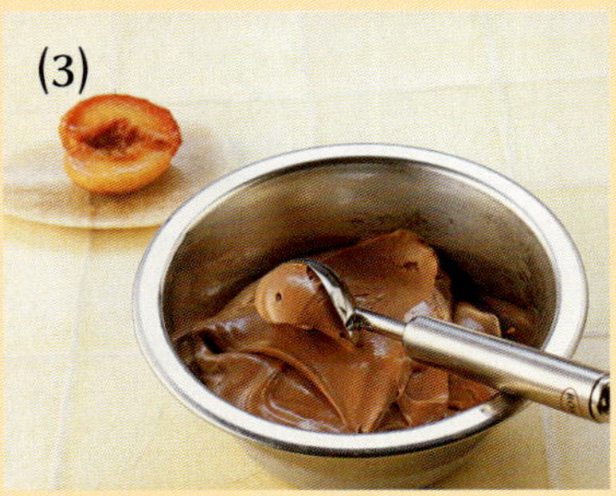

SCHOKOLADENEIS
zubereiten und portionieren

(1) Milch, Sahne und Zucker aufkochen, vom Herd nehmen und die gehackte Schokolade unterrühren.

(2) Die Mischung zu den Eigelben geben, verrühren und über einem heißen Wasserbad cremig aufschlagen.

(3) Die Masse in der Eismaschine gefrieren lassen, zu Kugeln portionieren und auf den Pfirsichen anrichten.

Karamellpfirsiche mit Schokoladeneis

ZUBEREITUNGSZEIT ca. 2 Std. 30 Min.

FÜR DIE SCHOKOLADENEISCREME
50 g Zartbitterschokolade (70 % Kakao)
100 ml Milch • 100 g Sahne • 40 g Zucker
2 frische Eigelbe

FÜR DIE KARAMELLPFIRSICHE
2 reife Pfirsiche • 50 g brauner Zucker
25 g Butter • Fleur de Sel zum Bestreuen

1. Die Schokolade hacken. Milch, Sahne und Zucker zusammen aufkochen, die Schokolade unterrühren (Step 1), das Ganze zu den Eigelben gießen und verrühren. Über einem heißen Wasserbad zu einer cremigen Konsistenz aufschlagen (Step 2). Auf ein Eiswasserbad setzen, kaltrühren und in einer Eismaschine cremigfest gefrieren lassen.

2. Für die Karamellpfirsiche die Pfirsiche halbieren und den Kern entfernen. Zucker, Butter und 50 ml Wasser in einer Pfanne aufkochen. Die Pfirsichhälften mit der Schnittfläche nach unten zugeben, 6 bis 8 Minuten bei mittlerer Hitze goldbraun karamellisieren lassen, dann wenden und weitere 2 Minuten garen. Je 2 Pfirsiche mit etwas Sauce auf einen Dessertteller geben, eine Kugel Eis daraufsetzen und mit Fleur de Sel bestreut servieren.

Irish Chocolate Trifle

Der Klassiker im neuen Gewand verführt mit Beerengrütze, Schokoladencreme und einem Hauch von Whisky.

ZUBEREITUNGSZEIT
ca. 1 Std. 45 Min.
ZIEHZEIT ca. 10 Std.

FÜR DIE BEERENGRÜTZE
100 ml Apfelsaft • 2 EL Zucker
2 leicht gehäufte TL Speisestärke
1 cl Whisky • 250 g gemischte Beeren, tiefgekühlt • 1 Schüssel (5 cm tief, 18 cm Ø)

FÜR DIE LÖFFELBISKUITS
60 ml Milch • 1 EL Zucker
1 TL Kakaopulver • 3 cl Whisky
10 Löffelbiskuits

FÜR DIE SCHOKOLADENCREME
1 ½ Blätter Gelatine • 75 g dunkle Kuvertüre (70 % Kakao) • 180 ml Milch
4 EL Zucker • 1 Eigelb • 1 EL Mehl
200 g Sahne

1. Für die Beerengrütze die Hälfte des Apfelsafts mit Zucker mischen und aufkochen, den restlichen Saft mit der Stärke anrühren und unter Rühren in den kochenden Saft geben. Weiterrühren und 1 Minute köcheln lassen. Den Whisky untermischen, die Beeren zugeben und das Ganze vom Herd ziehen. Die Beerengrütze in eine passende Schüssel für das Trifle geben.

2. Für die Löffelbiskuits Milch, Zucker und Kakaopulver aufkochen, vom Herd nehmen, 2 Minuten abkühlen lassen und den Whisky einrühren. Die Löffelbiskuits einzeln durch die Flüssigkeit ziehen und anschließend nebeneinander auf die Beerengrütze legen. Die restliche Flüssigkeit mit einem Löffel über die Biskuits geben.

3. Für die Schokoladencreme die Gelatine in kaltem Wasser einweichen. Zwei Drittel der Kuvertüre grob hacken, ein Drittel sehr fein hacken. Die Milch mit der Hälfte des Zuckers aufkochen. Das Eigelb mit dem Mehl kräftig verrühren, dann den restlichen Zucker einarbeiten. Die heiße Milch unter Rühren auf die Eigelb-Mehl-Mischung gießen, die Masse zurück in den Topf geben und unter ständigem Rühren aufkochen lassen. Wenn die Masse kocht, diese unter Rühren noch etwa weitere 2 Minuten erhitzen, bis sie eine sämige Konsistenz aufweist.

4. Die fein gehackte Kuvertüre und die eingeweichte Gelatine in die heiße Eigelb-Milch-Creme geben und gut verrühren, bis die Schokolade geschmolzen ist. Die Creme mit Frischhaltefolie abdecken; die Folie dazu direkt auf die Masse legen, und die Creme auf Raumtemperatur abkühlen lassen.

5. Die Sahne schlagen. Die abgekühlte Creme kräftig durchrühren, ein Drittel der Sahne untermischen und die restliche Sahne mit der grob gehackten Kuvertüre zusammen unterheben. Die Schokoladencreme auf die Löffelbiskuits geben und glatt streichen. Das Trifle schmeckt am besten, wenn er vor dem Servieren abgedeckt über Nacht durchziehen kann.

S. 15
WARENKUNDE Kuvertüre

S. 36 f.
WARENKUNDE Kakaopulver

SCHOKOLADENSAHNE
herstellen und Trifle schichten

(1) Die Schokolade in Stücke brechen und in der heißen, gezuckerten Sahne unter Rühren auflösen. Kalt stellen und anschließend halbsteif schlagen.

(2) Zum Einschichten die Biskuitwürfel auf die gelierten Rumfrüchte verteilen. Die Schokoladensahne daraufgeben, mit Streuseln bestreuen und mit flüssiger Schokolade garnieren.

Rumfrüchte-Trifle mit Schokoladensahne

Rumfrüchte und Schokoladensahne sind die Besonderheiten dieser Trifle-Variante.

ZUBEREITUNGSZEIT ca. 3 Std.

FÜR DEN BISKUIT
2 Eier • 50 g feiner Zucker • 2 EL Mehl
1 EL Speisestärke

FÜR DIE SCHOKOLADENSAHNE
250 g Sahne • 2 EL Vanillezucker • 100 g Zartbitterschokolade (70 % Kakao)

ZUM FERTIGSTELLEN DES TRIFLES
400 g Rumfrüchte • 2 Blätter Gelatine
80 g flüssige Zartbitterschokolade zum Verzieren

FÜR DIE SCHOKOLADENSTREUSEL
60 g Mehl • 3 EL Zucker • 30 g kalte Butter

1. Für den Biskuit den Ofen auf 180° C vorheizen. Ein tiefes Backblech (20 x 20 cm) mit Backpapier auslegen. Die Eier mit dem Zucker schaumig schlagen. Das Mehl mit der Stärke mischen, auf die Schaummasse sieben und unterheben. Die Masse in das Backblech geben, glatt streichen und im vorgeheizten Ofen etwa 20 Minuten goldbraun ba-

cken. Anschließend den Biskuit auf ein Kuchengitter stürzen und abkühlen lassen.

2. Für die Schokoladensahne die Sahne mit Vanillezucker aufkochen, vom Herd nehmen und die Schokolade in der heißen Sahne auflösen (Step 1). Die Schokoladensahne im Kühlschrank erkalten lassen.

3. Die Rumfrüchte abgießen, dabei die abtropfende Flüssigkeit auffangen. Die Gelatine in kaltem Wasser einweichen. Die Rumfrüchte in Gläser verteilen. Die Gelatine gut ausdrücken und in etwas erhitztem Sud der Rumfrüchte auflösen. Den restlichen Sud zugeben, dann über die Rumfrüchte in die Gläser gießen und im Kühlschrank etwa 1 Stunde gelieren lassen.

4. Für die Streusel das Mehl mit dem Zucker und der Butter zu Streuseln verkneten, auf einem mit Backpapier ausgelegten Backblech verteilen und im 180 °C heißen Ofen 6 bis 8 Minuten goldbraun backen.

5. Zum Anrichten den Biskuit in 2 cm große Würfel schneiden und auf den gelierten Rumfrüchten verteilen. Die Schokoladensahne halbsteif schlagen, auf den Biskuitwürfeln verteilen (Step 2) und nach Belieben mit den Streuseln bestreuen. Vor dem Servieren 1 bis 2 Stunden kühl stellen.

Schokoladensoufflé mit Flüssigkern, Bananenschaum und Maracujasauce

ZUBEREITUNGSZEIT
ca. 1 Std. 30 Min.

FÜR DIE SCHOKOLADEN-SOUFFLÉS
80 g Butter • 80 g gehackte dunkle Kuvertüre (70 % Kakao)
110 g feiner Zucker • 3 Eier
45 g Mehl • Butter und Zucker für die Souffléförmchen
4 Souffléförmchen (je 200 ml)

FÜR DEN BANANENSCHAUM
3 Maracujas (Passionsfrüchte)
1 Orange • ½ Vanilleschote
2 reife Bananen • 1 EL Butter
1 EL Zucker • 50 g Sahne

FÜR DIE MARACUJASAUCE
3 Maracujas (Passionsfrüchte)
1 Orange • 2 EL Joghurt

1. Für die Schokoladensoufflés den Ofen auf 180 °C vorheizen. Butter und Kuvertüre zusammen schmelzen. Zucker mit Eiern cremig aufschlagen, Butter-Kuvertüre unterziehen, Mehl zugeben und kräftig verrühren. Die Masse in gebutterte, mit Zucker ausgestreute Förmchen verteilen – die Förmchen maximal zu zwei Dritteln füllen – und 15 bis 17 Minuten backen; die Soufflés sollen außen fest sein und innen einen flüssigen Kern haben (Stäbchenprobe machen!).

2. Für den Bananenschaum die Maracujas halbieren, Saft auffangen, Fruchtfleisch durch ein Sieb drücken. Orange halbieren und auspressen. Alles mischen. Vanilleschote aufschlitzen, Mark herauskratzen. Bananen schälen, klein schneiden und in Butter und Zucker karamellisieren. Saftmischung, Vanillemark und -schote zugeben und durchkochen lassen. Vanilleschote entfernen, Sahne zugeben und schaumig aufmixen.

3. Für die Maracujasauce die Maracujas halbieren, Fruchtfleisch auskratzen und durch ein Sieb drücken. Orange halbieren und auspressen, beide Säfte mischen, einkochen lassen, mit Joghurt verrühren. Den Bananenschaum in tiefe Teller geben, die Schokoladensoufflés aus den Förmchen stürzen, in die Mitte setzen und mit der Maracujasauce umgießen.

Schokolade als Muse und Verführerin

»Ich will keine Schokolade, ich will lieber einen Mann ...«, provozierte Trude Herr 1959 im prosperierenden Nachkriegsdeutschland. Ironie des Schicksals, dass ein halbes Jahrhundert später Trude Herrs Anti-Schoko-Schlager nicht nur in Vinyl, sondern auch in dunkle Schokolade gerillt ist: Bis zu zehnmal kann man die Single vor dem Aufessen abspielen, sofern sie nicht vorher schmilzt. Langlebiger ist da schon »Das Schokoladenmädchen«, das der Schweizer Maler Jean-Étienne Liotard 1743–45 in Öl auf die Leinwand bannte (S. 20).

Schokolade lässt so manchen den Künstler in sich entdecken und mit Osterhasen, Nikolausen, Glückskäfern, Clowns oder Hexenhäusern gibt sich dann eben nicht jeder Meister der Kunst zufrieden. So produziert ein Duisburger Sozialwissenschafter seit Kurzem serienmäßig den gar himmlisch süßen

»Sweetlord«. Der in Goldfolie verpackte, 100 g schwere Original GoldJesus© aus Vollmilchschokolade soll an christlichen Festtagen »den eigentlichen Kern der Feiern in den Mittelpunkt rücken«, sagt sein Schöpfer Frank Oynhausen. Nichtsdestotrotz ist der Jesus zum Vernaschen vielen ein Stein des Anstoßes.

Buchstäblich zum Vernaschen fand das Publikum dagegen die Schoko-Models, die Patissiers bei den World Chocolate Masters in Paris in leckeren Roben, Korsagen und Catsuits über den Laufsteg schickten. Alles aus Schokolade, samt Hut, Rüschen und Blumenschmuck! In einer Stadt, in der es »Fleuristes du Chocolat« gibt, die auf Blumen und Topfpflanzen aus Schokolade spezialisiert sind, wundert einen eben nichts mehr.

Eher nach Trude Herrs Geschmack dürfte Lasse Hallströms Verfilmung der Romanze »Chocolat« (2000) von Joanne Harris sein. Denn hier geht es um die lustbetonte Seite der Schokolade, deren verführerisches Potenzial ein ganzes französisches Provinznest aus den Fängen der bigotten Prüderie befreit, mit Juliette Binoche als Chocolatière und Johnny Depp als Mann zum Vernaschen. Der Film ist einer von vielen, die Schokolade im Titel und zum Thema haben – »Milch und Schokolade« (1989), »Bittersüße Schokolade« (1992), »Bridget Jones – Schokolade zum Frühstück« (2001) – doch keiner hat je einen derartigen Schokoladenboom ausgelöst wie »Chocolat«. Auch die Verfilmung von Roald Dahls Kinderbuch »Charly und die Schokoladenfabrik« (2005), in dem Depp ebenfalls mitwirkt, reicht nicht im Geringsten an die Werbewucht von »Chocolat« heran.

Schokolade ist und war schon immer ein Thema für Künstler, Werbung, Film und Fernsehen.

Apropos Werbung: Die junge Schokoladenindustrie im 19. Jahrhundert ging mit der Blüte der Plakatkunst einher. Zunächst versuchten die Fabrikanten, ihre Tafeln und Barren mit Reklamezetteln, die sie an Bäumen, Zäunen, Türen und Mauern befestigten, unters Volk zu bringen. 1854 setzte der Berliner Drucker Ernst Theodor Litfaß das Aufstellen der ersten »Annociersäulen« durch. Ab 1880 bekam die Plakatwerbung durch Emailleschilder Konkurrenz, die haltbarer als Plakate waren und stärkeren Farbglanz besaßen. Viele Schokoladenhersteller wie Stollwerck, Kohler, Poulain, Suchard oder Lindt nutzten das neue Werbemittel und beauftragten renommierte Künstler mit der Gestaltung. Hinreißende Jugendstilarbeiten entstanden so. Heute sind diese Zeugnisse der frühen Schokoladenwerbung sehr begehrte Sammlerobjekte.

EIERCREME
zur Rose abziehen

(1) Das heiße Milch-Sahne-Gemisch in eine Metallschüssel zum Eischaum geben und unterrühren.

(2) Die Masse über einem heißen Wasserbad rühren, bis die Creme etwas bindet. Beim Daraufblasen soll sie einen Holzlöffel dicklich überziehen und dabei eine Art Rosenmuster bilden (»zur Rose abziehen«).

Weiße Crème brûlée mit Honigaprikosen

Weiße Schokolade und frischer Rosmarin geben der Creme das feine Aroma.

ZUBEREITUNGSZEIT ca. 1 Std.

FÜR DIE WEISSE CRÈME BRÛLÉE
¼ l Milch • 250 g Sahne • 6 g gemahlene Tonkabohne (Apotheke) • 4 Eigelbe • 2 Eier 110 g Zucker • 100 g gehackte weiße Schokolade • 4 EL Rohrzucker zum Karamellisieren

FÜR DIE HONIGAPRIKOSEN
4 Aprikosen • 30 g Butter • 1 EL Akazienhonig • 5 EL Aprikosenlikör • 8 Rosmarinnadeln

1. Für die Crème brûlée die Milch, die Sahne und die gemahlene Tonkabohne mischen und aufkochen. Die Eigelbe mit den Eiern und dem Zucker schaumig schlagen. Das Milch-Sahne-Gemisch zum Eischaum geben (Step 1) und zur Rose abziehen (Step 2). Die Masse durch ein Sieb passieren.

2. Die weiße Schokolade schmelzen. Den Ofen auf 130 °C vorheizen. Die Schokolade unter die Eiercreme rühren. Die Masse in kleine Förmchen füllen, auf ein Blech stellen, fingerhoch kochendes Wasser auffüllen, die Creme im Ofen 25 Minuten pochieren. Herausnehmen und erkalten lassen.

3. Die Aprikosen halbieren, die Steine entfernen, Früchte achteln. Butter und Akazienhonig in einem Topf aufschäumen lassen. Die Aprikosen zugeben und mit dem Likör ablöschen. Den Rosmarin hacken und zugeben. Zum Servieren die kalte Crème brûlée mit dem Rohrzucker bestreuen und mit dem Brülierbrenner karamellisieren.

S. 13
WARENKUNDE Weiße Schokolade

Getränkter Schokoladensavarin mit trunkenen Gewürzkirschen

Frisch gebacken und mit Sirup getränkt findet der Schokoladen-Hefeteig sein passendes Pendant in einem süß-säuerlichen Kompott.

ZUBEREITUNGSZEIT ca. 2 Std.

FÜR DEN SCHOKOLADENSAVARIN
170 g Mehl (Type 550) • 30 g Kakaopulver • 70 g Butter • 9 g Hefe • 1 EL Akazienhonig (oder flüssiger Blütenhonig) • 1 Msp. Salz • 4 Eier • Spritzbeutel • 4 dünn ausgebutterte Mini-Savarin- oder Gugelhupfförmchen

FÜR DIE GEWÜRZKIRSCHEN
300 ml roter Portwein • 100 ml Banyuls (oder Kirschlikör) • 100 ml Kirschsaft
1 Gewürznelke • 1 Zimtstange • 1 Vanilleschote • 2 Sternanis • 1 gemahlene Tonkabohne • 60 g Zucker • 1 EL Speisestärke • 250 g entsteinte Kirschen (TK oder frisch) • 2 cl Kirschwasser

FÜR DEN SIRUP
250 g Zucker • 5 cl Rum (40 %) • 1 TL Orangenzesten • 1 TL Limettenzesten
1 Zimtstange (3–4 cm) • 2 Sternanis
½ Vanilleschote

1. Für die Schokoladensavarins alle Zutaten Zimmertemperatur annehmen lassen. Alles bis auf die Eier in eine große Schüssel geben und miteinander verkneten. Die Eier nach und nach dazugeben und den Teig etwa 20 Minuten mit dem Knethaken in der Küchenmaschine kneten. Der Teig muss elastisch und glatt sein.

2. Den Hefeteig an einem warmen Ort zugedeckt 20 Minuten gehen lassen. Den Ofen auf 200 °C vorheizen. Den Teig in einen Spritzbeutel füllen, die Förmchen halbhoch damit füllen und den Teig noch einmal in den Förmchen bis zum oberen Rand aufgehen lassen. Die Savarins im Ofen 12 bis 15 Minuten backen. Für die Gewürzkirschen den Portwein und den Banyuls mischen und auf die Hälfte reduzieren.

3. Für den Sirup alle Zutaten mit ½ l Wasser aufkochen und etwa 10 Minuten ziehen lassen, anschließend durch ein Sieb gießen. Die Savarins aus den Förmchen stürzen, unten mehrfach einstechen und zum Tränken 5 Minuten in den heißen Sirup legen.

4. Den Kirschsaft, die Gewürze und den Zucker zur Portwein-Banyuls-Reduktion geben und etwa 5 Minuten köcheln lassen. Mit der in wenig kaltem Wasser angerührten Speisestärke binden und durch ein Sieb passieren. Die Kirschen dazugeben, aufkochen und das Kirschwasser unterrühren. Die Gewürzkirschen warm oder kalt zu den Schokoladensavarins servieren.

S. 36 f.
WARENKUNDE Kakaopulver

NOUGATMASSE
herstellen

(1) Nougat und Kuvertüre in Stücke schneiden, im heißen Wasserbad schmelzen und verrühren.

(2) Die geschmolzene Nougat-Kuvertüre-Mischung unter die Eigelb-Zucker-Masse ziehen.

(3) Sahne, Rum und Pistazien dazugeben und unterheben. Die Masse anschließend kalt stellen.

Schokoladenlasagne mit Himbeeren

Ein italienisch inspiriertes Dessert, das mit frischen Beeren, leichten Crêpes und feiner Schokoladencreme verwöhnt.

ZUBEREITUNGSZEIT ca. 1 Std. 30 Min.

FÜR DIE CRÊPES (FÜR 6–8 PERSONEN)
3 EL Mehl • 1 EL Kakao • 2 EL Puderzucker
Salz • 1 Msp. Vanillepulver • 1 Prise abgeriebene Zitronenschale • 100 ml Sojamilch (oder Milch) • 1 Ei • 50 g geklärte Butter zum Ausbacken (S. 180)

FÜR DIE FÜLLUNG
1 Eigelb • 1 TL Zucker • 180 g dunkles Nougat (S. 182) • 20 g dunkle Kuvertüre (70 % Kakao) 100 g Sahne • 1 TL Rum • 1 TL gehackte Pistazien • 150 g Himbeeren • 50 g Himbeermark (S. 182 f.) • Puderzucker nach Geschmack
Zucker zum Karamellisieren

1. Für die Crêpes Mehl, Kakao, Puderzucker, Salz, Vanillepulver und Zitronenabrieb vermischen. Mit der Sojamilch und dem Ei zu einem glatten Teig verrühren und diesen etwa 1 Stunde ruhen lassen.

2. Für die Füllung inzwischen das Eigelb mit dem Zucker schaumig rühren. Nougat und Kuvertüre zusammen auflösen (Step 1) und unter die Schaummasse heben (Step 2). Sahne, Rum und Pistazien unterrühren und kalt stellen (Step 3).

3. Den Crêpeteig durch ein Sieb passieren. Etwas geklärte Butter in einer beschichteten Pfanne erhitzen und aus dem Teig nacheinander 6 bis 8 möglichst dünne Crêpes ausbacken. Aus jeder Crêpe 4 Rechtecke schneiden (etwa 5 x 8 cm).

4. Die Himbeeren mit Himbeermark und Puderzucker marinieren. Zum Anrichten je eine Crêpe mit Nougatmasse bestreichen und marinierte Himbeeren auflegen. Diesen Vorgang zweimal wiederholen. Die oberste Crêpe mit Zucker bestreuen und mit einem Brülierbrenner karamellisieren.

S. 15
WARENKUNDE Kuvertüre

S. 43
WARENKUNDE Dunkles Nougat

Glasierte Schokoladencrêpes mit Tonkabohneneis und Mandarinen

Feine französische Pfannkuchen harmonieren bestens mit Schokolade und kommen hier mit Kakaolikör flambiert auf den Tisch.

ZUBEREITUNGSZEIT
ca. 1 Std. 20 Min.

FÜR DAS TONKABOHNENEIS
⅛ l Milch • 350 g Sahne • 1 Prise Salz • 2 Eier • 4 Eigelbe • 100 g Zucker • ¼ gemahlene Tonkabohne (S. 182 oder Apotheke)

FÜR DIE CRÊPES
70 g Mehl • 4 EL Zucker • 190 ml Milch • 3 Eier • 70 g gebräunte Butter (Nussbutter; S. 181) • 6 Mandarinen • 4 EL Kakaolikör (Crème de Cacao white, S. 182)

FÜR DIE SCHOKOLADENGLASUR
1 unbehandelte Mandarine • 3 EL Zucker • 3 TL Kakao • 1–2 Zimtstangen • 6 gestoßene Kardamomkapseln • 4 Gewürznelken • 4 cl Rum • 2 EL kalte Butterflocken

1. Für das Tonkabohneneis Milch, Sahne und Salz aufkochen. Eier, Eigelbe und Zucker verrühren. Die heiße Milch-Sahne-Mischung einrühren und mit Tonkabohne würzen. In einer Schüssel über dem Wasserbad »zur Rose abziehen« (S. 140). Die Masse vom Herd nehmen, durch ein Sieb passieren und abkühlen lassen.

2. Für die Crêpes Mehl, Zucker, Milch und Eier gründlich miteinander verrühren und die heiße Nussbutter unterziehen. Den Crêpeteig etwa 30 Minuten ruhen lassen.

3. Für die Schokoladenglasur die Mandarine heiß waschen, trocken reiben, die Schale abreiben, die Frucht halbieren und den Saft auspressen. In einem Topf 1 EL Zucker karamellisieren lassen und mit 200 ml Wasser ablöschen.

4. Kakaopulver, Saft und Schale der Mandarine, Zimt, Kardamom, Nelken und übrigen Zucker dazugeben und das Ganze so lange durchkochen, bis der Karamell aufgelöst ist und die Flüssigkeit leicht andickt. Die groben Gewürze entfernen, die Glasur mit Rum abschmecken und die Butter unterschlagen.

5. Die Eismasse in der Eismaschine zu cremigem Eis gefrieren. Falls keine Eismaschine zur Hand ist, die Masse 3 bis 4 Stunden tiefkühlen und dabei immer wieder kräftig durchrühren. Aus dem Crêpeteig hauchdünne Crêpes ausbacken und diese bis zum Servieren im Ofen (50 °C Umluft) warm stellen.

6. Die Mandarinen schälen und filetieren. Die Crêpes mit Glasur bestreichen und zusammenklappen. Mit Mandarinenfilets garnieren, mit Kakaolikör beträufeln und flambieren. Je eine Kugel Eis anlegen und sofort servieren.

S. 36 f.
WARENKUNDE Kakao

S. 45
WARENKUNDE Kakaolikör

Schokoladen-Ingwer-Gâteau mit flüssigem Kern und Ananaskompott

ZUBEREITUNGSZEIT
ca. 45 Min.
ABKÜHLZEIT FÜR DAS KOMPOTT ca. 2 Std.

FÜR DAS ANANASKOMPOTT
1 EL Akazienhonig • 1 Babyananas, geschält und in Würfel geschnitten • 40 ml Ananassirup (S. 182; oder Kokosnusslikör)
40 ml Passionsfruchtsaft (S. 182; oder Orangensaft) • 5 Korianderblätter (Asia-Laden) • 4–6 rote Pfefferkörner

FÜR DEN SCHOKOLADEN-INGWER-GÂTEAU
150 g weiche Butter • 30 g kandierter Ingwer • 150 g dunkle Schokolade (mind. 50 % Kakao)
60 g Mehl • 3 frische Eigelbe
2 frische Eier • 40 g Zucker
4 Briocheförmchen (6–8 cm Ø)
Butter und Mehl für die Backformen • flüssige Schokolade zum Anrichten

1. Für das Ananaskompott den Honig erwärmen, bis er schäumt. Die Ananaswürfel zugeben und mit dem Sirup und dem Saft ablöschen. Die Gewürze hinzugeben und das Kompott abkühlen lassen, dann die Gewürze entfernen.

2. Für den Schokoladengâteau die Briocheförmchen ausbuttern, mit Mehl ausstreuen und nebeneinander auf ein Ofengitter setzen. Den Backofen auf 190 °C (Umluft) vorheizen. Die Butter mit dem kandierten Ingwer im Mixer sehr fein zerkleinern.

3. Die Schokolade grob hacken, im Wasserbad schmelzen, die Ingwerbutter hinzugeben und ebenfalls schmelzen. Zuletzt das gesiebte Mehl unterheben. Eigelbe und Eier mit dem Zucker mindestens 5 Minuten kräftig aufschlagen.

4. Die Schokoladenmasse vom Wasserbad nehmen und auf 28 bis 30 °C abkühlen lassen. Dann die geschlagene Ei-Zucker-Masse unterheben. Den Teig in die vorbereiteten Förmchen geben, die Förmchen dabei nur zu zwei Dritteln füllen, im vorgeheizten Ofen etwa 8 bis 10 Minuten backen und anschließend herausnehmen.

SERVIERTIPP Je einen Gâteau auf einen Teller stürzen und mit flüssiger Schokolade und etwas Ananaskompott garnieren.

... und süßes
Naschwerk genießen

Pralinen, Torten und Konfekt

Willkommen in der Königsklasse der Schokoladenverarbeitung: Klassische sowie moderne Confiserie- und Patisserierezepte in ihrer ganzen Vielfalt geben hier den Ton an.

PRALINEN und Konfekt sind beliebt – und das mehr denn je, angesichts der angebotenen Vielfalt: Keine Sorte, die nicht schon erfunden scheint – und trotzdem kommen fast täglich neue Kreationen hinzu, ausgedacht von kreativen Chocolatiers und Patissiers rund um den Globus. Dabei sind nicht nur traditionelle Kombinationen und Füllungen en vogue: Schokolade harmoniert nämlich nicht nur mit Nüssen, Früchten oder Blüten, sondern auch sehr gut mit Schafskäse, Chili, Gorgonzola und ähnlich Pikantem. Probieren Sie es doch einmal aus, es muss ja nicht gleich eine aufwendige gefüllte Praline sein. Einfach, schnell und sehr gut sind z. B. diese Knusperpralinen mit Chili:

CHILI-CRISPS

Für etwa 40 Chili-Chrisps in einer Schüssel 100 g geröstete Mandelstifte mit 50 g Kakaobohnensplittern (S. 182) und 50 g Crisps oder Cornflakes vermischen. 20 feine Chilifäden (S. 182) in Stücke schneiden und zusammen mit 1 Prise Cayennepfeffer sowie 1 gestrichenem TL grob gemahlener, getrockneter Chilischote unter die Mandel-Crisps mischen. Dann 150 g dunkle Kuvertüre (70 % Kakao) über dem heißen Wasserbad schmelzen, anschließend temperieren (S. 55 f.), über die vorbereiteten Zutaten geben und alles mit einem Löffel gründlich vermischen. Die Masse möglichst rasch mithilfe von 2 Teelöffeln als kleine Häufchen auf Backpapier oder Folie setzen und anziehen lassen. Bevor die Chili-Crisps ganz getrocknet sind, zur Dekoration jeweils einige Kornblumenblüten (S. 182), Chilifäden oder grob gehackte Mandeln aufstreuen.

Club der Versuchung

Im Trend: Wer die Kreativität von Chocolatiers aus aller Welt verkosten möchte, kann Mitglied in einem der zahlreichen Pralinenclubs werden (Adressen im Internet).

Geeiste Passionsfrucht-praline mit Kokos

Ein Pralinen-Highlight für Feinschmecker, das sich jedoch auch leicht in ein edles Eisdessert verwandeln lässt.

ZUBEREITUNGSZEIT ca. 1 Std.
KÜHLZEIT ca. 15 Std.

ZUTATEN (FÜR 50 STÜCK)
400 g weiße Schokolade • 1 Ei
2 Eigelbe • 2–3 EL Zucker
200 ml Passionsfruchtpüree (10 % Zuckergehalt; S. 182) • 200 g Sahne • 3–4 EL neutral schmeckendes hochwertiges Öl (z. B. Sojaöl)
50 g leicht geröstete Kokosraspel
Holzstäbe für Lollys (oder kleine Spieße) • 2 Eiswürfelformen
Spritzbeutel mit Lochtülle

1. Zuerst die Eiswürfelformen in das Tiefkühlfach legen. Die weiße Schokolade fein hacken. 80 g davon in eine Schüssel geben, den Rest beiseitestellen. Ei, Eigelbe und Zucker über einem heißen Wasserbad schaumig aufschlagen. Nach und nach das Passionsfruchtpüree hinzugeben und weiterschlagen, bis die Masse 72 °C erreicht hat. Vom Wasserbad nehmen und auf die fein gehackte Schokolade gießen. Vorsichtig mit einem Teigschaber umrühren, bis sich die Schokolade aufgelöst hat.

2. Die Schokoladenschaummasse auf Eiswasser setzen und unter vorsichtigem Rühren auf 28 °C abkühlen lassen. Die Sahne steif schlagen. Die Masse vom Eiswasser nehmen und die geschlagene Sahne unterheben. Die Parfaitmasse mithilfe eines Spritzbeutels mit Lochtülle in die Eiswürfelformen füllen und für etwa 3 Stunden tiefkühlen, dann wieder aus dem Tiefkühlfach nehmen und antauen lassen.

3. Die Holzstäbe oder Spieße in die Mitte der Würfelformen stecken und die Masse bis zum nächsten Tag durchfrieren lassen. Die fertigen Eispralinen aus der Form drücken, auf eine mit Frischhalte- oder Alufolie belegte Platte legen und wieder zurück in das Tiefkühlfach stellen. Die restliche weiße Schokolade schmelzen, temperieren und anschließend mit dem Öl verrühren.

4. Die Eispralinen nacheinander rasch in die temperierte weiße Schokolade tunken und danach sofort von allen Seiten in den leicht gerösteten Kokosraspeln wälzen. Zum Servieren jede Eispraline mit dem Stielende in ein kleines, mit Zucker gefülltes Glas stecken.

Dessert statt Praline

Sie können die Masse für die Eispralinen auch in die Eismaschine geben und darin gefrieren lassen. Servieren Sie das Eis am besten in einer Schokoladenschale: Dazu kleine Luftballons aufblasen, zuknoten, mit dem unteren Ende in temperierte Kuvertüre halten, dann herausnehmen, abtropfen lassen und auf Folie absetzen. Sobald die Kuvertüre fest ist, die Luft aus den Ballons lassen und diese sehr behutsam entfernen. Das Eis hineingeben und mit einer Physalis garnieren.

S. 55 ff.
KÜCHENPRAXIS Kuvertüre temperieren

S. 78 f.
KÜCHENPRAXIS Pralinen herstellen

Schokoladentrüffel mit Balsamico

ZUBEREITUNGSZEIT ca. 4 Std. 25 Min.

ZUTATEN (FÜR 60 STÜCK)
1 EL Zucker • 3–4 EL alter Aceto balsamico • 250 g Sahne
1 Prise Salz • 400 g gehackte Bitterkuvertüre (70 % Kakao)
40 Zartbitter-Hohlkugeln (S. 182) • 15 Schokoladenschalen (S. 183) • 15 Rosmarinnadeln • 50 g Kakaobutter (S. 182)
150 g weiße Kuvertüre • Spritzbeutel, Loch- und Sterntülle

1. Den Zucker in einem kleinen Topf goldgelb karamellisieren. Mit dem Essig und der Sahne ablöschen, salzen und aufkochen lassen. Die Kuvertüre klein hacken. 200 g der Kuvertüre in eine Schüssel geben, die Sahne-Balsamico-Mischung darübergießen und alles zusammen glatt rühren.

2. Die Trüffelpralinenmasse auf 30 °C abkühlen, dann in einen Spritzbeutel mit mittlerer Lochtülle füllen und in die Öffnung der Hohlkugeln spritzen, bis diese gerade gefüllt sind. Die restliche Trüffelmasse mit der Sterntülle in die Schokoladenschalen spritzen und mit je 1 Rosmarinnadel garnieren. Alles mindestens 4 Stunden fest werden lassen.

3. Die restliche Bitterkuvertüre mit 30 g Kakaobutter über einem heißen Wasserbad erwärmen (bis 40 °C) und schmelzen. Unter Rühren auf 25 °C abkühlen lassen und erneut auf 32 °C erwärmen. Die Hälfte der Trüffelkugeln in die Kuvertüre tauchen und über ein Gitter rollen (»igeln«). Die weiße Kuvertüre mit der übrigen Kakaobutter schmelzen und temperieren. Die restlichen Trüffelkugeln damit überziehen und auch »igeln«.

S. 55 ff.
KÜCHENPRAXIS
Kuvertüre temperieren

S. 79
KÜCHENPRAXIS Trüffel »igeln«

Vollmilch-Zitronen-Trüffel

Mit Kakaohülle für den Sofortgenuss, im knackigen Schokoladenmantel auch für später – falls etwas übrig bleibt ...

ZUBEREITUNGSZEIT
ca. 1 Std. 45 Min.
KÜHLZEIT ca. 4 Std.

ZUTATEN
(FÜR ETWA 50 STÜCK)
3 EL Zitronensaft • 20 g Akazienhonig • ½–1 TL abgeriebene Zitronenschale • 750 g Vollmilchschokolade (43 % Kakao) • 50 g Crème fraîche • 150 g Sahne
50 g Zitronen-Olivenöl (S. 182)
Kakaopulver zum Wälzen • Pralinenrundgabel

S. 55 ff.
KÜCHENPRAXIS
Kuvertüre temperieren

S. 79
KÜCHENPRAXIS Trüffel »igeln«

1. Den Zitronensaft mit dem Akazienhonig zusammen einmal aufkochen. Vom Herd ziehen und auf 50 °C abkühlen lassen, dann den Zitronenabrieb hinzugeben und ziehen lassen. Inzwischen die Schokolade fein hacken.

2. Die Hälfte der Schokolade in eine Schüssel geben. Die Crème fraîche mit der Sahne aufkochen und so viel von der Mischung über die Schokolade gießen, dass diese nur ganz knapp mit Sahne bedeckt ist. Kurz warten, dann mit einem Teigschaber von der Mitte aus, in kleinen Kreisen umrühren.

3. Erneut etwas heiße Sahne zur Schokolade geben und von der Mitte aus langsam rühren. So weiterverfahren, bis eine matt glänzende, elastische Canache zubereitet ist. Bei den rührenden Bewegungen darauf achten, dass nicht zu viel Luft in die Canache gearbeitet wird.

4. Die Honig-Zitronen-Mischung durch ein feines Sieb in die Canache gießen (Schalen im Sieb gut ausdrücken) und nach und nach 3 EL Zitronen-Olivenöl unterrühren, wobei die Canache eine Endtemperatur von 26 °C haben sollte.

5. Die Canache mit dem Mixstab aufschäumen, um ihr eine besonders zart schmelzende Konsistenz zu verleihen. Dabei schräg in die Canache eintauchen,

damit sich keine Luftglocke unter dem Mixstab bildet. Die Masse 1 cm hoch auf ein mit Folie ausgelegtes Blech gießen und abgedeckt aushärten lassen. Anschließend in 1,5 cm große Stücke schneiden.

6. Die Trüffelmasse mit den Händen zu gleichmäßigen Kugeln formen. Die eine Hälfte der Trüffelkugeln sofort in Kakaopulver rollen. Sie sind gekühlt etwa 1 bis 2 Wochen haltbar und eignen sich daher nur für den baldigen Genuss.

7. Die andere Hälfte der Trüffelkugeln 2 Stunden kalt stellen. Mit der restlichen temperierten Vollmilchschokolade, die mit dem übrigen Zitronen-Olivenöl angereichert wird, dünn überziehen und auf Backpapier ablegen. Einzeln mit der Pralinenrundgabel in temperierte Schokolade tauchen und »igeln« (S. 79).

Feine Mokkapralinen

ZUBEREITUNGSZEIT ca. 1 Std. 30 Min.

ZUTATEN (FÜR 60 STÜCK)
250 g dunkle Kuvertüre (70 % Kakao) • 250 g Milchkuvertüre (43 % Kakao) • 100 g Sahne 1 EL Honig • 2 EL lösliches Kaffeepulver • 6 cl Chartreuse (oder Kräuterlikör) • 50 g weiche Butter • 60 dunkle Pralinenschalen (rund oder eckig; S. 182 f.) • Spritzbeutel mit Lochtülle

1. Die beiden Kuvertüren fein hacken. Von der dunklen Kuvertüre 150 g beiseitestellen, den Rest mit der Vollmilchkuvertüre in einer Schüssel mischen. Die Sahne mit dem Honig aufkochen und das Kaffeepulver darin auflösen (Step 1).

2. Die heiße Kaffeesahne über die Kuvertüre in die Schüssel gießen und verrühren, bis die Schokolade geschmolzen ist. Abkühlen lassen, bis diese Canachecreme fest, aber noch nicht vollständig erkaltet ist. Die Canache mit dem Mixer aufschlagen (Step 2), dabei Chartreuse und Butter unterrühren.

3. Die Canachecreme mithilfe eines Spritzbeutels mit Lochtülle in die Pralinenschalen füllen (Step 3), die Pralinenschalen dazu in der Form liegen lassen. Die beiseitegestellte Kuvertüre schmelzen, temperieren und mit der Palette über die ganze Oberfläche der Pralinenschalen streichen, um letztere zu verschließen (S. 78). Die Form dabei schräg halten.

MOKKAPRALINEN
füllen und verschließen

(1) Sahne und Honig zusammen aufkochen und das Kaffeepulver darin auflösen. Mit der Kuvertüre verrühren.

(2) Die Masse abkühlen lassen und mit dem Mixer zur Canache aufschlagen.

(3) Die Canachecreme mit dem Spritzbeutel bis 2 mm unter den Rand in die Pralinenschalen füllen, erstarren lassen und die Pralinen verschließen (S. 78).

Mandel-Orangen-Splitter

ZUBEREITUNGSZEIT ca. 30 Min.

ZUTATEN
(FÜR 30 STÜCK):
250 g Mandelstifte • 200 g Orangenkuvertüre (38 % Kakao; S. 182)
60 g kandierte Orangen • 1 EL Orangenlikör • 30 bunte Pralinenhülsen

1. Die Mandelstifte in einer beschichteten Pfanne unter Rühren leicht anrösten, auf einen Teller geben und gut auskühlen lassen. Die Orangenkuvertüre über einem heißen Wasserbad schmelzen und dabei auf 45 °C erwärmen.

2. Die kandierten Orangen in sehr feine Streifen schneiden, 30 Streifen für die Garnierung beiseitelegen, den Rest zu den Mandeln geben und gründlich miteinander vermischen. Die Kuvertüre auf 32 °C temperieren (S. 55 ff.) und den Orangenlikör unterziehen.

3. Die temperierte Kuvertüre mit den Mandeln und den kandierten Orangen verrühren. Mit einem Teelöffel kleine Häuflein auf Backpapier setzen, mit je einem Streifen kandierter Orange garnieren und 10 Minuten kühl stellen.

Kräuter-Schokoladentaler

ZUBEREITUNGSZEIT ca. 1 Std. 30 Min.
KÜHLZEIT ca. 3 Std.

ZUTATEN (FÜR ETWA 30 STÜCK):
200 g Vollmilchkuvertüre (38 % Kakao) • 100 g Sahne
je 1–2 Zweige Minze und Zitronenmelisse • 250 g Vollmilchkuvertüre (35 % Kakao) • 40 g weiche Butter
Vollmilchkuvertüre zum Überziehen nach Belieben (38 % Kakao) • Spritzbeutel mit Lochtülle

1. Die Vollmilchkuvertüre (38 % Kakao) hacken, über dem Wasserbad erwärmen und auflösen. Es sollten dabei 40 °C nicht überschritten werden. Unter Rühren auf 25 °C abkühlen lassen und anschließend die Kuvertüre wieder auf 32 °C erwärmen. Die Kuvertüre 2 mm dick auf Frischhaltefolie streichen und anziehen lassen, dann 60 Plätzchen (je 4 cm Ø) ausstechen.

2. Die Sahne mit Minze und Zitronenmelisse aufkochen, etwa 20 Minuten ziehen lassen und anschließend durch ein Sieb abgießen. Die Vollmilchkuvertüre (35 % Kakao) fein hacken. Die heiße Kräutersahne auf die Vollmilchkuvertüre gießen und alles gut verrühren, bis die Schokolade geschmolzen ist.

3. Die weiche Butter zugeben und unterrühren. Die Creme bis auf 25 °C abkühlen, anschließend mit dem Mixer leicht aufschlagen, in einen Spritzbeutel mit Lochtülle füllen und auf die 30 Schokoladentaler spritzen. Die restlichen Taler obenauf legen und leicht andrücken. 3 Stunden fest werden lassen. Nach Belieben mit temperierter Milchkuvertüre überziehen.

S. 15
WARENKUNDE Kuvertüre

S. 55 ff.
KÜCHENPRAXIS Kuvertüre temperieren

Getrocknete Früchte in Schokolade

ZUBEREITUNGSZEIT
ca. 1 Std. 30 Min.

FÜR DIE APRIKOSEN MIT MANDELN (FÜR 10 STÜCK)
10 getrocknete Aprikosen (200 g)
100 g Kuvertüre (nach Belieben Vollmilch oder weiße Kuvertüre)
50 g Mandelblätter • 10 Zahnstocher (oder kleine Spieße)

FÜR DIE PFLAUMEN MIT RUM UND NÜSSEN (FÜR 10 STÜCK)
30 g Marzipanrohmasse • ½ TL Rum (54 %) • 10 Dörrpflaumen
10 Walnusshälften • 100 g Kuvertüre (nach Belieben Vollmilch oder weiße Kuvertüre) • 10 Zahnstocher (oder kleine Spieße)

S. 15
WARENKUNDE Kuvertüre

S. 55 f.
KÜCHENPRAXIS Kuvertüre temperieren

1. Für die Aprikosen mit Mandeln die Aprikosen aufspießen und 15 Minuten in das Tiefkühlfach legen. Inzwischen die Kuvertüre hacken, schmelzen und temperieren (S. 55 ff.); bei der weißen Kuvertüre sollten noch ein paar kleine Klümpchen vorhanden sein, da dann die Temperatur nicht zu hoch ist.

2. Die Mandelblätter unter Rühren goldbraun rösten, aus der Pfanne nehmen, abkühlen lassen, mit der Faust zerdrücken und in ein Gefäß geben. Die Aprikosen durch die Kuvertüre ziehen, abtropfen lassen und mit einer Seite in die Mandeln drücken. Auf Backpapier legen und 15 Minuten im Kühlschrank fest werden lassen. Anschließend bei Raumtemperatur lagern.

3. Für die Pflaumen mit Rum und Nüssen das Marzipan mit dem Rum verkneten. Die Pflaumen auf einer Seite aufschneiden und mit dem Rum-Marzipan füllen, dann aufspießen und 15 Minuten in das Tiefkühlfach legen. Inzwischen die Walnüsse unter Rühren ohne Fett rösten, abkühlen lassen und grob hacken.

4. Die Kuvertüre hacken, schmelzen, auf 35 °C temperieren und in ein kleines Glas geben. Die Pflaumen durch die Kuvertüre ziehen, abtropfen lassen und mit einer Seite in die Walnüsse drücken. Auf Backpapier legen und 15 Minuten im Kühlschrank fest werden lassen. Anschließend bei Raumtemperatur lagern.

Schichtnougat mit Cassis

Ein außergewöhnliches Konfekt, das nicht nur optisch gefällt, sondern auch verwöhnte Feinschmeckergaumen besticht.

ZUBEREITUNGSZEIT
ca. 2 Std. 40 Min.
KÜHLZEIT mind. 20 Std.

ZUTATEN
(FÜR ETWA 80 STÜCK)
240 g Cassispüree (10 % Zucker; S. 182) • 120 ml roter Portwein 90 g Zucker • 12 g Obi-Pektin (oder Gelierfix 3:1) • 90 g Traubenzucker • 6 g Zitronensäure (Drogeriemarkt) • 450 g schnittfestes Haselnussnougat (60 % Haselnussanteil; S. 182) • 500 g dunkle Kuvertüre mit fruchtigen Tönen (64 % Kakao, z.B. Manjari; S.182) • Backrahmen (oder Tortenring) • Pralinengabel

S. 15
WARENKUNDE Kuvertüre

S. 55 ff.
KÜCHENPRAXIS Kuvertüre temperieren

1. Für die Zubereitung des Cassisgelees ein Blech mit Frischhaltefolie ganz glatt auslegen, dafür am besten das Blech leicht einölen und darauf die Folie legen. Mit einem trockenen Tuch glatt streichen und dann den Backrahmen aufsetzen.

2. Das Cassispüree mit dem Portwein und 50 g Zucker unter ständigem Rühren in einem kleinen Topf einmal aufkochen. Während das Cassispüree erhitzt wird, das Pektin mit 40 g Zucker vermischen. Die Pektin-Zucker-Mischung unter Rühren mit dem Schneebesen in das kochende Cassispüree einrieseln lassen. Nach erneutem Aufkochen den Traubenzucker hinzugeben und die Masse unter Rühren bis 102 °C einkochen.

3. Den Topf vom Herd nehmen und die Zitronensäure unterrühren. Die heiße Geleemasse in den Rahmen oder den Tortenring gießen. Das Gelee über Nacht abgedeckt bei Zimmertemperatur aushärten lassen. Wenn es schnell gehen muss, kann das Gelee dazu in den Kühlschrank gestellt werden.

4. Das Haselnussnougat in Stücke schneiden. Zwei Drittel davon in einem 40 °C heißen Wasserbad auflösen. Von der Wärmequelle nehmen, das restliche Nougat hinzufügen, die Masse auf 22 °C abkühlen lassen, dabei gelegentlich umrühren. Anschließend erneut auf 28 °C erwärmen. Die Hälfte des Nougats

auf dem Cassisgelee verteilen. Das Nougat aushärten lassen. In dieser Zeit das übrig gebliebene Nougat warm halten, z. B. auf einem Heizkörper. Falls Sie es nicht warm halten, muss das Nougat später erneut geschmolzen und temperiert werden.

5. Den Backrahmen entfernen, dazu den Rand mit einem kleinen Messer lösen. Ein Backpapier auf das Nougat legen und dieses umdrehen. Den gesäuberten Rahmen wieder aufsetzen und mit dem restlichen temperierten Nougat übergießen. Dann das Schichtnougat über Nacht aushärten lassen.

6. Das Schichtnougat am nächsten Tag mit einem warmen Messer in gleichmäßige Streifen schneiden (1,5 cm x 2,5 cm). Die Kuvertüre hacken, schmelzen und temperieren (S. 55 ff).

7. Die Schichtnougatstücke so auf eine Pralinengabel legen, dass man oben die drei Schichten sehen kann und die Stücke nur bis zum oberen Rand eintauchen, sodass die Schichtung oben sichtbar bleibt. Die Kuvertüre abtropfen lassen bzw. gut abstreifen und das Konfekt zum Trocknen auf ein Backpapier absetzen.

Von Mohren, Negern und Magiern

Die Stadt Coburg schämt sich ihres Mohren nicht: Im Gegenteil, sie ist stolz darauf, den Hl. Mauritius als ihren Schutzpatron im Stadtwappen darzustellen. Die Frankenstadt ist kein Einzelfall: Zwickau, Würzburg, Freising, Mittenwald und andere Städte schmücken ihre Wappen mit Mohrenköpfen. Dazu nennen sich landauf, landab Gaststätten, Apotheken, Brauereien ungeniert »Drei Mohren«, »Zum Mohren« oder im Fall von schwarzen Katzen »Mohrli«. Wie ungerecht, dass ausgerechnet unser »Lieblingsmohr«, der süße Mohrenkopf, als rassistisch-gefärbtes Unwort gilt. Frei nach Friedrich Schiller, »der Mohr hat seine Schuldigkeit getan, der Mohr kann gehen«, setzen nun Marketingstrategen der Süßwarenbranche auf Bezeichnungen wie Schwedenbomben, Süßpfropfen, Bums- und Schokoköpfe, Schaumzapfen, Neger-, Nasch-, Schoko-

und Othelloküsse. Sprachliche Ungetüme, die auch nicht korrekter und schon gar nicht appetitlicher und schöner als der gute alte »Mohrenkopf« klingen.
Apropos Schokokuss: Die Anregung zum Küssen stammt aus Frankreich, doch wer mag schon einen Super-Dickmanns auf die Kuvertüre küssen, wenn ihm nach dem Köpfen eines Mohrenkopfs zumute ist? Allein schon sprachlich geht das nicht. Deshalb bleibt allen Bemühungen zum Trotz der Schokokuss ein Mohrenkopf.

WER HAT IHN ERFUNDEN?

Niemand weiß, wer den kleinen Schwarzen – das darf man sagen, da das kleine Schwarze per se salonfähig ist – erfunden hat. Manche behaupten, die Franzosen hätten den »tête de nègre« (Negerkopf) im 19. Jahrhundert kreiert. Andere halten Wiener Zuckerbäcker für die Schöpfer, weil in einem Wiener Kochbuch 1827 erstmals von einem »Chocolate-Krapfen mit gefaumter Milch gefüllt« die Rede ist. Wieder andere geben Kaiser Wilhelm II. und seinem Kolonialstreben die Schuld, das einen Leipziger Konditor um 1890 zur zeitgemäßen Patisserie inspiriert haben soll. Auch in der kulinarischen Literatur der Schweiz tauchen zu der Zeit mit Schokolade überzogene Biskuitwaffeln auf, die mit Schlagrahm, Vanille- oder »Othello-Crème« gefüllt sind, womit wir erneut beim Mohren wären: Othello ist, Shakespeare sei Dank, der prominenteste Mohr der Literaturgeschichte.
Volle Fahrt nahm die Mohrenkopfproduktion nach dem Zweiten Weltkrieg auf. Die Lust auf Süßes war immens und der Mohrenkopf mauserte sich zum König der Süßwaren. Vieles hat uns seither die Zähne verklebt, doch nichts hat je solchen Kultstatus erreicht wie der braune Schaumschläger. Der »Schoggibolle« hat auch die Schweizer nach dem Krieg verzückt. Ein paar Hersteller haben dem Begriff »Mohre-Chopf« bis heute die Treue gehalten – nach dem Motto: »Ein Schuft, wer Böses dabei denkt.« Mit Kolonialimus hatte man ja in der Schweiz schließlich nichts zu tun. Den berühmtesten deutschen Werbemohren hat die »political correctness« inzwischen fest im Griff: 2004 wurde der Sarotti-Mohr zum »Sarotti-Magier der Sinne«. Seither jongliert er mit Sternen statt mit dem Tablett. Auch den Mohren des österreichischen Kaffeerösters Meinl hat die correctness erfasst: In Europa ist er zwar weiterhin schwarz wie die Nacht, in den USA aber glänzt er golden, was an eine Putte erinnern soll.

Bei keiner anderen Süßigkeit wurde jemals um so viel »political correctness« gerungen.

Gefüllte Schokoküsse

Selbst gebackene »Mini-Mohrenküsse«, die nicht mit süßer Füllung geizen, verlocken zu mehr ...

ZUBEREITUNGSZEIT ca. 2 Std. 15 Min.

FÜR DIE SCHOKOKÜSSE (ETWA 40 STÜCK)
5 Eigelbe (100 g) • 1 Prise Salz • 60 g Mehl • 6 Eiweiße (200 g) • 65 g Zucker • 65 g doppelgriffiges Mehl
Spritzbeutel mit Lochtülle

FÜR DIE FÜLLUNG UND GLASUR
3 EL Puddingpulver mit Sahnegeschmack • 40 g Zucker
300 ml Milch • 1 Prise Salz • 50 g gehackte weiße Kuvertüre • 500 g Aprikosenkonfitüre • 130 g Zucker • 4–5 EL Zitronensaft • 250 g dunkle Kuvertüre (56 % Kakao)
250 ml Milch • 25 g Glucosesirup (S. 182) • Spritzbeutel

1. Für die Schokoküsse die Eigelbe mit dem Salz aufschlagen, das Mehl zugeben und die Masse schaumig rühren. So viel Wasser zugeben, bis die Masse eine cremige Konsistenz hat. Den Backofen auf 160 °C (Ober-/Unterhitze) vorheizen. Die Eiweiße mit dem Zucker zu Eischnee schlagen, das doppelgriffige Mehl auf die Eischneemasse sieben und unterheben. Das Eischneegemisch zur Eigelbmasse geben und unterheben.

2. Die Schokokussmasse in einen Spritzbeutel mit Lochtülle Nr. 8 füllen. Ein Backblech mit Backpapier belegen und kleine Halbkugeln mit etwas Abstand daraufspritzen. Im vorgeheizten Backofen etwa 20 Minuten backen. Herausnehmen, auf ein Kuchengitter setzen und auskühlen lassen.

3. Für die Füllung das Puddingpulver mit dem Zucker mischen und mit etwas Milch anrühren. Die restliche Milch mit dem Salz zum Kochen bringen, das angerührte Puddingpulver einrühren und köcheln lassen, bis die Masse andickt.

4. Die weiße Kuvertüre unterrühren. Die Füllung auskühlen lassen. Die ausgekühlten Schokoküsse mit einem Teelöffel ausschaben. Die Creme mit dem Spritzbeutel und kleiner Lochtülle Nr. 2 in die halben Schalen füllen, je zwei aufeinandersetzen, leicht andrücken und kühl stellen.

5. Für die Glasur die Aprikosenkonfitüre mit dem Zucker und dem Zitronensaft mischen und aufkochen. Die Schokoküsse in die Aprikosenglasur tauchen, auf einem Gitter abtropfen lassen und kalt stellen.

6. Die Kuvertüre fein hacken und in eine Schüssel geben. Die Milch mit der Glucose aufkochen und über die Kuvertüre gießen. Alles glatt rühren und auf 28 °C temperieren. Die Schokoküsse in die Glasur tauchen oder die Glasur mit einem Pinsel auftragen. Die Schokoküsse wieder kalt stellen, bis die Glasur fest geworden ist.

Himbeer-Schokoladen-Fours

ZUBEREITUNGSZEIT ca. 1 Std. 45 Min.

ZUTATEN (FÜR 25 STÜCK):
175 g Mehl • 50 g Zucker • 100 g Butter
1 Prise Salz • 2 EL Kakao • ½ TL Vanillemark
1 Ei • 50 g weiße Kuvertüre • 300 g Himbeeren • 150 g dunkle Kuvertüre (70 % Kakao)
150 g Sahne • 30 g Invertzucker (oder je 15 g Fruchtzucker und Traubenzucker) • 50 g geröstete Mandelblättchen • 25 Mini-Tartelettförmchen (3–4 cm Ø; S. 183)

1. Für die Himbeer-Schokoladen-Fours aus Mehl, Zucker, Butter, Salz, Kakao, Vanillemark und Ei einen Mürbteig herstellen. Die Mini-Tartelettförmchen mit dem Teig auskleiden und 30 Minuten kalt stellen. Den Backofen auf 160 °C Ober-/Unterhitze vorheizen. Die Tarteletts im vorgeheizten Ofen etwa 8 Minuten backen und auskühlen lassen.

2. Die weiße Kuvertüre hacken, schmelzen und die Tarteletts damit ausstreichen. Die Himbeeren hineingeben. Für die Glasur die dunkle Kuvertüre hacken. Sahne und Invertzucker aufkochen, über die Kuvertüre gießen und verrühren (Step 1). Die Glasur auf 30 °C abkühlen lassen und über die fertigen Tarteletts gießen (Step 2). Die Ränder der Tarteletts mit Mandelblättchen garnieren (Step 3).

(1)

(2)

(3)

HIMBEER-FOURS
glasieren und garnieren

(1) Für die Glasur Sahne und Invertzucker aufkochen, über die dunkle Kuvertüre gießen und verrühren.

(2) Die abgekühlte Glasur über die Mini-Tarteletts gießen oder pinseln.

(3) Den Rand der Mini-Tarteletts mit Mandelblättchen garnieren.

Petit Fours aus Schokolade

Ein festliches Trio für die Gourmettafel: Schokoladenfours, Canache mit Trockenaprikose in Orangenkuvertüre und Schokoladenbaumkuchen.

ZUBEREITUNGSZEIT
jeweils ca. 45 Min. bis 1 Std. 30 Min.

FÜR DIE SCHOKOLADENFOURS (FÜR ETWA 20 STÜCK)
50 g Marzipanrohmasse • 50 g Cassismark (S. 182) • 30 Zartbitter-Schokoladenschalen (3,8 cm Ø; S. 182) • 1 Eigelb 1 TL Zucker • 50 g Kuvertüre (70 % Kakao) • 20 g Milchkuvertüre (35 % Kakao) • 75 g geschlagene Sahne 30 Physalis • Spritzbeutel

FÜR DIE CANACHE MIT APRIKOSEN IN ORANGENKUVERTÜRE (FÜR ETWA 20 STÜCK)
50 g Sahne • 100 g Kuvertüre (64 % Kakao) • 15 g weiche Butter • 1 TL Aprikosenlikör • etwa 20 getrocknete Aprikosen • 300 g Orangenkuvertüre (S. 182) • 100 g Kakaobutter (S. 182 f.) 10 g gehackte Pistazien • Spritzbeutel

FÜR DEN SCHOKOLADENBAUMKUCHEN (FÜR ETWA 25 STÜCK)
5 Eier (Größe L) • 185 g Zucker • 50 g Marzipanrohmasse • 225 g Butter ½ TL Vanillemark • 1 Msp. abgeriebene Zitronenschale • 400 g dunkle Kuvertüre (70 % Kakao) • 80 g Mehl • 180 g doppelgriffiges Mehl • 30 g geschlagene Sahne • Rum und Orangensaft zum Tränken • Pralinengabel

1. Für die Schokoladenfours die Marzipanrohmasse und das Cassismark zu einer glatten Masse verarbeiten und in die Schokoladenschalen füllen. Das Eigelb mit dem Zucker schaumig schlagen. Die beiden Kuvertüren fein hacken, schmelzen und temperieren (S. 55 ff.). Anschließend unter die Eigelb-Zucker-Masse ziehen.

2. Die Sahne unterheben. Die Masse etwa 20 Minuten in den Kühlschrank stellen, in einen Spritzbeutel mit Sterntülle füllen und in die Schokoladenschalen spritzen. Je eine Physalis (ohne Blatt) daraufsetzen.

3. Für die Canache mit Aprikosen in Orangenkuvertüre die Sahne aufkochen, die Kuvertüre hacken und darin schmelzen. Die Butter unterschlagen und die Creme anschließend abkühlen lassen. Den Aprikosenlikör unterziehen.

4. Die Canachecreme leicht aufschlagen und mit dem Spritzbeutel (Lochtülle Nr. 8) auf die Aprikosen spritzen. Kalt stellen und fest werden lassen. Die Orangenkuvertüre hacken, mit der Kakaobutter über dem heißen Wasserbad schmelzen und temperieren (S. 55 ff.). Die Kuvertüre mit einem Löffel oder Pinsel über die Canache-Aprikosen verteilen und mit Pistazien bestreuen.

5. Für den Schokoladenbaumkuchen die Eier trennen. Die Eiweiße zu Schnee schlagen und dabei 80 g Zucker unterschlagen. Marzipanrohmasse, Butter, Vanillemark, Zitronenschale, restlichen Zucker und Eigelbe schaumig schlagen. Kuvertüre hacken, 30 g davon schmelzen und flüssig dazugeben. Die Masse noch einmal durchrühren.

6. Den Eischnee unterheben, Mehl, doppelgriffiges Mehl und Sahne unterziehen. Die Masse 3 mm dick auf ein hohes Backblech (20 x 20 cm) streichen und unter dem Backofengrill hellbraun backen. Herausnehmen, eine weitere 3 mm hohe Teigschicht daraufstreichen, backen und so fortfahren, bis der gesamte Teig aufgebraucht ist. Den fertigen Baumkuchen über Nacht auskühlen lassen.

7. Den Baumkuchen in gleichmäßig große Würfel von 3 cm Kantenlänge schneiden, mit einem Gemisch aus Rum und Orangensaft tränken und mit der restlichen temperierten Kuvertüre überziehen (S. 55 ff.). Sobald Letztere anzieht, eine Pralinengabel (oder Gabelzinken) in die Oberfläche drücken, um ein Rillenmuster zu erzeugen.

Schokoladen-Tamarinden-Torte

Eine Torte für ganz besondere Anlässe: Das mildsäuerliche Aroma der Tamarinde harmoniert sehr gut mit Schokolade.

ZUBEREITUNGSZEIT ca. 2 Std.
KÜHLZEIT ca. 12 Std.

FÜR DEN SCHOKOLADEN-TORTENBODEN
50 g dunkle Kuvertüre (70 % Kakao) • 75 g Butter • 85 g Zucker
1 Ei • 20 g Mehl • 65 g Haselnüsse (geröstet und grob gehackt)
Springform (20 cm Ø)

FÜR DIE TAMARINDENCREME
1 Blatt Gelatine • 1 Eigelb • 1 Ei
4 EL Zucker • 50 g Tamarindenpüree (ohne Zucker; Asia-Laden oder S. 183) • 65 ml Orangensaft
30 g weiße Kuvertüre • 25 g Butter • Tortenring (20 cm Ø)

FÜR DIE SCHOKOLADEN-MOUSSE
1 Blatt Gelatine • 145 g Kuvertüre (70 % Kakao) • 120 ml Milch
1 Eigelb • 20 g Zucker • 270 g cremig geschlagene Sahne • Tortenring (22 cm Ø)

1. Für den Tortenboden Kuvertüre und Butter über einem Wasserbad schmelzen. Zucker und Ei verrühren und die warme Schokoladenmischung untermischen. Das Mehl mit den Haselnüssen vermischen und unterziehen. In einen Ring oder eine Springform (20 cm Ø) geben und bei 170 °C Umluft 12 bis 15 Minuten backen. Herausnehmen und auskühlen lassen.

2. Für die Tamarindencreme die Gelatine in kaltem Wasser einweichen. Eier und Zucker verrühren. Tamarindenpüree und Orangensaft aufkochen, unter die Ei-Zucker-Masse mischen und schlagend erhitzen, bis die Masse Blasen wirft. Kuvertüre fein hacken. Butter, Kuvertüre und Gelatine untermixen. Masse in einen Ring füllen (20 cm Ø) und 4 Stunden tiefkühlen.

3. Für die Schokoladenmousse die Gelatine in kaltem Wasser einweichen. Die Kuvertüre fein hacken und in eine Schüssel geben. Die Milch aufkochen. Eigelb mit dem Zucker vermischen und die heiße Milch unter ständigem Rühren dazugeben. Die Masse zurück in den Topf geben und erhitzen, dabei weiter mit dem Schneebesen rühren, bis die Masse Blasen wirft.

4. Die ausgedrückte Gelatine dazugeben, vermischen und das Ganze auf die gehackte Kuvertüre gießen. 1 Minute stehen lassen und dann rühren, bis eine homogene Konsistenz erreicht ist. Wenn die Temperatur der Masse bei etwa 40 °C liegt, die Sahne unterheben.

5. Zum Fertigstellen der Torte zunächst den Tortenboden in einen Tortenring (22 cm Ø) legen und die Hälfte der Schokoladenmousse einfüllen. Dann die tiefgekühlte Tamarindencreme einlegen, die restliche Schokoladenmousse darauf verteilen und glatt streichen. Die Torte im Kühlschrank mindestens 8 Stunden durchkühlen lassen.

6. Die durchgekühlte Torte aus dem Tortenring lösen: Entweder mit einem dünnen Messer zwischen Torte und Ring entlangfahren oder den Metallring von außen mit einem Brülierbrenner leicht erwärmen und dann den Ring abziehen.

SCHOKOLADENTORTE
herstellen

(1) Den Tortenboden in einen Tortenring legen, die Schokoladenfüllung daraufgeben, glatt streichen und kalt stellen.

(2) Die Glasur temperieren, über die Torte gießen, verstreichen, kalt stellen und vor dem Servieren mit Schokoladenblättern garnieren.

Schokoladentorte

Für wahre Liebhaber: Boden, Füllung und Glasur enthalten Kakao oder Schokolade.

ZUBEREITUNGSZEIT ca. 1 Std.
KÜHLZEIT ca. 4 Std.

FÜR DEN TORTENBODEN
5 Eier • 80 g Zucker • 100 g Butter • 80 g Puderzucker • 100 g dunkle Kuvertüre (70 % Kakao) • 100 g Mehl • Tortenring (22 cm Ø)

FÜR DIE SCHOKOLADENFÜLLUNG
175 g Kuvertüre (70 % Kakao) • 3 Eier
200 g Sahne • 20 g Zucker

FÜR DIE GLASUR
100 g dunkle Kuvertüre (56 % Kakao) • 100 g Milch • 10 g Glucosesirup (S. 182 f.) • Schokoladenblätter zum Garnieren (S. 71)

1. Für den Tortenboden die Eier trennen. Das Eiweiß aufschlagen, den Zucker nach und nach zugeben. Die weiche Butter mit dem Puderzucker schaumig rühren. Eigelbe nach und nach zugeben. Den Backofen auf 160 °C vorheizen. Die Kuvertüre hacken, schmelzen, abkühlen lassen und bei 35 °C in die Schaummasse rühren. Erst den Eischnee, dann das Mehl unterheben. Die Masse in einen Tortenring füllen und bei 160 °C 40 Minuten backen.

2. Für die Schokoladenfüllung die Kuvertüre hacken und über dem heißen Wasserbad schmelzen. Die Eier trennen, die Sahne steif schlagen. Die Eigelbe und die geschlagene Sahne unter die Kuvertüre heben. Die Eiweiße mit dem Zucker zu Schnee schlagen und anschließend unter die Schokoladenmasse ziehen.

3. Den Tortenboden von der oberen Backkruste befreien und bei Bedarf auf 2 cm Höhe zurückschneiden. Den Boden in den Tortenring einlegen. Die Schokoladencreme auf dem Boden verteilen (Step 1), die Oberfläche glatt streichen und die Torte 3 Stunden kalt stellen.

4. Für die Glasur die Kuvertüre hacken. Die Milch mit der Glucose aufkochen, über die Kuvertüre gießen und verrühren, bis die Masse eine glatte Konsistenz hat. Die Glasur auf 28 °C temperieren (S. 55 ff.), über die Torte streichen (Step 2) und diese 1 Stunde kalt stellen. Die Torte mit Schokoblättern garnieren (S. 71).

Mandelmürbteig-Schokoladentorte

ZUBEREITUNGSZEIT ca. 1 Std. 30 Min.
KÜHLZEIT ca. 2 Std.

ZUTATEN
120 g Butter • 90 g Puderzucker • 30 g Mandelgrieß (gemahlene Mandeln) • 4 Eier
230 g Mehl • Hülsenfrüchte zum Blindbacken
250 g dunkle Kuvertüre (67 % Kakao) • 340 g Sahne • 2 Eigelbe • 160 ml Milch • 1 Msp. Chilipulver • Springform (22 cm Ø)

1. Butter und Puderzucker verrühren, Mandelgrieß und 2 Eier unterrühren. 60 g Mehl untermischen, das restliche Mehl unterkneten, den Teig in Folie wickeln und 2 Stunden ruhen lassen. Den Ofen auf 160 °C (Ober-/Unterhitze) vorheizen. Den Teig ausrollen, die Springform damit auskleiden, dabei einen 3 cm hohen Rand mitformen. Backpapier darauflegen, Hülsenfrüchte einfüllen und den Boden im vorgeheizten Ofen blindbacken (S. 180).

2. Die Kuvertüre hacken, die Sahne aufkochen und über die Kuvertüre gießen. Die übrigen Eier und Eigelbe mit Milch und Chilipulver verquirlen und unter die Schokomasse heben. Die Masse auf den Mürbteigboden gießen und im Ofen bei 140 °C 30 bis 40 Minuten backen. Wenn die Masse gebunden ist, aus dem Ofen nehmen und kalt stellen.

Schokoladen-Eistorte

Stellen Sie einen Boden aus Mandelmürbteig her, wie im Rezept links angegeben. Blindbacken, herausnehmen und auskühlen lassen. Aus der Form lösen und einen Tortenring herumlegen. Lassen Sie nach Belieben 1 l Schokoladen- oder Stracciatellaeis (Fertigprodukt oder selbst gemacht) antauen, streichen Sie die Masse auf den Boden und lassen Sie die Torte im Tiefkühlfach durchfrieren. Den Ring lösen und die Eistorte mit gehacktem Mandelkrokant bestreuen.

S. 15
WARENKUNDE Kuvertüre

Glossar

ABZIEHEN, ZUR ROSE: Eine Eigelbcreme unter Rühren bis vor den Siedepunkt erhitzen, sodass sie auf dem Kochlöffel angedickt liegen bleibt und sich beim Daraufblasen Kringel zeigen, die an die Form einer Rose erinnern.

ANZIEHEN LASSEN: Schokolade, Glasuren oder auch Oberflächen leicht erkalten lassen, wobei sich die Form bzw. die Glasur verfestigt. So können weitere Schichten aufgetragen werden, die voneinander getrennt bleiben sollen.

APRIKOTIEREN: Eine Gebäckoberfläche mit heißer, passierter Aprikosenkonfitüre bestreichen. Dies ist vor dem Glasieren notwendig, um eine glatte Oberfläche zu erhalten, oder zum Aufstreuen von Dekorationen, damit sie besser halten.

AUFSCHLAGEN: Lockerungsvorgang bei der Zubereitung von Eischnee, Schlagsahne, Biskuitmasse, Saucen und Cremes. Dafür mit dem Schneebesen, dem Handrührgerät oder dem Mixstab die Masse bearbeiten, um sie locker und luftig zu machen.

BACKMATTE: Hitzebeständige, dauerhaft benutzbare Spezialmatte aus Silikon, auf der Teig ausgerollt und direkt gebacken werden kann. Auch als Ersatz für Backpapier.

BITTERSCHOKOLADE: Dunkle Schokolade mit einem Anteil von mindestens 60 % Kakao.

BLINDBACKEN: Vorbacken von Teigformen zum späteren Füllen oder Belegen. Dafür Teigboden mit Backpapier belegen, Hülsenfrüchte zum Beschweren einfüllen und backen. Papier und Hülsenfrüchte entfernen, Gebäck auskühlen lassen und weiterverarbeiten.

BLOCKSCHOKOLADE: Dunkle Schokolade mit einem Kakaoanteil von mehr als 30 %. Vorwiegend zum Kochen und Backen verwendet.

CANACHE: auch Ganache. Gerührte Creme aus gekochter Sahne und Kuvertüre, die zum Überziehen und als Füllung eingesetzt wird.

CASSIS: Schwarze Johannisbeere.

DRESSIEREN: Massen oder Cremes mit Spritzbeutel und Tüllen in eine gewünschte Form bringen.

DRESSIERBEUTEL: Spritzbeutel.

EINLASSMANIER: Zweifarbige Gestaltung mit gespritzter Schokolade, z.B. außen dunkle Schokolade, innen helle, oder umgekehrt.

EISCHNEE SCHLAGEN: Eiweiß steif schlagen und dabei nach und nach den abgewogenen Zucker einrieseln lassen, sodass ein dichter, weißglänzender Schaum mit festem Standvermögen entsteht.

EISWASSERBAD: Mit Eiswürfeln versetztes kaltes Wasser, in das Schüsseln mit warmen Saucen oder Cremes zum raschen Abkühlen (oder Kaltrühren) gestellt werden.

FONDANT: Zartschmelzende Glasurmasse aus feinsten Zuckerkristallen und Zuckersirup. Die Grundmasse ist weiß, kann aber auch gefärbt und aromatisiert werden.

GARNIERKAMM: Mit verschieden starken Kerbungen versehener Kamm zum Herstellen gerader oder wellenförmiger Linien/Streifen.

GEKLÄRTE BUTTER: Butterreinfett. Dafür Butter schmelzen und bei geringer Hitze kochen, bis sich die Eiweißbestandteile am Topfboden absetzen. Die Butter darf nicht bräunen; aufsteigenden Schaum abschöpfen. Das so entstandene Butterreinfett durch ein Sieb gießen.

GIANDUJA: Bezeichnung für Nougat in Frankreich, der Schweiz und in Italien. Besteht aus Mandeln, Zucker und Kuvertüre.

GLASIEREN: Gebäck mit Zuckerglasur, Schokoladenglasur bzw. Kuvertüre oder auch einem Fondantüberzug versehen.

GLUCOSESIRUP: Zuckersirup aus Traubenzucker, Dextrinen und Wasser. Verhindert unerwünschtes Auskristallisieren.

HOMOGENISIEREN: Vermengen von schwer mischbaren Zutaten, bis sie sich verbinden und eine glatte Konsistenz aufweisen.

INVERTZUCKER: Gemisch aus gleichen Mengenanteilen von Traubenzucker (Glucose) und Fruchtzucker (Fructose).

KAKAOANTEIL: Der prozentuale Anteil an Trockenmasse aus der Kakaobohne und Kakaobutter in Schokolade. Er muss auf der Verpackung angegeben sein.

KAKAOBUTTER: Blassgelbes Fett aus der Kakaobohne. Im Handel als Block oder in Form von Callets erhältlich. Schmilzt bei 32 bis 35 °C.

KAKAOPULVER: Kakaomasse wird durch Pressen in Kakaobutter und Kakaopresskuchen getrennt. Aus dem gemahlenen Kakaopresskuchen entsteht Kakaopulver, das einen Restfettgehalt von 10 bis 25 % aufweist. Unter 20 % muss der Kakao im Handel als fettarm oder stark entölt gekennzeichnet werden.

KARAMELLISIEREN: Schmelzen und gleichzeitiges Bräunen von Zucker. Auch: mit geschmolzenem Zucker überziehen oder mischen.

KUVERTÜRE: Spezialschokolade mit einem gegenüber Schokolade erhöhten Kakaobutteranteil von mindestens 31 %. Als Überzugsmasse und zum Tauchen von Pralinen. Im Block oder als Callets erhältlich.

LÄUTERZUCKER: Klar gekochter, abgeschäumter Zuckersirup. Zum Tränken von Gebäck, für Cremes und Massen.

LECITHIN: Fettähnliche Substanz, die in Eigelb, Soja und Sonnenblumenkernen vorkommt. Als Kakaobutterersatz oder Emulgator zum Stabilisieren von Schokolade.

NOUGAT: Masse aus Mandeln, Zucker und Kuvertüre (vgl. Gianduja).

NUSSBUTTER: Gebräunte Butter. Sie wird hergestellt durch Erhitzen von Butter.

PALETTE: Flaches, dünnes, vorn abgerundetes Messer zum Aufstreichen von Massen, Cremes und Glasuren, zum Tablieren etc. Es gibt kurze und lange, gerade und angewinkelte Paletten.

PARFAIT: Masse aus Eischaum und Sahne mit Geschmackszutaten, häufig auch kurz tiefgekühlt (Halbgefrorenes).

PRALINEN: Konfekt, das mit Canache, Nougat, Likör o.Ä. gefüllt ist und einen Mindestschokoladenanteil von 25 % aufweist.

PRALINENGABEL: Trempiergabel. Spezielle Gabel zum Ein- und Untertauchen von Pralinen und kleinem Gebäck in temperierte Kuvertüre oder Glasuren sowie zum Herausheben und Absetzen derselben auf Gitter, Papier oder Folie. Die Spezialgabel besitzt 2 bis 6 Zinken und ist rund, oval oder als Spirale geformt.

REDUZIEREN: Einkochen von Flüssigkeiten zur Aromakonzentration.

TABLIEREN: Abkühlen von erwärmter Kuvertüre, Fondant oder Massen durch mehrmaliges Aufstreichen und Zusammenschaben mit einer Palette. Dabei wird in der Regel auf der Tischplatte oder einer Marmorplatte gearbeitet.

TEMPERIEREN: Langsames Erwärmen bei schwacher Hitze. Kuvertüre wird temperiert, um den exakten Fettschmelzpunkt zu erreichen und Glanz und Aroma zu erhalten.

TRÜFFEL: In der Confiserie Bezeichnung für Konfekt aus Rahmcanache mit eingerührter Butter, meist in Form von Kugeln.

VOLLMILCHSCHOKOLADE: Hellere Schokolade mit einem Kakaoanteil von mindestens 20 %. Sie enthält in der Regel auch Zucker (maximal 55 %), Milchpulver, Kakaobutter und Aromastoffe.

WASSERBAD: Bain-Marie. Ein zum Teil mit heißem Wasser gefüllter Behälter zum Warmaufschlagen von Cremes und Massen, auch zum Warmhalten.

WEISSE SCHOKOLADE: Schokolade, die außer Kakaobutter keine weiteren Inhaltsstoffe aus der Kakaobohne enthält.

ZUCKERTHERMOMETER: Spezielles Thermometer, das zum Messen der Temperatur beim Kochen von Zucker verwendet wird.

Bezugsquellen

http://www.besserkochen.de
Internetshop mit einem breiten Sortiment, zu dem auch Schokoladiges gehört, z.B. Mini-Schokoladentassen, Schokoladenfondue, Schokoladenhohlkörper, Kuvertüre in verschiedenen Sorten, Schokoladen-Aromaessenz und -likör.

http://www.bosfood.de
Feinkost aller Art mit breitem Schokoladen- und Kuvertürensortiment (z.B. Manjari), Pralinenschalen, Kakaobohnensplitter (Crue de Cacao). Daneben auch Zutaten wie Pektin, Fondant, Lakritzpaste, Mole poblano, Kakaolikör (Crème de Cacao), Kakaobutter, Nougat, Lecithin, Chilifäden, Kornblumenblüten, Passionsfruchtpüree, Tonkabohnen, Ananassirup, Zitronen-Olivenöl und Banyuls sowie Zubehör (z.B. Spritzbeutel in verschiedenen Größen).

http://www.callebaut.com
Umfangreiche Internetseite des Schokoladenherstellers, u.a. mit Praxistipps zur Schokoladenverarbeitung, z.B. Kuvertüre temperieren. Kein direkter Einkauf möglich!

http://www.chocri.de
Internetshop, der Schokolade nach Kundenwunsch herstellt. Man kann dabei seine Basisschokolade und Lieblingszutaten selbst aussuchen.

http://www.dallmayr-versand.de
Internetshop des traditionsreichen Münchener Feinkostgeschäfts: ausgefallene Schokoladensorten (z.B. Orangenschokolade) und Kakaobohnensplitter im Schokoladenmantel.

http://www.delitrade.de
Kakao, Schokolade, Trinkschokolade, Kakaobohnen. Alle möglichen Schokoladensorten, auch ausgefallene, wie z.B. Schokolade mit Honig, Propolis und Pollen. Schokoladenlöffel, Schokoladengranulat.

http://www.dragonspice.de
Shop für sinnliche Erlebnismittel und Naturwaren: Kräuter, Kosmetik, Tee, Räucherwaren, u.a. Bezugsquelle für Tonkabohnen.

http://www.feinkost-rink.de
Internet-Feinkostversand, der u.a. Himbeerschokolade, Lakritzpulver, Mole, Schokoladenlikör, Chilifäden, Quittenmostarda und spezielle Nudelmehle anbietet.

http://www.finefoods-online.com
Diverse hochwertige Schokoladen und Kuvertüre, z.B. Orangenkuvertüre, Choco rolls für Girolle, Kakaosorten, Kakaobohnensplitter, Kakaobutter sowie Diabetikerschokolade.

http://gaumenshop.de
Onlineshop für Patisserie und Confiserie, z.B. Pralinenhohlkugeln und -schalen, Pralinenaufleger, Pralinengitter, Spritzbeutel in verschiedenen Größen, Pralinen- und Schokoladengießformen, Pralinengabeln und Backmatten. Daneben auch Rezeptzutaten wie Glucosesirup, Fondant, Aromapasten (z.B. Cassis).

http://www.gourmet-versand.com
Ausgesuchte Schokoladen mit unterschiedlichen Aromanoten, zum Teil auch Cru-Sorten, z.B. Equatorial lactée aus Madagaskar. Umfangreiches Kuvertüresortiment von Valrhona, z.B. Orangenkuvertüre, ebenso Kakaobohnen, Kakaobutter und

Kakaomasse. Daneben auch Rezeptzutaten wie Nougat, Mole oder Tamarinde für Tamarindenpaste.

http://www.gourmondo.de
Feinkostversand mit über 300 Schokoladenprodukten, darunter Schokoladentee von Kusmi, Schokonudeln, Schokoladenzucker in der Mühle, Schokoladenlikör sowie ausgefallene Rezeptzutaten wie z. B. Tamarindenpaste.

http://www.hobbybaecker.de
Onlineshop für Backbedarf mit einem Sortiment an Kuvertüre und Schokolade, z.B. Orangenkuvertüre, Guayaquil-Kuvertüre etc. Daneben auch Rezeptzutaten wie Kakaobutter, Fruchtpasten (z. B. Cassis), Nougat, Glucosesirup, Lecithin, Dekormasse (Fondant) sowie Spritzbeutel in verschiedenen Größen, Lollystäbe, Schokoladengießformen, Pralinenhohlkugeln, -halbschalen und -schalen sowie Pralinenzubehör.

http://www.Intveld.de
Onlineshop mit eigener Schokoladenmanufaktur in Berlin, der auch ein Schokoladenabo anbietet. Im Sortiment neben diversen weißen, Vollmilch- und dunklen Schokoladen auch 100%ige Schokoladen, zuckerfreie Produkte, Flocken und Trinkschokoladen sowie seltene Kombinationen, wie etwa Schokolade mit Honig, Pollen und Propolis.

http://www.manni´s-laden.com
Spezialversand für Hobbyköche und Schokoladenliebhaber. Alles zur Pralinenherstellung, z. B. Kakaobohnen, Kakaobutter, Fruchtpulver, umfangreiches Kuvertüresortiment.

http://www.pati-versand.de
Patisserie-Artikel (z. B. Spritzbeutel) und -rohstoffe, wie Pralinenhohlkugeln und -schalen, Schokoladenschalen für Desserts, Orangenkuvertüre, Nougat und Fettglasur. Daneben auch Rezeptzutaten wie Glucose oder Aromapasten (z. B. Cassis).

http://schokoladengeschenke.com
Mit Schokolade verfeinerte Kreationen aus Konfitüren, Senf und Essig.

http://www.schokoladengourmet.de
Internetshop spezialisiert auf Milch- oder dunkle Schokolade, gefüllt, gewürzt oder zuckerfrei, Trinkschokolade, Kuvertüren, z. B. Reismilchkuvertüre ohne Milcheiweiß, Nougat und Kakaobohnen.

http://www.schokoladenkuvertueren.de
Das Online-Kuvertüreparadies mit Produkten aus den verschiedensten Anbaugebieten, z. B. San Domingo, Ecuador, Ghana, Java und Trinidad.

http://www.schokotempel.de
Wissenswertes rund um Schokolade und ein breites Sortiment an weißer, Vollmilch- und dunkler Schokolade bis 85 % Kakaoanteil. Ferner gefüllte Schokoladen, Trinkschokoladen und Probierpakete.

http://www.senfgourmet.de
Onlineshop, der neben Konfitüren und Gewürzen auch Senf (z. B. Schokoladensenf) und scharfe Schokoladen mit Chili oder Ingwer anbietet.

http://www.Tortissimo.de
Onlineshop für Hobbypatissiers und -chocolatiers. Hier gibt es neben Backzubehör auch Schokoladenhohlkugeln, Pralinenschalen, Pralinenformen etc.

http://www.vivani.de
Bioschokoladen, Schokocreme, Schokogetränke sowie Kuvertüre. Informationen zur Geschichte des Kakaos sowie über den Anbau und die Verarbeitung der Kakaobohnen.

Register

Register

Unsere Spitzenköche ...

MARKUS BISCHOFF

Seinen Ruf als hervorragender Koch begründete Markus Bischoff durch seine Arbeit in Spitzenrestaurants wie bspw. Eckart Witzigmanns »Aubergine« in München. Sein außergewöhnlicher Stil mit asiatischen, aber auch bayerischen und italienischen Akzenten brachte ihm unzählige Auszeichnungen: Der Gault Millau verlieh ihm 17 Punkte, sein Restaurant schmückte sich mit einem Michelin-Stern. Heute verwöhnt er Gourmets im edlen Clubrestaurant »Bischoff« der Dekra-Hauptverwaltung in Stuttgart.

MATTHIAS BUCHHOLZ

Nach seiner Ausbildung zum Koch rundete Matthias Buchholz sein Können in Sterne-Restaurants ab, wie etwa im Frankfurter »Weinhaus Brückenkeller« oder im Restaurant »Logenhaus« in Berlin. Seit 1996 begeistert der Koch »mit einer tief empfundenen Liebe zum Beruf« seine Gäste als Chef de Cuisine im Restaurant »First Floor« im Hotel Palace in Berlin mit raffinierten Gerichten und Desserts. Dafür erhielt er einen Michelin-Stern und 18 Gault-Millau-Punkte.

LYDIA FIKUS-LEONE

Für die ambitionierte Köchin war Kochen immer schon »pure Leidenschaft«. So sammelte sie nach ihrer Ausbildung zur Köchin Erfahrungen in unterschiedlichsten Häusern, u. a. im Kölner »Hotel Wasserturm« oder im »Restaurant zur Traube« in Grevenbroich, bevor sie als Souschefin im Hotel »Vila Joya« im portugiesischen Albufeira anheuerte. Zurück in der Heimat brilliert sie mit ihrer innovativen und raffinierten Küche als Leiterin der Kochschule des Drei-Sterne-Kochs Dieter Müller im Schlosshotel Lerbach.

STEPHAN FRANZ

Seine Leidenschaft für Süßes machte er zum Beruf: Nach einer Ausbildung zum Koch im Hotel »InterContinental« in Berlin absolvierte er zudem die des Konditors im Münchner »Konditorei-Café Widmann«. Rasch zum Chefpatissier aufgestiegen, war er in renommierten Restaurants wie dem »Tantris« in München oder im Hotel »Adlon« in Berlin tätig. Seither mit zahlreichen Preisen als bester Patissier ausgezeichnet, arbeitet er heute im auf Fotoproduktionen aus Schokolade spezialisierten Unternehmen seiner Frau, »Schokofoto«.

PETER HAUPTMEIER

Er ist ein echter Meister auf dem Gebiet der Desserts und Patisserie sowie ein wahrer Experte für Schokolade. Peter Hauptmeier lernte nach seiner Ausbildung zum Konditor auch die Kunst der französischen Patisserie kennen und spezialisierte sich auf die Herstellung feinster Zuckerarbeiten. Als Chefpatissier im »Park Hotel Bremen« entwickelte er ein traumhaftes elfgängiges Dessertmenü. Seit 1995 kreiert er nun im Bremer »Café Hauptmeier« im »Best Western Wellness Hotel zur Post« ausgefallene Desserts und Patisserie.

MARKUS HERBICHT

In seine Kochkunst fließen Erfahrungen aus verschiedenen Spitzenrestaurants und Ländern ein. So arbeitete er zwei Jahre bei Johann Lafer im »Le Val d´Or« und gewann tiefe Einblicke in die asiatische Küche während seiner Tätigkeit in zwei Fünf-Sterne-Hotels in Thailand. Seinen unverwechselbaren mediterranen Kochstil entwickelte er im »Kempinski Resort Hotel Estepona« in Spanien. Heute ist er Küchendirektor bei der Firma »Gastart«, die u. a. die Berliner Restaurants »Borchard«, »San Nicci« und »Pan Asia« betreibt.

JOHANN LAFER

»Jedes Essen sollte man genießen. Jeden Genuss sollte man zelebrieren. So entsteht Freude.« Diesem Motto ist Johann Lafer, der Meister der Kochkunst, stets treu geblieben. Neben seiner Tätigkeit als Küchenchef des »Le Val d´Or« betreibt er die Kochschule »Table d´Or« sowie das »Stromburg Hotel«. Darüber hinaus tritt er in zahlreichen Kochshows auf und moderiert seine eigene Sendung »Lafer! Lichter! Lecker!« Aktuell besitzt er 17 Punkte im Gault Millau, einen Michelin-Stern und 3,5 F des Feinschmeckers.

MATTHIAS LUDWIGS

Schon von Kindheit an vom Kochen begeistert, schloss Matthias Ludwigs nach der Ausbildung zum Koch die zum Konditor gleich an. Seither suchte Ludwigs die Herausforderung: bei Stefan Marquard im »Restaurant Lenbach« in München, beim 3-Sterne-Koch Dieter Müller in Bergisch Gladbach und bis vor kurzem im Kölner »Restaurant Graugans«, wo er die Auszeichnung »Patissier des Jahres« erhielt. Nun ist er in der Patisserie »Törtchen Törtchen« für die Herstellung zahlloser Köstlichkeiten verantwortlich.

STINA SCHMITT

»In der Patisserie kann ich mich voll ausleben. Ich bin Perfektionistin.« So muss es wohl sein, denn als eine der Jüngsten ihres Fachs ist Stina Schmitt auch eine der Besten. Nach ihrer Ausbildung zur Köchin baute die gebürtige Unterfränkin ihr Können u. a. bei Spitzenköchen wie Johanna Maier oder Dieter Müller kontinuierlich aus und wurde bald Chefpatissière bei Thomas Bühner im Restaurant »La Vie« in Osnabrück. Seit Kurzem verwöhnt sie die Gäste des »St. James« Hotels in London mit ihren süßen Kreationen.

BERND SIENER

Für seine exzellente Ausbildung hat er die halbe Welt bereist. Hierzulande arbeitete er u. a. für Heinz Winkler im »Tantris« in München und im Hotel »Traube-Tonbach« bei Harald Wohlfahrt. Heute verwöhnt er seine Gäste im Restaurant »Bel Etage« (1 Michelin-Stern) in Marburg mit einer saisonalen Produktküche, die Einflüsse der mediterranen und asiatischen Esskultur aufgreift. Dafür verlieh ihm der Feinschmecker 2009 3,5 F, der Focus zählte ihn zu den 50 besten deutschen Küchenchefs.

M. WOLTEMATH-KÜHN

Einst brachte sie sich das Kochen selber bei. Heute zählt Melanie Woltemath-Kühn für den Schlemmer Atlas zum wiederholten Male zu den »10 besten Köchinnen« in Deutschland. Nicht ohne Grund begeistert der besondere Charme und kreative Charakter ihrer Küche seit über 30 Jahren auch ihre Gäste in »Woltemaths Restaurant« in Burgwedel vor den Toren Hannovers. Gleichzeitig beweisen zahlreiche Auszeichnungen immer wieder ihre erstklassige Kochkunst.

Genehmigte Sonderausgabe 2010

Verlag	© 2009 TEUBNER Grillparzerstr. 12, D-81675 München TEUBNER ist ein Unternehmen des Verlagshauses GRÄFE UND UNZER, GANSKE VERLAGSGRUPPE leserservice@graefe-und-unzer.de www.teubner-verlag.de
Projektleitung, Redaktion	Sonja Ott-Dörfer
Redaktion, Text und Lektorat	Bärbel Schermer
Sonderseitentexte	Ingrid Schindler
Bildredaktion	Sonja Ott-Dörfer
Herstellung	Susanne Mühldorfer
Rezepte	Markus Bischoff, Matthias Buchholz, Lydia Fikus-Leone, Stephan Franz, Peter Hauptmeier, Markus Herbicht, Johann Lafer, Matthias Ludwigs, Stina Schmitt, Bernd Siener, Melanie Woltemath-Kühn
Fotografie	Alle Bilder von Matthias Hoffmann, Delmenhorst, und Frauke Koops – Produktion, Styling, Foodstyling (Geesthacht b. Hamburg)
Gestaltungskonzept	independent Medien-Design (München), Janine Polte, Ling Xu
Reproduktion	Repromayer, Reutlingen
Druck	aprinta druck, Wemding
Buchbinderei	Conzella, Pfarrkirchen
ISBN der original Verlagsausgabe	978-3-8338-1656-7

GRÄFE UND UNZER

Ein Unternehmen der
GANSKE VERLAGSGRUPPE

BILDNACHWEIS
S. 17: mauritius images/Martin Baumgärtner; S. 19 rechts: akg-images; S. 19 links: akg-images; S. 20: akg-images; S. 21: StockFood/Gareth Morgans; S. 22: akg-images; S. 25: akg-images; S. 26: Leonard de Selva/ CORBIS; S. 27: akg-images; S.35: Abbie Enock, Travel Ink/CORBIS; S. 38: akg-images; S. 41: M. Seelow/photocuisine/Corbis; S. 69 rechts: mauritius images/imagebroker/Silwen Randebrock; S.94: Eising, Susie M./Stockfood; S. 125: mauritius images/Cuboimages; S. 138: mauritius images/SuperStock